DONGSUH MYSTERY BOOKS 6

THE CASK
통
크로프츠/오형태 옮김

동서문화사

옮긴이 오형태(吳亨泰)
서울대교육대학원을 졸업. 한양대 출강. 옮긴책 와일리 《지구의 마지막 날》 도올리 《파스퇴르》 등이 있다.

DONGSUH MYSTERY BOOKS 6

통

크로프츠 지음/오형태 옮김
초판 1쇄 발행/1977년 12월 1일
중판 1쇄 발행/2003년 1월 1일
중판 8쇄 발행/2015년 1월 10일
발행인 고정일/발행처 동서문화사
창업 1956. 12. 12. 등록 16-345(윤)
서울 강남구 도산대로 163(신사동, 1층)
☎ 546-0331~6 (FAX) 545-0331
www.dongsuhbook.com

*

이 책의 출판권은 동서문화사가 소유합니다.
의장권 제호권 편집권은 저작권 법에 의해 보호를 받는 출판물이므로
무단전재와 무단복제를 금합니다.
사업자등록번호 211-87-75330
ISBN 978-89-497-0087-8 04840
ISBN 978-89-497-0081-6 (세트)

통
차례

제1부 런던
이상한 짐꾸러미······ 11
번리 경감의 추적······ 31
담 위의 감시자······ 47
한밤중의 방문······ 57
훼릭스의 이야기······ 66
탐정술······ 80
통의 발견······ 100
통 속의 물건······ 114

제2부 파리
경시총감 쇼베 씨······ 124
누가 편지를 썼는가······ 136
듀피엘 상회······ 150
산 라잘 역에서······ 160
드레스의 주인······ 173
보와라크 씨의 진술······ 184
아르마 거리의 집······ 193
어려움에 맞닥뜨린 번리 경감······ 207

작전회의 …… 223
르빠르쥬의 단독 수사 …… 239
알리바이 조사 …… 255
움직일 수 없는 증거 …… 274

제3부 런던과 파리
새로운 관점 …… 291
훼릭스가 말하는 새로운 사실 …… 303
크리포드의 활약 …… 327
조르쥬 라 튀슈 씨 …… 339
실망 …… 351
대망의 단서 …… 360
라 튀슈의 딜레마 …… 381
계략의 정체 …… 401
극적인 결말 …… 415
종말 …… 443

리얼리즘 미스터리의 최고봉 …… 447

친절하신 비판과 조언에 감사드리며
아담 A.C. 머더스 박사에게 바칩니다

등장인물

에이바리 런던 I&C 해운회사의 전무이사
브로턴 해운회사의 젊은 사무원
훼릭스 런던에 살고 있는 화가
마틴 의사. 훼릭스의 친구
번리 런던 경시청의 경감
워커 런던 경시청의 젊은 경찰
쇼베 파리 경시총감
르빠르쥬 파리 경시청의 경감
보와라크 파리 펌프제조회사의 전무이사
아네트 보와라크의 아내
프랑소아 보와라크 집안의 늙은 집사
르 고티에 파리의 포도주 상인
크리포드 런던의 변호사. 법률사무소 소장
라 튀슈 영국과 프랑스인 혼혈 사립탐정

제1부 런던

이상한 짐꾸러미

인슐라 앤드 콘티넨탈 해운회사 전무이사 에이바리 씨는 사무실에 이제 막 출근했다. 그는 자기 앞으로 온 우편물을 대충 뒤적이고 그 날의 예정표를 훑어본 다음 회사 소유 선박의 상황 보고서를 샅샅이 들추어 보았다. 그리고는 잠시 생각에 잠기더니 윌콕스 주임을 불러 말했다.

"오늘 아침, 루앙에서 블루핀치호가 들어온 모양인데, 노튼 앤드 뱅크스 앞으로 온 포도주를 이 배가 싣고 왔을 테지?"

"싣고 왔습니다. 조금 전 부두 사무소에 전화를 걸어 알아보았습니다."

주임이 대답했다.

"이쪽에서도 특별히 사람을 보내어 수량을 확인해야 할 거야. 지난 번에는 말썽이 생겨서 혼났잖나. 이번엔 똑똑한 녀석을 보내 주게. 누굴 보낼 건가?"

"브로턴이 좋겠습니다. 그 친구는 지난번에도 해본 적이 있으니까요."

"그럼, 잘 부탁하네. 그리고 존슨 양을 좀 보내 주게. 우편물을 정리해야겠으니."

이 사무소는 일반에게 I&C 라는 이름으로 알려져 있는 인슐라 앤드 콘티넨탈 해운회사의 본사로, 펜챠아치 거리 서쪽 변두리에 있는 큰 빌딩의 3층에 있었다. 이 회사는 유력한 해운회사 가운데 하나로, 3백 톤에서부터 1천 톤에 이르는 기선을 30척쯤 가지고 있으며, 그 배들이 런던과 대륙의 비교적 작은 항구 사이를 오가며 화물을 나르고 있었다. 운임이 싼 것이 특색인데, 배를 소중히 여겨 속력 같은 것으로 다른 회사와 경쟁하는 일 따위는 아예 하지 않았다. 그런 까닭에 썩기 쉬운 물건 말고는 모든 종류의 화물을 나르고 있었다. 윌콕스는 몇 장의 서류를 손에 들고 톰 브로턴이 일하고 있는 책상으로 걸어갔다.

"브로턴, 전무님이 자네더러 지금 곧 부두로 가서 노튼 앤드 뱅크스 앞으로 온 포도주의 짐꾸러미를 확인하고 오라는군. 어젯밤 블루핀치호로 루앙에서 싣고 온 화물이야. 지난번에는 수량 때문에 말썽이 생겨 혼났으니까 이번에는 단단히 조심해야 하네. 이것이 운송장이니 인부들한테 맡기지 말고 자네가 직접 한 통 한 통 수량을 확인해 주게."

"알겠습니다."

브로턴이 대답했다. 그는 숫기 없는 앳된 얼굴을 한 23살의 늠름한 젊은이였다. 단조로운 일 대신 부두의 활기와 혼잡 속으로 나가게 된 것이 아주 신나는 듯, 그는 장부를 챙긴 다음 운송장을 조심스럽게 주머니에 넣고는 모자를 집어들고 서둘러 계단을 내려가 펜챠아치 거리로 뛰어나갔다.

4월 초순의 활짝 갠 아침이었다. 차가운 비를 몰고 온 날씨가 계속

되었던 뒤라 대기는 여름의 기미마저 느껴져, 어쩐지 사람 마음을 활기차게 해주었다. 태양은 비가 그친 뒤에만 볼 수 있는 시원스러움으로 빛나고 있었다. 그 북적대는 큰길을 빠른 걸음으로 빠져나가면서, 부두로 통하는 널따란 길을 끊임없이 달려가는 자동차와 마차를 보고 마음이 설레었다.

그는 블루핀치호가 정박해 있는 세인트 캐더린 부두를 향해 타워힐을 가로질러 어마어마한 옛 요새의 외곽을 두 번 빙 돌아 배가 머물러 있는 선거(船渠)로 부지런히 걸어갔다. 블루핀치호는 약 8백 톤의 적재량을 가진 가느다랗고 길며 조금 낮은 모양의 화물선으로, 기관부가 중간에 있으며 회사의 마크인 두 줄의 녹색 띠로 겉장식을 한 검은 굴뚝이 하나 우뚝 서 있었다. 해마다 한 번씩 하는 정비 작업이 요즈음 막 끝난 뒤여서, 새로 칠한 검정 빛깔의 페인트가 한결 산뜻하고 아름다운 모습을 하고 있었다. 짐을 부리기 시작하고 있었으므로, 브로턴은 포도주 꾸러미가 뭍으로 날라지기 전에 빨리 가야겠다고 생각하며 재빨리 배에 뛰어올랐다.

그는 가까스로 현장에 닿았다. 왜냐하면 술통이 실려 있는 앞쪽 화물 창고의 해치가 이미 열려져 그가 도착했을 때는 짐을 뭍으로 내리는 준비가 막 시작되려는 참이었다. 그는 브리지의 갑판에 서서 작업이 끝나기를 기다리며 사방을 두리번거렸다.

선거에는 여러 척의 배가 머물러 있었다. 블루핀치호의 바로 뒤에, 그날 오후 코르나와 비고를 향해서 출항하기로 되어 있는 회사의 가장 큰 배인 스랏슈호가 블루핀치호의 배꼬리가 튀어나온 부분 저 편에서 높이 솟은 뱃머리를 보이고 있었다. 앞쪽에는 역시 그날 벨파스트와 글라스고를 향해 출항하게 되어 있는 그라이드 해운회사의 배가 검은 굴뚝에서 맑게 갠 하늘로 나른해 보이는 동그란 연기를 뿜어 내고 있었다. 반대쪽에는 I&C의 경쟁 회사인 바브코크 앤드 밀튼 회사의 아크츄라스호가 머물러 있었다. 그 배의 선장은, 같은 회사의 시리우스호 선장인 빨간 머리의 '빨간 마크'와 구별하기 위해 '검은 마크'라는 별명으로 불리고 있었다. 이러한 배들은 브로턴의 마음을 신비에 찬 아득한 낭만의 세계로 이끌어, 자기도 다만 한 번이라도 좋으니 저런 배를 타고 코펜하겐이나 보르도, 리스본이나 스페치아 등, 그밖의 가슴 설레는 기항지로 가 보고 싶게 만들었다. 앞쪽 화물 창고가 열렸으므로 브로턴은 수첩을 한쪽 손에 들고 내려갔다. 얼마 뒤, 통을 내려놓은 작업이 시작되었다. 통은 4개를 한 묶음으로 하여 밧줄에 매달아서 옮겨졌다. 한 번씩 날라질 때마다 브로턴은 내용을 노트에 적어 나갔다. 나중에 운송장과 대조할 작정이었다.

작업은 순조롭게 진행되어 갔다. 인부들은 무거운 통을 밧줄에 매달기 위해 밀고 당기고 했다. 얼마 뒤 해치 아래와 둘레의 부분이 처리되었으므로, 이번에는 배 창고 안쪽에서 통을 밀어서 굴려 내야만 했다.

네 개의 통이 기중기에 끌려올라갔으므로 브로턴이 다음 묶음을 조사하려고 뒤를 돌아보았을 때 별안간

"앗, 위험하다. 위험해!"

하는 외침 소리가 들리며 그 순간 누군가의 손에 꽉 붙잡혀서 뒤로 힘껏 끌어당겨졌다. 한바퀴 빙글 돈 그의 눈 앞에 4개의 통이 기중기에서 벗겨져 배 창고 바닥 위로 쾅 떨어졌다. 다행히 1.5m 정도밖에 올라가지 않았는데도 워낙 무거운 것이어서 세차게 바닥에 떨어진 것이었다. 밑에 깔린 두 개의 통은 약간 파손되어 통의 판자 사이로 포도주가 새어나오기 시작했으나, 다른 두 개는 별탈없는 것 같았다. 인부들은 모두 피했기 때문에 부상자는 없었다.

"이봐, 통을 거꾸로 세워."

얼른 통을 살펴본 십장(什長)이 소리쳤다.

"포도주를 새지 않게 해야 해."

술이 새고 있는 통은 우선 새는 것을 막기 위해 흠이 난 곳을 위로 해서 옆으로 젖혀 놓았다. 세 번째 통은 아무렇지도 않았으나, 네 번째 것은 완전하지 못했다.

이 네 번째 통은 다른 것들과 겉모양이 달랐기 때문에, 브로턴은 그것이 노튼 앤드 뱅크스 앞으로 온 화물이 아님을 알았다. 이 통은 다른 것에 비해 유난히 단단하게 만들어진데다 밝은 오크 색으로 칠했으며, 그 위에는 니스까지 발라져 있었다. 게다가 속에 들어 있는 것이 포도주가 아니라는 것도 한눈에 알 수 있었다. 왜냐하면 통의 판자 사이로 작은 톱밥 덩어리가 보였기 때문이었다.

"이상한 통이구먼. 이런 걸 전에 본 적이 있나?"

브로턴은 자신을 잡아당겼던 I&C 회사의 십장인 하크네스라는 사나이에게 말을 건넸다. 그는 광대뼈가 툭 불거지고 모난 턱에 갈색 콧수염을 기른, 키가 크고 건장한 사나이였다. 하크네스가 대답했다.

"이런 통은 이제까지 본 적이 없습니다. 어지간히 거칠게 다루어도 괜찮을 만큼 단단하군요."

"그런 것 같네. 짐 부리는 데 방해가 되지 않게 굴려서 세워 두게. 나중에 흠난 곳을 살펴보도록 말일세."

하크네스는 조심스럽게 혼자 통을 굴려 뱃머리로 가서 세우려고 했으나, 너무 무거워 도저히 혼자 힘으로는 할 수 없다는 것을 깨달았다.

"들어 있는 게 톱밥만이 아닌가 봅니다."

하크네스는 계속 말을 했다.

"이렇게 무거운 통은 처음입니다. 이 통의 무게 때문에 기중기에서 다른 통들이 떨어져 나갔나 보군요."

그는 인부 한 사람을 더 불러 통의 흠난 곳을 위로 하여 함께 세웠다. 브로턴은 계원한테 가서 통의 파손 상태를 조사하는 동안 수량을 대조해 줄 것을 부탁했다.

그가 십장이 있는 곳으로 약 6야드쯤 걸어가다가 멈추어섰을 때, 갈라진 통 사이로 떨어진 톱밥 덩어리 속에서 뭔가 반짝이는 물체가 있는 것을 보았다. 그는 허리를 굽혀 그것을 주웠다. 그것을 자세히 보았을 때의 그의 놀라움은 굉장했다. 그것은 1파운드짜리 금화였다.

그는 재빨리 사방을 돌아보았으나 하크네스 말고는 아무도, 그 자리에 있는 인부들조차도 눈치채지 못했다.

"그 톱밥 덩어리를 휘저어 보시지요."

젊은이와 마찬가지로 십장도 놀라며 말했다.

"좀더 있을지도 모릅니다."

브로턴은 손가락으로 톱밥을 휘저었다. 그러자 작은 덩어리 속에서 다시 두 개의 금화가 나왔으므로 더욱더 놀랐다.

그는 손가락 위에 세 개의 금화를 올려놓고 찬찬히 들여다보았다. 그때 하크네스가 짓눌린 것 같은 외마디 소리를 지르며 대뜸 허리를 굽혀 배 창고의 바닥 판자 사이에서 무언가를 주웠다.

"또 한 개 있습니다."

나직한 목소리로 십장이 말했다.

"앗, 또 한 개!"

그는 또 몸을 굽혀 통 뒤에서 두 개째의 금화를 주웠다.

"멋진 금광을 발견하지 않았습니까."

브로턴은 다섯 개의 금화를 주머니에 넣고, 하크네스와 함께 태연히 갑판 위를 조심스럽게 더 찾아보았으나 그 이상은 눈에 띄지 않았다.

"내가 당길 때 나리가 떨어뜨렸습니까?"

하크네스가 물었다.

"내가? 천만에! 그렇다면 좋겠지만, 금화 같은 것을 내가 어떻게 가지고 있겠나."

"그렇다면 다른 사람인지도 모릅니다. 피터이거나 윌슨일까. 두 사람 다 여기 와서 아까 훌쩍 뛰었거든요."

"아니, 다른 사람한테는 일단 아무 말도 하지 말게. 나는 금화가 저 통에서 나왔다고 생각하네."

"저 통에서요? 하지만 보세요, 나리. 금화를 통에 넣어서 보내는 사람도 있습니까?"

"나도 없다고 말하고 싶지만, 그러나 금화가 통 속에서 나오지 않았다면 톱밥이 묻어 있는 까닭을 뭐라고 설명할 수가 없잖나."

"그러고 보니 그렇군요."

하크네스는 생각에 잠기며 다시 말을 이었다.

"브로턴 씨, 괜찮으시다면 내가 저 통의 갈라진 곳을 좀더 벌려 볼 테니 어디 조사해 봅시다."

사무원인 브로턴은 이런 일이 법률상으로는 허용될 수 없는 것임을 알고 있지만 강한 호기심에 이끌려 대답을 망설였다.

"떨어졌을 때의 흠집 말고는 증거가 남지 않도록 잘 하겠습니다."

십장이 계속 유혹의 말을 하자 브로턴은 지고 말았다.

"나도 조사할 필요가 있다고 생각하네. 이 금화는 도둑맞은 것인지도 모르거든. 살펴볼 만해."

십장은 미소지으며 사라지더니 망치와 끌을 가지고 되돌아왔다. 파손된 통의 판자조각은 완전히 갈라졌으나 철테가 감겨 있었기 때문에 그대로 제자리에 붙어 있었다. 하크네스는 이 한 조각을 힘껏 밀어올려 갈라진 틈을 조금 벌렸다. 그러자 주르르 톱밥이 쏟아져나오면서 몇 개의 금화가 바닥 위로 굴러나와 또 다시 두 사람을 놀라게 했다.

다행히도 그때 다른 사람들은 조금 전의 사고로 신경이 날카로워져 해치에서 올려지는 4개의 통에 주의를 모으고 있었으므로 아무도 그것을 눈치채지 못했다. 브로턴과 하크네스는 아무도 돌아보지 않는 동안 금화를 모두 주웠다. 새로 발견된 금화는 6개였는데, 브로턴은 주머니에 조금 전의 금화와 함께 넣었다. 그리고 둘은 다시 태연스럽게 찾아보았으나 눈에 띄지 않았으므로, 마치 여우에게 홀린 기분으로 통 쪽으로 되돌아왔다.

"좀더 갈라진 곳을 벌려 보세."

브로턴이 계속 말을 이었다.

"자네는 어떻게 생각하나?"

"글쎄올시다. 정말 아무래도 이상한 일이 아닙니까? 저 판자를 벌려 볼 테니 제 모자를 갈라진 곳에 대주지 않겠습니까?"

느슨해진 판자 조각이 망치로 쳐서 겨우 떨어지면서 통 옆구리에 깊이 6인치, 폭 4인치쯤 되는 구멍이 뚫렸다. 모자에 절반쯤 톱밥이 흘러나오자 브로턴은 갈라진 곳에 들어 있는 톱밥을 털어 냈다. 두 사람은 모자를 통 위에 올려놓고서 열심히 톱밥 속을 뒤졌다.

"정말 굉장한걸. 금화로 가득차 있습니다."

하크네스가 흥분해서 속삭였다.

정말 그런 것 같았다. 이번에는 7개나 찾아냈기 때문이다.

"모두 8개다."

브로턴은 그것을 주머니에 넣으면서 두려운 듯이 말했다.

"통에 가득차 있다면 몇만 파운드는 될 거야."

두 사람은 단단하게 만들어진 점 말고는 겉으로 보기에 이렇다 할 특징이 없는 별것 아닌 통 속에, 그들이 상상하고 있는 그런 엄청난 보물이 정말 숨겨져 있다면 얼마나 멋진 일일까 생각하면서 뚫어지게 그 통을 바라보고 있었다. 그리고 하크네스는 몸을 굽혀 자기가 벌려 놓은 구멍으로 통 안을 들여다보았다. 그러더니 느닷없이 그는 깜짝 놀라며 뒤로 물러났다.

"좀 들여다보십시오, 브로턴 씨!"

그는 목소리를 낮추어 소리쳤다.

"여길 들여다보세요."

이번에는 브로턴이 몸을 굽혀 구멍 속을 들여다보았다. 그도 역시 놀라 뒤로 물러섰다. 톱밥 속에서 손가락이 불쑥 튀어나왔기 때문이다.

"어, 불길한 일이로군."

그는 비극에 부딪쳤다는 걸 예감하며 중얼거렸으나, 다음 순간 설마 그런 어이없는 일은 없을 거라고 그 생각을 떨쳐 버리려고 했다.

"조각(彫刻)이 아닐까?"

브로턴이 큰 소리로 말했다.

"조각이라니요?"

하크네스가 날카롭게 되물었다.

"조각이라니? 천만의 말씀입니다. 시체입니다. 틀림없습니다."

"어두워서 잘 보이지 않아. 등불을 가지고 오게. 확인해 보세."

십장이 휴대용 램프를 가지고 오자 브로턴은 다시 들여다보고서 곧 자기의 처음 예감이 정확하다는 것을 알았다. 그것은 틀림없이 부인의 손가락으로, 자그마하고 갸름하니 우아한 손가락에는 램프 불빛을 받아 반짝반짝 빛나는 반지가 끼워져 있었다.

"하크네스, 좀더 톱밥을 끌어내 주지 않겠나."

브로턴은 다시 일어서면서 말했다.

"이렇게 된 바에는 철저하게 조사해 볼 수밖에 없어."

전처럼 브로턴이 모자를 갖다대고 하크네스가 조심스럽게 끌로 손가락 둘레의 톱밥을 끌어냈다. 톱밥이 줄어들어 가면서 손의 나머지 부분과 손목이 점점 드러났다. 전체가 보이기 시작하자 처음의 고상하고 우아한 인상이 더욱 강하게 느껴졌다.

브로턴은 모자를 통 위에 올려놓았다. 다시 3개의 금화가 그 안에서 나왔다. 그는 그것을 주머니에 넣었다. 그리고 다시 통을 살펴보았다.

그것은 높이가 1m쯤이고 지름이 73cm쯤 되는, 포도주 통보다 조금 큰 통이었다. 앞에서도 말했듯이 아주 단단하게 만들어진 통이어서 떼어 낸 조각만으로도 중간 부분의 두께가 5cm가 넘는 것을 알 수 있었다. 아마 이런 두께의 판자를 굽히는 일은 쉽지 않았을 것이다. 모양도 여느 통에 비해서 원통형에 가까웠다. 그래서인지 양끝이 이상하리만큼 크게 만들어져 있었는데 하크네스가 세우려고 했을 때 고생했던 것도 틀림없이 이런 까닭 때문이었을 것이다. 둘러감은 철테도 보통의 얇은 것이 아니라 두꺼운 것이었다.

통의 한쪽 뚜껑 위에는 네 군데를 징으로 박은 마분지 꼬리표가 붙어 있었는데, 외국인의 필적으로 '런던 서구 터튼엄 코트 로드 서(西) 자브 거리 141 레온 훼릭스 귀하, 루앙 및 해협 경유'라고 씌어져 있고, '조각 재중(在中)'이라는 고무 도장이 찍혀 있었다. 꼬리표에는 또 '파리 그리넬 콘반슌 프로방스 거리 조각품 제조업 듀피엘 상회'라는 보낸 이의 이름도 씌어져 있었다. 나무 부분에는 '반송처'라고 쓰고 같은 상회의 이름이 불어, 독어, 영어 세 나라 말로 검게 인쇄되어 있었다. 브로턴은 그 필적에서 무언가 실마리가 발견되지나 않을까 하는 거의 무의식적인 바람으로 꼬리표를 살펴보았다.

그 점에서는 실망했지만, 그러나 램프를 가까이 갖다대고 보는 동안 흥미를 끌 만한 것을 발견했다. 그 꼬리표는 괘선으로 둘러싸였고, 발송회사의 광고가 인쇄되어 있는 부분과 수취인을 쓰는 가운데 부분의 두 칸으로 나뉘어져 있으며, 그 양쪽이 까만 굵은 선으로 구분되어 있었다.

브로턴의 눈길을 끈 것은 이 검은 선이 반듯하지 못한 점이었는데, 다시 자세히 보니 한가운데 부분을 도려 내고 꼬리표의 뒷면에 종이를 발라 구멍을 막은 것을 알 수 있었다. 따라서 훼릭스라는 수취인 이름은 구멍을 막은 종이 위에 쓴 것으로 본디 꼬리표에 씌어져 있었던 것이 아니었다.

이것은 교묘하게 조작되어 얼른 보아서는 알 수가 없었다. 브로턴은 처음에는 어리둥절했으나 조금 뒤, 아마 이것을 보낸 상회가 꼬리표가 없어서 헌 꼬리표를 두 번 쓴 것이라고 생각했다.

'통 속에 금화와 사람의 손이──어쩌면 시체도──들어 있을 것이다' 하고 그는 생각했다.

'괴상한 사건이군. 어떻게 해야 할까?'

브로턴은 일어서서 통을 바라보며 앞으로 어떻게 할 것인지를 생각해 보았다.

이것은 중대한 범죄임에 틀림없다. 그렇다면 생각할 나위도 없이 곧장 보고하는 것이 의무라고 그는 생각했다. 그러나 포도주 짐꾸러미의 문제가 있다. 그는 이것을 확인하기 위해 특별히 선거에 보내져 왔으므로, 그 일을 중지해도 괜찮은지 망설여졌다. 아니, 그렇게 해야 한다고 그는 생각했다. 사태의 중대성은 자기의 판단을 정당하다고 인정해 줄 것이 틀림없다. 그리고 포도주 통의 수효 확인도 전혀 내버려두지는 않을 것이다. 일반 하역계가 여기 있으며, 그 사나이가 조심스럽고 빈틈없는 사람이라는 것을 브로턴은 잘 알고 있었다. 그리고 또 부두 사무소에서 한 사람 더 불러와도 될 것이다. 그는 곧장 본사로 돌아가서 전무 에이바리 씨에게 보고하기로 결심하고 입을 열었다.

"하크네스, 나는 본사로 이 일을 보고하러 가겠네. 자네는 되도록 감쪽같이 구멍을 막고, 여기서 줄곧 통을 지키고 있게. 에이바리 씨의 지시가 있을 때까지 어떤 일이 있더라도 이 통에서 눈을 떼서는 안 되네."

"알겠습니다. 브로턴 씨. 그렇게 하는 것이 좋겠습니다."

십장이 대답했다.

두 사람은 톱밥을 긁어모아 본디대로 통 속에 채워넣고, 하크네스가 떼어 낸 판자 조각을 제자리에 대고는 망치로 두들겨 넣은 다음 못을 박았다.

"그럼, 갔다 오겠네."

브로턴이 말하고 막 떠나려는데, 한 신사가 배 창고로 내려와서 그에게 말을 건넸다. 거무스름한 얼굴에 끝이 뾰족한 검은 수염을 기른 보통 키의 외국인 같은 사나이로, 맵시있게 지어진 푸른 옷을 입고 흰 스패츠 구두를 신었으며, 혼바그 햇(차양이 위로 말려서 올라가고 한가운데가 움푹한 펠트 모자)을 쓰고 있었다. 그 신사는 인사를 하고는 미소지었다.

"실례합니다만, 당신은 I&C에 있는 분이시지요?"

신사는 영어로 물었지만 외국 사투리가 섞여 있었다.

"네, 나는 본사 사람입니다만……."

브로턴이 대답했다.

"아아, 그렇습니까. 그럼 당신한테 물어 보면 알겠군요. 이 배로 파리의 듀피엘 상회에서 조각이 들어 있는 통을 내 앞으로 보내왔을 텐데요. 와 있는지 알 수 없을까요? 나는 이런 사람입니다."

그는 명함을 내놓았다. 거기에는 '런던 서구 터튼엄 코트 로드 서자브 거리 141 레온 훼릭스'라고 인쇄되어 있었다.

브로턴은 명함을 힐끗 본 순간 그 이름이 바로 그 통의 꼬리표에 씌어져 있던 이름과 같다는 것을 알았으나, 어떻게 대답해야 할까 생각하면서 일부러 명함을 자세히 들여다보는 척했다. 이 사나이는 틀림없이 통의 수취인이므로 만일 그 통이 여기에 있는 것을 안다면 당장 넘겨 달라고 요구할 것이다. 브로턴은 그것을 거부할 핑계가 얼른 떠오르지 않았다. 그러나 역시 넘겨 주어서는 안 된다고 그는 생각했다. 그래서 그는 아직 잘 모르겠으니 곧 알아보도록 하겠다고 대답하려고 마음먹었다. 그러나 그때, 문득 다른 생각이 머리를 스쳤다.

파손된 통은 선거 쪽 배 창고의 벽 쪽으로 옮겨놓았기 때문에, 브리지에 있는 사람이면 누구나 그것을 볼 수 있다는 것을 깨달았다. 어쩌면 이 훼릭스라는 사나이는 자기들이 한 일의 일부——통에 구멍을 뚫어 금화를 꺼낸 것 등 ——를 보고 있었는지도 모른다. 만일 그가 자기 앞으로 온 물건을 확인하고 있었다면 지금 서 있는 곳에서 두 걸음만 걸어나오면, 꼬리표를 손가락으로 가리키며 브로턴이 거짓말한 것을 따질 수 있다는 것도 충분히 생각할 수 있는 일이었다.

사무원은 이런 때에는 솔직하게 말하는 것이 가장 좋은 방법이라고 생각했다.

"네, 당신의 통은 와 있습니다. 우연이라고 할까요, 저희들 곁에 있는 이 통이 그것입니다. 수취인이 다르기 때문에 포도주통과 따로 놓았지요."

훼릭스 씨는 겸연쩍은 듯이 젊은이의 얼굴을 보았으나, 다만 이렇게 말했다.

"고맙소, 나는 미술품 수집가인데 빨리 그 조각이 보고 싶습니다. 마차를 준비해 왔는데, 지금 곧 받아갈 수 있겠는지요?"

이것은 브로턴이 예측하고 있었던 일이었다. 그러나 그는 그럴 듯한 핑계를 생각해냈다.

"그렇군요."

그는 공손히 말했다.

"하지만 나는 담당이 아니기 때문에 내 마음대로 할 수 없습니다.

부두 사무소로 오셔서 정해진 수속을 밟아 주시면 바라시는 대로 해 드릴 수 있을 것입니다. 나도 지금 그곳으로 가는데, 안내해 드릴까요?"

"네, 고맙습니다. 그럼, 부탁할까요."

낯선 신사가 말을 마치고 둘이 걷기 시작했을 때 브로턴의 마음에 의혹이 하나 떠올랐다. 자기가 훼릭스와 이야기를 주고받는 것을 본 하크네스가 만일 훼릭스가 나중에 되돌아와서 하크네스에게 그럴듯하게 말한다면 그 통을 넘겨 줄지도 모른다. 그래서 브로턴은 큰소리로 말했다.

"그럼, 하크네스, 알겠지? 에이바리 씨한테서 지시가 있을 때까지는 아무 짓도 해서는 안돼!"

십장은 손을 흔들어 그것에 대답했다.

젊은 사무원이 해결해야 할 문제는 3가지가 있었다. 첫째는 전무에게 이 사건을 보고하기 위해서 본사로 돌아가야 한다는 것, 둘째는 전무가 대책을 결정할 때까지는 아무래도 그 통을 회사에서 보관해야 한다는 것, 그리고 마지막으로는 훼릭스에게도 부두 사무소의 사람들에게도 의심받지 않도록 이러한 일을 수행해야 한다는 것이었다. 이것은 그렇게 간단한 일이 아니었다. 브로턴은 처음에는 좀 망설였으나, 두 사람이 사무소로 들어설 때 묘안이 떠올라 그는 곧 결심하고 뒤따라온 사나이를 돌아다보았다.

"잠깐 여기서 기다려 주십시오. 담당자를 찾아서 이리로 보내 드리겠습니다."

"고맙소."

브로턴은 사무소를 안쪽과 바깥쪽으로 갈라 놓은 칸막이 문을 지나 소장실로 들어가서 낮은 목소리로 소장에게 말했다.

"휴스튼 씨, 바깥에 훼릭스라는 사람이 찾아와서 파리에서 블루핀치호로 보내온 통을 인수해 가겠다고 합니다. 그러나 통은 와 있습니다만, 에이바리 전무님께서 조금 이상한 점이 있으니 지시가 있을 때까지 통을 넘겨 주지 말도록 소장님한테 전하라고 나를 이리로 보냈습니다. 좀더 조사를 해본 뒤에 한 시간 안으로 소장님께 전화를 거시겠답니다."

휴스튼 씨는 이상한 얼굴로 젊은이를 바라보더니 대답을 했다.

"좋아, 알았네."

브로턴은 소장을 밖으로 데리고 나와서 훼릭스 씨에게 소개했다.

그러고 나서 브로턴은 자기가 없는 동안 블루핀치호의 일을 맡아 줄 사무원 한 사람과 타합을 하기 위해 몇 분 동안 사무실에 남아 있다가, 휴스튼 소장과 훼릭스 씨가 이야기하고 있는 카운터 곁을 지나 밖으로 나가려는데, 훼릭스 씨가 성난 목소리로 말하는 것이 들렸다.

"좋소, 그렇다면 지금 곧 가서 에이바리 씨를 만납시다. 이런 피해를 준 이상, 틀림없이 그 보상은 해 주겠지."

'앞질러 가야겠군' 하고 브로턴은 생각했다. 그리고 잔교(棧橋)의 문을 빠져나가 택시를 찾았다. 한 대도 보이지 않아 그는 우두커니 서서 사태의 진전을 생각해 보았다. 만일 훼릭스가 자동차를 대기시켜 놓았다면 브로턴이 꾸물거리고 있는 동안 펜챠아치 거리까지 가 버릴 것이다. 뭔가 다른 방법은 없을까.

리틀 타워 힐 우체국으로 뛰어간 브로턴은 본사로 전화를 걸어 에이바리 씨의 방을 대달라고 했다. 그리고는 오늘 우연한 일로 중대 범죄의 증거를 입증할 만한 사건에 부딪쳤다는 것과 훼릭스라는 사나이가 거기에 대해 무언가 알고 있는 것 같다는 점, 그 인물이 곧 에이바리 씨를 만나러 갈 것이라는 것 등을 대충 설명하고 덧붙여 말했다.

"주제넘게 제 의견을 말씀드려 죄송합니다만, 훼릭스 씨가 찾아가더라도 곧 만나시지 않기 바랍니다. 저는 바깥쪽 사무실을 지나지 않고, 뒷문으로 들어가서 전무님 방으로 들어갈까 합니다. 그리고 자세한 말씀을 들으신 다음에 어느 쪽이든 결정해 주셨으면 합니다."
"뭔가 좀 이해가 되지 않는 이야기구먼."
전화 목소리가 계속 말을 이었다.
"무엇을 발견했단 말인가?"
"여기서는 좀 거북합니다. 지금은 저를 믿어 주시고 나중에 저의 설명을 들으시면, 제가 말씀드린 것이 옳았다고 납득하실 겁니다."
"좋아, 빨리 오게."
브로턴은 우체국을 나왔다. 그러자 화가 나게도 이제는 필요없게 되었는데 택시가 눈에 띄었다. 서둘러 차에 오른 그는 펜챠아치 거리로 달리게 하여 뒷문에서 내린 다음 층계를 뛰어올라 전무실 문을 두드렸다.
"왔군, 브로턴. 거기 앉게."
에이바리 씨가 말했다.
바깥 사무실로 이어진 문으로 걸어가서 전무는 윌콕스에게 말했다.
"방금 전화가 걸려 와서 긴요한 일이 생겼네. 30분쯤 면회를 사절해 주게."
그리고는 문을 닫고 안에서 잠갔다.
"자, 자네가 하라는 대로 했네. 얼른 말해 보게. 중대한 이유가 있는 일이 아니고서는 이런 성가신 일을 자네가 하리라고 생각되지 않으니까."
"저도 그렇게 생각합니다. 제가 바란 식으로 뵙게 된 것을 감사드립니다. 사건이란 이렇습니다."
브로턴은 선거로 갔던 일, 통을 옮기는 도중에 일어난 사고, 금화에 이어 여자의 손을 발견한 일, 훼릭스 씨가 찾아온 일과 부두 사무소에서의 경위를 모두 자세히 설명한 다음, 끝으로 전무의 책상 위에 21개의 금화 무더기를 만들어 보였다.

브로턴의 이야기가 끝나자, 잠시 침묵이 흘렀다. 그동안 에이바리 씨는 그에게서 들은 이야기에 대해 생각해 보고 있었다. 괴상한 이야기였다. 브로턴이라는 젊은이의 성격과 태도를 생각해 볼 때 그의 말 하나하나를 믿지 않을 수 없었다.

그는 이 사건에 있어 회사의 입장에 대해서도 생각해 보았다. 일반적인 견해로는, 운송을 위탁받으면 봉인된 통 속에 대리석이든 금화이든 자갈이든 무엇이 들어 있든지 운임이 지불된 이상 회사로서는 관여할 일이 아니라고 말할 수 있을 것이다.

회사의 계약은 위탁된 화물을 한 곳에서 다른 곳으로 운반해서 위탁받았을 때와 똑같이 수취인에게 넘겨 주기만 하면 되는 것이다. 비록 금화를 조각품이라고 속여서 보냈다 하더라도, 그것에 이의를 내놓는 일은 세관이지 회사가 할 일은 아닌 것이다.

그러나 한편 중대 범죄를 입증할 만한 사실을 회사가 발견했을 경우, 그것을 경찰에 알리는 것은 회사의 의무일 것이다. 통 속에 든 부인의 손은 어쩌면 살인을 뜻하는 것인지도 모르며 또 그렇지 않을는지도 모르겠지만, 의혹이 뚜렷하게 존재하고 있는 한 이 사건을 못 본 척할 수는 없을 것이다. 그는 마침내 결심을 하고 입을 열었다.

"브로턴, 자네의 조치는 현명했다고 생각하네. 이제부터 나와 함께 경시청으로 가서 자네 이야기를 한 번 더 하도록 하세. 그렇게 하면 우리들의 책임은 끝나는 거야. 조금 전에 들어왔을 때와 같이 밖으로 나가 택시를 잡아타고 펜챠아치 거리 마이크 레인의 큰길 끝에서 나를 기다리고 있게."

에이바리 씨는 젊은이가 나가자 자기 방문을 잠근 뒤 웃옷과 모자를 들고 바깥 사무실로 들어갔다.

"두 시간쯤 나갔다 오겠네, 윌콕스."

에이바리 씨가 말을 마치자 주임은 손에 한 통의 편지를 들고 다가왔다.

"알겠습니다. 11시 반쯤 훼릭스라는 분이 찾아왔었습니다. 손님과 면담중이시라고 했더니 기다릴 수 없다고 하며 전무님에게 전할 말씀을 쓸 수 있게 종이와 봉투를 갖다 달라고 했습니다. 이것이 그것입니다."

전무는 편지를 받아 그것을 읽기 위해 다시 자기 방으로 되돌아왔다. 그는 미심쩍은 생각이 들었다. 자기가 면회 사절을 지시한 것은 11시 15분쯤이었다.

그는 편지 봉투를 뜯으며, 그 신사는 선거에서 여기까지 일부러 찾아왔으면서도 얼마 되지 않는 시간을 기다릴 여유가 없었을까 하고 이상하게 생각했다. 그러고 나서 그의 의혹은 더 깊어졌다. 봉투 속이 텅 비어 있었던 것이다!

그는 우뚝 선 채 골똘히 생각에 잠겼다. 훼릭스 씨가 편지를 쓰고 있을 때, 뭔가 놀랄 만한 일이 생겨 당황한 나머지 편지를 봉투에 넣는 것을 잊었을까? 아니면 실수로 그랬을까? 아니면 무언가 깊은 계략이라도 있어서 그랬을까? 아무튼 경시청에서 어떻게 생각하는지 들어 보자.

그는 그 봉투를 수첩 사이에 끼워 넣고는 거리로 나와 택시 안에서 기다리고 있는 브로턴과 만났다. 그리고 붐비는 거리를 달리면서 사무원에게 봉투 이야기를 했다.

"그렇습니까?"

브로턴이 말했다.

"이상하군요. 제가 만났을 때 훼릭스 씨는 이성을 잃지 않았습니다. 침착하고 예리한 느낌을 주는 사람이었는데요."

회사는 1년쯤 전에 교묘하게 짜여진 절도 사건을 잇달아 당한 일이 있어, 에이바리 씨는 그 사건의 뒤처리 관계로 경시청의 경감 두세 사람과 꽤 친밀한 사이가 되었다. 특히 그 가운데 한 사람은 재빠르고도 유능한 경감으로, 같이 일하는 동안 친절하고 명랑했었다는 것을 그는 기억하고 있었다. 그래서 본청(本廳)에 도착하자마자 그 경감을 찾았더니 다행히도 그는 자리에 있었다.

"안녕하시오, 에이바리 씨."

그들이 들어서자 경감이 두 사람을 맞이하며 말했다.

"오늘은 무슨 바람이 불어서 이곳에 오셨습니까?"

"안녕하십니까, 경감님. 이 젊은이는 우리 회사 직원 브로턴 군인데, 당신한테 꼭 알려 드려야 할 일이 있어서요."

번리 경감은 악수를 한 뒤 문을 닫고 의자 두 개를 끌어당겼다.

"앉으시지요. 나는 재미있는 이야기에는 언제나 흥미를 가지고 있습니다."

"그럼 브로턴 군, 자네의 모험담을 번리 경감님께 이야기해 드리게."

브로턴은 거기서 다시 그가 선거로 갔던 일, 단단하게 만들어진 통이 부서진 일, 금화와 부인의 손이 발견된 일, 그리고 훼릭스 씨와 만났던 이야기를 되풀이했다. 경감은 열심히 그 이야기를 들으면서 한두 번 메모를 했으나, 브로턴의 이야기가 끝날 때까지 입을 열지 않았다. 그리고 이야기가 끝나자 말했다.

"브로턴 씨, 정말 정확하게 설명을 해주셔서 고맙습니다."

"나도 한 마디 덧붙이겠습니다."

에이바리 씨는 훼릭스 씨가 자기 사무실로 찾아왔던 이야기를 한 다음 그가 남기고 간 봉투를 꺼냈다.

경감이 말을 꺼냈다.

"그 봉투는 11시 30분에 씌어졌겠군요. 그리고 지금은 12시 30분입니다. 이건 중대 사건인지도 모르겠습니다. 에이바리 씨, 곧장 선거로 가시겠습니까?"

"좋습니다."

"자, 우물거리고 있을 시간이 없습니다."

그는 런던의 인명록을 브로턴 앞에 내밀었다.

"훼릭스라는 사람의 난을 찾아봐 주시오, 나는 두세 가지 수배할 일이 있으니."

브로턴은 서(西) 자브 거리를 찾았으나, 터튼엄 코트 로드 근처에 그런 거리는 눈에 띄지 않았다.

"그럴 줄 알았지요."

전화를 걸고 있던 번리 경감이 말했다.

"곧 떠납시다."

세 사람이 가운데뜰로 나가니 운전수와 두 사람의 사복 경찰관이 탄 택시가 기다리고 있었다. 번리 경감이 문을 열고 세 사람이 타자 차는 곧 거리로 미끄러져 나갔다.

번리 경감이 브로턴 쪽을 향해서 말했다.

"훼릭스라는 사람의 인상을 되도록 자세하게 들려 주시오."

"키는 보통이며 조금 야윈 편으로 날씬한 몸집을 한 남자였습니다. 얼굴이 거무스름하고 눈도 머리카락도 검은 외국인 같은 얼굴인데, 제 생각으로는 프랑스 사람이거나 스페인 사람인 것 같습니다. 짧고 끝이 뾰족한 턱수염을 기르고 있었습니다. 맵시있게 지은 푸른색 맞춤옷을 입고, 암녹색이 섞인 갈색인지 뭔지 아무튼 그런 혼바그 햇을 쓰고 있었으며, 검은 단화에 엷은 빛깔의 스패츠를 끼워 신고 있었습니다. 칼라와 넥타이에는 그다지 신경이 쏠리지 않았습니다만, 세세한 데까지 신경을 쓴 훌륭한 옷차림이었다고 생각됩니다. 왼쪽 손가락에는 뭔가 보석이 박힌 반지를 끼고 있었습니다."

두 사복 경찰관은 열심히 그 설명을 듣고 있었다. 그들과 번리 경감은 잠시 동안 나직한 목소리로 이야기를 주고받더니 조금 뒤에는 모두 잠잠해졌다.

블루핀치호가 머물러 있는 잔교 반대쪽에 차를 세우고 브로턴이 앞장서 내려 앞으로 걸어갔다.

"저것이 블루핀치호입니다. 뱃전의 브리지로 가면 바로 앞쪽 화물 창고로 내려가게 되지요." 두 사복 경찰관도 차에서 내려 다섯 사람은 브로턴이 가리키는 뱃전의 브리지를 향해 걸어갔다. 브리지를 건너 해치 쪽으로 다가가서 배 창고 안을 들여다보았다.

"저 곳에 통이 있습니다."

브로턴이 손가락질을 하다가 별안간 말을 뚝 끊었다.

다른 사람들도 앞으로 가서 들여다보았다. 배 창고 안은 텅 비어 있었다. 하크네스도 통도 사라져 버리고 없었다.

번리 경감의 추적

맨 처음 머리를 스친 생각은 하크네스가 조심을 하느라고 통을 다른 곳으로 옮겼으리라는 것이었다. 그래서 모두 그것을 찾아보기로 했다.

"이 배 창고에서 짐을 날랐던 인부들을 데려다 주시오."

경감이 말했다.

브로턴은 달려가서 하역 인부 감독 한 사람을 데리고 왔다. 그 사나이의 말로는 이 앞쪽 창고는 10분쯤 전에 텅 비었기 때문에, 작업이 끝나기를 기다리고 있던 부두 노동자들은 모두 식사하러 갔다는 것이었다.

"어디서 식사를 하고 있지? 지금 만나 볼 수 있을까?"
에이바리 씨가 말했다.
"서너 명쯤은 만나 볼 수 있겠지요. 사람들은 대개 거리로 나가지만, 불이 있기 때문에 '야경(夜景)의 방'에서 식사하는 사람도 몇 명 되니까요."
"가 봅시다."
경감이 말을 마치자 그들은 인부 감독의 안내로 잔교를 따라 몇백 야드 걸어서 창고와는 별채로 세워진 조그만 벽돌집으로 들어갔다. 건물 안팎에 인부들이 앉아 있는데, 김이 무럭무럭 나는 도시락을 먹고 있는 사람도 있고, 짧은 파이프로 담배를 피우고 있는 사람도 있었다.
"블루핀치호의 아래쪽 앞 창고에서 일한 사람 없소? 전무님께서 하실 말씀이 있으시답니다."
세 인부가 천천히 일어서서 앞으로 나왔다.
"자네들한테 물어보고 싶은 게 있는데……."
전무가 말을 시작했다.
"하크네스와 부서진 통에 대해 아는 것이 없나? 하크네스는 우리가 올 때까지 통 옆에서 기다리고 있기로 했었는데……."
"통과 함께 갔습니다."
그 가운데 한 사람이 말했다.
"30분쯤 전이지요."
"통과 함께 갔다고?"
"네, 푸른 옷을 입고 검은 턱수염을 기른 어떤 신사가 와서 종이쪽지를 십장한테 건네주더군요. 십장은 그것을 읽더니 '이 통을 옮겨야겠는데, 누구든 손을 빌려 줘' 하고 큰소리로 말했습니다. 우리가 도와 그것을 짐마차에——사륜 짐마차였습니다——실어 주고는 모두 흩어졌습니다. 십장과 푸른 옷의 신사는 마차 뒤를 따라갔습니다."
"짐마차에 뭔가 이름이 씌어져 있지 않던가?"
에이바리 씨가 물었다.
"있었지요."
인부 한 사람이 대답했다.
"하지만 뭐라고 씌어져 있었는지 눈여겨보지는 않았습니다. 여보게, 빌. 자네가 짐마차의 이름을 보고 뭐라고 말했었지? 무엇이었나?"
다른 사나이가 이야기했다.
"터튼엄 코트 로드라고 씌어져 있었어요. 하지만 나는 못 듣던 거리 이름이 씌어 있어 이상하다고 생각했습니다. 왜냐하면 나는 터튼엄 코트 로드 근처에서 태어나 줄곧 거기서 살았거든요."
"동(東) 존 거리가 아니었나?"
번리 경감이 물었다.
"네, 뭔가 그런 이름이었습니다. 동인지 서인지, 아마 서였다고 생각합니다. 존 거리인가 하는 것도 존이 아니라 그것 비슷한 이름이었습니다."
"어떤 빛깔의 마차였나?"
"파란 색이었지요. 그것도 갓 칠해서 뻔질뻔질했습니다."
"말의 빛깔을 누구 기억하고 있나?"
그러나 이것은 그들에게는 무리였다.
말과는 직업상 인연이 없었기 때문에 빛깔까지는 관심이 없었다.
"그럼."
경감이 묻고 싶은 것은 이것으로 모두 끝났다는 눈짓을 하자 에이바리 씨는 말했다.

"수고들 했소. 얼마 안 되지만 받아 두게."
번리 경감이 브로턴을 손짓해서 불렀다.
"하크네스라는 사나이의 인상 착의를 말해 주지 않겠습니까?"
"갈색 턱수염을 기른 키가 큰 사나이로, 광대뼈가 몹시 튀어나왔고 유난히 턱이 큽니다. 갈색 작업복 바지를 입었으며 천으로 만든 모자를 쓰고 있습니다."
"들었나?"
경감은 사복 경찰관 쪽을 돌아다보며 말했다.
"그들이 떠난 것은 반 시간 전이야. 뒤를 쫓아 주게. 북쪽과 동쪽을 먼저 찾아보게. 우리들과 마주칠 염려가 있기 때문에 아마도 서쪽으로는 가지 않았을 걸세. 연락은 본부로 부탁하네."
사복 경찰관들은 곧 떠났다. 그러자 경감이 에이바리 씨를 향해 물었다.
"전화는 부두 사무소의 것을 써도 되겠지요?"
전무는 사무소까지 걸어가서 소장실 전화를 사용하도록 일렀다. 경감은 2, 3분 뒤에 모두가 있는 곳으로 되돌아왔다.
경감이 입을 열었다.
"당장 우리가 할 수 있는 일은 모두 끝났습니다. 두 남자와 마차의 특징은 곧 모든 경찰서에 통보될 테니까 런던의 모든 경찰관이 그들을 찾아낼 것입니다."
"대단히 감사합니다."
전무가 말하자 경감은 놀란 표정을 지어 보이며 대답했다.
"천만에요. 이건 아주 당연한 조치입니다. 그러나 여기까지 왔으니 다른 것도 조사해 보고 싶은 것이 있습니다. 직원들에게 내가 전무님의 동의를 얻어 조사한다는 것을 알려 주시지 않겠습니까. 그렇게 해주시면 좀더 자발적으로 정보를 찾아내는 데 도와 주리라고 생각됩니다만."

에이바리 씨는 소장 휴스튼을 불렀다.

"휴스튼, 이분은 경시청의 번리 경감이시네. 자네도 알다시피 그 통에 관한 수사를 하고 계시지. 할 수 있는 데까지 편의를 보아 드리도록 부탁하네."

그리고는 경감 쪽을 향해 말했다.

"그 밖에는 도와 드릴 일이 그다지 없는 것 같은데, 괜찮으시다면 나는 시내로 돌아가고 싶습니다만."

"고맙습니다, 에이바리 씨. 이제 아무것도 없습니다. 나는 이 근처를 조금 돌아다녀 보겠습니다. 수사의 진전에 대해서는 나중에 알려 드리겠습니다."

"부탁합니다. 그럼 이만 실례하고 나중에 다시……."

자기 마음대로 행동할 수 있게 된 번리 경감은 브로턴과 함께 블루핀치호로 가서 사건 현장을 검증한 뒤, 그때의 상황을 다시 상세하게 물었다. 그런 다음 그는 또 뭔가 떨어져 있지 않을까 하고 찾아보았으나 헛일이었다. 잔교에 가서 문제의 통이 보일 만한 각도와 위치에 대해 조사하여, 현장의 여러 상황을 세밀하게 파악했다. 이렇게 하고 있는 동안 앞쪽 창고에서 짐을 날랐던 인부들이 식사를 끝내고 돌아왔으므로 한 사람 한 사람에게 다시 물어 보았으나, 이렇다 할 정보는 얻지 못했다.

경감은 부두 사무소로 돌아갔다. 그리고 휴스튼 씨에게 부탁을 했다.

"수고스럽겠습니다만 그 통에 관한 서류를 모두 보여 주지 않겠습니까. 운송장이며 발송 통지서 등 빠짐없이 말입니다."

휴스튼 씨는 안으로 들어가더니 곧 몇 통의 서류를 가지고 나와서 번리 경감에게 건네주었다. 경감은 그것을 들쳐 보더니 말했다.

"이것으로 보면 그 통은 파리의 산 라자알역에 가까운 카르디네 화물역에서 국영철도로 루앙 항구까지 옮겨져 댁의 배에 실렸군요."
"그렇습니다."
"파리에서는 집하(集荷)를 열차 안에서 하는지 어떤지 모르시지요?"
"네, 하지만 짐마차 운임 청구서가 이 속에 없는 것을 보면, 제 생각으로는 열차 안에서 하는 것 같습니다."
"이 서류는 완전한 것으로, 모든 점에서 미비한 곳은 없다고 해도 좋겠지요?"
"그렇습니다. 완전합니다."
"그 통이 세관의 검사를 받지 않고 통과된 것을 어떻게 생각하십니까?"
"그다지 수상한 데가 없었기 때문이겠지요. 널리 알려진 큰 회사의 꼬리표가 붙어 있었으며, 운송장이나 현품에도 '조각 재중'이라고 씌어져 있는데다, 그런 물건을 운송하는 데 알맞은 용기를 썼고 무게도 틀림없었으니까요. 뭔가 수상한 일이 일어나지 않는 한 이런 종류의 화물은 열어 보지 않습니다."
"고맙습니다, 휴스튼 씨. 지금으로서는 물어 보고 싶은 건 그뿐입니다. 그런데 블루핀치호의 선장을 만나 볼 수 있을까요?"
"알겠습니다, 이리 오십시오. 제가 안내해 드리겠습니다."
맥크나브 선장은 갈고리코에 갈색 머리를 한, 몸집이 크고 야윈 북 아일랜드 사람이었다. 그는 선장실에서 뭔가 쓰고 있었다.
"자, 들어오세요."
휴스튼이 경감을 소개하자 선장이 말했다.
"용건이 뭐지요?"
번리 경감은 찾아온 용건을 말했다. 그가 묻고 싶은 것은 두 가지

밖에 없었다.

"철도로 루앙 항까지 온 화물을 당신 배로 옮겨 실을 때는 어떻게 하십니까?"

"화물열차와 배가 나란히 되게 합니다. 그러면 루앙의 부두 노무자들이 이동 기중기와 배의 윈치를 사용해서 화물을 싣습니다."

"실어 놓은 통에 나중에 이상한 조작을 할 수가 없었을까요?"

"이상한 조작을 한다는 것은 무슨 뜻입니까? 포도주 통의 마개를 뽑아 마시는 일 같은 건 있습니다만, 그밖에는 생각할 수 없습니다."

"통을 바꿔치기 한다든가, 속을 빼내고 다른 물건을 넣는 그런 일은?"

"그런 일은 못합니다. 그런 일은 전혀 불가능합니다."

"대단히 고맙습니다. 선장님. 이만 실례합니다."

번리 경감은 일을 철저하게 하지 않고는 못 견디는 사람이었다. 그는 윈치 담당자며 기관사들, 요리사에 이르기까지 차례차례로 만나 이야기를 듣고, 6시가 되기 전에 루앙에서 블루펀치호를 타고 온 사람들과도 만나게 되었다.

그러나 결과는 안타깝게도 매우 부정적이었다. 통에 관한 정보는 하나도 얻어 내지 못했다. 통에 대해 수상하다고 생각한 사람은 하나도 없었다. 주의를 끌 만한 일이 아무것도 일어나지 않았던 것이다. 그러나 어쨌든 이것은 예삿일이 아니었다.

막연했지만 실망하지 않고 번리 경감은 차를 몰아 경시청으로 돌아왔다. 머릿속은 이 이상한 사건으로 가득차 있었으며, 그의 수첩에는 블루펀치호의 화물 적재 내용과 승무원들에게서 들은 자료가 상세하게 빠짐없이 적혀 있었다.

두 가지 소식이 그를 기다리고 있었다. 그 하나는 선거에서 북쪽 방면으로 보낸 사복 경찰관 랄스튼한테서 온 것으로 이렇게 적혀 있었다.

 그들의 행적을 더듬어 리망 거리의 북쪽 변두리까지 갔었는데, 그 이상은 알 수 없음.

또 하나는 앗파 헤드 거리의 한 경찰서에서 온 것이었다.

 오후 1시 20분쯤, 그레이트 이스턴 거리에서 카텐 로드로 가는 그들 일행을 목격했음.

"흠, 서북 방면으로 간 모양이군."
경감은 그 지역의 확대지도를 펴면서 골똘히 생각했다.
'여기가 리망 거리. 그렇다면 센트 캐더린 부두에서 반 마일쯤 되는 곳이군. 그런데 또 하나는 어디일까?'
그는 전보와 대조해 보았다.
'카텐 로드는 이쯤일 테지. 그렇지, 여기로군. 역시 같은 선(線)으로 이어나가 좀 서쪽으로 기울어졌을 뿐, 부두에서 1마일 반쯤 되는군. 그렇다면 녀석들은 같은 길을 곧장 간 거야. 흐음, 그런데 녀석들은 도대체 어디로 가려는 것일까?'
경감은 생각에 잠겼다가 중얼거렸다.
"제기랄. 내일까지 기다리는 수밖에 도리가 없겠군."
 그런 다음 그는 두 사복 경관들을 돌아오도록 지시하고는 집으로 돌아갔다.
 그러나 그의 하루 일이 그것으로 끝난 것은 아니었다. 저녁 식사를 끝낸 뒤, 그가 즐기는 검은 여송연에 막 불을 붙이려는 데 경시청으로부터 비상 소집령이 내려왔다. 경시청에서 그를 기다리고 있는 것은 브로턴과 키가 크고 턱이 뾰족한 십장 하크네스였다.

경감은 의자를 두 개 끌어와서 두 사람에게 권했다.

"앉으시오. 이야기를 들어 봅시다."

경감이 말하자 브로턴이 같이 온 사나이를 소개하며 입을 열었다.

"다시 이렇게 찾아와서 놀라셨지요, 경감님. 당신하고 헤어진 뒤 나는 뭔가 일의 지시 사항이 나와 있지 않을까 하고 사무실로 되돌아갔는데 때마침 이 친구가 돌아왔습니다. 이 사람은 에이바리 전무님을 만나러 온 셈인데, 전무님은 댁으로 돌아가신 뒤였습니다. 그래서 이 사람은 나한테 모험담을 들려 주었지요. 그리고 나는 에이바리 전무님이 이 사람을 틀림없이 당신한테 보낼 것이라고 생각되어, 곧장 이리로 데리고 오는 게 가장 좋겠다고 판단한 것입니다."

"아주 잘 했습니다. 그럼 하크네스 씨, 무슨 일이 있었는지 이야기해 주시오."

십장은 몸을 편하게 고쳐 앉았다.

"네, 경감님."

그는 이야기를 시작했다.

"정말 어이없고 어리석은 바보 같은 이야기입니다. 저는 오늘 오후에 보기좋게 한방 얻어맞았습니다. 그것도 한 번이 아니라 두 번씩이나 말입니다. 아무튼 처음부터 이야기하는 것이 좋겠지요.

브로턴 씨와 훼릭스라는 사나이가 가고 난 뒤 나는 그 자리에 남아서 통을 지키고 있었습니다. 나는 철테를 조금 가지고 와서 통을 손보는 체 했기 때문에, 왜 내가 거기서 어물거리고 있는지 동료들은 아무도 의심하지 않았습니다. 기다린 지 한 시간이 채 못 되었는데, 이윽고 훼릭스 씨가 돌아왔습니다.

'하크네스 씨지요?' 하고 그가 물었습니다.

'네, 그렇습니다' 하고 대답했지요.

'에이바리 씨한테서 당신 앞으로 보내는 편지를 가지고 왔습니다. 곧 읽으시겠지요?' 하고 말했습니다.

그것은 에이바리 씨가 서명한 본사로부터 온 편지로, 내용은 '브로턴 군을 만나서 이야기를 들었네. 통의 일은 걱정할 것 없으니 훼릭스 씨에게 넘겨 주게'라고 씌어져 있었습니다. 그리고 또 '회사는 통에 적혀져 있는 수취인에게 배달할 책임이 있으니, 통과 훼릭스 씨를 따라가서 무사히 배달한 뒤에 보고해 주기 바란다'라고도 씌어 있었습니다.

알겠다고 말한 다음 나는 동료를 불러 통을 운반하여 훼릭스 씨가 대기시켜 둔 사륜마차에 실었습니다. 그는 마차에 두 남자를 데리고 와 있었습니다. 빨간 털의 건장한 사나이와 또 한 사람은 살빛이 거무스름한 사나이인데, 이 사람들은 마부였습니다. 마차는 선거의 문을 나서자 오른쪽으로 꺾어 리망 거리를 올라가더니 내가 모르는 거리로 접어들었습니다.

1.5km쯤 갔을 때, 빨간 털의 사나이가 한잔하고 싶다고 말했습니다. 훼릭스는 통을 옮겨 놓은 뒤에 하자고 말했으나, 곧 다시 동의하여 우리는 어느 술집 앞에서 멈추었습니다. 작은 사나이의 이름은 왓티라고 했는데, 훼릭스가 말을 그대로 두어도 괜찮겠느냐고 묻자 그는 안 된다고 말했습니다.

그러자 훼릭스는 세 사람이 먼저 들어갈 테니 잠깐만 말을 지켜 달라며, 곧 자기가 나와서 교대해 줄 테니 그때 왓티가 들어와서 마시면 되지 않겠느냐고 말했습니다. 훼릭스는 나와 빨간 털의 사나이를 데리고 술집으로 들어가서 맥주를 네 병 시키고 돈을 치렀습니다. 훼릭스는 맥주를 단숨에 마셔 버리고는 왓티를 불러 오겠다면서 밖으로 나갔습니다.

 그가 사라지자 빨간 털의 사나이가 몸을 앞으로 내밀며 속삭이듯 말했습니다. '이보게, 친구. 저 이상한 통으로 나리는 뭘 하려는 걸까? 나는 5대 1로 내기를 걸어도 좋아. 뭔가 좋지 못한 일을 꾸미고 있는 거요.'

 '그럴까?' 나는 말했습니다. '나는 그런 건 모르겠소.' 그러나 사실은 나도 그렇게 생각하고 있었습니다. 하지만, 에이바리 씨가 심상치 않은 것을 걱정없다고 써보낼 까닭이 없지 않습니까.

 '어떻소?' 빨간 털의 사나이가 말했습니다. '당신과 내가 빈틈없이 하면 2, 3파운드는 굴러들어올지도 모르는 거요.'

 '그게 무슨 뜻이오?' 하고 물었더니, '무슨 뜻이랄 게 뭐 있나' 하고 그는 말하더군요. '만일 저 통으로 나리가 무슨 일을 꾸미고 있다면 남에게 알려지면 곤란할 게 아닌가? 거기서 우리가 손을 빌려 주겠다고 하면, 나리는 우리들한테 조금 집어 주는 것이 좋겠다고 생각할 게 아닌가 말이오.'

 처음에 나는 이 사나이가 저 통에 시체가 들어 있다는 것을 알고 있는 게 아닐까. 그렇다면 눈치채지 못하게 살펴보자고 생각했습니다. 그러나 어쩌면 이 사나이가 훼릭스와 한편으로 나를 떠보는 것은 아닌가도 생각했습니다. 그래서 얼마 동안 모르는 척하며 내막을 알아보리라 마음먹고 나는 말했습니다.

 '왓티도 우리 편으로 끌어넣겠소?' 그러자 빨간 털의 사나이는 '안돼, 이런 일에 세 사람은 너무 많소' 하고 말했습니다. 그 뒤 우리는 한참 동안 이야기를 하고 있었는데, 문득 왓티의 맥주가 그대로 있음을 알고 그가 왜 마시러 오지 않을까 생각했습니다.

 '이 맥주는 김이 다 빠지겠군' 하고 나는 말했습니다. '마시고 싶으면 빨리 와서 마시지 않고.' 그 말을 듣자 빨간 털은 일어서며

'웬일일까, 잠깐 나가 보고 오겠소' 하고 말했습니다.

왠지 모르지만 나는 아무래도 이상하게 여겨졌기 때문에 빨간 털을 뒤쫓아 밖으로 나갔습니다. 그런데 짐마차가 없었습니다. 한길을 아래 위로 돌아보았지만 짐마차는 물론 훼릭스도 왓티도 보이지 않았습니다.

'빌어먹을, 달아났구나.' 빨간 털이 소리쳤습니다. '곧 쫓아갑시다. 당신은 저리로 가 보시오. 나는 이쪽으로 가 보겠소. 모퉁이를 돌면 보이겠지.'

그때 나는 당했구나 하고 생각했습니다. 이들 세 사람은 악당의 패거리로, 시체를 처리하려는데 묻을 곳을 나한테 안 보이려는 것이겠지. 또 한잔 하자고 말한 것도 나를 마차에서 떼어놓으려는 계략이며, 빨간 털의 이야기도 다른 녀석들이 모습을 감출 때까지 나를 잡아 두려는 계략이었다는 것을 깨달았습니다. 거기서 나는 두 사람은 용하게 빠져나갔지만, 이 세 번째 녀석까지 그렇게는 못하게 하리라고 마음먹었습니다.

그래서 나는 '아니, 그건 안 되네, 친구. 우리는 같이 있는 것이 좋겠소' 하고 말하며 빨간 털의 팔을 잡고 그가 가자는 길로 끌고 갔습니다. 그리고 길모퉁이까지 가 보았으나 마차는 그림자도 보이지 않았습니다. 우리는 보기좋게 나가떨어진 것입니다.

빨간 털은 욕을 퍼부으며 자기의 하루 품삯은 누가 주느냐고 법석을 피웠습니다. 나는 이 사나이의 신원과 근무처를 알아보려고 했으나, 그는 아무 말도 하지 않았습니다. 그리하여 나는 이 사나이를 따라다니기로 마음먹었습니다. 왜냐하면 끝내는 집으로 돌아갈 것이고, 그의 집이 어딘가를 알게 되면 근무처도 알게 될 뿐 아니라, 훼릭스라는 사나이도 잡게 되리라고 생각했던 것입니다. 그는 몇 번이나 나를 떼어놓으려 했지만 도저히 안 된다는 것을 알자 몹시 화를 냈습니다.

　우리는 5시 가까이까지 3시간이나 여기저기 돌아다니다가, 다시 맥주를 조금 마신 다음 술집을 나와 두 갈래길의 모퉁이에 서서 이제부터 어디로 갈 것인가 생각하고 있는 참이었습니다. 빨간 털의 사나이가 별안간 비틀거리며 나를 떠밀었기 때문에, 나는 지나가던 할머니에게 정면으로 부딪쳐서 하마터면 그 할머니를 쓰러뜨릴 뻔했습니다.

　나는 나도 모르게 할머니가 쓰러지지 않도록 붙잡았습니다. 그럴 수밖에 없었습니다. 그런 다음 사방을 둘러보니, 이게 웬일입니까. 빨간 털의 모습이 보이지 않았습니다. 나는 먼저 한쪽 길을 달려갔다가 그 다음에 다른 길을 찾아보고, 조금 전의 술집에도 가 보았지만 녀석의 모습은 없었습니다. 나는 바보스러운 내 자신에 대해 화가 치밀었지요. 한참 뒤 아무튼 회사로 돌아가서 에이바리 씨에게 이야기하는 것이 좋겠다고 생각했습니다. 그래서 펜챠아치 거리로 되돌아왔더니 브로턴 씨가 여기로 데리고 온 것입니다."

　십장의 이야기가 끝나자 침묵이 계속되었다. 그동안 번리 경감은 여느 때처럼 치밀하게 방금 들은 이야기와 오늘 브로턴으로부터 들은 이야기를 대조하면서 골똘히 생각에 잠겨 있었다. 그는 의심할 나위 없는 사실과, 이야기한 사람의 견해에 지나지 않는다고 생각되는 것을 되도록 구별하여 생각하면서, 사건의 일련에 관해서 세밀하게 재검토해 보았다. 이 두 사나이를 믿을 수 있다면——번리 경감으로서는 어느 편도 의심할 까닭은 없었지만——통을 발견하고 운반했다는 것은 한 가지 점만 빼고는 틀림없는 사실이었다. 그 통 속에 정말 시체가 들어 있었는가 하는 점에 대해서는 특별히 뚜렷한 증거가 있다고는 생각되지 않았다.

　"브로턴 씨는 그 통에 시체가 들어 있다고 했는데, 당신도 그렇게 생각하오, 하크네스 씨?"

"네, 틀림없습니다. 우리는 여자의 손을 보았습니다."

"하지만 그것은 조각이었는지도 모르지 않습니까? 통에는 '조각 재중'이라고 적혀 있었으니까요."

"아닙니다. 조각이 아니었습니다. 브로턴 씨도 처음 보았을 때는 그렇게 생각한 것 같았는데, 다시 보고는 제 눈이 확실했다는 것을 알았습니다. 시체가 틀림없습니다."

이것저것 계속하여 물어 본 결과 두 사람 다 한결같이 그 손이 진짜라고 확신하고 있다는 것은 알았으나, '느낌이 그랬었다'는 것 외에 확신을 가질 만한 근거는 없는 듯 했다. 번리 경감도 어쩐지 사실 같다는 생각은 들었지만, 두 사람의 이야기를 모두 정당한 것으로 받아들일 수는 없었다. 또한 통에 들어 있는 것이 손뿐인지, 아니면 한쪽 팔인지도 모른다. 어쩌면 의과 대학생이라면 그런 못된 장난을 실제로 할 수 있을 거라고 문득 생각했다. 그래서 하크네스를 향해 또 물었다.

"블루핀치호에서 훼릭스가 당신한테 전해 준 편지를 가지고 있소?"

"네."

십장은 대답하며 편지를 경감에게 건네주었다.

그것은 한눈에 사무용 편지지에 하급 사원의 손으로 씌어졌다고 여겨지는 편지로, 윗부분에 I&C라는 정규 회사 이름이 인쇄되어 있었다.

1912년 4월 5일
센트 캐더린 부두 블루핀치호의 하크네스 귀하
훼릭스 씨 앞으로 온 통에 대해서 브로턴 군과 귀하 사이에 있었던 담화에 관한 문제이 문제에 대해 브로턴 군과 훼릭스 씨를 만나 본 결과, 통은 틀림없이 훼릭스 씨 앞으로 온 것임이 판명되었으니 즉시 넘겨 주기 바람.
　이 글을 받는 대로 곧 그 통을 훼릭스 씨에게 내줄 것.
　또한 회사로서는 통의 수취인에게 배달해 줄 책임이 있으므로, 회사를 대표해서 함께 무사히 배달한 뒤 보고할 것.

I&C 해운회사
전무이사 × 에이바리
×× 대필

　×라는 머리글자는 알아보기 어려워 높은 지위에 있는 사람이 쓴 것처럼 보였으나, 이상하게도 같은 필적으로 썼을 '에이바리'라는 글자만은 특히 눈에 띄었다.
　경감이 브로턴에게 말했다.
　"어쨌든 당신 회사의 편지지에 썼군요. 편지지 윗부분에 당신 회사의 이름이 인쇄되어 있으니 가짜는 아닙니다."
　"틀림없습니다. 그러나 편지가 가짜인 것은 확실합니다."
　"나도 그렇게 생각하지만, 어떻게 그것을 알 수 있지요?"
　"이유는 여러 가지 있습니다. 첫째, 우리는 이런 종류의 편지지를 사원끼리 연락할 때는 쓰지 않습니다. 그런 때에는 훨씬 싼 메모지를 쓰지요. 둘째, 회사에서는 반드시 타이프로 칩니다. 그리고 셋째, 이 서명은 우리 회사 직원의 것이 아닙니다."
　"과연 확실한 논거가 있는 말이군요. 이 편지를 위조한 사람은 당신 회사 전무님의 머리글자도, 사원의 머리글자도 몰랐던 것이 확실합니다. 그가 알고 있는 것은 에이바리라는 이름뿐이며, 당신의 이야기로 추리해 보건대 훼릭스는 그쯤의 지식밖에는 없는 것으로

생각되는군요."

"하지만 어떻게 그 사나이는 회사의 편지지를 손에 넣을 수 있었을까요?"

번리 경감은 빙그레 웃으며 말했다.

"그건 그다지 어려운 일이 아닙니다. 당신 회사의 주임이 그에게 주지 않았을까요?"

"그렇군요! 그것으로 겨우 알겠습니다. 그 사나이는 에이바리 씨에게 전할 말이 있다면서 편지지와 봉투를 받아서 봉투는 두고 편지지만 가지고 사라진 것이로군요."

"물론 그렇습니다. 에이바리 씨가 빈 봉투 이야기를 했을 때 나는 그가 무슨 일을 꾸미고 있는지 곧 짐작이 갔으므로 그를 앞지르려고 부두로 달려갔지요. 그런데 그 통에 붙어 있던 꼬리표 문제인데, 한번 더 상세하게 이야기해 주지 않겠습니까?"

"그것은 가로 15cm, 세로 10cm 정도의 마분지로서, 둘레는 징으로 박혀 있었습니다. 꼬리표의 윗부분에는 듀피엘이라는 상회 이름과 광고가 인쇄되어 있고, 아랫부분의 오른쪽에는 가로 8cm, 세로 5cm쯤 받는 사람의 이름을 적어넣는 난이 있었습니다. 이 난은 굵게 검은 선으로 둘러쳐져 있었는데, 이 굵은 선을 따라 한가운데 부분이 도려내어져 가로 8cm, 세로 5cm쯤 되는 구멍이 뚫려 있었습니다. 그러나 구멍은 뒤쪽에서 마분지로 메꾸어져 있었습니다. 그러므로 훼릭스라는 수취인 이름은 나중에 붙인 종이 위에 쓴 것으로, 본디 표 위에는 없었습니다."

"괴상한 짓을 했군요. 당신은 어떻게 생각합니까?"

"듀피엘 상회가 마침 꼬리표가 없어서 썼던 표를 다시 쓰지 않았나 생각됩니다만……."

번리 경감은 이 문제를 머릿속에 그리면서 건성으로 대답했다. 통 속에 있는 물건이 조각품이었다면, 이 사무원이 말하는 그런 생각도 틀림없이 성립될 것이다. 그러나 만일 시체였다면 좀더 다른 까닭이 밝혀지지 않으면 안 된다고 그는 생각했다. 이런 경우, 통이 듀피엘 상회에서 보내어졌으리라고는 도저히 생각할 수 없다고 여겨졌다. 만일 그것이 사실이라면 대체 어떤 일이 있었을까? 하나의 가능한 해석이 그의 머리에 떠올랐다.

이를테면 누군가가 듀피엘 상회로부터 조각품이 들어 있는 통을 받고, 그 통을 돌려보내기 전에 살인을 했다고 하자. 그리고 그 시체를 처리하기 위하여 통 속에 시체를 넣어서 어딘가로 보냈다고 하면, 그런 경우 범인은 꼬리표를 어떻게 할 것인가? 이와 같은 조작을 할 것이 틀림없다. 즉 세관의 검사를 무사히 통과시키기 위해 듀피엘 상회의 인쇄물을 그대로 남겨 놓고, 손으로 쓰는 곳만 바꾸려고 생각할 게 틀림없다. 거기서 그는 다시 두 방문객을 향해 말했다.

"두 분 다 빨리 오셔서 정보를 제공해 주어 정말 고맙습니다. 그럼, 당신들의 주소를 가르쳐 주지 않겠습니까? 오늘밤은 더 이상 어떻게 할 도리가 없으니까요."

번리 경감은 다시 자기 집으로 향했다. 그러나 그에게 있어 기분좋은 밤이라고는 말할 수 없었다. 9시 반쯤 그는 또다시 본청으로부터 나와 달라는 전갈을 받았다. 누군가에게서 급히 그에게 할 이야기가 있다고 전화가 걸려 왔다는 것이었다.

담 위의 감시자

번리 경감이 본청의 자기 방에서 브로턴과 하크네스를 만나고 있던 그 시간에, 런던의 다른 지구에서는 문제의 통을 둘러싼 다른 사건이 잇달아 일어나고 있었다.

본디 이름이 존 워커인 경관 Z76은 아직 햇병아리였으나, 성실하고 근면하며 머리가 좋아 앞날이 기대되는 젊은이였다. 그의 야심의 첫번째는 형사가 되는 것으로, 본청의 경감으로서 용명(勇名)을 떨치는 날을 꿈꾸고 있었다. 그는 여느 때 코난 도일이며 프리만이나 그밖의 이름난 탐정 소설을 즐겨 읽었으며, 그 이야기들은 그의 상상력을 자극했다. 소설의 주인공들과 솜씨를 겨루는 그의 노력은 인생에의 흥미를 더욱더 북돋웠다. 그리고 이러한 일들은 비록 그에게 큰 도움은 안 되었다 해도 결코 해롭지는 않았다.

그날 저녁때 사복 차림의 워커 순경은 호로웨이 거리를 거닐고 있었다. 조금 전에 비번이 되어, 차를 마신 뒤 이즈린튼 극장에서 상영하고 있는 이름난 스릴 영화 〈유혹〉의 두 번째 상영 시간을 기다리며 시간을 보내고 있는 것이다. 즐기러 가는 도중이기는 했으나 그는 걸으면서 관찰과 추리를 잊지 않았다.

워커 순경은 만나는 사람들의 모습에 주의를 기울여 그 사람들의 과거를 추리해 보는 습관을 지니고 있었다. 그리고 비록 지금 당장 셜록 홈즈 명탐정처럼 성공하지는 못하더라도 언젠가는 그렇게 되어 보고 싶다고 생각하고 있었다.

워커 순경은 길을 오가는 사람들을 바라보았으나 연구할 만한 사람은 하나도 없었다. 그런데 큰길을 달려가는 마차들 가운데 문득 그의 주의를 끄는 마차가 하나 있었다.

짙은 밤색 말에 끌려오는 사륜마차가 큰길에서 그가 있는 쪽으로 달려오고 있었다. 마차에는 큰 통 하나가 세워져 실려 있었으며, 두 사나이가 앞에 앉아 있었다. 한 사람은 야위기는 했지만 건장한 사나이로서 말고삐를 잡고 있었고, 또 한 사람은 조금 작은 몸집을 한 사나이로 지친 듯 통에 기대앉아 있었다. 이 사나이는 검은 턱수염을 기르고 있었다.

워커 순경의 숨결은 갑자기 빨라지기 시작했다. 그는 수배중인 범인의 인상을 되도록 상세하게 기억하는 성격이었는데, 오늘 오후 꼭 이와 같은 마차를 수배하라는 본청으로부터의 전문을 읽은 적이 있었다.

그것은 긴급 수배 지령이었다. 지금 자기가 발견한 마차가 그것일까? 이렇게 생각하는 동안 그의 흥분은 점점 높아져 갔다.

슬며시 방향을 바꾼 그는 마차가 달려오는 방향을 따라 천천히 걸어가면서, 조금 전에 읽은 수배 기록을 되도록 자세하게 생각해 내려고 애썼다. 사륜마차──바로 그대로이다. 말 한 마리──이것도 똑같다. 단단하게 만들어진 철테를 감은 통으로, 끄트머리의 한쪽 판자가 파손되었으며, 그것은 아무렇게나 대충 손보아져 있다──틀림없이 그렇게 적혀 있었다.

마차가 다가와서 그와 나란히 서게 되었을 때 그는 힐끗 눈길을 돌려 마차 안을 살펴보았다. 고상하게 만들어진 단단한 철테가 감긴 통이다. 그러나 판자가 파손되었는지 어떤지는 알 수가 없었다. 문제의 통은 밝은 청색으로 칠해져 있고 터튼엄 코트 로드의 주소가 적혀 있을 것이다.

워커 순경은 멈칫했다. 이 짐마차는 우중충한 갈색으로 칠해져 있으며, 더구나 하(下) 비치우드 로드 마독스 거리 127번지 존 라이온즈 부자(父子) 상회라는 이름이 씌어 있었다. 그는 몹시 실망했다. 그토록 자신을 가졌었는데, 그러나 그런데도──빛깔이 다른 점을 빼고는 수사 중인 통과 너무도 비슷했다.

워커 순경은 한 번 더 불그스름한 갈색 페인트를 보았다. 이상하게도 칠이 얼룩진 것처럼 보였다. 어떤 부분은 갓 칠해서 조금 광택이 있는데, 다른 부분은 뿌옇게 황갈색을 띠고 있었다. 그것을 본 그는 또다시 흥분하기 시작했다. 왜 그런지를 알았기 때문이었다.

그는 어린 시절 고향에 있는 작은 페인트 가게에 곧잘 놀러 갔으므로 페인트에 대해서는 얼마쯤 알고 있었다. 페인트를 빨리 말리고 싶을 때는 광택없이 칠한다. 즉 휘발유 대신 테레빈 기름이나 그밖의 광택이 나지 않는 기름을 섞어 페인트를 갠다.

이렇게 하면 페인트는 한 시간이면 마르는데, 광택이 없어지며 냄새나 윤기가 없다. 그러나 유성 페인트를 칠한 뒤에 바로 광택을 없애는 페인트를 칠하면 마르는 것도 늦으며, 또 마른 뒤에 얼룩이 져서 마른 데는 광택이 없지만 아직 마르지 않은 데는 광택이 남아 있다.

이 짐마차가 몇 시간 전에 갈색 무광택 페인트를 칠했기 때문에 아직도 부분적으로는 덜 마른 곳이 있다고 워커 순경은 판단했다.

어떤 생각이 떠올랐으므로, 그는 얼룩진 짐마차의 옆부분을 뚫어지게 살펴보았다. 분명히 그의 생각은 틀리지 않았다. 무광택 페인트가 칠해진 그 바닥에 희미하게 흰 글자 자국이 본래의 푸른 바닥보다 조금 엷게 드러나 있었다. 분명히 그렇다고 판단하자 그의 심장은 뛰었다. 틀림없다.

그는 짐마차를 앞세워 놓고는 주의깊게 그것을 노려보면서 자신에게 다가오는 큰 행운을 느꼈다. 이때 그는 마차에 네 사람이 타고 있었다는 수배 전문을 생각해 냈다. 한 사람은 키가 크고 엷은 갈색 콧수염을 기른 광대뼈가 튀어나오고 턱이 뾰족한 사나이, 한 사람은 자그맣고 야윈 몸집을 한 검은 턱수염을 기른 외국인 같은 사나이, 그밖에 인상착의가 적혀 있지 않은 사나이가 둘 있었다. 턱수염을 기른 사나이는 마차를 타고 있었으나, 키가 큰 빨간 털의 사나이는 보이지 않았다. 아마도 마부는 인상 착의가 적혀 있지 않은 한 사람이겠지.

다른 두 사나이는 어쩌면 걷고 있는지도 모른다는 생각이 문득 워커 순경의 머리에 떠올랐다. 그리하여 그는 마차를 더욱 멀찌감치 앞세워 보내면서 마차 쪽으로 걸어가는 남자들을 주의깊게 샅샅이 살펴보았다. 그는 길 양쪽을 빈틈없이 찾아보았으나 인상 착의에서 지적한 빨간 털의 사나이는 전혀 눈에 띄지 않았다.

용의자는 여전히 북서쪽으로 가고 있었는데, 워커 순경은 꽤 거리를 두고 그 마차를 뒤쫓아갔다. 호로웨이 거리가 끝나자 마차는 하이게이트를 빠져나가 다시 그레이트 로드로 갔다.

이 무렵 사방이 어두컴컴해지기 시작했으므로, 워커 순경은 마차가 갑자기 길모퉁이를 돌더라도 놓치지 않도록 얼마쯤 거리를 좁혔다.

6.7km 가까이 줄곧 뒤쫓아갔다. 벌써 8시가 가까웠다. 워커 순경은 지금쯤 '유혹'이 막 시작되었겠구나 하고 생각하니 문득 후회 비슷한 느낌이 들었다. 도회지 풍경은 차츰 뒤로 물러서고 이미 교외로 들어서 길 양쪽에는 별장 같은 집들이 늘어서 있고 임대 주택지라고 쓴 푯말이 서 있는 들판이 보였다.

포근하고 조용한 밤이었다. 서쪽 하늘에는 아직 저녁놀이 남아 있는데도 동쪽 하늘에는 별이 반짝이기 시작했다. 얼마 안 되어 완전히 해가 질 것이다.

갑자기 짐마차가 멈춰서더니 한 사나이가 뛰어내려 길 오른쪽에 있는, 건물의 마차만이 드나들도록 되어 있는 문을 열었다. 워커 순경은 50m쯤 뒤쪽 울타리에 몸을 숨기고는 가만히 지켜보고 있었다.

얼마 뒤 다시 짐마차의 움직임 소리가 들리며 길바닥에 마차 바퀴가 부딪치는 둔탁한 소리가 나더니, 곧 자갈 위를 굴러가는 부드럽고 가벼운 소리로 바뀌었다. 워커 순경이 울타리를 따라 다가가 보니 짐마차의 불빛이 오른쪽으로 움직여 가는 것이 보였다.

한 갈래의 좁은 길이 짐마차가 들어간 집 바로 앞에 마찻길과 같은 방향으로 뻗어 있었다. 마찻길은 그 좁은 길에서 10쯤 저 편에 있는 셈이어서 워커 순경이 본 바로는 좁은 길도 마찻길도 도로 편에 직각으로 뻗어 있는데, 좁은 길은 집의 바깥쪽으로, 마찻길은 안쪽으로 나란히 뻗어 있는 셈이었다.

워커는 그 좁은 길로 몰래 들어갔다. 그래서 그와 짐마차 사이는 두툼한 경계선인 울타리로 가려지게 되었다.

완전히 어두워지지는 않았으므로 허공에 검은 모습을 드러내고 있는 조금 나직한 그 집의 윤곽을 분간할 수 있었다. 문은 박공벽에 달려 있는데, 집 안은 캄캄했으나 열려 있었다. 집 뒤 박공벽의 끄트머리에서 좁은 길과 나란히 높이 2.5m쯤 되는 담이 이어져 있었다. 분명 안뜰의 담인 모양으로, 문이 하나씩 달려 있었다.

마찻길은 현관문과 박공벽 앞을 지나 이 길까지 뻗어 있었다. 건물은 좁은 길 가까이 있었는데, 워커 순경이 숨어 있는 곳에서 12.3m 쯤밖에는 떨어져 있지 않았다. 울타리 바로 안쪽에는 작은 나무들이 한 줄로 심어져 있었다.

정원 문 바로 앞에 짐마차가 멈춰서 있었다. 한 사나이가 말고삐를 잡고 있다. 워커 순경이 더 가까이 들어가자 빗장을 벗기는 소리가 들리더니 문이 열렸다. 문 밖에 있던 사나이가 짐마차를 안으로 끌어들이자 문은 곧 닫혔다.

그러자 모험심이 워커 순경의 몸 속에 용솟음쳐, 훨씬 더 가까이 다가가서 사태를 관찰하도록 자신을 몰아세웠다. 현관문의 반대쪽 울타리에 있는 작은 문을 발견한 그는, 거기까지 되돌아와서 조심스럽게 문을 열고 살며시 안으로 들어갔다. 그리고는 울타리의 그늘과 나무 밑을 기다시피 하여 다시 정원 문 앞으로 나가서 사방을 둘러보았다.

정원 문의 저편에, 즉 집으로부터 한 15m쯤 떨어져 안뜰의 담이 이어져 있는데, 그 담 끝에서 T자형으로 울타리가 뻗어 있어 그것이 담과 지금 그가 숨어 있는 울타리를 이어 주고 있었다. 워커 순경은 이 T자형 울타리를 따라 조심스럽게 앞으로 나가서 담 옆에까지 왔다.

 어두워서 거기로 갈 때까지 몰랐는데 울타리와 벽이 엇갈리는 구석진 곳에 자그마하게 통나무로 지은 벽이 없는 정자가 있었다. 그것을 발견했을 때 워커 순경의 머리에 어떤 생각이 떠올랐다.
 그는 세심한 주의를 기울여 한 걸음 한 걸음 조심스레 발을 디디면서 정자의 비탈진 쪽을 기어올라가기 시작했다. 천천히 발을 옮겨서 올라가 살며시 머리를 들자 담 저편이 보였다.
 안뜰은 꽤 길이가 길어 그가 웅크리고 있는 곳에서 집까지는 약 2, 30m 정도나 되어 보였는데, 너비는 10여 m밖에 안돼 보였다. 안뜰 저편에는 창고 비슷한 건물이 한 줄로 늘어서 있었다. 그 가운데 언뜻 보기에 마구간 같은 건물의 빗장이 벗겨져 안에서 불빛이 새어나오고 있었다. 그 문 앞에 짐마차가 뒤쪽을 문으로 향하여 세워져 있었다.
 마구간은 안뜰 저편 끝에 가까웠기 때문에, 그 안에서 무슨 짓을 하고 있는지 워커 순경은 볼 수 없었다. 그래서 그는 담 위로 뛰어올라가 천천히 소리가 나지 않도록 덮개돌 위를 엉금엉금 기어서 집 쪽으로 다가갔다.
 그는 자기가 전략적으로 보아 불리한 위치에 있다는 것을 깨달았으나, 안뜰의 동남쪽에 있기 때문에 등 뒤에 어두운 밤하늘을 등지고 있으며, 게다가 나무들이 그러한 배경을 더욱 어둡게 해줄 것이 틀림없다고 여겼다. 상대에게 들킬 염려는 없으리라 생각하고는 마구간 앞으로 가까이 다가갔다. 그리고는 담의 덮개돌 위에 엎드려서, 등불이 들렸을 때 자기 얼굴이 하얗게 비칠까 봐 짙은 갈색 웃옷 소매로 얼굴을 가리고 가만히 기다렸다.
 거기서는 마구간 안까지 자세히 볼 수 있었다. 안은 텅 비었으나 꽤 넓었으며, 흰 벽과 시멘트 바닥이 보였다. 벽의 못에 칸델라가 걸려 있어, 그 불빛으로 바닥 가운데 있는 사다리에서 턱수염의 사나이가 내려려는 것이 보였다. 건장해 보이는 또 한 사나이가 바로 그 옆에 서 있었다.

"저 갈고리라면 걱정없겠네."

턱수염의 사나이가 말했다.

"이음대에 달아맸으니. 자, 이번에는 윈치일세."

그리고 방으로 사라지더니 곧 작은 윈치를 가지고 돌아왔다. 그리고 그는 한쪽 끝을 들고 사다리를 올라가 그것을 위의 어딘가에 걸쳤다. 그리고는 사다리를 옆으로 밀어놓았으므로 워커 순경이 있는 곳에서 입구의 지레 밑에 가느다란 쇠사슬이 달린 도르래의 갈고리가 매달려 있는 것이 바로 보였다.

"자, 뒷걸음질시켜요."

턱수염의 사나이가 말했다.

짐마차는 통이 도르래 바로 밑에 올 때까지 뒤로 해서 안으로 들어왔다. 두 사람은 쇠사슬을 통에 매느라고 조금 시간이 걸렸으나 잠시 뒤 쇠사슬을 당겨 천천히 통을 끌어 올렸다.

15cm쯤 끌어올리자 턱수염의 사나이가 말했다.

"됐네, 이번에는 마차를 밖으로 끌어내세."

야윈 사나이는 말고삐를 잡아 마차를 마구간에서 끌어내어 안뜰 앞에서 세웠다. 칸델라를 못에서 벗기더니 통을 공중에 매달아둔 채 턱수염의 사나이도 뒤따라 밖으로 나왔다. 그는 마구간 문을 닫고 자물쇠를 잠그고 뜰을 가로질러 안뜰 문으로 다가가서 문의 빗장을 벗기기 시작했다. 두 사나이는 워커 순경이 있는 곳에서 겨우 5m쯤 떨어진 곳에 있었다. 순경은 숨을 죽이고 엎드렸다.

야윈 사나이가 비로소 입을 열었다.

"잠깐만 기다려 주십시오, 나리, 돈은 어떻게 하시렵니까?"

"그렇지! 자네 몫은 지금 주지. 또 한 사람의 몫은 받으러 오면 언제라도 주겠네."
"그건 곤란합니다."
야윈 사나이는 성난 목소리로 말했다.
"그 친구의 몫도 내 것과 함께 주십시오. 그 친구는 여기까지 그걸 받으러 올 틈이 없습니다."
"자네한테 그 사람 몫까지 주었다가 나중에 그가 안 받았다고 하면 어떻게 하지?"
"이렇게까지 말씀드리는데 저를 믿어 주셔야지요. 자, 나리. 부탁합니다. 그래서 빨리 나를 가게 해주십시오. 그리고 2파운드로 끝난다고 생각하시면 안 됩니다. 처음 부탁하실 때와 이야기가 다르지 않습니까? 나리들의 계략을 눈감아 달라고 하시려면 그만한 대가는 있어야 하지 않겠습니까?"
"무슨 어이없는 말을 하나. 대체 자네는 무슨 말을 하고 있는 건가?"
상대 사나이는 옆눈으로 힐끗 보았다.
"나 같은 가난뱅이 품팔이꾼을 호통칠 건 없잖습니까. 보십시오, 나리. 서로가 빤히 알고 있는 일이 아닙니까. 역시 꼬치꼬치 캐묻는 건 싫겠지요. 나와 내 친구에게 10파운드씩만 주시면 아무것도 몰랐던 걸로 하겠습니다요."
"이봐, 자네 지금 어떻게 된 게 아닌가? 나는 아무것도 비밀로 해야 할 일이 없네. 이 일은 이치에 어긋난 것이 아닐세."
야윈 사나이는 '나리, 다 알고 있습니다요'라는 듯이 한쪽 눈을 슬쩍 감아 보였다.
"물론이지요. 이치에 맞고말고요. 그러니까 10파운드씩 달라는 게 아닙니까?"

한참 동안 침묵이 흐른 뒤 턱수염의 사나이가 말했다.

"자네는 저 통 속에 뭔가 옳지 못한 물건이 들어 있는 것으로 생각하나 보군. 하지만 잘못 짚었어. 그런 일은 절대로 없네. 그러나 자네가 이번 목요일까지 잠자코 있지 않으면 내가 내기에 지는 것만은 사실이지. 자, 5파운드씩 주겠네. 그 친구의 몫도 같이 받아 가게."

그는 손 안에서 몇 개의 금화를 소리내어 세었다.

"자, 이걸 받든 말든 마음대로 하게. 더 이상은 낼 수 없어. 내기에 지는 편이 차라리 돈이 적게 드니까."

야위고 몸집이 건장한 사나이는 탐나는 듯 금화를 바라보면서 망설이고 있었다. 대답하기 위해 막 입을 벌리려다가, 갑자기 무슨 생각이 떠올랐는지 어리둥절한 태도로 서서 상대방 얼굴을 바라보았다. 워커 순경은 칸델라 불빛에 비친 그 사나이의 입술을, 비쭉거리는 악당 같은 차가운 비웃음을 보았다.

이윽고 그는 곰곰이 생각한 끝에 겨우 결론을 얻은 사람처럼 돈을 받더니 말 있는 곳으로 되돌아갔다.

"그럼, 나리."

그는 짐마차를 움직이면서 말했다.

"분명히 이치에 맞는 이야기입니다. 내가 증명하지요."

턱수염의 사나이는 정원 문을 닫고 빗장을 건 다음 칸델라를 들고 집 안으로 사라졌다. 얼마 뒤 자갈길을 지나가는 마차 바퀴 소리도 사라지고 사방은 조용해졌다.

2, 3분 동안 꼼짝하지 않고 기다리고 있던 워커 순경은 담의 덮개돌 위에서 조용히 땅 위로 미끄러져 내려왔다. 울타리까지 발 끝을 들고 가로질러 온 그는 살며시 작은 문을 빠져 다시 좁은 길로 나왔다.

한밤중의 방문

워커 순경은 좁은 길에 서서 한참 동안 생각했다. 지금까지 정말 일이 잘 되어 나갔다고 생각했다. 그리고 자신의 행운을 축복했다. 그러나 이제부터는 어떻게 해야 할지 판단하기가 어려웠다.

가까운 경찰서를 찾아가서 서장에게 알려야 하나? 아니면 본청으로 전화 연락을 하든지 또는 직접 가야 하나? 그렇지 않으면——더욱 곤란한 일이지만——이대로 여기 남아서 사태의 새로운 진전을 지켜보아야 할 것인가?

15분쯤 그는 골똘히 생각에 잠겨 그곳에서 머뭇거리다가 겨우 자기 소속 경찰서에 전화를 걸기로 마음먹었다.

그때 좁은 길을 통해 천천히 이쪽으로 다가오는 발소리가 들렸다. 들키면 큰일이라고 생각한 그는, 얼른 울타리의 작은 문으로 되돌아가 그 안으로 들어가서 나무 뒤에 숨었다. 발소리는 점점 더 가까이 다가오고 있었다. 누군지는 모르겠으나 아주 천천히, 그것도 어쩐지 발소리를 죽이면서 오는 것 같았다.

워커 순경이 숨어 있는 곳을 지나갈 때 보통 키쯤 되는 사나이의 모습이 희미하게 보였다. 2, 3초쯤 지나자 발소리가 멎었다. 그리고는 천천히 되돌아와서 워커 순경 앞을 지나 이윽고 작은 문 옆에 멈춰섰다. 사방은 아주 조용해서 이 정체를 알 수 없는 사나이가 하품을 하고 가볍게 헛기침하는 소리까지 들렸다.

마지막 저녁놀의 희미한 빛도 이제는 완전히 하늘에서 사라지고 별빛만이 밝게 반짝거리고 있었다. 바람은 없었으나 밤공기가 싸늘했다. 이따금씩 개 짖는 소리며 풀 속에서 곤충이 바스락거리는 소리, 길을 달리는 자동차의 엔진소리가 띄엄띄엄 사이를 두고 들려왔다.

워커 순경의 문제는 일단 해결되었다. 또한 감시자가 여기 있는 한 꼼짝 못하게 되었기 때문이다. 그는 몸을 조금 떨고는 이곳에서 기다리기로 마음먹었다.

그는 지금 몇 시쯤이나 되었을까 하고 생각해 보았다. 8시 반쯤 되었을까? 짐마차가 마찻길로 들어온 것이 8시쯤이었으니까, 그 뒤 30분 이상은 지나지 않았을 것이다.

그는 10시까지 비번이었다. 허가없이 지각하는 것은 싫었으나, 사정이 이러니만큼 변명도 충분히 통할 것이다. 그는 교대에 늦었을 때의 상황을 생각해 보았다. 부장은 무조건 성을 내며 윗사람에게 보고하겠다고 으름장을 놓을 것이다. 그러나 그가 늦은 이유를 설명하면 부장의 태도가 갑자기 달라져서……

마찻길의 바깥쪽 문으로 여겨지는 곳에서 뭔가 부딪치는 소리가 들려와 워커 순경은 번쩍 정신을 차렸다. 자갈길 위를 빠른 걸음으로 다가오는 정확하고 힘찬 발소리가 들리면서 한 사나이가 집으로 들어섰다.

워커 순경은 나무 줄기를 돌아 현관문에서 새어나오는 불빛에서 몸을 가렸다. 사나이는 현관에 도착하자 벨을 눌렀다.

2, 3초 뒤, 부채 창문에 불빛이 비치더니 턱수염의 사나이가 문을 열었다. 검정 외투에 소프트 모자를 쓴 어깨가 널찍한 큰 몸집의 사나이가 층계 위에 서 있었다.

"오, 훼릭스!"

손님은 반가운 듯이 큰소리로 말했다.

"자네가 집에 있다니 정말 반갑네. 언제 돌아왔나?"

"마틴 아닌가. 자, 어서 들어오게나. 나는 일요일 밤에 돌아왔지."

"미안하지만 안으로 들어갈 수는 없어. 사실은 자네와 브리지를 할까 하고 왔네. 톰 브라이스가 친구를 한 사람 데리고 와 있다네. 리버풀의 젊은 변호사인데, 자네도 가겠지?"

훼릭스라고 불린 사나이는 잠시 대답을 망설였다.

"고맙네, 물론 가지. 하지만 지금 나는 혼자라서 옷도 못 갈아입었네. 갈아입을 때까지 잠깐 안으로 들어와서 기다려 주지 않겠나?"
"저녁 식사는?"
"거리에서 하고 조금 전에 돌아왔어."

두 사람은 안으로 들어가고 문이 닫혔다. 몇 분 뒤, 둘은 다시 나오더니 문을 닫고는 마찻길 쪽으로 사라졌다. 찰각 자물쇠 잠기는 소리가 멀리서 들려왔으므로 두 사나이가 큰길로 나갔다는 걸 알았다.

이 소리가 나자 곧 좁은 길에 있던 감시자가 살며시, 그러나 빠른 걸음으로 두 사람을 뒤쫓아갔으므로 워커 순경만이 혼자 남게 되었다.

둘레에 방해자가 없어졌기 때문에 그는 다시 좁은 길을 빠져 큰길까지 걸어나온 뒤 런던 쪽으로 되돌아갔다. 그때 어디선가 시계가 9시를 치는 소리가 들렸다.

맞은편에 있는 여인숙으로 들어선 그는 에일을 한 잔 시켰다. 그리고는 여인숙 주인과 이야기를 나눈 끝에 그가 지금 있는 곳이 그레이트 노드 로드 쪽의 브렌트 마을이라는 것과, 훼릭스 씨 집이 산 마로라고 불리고 있다는 것을 알아냈다. 또 가장 가까이 있는 공중 전화를 물었는데 다행스럽게도 바로 곁이었다.

몇 분 뒤, 그는 본청으로 전화를 걸었다. 번리 경감은 집에 돌아가 있었으므로 본청으로 불러올 때까지 잠시 기다려야만 했다. 15분 뒤 그는 보고를 끝내고 명령을 기다리고 있었다.

번리 경감은 그 집의 위치에 대하여 상세하게 묻더니, 마지막으로 다시 본래의 자리로 돌아가서 사건의 진전을 지켜보라고 지시했다.

"곧 부하 몇 사람을 데리고 그리로 가겠네. 울타리의 작은 문 곁에서 자네와 만나기로 하세."

워커 순경은 얼른 되돌아갔다. 원래 있었던 나무 뒤로 왔을 때 조금 전의 시계가 10시를 쳤다. 그는 꼭 1시간을 그 곳에서 떠나 있었던 셈이다. 한편 번리 경감은 택시를 불러 확대 지도로 길목과 그 지역에 대해 자세히 알아본 뒤, 부하 세 사람과 함께 산 마로 저택을 향해 떠났다.

경감은 도중에 브로턴이 살고 있는 퀸 메어리 로드의 워볼 테라스에 들러 같이 가지 않겠느냐고 물었더니, 젊은이는 기꺼이 응했다. 차 안에서 경감은 그 집의 위치와 모양에 대해 자세하게 설명하고, 저마다 대기할 곳과 뜻밖의 사태에 대비하는 조치에 대하여 이야기했다. 큰길은 오가는 사람들로 붐벼 속력을 낼 수가 없었으므로 그들이 그레이트 노드 로드로 접어든 것은 거의 11시가 다 되어서였다.

경감은 산 마로 저택에서 그다지 멀지 않은 지점으로 여겨지는 곳까지 차를 달리게 했다. 그리고 옆길에 차를 세우고 엔진을 껐다. 그런 다음 다섯 사람은 차에서 내려 묵묵히 걸어갔다.

"여기서 기다려 주게."

꽤 많이 걸어간 곳에서 번리 경감이 나직한 목소리로 말한 다음 어둠 속으로 사라졌다. 그는 좁은 길을 발견하고 작은 문까지 발소리를 죽여 걸어가더니, 안으로 슬쩍 들어가서 나무 뒤에 서 있는 워커 순경한테 다가갔다.

"번리 경감님이십니까?"

그는 속삭였다.

"그 뒤 누군가 드나든 사람은 없었나?"

"없었습니다."

"그럼, 부하를 배치할 때까지 여기서 기다리고 있게."

경감은 그를 남겨 두고 같이 온 부하들이 있는 곳으로 되돌아와서 낮은 목소리로 지시했다.

"자네들은 아까 설명한 자리로 가 주게. 모이라는 호각 소리를 주의하게. 브로턴 씨, 당신은 나를 따라오시오. 그러나 말을 해서는 안 되오."

경감과 브로턴은 좁은 길로 들어가더니 작은 문의 바깥쪽에서 걸음을 멈추었다. 다른 세 부하는 집 안의 여기저기에 저마다 배치되었다. 그리고 그들은 기다렸다.

브로턴에게는 몇 시간이나 지난 듯싶었는데, 그때 멀리서 시계가 12시를 쳤다. 그는 경감과 함께 울타리 밑에 어깨를 나란히 하고 숨어 있었다. 한두 번 그는 말을 걸었으나 경감은 대답하지 않았다. 밤공기가 몹시 찼으며 별이 반짝이고 있었다. 솔솔 바람이 불어와서 울타리가 살랑거리고 나뭇가지들이 바스락거렸다. 어디선지 오른쪽에서 개 한 마리가 요란스럽게 짖어 대고 있었다. 짐마차 한 대가 바퀴를 시끄럽게 삐걱거리면서 큰길을 지나갔다. 그 소리가 들리지 않을 때까진 꽤 시간이 걸렸다. 소리는 약 15분 정도가 지날 때까지 들려왔다.

그 뒤 자동차 한 대가 전조등 불빛을 나무 사이로 비치면서 무서운 속력으로 달려갔다. 그런데도 아직 아무 일도 일어나지 않았다.

그러고는 또 오랜 시간이 지나고 조금 전의 시계가 한 시를 쳤다. 두 번째로 개가 짖기 시작했다. 살랑거리던 바람이 조금 세차게 불었으므로 브로턴은 좀더 두꺼운 코트를 입고 올 걸 하고 생각했다. 그는 제자리 걸음으로 저린 발을 편히 하려고 애썼다. 그때 길가 쪽 문의 쇠고리가 찰칵 하고 울리더니 자갈을 밟는 발소리가 들려왔다.

그들은 발소리가 다가오는 것을 꼼짝 않고 기다렸다. 얼마 뒤 검은 모습 하나가 나타나 현관 쪽으로 걸어갔다. 열쇠와 자물쇠 소리가 난 뒤 문의 윤곽이 한결 어두워지고, 사람 모습이 집 안으로 사라지면서 문이 닫혔다.

곧 번리 경감이 브로턴에게 속삭였다.

"이제 현관으로 가서 벨을 누를 것이오. 그가 문을 열면 그의 얼굴을 회중 전등으로 비칠 테니, 그때 얼굴을 자세히 보아 주시오. 그리고 만일 분명히——정말 틀림없이——훼릭스라면, '그렇소'라고 말해 주시오. 오직 한 마디 '그렇소'라고만 말이오, 알겠소?"
 두 사람은 작은 문에서 안으로 들어갔다. 이제는 발소리에 상관않고 현관으로 걸어간 번리 경감은 힘껏 문을 두드렸다.
 "자, 알겠지요? 확실하지 않거든 잠자코 있어야 합니다."
 그는 속삭였다.
 이윽고 불빛이 채광 창문에 비치더니 문이 열렸다. 경감의 회중 전등 빛이 집 안에 있는 사나이의 얼굴을 비쳐, 조금 전에 워커 순경의 주위를 끈 그 거무스름한 얼굴과 검은 턱수염이 뚜렷하게 드러났다. 브로턴이 한 마디 '그렇소'라고 말했다. 그러자 경감이 말했다.
 "레온 훼릭스 씨지요? 나는 경시청의 번리 경감입니다. 조금 긴급한 용건으로 왔는데, 3, 4분쯤 이야기하고 싶습니다만."
 검은 턱수염의 사나이는 놀란 기색이었다.
 "네, 좋습니다만······."
 한순간 망설이다가 말을 이었다.
 "잡담할 시간은 아니지만, 아무튼 안으로 들어오십시오."
 "고맙습니다. 이렇게 늦게 폐를 끼쳐 죄송합니다. 훨씬 전부터 돌아오시기를 기다리고 있었습니다. 밤공기가 찬데 부하들을 복도에서 기다리게 해도 괜찮겠습니까?"
 번리 경감은 정자 근처에서 대기하고 있던 부하 한 사람을 불렀다.
 "헤이스팅즈, 내가 훼릭스 씨와 이야기하고 있는 동안 여기서 기다려 주게."
 번리 경감은 이렇게 말한 뒤 부르면 곧 오라고 부하에게 눈짓했다. 그리고는 워커 순경과 브로턴을 밖에 남겨 둔 채 그는 훼릭스를 뒤따라 복도의 왼쪽 방으로 들어갔다.

그 방은 사치스럽지는 않았으나 아담한 가구가 놓여 있었다. 방 한가운데에 근대적인 디자인의 책상이 있었다. 난로 양쪽 옆에는 가죽을 씌운 깊숙한 안락의자가 두 개 놓여져 있으며, 난로에는 빨갛게 달아오른 숯불이 타고 있었다. 탄탈로스(3단으로 된 술병을 올려놓은 장식대)가 여송연 갑과 나란히 작은 곁책상 위에 놓여 있었다. 벽에는 책꽂이가 줄지어 있었으며, 솜씨가 뛰어난 석판화가 걸려 있었다. 훼릭스는 책상 위의 독서용 램프를 켠 다음 번리 경감 쪽으로 돌아섰다.

"시간이 걸리겠지요?"

그는 안락의자를 가리키며 말했다. 경감이 거기에 앉자 훼릭스는 다른 의자에 앉았다.

"훼릭스 씨."

경감이 이야기를 꺼냈다.

"사실은 오늘——아니, 어제라고 하는 편이 알맞겠군요. 지금은 벌써 화요일이니까——당신이 블루핀치호에서 받은 통에 대해 좀 묻고 싶어 왔는데요, 저는 통이 아직도 댁에 있다는 믿을 만한 정보를 가지고 있습니다."

"그래서요?"

"해운 회사에서는 잘못 알고 넘겨 주었다고 합니다. 당신이 받은 그 통은 당신이 기다리고 있던 물건도 아니며, 수취인도 다르다는 것입니다."

"그 통은 틀림없이 내 것입니다. 내 앞으로 보내온 운송장도 있고 운임도 지불되었지요. 해운 회사는 그 이상 또 뭘 바란답니까?"

"그러나 받으신 통은 받는 사람의 이름이 다를 텐데요. 운송장에는 터튼엄 코트 로드 서 자브 거리의 훼릭스 씨라고 적혀 있을 것입니다."

"그 통은 내 앞으로 온 것이 틀림없습니다. 그것을 보낸 친구가 주소를 잘못 쓴 것은 인정합니다만, 어쨌든 그것은 내 앞으로 보내온 것만은 분명합니다."

"그러나 만일 우리가 또 한 사람의 훼릭스 씨를 여기에 데리고 와서 그분도 자기 물건이라고 주장한다면, 그때 당신은 자신의 요구를 고집하지는 않겠지요?"

검은 턱수염의 사나이는 불안한 듯이 몸을 움찔했다. 그는 대답하기 위해 입을 벌리려다가 잠시 망설였다. 경감은 하마터면 걸려들 뻔했던 자그마한 함정을 훼릭스가 눈치챈 것을 깨달았다.

"만일 당신이 그 사람을 데리고 온다면,"

그는 겨우 말을 꺼냈다.

"그 통이 틀림없이 내 앞으로 온 것이지, 그 사람 것이 아니라는 것을 간단하게 납득시킬 자신이 있습니다."

"그렇습니까? 그건 나중에 밝혀지겠지요. 그런데 또 하나 묻겠습니다만, 당신이 받기로 된 통 속에는 뭐가 들어 있습니까?"

"조각품입니다."

"확실합니까?"

"네, 물론이지요. 그런데 경감님, 잠깐 묻겠습니다만, 나는 어째서 이런 조사를 받아야 합니까?"

"이야기하지요, 훼릭스 씨. 경시청은 그 통에 수상한 점이 있다고 보고 조사를 명령했습니다. 그래서 당연히 당신을 먼저 만나 사실이 그런지 아닌지를 묻게 된 것인데, 그 통이 당신 물건이 아님이 밝혀진 이상 우리는……."

"내 물건이 아니라고요? 그건 대체 무슨 뜻입니까? 누가 그런 말을 했습니까?"

"실례입니다만, 당신 자신이 그렇게 말하지 않았습니까? 당신이 받기로 된 통 속에는 조각품이 들어 있다고 방금 말했습니다. 그런데 당신이 받은 통에는 조각품이 들어 있지 않다는 것을 우리는 알고 있습니다. 그러므로 당신은 다른 통을 받은 셈입니다."

훼릭스의 얼굴이 별안간 창백해지면서 놀라는 기색이었다. 번리 경감은 몸을 굽혀 그의 무릎에 손을 대고 말했다.

"훼릭스 씨, 알겠습니까? 이 문제를 해결하기 위해서는 이러한 모순에 대해 납득할 수 있도록 설명해 주셔야 합니다. 당신이 설명하지 못할 것이라고는 생각지 않습니다. 꼭 설명해 주시리라고 믿습니다. 그러나 만일 당신이 그것을 거부하신다면 마땅히 불쾌한 혐의를 받게 될 것입니다."

훼릭스는 잠자코 있었다. 경감도 무언가 골똘히 생각하고 있는 그를 방해하지 않으려고 잠자코 있었다.

"그런데,"

훼릭스는 겨우 말을 이었다.

"나는 사실 아무것도 숨길 것이 없습니다. 다만 누구의 강요에 못이겨 말하는 것은 싫습니다. 당신이 알고 싶은 것으로, 내가 아는 일이라면 무슨 말이든지 하겠습니다. 당신이 경시청에 있는 분이라는 증거를 보고 싶습니다."

번리 경감이 수첩을 보여 주자 그는 말했다.

"좋습니다. 그럼, 통의 내용에 대해 당신의 오해를 사게 된 점을 인정하겠습니다. 하지만 나는 사실을 말할 뿐, 절대로 거짓을 말하지는 않습니다. 그 통 속에는 조각품이 가득 들어 있습니다. 국왕과 여왕을 새긴 조각품인데, 만일 그것이 작은 금으로 만들어져 1파운드짜리 금화라고 불린다 해도 역시 조각품이라고 말할 수 있겠지요. 그것이 그 통에 들어 있는 물건입니다, 경감님. 금화, 9백 88파운드의 금화입니다."

"그밖에는?"

"아무것도 없습니다."

"훼릭스 씨. 금화가 들어 있다는 것은 우리도 알고 있습니다. 그리고 그밖에 어떤 물건이 들어 있는가도 우리는 알고 있습니다. 다시 한 번 잘 생각해 보십시오."

"아, 물론 포장재료도 들어 있겠지요. 아직 통을 열어 보지 않아서 모르겠습니다만, 그 9백 88파운드의 금화만으로는 채워지지 않았을 테니 모래라든가 설화석고라든가 그밖에 뭔가를 넣어서 채웠겠지요."

"내가 말하는 것은 공간을 메운 물건이 아닙니다. 훨씬 다른 어떤 특수한 물건이 안 들어 있다고 당신은 단언할 수 있습니까?"

"물론입니다. 그러나 모두 털어놓고 이야기하는 편이 좋을지도 모르겠군요."

그는 난로의 숯불을 뒤적거린 다음 장작을 두 개비 던져 넣고는 훨씬 더 편한 자세로 의자에 고쳐 앉았다.

훼릭스의 이야기

"아시겠지만 나는 프랑스 사람입니다."

훼릭스가 이야기를 시작했다.

"그러나 오래 전부터 런던에 살면서 일과 친구를 만나기 위해 자주 파리에 갔지요. 3주일쯤 전에도 역시 그런 용건으로 파리에 갔었는데, 로와이얄 거리의 카페 토와슨 돌에 들러서 친구들을 만났습니다. 이야기가 프랑스 정부에서 내고 있는 복권으로 옮겨져, 이 제도를 열심히 변명하고 있던 친구들 가운데 르 고티에라는 사람이 나를 향해, '자네도 한몫 끼어 한판 걸어 보지 않겠나' 하고 말했습니다.

나는 처음에는 거절했으나 마음이 달라져서, 자네가 같은 액수를 내겠다면 나도 5백 프랑을 걸겠다고 대답했습니다. 그가 동의했으므로 나는 내 몫인 20파운드를 그에게 주었습니다. 그는 자기 이름으로 복권의 수속을 하고 결과는 편지로 알려 주겠다면서, 만일 당첨되면 절반씩 나누어 갖자고 했습니다.

그 뒤 나는 그 일을 잊고 있었는데, 지난 주 금요일이었습니다. 저녁때 집에 돌아와 보니 르 고티에 씨로부터 편지가 와 있었습니다. 그것을 읽은 나는 깜짝 놀랐으며, 기쁘기도 했지만 또한 당황스러웠습니다."

훼릭스 씨는 서랍에서 한 통의 편지를 꺼내 경감에게 넘겨 주었다. 그것은 프랑스 말로 씌어진 편지였다. 경감은 제법 프랑스 말을 할 수 있었으나, 그 편지는 그의 실력으로 읽어 낼 수가 없어 훼릭스 씨가 번역해 주었다. 편지 내용은 다음과 같았다.

파리
프리드란드 아베뉴 봐롤브 거리 997
1912년 4월 1일 목요일

훼릭스, 나는 막 반가운 소식을 받았네! 크게 맞았어! 그때 그 복권이 운좋게도 당첨되어 우리들의 천 프랑은 5만 프랑이 되었다네! 둘이서 나눠 가져도 2만 5천 프랑인 셈일세. 축복의 악수를 보내겠네. 돈은 이미 받았으므로 자네 몫을 보내네. 그런데 자네한테 조금 장난을 할까 하니, 부디 화내지 말게. 미리 용서를 빌겠네.

자네는 듀마르세를 기억하고 있나? 지난 주일 그와 나는 자네 일로 토론을 했다네. 경찰의 눈을 속이는 범죄자의 창의와 기략에 대한 이야기였는데, 뜻밖에도 자네 이름이 나와서 자네 같이 발명적 재능이 있는 사람이라면 어떠한 멋진 범죄라도 해낼 것이라고 내가 말했지. 그랬더니 듀마르세는, '그는 사람이 너무 솔직해서 도저히 경찰을 속이지는 못할걸' 하지 않겠나. 우리는 한바탕 크게 토론한 끝에 자네의 재능을 시험해 보기로 결론을 내렸다네.

나는 자네의 돈을 영국의 1파운드짜리 금화로 바꾸어서——모두 9백 88개가 되네——통에 넣어 4월 5일 월요일쯤 런던에 닿을 예정인 루앙 발(發), 인슐라 앤드 콘티넨탈 해운회사의 배로 운임을 미리 치러 자네 앞으로 보내겠네. 그러나 수취인은 '런던 서구 터튼엄 코트 로드 서 자브 거리 141, 레온 훼릭스 귀하'로 해서 '조각 재중'이라는 꼬리표만 달고, 보내는 사람은 구르네르의 유명한 조각품 제작업소 듀피엘 상회로 하겠네. 받는 사람의 주소가 다르고 내용물도 다른 통을 절도 혐의를 받지 않고 해운 회사를 속여 인수해 오는 데는 상당한 연구가 필요할 것으로 생각되네. 이것이 우리가 상의한 테스트인 셈이네. 나는 자네가 꼭 잘 해낼 것이라고 단언하며 듀마르세와 5천 프랑의 내기를 걸었다네. 그는 자네가 꼭 잡힌다고 말하고 있지.

자네의 큰 행운에 진심으로 축하를 보내는 바일세. 분명한 물적 증거가 통 안에 넣어져 자네한테 보내지겠지만, 다만 한 가지 내가 유감스럽게 생각하는 것은 자네가 통을 여는 현장을 직접 볼 수 없다는 점일세.

실례를 진심으로 사과하네.

알폰스 르 고티에

덧붙임——손을 다쳤기 때문에 타이프라이터로 실례했네.

"이 하늘에서 내려 주신 천 파운드 가까운 행운에 대한 기쁨과 르고티에가 통으로 시도한 테스트에 대한 딱한 일, 그 둘 가운데 어느 쪽이 더 나를 감동시켰는지 잘 모르겠지만, 통에 의한 테스트는 생각하면 생각할수록 화가 나서 견딜 수가 없었습니다.

친구가 어이없는 일에 내기를 걸어 즐기는 것은 하나의 재미로서 괜찮겠지요. 그러나 그들의 엉뚱한 일에 희생되어 그 죄를 짊어지게 된다면, 이건 문제가 달라집니다. 분명히 두 가지 점에서 복잡하게 될 염려가 있었습니다.

'조각 재중'이라는 꼬리표가 달린 통 속에 금화가 들어 있다는 것이 알려지면 의혹을 살 것이며, 또 받는 이의 주소가 거짓이라는 게 밝혀지면 이 또한 곤란한 문제가 생길 것입니다. 중량 관계로 통의 내용물이 조사받게 되리라고는 조금도 생각 못했습니다. 가짜 주소에 대한 문제는 통의 도착 통지를 제출할 때 발각될지도 모릅니다. 그밖에도 뜻밖의 사고가 생길 걱정도 많이 있었습니다.

나는 몹시 화가 나서 통을 보내지 말라고 이튿날 아침 일찍 르고티에 씨에게 전보를 치고, 돈은 내가 그쪽으로 받으러 가겠다고 말해 주려고 마음먹었습니다. 그런데 더욱 곤란하게도 이튿날 아침 첫 배로 통을 이미 보냈다는 엽서가 왔습니다.

이렇게 된 이상 배가 들어오는 대로 곧 조회장이 오기 전에 통을 넘겨 받을 수 있도록 손을 쓸 필요가 있었습니다. 그래서 나는 여러 가지 계획을 짰지요. 그러는 동안 나의 걱정은 어딘가로 사라져 버리고 사건의 모험적인 면에 흥미가 끌렸습니다.

우선 나는 가짜 주소를 쓴 명함을 인쇄한 다음 변두리에 있는 마차 빌려 주는 집을 찾아가서 사륜마차 한 대와 마부 두 사람을 고용하여, 그들과 함께 빈 마구간을 사흘 동안 빌리기로 했습니다.

해운 회사의 배는 다음 주 월요일에 들어온다는 것을 알았기 때문에, 그 전 주 토요일에 나는 마부와 짐마차를 그 마구간으로 데리고 가서 내가 생각한 대로의 준비를 했습니다. 일꾼들의 힘을 빌리는 동시에 그들의 의심을 받지 않기 위해서, 나는 르 고티에의 이야기를 적당히 둘러댔습니다.

즉──나는 친구와 내기를 했는데, 그 내기에 이기기 위해 당신들의 힘이 필요하다. 루앙에서 내 친구 이름으로 통 한 개가 보내져 왔는데, 친구는 내가 해운 회사에서 그 통을 인수하여 집까지 운반해 오지 못할 것이라며 많은 돈을 걸었다. 나는 된다는 쪽에 걸었다. 이것은 일반 사무적인 경계심이 얼마쯤이나 효과가 있는가를 시험해 보려는 것이 목적이지 다른 뜻은 없다. 실제로 복잡한 일이 일어나지 않게끔, 또 만일 실패하더라도 절도 혐의를 받지 않게끔 친구한테서 통 인수의 정식 위임장도 받아 놓았다.

이렇게 말하고 나는 미리 써 둔 위임장을 그들에게 보여 주었습니다. 그리고 끝으로 만일 아무 탈 없이 성공하면 2파운드씩 사례금을 주겠다고 말했습니다.

나는 빨리 마르는 성질의 파란 색과 흰색 페인트를 두 통 구해서 짐마차에 씌어 있는 글씨를 지우고, 파리의 친구가 통의 꼬리표에 쓴 주소로 고쳤습니다. 나는 이런 종류의 일을 썩 잘했기 때문에 내 손으로 직접 했습니다.

월요일 아침, 우리들이 부두로 가 보았더니 때마침 블루핀치호가 파리에서 화물을 싣고 들어오고 있었습니다. 앞 창고에서 통을 내려 운반하는 작업을 시작했기 때문에, 나는 잔교를 서성거리면서 그것을 바라보고 있었습니다. 내려지고 있는 것은 포도주통이었는데, 문득 배 창고 구석에 있는 한 개의 통에 눈길이 쏠렸습니다.

그 통 옆에는 한 인부와 사무원으로 보이는 젊은이가 웅크리고 있었습니다. 두 사람은 몹시 열중해 있는 모양이었습니다. 그때 나는 혹시나 하고 생각했습니다──저건 내 통이 아닐까? 그렇다면 그들은 금화를 발견했는지도 모른다──그래서 젊은이에게 물어보았더니, 그 통은 나에게 온 것이었습니다. 나는 지금 곧 인수해 가도 좋으냐고 물었습니다.

젊은이는 매우 공손했으나 나의 부탁을 들어 주지는 않고, 부두 사무소가 있으니 그리로 안내하여 상의에 응할 담당자를 찾아 주겠다는 것이었습니다. 우리가 가려고 했을 때 그는 통 옆에 있는 인부를 향하여, "그럼 하크네스, 알았지? 에이바리 씨한테서 지시가 있을 때까지 아무 일도 해서는 안 돼"라고 말했습니다.

부두 사무소에서 그 젊은이는 나를 바깥 사무실에 남겨 두고 담당자를 불러오겠다면서 안쪽 방으로 들어갔습니다. 그런데 그가 소장같이 보이는 사람과 함께 되돌아왔으므로, 순간 나는 분명히 뭔가 곤란한 일이 생겼다는 것을 눈치챘습니다. 이 생각은 통을 넘겨 주는 데 대해 소장이 구차하게 이의를 내세우는 것으로 뚜렷해졌습니다.

젊은이가 교묘하게 말을 하는 바람에, '에이바리'씨라는 사람이 펜챠아치 거리에 있는 본사의 전무 이사임을 알았습니다. 나는 부두 사무소를 나와서 거기 있는 상자에 걸터앉아 어떻게 하면 좋을까 곰곰이 생각해 보았습니다.

뭔가가 사무원과 하크네스의 의혹을 산 것이 틀림없었습니다. 그리고 젊은이가 인부한테 에이바리 씨의 지시가 있을 때까지 기다리라고 말한 데서 이 문제가 상사에게 보고되었음을 추측할 수 있었습니다. '아무 일도 해서는 안 돼'라는 말은 틀림없이 통을 움직여서는 안 된다는 뜻이었습니다. 내가 통을 손에 넣기 위해서는 그 '지시'를 내 손으로 만들 수밖에 없었습니다.

나는 펜챠아치 거리의 본사로 가서 에이바리 씨에게 면회를 신청했습니다. 그러나 에이바리 씨는 면담중이었습니다. 그래서 나는 기다리고 있을 시간이 없으니 편지를 써 두고 가겠다면서 편지지와 봉투를 달라고 했습니다. 빈 봉투를 봉해서 그 위에 상대편의 이름을 쓰는 간단한 방법으로 회사 이름이 찍힌 편지지를 한 장 손에 넣었습니다.

나는 어떤 술집에 들어가서 에일을 시킨 다음 펜과 잉크를 빌렸습니다. 그리고는 그 통을 지금 곧 나한테 내주라고 지시한 에이바리 씨로부터 하크네스 앞으로 보내는 편지를 위조했습니다.

그 편지를 쓰고 있는 동안 문득 만일 하크네스라는 사나이가 진심으로 나를 의심한다면, 아마도 통의 뒤를 따라 우리집까지 쫓아오겠지 하고 생각했습니다. 이 문제에 대해 이런저런 생각을 하다 보니 다시 15분이나 시간이 지났습니다. 문득 어떤 생각이 떠올랐습니다. 나는 편지지 끝에 다음과 같은 한 구절——회사는 그 통을 수취인에게 배달해 줄 계약 의무가 있으니, 하크네스는 그것과 동행하여 무사히 목적지까지 배달되었는지를 확인토록 하라고 덧붙였습니다.

나는 젊은 사무원다운 굵은 글씨로 그 편지를 쓰고는 'I&C 해운 주식 회사 대필'이라고 같은 필적으로 서명한 다음, 알아볼 수 없는 머리글자와 '에이바리'라는 이름을 다른 글씨체로 쓰고, 다시 '대필'이라고 덧붙였습니다. 그리고 그다지 뚜렷하지 않은 머리글자를 두 개 써넣었습니다. 이렇게 해 두면 만일 하크네스가 진짜 에이바리 씨의 서명을 알고 있더라도 속일 수 있지 않을까 생각했던 것입니다.

하크네스를 통과 함께 배에서 끌어 내리는 것이 나의 계획이었습니다. 그런 다음 하크네스를 따돌릴 방법은 없을까 하고 생각했습니다. 이것은 결국 잘 되었습니다. 나는 마부 한 사람에게 술이 마시고 싶다고 조르라고 시켜 놓고, 왓티라는 다른 한 마부에게는 내가 맥주를 마시자고 어떤 술집으로 끌고 들어갈 때 말 곁을 떠날 수 없다고 말하게 했습니다.

그리고 나는 왓티와 교대한다는 구실을 만들어 술집에서 마시고 있는 하크네스와 또한 마부를 남겨 둔 채 왓티와 짐마차를 끌고 몰래 떠났습니다. 그리고 나와 왓티는 예의 마구간으로 돌아와서 짐마차에 페인트 칠을 하여 본래의 갈색으로 고치고는 지어낸 이름도 페인트로 지워 버렸습니다.

저녁때쯤 어두워진 뒤에 도착하도록 시간을 맞춰 나는 짐마차를 집으로 몰고 왔습니다. 통은 헛간에 내려놓았는데, 지금도 그곳에 있습니다."

훼릭스가 이야기를 끝내자, 두 사람은 한참 동안 잠자코 앉아 있었다. 번리 경감은 그동안 훼릭스의 진술을 마음 속에서 되새겨 보았다. 사건의 경과는 이상했으나 그의 이야기는 앞뒤가 맞았으며, 세밀하게 검토해 보아도 믿지 않을 수 없다고 생각되었다. 만일 훼릭스가 친구의 편지를 그대로 믿었다고 한다면——그는 그런 것 같았다——그의 행동은 납득이 가며, 또한 정말 그 통에 조각품이 들어 있다면 그 편지가 모든 것을 밝혀 주는 셈이 된다. 그러나 만일 통 속에 시체가 들어 있다면 그 편지는 가짜라는 것이 된다. 훼릭스가 거기에 관련되었든 안 되었든, 그것은 문제 밖으로 치고.

이렇게 생각해 가는 동안 이 문제에는 크게 나누어 세 가지의 중요한 포인트가 있는 것을 알았다.

첫째, 훼릭스의 태도다. 경감은 진실을 말하는 사람과 거짓을 말하는 사람을 오랜 세월에 걸친 여러 가지 경험으로 분간할 수 있었는데, 그는 직감적으로 이 사나이는 믿어도 되겠다고 생각했다. 이러한 직감이 흔히 실수를 범하기 쉽다는 것은 알고 있었으나——실제로 그는 과거에 여러 번 실수를 했지만──그러나 훼릭스의 태도는 경감의 오랜 경험으로 미루어 진실하고 정직하게 여겨졌다. 이러한 생각은 그의 결론을 뒷받침하는 결정적인 점은 되지 못했지만, 분명히 중요한 것임에 틀림없었다.

둘째, 런던에서 훼릭스의 행동에 대한 설명이다. 이것이 진실이라고 믿을 만한 증거를 경감은 이미 파악하고 있었다. 그는 사건의 경위를 순서대로 더듬어서 재검토해 보았는데, 훼릭스의 진술에 모호한 점은 거의 없다고 해도 좋을 만큼 그가 파악한 증거와 맞아들어갔다. 그가 처음에 블루핀치호로 왔을 때의 일은, 브로턴이나 부두 사무소 휴스튼의 이야기와 거의 들어맞았다. 그리고 펜챠아치 거리의 본사로 찾아가 회사 이름이 찍힌 편지지를 입수한 것에 대해서는 에이바리 씨와 주임인 윌콕스가 증언했다. 그가 하크네스 앞으로 쓴 편지에 관한 진술은 경감 자신이 확인한 것과 대조해 보아도 아주 정확했다. 통의 운반과 하크네스를 따돌린 일에 대한 그의 설명도 하크네스의 진술과 일치되고 있으며, 마지막으로 통을 지금 있는 장소까지 운반해 온 일에 관한 훼릭스의 진술은 낱낱이 워커 순경에 의해 확인되었다.

그의 진술 속에서 실제 일어났던 일과 일치되지 않는 점은 하나도 없었다. 사실 번리 경감에게 있어 용의자가 하는 진술의 확증이 이처럼 쉽게 입수된 사건은 없었다고 해도 과언이 아니었다. 사건을 면밀하게 검토한 결과, 번리 경감은 훼릭스의 진술은 전적으로 믿을 수 있다는 결론에 이르렀다.

런던에서 훼릭스의 행동은 이것으로 좋다고 치고, 세 번째 문제점은 그의 친구가 보낸 편지에 나타나 있는 파리에서 훼릭스의 행동이다. 편지, 그것이 사건의 핵심이었다.

정말 그가 말한 것 같은 경위에서 그 편지가 씌어졌을까? 르 고티에가 그것을 썼을까? 르 고티에라는 사람은 실제 있는 인물일까?

그러나 이런 모든 일은 쉽게 조사할 수 있으리라고 그는 생각했다. 만일 그렇게 할 필요가 있다면 훼릭스로부터 좀더 자세한 이야기를 들은 다음, 파리로 몰래 가서 그의 진술을 현지검증해도 될 것이다. 그는 침묵을 깨뜨렸다.

"르 고티에 씨란 어떤 사람입니까?"

"앙리 4세 거리에 있는 포도주 도매상, '르 고티에 상회'의 부사장입니다."

"그리고 듀마르세 씨라는 사람은?"

"증권 브로커입니다."

"그의 주소를 알고 있습니까?"

"집주소는 모르지만, 사무소는 아마 포와스니에르 큰길에 있을 겁니다. 확실한 것은 르 고티에 씨에게 물어 보면 압니다."

"그 두 사람과 어떤 관계이신지, 말해 줄 수 있을까요?"

"두 사람 다 몇 해 전부터 알게 된 친한 친구이지만, 이번 복권 문제가 있기 전까지는 서로 금전상의 거래는 없었습니다."

"이 편지에 씌어져 있는 것은 사소한 점까지도 사실 그대로입니까?"

"네, 사실입니다."

"복권에 관한 일로 이야기한 장소를 정확하게 기억하고 있습니까?"

"그 카페의 1층 방이었는데, 안에서 볼 때 입구의 오른쪽 창가였습니다."

"누군가 다른 사람도 있었나요?"

"네, 우리들 그룹이 거기서 모두 이야기를 하고 있었습니다."

"당신이 복권을 샀다는 것을 거기 있던 사람들도 알고 있습니까?"

"네, 모두 우리를 놀리기도 했습니다."

"거기 있던 사람들을 기억하고 있습니까?"

훼릭스 씨는 망설였다.

"그게 그런데 확실하지 않습니다만……."

그는 겨우 말을 이었다.

"우연히 모인 친구들이었고, 또 나는 잠깐 거기에 있었을 뿐이었거든요. 르 고티에는 물론 있었고, 그밖에 도비니라는 사나이와 그리고 앙리 보아슨과 자크 로제도 있었던 것으로 기억합니다만, 그 사람에 대해서는 확실치가 않습니다. 그밖에도 몇 사람인가 더 있었습니다."

훼릭스는 명백하게 질문에 대답했다. 경감은 그것을 낱낱이 기록했다. 그는 복권 사건을 사실로 믿어도 될 것 같은 기분이 들었다. 어쨌든 파리에서 조사해 보면 사실인지 아닌지 밝혀질 것이다. 그러나 비록 모든 것이 사실이라고 밝혀진다 해도, 그것이 르 고티에가 그 편지를 썼다는 증명은 되지 않는다. 많은 사람들이 복권 이야기를 들어 잘 알고 있다. 그렇다면 그 가운데 누군가가, 어쩌면 훼릭스 자신이 편지를 쓸 수도 있을 것이다. 그렇다. 그런 가정도 할 수 있다! 편지를 쓴 것은 훼릭스 자신이 아닐까? 그것을 확인할 방법은 없을까? 경감은 골똘히 생각하고 있다가 잠시 뒤 다시 입을 열었다.

"이 편지가 들어 있던 봉투가 있습니까?"

"네? 봉투요? 아니, 아마 없으리라고 생각합니다. 보관해 두지 않기 때문에……."

"그렇다면 엽서는?"

훼릭스는 책상 위의 서류를 살펴보기도 하고 서랍 속을 뒤지기도 했다.

"없습니다. 보이지 않는데요. 그것도 찢어 없앤 것이 틀림없습니다."

그렇다면 이러한 우편물을 훼릭스가 받았다는 증거는 남아 있지 않은 셈이다. 그러나 다른 한편 그렇다고 해서 그것을 의심할 이유는 없다. 경감은 편견없이 다시 그 편지를 손에 들고 들여다보았다.

그것은 얇은 종이에 타이프친 것으로, 전문가가 아닌 번리 경감이 보아도 활자가 외국제인 것을 알 수 있었다. 꽤 활자가 망가진 흔적이 보여, 그것만으로도 그 타이프라이터를 알아 낼 수 있을지 모른다고 생각했다. n과 r이 오른쪽으로 조금 기울어져 있으며, t와 e가 약간 아래로 처져 있고, l은 활자의 윗부분이 낡았다. 그는 종이를 햇빛에 비춰 보았다. 활자 때문에 종이의 질을 똑똑히 분간할 수는 없지만, 한참 동안 자세히 살펴보니 알 수 있었다. 그것은 의심할 나위 없는 프랑스 제 종이였다. 물론 이것은 훼릭스 자신도 말하고 있다시피 자주 파리로 가기 때문에 그다지 중요한 일은 아니었으나, 그래도 검토할 값어치는 있는 일이었다.

경감은 한 번 더 편지를 읽었다. 그것은 4단락으로 나뉘어 있는데, 그는 차례차례 한 단락씩 생각해 보았다. 첫단락은 복권에 대해서 씌어져 있다. 그는 프랑스의 복권에 대해서는 그다지 아는 게 없었으나, 적어도 여기에 있는 진술은 확인해 볼 수 있을 것이다. 프랑스 경찰 당국의 협조를 얻으면, 최근에 추첨과 지불이 있었는가 없었는가 하는 것은 곧 알게 될 것이며, 복권 당첨자의 명단도 손에 넣을 수 있을 것이다. 5만 프랑의 상금을 탄 사람으로, 파리 시내나 근교에 살고 있다면 쉽게 찾아 낼 수 있을 것이다. 둘째, 셋째 단락은 내기 돈과 통을 보냈다는 것에 대해 씌어져 있다. 번리 경감은 그것을 면밀하게 머릿속에서 생각해 보았다. 이런 이야기는 모두 있을 수 있는 일일까? 도저히 생각할 수 없는 이야기였다. 비록 이런 괴상한 내기가 정말 있었다 해도, 그 테스트라는 것이 너무도 멋없지 않은가? 이 통의 계획을 생각해 낼 만한 사람이라면 좀더 멋진 방법을 생각해 낼 수 있을 텐데 하며 그는 미심쩍어 견딜 수가 없었다. 그러나 그런 일은 분명히 가능한 일이기도 했다.

다른 생각도 경감의 머리에 떠오르곤 했다. 9백 88파운드의 돈에 대해서만 생각하여 여자의 손에 대한 일을 잊고 있는 것은 아닐까? 통에 들어 있는 것이 정말 시체라면? 그때는 어떻게 해야 하나?

이렇게 가정하면 모든 사정이 더욱 중대성을 띠게 되며, 통을 보내 온 이유가 부분적이나마 설명되어야 한다. 그러나 경감이 본 것으로는 그 방법을 분명히 하는 데는 도움이 되지 않았다. 그러나 넷째 단락에 이르렀을 때, 그것이 두 가지의 뜻을 지니고 있을지도 모른다는 것을 깨달았다. 그는 그것을 한번 더 읽어 보았다.

자네의 큰 행운에 대해 진심으로 축하를 보내는 바일세. 분명한 물적 증거가 통 안에 넣어져 자네한테 보내지겠지만, 다만 한 가지 내가 유감스럽게 생각하는 것은 자네가 통을 여는 현장을 직접 볼 수 없다는 점일세.

이 글은 얼른 보기에는 분명히 복권에 당첨된 것을 축하하는 것으로 여겨진다.

'분명한 물적 증거', 즉 9백 88파운드의 금화가 통 속에 들어 있으니까. 그러나 이 말은 정말 그것을 뜻하는 것일까? 훨씬 더 불길한 해석도 할 수 있지 않을까? 그 시체가 '분명한 물적 증거'라고 가정해 보자. 그 주검이 훼릭스가 한 짓, 아니면 다른 어떤 행동의——아마도 간접적이기는 하겠지만——결과라고 한다면 어떻게 될까? 만약 송금만이 목적이었다면, 어째서 르 고티에는 통을 여는 현장을 못 보는 것을 그토록 유감스럽게 여겼을까? 만약 뜻밖에도 통 속에 시체가 숨겨져 있다면, 이 말도 앞뒤가 맞는 것이라고 할 수 있지 않을까? 분명히 그런 것 같다. 적어도 한 가지는 확실해진 것같이 생각되었다. 시체가 훼릭스 앞으로 보내어진 것으로 미루어 보아 그는 이런 결과에 이르기까지의 사정을 어느 정도는 알고 있을 것이 틀림없다. 경감은 다시 입을 열었다.
"여러 가지 이야기를 해주셔서 고맙습니다, 훼릭스 씨. 지금까지 들은 이야기는 모두 믿을 수 있다고 나는 생각합니다. 그러나 뭔가 당신은 아직 이야기하지 않은 것이 있는 것 같습니다만……."
"중요한 일은 모두 이야기했다고 생각합니다."
"그렇다면 우리는 무엇이 중요한 일인가 하는 점에서는 일치되지 않는 것 같군요. 아무튼 내가 맨 처음에 말한 질문으로 되돌아가겠습니다. '그 통에는 무엇이 들어 있습니까?'"
"금화라고 아까 말씀드리지 않았습니까."
"당신이 금화라고 생각하는 것은 믿어 두겠습니다. 그러나 당신이 그렇게 믿고 있는 근거에 대해서는 꼭 믿을 수 없는 부분이 있습니다."
"그렇다면,"
훼릭스는 벌떡 일어서며 말했다.
"통은 마구간에 있으니 지금 곧 가서 열어 봅시다. 나는 오늘 밤에는 열고 싶지 않았습니다. 그런 많은 금화를 집 안에 흩어 둘 수는 없으니까요. 그러나 그렇게 하지 않고는 이해해 주시지 않을 테니, 할 수 없군요."
"고맙습니다, 훼릭스 씨. 당신이 그렇게 말해 주기를 기다리고 있었습니다. 말씀하신 것처럼 그것이 문제 해결의 오직 한 가지 방법입니다. 입회인으로 헤이스팅즈 경사를 이리로 부르겠으니 같이 갑시다."
묵묵히 훼릭스는 칸델라를 손에 들고 안내에 나섰다. 세 사람은 뒷문으로 해서 뜰로 나와 마구간 앞에서 멈춰섰다.

"열쇠를 꺼내야겠는데, 잠깐 등불을 들어 주지 않겠습니까?"

번리 경감은 양쪽으로 열리게 되어 있는 문에 걸린 긴 빗장을 불빛으로 비쳤다. 자물쇠가 그 중간에 끼워져 있었다. 훼릭스가 열쇠를 꽂으려고 손을 대자마자 자물쇠는 열려 버렸다.

"아니, 자물쇠가 잠겨 있지 않다니!"

그가 외쳤다.

"두세 시간 전에 내가 잠갔었는데!"

그는 자물쇠를 빼고 빗장을 벗기자 큰 문을 삐익 양옆으로 열었다. 번리 경감은 칸델라로 안을 비추며 물었다.

"통은 이 안에 있소?"

"네, 저기 저 천장에 매달려 있습니다."

훼릭스는 문을 다시 닫고 경감 곁으로 다가오면서 대답했다. 다음 순간, 그는 깜짝 놀라 눈이 휘둥그래졌다.

"큰일났소!"

그는 숨이 막힌 듯이 헐떡이며 소리쳤다.

"없어졌어요. 통이 없어졌어!"

탐정술

번리 경감은 이 뜻밖의 사태에 놀라면서도 훼릭스를 날카롭게 살피는 것을 잊지 않았다. 훼릭스가 정말 놀라 아연실색하는 모습을 보자, 그는 그것이 거짓으로 여겨지지는 않았다. 훼릭스가 놀라는 모습은 의심할 여지가 없을 만큼 뚜렷할 뿐만 아니라, 금화를 잃어 버린 것에 대한 그의 격분과 당황 또한 진실이었다.

"내가 잠갔어요. 내 손으로 잠가 놓았는데……."

그는 되풀이했다.

"8시에는 저기에 있었습니다. 그 뒤 대체 누가 왔을까요? 나 말고는 아무도 아는 사람이 없을 텐데. 다른 사람이 어떻게 알았을까?"
"그걸 우리가 찾아 내야 합니다. 방으로 돌아갑시다. 훼릭스 씨. 그리고 자세히 이야기해 봅시다. 날이 밝기 전까지는 아무 일도 못하니까요. 당신도 아시겠지만 내 부하 한 사람이 당신과 통을 미행해서 이 집까지 따라왔습니다. 그리고 당신이 이 마구간에서 통을 내리는 것을 지켜보고 있었습니다. 부하는 당신이 9시 조금 전에 친구인 마틴 씨와 외출하실 때까지 기다리고 있었습니다. 그 뒤 그 친구는 나한테 보고하기 위해 이곳을 떠났지만, 10시에는 다시 되돌아왔습니다. 10시부터 11시까지는 그 친구 혼자서 지키고 있었는데, 그 뒤로 계속 나의 부하들이 댁을 포위하고 있었던 셈입니다. 나는 당신 혼자만이 아니라 한 패거리가 있을 것으로 생각했기 때문입니다. 그러므로 문제의 통을 누가 가지고 갔다면 그것은 9시부터 10시 사이가 틀림없습니다."
훼릭스는 입을 벌린 채 멍하니 경감을 바라보았다.
"뭐라고요? 이거 놀랍군. 도대체 어떻게 나를 미행할 수 있었지요?"
번리 경감은 빙그레 웃었다.
"이런 일을 알아내는 것이 우리들이 하는 일입니다. 당신이 그 통을 어떤 방법으로 부두에서 날라왔는지 모두 알고 있습니다."
"아, 정말 잘 했군. 사실대로 이야기한 것이……."
"현명했습니다, 훼릭스 씨. 당신이 이야기하고 있는 동안, 나는 당신의 설명을 빠짐없이 검토해 보았어요. 당신이 솔직하게 사실 그대로를 말해 주셔서 정말 고맙게 생각합니다. 그러나 동시에 아시겠지만 통의 내용물을 볼 때까지는 나는 직무상 만족할 수가 없습니다."

"통을 되찾고 싶은 것은 당신보다도 내 쪽입니다. 나는 내 돈을 찾아야 하니까요."

"당연한 말씀이십니다. 그러나 이 문제를 이야기하기 전에 잠깐 실례하겠습니다. 부하들한테 지시해 둘 일이 있으니까요."

경감은 나가서 부하들을 불러 모았다. 헤이스팅즈 경사와 워커 순경만 남겨 두고 다른 사람들에게는 아침 8시까지 다시 이곳으로 오라고 지시하고는, 모두 차를 태워 집으로 돌려보냈다.

브로턴에게는 같이 와서 협조해 준 것에 감사를 표하고 안녕히 돌아가시라고 인사를 했다.

서재로 돌아오자 훼릭스는 난로의 불을 더 피우고 위스키와 여송연을 내놓으며 권했다.

"고맙습니다. 너무 마음쓰지 마십시오."

경감은 의자에 깊숙이 앉으며 말을 이었다.

"그럼 훼릭스 씨, 우선 통이 저기 있다는 것을 알고 있는 사람을 모두 체크해 봅시다."

"나와 마부들밖에는 없습니다."

"당신과 나와 마부, 그리고 나의 부하인 워커——먼저 이 네 사람부터 시작해 봅시다."

훼릭스는 미소지었다.

"아시다시피 나는 통이 도착하고 잠시 뒤 외출했다가 1시가 지날 때까지 돌아오지 않았습니다. 그동안 줄곧 윌리엄 마틴 의사와 그의 친구들과 함께 있었지요. 그럼 알리바이는 성립되는 셈이겠지요?"

번리도 미소지으며 말을 했다.

"내 경우는 말입니다. 내 말을 믿어 주실 수밖에 없습니다. 이 집은 10시 이후부터 워커 형사가 지키고 있었습니다. 그러므로 그 시간 뒤로는 무슨 짓을 하려 해도 불가능하다고 생각해야 할 것입니다."
"그렇다면 남은 것은 마부로군요."
"그렇지요? 그래서 말입니다. 우리는 어떠한 가능성도 배제할 수 없으니, 그 짐마차가 있던 주소와 마부들에 대해서 알고 있는 대로 이야기해 주십시오."
"그 짐마차는 하(下) 비치우드 로드 마독스 거리 127번지에 있는 존 라이온즈 부자(父子) 상회의 것입니다. 마부의 이름이 왓티라는 것밖에 모릅니다. 거무스름한 얼굴에 검은 콧수염을 길렀고, 작달막한 키에 야위었으나 몸이 건장한 사나이였습니다."
"그런데 훼릭스 씨, 그밖에도 통에 대해서 알고 있을 만한 사람은 생각나지 않습니까?"
"아무도 없는데요."
그는 잘라 말했다.
"그렇게 잘라서 말할 수는 없지 않습니까? 분명히 그렇다고만 말할 수는 없을 텐데요."
"그럼 누가 있을까요?"
"예를 들어 프랑스에 있는 당신 친구 말입니다. 그분이 당신 이외의 누군가에게 편지를 쓰지 않았다고 어떻게 말하겠습니까?"
훼릭스는 얻어맞은 듯이 고쳐 앉으며 외쳤다.
"그런 터무니없는! 그런 것은 생각해 보지도 않았습니다. 왜냐하면 그런 일은 결코 있을 수 없기 때문입니다. 있을 수 없는 일이 아닙니까?"
"그렇게 말한다면, 이 사건 전체가 있을 수 없는 일이 아니겠습니까. 아마 당신은 모르고 있겠지만, 누군지 우리들 말고 또 한 사람이 어젯밤 이 집을 감시하고 있었습니다."

"뭐라고요! 경감님, 그게 무슨 뜻입니까?"

"당신이 통을 운반하고 나서 얼마 안 되어 누군가가 저 좁은 길로 들어왔습니다. 그 사나이는 기다리고 있다가 당신이 친구 마틴 씨와 이야기하는 것을 들었습니다. 당신이 친구와 외출하자 그는 당신들을 미행했습니다."

훼릭스는 이마에 손을 짚고 있었다. 얼굴이 파리했다.

"이 사건은 도저히 나로서는 감당해 낼 수가 없습니다. 이런 일에 손을 대지 않았더라면 좋았을걸."

"그러니까 이런 관련을 없애기 위해, 나한테 협조해 주십시오. 잘 생각해 보세요. 르 고티에 씨의 친구로, 그가 편지를 보낼 만한 사람은 없습니까?"

훼릭스는 한참 동안 잠자코 있었다.

"한 사람 있습니다."

그는 망설이면서 겨우 말했다.

"그와 친한 퍼시 마가트로이드 씨라고 하는 사람인데, 웨스트민스터에 사무실을 가지고 있는 광산 기사입니다. 그러나 그가 이 사건에 관련되어 있으리라고는 생각되지 않습니다만……."

"아무튼 그분의 주소와 이름을 가르쳐 주지 않겠습니까?"

"빅토리아 거리 세인트 존 아파트 4호."

훼릭스는 주소록을 보며 말했다.

"수고스럽지만 손수 쓰시고 서명해 주십시오."

훼릭스는 미소지으면서 경감의 얼굴을 쳐다보았다.

"아까는 당신 자신이 적으시지 않았습니까?"

번리 경감은 웃었다.

"잘 보셨군요, 훼릭스 씨. 물론 내가 필요한 것은 당신의 필적입니다. 그러나 이것은 단순한 절차상의 필요입니다. 자, 잘 생각해 주세요. 그밖에는 아무도 없습니까?"
"전혀 없습니다."
"좋습니다, 훼릭스 씨. 또 한 가지만 더 묻고 싶은데, 파리에서는 어디에 묵으셨습니까?"
"콘티넨탈 호텔입니다."
"고맙습니다. 이것으로 끝났습니다. 그럼 이만 실례하고, 날이 밝을 때까지 이 의자에서 조금 자야겠는데, 당신도 주무시는 것이 좋을 겁니다."

훼릭스는 회중시계를 꺼내 보았다.

"3시 15분이군요. 그럼 나도 자겠습니다. 이 집은 빈집이나 다름없어서 침구를 준비하지 못해 죄송합니다. 객실에 있는 침구라도 좋으시다면 사양 마시고……."
"아니, 아니 감사합니다만, 난 여기가 좋습니다."
"그럼, 편히 주무십시오."

훼릭스가 나가 버리자, 경감은 의자에 앉은 채 독한 검정 여송연을 피우면서 골똘히 생각에 잠겼다. 가끔 생각난 듯 새 여송연에 불을 붙이기 위해 일어서는 것 말고는 거의 꼼짝 하지 않고 앉아 있었다. 그러나 자지는 않았다. 그가 일어서서 창 밖을 내다본 것은 벽시계가 5시를 쳤을 때였다.

"겨우 밝아졌군."

그는 중얼거리면서 뒷문으로 해서 조용히 안뜰로 나갔다.

그의 중요한 관심은 뜰과 헛간을 샅샅이 조사하여 통이 정말 실려 나갔는지, 아니면 어딘가에 숨겨졌는지를 확인해 보는 일이었다. 이 점에 대해서 그는 곧 만족했다.

통이 실려 나갔다면 수레로 운반했을 게 틀림없었다. 그의 다음 목적은 그 수레가 어떻게 들어왔는지, 그리고 만약 정말 들어왔다면 뭔가 흔적이 남아 있지 않을까, 그것을 조사해 보는 것이었다. 그는 우선 맨 먼저 마구간 문을 조사해 보았다.

그는 자물쇠를 손에 들고 자세히 조사했다. 그것은 흔한 구식의 4인치 자물쇠였다. 테는 잠긴 채 억지로 비틀어졌으며, 자물쇠를 거는 고리는 뜯겨져 있었다. 그 망가진 상태로 보아 뭔가 지렛대 같은 것으로 자물쇠가 걸려 있는 U자 형의 쇠붙이를 비틀어 뜯은 것 같았다. 경감은 그 지렛대를 찾았으나 눈에 띄지 않았다. 그래서 경감은 그런 종류의 도구를 찾을 것을 수첩에 메모해 두었다. 왜냐하면 만약 그런 도구를 찾아 내어 거기에 문 위의 것과 똑같은 흔적이 있다면, 중요한 증거가 된다고 생각했기 때문이었다.

그 다음에는 정원 문이 문제였다.

양쪽으로 활짝 열리게 되어 있는 이 문은 안쪽 가운데서 끝 쪽으로 빙빙 도는 빗장을 걸어 잠그게 되어 있었다. 그 빗장이 수직이 되면 문이 열리지만, 수평이 되면 빗장이 걸려서 안 열리게 된다. 자물쇠를 잠그게 되어 있는데도 자물쇠는 채워져 있지 않았다. 문은 닫힌 채 빗장이 제대로 걸려 있었다.

경감은 훼릭스 씨가 이 빗장을 건드렸는지 어쩐지를 조사해 보려고 노트를 꺼내어 멈춰선 채 생각에 잠겼다.

문은 수레가 밖으로 나간 뒤 안쪽에서 잠근 게 틀림없었다. 동시에 또 수레가 들어왔을 때도 안쪽에서 연 것이 틀림없었다. 누가 그런 짓을 했을까? 훼릭스가 거짓말을 했을까? 아니면 누군가가 집 안에 있었을까?

처음에는 어쩐지 그런 듯싶었으나 잠시 뒤 경감에게 다른 생각이 떠올랐다. 워커는 담으로 기어올라갔다. 그렇다면 문을 열고 닫은 사람도 역시 그렇게 할 수 있지 않았을까? 번리 경감은 담을 따라 천천히 걸어가며 담과 그 둘레의 땅바닥을 주의깊게 살펴보았다.

처음에는 이렇다 할 새로운 것은 발견되지 않았으나, 되돌아오는 길에 문에서 3m쯤 떨어진 담 위에 석회와 찰흙을 반죽하여 바른 곳에서 흙인지 먼지인지 두 개의 희미한 자국이 있는 것을 발견했다. 그것은 땅바닥에서 2m쯤 되는 높이에 40cm 정도의 간격으로 이어져 있었다. 그리고 담에서 30cm 떨어진 그 흔적의 바로 밑에, 도저히 사람이 다닐 것 같지 않은 자갈을 깐 뜰의 부드러운 흙 위에 길이 5cm, 폭 1cm 남짓의 옴폭 파인 작은 흔적이 두 개 남아 있었다. 긴 쪽의 가장자리가 위를 향해 직선으로 솟구쳐 있는 것은 누군가가 여기서 짧은 사다리를 쓴 증거였다.

번리 경감은 서서 찬찬히 그 흔적을 내려다보았다. 그런데 사다리의 다리치고는 간격이 너무 넓었다. 그 간격을 재 보았더니 40cm나 되었다. 사다리라면 기껏해야 30cm 정도일 것이다.

그는 정원문을 열고 담 밖으로 나왔다. 담을 따라 풀덩굴이 우거져 있었다. 그는 몸을 굽혀 안쪽에서 보았던 흔적과 같은 것을 찾았다. 실망은 하지 않아도 되었다. 한결 부드러운 땅바닥 위에서 사다리 같은 도구를 세워 놓은 것으로 생각되는 두 개의 훨씬 뚜렷한 흔적을 발견했다. 이 바깥쪽의 흔적은 안뜰의 흔적에 비해 훨씬 뚜렷했으며 크고 둥그스름했다. 보기에 가로 5cm 세로 7cm쯤 되었다. 그는 그 위의 담을 조사해 보았다. 확대경으로 검사하다가 겨우 담의 안쪽에 있는 흔적 근처에 같은 모양의 두 개의 자국을 발견했다.

새로운 생각이 그의 머리에 떠올랐다. 그 풀덩굴에서 흙을 조금 긁어모아 다시 안뜰로 되돌아와서, 그 흙과 담 위에 묻어 있는 흙을 확대경으로 비교 검사했다. 그가 예상했던 대로 똑같은 흙이었다.

그는 겨우 어렴풋하긴 했으나, 그 자리에서 있었던 일을 상상할 수가 있었다. 누군가가 색다른 사다리를 담 밖에 걸쳐 놓고 담을 뛰어

넘어 뜰 안으로 들어와서 문을 연 것 같았다. 그런 다음 사다리를 짊어지고 들어와서 담 안쪽에 걸쳤는데, 그때 어쩌다가 사다리를 거꾸로 세운 모양이었다. 그러므로 바깥쪽 담 위에는 자국이 있었으나, 안쪽 담 위에는 풀덩굴에 세웠을 때 묻었던 흙이 남아 있는 것이다. 문을 닫고 밖으로 나올 때 도둑은 끈으로 사다리를 끌어올려 담을 넘긴 것으로 그는 상상했다.

경감은 담 밖의 풀덩굴로 다시 나가 검사를 계속했다. 거기서 그는 담으로부터 80cm쯤 떨어진 곳에서 사다리의 한쪽 발자국을 발견함으로써 자기의 추리의 확증을 잡았다.

그것은 안뜰에서 나온 뒤 사다리를 담 밖으로 끌어 낼 때 생긴 흔적이 틀림없다고 그는 결론을 내렸다. 다시 그는 세 개의 발자국을 발견했으나, 유감스럽게도 너무 흐릿해서 아무런 쓸모가 없었다.

그는 수첩을 꺼내 사다리의 길이며 폭, 다리의 양쪽 모양 등, 그가 조사한 결과로 얻은 사다리에 대한 지식을 모두 합쳐 정확하게 스케치했다. 그리고는 훼릭스가 체인 블록을 달아맬 때 쓴 사다리를 끌고 와서 담 위로 올라갔다. 그리고 조심스럽게 시멘트의 덮개돌을 조사해 보았으나 흔적 같은 것은 발견하지 못했다.

안뜰은 포장되어 있었으므로 바퀴 자국이나 사람의 발자국도 보이지 않았지만, 번리 경감은 오랫동안 왔다갔다하면서 뭔가 떨어져 있는 것은 없나 하고 땅바닥을 여기저기 꼼꼼하게 조사했다. 전에 꼭 이와 비슷한 사건이 있었을 때, 그는 나뭇잎 밑에 떨어져 있던 바지의 단추를 발견하여, 그것이 증거가 되어 두 사람의 사나이를 형무소로 보낸 일이 있었는데, 이번에는 수사가 전혀 진전이 없어 이만저만한 실망이 아니었다.

이윽고 그는 마찻길로 가 보았다. 거기에는 많은 자국이 남아 있었지만, 그가 애쓴 보람도 없이 아무런 수확도 얻을 수 없었다. 길 위에는 자갈이 두텁게 깔려 있어 윤곽이 뚜렷하지 않은 자국들이 그럴 듯하게 남아 있을 뿐이었다. 그는 안뜰에서처럼 차근차근 마찻길을 조사하기 시작했다. 하나하나 모든 발자국을 조사하면서 번리 경감은 차츰 문 쪽으로 걸어갔다. 집에서 멀어져 감에 따라 자갈은 훨씬 얕아졌으나, 땅바닥이 단단했기 때문에 아무 흔적도 남아 있지 않았다. 그는 끈질기게 조사하며 바로 문 가까이까지 왔을 때 거기서 하나의 행운을 만났다.

집과 큰길 사이의 잔디에서 무슨 공사가 한창이었다. 테니스코트나 크리켓 경기장을 만들고 있나 보다고 번리 경감은 생각했다. 이 운동장의 모퉁이에 최근에 갓 메운 고랑이 마찻길을 가로질러 좁은 길로 이어지는 울타리까지 뻗어 있었다. 틀림없이 바로 얼마 전에 하수도관을 묻은 것 같았다.

이 하수도관이 밑을 지나고 있는 길의 새로 메워진 곳은 조금 옴폭했다. 이 고랑의 한 복판은 자갈을 깔아 놓였지만, 그다지 낮지 않은 좁은 길 쪽의 일부분은 거의 자갈을 깔지 않아 찰흙이 그대로 드러나 있었다. 이 찰흙에 형태가 뚜렷한 두 개의 발자국이 집 쪽을 향해 나 있었다.

두 개라고 했지만, 엄밀히 따져서는 그렇지 않았다. 하나는 굵은 징을 박은 작업 구두의 오른쪽 발자국으로, 찰흙이 석고처럼 뚜렷한 형태를 만들고 있어서 세밀한 곳까지 완전히 남아 있었다. 다른 한쪽은 이 발자국에서 조금 왼편으로 떨어진 곳에 있었는데, 얼른 보아 발을 내딛은 발자국인 듯 찰흙 부분의 끝에 굽 부분만 남아 있었다. 구두 앞부리 부분은 딱딱한 땅바닥이어서 자국이 남아 있지 않았다.

번리 경감의 눈이 빛났다. 이토록 뚜렷한 발자국은 본 적이 없었다. 드디어 구체적인 것을 발견한 것이다. 그는 몸을 굽혀 다시 자세히 그 발자국을 조사했다. 그러다가 별안간 놀란 듯이 벌떡 일어서서 쓸쓸레한 표정을 지었다.
 "나도 정신이 나갔구먼."
 그는 신음하듯이 말했다.
 "왓티가 통을 날라올 때의 발자국이 아닌가."
 그런데도 역시 그는 이 발자국을 세밀하게 스케치하고 두 발자국 사이의 거리와 찰흙 부분의 크기를 기록했다. 왓티는 마차집에 알아보면 곧 알게 될 것이므로, 이 발자국이 그의 것인지 아닌지를 확인하는 일은 쉬울 것이라고 생각했다. 만약 이것이 왓티의 것이 아니라면, 도둑의 유력한 실마리가 발견된 셈이다. 독자의 이해를 돕기 위해 그 스케치의 사본을 여기 실어 두겠다.
 번리 경감은 그곳을 떠나려다가 모든 일을 철저하게 생각하는 여느 때의 버릇이 다시 머리를 들어 선 채로 발자국을 찬찬히 바라보며 차근차근 생각해 보았다. 발걸음의 간격이 몹시 좁은 것이 이상했다. 직접 자를 꺼내 재 보았더니 굽에서 굽의 간격은 48cm였다. 이것은 틀림없이 너무 좁다. 왓티만한 사나이의 발걸음이라면, 적어도 7, 80cm는 될 것이다. 또한 마부들은 대체로 발걸음의 간격이 클 것이다. 따라서 왓티의 발자국이라면, 81내지 84cm의 간격을 두는 것이 맞을 텐데. 그렇다면 이 짧은 간격의 발자국은 어떻게 된 일일까?
 그는 다시 그것을 관찰하며 골똘히 생각했다. 그러다가 갑자기 새로운 흥분이 경감의 눈에 넘치더니 얼른 몸을 굽혔다.
 "고맙게도!"
 그는 중얼거렸다.
 "고마워. 하마터면 놓칠 뻔했군. 틀림없이 왓티의 발자국이다. 만약에 그렇다면…… 틀림없어. 절대로 틀림없다."
 그의 볼은 붉게 타오르고 눈은 빛났다.
 "이것이 결정적인 단서가 될지도 모르겠군."

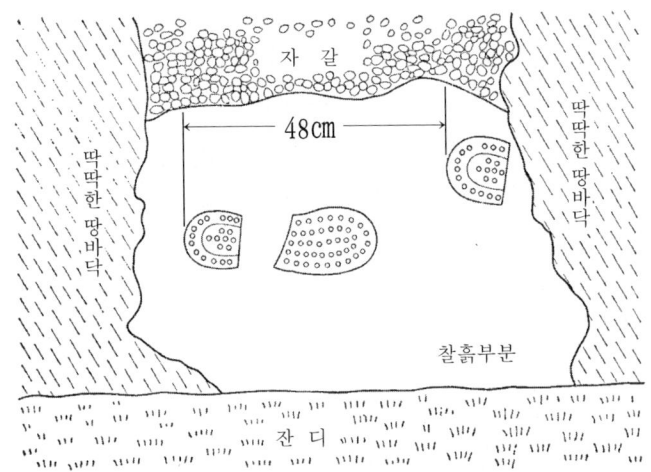

경감은 좋아서 못 견디겠다는 듯 중얼거리더니 다시 마찻길의 다른 곳에서 바깥의 큰길까지 세밀하게 조사해 보았다. 그러나 그 이상의 수확은 얻을 수 없었다.

그는 시계를 보았다. 7시였다.

"앞으로 두 가지 점만 알아 내면 조사는 끝이다."

그는 흐뭇한 듯 혼잣말을 했다.

그는 좁은 길로 접어들어 천천히 걸어가며 마찻길에서처럼 땅바닥을 조사해 갔다. 그는 세 번이나 멈춰서서 발자국을 조사하고 간격을 쟀는데, 세 번째는 울타리 안의 작은 문 바로 옆에서였다.

"첫번째 문제는 끝났다. 다음은 두 번째 문제야."

그는 입구의 문 쪽으로 되돌아와 잠깐 멈춰서서 큰길의 위쪽과 아래쪽을 바라보았다. 런던 쪽을 향해 400m쯤 걸어가면서, 길의 서쪽 입구, 특히 빈터로 나가는 입구를 조사했다. 그러나 분명히 그가 찾고 있는 것은 발견되지 않은 모양이었다. 그는 되돌아오면서 어느 옆길 모퉁이를 왼쪽으로 꺾어들어 그 길을 따라가면서 계속 조사를 했다. 그러나 이번에도 행운에 외면당한 채 두 번째 옆길을 조사해 보았으나, 결과는 마찬가지였다. 그밖의 옆길은 없었으므로 그는 다시 본래의 좁은 길로 되돌아왔다. 이번에는 런던 쪽과 반대되는 방향으로 가 보았다. 세 번째 통용문 앞에서 그는 발을 멈추었다. 그 문은 길의 왼쪽에 있었는데, 안쪽에 있는 빈터로 통해 있었다.

그 문은 큰길과 경계선에 이어진 조금 높다랗게 우거진 나무 울타리 사이에 만들어진 보통 농장용 철문이었다. 빈터에는 잡초가 우거져 있으며, 예의 임대 주택지라는 푯말이 서 있었다. 문 바로 안쪽에 축축하고 좀 낮은 곳이 있는데, 그 땅바닥에 뚜렷하게 수레바퀴 자국이 몇 줄이나 가로질러져 있는 것이 경감의 눈길을 끌었다.

그 문에는 자물쇠가 걸려 있지 않았으므로 경감은 빗장을 벗기고 빈터로 들어갔다. 그는 수레바퀴 자국을 특히 주의해서 조사했다. 바퀴 자국은 문을 들어서자마자 오른쪽으로 방향을 바꾸어 울타리를 따라 한참 가다가, 그 울타리에서 뻗어 나온 한 그루의 나무 옆에서 멎어 있었다. 면밀히 조사한 결과, 한 마리의 말발굽 자국과 굵은 징을 박은 남자의 구두 자국이 수레바퀴 자국이 나 있는 땅바닥 위에 같이 이어져 있는 것도 알게 되었다.

흐뭇한 얼굴로 빈터에서 나온 번리 경감은 다시 산 마로 저택으로 돌아갔다. 그는 어젯밤의 수사에도 충분히 만족하고 있었다. 먼저 훼릭스로부터 많은 정보를 얻어내는 데 성공했으며, 게다가 그를 이 사건의 수수께끼를 푸는 데 스스로 나서서 협력하는 친구로 삼게 되었다. 통을 잃어 버린 좋지 못한 사고가 일어나기는 했지만, 이 3시간 동안에 얻은 정보로 통을 다시 찾아내는 것도 그다지 오래 걸리지는 않을 것이라고 생각했다.

그가 현관으로 다가갔을 때 훼릭스가 말을 걸었다.

"당신이 오시는 것이 보이더군요. 뭔가 좋은 일이라도 있었습니까?"
"네, '글쎄요' 라고나 할까요?"
경감은 대답했다.
"나는 지금부터 런던으로 가겠습니다."
"그럼, 통은 어떻게 됩니까?"
"곧 수사에 들어갈 테니 뭔가 단서가 잡히겠지요."
"경감님, 그렇게 숨기지 않아도 되지 않습니까? 생각하고 있는 것을 들려 주세요. 뭔가 짐작이 가는 일이 있지요? 알고 있습니다."
번리 경감은 웃으며 말했다.
"뭐 그다지…… 좋습니다. 내가 발견한 것을 이야기하지요. 당신이 어떻게 해석하든, 그건 당신의 자유니까요.

첫째로 마구간의 자물쇠는 지렛대로 비틀어서 열었다는 것을 알았습니다. 근처를 찾아보았으나, 그런 기구는 보이지 않았습니다. 그러므로 우리가 어떤 견해를 가지든지, 먼저 그 지렛대의 출처와 숨겨 놓은 곳을 밝혀 내야 합니다. 그것에는 자물쇠에 남아 있는 흠집과 똑같은 흠집이 나 있을 것입니다. 이것은 귀중한 증거가 될 겁니다.

다음으로 침입자가 정원 문까지 수레를 가지고 와서 어떤 특수한 사다리를 사용해서 담을 뛰어넘었다는 사실을 알아냈습니다. 그 사나이는 아마도 문을 열고 통을 실은 다음, 마차를 찻길까지 끌어내고는 다시 되돌아와서 정원 문을 닫은 뒤 같은 방법으로 나간 것 같습니다. 그 사다리를 담 너머로 끌어올린 흔적이 있습니다. 아마도 그 사나이는 무슨 끈 같은 것으로 사다리를 달아매서 끌어올린 모양입니다.

나는 지금 그 사다리를 '특수한' 것이라고 말했는데, 여기 내가 얻은 지식을 바탕으로 그린 스케치가 있습니다. 보시면 알겠지만,

그 사다리는 짧고 폭이 넓은 것으로, 양쪽 끝이 이상한 모양으로 된 것 같습니다.

말이 난 김에 그렇게 무거운 통이 어떻게 쉽게 마차에 실려졌는가를 이야기해 드리지요. 그러니까 마차를 통 밑까지 뒤로 해서 끌고 가, 도르래를 사용하면 혼자서도 쉽게 할 수 있는 간단한 일이었습니다.

나는 마찻길을 조사했는데, 한 군데에서 매우 흥미있는 발자국 하나를 발견한 것 외에는 아무것도 얻은 게 없었습니다. 꼭 당신에게도 보여 드리고 싶습니다. 좋으시다면 지금 당장 보지 않겠습니까? 내가 설명해 드리겠지만, 아무래도 왓티가 짐마차를 끌고 이 집으로 다가오다가 남긴 발자국인 것 같습니다. 그렇게 믿을 만한 이유가 있어요. 아직 확신은 없습니다만.

그리고 나는 좁은 길도 조사해 보았습니다. 그 길의 세 군데에서 똑같은 사람의 발자국을 발견했습니다. 끝으로 큰길 북쪽으로 가다가 약 180m쯤 되는 곳에서 풀덩굴 속으로 끌어넣은 마차 바퀴 자국과 바로 그 옆에 그의 발자국을 찾아냈습니다.

그런데 훼릭스 씨, 지금까지 이야기한 것을 한데 모아 보십시오. 뭔가 떠오르는 게 없습니까? 특히 마찻길의 발자국은 결정적이라고 해도 좋습니다."

두 사람은 벌써 그 발자국이 있는 곳에 와 있었다.

"여깁니다."

번리 경감이 말했다.

"이 발자국을 당신은 어떻게 생각하십니까?"

"특별히 별난 것도 아닌 것 같은데요."

"한 번 더 보십시오."

훼릭스는 머리를 내저었다.

"훼릭스 씨, 이 자갈 위에 서서 당신의 오른발을 이 첫번째 발자국과 나란히 놓아 보십시오. 네, 좋습니다. 이번에는 집을 향해 걸어가는 기분으로 한 걸음 떼어 놓아 보세요. 좋습니다. 뭔가 느낀 것이 없습니까?"
"글쎄요. 조금 발걸음이 컸다는 것밖에는 아무것도 못 느끼겠는데요."
"하지만 당신의 걸음걸이 폭은 보통이었습니다."
"그렇다면 이 사나이는 발걸음을 작게 뗀 것이 틀림없군요."
"그럴까요? 이것을 왓티의 발자국이라고 가정해 보십시오. 나는 그게 틀림없다고 믿고 있습니다만, 당신은 그 사람과 함께 걸었으니 그의 걸음걸이를 보셨겠지요?"
"잠깐만요, 경감님. 어떻게 내가 그걸 알 수 있겠습니까? 하지만 왓티는 그렇게 걷지 않았습니다. 그렇게 걸었다면 내가 알아챘겠지요. 그러나 그가 짧은 걸음걸이가 아니었다는 것만은 단언할 수 있습니다."
"그 점은 그의 걸음걸이가 눈에 띄게 별난 데가 없는 한 그다지 중요한 일은 아닙니다. 그러나 당신도 여느 때는 75cm 정도로 걷는 사람이 48cm의 걸음걸이로 걸었다면, 좀 이상하다고 생각하시겠지요. 비틀거리거나 발을 헛디디지 않는 한은 말입니다."
"그러나 그가 비틀거리지 않았다는 것을 어떻게 아십니까?"
"발자국의 느낌입니다. 이 발자국에서 받는 인상이지요. 헛디디거나 비틀거렸다면, 발자국이 뚜렷하지 않거나 한쪽 발에 무게가 더 갈 게 아닙니까? 그러나 이 발자국에는 미끄러진 흔적도 안 보이며 전체적으로 균형이 잡힌 형태입니다."
"과연 옳으신 말씀입니다만, 거기에 무슨 뜻이 있는지 나로서는 모르겠군요."

제1부 런던 95

"나도 결정적이라고는 말할 수 없지만, 참으로 암시적이라고 생각합니다. 아니, 거의 결정적인 점도 있습니다. 훼릭스 씨, 그 발자국을 다시 한 번 보십시오."
"나는 도무지 모르겠는데요."
"두 개의 발자국을 비교해 보십시오."
"글쎄요. 나로서는 굽을 비교해 볼 정도이지…… 이건 보통 볼 수 있는 한 짝의 굽 자국일 뿐, 별난 것은 없군요."
훼릭스는 망설이다가 소리를 질렀다.
"앗! 경감님. 겨우 당신이 말하는 뜻을 알겠습니다. 이건 양쪽 모두 같은 발로 디딘 발자국이군요."
"나도 그렇게 생각합니다. 훼릭스 씨, 마침내 알아냈군요. 이걸 보십시오."
경감은 몸을 굽혔다.
"왼쪽의 네 번째 징이 빠져 있습니다. 그것뿐이라면 우연의 일치라고 생각할 수도 있겠지요. 그러나 다른 징과 바닥이 닳은 상태를 비교해 보면 틀림없이 같은 구두의 뒷굽이라는 것을 알게 될 겁니다."
그는 양쪽 발자국에 똑같이 나타나 있는 윤곽이 뚜렷하지 않은 부분을 몇 군데 지적해 보였다.
"그러나 비록 이 두 개가 같다고 하더라도, 당신이 이것으로 무슨 생각을 하고 있는지 나로서는 알 수가 없군요."
"그래요? 그렇다면 이걸 보십시오. 만약 이것이 왓티의 발자국이라면, 그는 어떻게 이런 발자국을 남겼을까요? 분명히 방법은 둘 중 하나밖에 없어요. 첫째, 그가 한쪽 발로 뛰었는지도 모릅니다. 그러나 그가 그런 짓을 했다는 건 다음의 세 가지 까닭에서 있을 수 없다고 생각됩니다.

첫째, 당신 몰래 그런 짓을 할 수 없다는 것, 둘째, 그런 방법으로는 이토록 똑똑한 자국을 남기지 못합니다. 그리고 셋째, 왜 그는 한쪽 발로 뛸 필요가 있었을까요? 그럴 필요는 조금도 없다고 생각합니다. 그러므로 이 발자국은 다음과 같은 방법으로 만들어진 것입니다. 자, 어떤 방법이겠습니까, 훼릭스 씨?"
훼릭스가 놀란 얼굴로 대답했다.
"당신이 생각하고 있는 것을 겨우 알았습니다. 왓티는 이 마찻길을 두 번 왔다갔다했군요."
"그렇습니다. 처음에는 당신과 함께 통을 옮기기 위해, 두 번째는 빈 마차를 끌고 통을 가지러 온 겁니다. 이 발자국이 왓티의 것이라면, 그것은 틀림없습니다."
"하지만 왓티는 왜 그 통을 가져 갔을까요? 그는 통 속에 금화가 들어 있다는 것을 알 까닭이 없는데요."
"금화라는 것은 몰랐겠지만 뭔가 값어치 있는 물건이 들어 있으리라는 정도는 느꼈을 것입니다."
"경감님, 나는 기뻐서 졸도할 것만 같습니다. 만약 왓티가 정말 그 통을 가지고 갔다면 되찾는 것은 문제없으니까요."
"간단한지 그렇지 않은지 그건 잘라 말할 수 없지만, 문제는 그의 단독 범행이냐 아니냐 하는 것입니다."
"그밖에 또 누가……?"
"프랑스에 있는 당신의 친구는 어떻습니까? 그 사람이 당신 몰래 누군가에게 편지를 보냈는지도 모르거든요. 아무튼 당신이 통을 날라올 때 누가 보고 있었는지 당신도 모르는 일이니까요."
"제발 부탁입니다. 사태를 그렇게 나쁘게만 생각지 마십시오. 그보다도 얼른 왓티를 찾아 주십시오. 그렇게 해주시겠지요?"
"물론이지요. 그러나 당신이 생각하시듯 그렇게 간단하지만은 않을

지도 모릅니다. 그러나 왓티 혼자서 했다고 생각되는 점도 두 가지가 있습니다."
"그건?"
"첫째는 좁은 길에 있었던 감시인입니다. 이건 댁의 마찻길을 두 번 왔다갔다한 사나이임에 거의 틀림없습니다. 나는 조금 전에 좁은 길에서 발자국을 세 개 발견했다고 말했지요? 그 가운데 하나는 작은 문의 바로 옆에 나 있었는데, 이것은 그가 울타리 쪽으로 향해 서 있었다는 것을 암시하는 겁니다. 거기는 나의 부하가 감시인이 서 있는 것을 보았다고 말한 바로 그 곳입니다.

둘째는 말과 마차에 관한 일입니다. 나는 이것으로 미루어 보아 그 감시인이 왓티라고 생각하게 된 것입니다. 만약 왓티가 좁은 길에서 귀를 기울이고 있었다면, 그동안 말과 마차는 어디에 두었을까요? 만일 한패거리가 있었다면 그 패거리들이 말과 마차를 끌고 큰길을 서성거렸을 게 틀림없습니다. 그러나 그가 혼자였을 경우, 집 안을 살피고 있는 동안 말과 마차를 어딘가에 숨겨 두었을 것입니다. 그래서 나는 큰길로 통하는 근처의 길을 조사해 본 결과, 조금 전에 말했듯이 북쪽에서의 네 번째 수색 결과, 그 장소를 발견했습니다. 무슨 일이 있었는지 한눈에 다 알아볼 수 있었습니다. 통을 운반해 주고 난 뒤 그는 짐마차를 끌고 큰길로 나가다가 건물이 없는 빈터로 통하는 문을 발견한 것입니다. 그것이 아까 이야기한 풀밭입니다. 거기에 남아 있는 마차 바퀴와 발자국이 그것을 증명해 주고 있습니다. 그는 마차를 울타리 뒤에 숨기고는 말을 나무에 달아맸습니다. 그런 다음 살펴보려 되돌아와서 당신이 외출하는 것을 지켜보고 있었던 것입니다. 그러고는 곧 짐마차를 끌고 와서 통을 싣고 사라진 것이 틀림없습니다. 그가 이곳을 떠난 것은 나의 부하인 워커가 돌아오기 조금 전이었다고 나는 추측하고 있습니다.

이러한 나의 추리를 당신은 어떻게 생각하십니까?"

"틀림없다고 생각합니다. 그것으로 그 괴상한 사다리에 대한 이야기도 납득이 가는군요."

"네? 뭐라고요? 그건 무슨 뜻이지요?"

"그 사다리는 통을 짐마차에 실을 때 쓰는 하역용 사다리가 틀림없습니다. 갑판 밑에 세워 놓은 것을 언젠가 본 기억이 있습니다."

번리 경감은 자기의 넓적다리를 손바닥으로 탁 쳤다.

"훌륭합니다, 훼릭스 씨. 정말 훌륭해요. 미처 거기까지는 생각하지 못했군요. 이것으로 왓티라는 생각이 짙어졌습니다."

"경감님, 축하합니다. 이것으로 당신은 결정적인 증거를 잡은 셈이니까요."

"증거는 충분합니다. 이제 그만 본청으로 돌아가야겠습니다."

번리 경감은 조금 망설이다가 다시 이어 말했다.

"대단히 불쾌하실 줄 압니다만, 솔직히 말씀드리겠습니다. 이 통 사건이 해결될 때까지 당신을 경찰의 감시 아래 두지 않을 수가 없군요. 그러나 결코 폐를 끼치는 일은 없을 것입니다. 이건 약속드리지요."

훼릭스는 빙그레 웃었다.

"좋습니다. 부디 당신의 직무를 완수해 주십시오. 다만 제가 부탁드리고 싶은 것은 가끔 상황이 어떻게 되어 가는지 알려 주셨으면 하는 겁니다."

"오후쯤에는 뭔가 소식을 알려 드릴 수 있을 겁니다."

시간은 8시를 조금 지났다. 어젯밤에 돌려보낸 두 사람의 부하가 자동차로 마중 나와 있었다.

번리는 이 두 사람에게 훼릭스를 감시하도록 명령한 뒤, 헤이스팅즈 경사와 워커 순경을 데리고 서둘러 런던으로 돌아갔다.

통의 발견

번리 경감은 도중에 워커 순경을 그 소속 경찰서에 내려 줄 때 어제부터의 그의 활약에 대해 찬사를 보냈는데, 그것은 워커의 마음을 승리감으로 부풀게 하여 경시청에서도 가장 손꼽히는 숙련되고 신뢰받을 수 있는 경감이 될 날을 꿈꾸게 했다. 그런 다음 번리 경감은 경시청으로 돌아왔다. 차 안에서 수사 계획을 짜고 있던 번리 경감은 자기 방으로 헤이스팅즈 경사를 데리고 들어가서 확대 지도를 펴놓고 작전을 짜기 시작했다.

"이것 좀 보게나, 헤이스팅즈."

번리 경감은 자기 의견을 설명한 뒤 찾고 있던 곳을 지도에서 발견하고 말했다.

"여기가 왓티가 일하고 있는 존 라이온즈 부자 상회가 있는 곳이지. 마차를 빌린 곳도 여긴데, 보잘것없는 운송점일세. 구르 거리 바로 근처이네. 여기가 구르 거리의 우체국이지. 위치는 알겠지? 그럼 좋네. 아침 식사를 한 뒤 바로 가서 왓티에 대해 조사해 주게나. 먼저 그의 이름과 주소를 조사해서 전보나 전화로 곧 알려 주게. 그리고 미행하게. 나는 그가 통을 자기 집이나 아니면 다른 곳에 숨겼을 것으로 생각하는데, 그를 미행하면 자네를 그곳으로 데려가 줄 거야. 아무래도 밤이 될 때까지 녀석은 아무 짓도 못할 테지만, 그러나 반드시 그렇다고는 말할 수 없지. 되도록 그에게 간섭을 하거나 눈치채게 해서는 안 되네. 그러나 만약 아직도 통을 열지 않았다면, 절대로 녀석의 손으로 열게 해서는 안 될뿐더러, 또 무슨 일이 있더라도 통 안의 물건을 하나라도 꺼내게 해서는 안 돼. 나도 곧 자네를 뒤쫓아갈 테니 상세한 말은 그때 가서 하세. 구르 거리의 우체국을 본부로 하겠으니, 자네가 있는 곳을 짝수 시간마다 알려 주게. 자네 마음대로 변장해서 빨리 시작해 주게."

경사는 인사하고 물러갔다.
"이것으로 일단 수배는 끝났군."
 번리 경감은 혼잣말을 하고 하품을 한 다음, 아침 식사를 들기 위해 자기 집으로 돌아갔다.
 얼마 뒤 번리 경감이 자기 집에서 나왔을 때, 그의 옷차림은 몰라볼 만큼 달라져 있었다. 경시청의 대표적 경감으로서의 개성은 완전히 자취를 감추고, 장사꾼이나 재주껏 살아 가는 청부업자 같은 모습이었다. 그는 헐렁한 바지와 꾀죄죄하게 낡은 체크 무늬의 양복을 입고 있었다. 넥타이는 오래 되어 볼품없었으며, 먼지투성이의 모자에다 굽이 닳아 빠진 구두를 신고 있었다. 조금 허리를 굽힌 걸음걸이가 너절한 그의 옷차림을 더한층 효과적으로 보이게 했다.
 그는 경시청으로 되돌아와서 무슨 연락이 없었느냐고 물었다. 헤이스팅즈 경사로부터 전화로 다음과 같은 보고가 들어와 있었다.

 범인의 이름은 월타 파마. 주소는 하(下) 비치우드 로드 훼넬 거리 71번지.

 범인에 대한 체포 영장은 이미 되어 있었으므로 번리 경감은 사복 경찰관이 운전하는 경찰차로 작전 현장으로 향했다.
 오늘도 활짝 갠 좋은 날씨였다. 태양은 구름 한 점 없는 하늘에서 빛나고 있었다.
 공기는 이른 봄의 상쾌함으로 가득차 있었다. 통과 시체의 일로 머리가 꽉 차 있는 경감마저도 계절의 매력을 느끼지 않을 수 없었다. 그는 한숨을 쉬면서 언젠가는 실현시키려고 하는 그의 가장 큰 꿈의 하나인 시골의 화원(花園)을 그려 보았다. 지금쯤 수선화가 한창일 것이며, 앵초도 활짝 피어 자기의 손길을 기다리고 있을 것이기에 즐거움이 거기 있다고 그는 느꼈다.
 계획했던 대로 구르 거리의 끝부분에 차를 멈추게 한 경감은 거기서부터는 걸어서 갔다. 한참 걸어가니 목적지에 닿았다. 입구에는 여러 건물의 처마 끝에 이어진 아치가 서 있었으며 '운송점 존 라이온즈 부자 상회'라고 써 있는 낡은 간판이 걸려 있었다. 아치 밑을 지나 골목길로 들어가니 울타리로 둘러친 넓은 빈터가 나왔다. 빈터의 한쪽에는 정원으로 문을 열어젖힌 움막이 있고, 그 반대쪽에는 8, 9마리의 말을 넣을 수 있는 마구간이 있었다. 그리고 여러 종류의 수레 4, 5대가 움막의 처마 끝에 나란히 놓여져 있었다.
 빈터 한복판에는 갈색으로 칠한 마차 한 대가 말을 맨 채 놓여져 있었다. 번리 경감이 다가가 보니 페인트 밑에 흰 글씨의 윤곽이 희미하게 보였다. 마구간 문 앞에서 한 젊은 사나이가 서서 잠자코 번리를 이상한 눈초리로 바라보고 있었다.
 "주인은?"
 번리 경감이 큰소리로 말했다.
 젊은 사나이는 입구 쪽을 가리키며 대답했다.
 "사무실에 있소."
 경감은 발을 돌려 문 바로 안쪽에 있는 자그마한 목조 건물 안으로 들어갔다. 하얀 턱수염을 기른 뚱뚱한 중년 남자가 장부 정리를 하고 있다가, 번리 경감이 들어서자 벌떡 일어서며 그를 맞았다.
 번리 경감이 인사를 하며 말을 꺼냈다.
 "안녕하십니까? 마차를 빌릴 수 있을까요?"
 "네, 좋습니다. 언제 필요하십니까? 며칠쯤이오?"
 "그게, 사실은 이렇습니다. 나는 페인트 상인이라서 언제나 여러 가지 물건을 날라야 합니다. 그런데 마차가 망가져서 수리하는 동안 한 대 빌리고 싶은데요. 친구더러 빌려 달라고 부탁했더니 공교

롭게 그 친구도 바빠서 빌릴 수가 없군요. 그래서 수리하는 데 3일
쯤 걸릴 테니까……."
"그럼 말과 마부는 필요 없군요?"
"네, 필요 없지요. 내 것을 쓸 테니까."
"그렇다면 빌려 드릴 수 없는데요. 우리 집에서는 마부를 딸리지
않고서는 빌려 준 적이 없다오."
"물론 그렇겠지요. 하지만 나는 마부는 필요없으니…… 그럼 이렇
게 하면 어떨까요? 빌려 주겠다면, 마차값만큼의 보증금을 내놓지
요. 그렇다면 마음 놓고 빌려 줄 수 있겠지요?"
뚱뚱보는 볼을 쓰다듬으며 대답했다.
"그렇게 해볼까요? 지금까지 그런 건 해보지 않았지만, 그렇게 해
서 안 된다는 법은 없으니까."
"아무튼 마차를 좀 보여 주시오."
두 사람은 빈터로 나가서 마차가 있는 곳으로 다가갔다. 번리 경감
은 여기저기 살펴보는 척하면서 입을 열었다.
"작은 통과 페인트를 나르기 때문에, 게다가 페인트 통도 말이오,
저 사다리도 같이 빌려 주지 않겠소? 짐을 오르내리는 데 꼭 알맞
을 것 같으니까요."
뚱뚱보는 그 사다리를 갈고리에서 내려 마차에 달아맸다.
"조금 넓을까요?"
번리 경감은 그렇게 말하며 줄자를 꺼냈다.
"잠깐 재 봅시다."
그것은 폭 38cm 길이 1m 98cm였다. 15cm와 5cm의 각목으로 만들
어졌는데, 양쪽 끝에 쇠고리가 달려 있었다. 땅바닥에 닿는 양끝은
끌처럼 뾰족하며 반대쪽 끝에는 마차에 걸치기 위한 쇠붙이가 달려
있었다. 이 쇠붙이의 끝은 8cm와 5cm의 둥근 모양으로 되어 있었다.

번리 경감은 그 쇠붙이를 살펴보았다. 양쪽에 모두 흙이 묻어 있었다. 그는 마음 속으로 손뼉을 쳤다. 이것이 왓티가 담을 넘는 데 사용한 사다리다!

"이게 좋겠군요. 음, 사료와 연장을 넣는 상자도 달려 있구먼."

그는 그것을 열어 재빨리 속을 들여다보았다. 낡줄, 사료 주머니, 가는 끈을 감은 것과 손잡이가 달린 스패너와 그밖에 자잘한 연장이 들어 있었다. 그는 스패너를 꺼냈다.

"이건 차바퀴의 캡에 쓰는 스패너로군."

그렇게 말한 뒤 그는 몸을 굽혀 그것을 사용해 보았다.

"너트에 꼭 맞는데."

경감은 그것을 상자에 넣으면서 스패너의 손잡이를 힐끗 쳐다보았다. 손잡이의 양쪽에 짝으로 된 흠이 있었다. 경감은 만일 시험해 볼 수만 있다면, 이 흠은 훼릭스의 마구간에 달려 있는 자물쇠의 장지에 남아 있는 흠과 꼭 들어맞을 것이 틀림없다고 생각했다.

뚱뚱보는 조금 시무룩한 얼굴로 바라보고 있었다.

"이 수레를 사겠다는 건 아니겠지요?"

"천만에요. 그런 건 아니지만 어차피 보증금을 내놓고 빌리는 바에는 마음에 드는지 어떤지를 잘 봐야지요."

두 사람은 사무실로 돌아가서 대금에 대해 상의했다. 겨우 결정을 보자 번리 경감은 친구를 만나 이야기해 보고 나서 전화로 정식으로 말하자고 했다.

경감은 흐뭇한 마음으로 빈터를 나왔다. 왓티가 그 마차를 사용해서 통을 훔쳐 냈다는 그의 추리는 정확했으며, 그 증거도 이제 완전히 파악했다.

구르 거리로 되돌아온 그는 우체국을 찾아갔다. 12시 10분 전이었으나 아직 아무 연락도 오지 않았으므로 입구에 서서 기다렸다. 5분도 채 못 되어 한 부랑아처럼 보이는 소년이 나타나서 그를 몇 번이나 아래 위로 훑어보고는 말했다.
"번리 씨이십니까?"
"그런데? 편지를 가지고 왔니?"
"어떤 아저씨가 이걸 갖다 주면 은돈을 줄 거라고 했어요."
"좋아, 좋아, 꼬마야."
번리 경감은 6펜스 은돈과 그 편지를 바꾸었다.
편지에는 이렇게 씌어 있었다.

왓티가 방금 점심 식사를 하러 자기 집으로 갑니다. 운송점의 빈 터 옆 큰길에서 기다리겠습니다.

번리 경감은 자동차를 대기시켜 둔 곳까지 걸어가서 차를 타고 정해진 곳으로 달리게 했다. 그가 신호를 하자 운전수는 차를 길가에 멈추면서 곧 엔진을 껐다. 번리 경감은 뛰어내리자 차의 보닛을 열고 엔진 위로 몸을 굽혔다. 누가 보더라도 고장난 곳을 살피고 있는 것처럼 보였을 것이다.
누더기 같은 옷을 입고 짧은 파이프를 입에 문 초라한 차림의 사나이가 두 손을 주머니에 찌른 채 차 쪽으로 뚜벅뚜벅 다가왔다. 번리 경감은 그 사나이 쪽을 돌아보지 않고 낮은 목소리로 말했다.
"녀석을 잡아야겠어, 헤이스팅즈. 녀석이 나타나거든 곧 가르쳐 주게."
"5분 안으로 점심 식사를 하기 위해 이 길로 올 겁니다."
"좋아, 부탁하네."
그는 몸을 앞으로 내밀어 엔진을 수리하고 있는 것을 물끄러미 바라보고 있더니 별안간 뒤로 물러섰다. 그리고는 번리에게 속삭였다.

"저 녀석입니다."

번리 경감이 차의 뒷자리 창문으로 내다보니, 조금 키가 작고 야윈 사나이가 큰길을 통해 이쪽으로 오고 있는 것이 보였다. 푸른 빛 작업복 바지를 입고 회색 목도리를 두르고 있다. 사나이가 차 옆까지 왔을 때, 경감은 재빨리 차 밖으로 뛰어나와 그의 어깨를 잡았다. 헤이스팅즈와 운전수가 그를 둘러쌌다.

"월타 파마, 나는 경시청의 경감이다. 통을 훔친 죄로 너를 체포한다. 너절하게 변명을 늘어놓으면 도리어 불리해져. 얌전하게 따라오는 게 좋을 거야. 이쪽은 세 사람이니까."

멍해진 사나이가 무슨 일이 일어났구나 하고 깨달았을 때는 이미 두 손목에 수갑이 채워져 차 쪽으로 끌려가고 있었다.

"알았습니다, 나리. 가십시다요."

차를 타면서 그가 말했다. 번리 경감과 헤이스팅즈가 뒤따라 탔다. 운전 기사가 시동을 걸어 큰길을 조용히 달려갔다. 그것은 20초도 채 못 되는 사이의 일이어서 지나가는 사람은 아무도 눈치채지 못했다.

"이건 중대한 사건이지, 파마."

번리 경감이 이야기하기 시작했다.

"통을 훔쳤다는 것 하나에다, 밤중에 남의 집 뜰 안으로 침입했다는 것이 또 하나, 이건 강도죄이기 때문에 짧아도 7년은 살게 될 거야."

"저는 나리가 무슨 말씀을 하시는지 도무지 영문을 모르겠는데요."

붙잡힌 사나이는 쉰 목소리로 마른 입술을 핥으면서 말했다.

"나는 통이라는 것을 모릅니다요."

"이봐, 거짓말하면 좋지 못해. 우린 모든 것을 알고 있어. 죄를 가볍게 하려면 모두 다 자백하는 게 좋아."

파마의 얼굴이 파리해졌으나 그는 대답을 하지 않았다.

"우리는 자네가 어젯밤 8시쯤, 통을 훔쳐 낼 기회가 없을까 하고 되돌아온 것을 알고 있어. 자네는 마차를 근처의 빈터에 숨겨 둔 다음 좁은 길로 되돌아와서 무슨 일이 일어나지 않나 하고 기다리고 있었지? 그러고는 집에 다른 사람이 없다는 것을 알자 훼릭스 씨가 외출한 뒤, 다시 마차를 끌고 되돌아왔지. 그리고 사다리로 담을 넘어 마구간의 문을 마차 바퀴의 캡용 스패너로 비틀어서 열었어. 이렇게 다 알고 있으니, 자네가 아닌 척해도 아무 소용 없어."

이렇게 사실을 늘어놓는 동안 파마는 점점 파리해져 끝내는 유령 같은 얼굴이 되었다. 그는 턱을 푹 떨구었으며 이마에는 구슬 같은 땀방울이 맺혔다. 그런데도 그는 입을 열지 않았다.

번리 경감은 상당히 효과가 있는 것을 느끼며 몸을 굽혀 그의 어깨를 가볍게 두들겼다.

"이봐, 파마. 한 번 법정에 나가기만 하면, 너는 구제받지 못해. 짧아도 5년, 어쩌면 7년의 징역을 받을 거야. 그러나 만약 자네가 마음만 돌린다면 내가 좋게 해줄 용의도 있어."

사나이의 고통스러운 눈이 번리 경감의 얼굴에 쏠렸다.

"훼릭스 씨가 고소하지 않으면 경찰로서도 어떻게 할 도리가 없어. 그런데 훼릭스 씨는 통이 필요하다고 말하고 있지. 자네가 그 통을 열지 않고 당장 되돌려 주면 훼릭스 씨는——나로서는 약속할 수 없지만——고소를 취소해 주리라고 생각하네. 어때?"

드디어 붙잡힌 사나이는 자제력을 잃었다. 그는 수갑이 채워진 두 손을 절망적으로 쳐들었다.

"아아, 어떻게 해야 하지!"

그는 쉰 목소리로 외쳤다.

"나는 돌려 줄 수가 없습니다!"

경감은 깜짝 놀라 날카롭게 소리쳤다.
"뭐, 못 돌려 줘? 못 돌려 주겠다고? 그건 무슨 뜻이지?"
"어디 있는지 난 몰라요. 정말 모릅니다. 나리."
말이 급한 물결처럼 그의 입에서 흘러나왔다.
"사실대로 말씀드리겠습니다. 하느님 앞에 맹세코 거짓말은 안 합니다. 사실은 이렇습니다요."
차는 이미 시내로 들어서서 속력을 내어 경시청으로 달려가고 있었다. 경감은 차를 좀더 조용하게 큰길로 천천히 달리라고 명령했다. 그런 다음 그는 미칠 듯이 흥분되어 있는 사나이 쪽으로 몸을 기울였다.
"좀더 침착하게 이야기해 주게. 아무것도 숨기지 말고 이야기하는 거야, 알겠나? 사실을 말하는 것이 단 한 번의 기회라는 것을 잊어서는 안 돼."
파마의 진술은 런던 사투리와 수식어를 빼면 다음과 같았다.
"훼릭스 씨가 마차를 빌리러 온 것은 모두 알고 계시겠지요?"
파마는 이야기하기 시작했다.
"마구간에서 페인트 칠을 한 것도 그리고 친구인 짐 브라운에 대해서도요?"
경감이 고개를 끄덕이자 그는 말을 계속했다.
"그렇다면 이건 말할 필요도 없겠지만, 왠지 나와 짐은 처음부터 이 일에는 뭔가 수상한 데가 있다고 생각했습니다. 훼릭스 씨는 그 통을 경찰에게 잡히지 않고 무사히 나르는 내기를 걸었다고 말했지만, 우리는 믿지 않았습니다. 이 사람은 남의 물건을 훔치려는 것이로구나 하고 생각했습니다. 그 뒤 그 사람이 우리한테 그 십장을 따돌리자는 제의를 해 왔을 때, 우리는 모두 사기라고 생각했습니다. 훼릭스 씨와 내가 짐과 십장을 술집에 떼어놓은 다음 마구간으로 되돌아와서 마차의 칠을 새로 했다는 것도 모두 알고 계시지요?"
"알고 있지."
번리 경감이 대답했다.
"우리는 어두워질 때까지 마구간에서 기다리다가 그 뒤 통을 훼릭스 씨의 집까지 운반하여 마구간 안에 체인 블록으로 매달아 놓았습니다. 그런 다음, 내가 약속한 품삯의 두 배 이상을 요구하자 그 사람은 두 말 없이 지불해 주었으므로, 이 사람은 나를 무서워하고 있구나 하고 생각했습니다. 그리고 마음 속으로 생각했지요, '저 통에는 뭔가 비밀이 있다. 그래서 입을 막으려고 선심을 쓰는구나' 하고 말입니다. 그때 문득 이런 생각이 머리에 떠올랐습니다. 저 통을 내가 가지고 있게 되면 이쪽에서 요구하는 돈을 치르고 찾아갈 것이 틀림없다고요. 나는 훔칠 생각은 처음부터 없었습니다. 정말입니다요, 나리. 솔직히 말씀드립니다. 나는 다만 그 사람이 사례금을 낼 때까지 하루나 이틀 동안만 통을 보관해 둘 작정이었습니다요."
사나이는 잠깐 말을 멈추었다.
"하지만, 파마. 협박은 절도와 그다지 다를 게 없어."
"나는 오직 사실대로 말하고 있을 뿐입니다. 나리, 사실은 그런 사연이었습니다요. 나는 훼릭스 씨가 집의 어느 방에서 자는지, 다른 사람이 있는지 없는지, 몰래 마차를 끌어낼 수 있겠는지 자세히 살펴보려고, 아시다시피 짐마차를 풀밭에 숨겨 놓고 좁은 길로 들어갔습니다. 그때 훼릭스 씨가 외출하고 집에 아무도 없다는 것을 알지 않았더라도, 나는 그런 짓을 하지는 않았을 겁니다. 집 안은 텅 비어 있고, 통은 체인 블록에 매달려 있으니 무슨 짓을 해도 괜찮겠지 하는 생각이 나를 사로잡았습니다. 그 유혹은 나에게는 너무나도 강했습니다. 거기서 나는 되돌아와서 나리가 말씀하신 그 방법으로 들어갔습지요. 나리는 거기서 줄곧 저를 감시하고 계셨군요?"
경감은 대답하지 않았다. 파마는 이야기를 계속했다.
"오래 전부터 나는 집을 옮겨야겠다고 마음먹고 있었는데, 근처에 적당한 빈집이 있더군요. 토요일에 열쇠를 빌려 일요일에 그 집을 보러 갔습니다. 그 열쇠가 아직도 주머니 속에 있습니다. 돌려 주러 갈 틈이 없었습니다. 내 생각으로는 그 빈집의 뒷길에 짐마차를 끌어넣어 통을 내려놓고 빙 돌아 바깥쪽에서 안으로 들어가 안뜰의 문을 열어 통을 굴려넣고는 자물쇠로 잠근 다음, 짐마차를 가게에 갖다 놓으면 될 거라고 생각했습니다. 집주인한테는 훼릭스 씨에게 돈을 받을 때까지 하루 이틀 동안 핑계를 대고 열쇠를 그대로 가지고 있을 생각이었습죠. 그런데 나리, 내가 마차를 그 집 뒤의 좁은 길로 끌어넣었을 때, 뜻밖의 일이 생겼습니다. 통이 너무 무거워서 도저히 내릴 수가 없었어요. 나는 어깨로 밀어 옆으로 쓰러뜨리려고 있는 힘을 다해 보았으나 꼼짝도 하지 않았습니다.

나는 땀에 흠뻑 젖으면서 그 근처에 있는 여러 가지 물건을 지렛대로 써 보았으나 도저히 움직일 수가 없었습니다. 나는 누군가 손을 빌려 줄 친구는 없을까 하고 여러 모로 생각해 보았으나 와 줄 만한 사람이 근처에는 없었습니다. 믿을 수 없는 친구의 도움은 받고 싶지 않았거든요. 짐이라면 걱정없다고 생각했지만, 그 사람은 3km도 더 떨어진 곳에 살고 있었고, 또 밤늦게 부탁하러 가는 것도 싫었지요. 결국 다른 방법이 떠오르지 않기에 문을 잠그고는 짐마차를 짐의 집까지 끌고 갔습니다. 여기서 또 나는 실망했습니다. 짐은 한 시간 전쯤에 외출했는데, 그의 부인도 그가 어딜 갔는지 또 언제 돌아올지 모른다고 하지 않습니까.

나는 자신의 불운을 저주했습니다. 통을 손에 넣고 싶다는 생각보다 통에서 멀어지고 싶다는 생각이 열 배나 더 강했습니다. 나는 거기서 좋은 방법을 생각해 냈습니다. 가게의 빈터까지 마차를 끌고 가서 그날 밤은 통을 거기에 두었다가, 다음날 아침 일찍 짐의 손을 빌려 통을 그 빈집으로 옮기자는 생각이었습니다. 만일 누가 그 까닭을 물으면 훼릭스 씨가 하룻밤 가게에 두었다가 이튿날 아침 어딘가로 운반하라는 지시를 했다고 말할 작정이었죠. 그리고 10실링의 수고비를 보여 주고는 훼릭스가 준 거라고 말할 작정이었습니다. 그러나 내가 마차를 끌고 가게의 빈터까지 왔을 때, 모든 계획은 산산이 깨지고 말았죠. 주인이 거기 와 있었지요. 더구나 몹시 언짢은 기색이었어요. 나중에 안 일이지만 그날 저녁때 가게의 마차가 트럭과 맞부딪쳐서 많은 손해를 보았기에, 주인은 흥분하고 있었던 겁니다. '거기 싣고 있는 물건은 뭐야?' 하고 주인은 통을 보자 곧 물었습니다. 나는 까닭을 이야기하고 훼릭스 씨로부터 내일 아침에 운반해 달라는 부탁을 받았다면서 품삯으로 받은 10실링을 주인께 드렸습니다.

'어디로 배달하지?' 하고 주인이 물었습니다. 이 물음에는 대답이 막히고 말았죠. 왜냐하면 누군가가 거기에 있다가 그런 질문을 하리라고는 아예 생각도 못했으니까요. 그래서 나는 아무렇게나 배달할 장소를 꾸며댔습니다. 6.5km쯤 떨어진 곳의 가게와 도매상이 줄지어 서 있는 큰길이 좋겠지. 그 정도로 떨어진 곳이라면 주인도 모르겠지 하고 나는 생각했습니다. 그래서 나는 그런 대로 엉터리 주소를 댔습니다. '리틀 조지 거리 133번집니다' 하고 나는 대답했지요. 주인은 백묵을 집어 메모해 두는 칠판에 그 주소를 적었습니다. 그러고는 다시 망가진 마차 쪽으로 갔으므로 나는 말을 짐마차에서 풀어 놓고는 집으로 돌아왔습니다. 일이 어긋나서 나는 몹시 초조했으나, 주인한테 엉터리 주소를 대 준 것이 뭐 대단하랴, 예정대로 내일 아침에 빈 집으로 옮겨 놓으면 된다고 생각했습니다.

이튿날 아침 일찍 짐의 집으로 가서 이 이야기를 했습니다. 짐은 처음에는 버럭 화를 내면서 바보 같은 녀석이라고 욕설을 퍼부었습니다. 나는 이 일이 얼마나 안전한 것인가를 거듭 그에게 설명했습니다. 우리는 둘 다 훼릭스 씨가 경찰에 신고하거나 법석을 떨지 않을 것으로 단단히 믿고 있었습니다. 끝내 짐도 이 일에 가담할 것에 동의하여 그는 직접 빈집으로 가 있고, 내가 뒤에 통을 가지고 가기로 결정했습니다. 짐은 몸이 아프다는 핑계로 가게를 쉬기로 했습니다.

주인은 우리가 출근할 무렵에는 좀처럼 가게에 없었는데, 그날 아침은 드물게도 가게에 나와 있었습니다. 기분이 그다지 좋은 편은 아니었습니다.

'이봐' 하고 내 얼굴을 보자마자 주인은 말했습니다. '자네가 오늘 아침에는 안 나오는 줄 알았네. 저 큰 말을 유개마차에 달고 이 배달처로 갔다 오게'——그는 나에게 한 장의 종이 쪽지를 주었습니다——'피아노를 나르는 거야.'

'하지만 그 통이……' 하고 나는 머뭇거렸지요.

'쓸데없는 생각은 그만 해. 시키는 대로만 하란 말이야. 그건 벌써 처리했어.'

나는 사방을 두리번거렸습니다. 마차는 없었습니다. 훼릭스에게 돌려보냈는지 아니면 내가 가르쳐 준 엉터리 주소로 배달했는지, 어느 쪽인지 나로서는 알 수가 없었습니다. 나는 모든 것이 원망스러웠습니다. 특히 빈집에서 나를 기다리고 있는 짐을 생각하니 정신이 아득했습니다. 그러나 어떻게 할 도리가 없었으므로 유개마차에 말을 달고는 그대로 떠났습니다. 그리고 길을 빙 돌아 빈집으로 가서 짐에게 사연을 이야기 했습니다. 나는 지금까지 그때의 짐처럼 격분한 사나이를 본 적이 없습니다. 도저히 달랠 재주가 없어 그를 거기에 남겨 둔 채 피아노를 배달하러 갔습니다. 그런 다음 가게로 돌아와서 점심 식사를 하러 가는 도중 나리한테 붙잡힌 겁니다."

파마가 리틀 조지 거리의 배달처를 말했을 때, 번리 경감은 곧 운전수에게 그곳으로 가라고 명령을 내렸기 때문에 그의 진술이 거의 끝날 무렵에 차는 그 거리로 들어섰다.

"133번지라고 했지?"

"네, 나리."

133번지는 큰 철물점이었다. 번리 경감은 그 가게의 주인을 만났다.

"그렇습니다."

가게 주인은 계속 말했다.

"그 통이라면 저희 집에 와 있습니다. 사실은 운송장도 아무 서류도 없는 그런 물건을 받으면 곤란하지 않느냐고 막 지배인을 나무라고 있는 참입니다. 당신이 경시청에서 오신 분이라는 증명만 해 주신다면 당장 통을 넘겨 드리겠습니다."

가게 주인의 의심은 곧 사라져서 일행을 가게의 안뜰로 안내했다.

"저것인가, 파마?"

번리 경감이 물었다.

"맞습니다. 나리, 틀림없습니다."

"좋아, 헤이스팅즈. 내가 짐마차를 불러올 테니 자네는 여기 남아서 통을 지키고 있게. 마차에 통을 싣고 자네가 같이 경시청까지 날라 주게. 그것이 끝나면 쉬어도 좋아. 이봐, 파마. 자네는 나를 따라오게."

다시 차에 올라탄 번리와 파마는 같은 목적지를 향해서 달렸다. 거기서 파마는 다른 경찰관에게 인계되었다.

번리 경감은 끌려가는 사나이에게 말했다.

"만약에 훼릭스 씨가 고소를 취소하는 데 동의한다면 자네는 곧 석방될 거야."

경감은 짐마차가 본청에 닿을 때까지 기다렸다가, 통이 도착한 것을 자기 눈으로 확인한 다음, 단골 레스토랑으로 들어가서 때늦은 점심 식사를 천천히 즐기려고 의자에 앉았다.

통 속의 물건

포도주를 마셔서 완전히 기운을 차린 거인과도 같은 번리 경감의 모습이 다시 큰길에 나타난 것은 5시가 가까워서였다. 그는 택시를 불러 운전 기사에게 그레이트 노드 로드의 산 마로 저택으로 달리라고 명령했다.

'자, 이번에는 우리 친구 훼릭스다' 하고 그는 여송연에 불을 붙이면서 생각했다. 그는 피곤해서 쿠션에 등을 기대고, 오가는 자동차와 마차 사이를 요령있게 누비며 달리는 차들을 물끄러미 바라보고 있었다. 런던 생활의 여러 면에 훤한 그였으나, 줄곧 달라지는 거리의 풍경, 끊임없는 움직임, 뭐라고 말할 수 없는 색채의 변화, 이것들은 언제 보아도 싫증이 나지 않았다. 길거리의 풍경, 아스팔트 위를 달리는 자동차 타이어 소리, 배기 가스의 물씬한 냄새——이 모든 것은 그가 사랑하는 매력적인 한 부분으로써, 그의 마음을 한껏 사로잡았다.

차는 헤이마켓을 지나 샤훗베리의 큰길을 따라 달려 터튼엄 코트 로드를 돌아 다시 켄팃슈 타운을 빠져 그레이트 노드 로드로 나왔다.

여기까지 나오자 차와 마차의 왕래도 뜸해져 속력을 낼 수 있었다. 번리 경감은 모자를 벗고 머리를 찬바람에 내밀었다. 수사는 순조롭게 진행되고 있다. 그는 흐뭇했다.

한 시간쯤 뒤 그는 산 마로 저택의 초인종을 눌렀다. 훼릭스가 문을 열어 주었다. 감시를 맡은 켈빈 경사의 얼굴이 홀 뒤의 어둠 속에서 보였다.

"어떻게 됐습니까, 경감님?"

훼릭스가 번리 경감의 모습을 보자 큰소리로 물었다.

"찾았습니다. 두 시간 전에 발견했지요. 택시를 기다리게 해 놓았으니 별다른 지장이 없으시다면 지금 곧 가서 통을 열어 봅시다."

"좋습니다. 곧 같이 갈 수 있습니다."

"켈빈, 자네도 같이 가세."

경감은 부하에게 말했다. 훼릭스가 모자와 외투를 들고 나오자 세 사람은 택시가 있는 곳으로 걸어갔다.

"경시청으로."

번리 경감이 말하자 차는 방향을 돌려 시내 쪽으로 달리기 시작했다.

속력을 내라고 재촉하면서 경감은 훼릭스에게 오늘 있었던 일을 이야기했다. 훼릭스는 흥분으로 들떠서 사건이 해결되어 기쁘다고 말했다. 그는 돈을 몹시 걱정하고 있었다. 천 파운드라는 돈이면 어떤 빚을 갚고 저당을 해제할 수 있는데, 그렇지 못하면 정말 딱하게 될 것이라고 말했다. 번리 경감은 그 이야기를 듣자 날카롭게 그를 쳐다보았다.

"프랑스의 친구는 그것을 알고 있습니까?"

"르 고티에 말입니까? 아마 모를 겁니다."

"만일을 위해서 말씀드립니다만, 훼릭스 씨. 너무 통을 기대하지 않는 편이 좋을 겁니다. 오히려 당신은 어떤 불쾌한 사태를 각오하는 게 좋을 거라고 생각합니다."

"무슨 뜻이지요, 그건?"

훼릭스가 외쳤다.

"당신은 그 통 속에 돈 말고 또 다른 것이 들어 있으리라고 생각하시나 본데, 도대체 왜 그렇게 생각하십니까?"

"유감스럽지만 그건 대답할 수 없습니다. 지금으로서는 다만 그런 의혹이 일고 있을 뿐입니다. 그러나 곧 진상이 밝혀질 테니 더 이상 말할 필요는 없겠지요."

번리 경감은 어떤 일 때문에 들를 곳이 있어 돌아오는 길은 다른 길로 하여 런던 다리 가까이에서 강 쪽으로 나왔다. 이미 해가 저물어 가고 있어 노란 불빛이 호화로운 호텔의 창문에 비치기 시작했으며, 그 양쪽에 늘어선 음산한 건물에서도 불빛이 새어나오기 시작했다. 비교적 교통이 뜸한 템즈 강가에서는 차의 속도를 굉장히 올려 때마침 의사당의 빅벤(큰 시계)이 7시 15분을 가리키고 있을 때, 차는 경시청 안으로 미끄러지듯 들어갔다.

번리 경감은 방에 들어서자마자 말했다.

"총감님이 계시는지 보고 오겠습니다. 통을 여는 것을 보고 싶다고 하셨거든요."

총감은 마침 퇴근 준비를 하고 있었는데 번리를 보자 기다리기로 했다. 그는 정중하게 훼릭스를 맞이했다.

총감은 악수를 나누면서 말했다.

"괴상한 사건이군요, 훼릭스 씨. 이것으로 사건은 끝나리라고 생각합니다만……."

"두 분 다 몹시 의미심장한 말씀을 하시는군요. 조금 전에도 경감님이 이상한 말을 했는데, 아무리 물어 봐도 가르쳐 주질 않습니

다."

"곧 알게 될 겁니다."

번리 경감의 안내로 그들은 복도를 지나 계단을 내려가서 통로를 빠져 나가자, 창문이 많이 있는 높은 건물에 둘러싸인 작은 안뜰로 나왔다. 낮에는 채광의 역할을 하는 것으로 여겨지는 그 안뜰도 어두컴컴해진 지금은 화강암 콘크리트의 딱딱한 바닥을 큰 아크등이 비추고 있었다.

그 한가운데에 문제의 통이 망가진 부분을 위로 하고 세워져 있었다.

그 자리에 있는 사람은 5명뿐이었다. 총감, 훼릭스, 번리 경감, 켈빈 경사. 그리고 웬 낯선 사나이가 더 있었다.

번리 경감이 앞으로 나오며 말했다.

"통이 아주 단단하기 때문에 열기 위해 목수를 불렀습니다. 열어도 되겠습니까?"

총감이 끄덕이자, 낯선 사나이가 앞으로 나와 작업을 시작했다. 잠시 뒤 통의 뚜껑을 떼내고 그 한 조각을 뜯어 보였다.

"보십시오, 여러분. 5cm 가까운 두께입니다. 어느 포도주 통의 두 배나 되는 두께지요."

"자, 됐소. 용건이 있으면 다시 부르지."

번리 경감이 말하자 그 사나이는 꾸벅 인사를 하고 곧 사라졌다.

네 사람은 통으로 다가갔다. 통 속에는 그 위까지 톱밥으로 가득차 있었다. 번리 경감은 손가락을 휘저어 톱밥을 꺼내기 시작했다.

"여기 있군, 한 개" 하고 말하며 그는 한 개의 금화를 바닥 한 쪽에 놓았다.

"또 한 개, 또 한 개!"

돈은 무더기가 되었다.

"뭔가 몹시 울퉁불퉁한 게 있는데."

그는 계속 말을 했다.

"가운데는 톱밥이 1cm의 두께밖에 안 되는데, 가장자리는 밑바닥까지 꽉 차 있군. 좀 도와 주게, 켈빈. 하지만 조심하게. 거칠게 다루면 안 돼!"

톱밥을 꺼내는 일이 계속되었다. 차례차례로 톱밥이 꺼내어져서 금화가 가려지고 그 옆에 또 하나의 산더미를 만들었다. 아래쪽으로 내려가자 작업 속도도 느려졌다. 가득차 있던 톱밥이 제거되고 공간이 차차 좁아지자, 손을 넣기가 거북해졌다. 차츰 금화가 적게 나오는 것으로 보아 뭔가 다른 물건을 넣고 나서 그 위에 금화를 넣은 모양이다.

잠시 뒤 번리 경감이 목소리를 낮추어 말했다.

"톱밥은 거의 꺼냈나 봅니다……이건 시체 같습니다. 여기 손이 있군요."

"손이? 시체라고요?"

훼릭스가 소리쳤다. 그의 얼굴은 파랗게 질려 공포심이 눈을 스쳤다. 다른 사람이 통 위로 몸을 굽히자 총감은 훼릭스 쪽으로 한 걸음 다가섰다.

두 사나이는 한참 동안 묵묵히 일을 계속했다. 조금 뒤 번리 경감이 말했다.

"자, 꺼내 보세. 조심해서."

두 사람은 다시 통 위로 몸을 굽혀 뭔가 종이로 싼 물체를 꺼내 조심스럽게 땅에 놓았다.

"오오, 하느님!"

훼릭스의 입에서 날카로운 외침 소리가 튀어나왔다. 이런 장면에 면역이 되어 있는 총감도 놀라 숨을 들이켰다.

그것은 여자의 시체였다. 머리와 어깨를 갈색 종이로 싸서 통 속에 넣었기 때문에 작게 오므라들어 있었다. 날씬하고 우아한 아름다운 손 하나가 종이 사이로 밀려나와 둥근 어깨 옆으로 불쑥 나와 있었다.

모두들 그 자리에 옴츠리고 선 채 꼼짝하지 않고 그 시체를 내려다보고 있었다. 훼릭스는 몸이 굳어 버린 것처럼 서 있었다. 두 눈이 금방이라도 튀어나올 것처럼 심한 공포로 얼굴이 파랗게 질려 있었다.

총감이 낮은 목소리로 말했다.

"종이를 떼어 버리게."

번리 경감이 흐무러진 종이 끝을 잡아서 조심스럽게 떼어 냈다. 종이가 벗겨지면서 그 속의 시체가 모습을 드러냈다.

그것은 아직 젊은 여자의 시체로, 목덜미와 어깨 언저리를 깊이 도려낸 가장자리에 고대 레이스를 장식한 옅은 분홍빛 야회복을 우아하게 입고 있었다. 숱이 많은 검은 머리칼이 작은 머리통 위에 둥글게 틀어져 있었으며, 손가락에는 여러 개의 값진 보석이 반짝이고 있었다. 다리에는 비단 스타킹을 신었는데, 구두는 신고 있지 않았다. 그리고 드레스에 봉투 하나가 핀으로 꽂혀 있었다.

그러나 사람들의 눈길이 멈춘 곳은 그 얼굴과 목덜미였다. 아름다웠을 것으로 여겨지는 그 얼굴은 무섭도록 시커멓게 퉁퉁 부어 있었다. 검은 두 눈은 크게 뜬 채 튀어나와 있어 죽음의 공포와 전율을 말하고 있었다. 입술은 위로 말려올라가 있었는데, 그 사이로 예쁜 하얀 이가 가지런히 내다보였다. 그 밑의 목젖 가까이에 색이 변한 상처가 두 군데 남아 있었다. 그녀의 목숨을 무참하고 잔인하게 빼앗은 짐승의 엄지손가락 자국임에 틀림없었다.

종이가 그 얼굴에서 젖혀졌을 때, 훼릭스의 두 눈은 글자 그대로

퉁겨져 나올 것만 같았다.

"앗!"

그는 가느다랗게 외마디 소리를 질렀다.

"아네트!"

한순간 그는 경련하듯이 손을 부들부들 떨더니 비실비실 비틀거리면서 의식을 잃고 앞으로 쓰러졌다.

총감이 훼릭스의 머리가 땅에 닿기 전에 붙들어 안았다.

"좀 도와 주게!"

그는 크게 소리쳤다.

번리와 경사가 달려와서 축 늘어진 몸을 떠메고 가까운 방으로 옮겨가 바닥에 살며시 눕혔다.

"의사를!"

총감이 한 마디 하자 경사가 얼른 방을 뛰어나갔다.

"복잡하게 됐구먼."

총감은 계속 말했다.

"이 사람은 뭐가 나오는지 몰랐던 모양이지?"

"몰랐다고 생각됩니다, 총감님. 제가 이때까지 받은 인상으로는 그는 어떤 프랑스 사람——누군지는 확실치 않습니다만——에게 속고 있다고 생각됩니다."

"어쨌든 이건 살인이네. 자네는 파리로 가야겠어, 번리. 그리고 수사를 해주게."

"알겠습니다."

그는 시계를 보았다.

"8시니까 오늘밤에 떠나기는 어려울 것 같습니다. 통과 시체의 옷도 가지고 가야 하고, 시체의 사진과 몸도 재야 하고, 검시 결과도 들어 봐야 하기 때문에……"

"내일 떠나도 상관없겠지만, 9시 기차를 타는 게 좋겠네. 파리 경시총감 쇼베 씨에게 소개장을 써 주지. 자네, 프랑스 말은 할 수 있겠지?"
"그럭저럭 대화는 합니다."
"그다지 성가시지는 않을 것 같아. 파리 경시청에 가면 누군가 최근에 행방불명된 사람이 있는지 어떤지 금방 알게 될 테니까. 만약에 그걸 모르더라도 자네한테는 통과 옷이라는 확실한 증거물이 있지 않나."
"네. 그것이 도움이 될 것으로 생각합니다."
복도에서 말소리가 나더니 의사가 나타났다. 총감에게 간단한 인사를 한 다음 의사는 의식을 잃은 사나이 곁으로 갔다.
"어떻게 된 일입니까?"
의사가 물었다.
"충격을 받았네."
총감이 간단하게 설명했다.
"곧 병원으로 옮겨야겠습니다. 들것이 있으면 가져다 주지 않겠습니까?"
경사가 밖으로 나가더니 곧 들것과 또 한 사나이를 데리고 왔다. 훼릭스가 그것에 실려 운반되어 나갔다.
"의사!"
총감은 들것을 뒤따라가려는 의사를 불러세웠다.
"그 사람의 응급치료가 끝나는 대로 곧 여자의 시체 검시를 해주게. 어떻게 살해되었는가는 대강 짐작이 가지만, 역시 검시 해부를 하는 것이 좋겠지. 독약을 사용했는지도 모르니까. 여기 있는 번리 경감이 내일 아침 8시 기차로 파리에 조사하러 가는데, 자네의 보고 사본을 가지고 가겠다고 하네."

"곧 준비하겠습니다."

그렇게 말한 의사는 인사를 하고 곧 환자의 뒤를 쫓았다.

"자, 이번에는 그 편지를 볼까?"

두 사람은 안뜰로 되돌아왔다. 번리 경감이 시체의 드레스에 꽂혀 있는 봉투를 떼어 냈다. 거기에는 수취인의 이름이 적혀 있지 않았는데, 총감은 봉투를 뜯어 그 속에서 접혀져 있는 한 장의 쪽지를 꺼냈다. 타이프라이터로 오직 한 줄, 다음과 같이 씌어져 있었다.

자네한테서 빌린 50파운드, 2파운드 10실링의 이자를 붙여 돌려주네.

그것뿐이었다. 날짜도 수취인 이름도 서두나 서명도 없었다. 누가 보낸 것인지, 또 그 편지가 꽂혀 있는 시체가 누군지 한 마디도 적혀 있지 않았다.

"잠깐 보여 주십시오."

번리 경감이 말했다.

그는 그 편지를 손에 들고 주의깊게 조사한 뒤 불빛에 비쳐보았다.

"이것도 르 고티에가 보낸 겁니다."

번리 경감이 계속 말했다.

"이 종이 무늬를 보십시오. 훼릭스 앞으로 보내 왔던 편지와 같은 종이입니다. 타이프라이터의 글자를 보십시오. n과 r이 찌그러져 있지요? 그리고 l의 윗부분이 없습니다. t와 e가 아래쪽으로 기울어져 있습니다. 그 편지를 타이프한 똑같은 기계로 친 것입니다."

"그런가 보군."

총감은 그렇게 말한 뒤 잠깐 말없이 있다가 입을 열었다.

"내 방으로 가세. 쇼베 씨에게 소개장을 써 줄 테니."

두 사람은 복도를 걸어갔다. 경감은 파리 경시총감에게 보일 소개장을 받아든 다음 안뜰로 돌아가 여행 준비를 시작했다.

먼저 그는 금화를 주워모아 계산했다. 영국 금화로 31파운드 10실링이었다. 그는 그 액수를 수첩에 적어넣고는 남의 눈을 피하며 그것을 주머니에 집어넣었다. 부로턴이 에이바리 씨에게 넘겨 준 21파운드를 여기에 합하면 훼릭스 앞으로 온 편지에 씌어 있는 대로 모두 52파운드 10실링이 된다. 그가 시체를 해부실로 옮겨 여러 각도에서 사진을 찍고 나자 여자 조수가 시체의 옷을 벗겼다. 그는 세심한 주의를 기울여서 옷을 조사했다. 메이커의 이름, 머리글자, 그밖에 무슨 표시가 없나 하고 구석구석 살펴본 결과, 하얀 고급 삼베로 된 그물 무늬 손수건의 구석에 작은 글자로 A·B라고 수놓아져 있는 것을 발견했다.

그는 한숨을 내쉬었다. 옷에는 저마다 다른 쪽지를 달아서 정리하고 손가락에 낀 반지, 풍성한 머리에 꽂혀져 있는 다이아몬드가 박힌 빗에도 쪽지를 단 뒤, 그것들을 자그마한 여행용 가방에 조심스럽게 넣어 프랑스로 부칠 수 있게끔 꾸렸다.

목수를 불러 통의 뚜껑을 본래대로 하도록 하고 자루를 덮어씌워 밧줄로 묶었다. 그러고는 파리 정거장에 도착하도록 꼬리표를 달아 금방 보내라고 채링 크로스 역으로 보냈다.

여행 준비가 끝난 것은 10시가 지나서였다. 경감은 겨우 자유로운 몸이 되어 집으로 돌아가서 저녁 식사를 한 다음, 푹 쉬게 될 것을 생각하니 오히려 즐거운 기분이 되었다.

제2부 파리

경시총감 쇼베 씨

다음날 아침 9시, 번리 경감은 체링 크로스 역을 천천히 미끄러져 나간 급행 열차 '콘티넨탈' 호의 1등 끽연실 한구석에 앉아 있었다. 2, 3일 동안 계속되었던 맑은 날씨가 흐리기 시작하여 하늘을 덮은 먹구름은 곧 비를 몰고 올 것만 같았다. 차창으로 다가온 템즈 강은 어두컴컴하고 음산했으며, 남쪽 강가의 집들은 여느 때의 우중충한 모습을 하고 있었다. 남서쪽으로부터 바람이 솔솔 불고 있어, 뱃멀미를 잘 하는 번리 경감은 도버 해협이 잔잔하길 바랐다. 그는 늘 피우는 향기 진한 여송연에 불을 붙여 물면서 조용히 생각에 잠겼다. 그러는 동안 열차는 런던 브리지 남쪽, 선로가 몹시 복잡하게 엇갈려 있는 곳을 지나 차츰 속력을 내고 있었다.

그는 이 여행이 몹시 즐거웠다.

그는 파리를 매우 좋아하는데도 4년 동안이나 가지 못했다. 영국과 프랑스 두 나라의 이목을 끌었던 마르세르 살인 사건 이후 정말 오랜만이었다. 그때 함께 일한 친절한 프랑스 탐정 르빠르쥬 씨하고는 허물없는 친구가 되었었는데, 이번에 또 만났으면 하고 그는 바랐다. 열차가 교외를 달림에 따라 시 변두리에 서 있는 별장풍의 주택들과 뒤바뀌어 들과 밭이 드문드문 차창에 보이기 시작했다. 그는 뒤로 사라져 가는 창 밖의 경치를 우두커니 바라보고 있다가 이윽고 한숨을 내쉬고는 법정으로 들어가기 전에 소송 사건의 줄거리를 가다듬는 변호사처럼 이번 사건으로 주의를 돌렸다.

그는 먼저 이 여행의 목적에 대해서 생각했다. 살해된 부인의 신원을——만일 그녀가 살해된 것이라면——조사해야 한다. 하긴 살인이라는 점에는 거의 의심의 여지가 없지만, 다음으로 가해자를 찾아내는 것과 함께 꼼짝 못할 증거를 알아내야 한다. 그리고 끝으로 괴상한 통 사건에 대한 명확한 해답을 얻어야 한다.

그는 거기서 이때까지 모아들인 자료를 재검토했다. 먼저 여태껏 읽을 기회가 없었던 의사의 보고서를 읽었다. 맨 처음은 훼릭스에 대해 기록되어 있었다. 그 불행한 사나이는 충격으로 쓰러져 생명의 위험마저 느낄 정도라는 것이었다.

이것은 경감도 이미 알고 있었다. 왜냐하면 그날 아침 7시 전에 환자로부터 무언가 새로운 진술을 얻을 수 없을까 하는 기대로 병원에 갔었는데, 훼릭스는 정신이 오락가락하는 반 광란 상태여서 말 한마디도 꺼내지 못했다. 따라서 시체의 신원에 대하여 아무것도 알아낼 수가 없었다. 번리는 결국 자기 자신의 노력에 의지할 수밖에 없었다.

보고서에는 다음으로 부인에 대해 기록되어 있었다. 그녀는 나이 25살 안팎, 키 170cm에 우아한 몸매를 하고 있으며, 몸무게 51kg 남짓, 몹시 길고 풍부한 머리카락과 검은 눈썹에 살짝 마스카라를 칠하고 있었다. 아담한 작은 입에 조금 들창코이고 계란 모양의 갸름한 얼굴과 넓고 시원스러운 이마와 가무잡잡한 고운 살결을 지녔으며,

몸에는 이렇다 할 특징이 없다고 씌어 있었다.
 '이 정도만 알면 부인의 신원을 조사하는 것은 그다지 어렵지는 않겠군' 하고 경감은 생각했다.

 목에 틀림없이 손가락 자국으로 생각되는 10개의 자국이 있음. 그 가운데 8개는 모두 목 뒤에 있으나 그 흔적이 분명치 않음. 나머지 두 개는 목 앞 한가운데 있으며 목젖 양쪽으로 이어져 있음. 이 부분의 살갗에 멍이 들어 있는 것으로 미루어 꽤 강한 힘이 가해진 것으로 짐작됨.
 이러한 자국은 누군가가 그녀의 정면에서 엄지손가락을 목젖에, 다른 손가락으로 목둘레를 눌러 두 손으로 그녀의 목을 조른 결과 생긴 것임을 의심할 나위가 없음. 꽤 센 힘이 아니면 이러한 자국을 내기 어렵다고 생각되며, 가해자는 남자였다고 추측됨.
 해부 결과 내장 기관은 모두 이상이 없는 것으로 확인되었음. 또 독물 따위의 사인으로 생각되는 흔적도 없음. 따라서 이 부인은 교살된 것으로 단정함. 살해는 1주일이나 그보다 하루 이틀 전에 행해진 것으로 생각됨.
 '어쨌든 이것은 결정적이야. 그밖에 무엇이 있을까?' 하고 번리는 골똘히 생각했다.
 그녀의 사회적 지위가 문제다. 부자는 아니더라도 꽤 넉넉한 생활을 했던 부인이었음에 틀림없다. 게다가 태생도 좋은 것 같다. 그녀의 손가락은 교양을 나타내고 있는데, 화가나 음악가다운 면을 가지고 있다. 오른손 손가락의 결혼 반지로 보아 그녀가 기혼 여성으로서 프랑스에 살고 있었다는 것을 알 수 있다.
 '분명히 총감님이 말씀한 그대로다. 이런 상류 계급의 부인이 실종한 것을 프랑스 경찰이 모를 리가 없어. 경찰에 가면 내일로 모든

일이 끝날 거야.'

그러나 만일 프랑스 경찰이 모른다면? 그때는 어떻게 하지?

첫째, 훼릭스 씨 앞으로 온 편지가 있다. 서명한 르 고티에 씨——그런 사람이 실제로 있다고 가정한다면——를 만나면 뭔가 단서가 잡히겠지. 카페 토와슨 돌의 종업원들이 뭔가 알고 있을지도 모른다. 활자가 낡은 타이프라이터도 반드시 찾게 될 것이다.

시체가 입고 있던 야회복도 수사의 다른 한 방향을 가리키고 있다. 파리에 있는 일류 상점들을 조사하면 정보를 얻게 될 것이다. 만일 그것도 안 된다면 반지와 다이아몬드가 박힌 빗이 있다. 이것을 단서로 뭔가 길이 트일 것이 틀림없다.

그리고 통——이것은 특별히 주문하여 만든 것으로, 무언가 매우 특수한 목적을 위해 쓰여진 것임이 틀림없다. 꼬리표에 적혀 있는 상회를 알아보는 것도 결코 헛일은 아닐 것이다.

그리고 끝으로 이 모두가 실패하더라도 광고를 내는 방법이 있다. 문안(文案)을 연구해 부인의 신원에 대한 정보를 얻는 광고를 내면 반드시 반향이 있을 것이다. 단서를 잡을 만한 것은 충분히 있다고 번리는 생각했다. 이때까지 이보다 훨씬 더 적은 단서를 가지고도 어려운 사건을 몇 번이나 해결하지 않았던가?

그는 보통 때의 그다운 침착하고도 세밀한 방법으로 문제를 여러 면에서 생각해 보았다. 그러자 갑자기 열차가 터널로 들어가며 브레이크가 삐걱거리는 소리가 났으므로 그는 도버에 다다른 것을 알았다.

해협은 파도 하나 없이 잔잔했다. 칼레 항구의 맞은편 방파제 사이를 지나기 전에 갑자기 구름이 벗겨지면서 해가 모습을 드러냈다. 멀리 푸른 하늘이 보이기 시작했다.

열차는 아미앙에서 한 번 정거했을 뿐 곧장 파리를 향해 경쾌하게 내달려, 5시 45분 정각에 북 정거장의 널따란 아치 형 천장 속으로 메아리치며 미끄러져 들어갔다.

경감은 택시를 불러 늘 가는 카스티리오느 거리에 있는 자그마한 프라이비트 호텔(소개 없이는 묵지 못하는 호텔)로 차를 달렸다. 방을 잡은 뒤 그는 다시 택시를 타고 슐테, 즉 파리의 스코틀랜드 야드(경시청)로 갔다.

그는 소개장을 내보이며 쇼베 씨에게 면회를 청했다. 다행히 다른 면회자가 없어서 번리는 2, 3분 정도 기다리자 경시총감의 방에 안내될 수 있었다.

경시총감 쇼베 씨는 뾰족한 검은 턱수염을 기르고 금테 안경을 낀 자그마한 초로의 신사였는데, 아주 정중한 태도로 번리를 맞이했다.

"앉으시오, 번리 씨."

악수를 나눈 뒤 그는 유창한 영어로 말했다.

"총감님과는 전에도 공동수사를 한 적이 있었지요?"

번리는 마르세르 살인 사건을 그에게 이야기했다.

"아아, 그랬었지. 기억하고 있소. 그리고 이번에도 그와 비슷한 사건을 가지고 온 거겠지요."

"그렇습니다. 이번에도 꽤 복잡한 사건입니다. 저는 이곳에서 충분한 정보를 얻어 재빨리 해결할 생각입니다."

"그래야지. 간단하게 사건의 줄거리를 이야기해 주겠소? 그런 뒤에 우리 쪽에서 자세한 것을 물어 보기로 하겠소."

번리는 간단하게 사건의 요점을 설명했다.

"분명히 괴상한 사건이로군. 그런데 당신과 함께 이 사건을 맡을 사람은 누구로 하나…… 듀퐁이 적당하다고 생각하는데, 그는 지금 샤톨의 강도 사건을 맡고 있거든."

그는 카드 인덱스를 들추어 보았다.

"손이 비어 있는 사람 가운데 가장 우수한 사람은 칸봉, 르빠르쥬, 본탕 정도로군. 모두가 솜씨있는 형사요."
그는 탁상 전화에 손을 뻗쳤다.
"실례입니다만, 총감님."
번리가 말을 꺼냈다.
"주제넘게 말씀드려서 죄송합니다만, 마르세르 사건 때 르빠르쥬와 함께 일했습니다. 이번에도 르빠르쥬와 함께 일하게 해주셨으면 합니다."
"좋소."
총감은 책상 위에 있는 버튼을 하나 누르고는 탁상 전화를 들었다.
"르빠르쥬 군에게 곧 오라고 전해 주게."
조금 뒤 키가 크고 얼굴을 말끔하게 면도한, 얼마쯤 영국 사람 비슷한 얼굴의 사나이가 들어왔다.
총감이 말했다.
"아, 르빠르쥬. 자네 친구가 와 있네."
두 사람은 따뜻한 악수를 나누었다.
"또 살인 사건을 가지고 왔는데, 꽤 흥미있는 이야기일세. 자, 번리 씨, 구체적으로 이야기해 주시오."
경감은 고개를 끄덕이고, 회사원 톰 부로턴이 루앙에서 기선으로 보내온 포도주의 짐꾸러미를 확인하기 위해 파견되었던 일부터 그 뒤에 일어난 여러 가지 괴상한 일들——통의 발견과 거기서 탐지된 의혹과 위조 편지와 통의 운반, 하크네스가 따돌림당한 일과 미행, 통의 두 번째 분실 및 재발견과 불길한 통 속의 시체 등에 대해서 상세하게 이야기한 뒤, 끝으로 추궁해 가면 단서가 잡힐 만한 문제점 등 여러 가지를 설명했다.

두 사람은 말 한 마디 없이 열심히 귀를 기울이고 있었다. 그의 이야기가 끝난 뒤에도 잠자코 앉아 있었다.

"한 가지 이해가 안 되는 게 있는데 말이오, 번리 씨."

총감이 겨우 입을 열었다.

"당신은 살해된 부인이 파리 여자라고 생각하고 있나 본데, 그 까닭이 무엇이오?"

"통은 파리에서 보내온 것입니다. 해운 회사의 서류를 보면 아시겠지만, 이건 확실합니다. 그리고 훼릭스 앞으로 온 편지는 르 고티에 씨라는 파리 사람으로부터 온 것이며, 또 시체에 핀으로 꽂아둔 편지도 같은 프랑스 제품의 종이에 타이핑되어 있습니다. 그리고 통의 꼬리표에는 파리의 상회 이름이 적혀 있었습니다."

"그다지 결정적이라고는 생각되지 않는군요. 그 통은 틀림없이 파리에서 온 것으로 생각되오만, 여기저기로 옮겨다녔다가 마지막에 파리로 왔다는 가정도 성립되지 않겠소? 이를테면 런던이나 브뤼셀이나 베를린 같은 데서 보내진 것이, 그릇된 단서를 주기 위해 파리에서 재탁송되었는지도 모르지 않소. 편지에 대해서 당신은 봉투를 보지 못했다고 했지요. 그렇다면 증거가 안 되지 않소? 프랑스 제품인 종이에 대해서는 훼릭스가 자주 파리에 왔다고 하니 어쩌면 그 자신에게 원인이 있는지도 모르오. 또 꼬리표는 헌 것을 고쳐 썼다니, 다른 짐에서 떼어 낸 것을 그 통에 매단 것이 아니라고 단언할 수 없잖소?"

"증거가 확실하게 결정적이 아니라는 것은 저도 인정합니다. 요컨대 파리에서 통을 재탁송한 것인지도 모른다는 제1의 의문점에 대한 답변으로, 만일 그렇다면 파리에 공범자가 있다는 셈이 아니겠습니까. 어쨌든 저희 총감님도 저도 파리야말로 수사의 출발점이라는 데 의견이 일치되었습니다."

"그 점은 나도 동감이오. 다만 나는 문제를 해결하는 결정적인 증거가 될 만한 사실이 없다는 것을 말한 것뿐이오."
"유감스럽게도 그것을 아직 파악하지 못하고 있습니다."
"그럼, 이야기를 계속하시지요. 당신이 말하듯이 우리는 첫째로 죽은 부인과 비슷한 행방불명자가 있나 없나를 확인해야 될 거요. 그쪽 의사는 그녀가 피살된 것이 1주일이나 또는 그전이라고 말했다지만, 우리는 수사를 그 기간 안으로 한정할 수는 없다고 생각하오. 그녀는 유괴되어 피살될 때까지 꽤 오랫동안 감금되어 있었을지도 모르니까, 있을 수 없는 일이지만 정말로 그랬는지도 모르오."
총감은 다른 버튼을 누르며 전화기를 들어올렸다.
"최근 4주일 동안의 파리 지구 실종자 명단을 가져다 주게. 아니, 그보다는……."
그는 말을 끊고 두 사람의 얼굴을 쳐다보았다.
"4주일 동안의 프랑스 내 실종자 명단으로 하지."
곧 한 직원이 서류를 가지고 들어왔다.
"이것이 3월 중에 보고된 모든 실종자의 명단입니다. 그리고 이쪽이 4월부터 오늘까지의 것입니다. 최근 4주일 동안의 보고서는 아직 와 있지 않습니다만, 필요하시다면 곧 만들겠습니다."
"아니, 이거면 될 거야."
총감은 그 서류를 뒤적거리며 다시 물었다.
"지난달은?"
"행방불명자가 7명인데, 그 가운데 6명이 여자이고 그 중 4명이 파리 지구로군. 그리고 이 달은 2명인데 모두가 여자며, 또한 모두 파리 지구로군. 지난 5주일 동안 파리의 여자 실종자는 모두 6명인 셈이구먼. 그런데 다음은……."
그는 명단을 아래 쪽으로 훑어 내려가며 말을 이었다.

"수잔느 르메이톨 17살, 마지막으로 그녀를 본 것은 아니, 이 여자는 아니야. 루실 마르케 20살——이것도 아니로군. 한 사람을 빼고는 모두 21살 이하의 아가씨야. 응, 이건 어떨까? 마리 라셰즈 34살, 키 172센티미터——영국식으로 환산하면 5피트 8인치로군——검은 머리와 검은 눈, 매끄러운 살결, 아라고 동네 탕크 거리 41번지, 변호사 앙리 라셰즈의 아내, 지난달 29일 즉 약 10일 전 오후 3시, 물건을 사러 간다면서 집을 나간 뒤 소식 없음. 이건 메모해 두는 것이 좋겠군."

르빠르쥬가 메모를 하고는 비로소 입을 열었다.

"물론 조사해 보겠습니다만, 그다지 기대할 일은 못 될 것입니다. 만일 그 부인이 물건을 사러 갔다면, 이 시체처럼 야회복을 입고 있을 리가 없지 않습니까?"

"게다가,"

번리가 말을 이었다.

"죽은 여자의 이름은 아네트 B라고 생각해도 될 것으로 여겨집니다."

"아무튼 자네들의 의견이 맞겠지만, 만일을 위해 확인해 두는 것이 좋을걸세."

총감은 서류를 저편으로 밀어 내고는 번리를 보았다.

"이밖에는 행방불명자의 보고가 와 있지 않고, 도움이 될 만한 정보도 없군. 유감스럽지만 다른 단서를 찾아볼 수밖에 없어. 자, 그럼 어디서부터 손을 대는 것이 좋을지 생각해 보세."

총감은 한참 동안 잠자코 있더니 다시 말을 이었다.

"이건 내 생각이지만 번리 씨, 당신이 아직 실제로 조사해 보지 않은 훼릭스의 진술 부분부터 알아보는 게 어떻겠소? 그러기 위해서 우선 르 고티에 씨를 만나, 그가 정말 편지를 썼는지 어떤지를 확인해 봐야 할 거요. 만일 그가 그것을 인정한다면 우리는 한 걸음 전진한 셈이 되는데, 인정하지 않으면 복권의 내기 이야기가 어디까지 사실인지 그것도 알아내야 할 거요.

그 경우에는 어떤 사람들이 그 자리에서 그런 대화를 듣고 편지를 쓰는 데 필요한 지식을 얻었는가를 명백히 하는 게 중요하오. 그렇게 해도 필요한 단서가 잡히지 않을 때는 해당자 한 사람 한 사람을 샅샅이 조사해서 범인을 찾아내야 할지도 모르오. 그 조사에는 번리 씨가 말했듯이 특징있는 타이프라이터를 찾아내는 일도 들어가야겠지. 아울러 시체가 입고 있던 의상과 통의 출처를 알아내는 노력도 해야 할 게요. 대강 이런 계획으로 진행해 보는 것이 어떨까?"

"충분하다고 생각됩니다."

번리는 총감이 그의 얼굴을 바라보았으므로 그렇게 대답했다. 르빠르쥬도 머리를 끄덕이며 찬성의 뜻을 보였다.

"좋아, 그렇다면 당신과 르빠르쥬는 내일부터 편지에 대해 수사해 주시오. 두 사람이 가장 좋다고 생각하는 계획대로 수사를 진행하면서 그 상황을 날마다 보고해 주게. 그리고 이번에는 의상인데, 가지고 온 것을 보여 주겠소?"

번리는 죽은 여자의 드레스와 보석 등을 테이블 위에 올려놓았다. 총감은 한참 동안 말없이 뒤져 보고 있었다.

"세 가지로 나누는 것이 좋겠군."

얼마 뒤 그는 입을 열었다.

"드레스와 속옷과 장신구 등을 전문으로 조사하는 데는 세 사람이 필요하겠어."

그는 카드 색인을 뒤져본 다음 수화기를 손에 들었다.

"프르니에 부인과 루콕크 양, 그리고 브레즈 양에게 곧 이리 와 달라고 전해 주게."

얼마 뒤 스마트한 몸매를 한 세 여성이 방으로 들어왔다. 총감은 번리를 소개하고 사건의 줄거리를 설명했다.

"당신들 세 사람은 여기 있는 속옷과 드레스와 장신구를 저마다 한 가지씩 가지고 가서 이 물건을 산 사람을 알아 봐 줄 것을 부탁하오. 품질을 보면 어느 상회에 물어 봐야 할지 짐작이 가겠지. 내일 아침부터 당장 시작해 주시오. 그리고 본청과는 계속 연락을 취하도록."

세 여성이 물건을 가지고 물러가자 총감은 번리 쪽으로 돌아앉았다.

"이런 수사에 있어서는, 나는 밤마다 그 날의 진행 상황에 대해 보고를 받고 있소. 내일 밤 9시쯤이 좋겠으니 그때 나를 찾아와 주시오. 앞 일에 대해 상의합시다. 오늘 밤은 벌써 8시가 다 되었으니 아무 일도 못 하겠지. 번리 씨, 당신은 여행으로 몹시 지쳐 있을 테니 호텔로 돌아가서 쉬도록 하시오. 그리고 르빠르쥬, 자네도."

두 경관은 머리를 숙이고 방을 나왔다. 그리고 다시 인사를 나눈 뒤 르빠르쥬가 말했다.

"자네 많이 피곤한가? 오늘 밤 당장이라도 간단한 수사부터 시작해 보지 않겠나?"

"좋아, 무엇부터 시작하지?"

"이렇게 하는 것이 어떨까. 우선 강을 건너 불 미슈 식당에서 식사를 하세. 그 식당은 아까 총감님께서 말씀하신 마리 라셰즈 집으로 가는 길가에 있거든. 저녁 식사를 끝낸 뒤 통 속의 시체가 마리 라셰즈 부인인지 어떤지 알아보러 가자는 말일세."

두 사람은 산 미셀 다리를 천천히 건너서 강변 거리를 가로질러 큰 길로 나왔다. 번리는 런던에 있을 때는 런던처럼 좋은 곳은 없다고 큰소리쳤는데, 막상 파리에 와 보니 마음이 흔들리는 것을 느꼈다. 아아, 다시 오기를 참 잘했다! 게다가 친구 르빠르쥬와 다시 만나게 된 것은 얼마나 기쁜 일인가! 그는 일을 하는 틈틈이 유쾌하게 지내게 될 것을 생각하니 가슴이 벅찼다.

두 사람은 값싸고 맛있는 식사를 끝낸 뒤, 시계가 9시를 가리킬 때까지 여송연을 피우며 리큐르(독한 증류주)를 탄 커피를 즐겼다. 이윽고 르빠르쥬가 일어서며 입을 열었다.

"너무 늦게 가는 것도 실례지. 그럼, 가 볼까?"

그들은 택시를 타고 뤽상부르 공원 왼편 뒤로 2km쯤 전속력으로 달리게 한 뒤, 아라고 동네로 왔다. 라셰즈 씨와는 곧 만날 수 있어, 두 사람은 사진을 보이면서 우울한 용건을 이야기했다. 라셰즈 변호사는 사진을 등불 가까이 가지고 가서 진지한 얼굴로 들여다보았다. 얼마 뒤 그는 마음이 놓이는 듯한 몸짓으로 그것을 돌려 주었다.

이윽고 그가 말했다.

"다행히도 제 아내가 아닙니다."

"시체는 엷은 분홍빛 야회복에 손가락에는 다이아몬드 반지를 꼈으며, 다이아몬드가 박힌 빗을 머리에 꽂고 있었습니다."

"그렇다면 결코 그녀가 아닙니다. 아내는 분홍빛 드레스는 가지고 있지 않으며, 다이아몬드가 박힌 빗도 꽂지 않았습니다. 게다가 나갈 때는 산책옷을 입었고, 이브닝드레스는 모두 옷장 속에 그대로 있습니다."

"전혀 다른 사람이군요."

르빠르쥬는 말을 마치고 고맙다는 인사를 덧붙인 다음 두 사람은 집을 나왔다.

"헛수고일 거라고 생각했었지. 하지만 총감님의 명령이니 어쩔 수 없잖나."

르빠르쥬의 말에 번리도 입을 열었다.

"물론이지, 게다가 가 보지 않고서는 알 수 없는 일이니까. 그런데 말일세. 나는 무척 피곤하네. 별 지장 없으면 호텔로 돌아가고 싶은데."

"좋아, 걱정할 것 없네. 부울발 끝까지 슬슬 걸어가세. 오를레앙 거리를 저 편으로 건너가면 곧 지하철이 있을 테니까."

두 사람은 샤트레에서 갈아탄 뒤 내일 아침에 만날 약속을 하고는, 경감은 콩코르 행 전차를 탔으며 르빠르쥬는 바스티유 광장 가까운 집으로 가기 위해 반대쪽으로 향했다.

누가 편지를 썼는가

이튿날 아침 10시에 르빠르쥬는 카스티리요느 거리에 있는 호텔로 번리를 찾아갔다.

"이번에는 포도주 상인 르 고티에 씨일세."

택시를 불러세우면서 르빠르쥬가 말했다.

잠깐 달려서 차는 프리드란드 끝머리에 있는 봐롤브 거리로 갔다. 거기서 두 사람은 자기들이 찾고 있는 사람이 가공 인물이 아니라, 실존해 있는 사람이라는 것을 발견했다. 르 고티에 씨는 불쑥 튀어나온 땅에 세워진 큰 집의 1층 전부를 차지하고 살았는데, 넓쩍한 입구와 우아한 꾸밈새는 그가 교양이 있으며 꽤 많은 재산을 가지고 있다는 것을 말해 주었다.

앙리 4세 거리에 있는 사무소로 나갔다는 말을 듣고 두 사람은 그를 뒤쫓았다. 만나 보니 그는 35살쯤 된 검은 머리에 창백하고 독수리 같은 얼굴을 한 사람이었으며, 신경질적인 태도에는 티끌만한 빈틈도 없어 보였다.

두 사람은 제각기 자기 소개를 한 뒤 르빠르쥬가 말을 꺼냈다.

"우리가 찾아뵌 까닭은 경시총감님의 지시로 지금 우리들이 맡고 있는 어떤 사소한 조사에 당신의 도움을 얻고자 해서입니다. 당신은 아직 모르고 계시리라 믿습니다만, 우리는 런던의 레온 훼릭스라는 사람의 움직임을 알아보고 있습니다."
"레온 훼릭스요? 아니, 그를 알고 있습니다. 그가 무슨 짓을 했습니까?"
"법에 저촉되는 일은 아닙니다만."
르빠르쥬가 웃으면서 대답했다.
"아니, 적어도 우리는 그렇게 믿고 있습니다——그런데 불행하게도 다른 것을 조사하는 도중, 훼릭스 씨의 최근의 자기 행동에 대해 진실한 내용을 조회해 볼 필요가 생겼습니다. 그래서 우리는 당신의 도움을 얻으려는 것입니다."
"그에 대해서 그렇게 많이 이야기할 수 있을지 어떨지는 모르겠습니다만, 무엇이든 내가 알고 있는 범위 안에서 물음에 대답해 드리지요."
"고맙습니다, 르 고티에 씨. 그럼, 시간을 아끼기 위해 곧 본론으로 들어가겠습니다. 훼릭스 씨를 마지막으로 만난 것은 언제쯤입니까?"
"네, 그 일이라면 명확하게 말할 수 있습니다. 왜냐하면 그 날짜를 기록해 둔 특별한 까닭이 있었기 때문입니다."
그는 작은 포켓 일기장을 꺼내어 뒤적거렸다.
"그건 3월 14일 일요일로, 다음 일요일이면 꼭 4주일째가 됩니다."
"그런데 방금 말씀하신 특별한 까닭이라는 것은 뭡니까?"
"그날 훼릭스 씨와 나는 정부 발행의 복권을 사기 위해 상의를 했었지요. 그는 자기 몫의 5백 프랑을 나한테 주었으며, 나는 그것에

5백 프랑을 보태어 수속은 모두 내가 하기로 했습니다. 그래서 나는 그 절차를 수첩에 적어 두었지요."

"그 절차를 밟을 때의 상황을 이야기해 주시겠습니까?"

"좋습니다. 그것은 복권 제도에 대해 이야기를 주고받다가 생긴 일입니다. 로와이얄 거리의 카페 토와슨 돌에서 그날 오후, 나를 비롯한 4, 5명의 친구가 그런 이야기를 했습니다. 이야기가 끝났을 무렵 나는 나의 운을 점쳐 보겠다고 말했습니다. 그리고 훼릭스에게 함께 해보지 않겠느냐고 권했더니 그는 찬성했습니다."

"그래서 복권을 샀습니까?"

"네, 그날 밤으로 수표를 함께 붙여 신청했지요."

"당신들의 투기는 성공했습니까?"

르 고티에는 미소지었다.

"천만에요. 그건 아시다시피 아직 뭐라고 말할 수 없습니다. 추첨은 다음 목요일이니까요."

"다음 목요일? 그렇다면 행운을 빈다고 말씀드릴 수밖에 없군요. 당신은 실제로 복권을 샀다는 사연을 훼릭스 씨에게 알렸습니까?"

"아니오. 그건 알릴 필요가 없다고 생각했기 때문에……."

"그렇다면 3주일 전 일요일 이후, 훼릭스 씨와는 전혀 연락이 없었군요?"

"물론이지요."

"알겠습니다. 이건 다른 일입니다만, 르 고티에 씨. 당신은 포와소니엘 거리에 사무소를 가지고 있는 듀마르세 씨라는 증권 중개업자를 알고 계십니까?"

"알고 있습니다. 그 복권에 대해 이야기하고 있을 때, 그도 그 자리에 있었습니다."

"그럼, 그 이야기가 끝난 뒤 당신은 그와 어떤 내기를 하셨습니까?"
"내기라구요?"
르 고티에는 날카롭게 경감의 얼굴을 쳐다보았다.
"무슨 말인지 잘 모르겠지만, 나는 내기 같은 건 하지 않았습니다."
"당신은 듀마르세 씨와 범죄자가 경찰과 지혜겨루기를 한다는 일에 대해서 의논한 기억이 없습니까?"
"천만에요. 그런 이야기를 한 기억은 전혀 없습니다."
"그런 이야기는 하지 않았다고 당신은 자신있게 말할 수 있습니까?"
"물론이지요. 어째서 그런 말을 묻는지 그 까닭을 알고 싶군요."
"폐를 끼쳐서 정말 죄송합니다만, 저희들은 절대로 근거없는 일을 말하지는 않습니다. 지금으로서는 상세히 말씀드릴 수가 없습니다. 아주 중대한 사건이라서요. 그럼, 양해해 주시리라 믿고 한두 가지 더 묻겠습니다. 그 복권 이야기를 했을 때, 토와슨 돌에 있었던 분들의 이름을 가르쳐 주실 수 있겠습니까?"
르 고티에 씨는 한참 동안 잠자코 있었다.
"글쎄요……"
이윽고 그는 말을 이었다.
"꽤 많이 있었으니까요. 훼릭스와 듀마르세와 나 말고도 앙리 브리앙 씨와 앙리 보와슨 씨가 있었다고 생각됩니다. 그밖에도 있었던 것 같은데, 누군지 생각이 안 나는군요."
"도비니 씨라는 분은 없었습니까?"
"아, 그를 잊었군요. 맞아요, 있었습니다."
"그리고 잭 로제 씨는?"

"확실하지 않지만."

르 고티에 씨는 또 망설였다.

"있었던 것 같기도 합니다만, 확실치는 않습니다."

"그분들의 주소를 가르쳐 주시겠습니까?"

"몇 사람은 알고 있습니다. 듀마르세 씨는 봐롤브 거리에 사는데, 여기서부터 다섯 번째 집입니다. 브리앙 씨는 워싱턴 거리 끝머리에 가까운 샹젤리제로 도는 모퉁이 집에 살고 있습니다. 그밖의 사람은 얼른 대답할 수는 없지만, 인명부를 보면 알 수 있을 것 같습니다."

"대단히 죄송합니다. 그런데 이야기를 또 거슬러 올라가겠습니다만, 복권에 대해 당신은 훼릭스 씨에게 편지를 부친 적이 없다고 분명히 말씀하셨지요?"

"네, 그렇게 말했습니다. 틀림없이 그렇게 말했습니다만."

"그런데 훼릭스 씨는 당신과 정반대의 말을 하고 있습니다. 당신에게서 4월 1일 목요일, 즉 지난 주 목요일 날짜로 편지를 받았다고 하던데요."

르 고티에 씨는 놀라서 눈이 휘둥그레졌다.

"뭐라고요? 나한테서 편지를 받았답니까? 그건 뭔가 잘못되었을 것입니다. 나는 그에게 편지를 부치지 않았으니까요."

"하지만 훼릭스 씨는 그 편지를 나한테 보여 주었습니다."

"있을 수 없는 일입니다. 없는 것을 어떻게 당신한테 보였단 말입니까? 그가 어떤 편지를 보였든 그건 내가 보낸 편지가 아닙니다. 그 편지를 꼭 보고 싶군요, 지금 가지고 있습니까?"

대답 대신 르빠르쥬는 산 마로 저택에서 있었던 한밤중의 회견 때, 훼릭스로부터 번리 경감이 받은 편지를 꺼냈다. 르 고티에 씨는 그 편지를 읽어 감에 따라 복잡한 표정을 띤 얼굴에 놀라운 빛이 점점 깊어 갔다.

"어처구니없는 일이오!"

그는 외쳤다.

"그러나 정말 이상한 일이군요! 나는 이런 편지를 쓴 일도 보낸 일도 없으며, 전혀 모르는 일이오. 이건 위조라기보다는 오히려 완전한 창작입니다. 여기 씌어져 있는 내기와 통에 대한 이야기는 처음부터 끝까지 사실인 것이 하나도 없습니다. 좀더 이야기해 주십시오. 어디서 이걸 손에 넣었습니까?"

"훼릭스 씨한테서입니다. 그가 여기 있는 변리 씨에게 당신으로부터 받았다면서 넘겨 준 것입니다."

"그런 터무니없는 일이!"

이 젊은 신사는 펄쩍 뛰면서 방 안을 왔다갔다하기 시작하며 말을 이었다.

"나로서는 전혀 모를 일입니다. 훼릭스는 믿을 만한 친구이므로 자신이 그렇게 믿지 않고서는 나한테서 온 편지라고 말할 리가 없습니다. 그러나 그가 어떻게 그것을 믿었을까요? 이상한 이야기입니다."

그는 잠깐 말을 끊었다가 다시 계속했다.

"훼릭스가 그 편지를 나한테서 온 것이라고 말했다고 하셨지요? 그러나 어째서 그는 그렇게 생각했을까요? 손으로 쓴 것은 하나도 없고 서명도 없어요. 누구나 이런 편지를 쓰면 맨 밑에 이름을 타이핑하는 것쯤 훼릭스도 모를 리가 없을 텐데. 게다가 어째서 이런 터무니없는 편지를 내가 쓰리라고 그는 생각했을까요?"

"그건 어려운 문제입니다."

르빠르쥬가 대답하기 시작했다.

"당신이 생각하는 것 만큼 거짓은 아닙니다. 복권 이야기며, 훼릭스 씨와 당신이 함께 돈을 내어 복권을 사기로 한 이야기 같은 것은 당신도 인정한 바와 같이 사실입니다."
"네, 그 이야기는 모두 사실입니다. 하지만 그밖의 내기나 통에 대해서 쓴 것은 모두 거짓입니다."
"그러나 그 점에 있어서도 당신은 착각하고 계신 게 아닙니까? 통에 대한 부분도 어쨌든 사실이니까요. 적어도 통은 편지에 씌어진 대로 수취인에게 날짜도 정확하게 도착되었거든요."
다시 젊은 상인은 크게 놀라며 소리를 질렀다.
"통이 도착했단 말입니까? 그럼, 그 통이 정말 있었습니까?"
그는 잠깐 입을 다물었다가 다시 말을 꺼냈다.
"아니, 정말 뭐가 뭔지 나는 모르겠습니다. 다만 나는 절대로 그런 편지를 쓴 기억이 없을 뿐 아니라, 어떻게 이런 일이 일어났는지 몇 번을 말했지만 짐작조차 못하겠습니다."
"물론 당신이 말했듯이, 누구나 당신의 이름을 넣은 편지를 타이프로 칠 수 있다는 것은 틀림없습니다. 그러나 동시에 당신이 복권을 샀다는 사실을 알고 있는 사람만이 이 편지를 쓸 수 있다는 것도 인정하시겠지요? 그렇다면 르 고티에 씨, 당신들 말고 이 일을 알고 있는 사람은 누구누구입니까?"
"그 점이라면, 토와슨 돌에서 함께 있었던 사람은 누구나 다 알고 있을 것입니다."
"그렇습니다. 그러니까 어떤 사람들이 있었느냐 하는 물음의 중대성을 아셨을 것으로 생각합니다."
르 고티에 씨는 골똘히 생각에 잠겨 방 안을 천천히 왔다갔다했다. 그리고 겨우 말을 꺼냈다.
"나로서는 도저히 이해가 되지 않습니다. 이를테면 그 편지에 씌어져 있는 일이 모두 사실이라고 합시다. 그리고 편의상 내가 그것을 썼다고 합시다. 그때는 어떻게 된다는 겁니까? 그것이 경찰과 어떤 관계가 있을까요? 법률을 범했다고는 생각되지 않습니다만."
르빠르쥬는 빙그레 웃었다.
"그것은 말씀드릴 것도 없이 명백하지만, 여러 모로 검토해 봅시다 ──I&C의 배로 루앙에서 런던으로 통이 한 개 운송되어 왔습니다. 아무 곳에 사는 훼릭스라는 이름의 사람 앞으로 꼬리표가 통에 붙어 있었습니다. 조사 결과, 그 주소에는 그런 사람이 살고 있지 않다는 것이 판명됐습니다.

더구나 그 통의 꼬리표에는 '조각 재중'이라고 씌어져 있었지만 검사 결과로 금화라는 것을 알게 되었습니다. 거기에 훼릭스라고 스스로 칭하는 한 사나이가 나타나서 그 거짓 주소에 살고 있다고 거짓말을 하고는, 그 배로 조각품이 든 통이 와 있을 것이라면서 문제의 통을 인수하겠다고 요구했습니다. 해운 회사 사람들은 당연히 의혹을 품고 통을 주지 않으려 했습니다.

하지만 훼릭스는 계략을 부려서 통을 전혀 다른 주소로 가져가 버렸습니다──그런데 경찰의 심문을 받자, 자기의 행동을 해명하는 증거로 편지를 내놓은 것입니다, 그러므로 우리들이 누가 이 편지를 썼으며, 또 편지 내용이 사실인지 아닌지 밝히려는 것도 결코 이상한 일은 아니라고 생각됩니다만."
"아니, 아니지요, 물론 그것은 당연한 일입니다. 나는 여러 가지 사건의 관련성을 잘 몰랐습니다. 하지만 나로서는 듣지도 보지도 못한 해괴한 일이 아닙니까?"
"참으로 이상하군요. 르 고티에 씨, 한 가지 물어 보겠는데, 당신은 이때까지 훼릭스 씨와 사이가 나빴던 일은 없습니까? 당신에 대해 그가 분개하고 있는 일이라든가, 그런 일이 있을 법한 무슨 원인이 생각나지 않습니까?"

"그런 일은 전혀 없습니다."

"그에게 시기를 품게 할 만한 원인을――전혀 악의가 없는 성질의 것이라도――준 기억은 없습니까?"

"전혀 없습니다. 하지만 왜 그런 걸 묻지요?"

"나는 그가 당신을 농락하기 위해 이 편지를 자기 손으로 쓴 게 아닐까 하고 생각했습니다."

"천만에요, 그런 일은 생각할 수 없습니다. 훼릭스는 아주 정직하고 성실한 사나이입니다. 그가 그런 짓을 하리라고는 도저히 생각할 수 없습니다."

"그렇다면 당신을 곤경에 빠뜨려 놓고 좋아할 만한 사람이 누구 짐작되지 않습니까? 당신이 복권에 대해 이야기했을 때 그 자리에 있었던 사람들은 어떻습니까? 아니면 전혀 다른 사람이라도?"

"전혀 짐작이 안 갑니다."

"복권 이야기를 누군가에게 했습니까?"

"아뇨, 아무한테도 안 했습니다."

"이제 한 가지만 더 묻고 끝내겠습니다. 당신은 훼릭스 씨로부터 50파운드 또는 거기에 해당하는 프랑스 화폐를 빌렸던 적이 있습니까?"

"한 번도 돈을 빌렸던 적은 없습니다."

"그럼, 그만한 액수의 돈을 빌렸던 사람을 아십니까?"

"모르겠는데요."

"너무 폐를 끼쳐서 정말 죄송합니다. 그리고 친절하게 물음에 대답해 주셔서 정말 고맙습니다."

그는 번리에게 눈길을 던졌다.

"덧붙여서 더 염치없는 부탁을 드린다면, 듀마르세 씨를 이리로 오시게 하여 함께 이 문제를 이야기했으면 하는데, 어떻습니까?"

"좋은 생각입니다. 꼭 그렇게 해주십시오."

두 사람이 그날 아침 일을 시작하기 전에 이야기한 만일의 가능성 가운데 하나는, 르 고티에 씨가 듀마르세 씨와의 내기를 부인할지도 모른다는 일이었다. 그런 경우 르 고티에가 듀마르세에게 연락하기 전에 듀마르세를 심문해야 한다는 건 당연한 일이었다. 르빠르쥬가 동료를 포도주 상인과 함께 남겨 두고 혼자 듀마르세 씨를 만나러 간 것은 이 때문이었다.

형사가 포와소니엘 거리에 있는 증권 중개업자의 사무소 문 앞에 도착하자, 때마침 문이 열리며 품위있는 검은 수염을 길다랗게 기른 중년 신사가 나왔다.

"실례합니다만, 듀마르세 씨입니까?"

하고 르빠르쥬가 물었다.

"네, 그렇습니다만, 무슨 용건이신지요?"

경관은 자기 소개를 하고 나서 간단하게 용건을 전했다.

"들어오십시오. 약속이 있어 곧 나가야 합니다만, 10분 정도라면 상관없습니다."

그렇게 말하고 그는 형사를 안으로 안내하여 의자를 권했다.

"르 고티에 씨와의 내기에 대한 이야기인데 말입니다."

르빠르쥬는 말을 꺼냈다.

"그 테스트는 실패했으므로, 경찰이 편지에 씌어져 있는 대로 물건이 그 통 속에 들어 있는지 어떤지를 알아보게 된 것입니다."

듀마르세 씨는 놀라서 눈을 크게 뜨며 말했다.

"도대체 무슨 말씀을 하시는 겁니까? 무슨 내기를 했단 말입니까?"

"당신과 르 고티에 씨의 내기 말입니다. 훼릭스 씨에게 보내진 통은 아시다시피 당신들이 한 내기의 결과이므로, 훼릭스 씨의 진술을 확인할 필요가 생겼다는 것을 당신도 물론 이해하시리라고 믿습니다."

증권 중개업자는 이야기를 멈추게 하려고 마음먹었는지 머리를 흔들었다.

"당신은 뭔가 오해를 하고 있는 것 같습니다. 나는 르 고티에 씨와 내기를 한 적도 없을 뿐 아니라, 다른 일에 대해서도 전혀 아는 바가 없습니다."

"하지만 훼릭스 씨는 자신이 통을 운반해 내지 못할 것이라며 당신과 르 고티에 씨가 내기를 했다고 틀림없이 말했습니다. 만일 그것이 사실이 아니라면, 훼릭스 씨에게는 중대한 문제가 됩니다."

"나는 통에 대해서는 전혀 아무것도 모릅니다. 그리고 당신이 말하는 훼릭스라는 사람은 어디 사는 훼릭스입니까?"

"런던 산 마로 저택의 레온 훼릭스 씨입니다."

증권 중개업자의 얼굴에는 잠깐 흥미로워하는 빛이 떠올랐다.

"레온 훼릭스라? 그라면 틀림없이 알고 있습니다. 성실한 사나이지요. 그런데 통과 관계된 사건에 내가 무슨 관련이 있다고 그가 당신한테 말했단 말입니까?"

"그렇습니다. 적어도 나의 동료인 런던 경찰의 번리 경감에게 그렇게 말했습니다."

"당신 동료는 꿈을 꾸고 있는 게 틀림없습니다. 훼릭스는 누군가 다른 사람을 말했을 게 분명합니다."

"나는 거짓말은 하지 않습니다. 확실합니다. 훼릭스 씨는 당신도 함께 있던 3주일 전의 일요일, 카페 토와슨 돌에서 정부 발행의 복권에 대해 이야기하다가 그 내기가 벌어졌다고 말했습니다."

"그 이야기는 아무튼 훼릭스 씨가 말한 대로입니다. 나도 확실히 기억하고 있지만, 그러나 내기에 대해서는 전혀 모릅니다. 나는 정말 내기 같은 것은 하지 않았습니다."

"그렇다면, 폐를 끼쳐 죄송합니다. 잘못된 것이라는 걸 알았습니다. 이만 실례하겠습니다만, 그전에 그때 함께 있던 다른 분들의 이름을 가르쳐 주지 않겠습니까. 나는 그 가운데 누군가에게 가야 하는지 모르니까요."

한참 생각한 뒤 듀마르세 씨는 세 사람의 이름을 말했는데, 그것은 모두 르빠르쥬가 수첩에 적어 둔 것뿐이었다.

그런 다음 증권 중개업자는 약속이 있다고 변명하면서 재빠르게 나가 버렸다. 한편 르빠르쥬는 번리와 르 고티에 씨에게 보고하기 위해서 되돌아왔다.

두 탐정은 그날 오후를, 복권 이야기가 있었던 카페 토와슨 돌에서 자리를 같이했던 사람들을 하나하나 만나 보느라고 소비했다. 브리앙 씨는 이탈리아로 여행중이어서 못만났으나 다른 사람들은 모두 만나 볼 수 있었다. 그러나 어느 누구나 마찬가지였다. 모두 그 이야기는 기억하고 있었지만, 내기나 통에 대하여 알고 있는 사람은 하나도 없었다. 토와슨 돌의 종업원에게도 알아보았으나 아무런 수확도 거두지 못했다.

"전혀 진척될 것 같지 않군."

번리가 그날 밤 식사 뒤 커피를 마시면서 말하자 르빠르쥬도 입을 열었다.

"동감이네. 아무튼 적으나마 그들이 한 진술의 일부분을 조사해 보는 일은 어렵지 않으리라고 생각하네. 르 고티에가 3주일 전 일요일에 천 프랑의 복권을 샀는지 어떤지는 복권 담당 계원에게 물어 보면 될 걸세.

그가 복권을 샀다면 토와슨 돌에서의 이야기는 사실이 되며, 그와 훼릭스가 공동으로 복권을 샀다는 이야기도 사실이라고 생각해야겠지."

"그 점은 의심할 것이 없는 것 같아."

"그리고 추첨이 이번 주 목요일에 있는지 어떤지도 알게 될 걸세. 만일 그렇다면 편지에 씌어져 있는 상금을 탔다는 것과 통에 의한 테스트 부분은 모두 조작인 셈이며, 반대로 만일 추첨이 이미 끝났다면 그 편지에 씌어져 있는 것이 사실이므로 르 고티에가 거짓말을 했는지도 모르네. 그러나 어쩐지 그렇게 될 것 같지는 않군."

"나도 그렇게 생각하네만, 편지에 대해서는 자네와 조금 의견이 다르네. 그 편지가 위조라는 것은 뻔해. 통 속에 9백 88파운드를 넣어 보냈다면서 사실은 시체와 52파운드 10실링밖에는 들어 있지 않았네. 그러나 테스트 문제에 대해 나로서는 어쩐지 석연찮은 데가 있어. 통은 편지에 씌어진 대로 거짓 수취인과 꼬리표를 달고 틀림없이 도착했거든. 만일 그것이 편지에 씌어진 까닭으로 보내온 것이 아니었다면, 자네는 그밖에 또 무슨 까닭이 있으리라고 생각하나?"

"다른 까닭은 나 역시 생각되는 게 없네."

"그렇다면 편지를 쓴 사람에 대하여 지금까지 알고 있는 점을 생각해 볼까. 우선 첫째 그 사나이는 복권에 대한 이야기와 훼릭스와 르 고티에가 그것을 사기로 의논한 일을 알고 있음이 틀림없다는 걸세. 즉 그 의논을 하고 있을 때 토와슨 돌에 있었든지, 아니면 그 자리에 있었던 누구로부터 이야기를 들어서 알았든지, 그 어느 쪽임이 틀림없네.

둘째, 그 사나이는 통의 발송에 대한 앞뒤 사정을——적어도 거짓 주소와 꼬리표에 관한 한——모두 알고 있는 사람임이 분명하네.

셋째, 그 사나이는 꽤 낡은 타이프라이터를 가까이 할 수 있는 사람일세. 그 타이프라이터는 곧 표가 날 거야. 그리고 넷째로, 프랑스 제품의 종이를 가지고 있거나 또는 쉽게 구할 수 있는 사람임이 틀림없어.

여기까지는 확실하네. 그리고 아직 확실한 증거도 없고 또 그다지 중요한 일도 아니지만, 타이프라이터를 손수 칠 수 있는 사람이라는 것도 말할 수 있겠지. 그런 편지를 타이피스트에게 받아 치게 했으리라고는 생각할 수 없으니까."

"분명히 나도 그렇게 생각하네. 내가 본 바로는, 그 조건에 맞는 사람은 오직 하나, 훼릭스 자신이라고 생각되네."

"나는 훼릭스는 아니라고 생각하네. 훼릭스는 사실대로 말했다고 믿고 있으니까. 요컨대 우리는 아직 판단을 내릴 만한 충분한 정보를 얻지 못했어. 그 통에 대하여 웬만큼 추궁해 가면 오늘 만난 사람들 가운데 누군가와 통을 연결시킬 수 있지 않을까?"

"그럴 수도 있겠지."

르빠르쥬가 대답하며 일어서더니 번리에게 말했다.

"경시청에 9시까지 가려면 슬슬 떠나는 게 좋을 것 같군."

"자네 총감님은 언제나 9시에 회의를 여나? 좀 별난 시간이라고 여겨지는군."

"그 또한 별난 사람이라네. 알다시피 일에 있어서는 일류급이며 배짱도 있으니 말이야. 더욱이 오후에 느지막이 외출했다가 저녁 식사 뒤에 다시 돌아와서는 밤늦게까지 일을 한다네. 그러는 편이 귀찮은 게 없어서 좋다나."

"그건 분명히 그럴 거야. 하지만 별난 생각이군."

쇼베 총감은 그 날의 진행 상황 보고를 열심히 듣고 있더니, 르빠르쥬의 이야기가 끝난 뒤에도 한참 동안 말없이 생각에 잠겨 있었다. 그리고는 어떤 결론에 이르렀는지 입을 열었다.

"지금까지 판명된 바에 의하면, 이 문제는 다음과 같은 여러 점으로 분석하여 생각할 수 있을 것 같네. 첫째, 복권에 대한 대화가 4주일 전에 카페 토와슨 돌에서 있었는지 아닌지인데, 이것은 사실이라고 생각해도 될 거야. 둘째, 훼릭스와 르 고티에는 복권을 사기로 결정했는지 어떤지, 만일 그렇다면 르 고티에는 그 날로 수표를 보냈는지? 이건 복권 사무소에 알아보면 확인되겠지. 내일 누군가를 조사하러 그곳에 보내겠네. 셋째, 추첨이 이미 끝났는지 어떤지? 이것도 같은 방법으로 확인할 수 있을 걸세. 지금으로서는 더이상 아는 것이 없지만, 우리들이 이제부터 취해야 할 행동은 그 통을 조사해서 통의 출처를 알아내야 한다고 나는 생각하네.

그 선을 더듬어가면 자네들이 오늘 만나고 온 사람들 가운데 누군가와 연결될지도 모르고, 아니면 토와슨 돌에 함께 있었던 우리가 아직 모르는 어떤 다른 인물이 나타날지도 몰라. 어떻게 생각하나, 자네들은?"
"저희들도 총감님과 같은 결론입니다."
르빠르쥬가 대답했다.
"그럼, 내일은 통 조사를 해야겠군. 좋아, 내일 밤, 자네들이 오기를 기다리겠네."
이튿날 아침 8시에 북 정거장에서 만나기로 약속한 두 탐정은 잘 자라는 인사를 나눈 뒤 각자 집으로 돌아갔다.

듀피엘 상회

다음날 아침, 번리 경감이 북 정거장 입구 계단을 올라갔을 때, 역의 큰 시계는 8시 3분 전을 가리키고 있었다. 르빠르쥬는 그보다 더 빨리 와 있었으므로 두 사람은 정답게 아침 인사를 나누었다.
르빠르쥬가 먼저 입을 열었다.

"경찰의 짐마차를 가져왔네. 서류를 주게, 곧 통을 찾아올 테니."

번리는 서류를 건네 주고, 그들은 수화물 취급소로 갔다. 르빠르쥬의 명함이 마술적인 효과를 나타내서 겨우 2, 3분 만에 자루에 들어 있는 통이 발견되어 마차에 실렸다.

르빠르쥬가 마부에게 말했다.

"이 통을 구르네르의 콘반숀 거리 끄트머리까지 날라다 주게. 곧 출발하여 미라보 다리의 구르네르 쪽 다릿가에 마차를 세우고 내가 갈 때까지 거기서 기다리도록. 한 시간 이상 걸리겠지?"

"한 시간 반쯤 걸립니다. 길이 먼데다 이 짐은 몹시 무거우니까요."

마부가 대답했다.

"좋아, 되도록 빨리 와 주게."

마부는 가볍게 모자에 손을 대어 인사한 뒤 짐을 싣고 떠났다.

"서두를 건 없겠지?"

번리가 물었다.

"응, 마차가 저쪽에 도착할 때까지 시간을 보내야지. 왜 묻나?"

"시간이 있다면 여기서 바로 강으로 가 배를 타지 않겠나? 나는 센 강의 증기선을 타는 것을 좋아하거든."

"사실은 나도 그렇다네."

르빠르쥬가 선뜻 대답을 하더니 계속 말을 이었다.

"공기가 맑고 버스보다 훨씬 편한데다 조용하지. 그리고 정류장 같은 것을 생각하면 그다지 느린 편도 아니고."

그들은 버스를 타고 푸브르를 지나 남쪽으로 내려와서는 폰 데 자알[藝術橋]에서 내려 슐레느 행 증기선을 탔다. 아침 공기가 싱그럽고 상쾌하며 깨끗했다. 처음엔 바로 뒤에 있던 태양이 강줄기가 굽어감에 따라 배가 방향을 틀자 차츰 왼쪽으로 기울었다.

번리는 온 세계에서 가장 아름답다는 찬사를 받고 있는 여러 다리의 우아한 가설 기술에 벌써 쉰 번 이상이나 감탄하면서 앉아 있었다. 그는 차례차례로 오가는 건축물에 신선한 호기심과 기쁨을 느끼면서 조용히 바라보고 있었다. 오른쪽 강가에는 루브르의 거대한 건물, 왼쪽 강가에는 도르세 강변의 널따란 고지대가 보였다. 또한 토로카데로와 샹젤리제의 여러 궁전과 그 뒤쪽으로 멀리 가느다랗게 우뚝 솟은 에펠 탑이 바라다보였다. 지난날 르빠르쥬와 함께 에펠 탑 밑의 요릿집에 갔던 일을 그는 지금도 잊을 수가 없다. 거기서 두 사람은 마르세르 부인의 옆 테이블에서 식사를 했었다.

그 젊고 매혹적인 여인은, 효력이 느리고 자극성이 강한 독약을 계속해서 마시도록 하여 영국 사람인 남편을 살해한 범인이었다. 그가 그 무렵의 일을 옆에 있는 동료에게 회상케 하려고 되돌아본 순간, 르빠르쥬의 목소리가 그의 회상을 깼다.

"어젯밤 헤어진 뒤 다시 본청으로 되돌아갔었네. 오늘 아침의 짐마차를 확인해 두려고 말일세. 간 김에 기념상 제조 상회에 대한 기록도 들추어 보았는데, 그것에 따르면 그다지 큰 회사는 아니고 전무인 폴 테브네 씨가 경영을 모두 맡고 있는 것 같아. 듀피엘 상회는 역사도 오래됐고 신용도 꽤 있는 것 같았으며, 우리가 알고 있는 한 아무런 흠이 없는 경력을 가지고 있었네."

"과연 그렇다면 그만큼 일이 쉬워진 게 아닌가."

두 사람은 미라보 다리에서 배를 내려 남쪽으로 건너가서, 아담한 카페가 눈에 띄자 관상수 화분으로 칸막이 된 큰길가의 작은 테이블에 앉았다.

"여기라면 다릿가가 보이니, 마차가 올 때까지 마음놓고 기다릴 수 있겠네."

르빠르쥬는 맥주를 두 잔 주문한 뒤 말했다.

두 사람은 싱그러운 아침 햇빛을 받으면서 여송연을 피우기도 하고, 아침 신문을 읽기도 했다.

한 시간 가까이 되자 마차가 천천히 다리를 건너오는 것이 보였다. 거기서 두 사람은 카페를 나와 마부에게 뒤따라오라고 눈짓하고는, 콘반숀 거리를 내려와서 프로방스 거리로 돌아갔다. 거기서 조금 걸어가자 반대쪽에 그들이 찾고 있는 듀피엘 상회가 있었다.

그 상회는 두 번째 블록 전체에 걸쳐 있으며 조금 구식인 4층 건물이었는데, 공장과 창고와 안뜰을 둘러싼 높다란 담으로 이루어져 있었다. 이 담 끝머리에 안뜰로 통하는 문이 달려 있었으며, 거기를 들어서니 바로 건물 옆에 문이 있고 '사무소'라는 나무패가 달려 있었다.

두 사람은 마부에게 문 밖에서 기다리라고 이른 다음 그 작은 문을 밀고 안으로 들어가서 테브네 씨와 개인적인 일로 만나고 싶다고 면회를 신청했다. 2, 3분 동안 기다리게 한 뒤 사무원이 그의 방으로 안내해 주었다.

전무는 자그마한 몸집에 깡마른 느낌을 주는 50살쯤 돼 보이는 사나이로 흰 수염을 기르고 있었으며, 인상은 좋지 않았으나 태도는 정중했다. 그는 형사의 얼굴을 보자 벌떡 일어서더니 인사를 하고는 무슨 용건이냐고 물었다.

"명함을 드리지 않아 실례했습니다."

르빠르쥬가 명함을 꺼내면서 말을 이었다.

"실은 문제가 조금 미묘해서 상회 사람들에게 우리의 직업을 밝히지 않는 편이 좋겠다고 생각했습니다."

테브네 씨는 머리를 숙였다.

"이분은 나의 동료인 런던 경찰의 번리 씨입니다. 당신한테서 정보를 듣고 싶다고 하니, 잘 부탁합니다."

"어떠한 물음이라도 기꺼이 대답해 드리겠습니다. 제가 할 수 있는 일이라면. 그리고 만일 번리 씨가 바라신다면 영어로 이야기해도 좋습니다."

"대단히 고맙습니다."

번리가 말을 이었다.

"문제가 꽤 중대합니다. 요약해서 말씀드리면 이렇습니다. 지난 주 월요일——4일 전의 일입니다만——한 개의 통이 파리에서 런던으로 왔습니다. 어떤 사정으로——그 사정에 대해서는 생략하겠습니다만——경찰이 의혹을 품은 결과 통을 압수해서 열어 보았습니다. 통 속에는 톱밥과 두 가지 물건이 들어 있었는데, 하나는 영국 금화로 52파운드 10실링, 그리고 또 하나는 틀림없이 상류층으로 생각되는 젊은 부인의 시체였습니다. 그 시체는 누가 보아도 사람이 두 손으로 목졸라 죽인 것이 명백했습니다."

"그런 잔인한 짓을!"

작은 사나이는 외쳤다.

"그 통은 아주 특수한 구조로 되어 있었으며 여느 통보다 적어도 두 배의 무게였으며, 단단한 쇠테가 메워져 있었습니다. 그런데 이렇게 찾아뵙는 까닭은 '반환을 바람'이라는 글씨 밑에 귀 회사의 이름이 인쇄되어 있고, 역시 귀 회사의 꼬리표에 통의 수취인 이름이 씌어 있었기 때문입니다."

작은 사나이는 깜짝 놀랐다.

"저희 회사의 통? 저희 회사의 꼬리표라고요?"

그는 분명히 놀라서 소리쳤다.

"그 시체가 들어 있는 통이 우리 회사에서 보낸 것이라는 말씀입니까?"

"아닙니다."

변리는 대답했다.

"나는 그렇게는 말하지 않았습니다. 귀 회사의 이름과 꼬리표가 붙어 있는 통이 도착했다고 말씀드렸을 뿐입니다. 언제 어떻게 해서 그 시체가 넣어졌는지 전혀 모릅니다. 이렇게 런던에서 조사를 하러 온 것도 정말은 그 때문입니다."

"전혀 믿을 수 없는 이야기입니다."

방 안을 이리저리 걸어다니면서 테브네 씨는 말했다.

"아닙니다, 아니라니까요."

변리가 말을 걸었지만 그는 손을 흔들어 그것을 가로막으며 덧붙였다.

"당신 말을 의심하는 것은 아닙니다. 그러나 나로서는 아무래도 뭔가 굉장한 잘못이 있는 것으로 생각됩니다."

"이것만은 말해 두겠습니다만,"

변리가 계속 말을 이었다.

"내 자신이 직접 내 눈으로 그 꼬리표를 본 것은 아닙니다. 그러나 해운 회사 사람들과 특히 의혹을 품고 주의깊게 그것을 살펴본 사무원 한 사람이 그것을 보았습니다. 꼬리표는 그 통의 수취인인 훼릭스 씨가 나중에 찢어 없애고 말았습니다."

"훼릭스, 훼릭스. 어디선가 듣던 이름 같군요. 주소와 성명은 어떻게 되나요?"

"런던 서구 터튼엄 코트 로드 서 자브 거리 141번지 레온 훼릭스 씨입니다."

"오오, 그래요?"

테브네가 대답했다.

"그렇다면 그런 사람이 정말 있습니까? 그때는 오히려 의심했었는데…… 왜냐하면 이쪽에서 내보낸 통의 발송 통지서가 '수취인 불명'이라고 적혀져 되돌아왔습니다. 나는 곧 런던의 인명록을 뒤져 보았으나 그런 사람은 눈에 띄지 않았습니다. 물론 우리 회사로서는 선금을 받았기 때문에 더 이상 문제는 되지 않았지요."
번리와 르빠르쥬는 놀라며 자리를 고쳐 앉았다.
"실례입니다만, 테브네 씨."
번리가 말을 꺼냈다.
"방금 뭐라고 하셨지요? 그때라고요? 어느 때입니까?"
"아니, 저어, 말하자면 통을 발송했을 때 말입니다. 그밖에 언제를 그때라고 하겠습니까?"
전무는 두 사람의 얼굴을 날카롭게 쳐다보며 대답했다.
"그러나 아무래도 모르겠군요. 틀림없이 그 통을 발송했지요? 터튼엄 코트 로드의 훼릭스 씨 앞으로."
"물론 발송했습니다. 대금을 받았으니 안 보낼 수 없잖습니까?"
"잠깐, 테브네 씨."
번리가 계속했다.
"이야기가 뒤섞인 것 같습니다. 먼저 꼬리표에 대해서 좀더 상세하게 설명하겠습니다. 우리가 얻은 믿을 만한 정보에 따르면, 꼬리표의 수취인 이름을 쓰는 칸이 교묘하게 도려내어졌으며 다른 종이가 뒤에 붙여져 그 위에 문제의 수취인 이름이 씌어 있었다고 합니다. 그래서 우리는 누군가가 자기 집에서 그 통을 받아 꼬리표를 고쳐 쓰고는, 시체를 넣어 보냈다고 상상하고 있었습니다. 그런데 방금 듣자니 통은 귀 회사에서 보내셨군요. 그렇다면 왜 꼬리표를 고쳐 썼습니까?"
"나는 전혀 모릅니다."
"여기서 발송할 때 그 통에 무엇이 들어 있었는지 가르쳐 주시겠습니까?"

"좋습니다. 그것은 믿을 만한 분이 제작한 작은 조각의 군상(群像)으로, 꽤 비싼 물건이었습니다."

"테브네 씨, 나로서는 뭔가 아직 문제가 시원스럽게 이해되지 않는군요. 죄송합니다만 그 통의 발송에 대해서 당신이 알고 있는 것을 모두 이야기해 줄 수 없겠습니까?"

"좋습니다."

그렇게 말하고 테브네가 벨을 누르자 한 사무원이 들어왔다.

"런던의 훼릭스 씨에게 보낸 르 마르셀의 군상 매도(賣渡) 관계 서류를 이리로 가져다 주게."

그리고 다시 그는 방문객 쪽으로 돌아앉았다.

"먼저 우리 회사의 사업에 대해 설명을 드리는 것이 좋을 것 같습니다. 우리는 세 가지 일을 동시에 하고 있습니다. 첫째, 유명한 작품을 석고로 제작합니다. 이것은 그다지 가치가 없기 때문에 잘 팔리지 않습니다. 둘째로는 기념비며 묘석이며 장식용으로 쓰이는 돌 널빤지와 그밖에 건축용으로 쓰는 여러 종류의 물건을 제작하고 있는데, 이것은 일은 거칠지만 수입은 좋은 편입니다. 끝으로 고급 예술적 가치가 있는 조각품 매매도 하고 있습니다. 예술가와 일반 애호가의 중간에서 중개업을 하고 있는 셈입니다. 훼릭스 씨로부터 주문을 받은 것은 이 고급 미술품 가운데 하나로, 1천 4백 프랑짜리 군상이었습니다."

"훼릭스 씨가 그걸 주문했나요?"

번리가 저도 모르게 끼어들었다.

"아니, 이거 실례했습니다. 말씀하시는 도중에 방해를 해서······."

그때 조금 전의 사무원이 다시 나타나서 전무의 책상 위에 몇 장의 서류를 올려놓았다. 전무는 그것을 뒤적거리더니 그 가운데 한 장을 뽑아 번리에게 건네 주었다.

"이것이 3월 30일 아침, 훼릭스 씨로부터 받은 편지입니다. 1천 5백 프랑의 지폐가 함께 들어 있었지요. 봉투에는 런던의 소인이 찍혀 있습니다."

그 편지는 한 장의 종이쪽지에 펜으로 쓴 것이었는데 글귀는 다음과 같았다.

런던 서구 터튼엄 코트 로드 서 자브 거리 141
1921년 3월 29일
파리, 구르네르, 콘반숑 동네 프로방스 거리
듀피엘 상회 귀중

삼가 아룁니다. 귀상회의 카퓨시느 거리에 있는 쇼룸의 맞은편 왼쪽 구석에 있는 군상을 구입하려 합니다. 두 사람은 앉아 있고 한 사람은 서 있는, 세 사람의 여신상(女身像)입니다. 그 진열장 왼쪽에 그런 종류의 물건은 그것 하나밖에 없었으니 잘 아시리라고 생각합니다.

부디 앞에 쓴 주소로 급히 보내 주시기 바랍니다.

정확한 가격은 모르겠지만, 대략 1천 5백 프랑 정도였다고 생각됩니다. 여기 그 금액의 지폐를 함께 보내오니, 만일 돈이 남을 경우에는 편지로 되돌려 주시기 바랍니다.

급한 용건이 생겨 영국으로 되돌아가게 되었으므로 직접 찾아 뵙고 주문할 수 없게 되었습니다.

　　　　　　　　　　　　　　　　　　　　레온 훼릭스

번리 경감은 편지를 뒤적거리며 물었다.
"잠시 동안 이 편지를 제가 맡았으면 하는데, 어떻겠습니까?"

"그렇게 하십시오."
"그 돈은 지폐라고 하셨지요? 말하자면 지불한 사람이 누군지 알 수 없는 보통 정부 발행 지폐로서, 은행을 거쳐 지불되는 수표나 어음은 아니었다는 말씀이지요?"
"틀림없습니다."
"성가시게 해 드려서 죄송합니다만……."
"더이상 덧붙여 말씀드릴 일은 없습니다. 그 군상은 편지를 받은 그날로 보내 주었지요. 가격은 1천 4백 프랑이었으므로 나머지 1백 프랑은 통 속에 넣어 되돌려보냈습니다. 통에는 가격과 같은 액수의 보험을 붙였습니다. 그렇게 하는 것이 가장 안전한 방법이라고 생각했기 때문에……."
"통이라니요? 당신은 그 군상을 통에 넣었습니까?"
"그렇습니다. 저희들은 이런 종류의 물건을 보낼 때 쓰기 위해 아주 무겁고 단단한 특제 통을 크고 작은 것으로 두 종류 만들고 있습니다. 저희 상회의 독특한 방법으로서 자랑거리입니다만, 여느 나무 상자보다 훨씬 간단하고 더욱이 안전하기 때문입니다."
"우리는 그 통을 마차에 실어 가지고 왔습니다. 여기로 그 통을 옮겨오겠으니 첫째 그것이 귀회사의 통인지 아닌지, 또 만일 그렇다면 훼릭스 앞으로 보낸 특제품인지 아닌지 보아 주시겠습니까?"
"그런데 아시다시피 공교롭게도 카퓨시느 거리의 쇼룸에서 발송된 것이라서요. 그쪽으로 가 보실 시간이 있으시다면 지배인에게 되도록 편의를 보아 드리라고 지시하겠습니다만. 아니, 저도 함께 가겠습니다. 이 문제가 해결되기 전에는 저도 마음을 놓을 수가 없으니까요."
형사들은 그에게 고맙다고 말했다. 그리고 르빠르쥬가 마부에게 지시하고 있는 동안 테브네 씨가 택시를 불러 함께 카퓨시느 거리로 차를 달렸다.

산 리잘 역에서

쇼룸은 작지만 사치스럽게 꾸며진 가게로, 값진 물건들이 잔뜩 진열되어 있었다. 테브네 씨는 젊기는 하지만, 능란해 보이는 지배인 토마 씨를 소개했다. 토마 씨는 자기 사무실로 세 사람을 안내했다. 그는 영어를 못했으므로 르빠르쥬가 이야기를 이끌어나갔다.

테브네 씨가 말을 꺼냈다.

"이분들은 지난 주일, 런던의 훼릭스 씨에게 판 군상에 대해 조사하고 계시네. 자네가 알고 있는 것을 모두 이분들에게 말씀드리게, 토마."

젊은이는 머리를 숙였다.

"기꺼이 말씀드리겠습니다."

르빠르쥬는 간단하게 이야기의 요점을 설명했다.

"그럼, 당신이 알고 있는 것을 모두 이야기해 주시면, 그 뒤에 분명치 않은 점에 대해서는 우리 쪽에서 묻기로 하지요."

"좋습니다. 그러나 그다지 이야기할 것이 많지는 않습니다."

그는 비망록을 펼쳤다.

"지난 주 화요일 3월 30일에, 본사로부터 진열장에 놓여 있던 르마르셀 씨의 마지막 군상이 팔렸다고 전화가 걸려 와서, 당장 그 조각품을 당신들도 알고 있는 런던의 주소로 훼릭스 씨에게 보내라는 것이었습니다. 그리고 미리 치른 값의 나머지 1백 프랑도 함께 보내라는 지시였습니다.

군상과 돈은 단단하게 꾸려 보냈지요. 모든 일을 순조롭게 여느때 하던 대로 했습니다. 이 거래에서 단 하나 이상한 점이 있다면, 훼릭스 씨로부터 통을 받았다는 회답이 없는 것입니다. 이때까지는 물건이 무사히 닿았다는 통지를 받지 않은 예는 거의 없었으며, 게다가 이번 경우는 돈을 함께 넣어 보냈기 때문에 특히 더 마음에 걸렸습니다.

그리고 이것도 말씀드리는 것이 좋을 듯싶습니다만, 같은 화요일에 훼릭스 씨가 런던에서 전화를 걸어 통을 언제 어떤 방법으로 보내느냐고 묻기에, 제가 직접 전화로 자세히 대답했지요."

젊은 지배인이 말을 끊었으므로 르빠르쥬는 군상의 짐을 어떻게 꾸렸느냐고 물었다.

"여느 때처럼 A호 통에 넣었습니다."

"지금 통 한 개가 여기로 실려오고 있습니다. 조금 뒤에 도착하니까 한 번 봐 주시겠습니까?"

"저나 현장 감독이 보면 알 수 있을 겁니다."

"그럼, 테브네 씨. 그 통이 올 때까지는 별일 없을 듯합니다. 마침 식사할 정도의 시간은 있을 것 같은데, 어떻습니까? 토마 씨와 함께 가시지 않겠습니까?"

두 사람 다 머리를 끄덕였으므로, 넷은 큰길에 있는 아담한 레스토랑에서 점심 식사를 했다. 그들이 가게로 되돌아오자 짐마차가 기다리고 있었다.

"안뜰로 짐마차를 돌리는 게 좋겠습니다."

토마 씨가 말했다.

"여러분은 안으로 들어가시지요. 저는 마부를 안내하겠습니다."

안뜰은 허름한 임시 건물로 둘러싸인 작은 빈터였다. 그 임시 건물의 하나에 마차는 뒤로 해서 들어가, 통의 짐을 풀었다. 토마 씨는 그것을 살펴보더니 입을 열었다.

"이건 저희들의 통이 틀림없습니다."

"뭔가 특별한 방법으로 확인해 주시지 않겠습니까? 물론 당신 말을 의심하는 건 아니지만. 이 통이 이곳 안뜰에서 나갔다는 것이 확실히 증명되면 중대한 증거가 됩니다. 모양이 똑같다는 것만으로는, 누군가가 범행을 숨기기 위해 당신 회사의 디자인을 본떠 만들었을지도 모르니까요."

"말씀하시는 뜻은 알겠습니다만, 저에게 바라시는 것 같은 감정은 못합니다. 현장 감독과 짐꾸리는 인부를 불러 오겠습니다. 도움이 될지도 모르니까요."

토마 씨는 다른 건물로 들어가더니 곧 사나이 네 명과 함께 되돌아왔다.

그는 사나이들을 향해 말했다.

"이봐, 모두들 이 통을 보게나. 이 통을 본 기억이 있나?"

사나이들은 앞으로 나와 그 통을 이리저리 훑어보았다. 두 사람은 머리를 저으면서 물러섰는데, 세 사람째 흰 머리를 한 노인이 분명하게 말했다.

"본 적이 있소이다. 내가 이 통을 꾸린 지는 아직 2주일도 못 될 겁니다."

"어떻게 그처럼 똑똑히 기억하고 있지요?"

"이겁니다, 나리."

노인은 통의 판자가 갈라진 곳을 가리키며 말했다.

"그때도 이처럼 판자가 갈라져 있었습니다. 갈라진 금의 모양도 자세히 기억하고 있습니다. 그때 이걸 감독에게 말할까 말까 망설였으나, 괜찮을 것 같아서 말하지 않았지요. 하지만 동료들한테는 말했습니다. 이봐, 장."

그는 네 번째 사나이에게 말을 걸었다.

"이건 요전에 내가 자네한테 보여 준 갈라진 금이 아닌가? 아니면 전혀 다른 것인가?"

네 번째 사나이가 노인 앞으로 나서서 그것을 살펴보았다.
"그것과 같은 물건이오."
그는 자신있게 말했다.
"그 갈라진 금이 내 손 모양과 비슷하다고 그때 생각했던 것을 기억하고 있지요. 그 통이 틀림없습니다."
사나이는 통 위에 손을 올려놓았다. 과연 갈라진 금 모양과 비슷했다.
"여러분 가운데서 이 통에 무엇을 넣었는지, 또 누구 앞으로 보내는 것이었는지 기억하고 있는 사람은 없소?"
"내가 기억하고 있습니다."
세 번째 사람이 말했다.
"그건 분명히 세 사람인가 네 사람의 여자 군상이었습니다. 하지만 누구한테 보낸 건지 그건 기억 못하겠는데요."
"런던의 훼릭스 씨에게 보내는 것이 아니었소?"
"그 이름은 들은 듯합니다만, 그 통을 받는 사람이 그인지는 분명치 않습니다."
"고맙소. 그런데 짐은 어떻게 꾸렸나요? 군상은 무엇으로 눌렀지요?"
"톱밥입니다, 나리. 톱밥만 조심스럽게 넣었습니다."
"철도의 짐마차가 여기 와서 실어갔나요, 아니면 다른 방법으로 옮겨갔나요?"
"아닙니다, 나리. 구르네르의 본사에서 온 우리 회사 트럭으로 실어갔습니다."
"그 운전 기사를 알고 있소?"
"네, 나리. 줄 후셜이었습니다."
"그럼."

제2부 파리

르빠르쥬는 전무 쪽을 향하여 말을 계속했다.
"그 후셜이라는 사나이를 만나게 해주실 수 있겠습니까?"
"좋습니다. 토마 군에게 찾아오라고 하지요."
"실례입니다만, 나리님들."
나이 많은 인부가 말을 꺼냈다.
"후셜은 지금 여기 있을 겁니다. 10분 전쯤에 그를 보았으니까요."
"좋소, 그럼 그를 찾아 우리와 만날 때까지 아무 데도 가지 말라고 좀 말해 주시오."
2, 3분 만에 그 운전 기사가 나타났다.
르빠르쥬는 그에게 밖에서 기다리라고 말하고는, 짐꾸리는 인부에게 계속 물었다.
"트럭이 이 통을 싣고 이곳을 떠난 것은 몇 시쯤이었소?"
"4시쯤이었습니다. 나는 2시까지 통을 모두 꾸렸는데, 그 뒤 그럭저럭 두 시간 뒤에야 트럭이 왔습니다."
"통을 실을 때 옆에 있었나요?"
"일을 도왔었지요."
"그런데 묻고 싶은 것은,"
르빠르쥬는 계속 말했다.
"군상을 넣고 나서 트럭이 올 때까지 통은 어디에 두었었소?"
"여기입니다, 나리. 제가 짐을 꾸린 이 임시 건물에 두었지요."
"그동안 줄곧 내버려 두었단 말이오?"
"아닙니다, 나리. 전 내내 옆에 있었습니다."
"그렇다면——이 대목이 중요한데——안뜰에서 통이 실려갈 때까지 누군가 장난을 하지는 않았을까요?"
"절대로 못합니다. 나리, 그런 일은 할 수가 없습니다."
"수고 많았소. 많은 도움이 되었소."

르빠르쥬는 물러가려는 그 사나이의 손에 살며시 2프랑을 쥐어 주었다.

"이번에는 트럭 운전 기사를 만나 볼까?"

줄 후셜은 작은 몸집에 민첩해 보이는 사나이로, 날카로운 얼굴과 약삭빠른 눈을 하고 있었다. 그는 자기가 한 일을 자세히 기억하고 있어, 어떤 물음에도 분명하게 망설임없이 대답했다.

"후셜 군."

르빠르쥬가 입을 열었다.

"이분과 나는 요번 3월 30일 화요일 오후 4시쯤, 자네가 트럭으로 실어갔다는 통에 대해서 조사하고 있는데, 그때의 일을 생각해 내 주었으면 하네."

"장부를 가져오겠으니 잠깐 기다려 주십시오."

그는 어디론가 사라지더니 곧 작은 십자 표지의 장부를 가지고 되돌아왔다. 얼른 페이지를 뒤져 찾아내더니 입을 열었다.

"런던 터튼엄 코트 로드 서 자브 거리 141의 레온 훼릭스 씨 앞으로 보낸 것이로군요. 네, 그렇습니다. 나리. 그날 여기서 실어간 통은 그것뿐이었습니다. 저는 산 라잘 역으로 그것을 싣고 가서 철도 계원에게 넘겨 주었지요. 여기 수취증을 받아 둔 게 있습니다."

그는 그 장부를 르빠르쥬에게 건네 주었다. 르빠르쥬는 그 수취증을 보았다.

"고맙네. 이 장 듀발이란 누구지? 이 사람을 만나 볼 필요가 있을 듯한데, 어디로 가면 되는지 알아 두고 싶네."

"여객용 수하물 취급소의 직원입니다."

"자네가 통을 싣고 이곳을 떠난 것은 아마 4시쯤이라고 했지?"

"그 무렵이라고 생각됩니다."

"산 라잘 역에 닿은 것은 몇 시쯤이었나?"

"5, 6분 뒤입니다. 곧장 갔으니까요."
"도중에 아무 데도 들르지 않았겠지?"
"네, 그렇습니다."
"그럼, 이번에는 잘 생각해서 대답해 주게. 통을 여기서 싣고 나가 산 라잘 역에서 장 듀발에게 넘겨 주기까지 사이에, 누군가 장난을 하려면 할 수 있지 않았을까?"
"못할 것으로 생각됩니다, 나리. 나 몰래 트럭으로 오를 수도 없거니와, 하물며 통에 무슨 짓을 한다는 것은 도저히……."
"그렇다면 통을 송두리째 가져가고 다른 통을 대신 갖다놓는 것도 역시 불가능할까?"
"도저히 그런 짓은 못하리라고 생각됩니다만……."
고맙다는 말을 하고 운전 기사를 돌려보낸 뒤, 그들은 지배인 방으로 돌아갔다.
"그럼, 이렇게 되는 셈이로군요."
모두들 자리에 앉자 르빠르쥬가 말을 꺼냈다.
"통이 이곳 안뜰을 떠날 때에는 조각품이 들어 있었는데, 런던에 도착했을 때는 여자의 시체로 바뀌어졌다──그러므로 바꿔치기는 도중에서 한 것이 틀림없습니다. 그리고 해운 회사 사람들의 증언에 따르면, 그것은 이곳과 루앙 사이에서 생긴 범행으로 좁힐 수 있을 것 같습니다."
"어째서 루앙입니까?"
두 신사가 동시에 되물었다.
"아니, 이렇게 말해야 옳겠군요. 여기서부터 루앙 부두의 기선에 실려질 때까지 사이라고 말입니다."
"그 점에서 당신은 착각을 하고 계시는 것 같군요."
토마 씨가 말을 이었다.

"그 통은 아불을 거쳐 보냈습니다. 우리는 짐을 모두 그렇게 보내니까요."

"토마 씨, 말을 되받는 것 같아 실례입니다만,"

번리는 조금 서투른 프랑스 어로 말했다.

"그 통이 어떻게 해서 보내졌든, 그것이 루앙에서 인슐라 앤드 콘티넨탈 해운회사의 배로 런던 부두에 닿은 것은 내가 지금 여기 있는 것과 마찬가지로 분명합니다."

"그렇다면 더욱더 이상하군요."

토마 씨가 말을 마치며 벨을 누르자 사무원이 나타났다.

"지난달 30일 런던의 훼릭스 씨 앞으로 보낸 통에 대한 철도국 서류를 가져다 주게."

사무원이 서류를 가지고 돌아오자 그는 번리에게 말했다.

"이겁니다, 보십시오. 이것이 산 라잘 역에서 발행된, 여기서부터 런던의 수취인 앞까지 운임 영수증입니다. 아불과 사우댐프턴을 거치는 객차편으로 되어 있습니다."

"과연. 이것 참, 야단났군. 그럼 묻겠는데,"

번리가 숨을 들이키며 말을 이었다.

"훼릭스가 런던에서 전화로 언제 어떻게 통을 보냈느냐고 물었을 때, 당신은 뭐라고 대답했습니까?"

"3월 30일 화요일 밤에, 아불에서 사우댐프턴으로 보낼 예정이라고 대답했습니다."

"산 라잘 역으로 가는 게 좋을 것 같군. 토마 씨, 이 영수증을 잠시 맡아 두어도 괜찮겠습니까?"

르빠르쥬가 물었다.

"좋습니다. 하지만 수취증을 써 주시지요, 회계 감사 때 필요하니까요."

두 형사는 조사의 경과를 알리기로 약속하고 감사의 뜻을 나타낸 뒤 지배인과 헤어졌다.

택시를 타고 산 라잘 역에 닿은 두 사람은 역장실을 찾아갔다. 르빠르쥬의 명함은 여기서도 마술적인 효과를 나타냈다.

"앉으십시오, 무슨 일로 오셨습니까?"

역장이 말했다.

르빠르쥬는 영수증을 그에게 보여 주었다.

"조금 복잡한 사건입니다만 보시다시피 이 통은 지난달 30일에 아불~사우댐프턴을 거친 운송장이 만들어졌는데, 이달 5일 월요일에 루앙 부두를 떠난 인슐라 앤드 콘티넨탈 해운회사의 블루핀치호로 런던에 닿았습니다.

통 속 물건은 듀피엘 상회 쇼룸을 떠났을 때는 틀림없이 조각 군상이었는데, 센트 캐더린 부두에 닿았을 때는——이건 여기서만 하는 이야기입니다만——살해된 여자 시체가 들어 있었습니다."

역장은 깜짝 놀라 소리쳤다.

"그런 사연이 있으므로, 우리는 되도록 비밀리에 그 통의 운반 경로를 조사할 필요가 있는 것입니다."

"잘 알겠습니다, 잠깐 기다려 주십시오. 바라시는 정보를 조금은 알려 드릴 수 있을 것 같습니다."

잠깐이라던 것이 한 시간 가까이 되어서야 역장이 돌아왔다.

"오래 기다리게 해서 죄송합니다."

그는 사과하며 말을 이었다.

"물어 보신 통은 지난달 30일 오후 4시 45분쯤, 우리 외국행 여객 수하물 취급소에서 접수했습니다. 그리고 오후 7시쯤까지 줄곧 거기에 있었는데, 그동안 듀발이라는 성실한 직원이 혼자 감독하고 있었습니다.

그 사나이 이야기로는 통은 그의 책상에서 빤히 보이는 곳에 놓여 있었으므로, 누가 그것에 이상한 짓을 한다는 것은 전혀 불가능하다고 했습니다. 그는 그것이 열차편으로 보내는 것으로는 드문 물건이었다는 것과, 특수한 무게와 모양 때문에 특히 기억에 남았다고 하더군요.

오후 7시쯤, 그 통은 두 짐꾼이 넘겨받아서 7시 47분에 영국으로 떠나는 임시 열차의 수하물차에 실렸습니다. 그 열차의 차장은 그 짐을 실을 때 그곳에 있었다고 하며, 열차가 떠날 때까지도 있었을 거라고 합니다. 지금 그 차장은 마침 비번이어서 없습니다만, 부르러 보냈으니 본인이 직접 설명하도록 하겠습니다.

열차가 떠난 한, 그 통은 반드시 아불로 운반되지 않을 수 없습니다. 만일 통이 무사히 닿지 않았다면 그만한 보험이 걸려 있으므로, 거기에 대해 뭐라고 저희들한테 연락이 있을 것입니다. 그러나 아불 역에도 조회해 보겠습니다. 그렇게 하면 내일 아침에는 정확한 것을 알게 되겠지요."

역장의 말을 듣고 있던 번리가 실망스러운 듯이 말을 꺼냈다.

"하지만 그 통이 루앙에서 긴 바닷길을 거쳐 런던으로 온 것은 절대로 틀림없습니다. 당신 말을 의심하는 것은 결코 아니지만, 그러나 어딘가 잘못되어 있군요."

"아아."

역장이 미소지으며 대답을 이었다.

"당신이 흥미를 가질 만한 일이 방금 생각났습니다. 지금 이야기하고 있는 통은 지난달 30일 밤에 보내졌습니다. 그런데 3일 뒤인 이 달 1일에도 다른 통이 또 하나 보내졌습니다. 그 통도 런던의 같은 주소인 훼릭스 씨 앞으로 되어 있었는데, 듀피엘 상회에서 발송한 것입니다.

그것에는 루앙을 거쳐 I&C 해운회사 취급이라는 꼬리표가 붙어 있었습니다. 그날 밤 화물 열차로 보내졌으니 루앙 역장에게 알아보기는 하겠지만, 기억하고 있으리라고는 생각되지 않습니다. 단서를 잡기에는 곤란할지도 모르겠군요."

번리는 저도 모르게 마구 욕을 퍼붓더니 신음하듯 내뱉었다.

"이거 실례했습니다. 하지만 이제는 얽히고설키는군요. 두 개의 통이라니!"

"하지만, 한 경로에서 보내진 통이 어째서 다른 경로로 닿았는지 하는 의문은 해결되었군요."

"그렇군요. 친절과 수고에 대해서 정말 뭐라고 고맙다는 말을 해야 할지 모르겠습니다."

"그밖에 나로서 할 수 있는 일이라면 기꺼이 도와 드리겠습니다만……."

"고맙습니다. 단 하나 마음에 걸리는 것은 두 번째 통을 싣고 온 짐마차를 알아내는 일입니다."

"아아."

역장은 머리를 흔들었다.

"그건 도저히 우리로서는 불가능합니다."

"당연한 말씀이지요. 그러나 그 통을 접수한 직원을 찾아 주시든가, 아니면 우리가 찾을 수 있도록 도와 주시겠지요. 그들로부터 뭔가 정보를 듣게 될지도 모르거든요."

"할 수 있는 데까지 해보겠습니다. 그럼, 내일 아침 언제라도 좋으니 와 주시면, 그때까지 입수한 정보를 알려 드리겠습니다."

형사들은 거듭 고맙다고 말하고 밖으로 나왔다. 그리고는 넓은 역의 중앙 홀을 서성거리며 대책을 상의했다.

번리가 먼저 말을 꺼냈다.

"나는 곧 런던으로 전보를 친 다음, 오늘 밤 안으로 보낼 수 있도록 편지를 썼으면 하네. 런던 경시청에서는 그 두 번째 통이 워타르 역에 오기까지 발자취를 한시바삐 잡고 싶어할 테니까."

"그럼, 보통 우편함은 오후 6시 반에 편지를 거두어 가는데, 만일 늦어질 때는 오후 9시 10분까지 북 정거장으로 가서 영국행 우편차에 부탁하면 될 걸세. 그때까지는 아직 시간이 충분하네. 그러니 여기서 전보를 친 다음 콘티넨탈 호텔로 가서 자네 친구 훼릭스에 대한 것을 조사해 보지 않겠나?"

번리는 머리를 끄덕였다. 전보를 친 뒤, 두 사람은 다시 택시를 타고 콘티넨탈 호텔로 갔다.

르빠르쥬의 명함을 보자, 호텔 지배인은 갑자기 정중하고 공손한 태도로 기꺼이 협력하겠다고 말했다.

"최근 여기에 머무른 레온 훼릭스라는 사람의 행적을 조사해야겠는데……."

르빠르쥬가 설명을 하자 지배인이 말을 꺼냈다.

"혹시 키가 작고 야윈 편으로, 검은 턱수염을 기른 인상이 좋은 분 아닙니까? 그 훼릭스 씨라면 잘 알고 있습니다. 언제나 매우 밝은 느낌을 주는 분으로, 최근에도 묵었었지요. 정확한 날짜를 알아 오겠습니다."

그는 잠시 뒤에 곧 돌아왔다.

"3월 13일 토요일부터 15일 월요일까지 묵었습니다. 그리고 26일 금요일에 또 오셔서, 28일 일요일 아침 북 정거장에서 8시 20분에 영국으로 떠나는 기차를 타셨지요."

두 형사는 놀라며 마주 쳐다보았다.

"숙박부 서명과 우리가 여기 가지고 있는 것과 비교해 봐도 괜찮을까요?"

번리가 부탁했다.
"같은 인물의 것인지 확인해 보고 싶어서입니다."
"알겠습니다."
지배인은 대답하고 두 사람을 안내했다.
서명은 같았다. 두 사람은 지배인에게 고맙다는 말을 하고 호텔을 나왔다.
번리가 먼저 입을 열었다.
"이건 뜻밖의 발견인데. 훼릭스는 10일 전에 여기 있었다는 것을 나한테는 전혀 말하지 않았어."
"얼마쯤 암시적이로군. 그가 머무르고 있는 동안 무슨 일을 했는지 알아볼 필요가 있겠네."
"아무튼 나는 보고서를 써야겠네."
번리가 머리를 끄덕이며 말했다.
"나도 본청으로 가서 보고해야지."
르빠르쥬가 대답했다.
두 사람은 밤에 다시 만날 것을 약속하고 헤어졌다. 번리는 이 날 조사한 상세한 보고를 런던의 경시총감 앞으로 쓰고, 워타르 역에서 두 번째 통에 대해 조사해 달라고 부탁했다. 그 편지를 우체통에 넣은 뒤, 이번에는 군상을 주문한 훼릭스의 편지에 대해 골똘히 연구하기 시작했다.

그것은 훼릭스가 받은 2통의 타이프 편지와 같은 종류의 종이에 씌어 있었다. 번리는 주의깊게 양쪽 편지의 무늬 모양을 살펴보았는데, 그 점에서는 만족했다. 그런 다음 그레이트 노드 로드의 훼릭스 집에서 그에게 쓰게 한 주소를 주머니에서 꺼내어 비교해 보았다.

어느 것이나 필적은 똑같았다. 적어도 처음 볼 때는 그렇게 여겨졌다. 그러나 다시 면밀하게 살펴 나가는 동안 그는 확신을 갖지 못하게 되었다. 그는 필적 감정의 전문가는 아니었으나, 그런 사람들과 이때까지 여러 번 만난 적이 있어 감정법에 대해서는 대략 알고 있었다. 거기서 그는 자기가 알고 있는 방법으로 조사해 본 결과 역시 이 주문서는 훼릭스가 쓴 것이라는 결론에 이르렀지만, 그래도 약간의 의문점이 남았다. 그는 총감 앞으로 다른 편지를 썼는데, 이 편지 2통을 함께 넣어 비교 검토해 줄 것을 의뢰했다. 그리고 그는 르빠르쥬와 함께 그날 밤을 즐기기 위하여 밖으로 나갔다.

드레스의 주인

몇 시간 뒤 두 친구가 다시 만났을 때, 르빠르쥬는 말했다.
"총감님을 만나고 오는 길인데, 수사의 진행 상황에 대해서 몹시 불만이시더군. 여경감들이 그 드레스에 대해 조사했으나 아무 소득이 없었거든. 그래서 총감님은 광고를 내보면 어떨까 하는 의견이네. 오늘 밤 그 일에 대해 상의하고 싶으니 9시까지 와달라는 이야기였어."
지정된 시간에 두 사람은 본청 총감실에 나타났다.
"앉게나."
총감이 말하기 시작했다.
"이 사건에 대해 자네들과 상의하고 싶은 게 있네. 우리가 일치된 수사의 제1요건으로 삼았던 여자의 신원 조사는 유감스럽게도 아무런 성과를 거두지 못했네. 세 여경감들이 여러 방면에 걸쳐 자세히 조사해 보았으나, 전혀 실마리를 잡지 못했어. 자네들이 중대한 사실을 발견해 준 것은 좋았지만, 그것은 죽은 여자의 신원을 확인하는 데는 별로 도움이 되지 않아. 그래서 나는 광고를 내보았으면 하는데, 자네들은 어떻게 생각하나? 의견을 말해 주게."
"어떤 광고를 내시려는 생각입니까?"

번리가 물었다.

"모든 것에 대해서야. 드레스, 속옷 등——이건 하나하나 따로 해도 좋지만——반지, 빗, 그리고 시체 그 자체에 대한 정보를 제공한 사람에게는 1백 프랑의 현상금을 주겠다는 그런 광고가 어떨까?"

잠시 침묵이 계속되었다. 이윽고 번리가 망설이면서 대답했다.

"런던 경시청에서는 특별한 경우 말고는 광고에 대해서 편견을 가지고 있습니다. 아무 자극을 주지 않으면 부담없이 말하는 사람도, 광고를 내면 오히려 경계하지 않을까 하는 생각인 것 같습니다. 그러나 이번 경우에는 광고를 내는 편이 효과적일지도 모르겠습니다만……."

"내 생각으로는,"

르빠르쥬가 말을 꺼냈다.

"이 살인 사건을 흐지부지 없애 버리고 싶어하는 사람들도 있을 것 같습니다. 그러나 한편으로는 그런 사람들만 빼면 광고에 기꺼이 응해 주는 이들도 있을 것으로 생각됩니다."

"나도 같은 의견일세."

총감은 동의했다.

"하인을 예로 들어 보세. 그런 의상을 입는 부인이라면 여러 명의 하인이 있는 집에 살았을 것이 틀림없네. 그 하인 가운데 누군가 광고를 보고 인상 착의에 짐작이 가는 사람이 분명히 있을 걸세. 만일 하인이든 하녀든 현상금을 손에 넣고 싶은 생각이 있다면 우리는 정보를 얻게 될 것이고, 비록 그 사람이 응해 주지 않더라도 반드시 동료에게 그 신문을 보일 테니 그 중의 누군가가 투서해 줄 것이네. 이러한 일은 점원들의 경우에도 마찬가지일세. 그들은 자기들이 알고 있는 일을 비밀로 덮어 두지는 않거든. 좋아, 해보세.

이런 요령으로 문안을 만들어 주지 않겠나? '3월 30일쯤 사망한 것으로 생각되는 한 부인의 신원 확인에 대해 정보를 제공해 주시는 분에게 1백 프랑의 현상금을 드림'——'사망'이라고 하는 거야, '살해'는 곤란해. ——그 다음에 인상을 쓰고 '짐작이 가는 분은 가까운 경찰서에 신고해 주시기 바람'이라고 쓰게. 그리고 또 하나는, 이러이러한 의상을 사 간 사람의 신원 확인에 관한 정보에 대해서도 운운……이라는 요령으로 작성해 보게."
"의상에 대해서는 뭐라고 써야 할지, 세 분 여경감에게 물어 봐야겠군."
르빠르쥬가 말했다.
"물론 그녀들도 이리로 오게 하지."
쇼베 총감이 그녀들이 소속해 있는 경무과에 전화를 걸자, 몇 분 뒤에 세 여경감이 들어왔다. 그녀들의 도움을 받아 광고가 만들어졌는데, 총감이 그것을 읽어 보고 승인하자 당장 이튿날 신문에 싣도록 주요 신문사에 전화 연락을 했다. 장신구와 보석류 관계의 특수 업계지에도 다음 호에 내보내도록 광고 사본이 보내졌다.
여경감들이 방을 나가자 총감이 말을 꺼냈다.
"그런데 복권 문제에 대해 보고가 있었는데, 르 고티에 씨의 진술은 모두가 사실이었네. 그의 말대로 복권은 그날 안에 수표로 지불되었고, 추첨은 다음 목요일까지 없었다네. 따라서 그는 정직한 사람으로, 그 편지와는 관계가 없다고 봐도 좋을 거야. 다음은 내일의 일인데, 자네들의 예정은 어떤가?"
"맨 먼저 산 라잘 역으로 가서 역장이 뭔가 새로운 정보를 손에 넣었는지 알아보려고 합니다. 그런 다음 루앙 부두를 거쳐 보내진 통의 행적을 거슬러 올라가서 더듬어 볼 작정입니다."
"좋아. 나는 그다지 가망은 없겠지만, 또 하나의 다른 실마리를 찾아볼까 하네. 자네가 갖다 준 그 사진을 두 사람쯤에게 주어, 상류 계급 사람들이 드나드는 사진관을 돌아다니도록 해서 그 여자의 인물 사진을 찾아볼 생각이네. 그러나 이 일은 꼭 자네한테 부탁하고 싶었네."
총감은 번리의 얼굴을 바라보며 말했다.
"자네라면 시체를 보았으니 잘 알고 있을 것 같아서이지. 다른 사람이 해도 괜찮겠지만 말일세. 그럼, 오늘은 이것으로 끝내세. 잘 자게나."
"밤까지 일을 하다니, 괴롭군."
총감실을 나오자, 르빠르쥬가 입을 열며 번리에게 물었다.
"포리 베르젤로 자네를 안내하고 싶은데, 아직 그다지 늦지 않았으니 가 볼까?"
"좋지. 하지만 1시간 정도로 했으면 하네. 나는 잠을 충분히 자지 않으면 이튿날의 활동에 지장이 있는 체질이거든."
"알았네."
르빠르쥬가 이렇게 대답하고 택시를 부르자, 두 친구는 유명한 뮤직홀로 차를 달리게 했다.
다음날 아침 르빠르쥬는 호텔로 번리를 찾아가, 두 사람은 산 라잘 역의 역장실로 갔다.
"어서 오십시오."
어제 오후의 친구는 두 사람에게 의자를 권하면서 말했다.
"바라시던 정보가 입수되었습니다."
그는 몇 장의 서류를 꺼냈다.
"이것은 사우댐프턴의 해운 회사가 보낸 이른바 1호 통에 대한 영수증입니다. 통은 지난달 30일 밤, 이 역에서 7시 47분에 떠나는 열차가 들어오자 곧 실렸습니다. 그리고 여기 있는 것이……."

역장은 비슷한 서류를 손에 들었다.

"제2호 통에 대한 루앙의 I&C 해운 회사의 영수증입니다. 이 통은 이달 1일 이 역에서 화물 열차로 보내져, 3일에 배에 실렸습니다. 그리고 카르디네 거리의 화물역 역장으로부터 제2호 통이 도착했을 때 내리는 일을 도운 운반인이 나타났다는 연락이 있었습니다. 지금 가시면 그를 만나 이야기할 수 있을 겁니다."

"이거 너무나 고마워서 뭐라고 말할 수가 없군요."

르빠르쥬가 말했다.

"덕분에 귀중한 단서를 얻었습니다."

"도움이 되셨다니 나도 기쁩니다."

그들은 서로 인사를 나누고 헤어졌다. 그런 다음 두 사람은 환상선 (環狀線)을 타고 바티뇰까지 가서 카르디네의 큰 화물 역까지 걸어갔다.

두 사람이 역장에게 자기 소개를 하자, 기다리고 있던 역장은 곧 두 사람을 안내하여 긴 통로를 빠져나가 화차의 선로 조절 작업으로 바쁜 구내를 가로질러, 외국으로 가는 커다란 화물을 쌓아 두는 곳의 하나인 가까운 화물 적재장으로 갔다. 그리고는 푸른 작업복을 입은 두 운반인을 불러 형사의 물음에 대답하라고 시킨 다음, 볼일이 있다면서 역장은 돌아갔다.

르빠르쥬가 말했다.

"우리는 당신들한테서 어떤 정보를 얻으러 왔소. 가르쳐 주면 얼마쯤 사례를 하지요."

운반인들은 알고 있는 일이라면 무엇이든지 대답하겠다면서 긴장한 표정을 지었다.

"이달 초하룻날, 그러니까 지난 주 목요일에 루앙을 거쳐 런던의 훼릭스 씨에게 보내는 꼬리표가 붙은 통을 하나 내린 기억이 있지요?"

"네, 기억하고 있습니다."
두 사람은 입을 모아 대답했다.
"당신들은 몇 백 개나 되는 통을 싣고 내리고 하겠지요? 그런데 특별히 그 통을 자세히 기억하고 있는 것은 무슨 까닭이오?"
한 사람이 거기에 대답했다.
"나리가 직접 들어 보시면 그 까닭을 아실 겁니다. 말할 수 없이 무거운데다 모양도 이상했기 때문입니다. 가운데가 여느 통처럼 불룩하지도 않았거든요."
"그 통이 여기로 실려 온 것은 몇 시쯤이었소?"
"저녁때, 분명히 6시가 조금 지났을 무렵이었습니다. 5분이나 10분쯤 지났었지요."
"그 날부터 꽤 날짜가 지났는데 어떻게 그토록 정확히 시간까지 기억하고 있소?"
그 사나이는 미소지었다.
"왜냐하면 나리, 우리는 언제나 6시 반부터 비번이 되기 때문에 시계 바늘이 그 시간을 가리키기를 기다리고 있었지요."
"통을 구내까지 날라온 사람은 누군지 모르겠소?"
두 사람은 어깨를 으쓱해 보였다.
"네, 그건 모릅니다."
말한 사나이가 대답했다.
"한 번 더 만나 보면 알 수 있을 테지만 그 마부가 어디 살고 있는지, 일을 맡긴 사람의 이름이 무엇인지 우리는 전혀 모릅니다."
"생김새도 기억 못하겠소?"
"아니오, 그건 기억하고 있습니다, 나리. 키가 작고 야위고 환자 같아 보이는 흰머리의 사나이로, 얼굴은 깨끗이 면도를 하고 있었습니다."

"그렇다면 주의하고 있다가, 다시 한 번 그 남자를 만나거든 이름과 주소를 알아내어 나한테 알려 주지 않겠소? 이게 내 주소요, 만약 알려 주면 50프랑을 사례로 주겠소."

르빠르쥬는 5프랑짜리 은화 두 닢을 주었다. 그리고 운반인들로부터 약속과 감사의 말을 들으면서 두 사람은 그곳을 떠났다.

"이번에는 그 마부를 찾는 광고를 낼까?"

번리가 크리시 쪽으로 되돌아오면서 물었다.

"본부에 보고한 뒤에 내는 것이 좋겠네. 그리고 총감님의 의견을 물어 보고 승낙을 얻은 다음, 오늘 저녁 신문에 광고를 내도록 수배하세."

르빠르쥬의 말에 번리는 머리를 끄덕였다. 두 사람은 식사를 끝낸 뒤 가까운 전화국에서 본청으로 전화를 걸었다.

"르빠르쥬인가? 총감님이 곧 본청으로 돌아오라시네. 뭔가 새로운 정보를 입수한 모양이야."

두 사람은 곧 지하철을 타고 크리시에서 샤트레까지 가서는, 시계가 마침 2시를 치고 있을 때 경시청에 이르렀다. 쇼베 총감은 방에서 기다리고 있었다.

"여어!"

두 사람이 들어서자 그가 입을 열었다.

"의상 광고에서 응답이 왔네. 파레 로와이얄 근처의 크로틸드 부인 가게에서 11시쯤 전화가 왔었는데, 그 드레스는 자기 가게에서 판 것이 틀림없다는 걸세. 그래서 의상 조사를 하러 나갔던 루콕크 양을 다시 그 가게로 보냈지. 한 시간쯤 전에 돌아온 그녀의 보고에 의하면, 그 드레스는 아메리카 교회에서 그다지 멀지 않은 아르마 거리와 성(聖) 쟝 거리의 모퉁이에 살고 있는 아네트 보와라크 부인에게 지난 2월에 팔았다는 걸세. 이제부터 곧 가서 조사해 주게나."

"알겠습니다. 하지만 그전에 그 통에 대해서……."

르빠르쥬가 오늘의 조사 보고를 한 다음, 그 마부를 찾는 광고를 내는 것이 어떻겠느냐고 제안했다.

쇼베 총감이 그 대답을 하려고 할 때, 문 두드리는 소리가 나더니 사환이 명함을 가지고 들어왔다.

"이분이 급한 용무로 뵙고 싶다면서 기다리고 있습니다."

"호오!"

총감은 놀라는 체해 보이며 말했다.

"들여 보내나."

그는 명함을 읽었다.

"'아르마 거리, 성 쟝 거리 1번지 라울 보와라크'. 이건 아네트 보와라크 부인의 남편일 걸세. 이런 광고는 꽤 효과가 있군 그래. 자네 두 사람도 여기에 있어 주는 게 좋겠네."

그러고는 총감은 사환에게 말했다.

"잠깐 기다려."

그는 전화를 들어 버튼을 눌렀다.

"쥬벨 양을 급히 보내 주게."

곧, 한 젊은 여자 속기사가 나타났다. 총감은 방 한구석을 가리켰다. 거기에는 번리도 눈치채고 있었지만, 통행에 방해가 안 되게끔 칸막이가 하나 놓여 있었다.

"대화는 한 마디도 빠뜨리지 말고 속기해 줘요."

총감이 말했다.

"한 마디도 빼지 말고, 또 소리나지 않도록 조심해요. 부탁하오."

그녀가 끄덕이고 칸막이 뒤에 앉는 것을 보자, 총감은 사환을 향해 말했다.

"자, 그분을 이리로 모셔오게."

얼마 뒤 보와라크 씨가 방으로 들어왔다. 아직 중년이라기에는 젊은 건장한 체격의 신사로, 얼굴에 고통을 견뎌 온 것 같은 긴장의 빛이 어려 있었다. 검은색 옷으로 갖춘 차림새에, 태도는 조용하고 침착했다.

그는 방 안을 둘러보고 쇼베 씨가 인사하려고 일어서자 정중하게 머리를 숙였다.

"경시 총감님이십니까?"

그가 물었다. 쇼베 씨가 인사를 하고 의자를 권하자, 그는 말을 이었다.

"사실은 몹시 괴로운 문제 때문에 뵈러 왔습니다. 될 수 있으면 단둘이 이야기하고 싶습니다만……."

그는 잠깐 말을 끊었다.

"그러나 여기 계신 분들은 당신이 절대적으로 믿는 분들이겠지요?"

그는 한 마디 한 마디를 천천히 또박또박 말했다. 어떻게 말해야 할지 생각한 끝에 가장 적절한 말을 골라서 쓰고 있는 것 같은 느낌이었다.

"만일 당신의 용건이 당신 부인의 최근의 불행한 실종과 관계가 있다면, 이 두 사람은 그 사건의 담당자들이니, 여기 있는 것이 서로 유리하리라고 생각됩니다."

쇼베 총감이 대답했다.

보와라크 씨는 의자에서 벌떡 일어섰다. 심한 감정의 움직임이 그 무쇠 같은 억제 속에 나타났다.

"그럼, 그건 그녀였습니까?"

그는 목소리를 낮추어 말했다.

"알고 계셨습니까? 그 광고를 보았을 때 혹시나 하고 생각했습니다만, 확신은 없었습니다. 혹시나…… 하고 한가닥 희망을 가졌었는데…… 이제 의심할 여지가 없습니까?"
"우리가 알고 있는 것은 남김없이 이야기하겠으니, 보와라크 씨, 당신 자신이 결론을 내려 주십시오. 먼저 이것이, 발견된 그 시체의 사진입니다."
보와라크 씨는 사진을 손에 들자 뚫어지게 그것을 들여다보았다.
"집사람입니다."
그는 쉰 목소리로 중얼거렸다.
"집사람이 틀림없습니다."
그는 충격을 받아 잠시 말이 막혔다. 다른 사람들도 그의 기분을 살펴 한참 동안 침묵을 지키고 있었다. 얼마 뒤 그는 온 힘을 다하여 충격을 누르면서 거의 속삭이는 듯한 가냘픈 목소리로 말을 이었다.
"어떻게 된 일입니까?"
그는 겨우 그렇게 말했는데, 그 목소리는 떨리고 있었다.
"어째서 이런 무서운 얼굴이 되었습니까? 그리고 목의 이 무서운 자국은…… 이건 뭡니까?"
"이런 말을 하는 것은 나로서는 대단히 괴로운 일입니다만 보와라크 씨, 당신 부인은 의심할 나위 없이 교살되었습니다. 그리고 이 사진을 찍은 것은 살해된 지 며칠 뒤였다는 것도 생각해 주십시오."
보와라크 씨는 힘없이 의자에 주저앉아 두 손에 얼굴을 파묻었다.
"아아!"
그는 허덕였다.
"가엾은 아네트! 사랑할 이유는 없었지만, 나는 그녀를 사랑하고 있었소. 온갖 일이 있었지만 그래도 나는 그녀를 사랑하고 있었소.

그녀를 잃은 지금에야 겨우 나는 그걸 알았습니다. 이야기해 주십시오."

그는 잠깐 말을 끊었다가 낮은 목소리로 계속했다.

"자세한 것을 이야기해 주십시오."

"너무 슬픈 일이라 말씀드리기 거북합니다만"

총감은 인정어린 목소리로 말을 이어 나갔다.

"어떤 통이 런던 경찰의 눈에 띄어 혐의를 받았습니다. 자세한 사정은 당신한테 들려 드리지 않는 것이 좋을 듯하군요. 그 통을 압수하여 뚜껑을 열어 보니 그 속에 시체가 들어 있었습니다."

방문객은 두 손 사이에 얼굴을 파묻은 채 꼼짝하지 않았다. 얼마 뒤 그는 몸을 일으켜 총감의 얼굴을 바라보았다.

"뭔가 단서는……."

그는 숨을 멈추고 말했다.

"이런 짓을 한 악당에 대해서 뭔가 단서는 있습니까?"

"몇 가지 단서는 있습니다."

총감은 대답했다.

"그런데 지금으로서는 그 단서를 종합해서 더듬어 볼 시간이 없군요. 그러나 머지않아 그 범인을 붙잡을 수 있으리라고 나는 확신하고 있습니다. 그리고 보와라크 씨, 사실을 더욱 확인하기 위해서 부탁드리겠는데, 여기 있는 옷을 한 번 봐 주시면 고맙겠습니다."

"그녀의 옷을요? 아아, 그것만은 용서해 주시지 않겠습니까? 하지만 역시 그건 부득이한 일이겠군요."

총감은 전화를 걸어 옷을 가져오라고 명령했다. 보석류는 브레즈 양이 보석상을 돌아다니기 위해 가지고 나갔으므로 그 자리에 내놓을 수가 없었다.

"아아, 맞습니다."

보와라크 씨는 그 드레스를 본 순간, 슬픈 듯이 외쳤다.

"그녀의 것입니다. 바로 그녀의 것입니다. 집을 나간 날 밤에 그녀가 입었던 옷입니다. 이제 의심할 나위가 없군요. 가엾고 불운한 아네트!"

"보와라크 씨, 괴로우시겠지만 부인께서 실종된 앞뒤 사정에 대해 되도록 상세히 이야기해 주시지 않겠습니까? 여기 있는 두 사람은 런던 경찰의 번리 경감과 본 경시청의 르빠르쥬 씨로, 이 사건을 함께 수사하고 있지요. 그러니 아무 거리낌 없이 말씀해 주십시오."

보와라크 씨는 끄덕였다.

"그럼 모든 것을 이야기하겠습니다. 좀 두서없이 이야기할지도 모르겠지만, 제가 지금 흥분해 있기 때문이니 그 점은 양해해 주시기 바랍니다."

쇼베 씨는 벽장으로 걸어가서 브랜디 병을 꺼냈다.

"보와라크 씨, 진심으로 동정합니다. 이걸 조금 드시지 않겠습니까?"

"죄송합니다."

보와라크 씨는 그 브랜디를 받아 마셨다. 그러자 그는 기운을 되찾아 다시 서툰 감정을 나타내지 않는, 사업가로 돌아갔다. 그는 이성적이 되어 이야기를 계속했다. 다시는 감정에 흔들리지 않았다. 그러나 이따금 자신을 억누르기 위해 온 힘을 다하고 있는 것이 뚜렷하게 엿보였다. 그가 이제까지보다 힘찬 목소리로 진술하기 시작하자, 세 사람은 편히 앉아 그 이야기에 귀를 기울였다.

보와라크 씨의 진술

"나의 이름과 주소는 아시는 바와 같습니다."

보와라크 씨는 이야기하기 시작했다.

"아브로트 펌프 제조 회사의 전무 이사이며, 공장은 승합 자동차 회사의 창고에서 그다지 멀지 않은 상피오네 거리의 변두리에 있습니다. 나는 꽤 넉넉한 편으로, 생활하는데 아무런 어려움은 없습니다. 집사람은 사교계에도 자주 드나들고 있었지요.

지난달 27일 토요일, 꼭 2주일 전 오늘입니다만, 우리는 아르마 거리에서 만찬회를 베풀었지요. 주빈은 스페인 대사였습니다. 집사람이 지난해 마드리드에 머물렀을 때, 그분의 저택을 방문한 일이 있었기 때문이지요. 다른 손님 가운데는 집사람의 오랜 친구로, 런던에 살면서 그곳에서 일을 하고 있는 훼릭스 씨라는 사람도 있었습니다. 손님들이 모두 모였으므로 식탁에 앉았는데, 공교롭게 식사가 채 끝나기도 전에 공장에서 전화가 걸려 와 중대한 사고가 일어났으니 곧 와 달라고 했습니다. 할 수 없이 손님들에게 사정을 이야기하고 될 수 있는 대로 빨리 돌아오겠다고 약속하고는 곧장 떠났습니다.

공장에 가 보니, 주말에 설치하기로 했던 2백만 마력의 새 엔진의 받침대가 옆으로 미끄러져, 한 사람이 그 자리에서 죽고 두 사람이 중상을 입었더군요. 실린더의 한 가닥은 형편없이 파손되고 받침대는 벽과 기계바퀴 사이의 움푹한 데에 끼어 도저히 빼낼 수가 없었습니다.

사태의 중대함을 알아채고는 나는 곧 집으로 전화를 걸어, 시간이 많이 걸릴 듯하니 손님들이 가기 전까지는 도저히 돌아갈 수 없을 것 같다고 알렸습니다. 그런데 생각했던 것보다는 일이 빨리 끝나 11시 조금 전에 나는 공장을 나왔습니다. 택시가 없어 산푸롱 지하철 역까지 걸어갔습니다. 아시다시피 우리 집으로 가자면 샤트레에서 갈아타야 하기 때문에 나는 거기서 내렸습니다.

내리자마자 누군가 나의 어깨를 툭 치더군요. 돌아보니 마이롱 에이치 버튼이라는 미국인 친구였습니다. 전에 뉴욕에서 같은 호텔에 묵게 되어 친해진 사람이지요. 우리는 한참 동안 거기에 서서 이야기했습니다. 그러고 나서 그에게 어디에 묵고 있느냐고 물은 뒤 호텔로 가지 말고 우리 집으로 가자고 권했지요. 그러나 그는 지금 도르세 강변 역에서 12시 35분발 열차로 오를레앙으로 갈 예정이라면서 사양하더군요. 그보다도 자기를 배웅해 줄 겸 정거장으로 가서 한잔하자는 것이었습니다.

나는 잠깐 망설였으나, 집에서는 내가 늦어진다는 것을 알고 있다는 생각이 들자 그의 제안을 받아들여 같이 걷기로 했습니다. 그날 밤은 포근하고 기분좋은 밤이어서 우리는 강변을 따라 슬슬 걸었지요. 로와이얄 다리에 닿은 것은 아직 12시 15분 전이었습니다. 버튼이 좀더 거닐자고 했으므로 우리는 콩코르드 광장을 돌아 샹젤리제 거리 끝까지 갔습니다.

이야기에 열중해서 시간 가는 것도 잊어 버렸지요. 우리가 도르세 강변 역에 도착한 것은 열차가 떠나기 1분 전이었습니다. 그 때문에 그와 한잔할 모처럼의 기회를 놓쳐, 그는 몹시 아쉬워했습니다. 나는 전혀 졸음을 느끼지 않아 걸어서 집으로 가기로 했는데, 반쯤 왔을 때 비가 내리기 시작했습니다. 택시를 찾았으나 한 대도 눈에 띄지 않아, 어쩔 수 없이 그대로 걸어서 1시쯤에야 집에 돌아왔습니다.

현관 홀에서 집사 프랑소아를 만났는데, 그는 어쩐지 침착하지 못했습니다.

'10분쯤 전에 현관문이 쾅 하고 크게 소리를 내며 닫힌 것 같아서……' 하고 그는 내가 젖은 외투를 벗고 있는데 말했습니다. '무슨 사고라도 생겼나 해서 걱정이 되어 나오는 길이었습니다.'

'잠이 깨어 있었나?' 하고 나는 물었습니다. '내가 돌아오기 전에 왜 잤지?'

'마님께서 11시 반쯤에, 나리께서는 오늘 밤 늦으실 테니 마님께서 일어나 기다리시겠다고 말씀하셨으므로……'

'그래?' 하고 나는 말했습니다. '그런데 마님은 어디 계시지?'

그러자 그는 망설이는 것이었습니다.

'저는 모르겠습니다만' 하고 그는 겨우 대답했습니다.

'몰라?' 나는 화가 났습니다. '벌써 잔단 말이지?'

'주무시지는 않을 겁니다' 하고 그는 대답했습니다.

나는 결코 상상력이 풍부한 편은 아닙니다만, 그때 별안간 어떤 불길한 예감이 덮쳐 왔습니다. 나는 얼른 응접실로 달려갔다가 곧 집사람의 작은 거실로 가 보았는데, 두 방 다 텅 비어 있었습니다. 집사람의 침실도 둘러보았으나 아무도 없었지요. 그때 나는 집사람이 곧잘 나의 서재에서 기다려 주던 일이 생각나서 그곳에도 가 보았습니다. 그러나 역시 빈 방이었습니다. 그런데 서재를 나서려다가 문득 보니, 저녁때까지는 없었던 편지 한 통이 책상 위에 놓여 있었습니다. 그것은 집사람의 필적으로 나한테 쓴 편지였습니다. 나는 가슴 죄는 심정으로 그 편지 봉투를 뜯었습니다. 총감님, 이것이 그 편지입니다."

그것은 크림빛 편지지에 여자의 필체로 씌어진 짧은 편지로, 날짜도 받는 사람의 이름도 없었다. 내용은 다음과 같았다.

나는 오늘 밤 내가 하려는 일에 대해 당신의 허락을 받을 생각이 결코 없습니다. 라울, 그렇게 생각하는 것이 너무도 방자하다는 걸 잘 알고 있습니다. 하지만 이것만은 믿어 주세요. 나의 방자한 행동이 틀림없이 당신에게 가져다 줄 고통과 번민을 생각하면, 내 가슴은 찢어질 것만 같습니다. 당신은 언제나 당신의 교양 그대로 올바르고 너그러우셨습니다.

하지만 라울, 당신도 아시다시피 우리는 서로가 사랑하고 있지는 않았습니다. 당신은 사업과 미술품 수집에 열중했으며, 나는 레온 훼릭스를 사랑하고 있었습니다. 그리고 이제 나는 그의 곁으로 가려 합니다. 나는 당신한테서 떠나기에 두 번 다시 편지를 드리지 않을 겁니다. 부디 우리들의 이혼을 인정해 주시고, 누군가 보다 더 훌륭한 여자와 행복을 누리세요.

안녕, 라울. 그리고 되도록 나를 나쁘게만 생각지 말아 주세요.

아네트

보와라크 씨는 다른 사람들이 이 불행한 편지를 읽고 있는 동안 머리를 숙이고 있었다. 감정에 짓눌린 느낌이었다. 총감실에서는 한동안 침묵이 계속되었다. 아침 햇살이 비극 따위는 모르는 듯이 밝게 방으로 흘러들어와 안락의자에 앉아 있는 사나이를 비추었다. 살며시 뒤에서 감싸 주어야 할 그 작은 부분까지도——주름진 이마 위의 땀방울이며 의자 가장자리 아래에서 힘껏 쥐고 있는 하얀 손까지——무자비하게 들추어 내고 있었다. 얼마 뒤, 모두가 기다리고 있을 때 겨우 마음을 가다듬은 그가 이야기를 계속했다.

"이 충격으로 나는 거의 미칠 것 같았습니다. 그러나 한편 아무 일도 없었던 것처럼 행동해야겠다고 본능적으로 느꼈습니다. 나는 마음이 가라앉기를 기다렸다가 아직도 현관 홀에 남아 있는 프랑소아를 불렀습니다.

'알았네, 프랑소아. 마님의 편지가 있었어. 급히 스위스로 떠나는 열차를 타야 했던 모양이야. 마님의 어머님이 위독하시다는 통지가 있어서 말이네.'

프랑소아는 여느 때와 같은 말투로 대답했습니다만, 나는 그가 내 말을 한 마디도 믿지 않고 있다는 것을 뚜렷이 알았습니다. 그의 눈에 떠도는 동정과 번민의 빛을 보았을 때 나는 미칠 것만 같았습니다. 나는 되도록 천연스럽게 또 말했습니다. '마님은 수잔느를 불러서 옷을 갈아입을 시간이 있었나? 수잔느를 좀 불러 주게나. 그리고 자네는 그만 가서 쉬게.'

수잔느는 집사람의 하녀였는데, 그녀는 서재로 들어올 때 놀란 듯하면서도 딱한 듯한 표정을 짓고 있었으므로 수잔느도 모든 것을 알고 있음을 알았습니다.

'수잔느' 하고 나는 말했습니다. '마님은 갑자기 뜻밖의 일로 스위스로 가시게 된 거야. 기차 시간이 바빠서 제대로 짐도 못 꾸린 모양인데, 여행 준비는 하고 떠났겠지?'

하녀는 제대로 몸을 가누지 못하면서 떨리는 목소리로 대답했습니다. '제가 방금 마님 방으로 가 보았는데요, 마님은 털가죽 코트와 모자와 산책하실 때 신는 구두를 신고 가신 것 같습니다. 오늘 밤에 신으셨던 야회용 구두는 벗어 둔 채였습니다. 마님은 저를 부르지 않으셨기 때문에, 저는 마님이 방으로 들어가신 것도 몰랐습니다.'

이때쯤에는 나의 마음도 어느 정도 가라앉아서, 하녀가 말하고 있는 동안 얼른 생각을 해낼 수 있었습니다.

'아아, 그랬었군' 하고 나는 대답했습니다. '내일 마님의 일용품을 꾸려 다오. 나중에 보내 드려야 하니까. 마님은 친정에 가셨으니 짐이 갈 때까지는 필요한 물건을 빌려 쓰실 거야.'

프랑소아는 아직도 복도에서 서성거리고 있었습니다. 나는 두 사람에게 자라고 말한 뒤, 의자에 앉아 사태의 진상을 조용히 생각해 보려고 했습니다.

내가 생각한 것을 여기서 여러분에게 말할 필요는 없으리라고 생각합니다. 그 뒤 며칠 동안 나는 거의 미친 상태였으나, 그럭저럭 이성을 되찾았습니다. 그리고 나는 수잔느에게 마님한테서 소식이 왔는데, 스위스의 어머님의 하녀를 한 사람 쓰기로 했다면서 그녀를 해고했습니다."

보와라크 씨는 잠깐 말을 끊었다.

"이것으로 내가 말해야 할 것은 모두 말했다고 생각합니다. 그 무서운 밤으로부터 2시간쯤 전에 〈피가로〉지(紙)에서 여러분들이 낸 광고를 보기까지, 집사람이나 훼릭스한테서는 한 줄의 편지도 없었습니다."

보와라크 씨는 요령있게 솔직히 이야기했다. 그 태도에는 진실이 넘쳐 있었다. 그 진술은 듣는 사람들을 감동시켰으며, 그들은 배반한 아내에게 이토록 진실을 다하는 사나이에게 동정을 느꼈다. 쇼베 씨는 말했다.

"보와라크 씨. 우리는 이번 사건에 대해, 특히 몸소 오셔서 이 괴로운 이야기를 들려 주신 데 대해 진심으로 유감의 뜻을 나타내는 바입니다. 더욱이 안타까운 일은 이 무서운 결말 때문에 사건을 비밀로 하는 것은 거의 불가능하다는 겁니다. 물론 살인범의 수사는 이미 시작되었습니다. 더 이상 붙들지는 않겠습니다만, 끝으로 당신의 진술을 완벽하게 하기 위하여 두세 사람의 이름과 시간에 대해 한 번 더 묻게 해주셨으면 합니다."

보와라크 씨는 끄덕였다.

"호의에 대해 진심으로 감사드립니다."

총감은 계속해서 말했다.

"먼저 첫째로 당신의 주소인데, 이것은 명함을 받았으니까 생략하겠습니다. 다음은──질문 형식으로 묻겠습니다만──만찬회는 몇 시에 열렸습니까?"
"8시 15분 전이었습니다."
"공장에서 전화가 온 것은 몇 시였지요?"
"9시 15분 전쯤이었습니다."
"공장에 도착한 것은?"
"9시 15분 전후였다고 생각됩니다만, 시계는 보지 않았습니다. 샹젤리제까지 걸어가서, 거기서 택시를 탔습니다."
"당신은 그 뒤 집으로 돌아가는 시간이 매우 늦어질 거라고 부인에게 전화를 거셨다고 했지요?"
"그랬습니다. 하지만 엄밀히 말하면 정확하지 않습니다. 나는 도착하자마자 곧 사고 현장으로 상황을 보러 달려갔으며, 거기서 한참 동안 시간을 빼앗겼습니다. 그러니까 내가 집에 전화를 건 시간은 정확히 10시쯤이었다고 생각됩니다."
"그런데 당신은 생각했던 것보다 빨리, 즉 11시쯤에 공장을 떠나셨군요?"
"그렇습니다."
"그렇다면 샤트레에서 친구를 만난 것은 11시 20분쯤이겠지요?"
"그쯤 되었을 거라고 생각합니다."
"그 친구의 이름과 행선지를 적어 두고 싶군요."
"이름은 조금 전에 말씀드렸듯이 마이롱 에이치 버튼입니다. 행선지는 유감스럽게도 모르기 때문에 말씀드릴 수가 없군요."
"그럼 자택 주소는?"
"그것도 모릅니다. 나는 뉴욕의 호텔에서 그를 만났습니다. 몇 번인가 당구를 같이 쳐서 친해졌습니다만, 가정 이야기를 할 만큼 친한 사이는 아니었습니다."
"그건 언제입니까, 보와라크 씨?"

"1908년, 아니 1909년 여름이었습니다. 3년 전이었지요."
"호텔 이름은?"
"허드슨 뷰입니다. 지난해 크리스마스 때 불탄 그 호텔 말이지요."
"기억하고 있습니다. 대단한 사건이었지요. 친구는 12시 25분 열차로 오를레앙으로 갔다고 하셨는데, 그곳에 묵고 있을까요?"
"아닙니다. 거기서 갈아타고 더 간다고 했었지요. 어디로 가려는지는 나도 몰랐습니다. 그 기차로 가면 4시 반 전에는 도착하지 못하는데——파리에서 하룻밤 자고 이튿날 아침 일찍 급행을 타면 2시간 안에 오를레앙으로 갈 수 있거든요——그래서 내가 왜 하필 그 열차를 타느냐고 물었더니 그가 그렇게 대답하더군요."
"아니, 좋습니다. 그건 그다지 중요하지 않으니까요. 끝으로 하나, 부인의 하녀 이름과 주소는?"
보와라크 씨는 머리를 내저었다.
"유감스럽게도 그 어느 쪽도 모릅니다. 수잔느라는 이름밖에 모르지요. 아마도 프랑소아나 다른 하인이 알고 있을 것으로 생각됩니다만."
"그럼, 허락을 얻어 나중에 댁으로 사람을 보내 조사하도록 하겠습니다, 보와라크 씨. 여러 가지로 이야기해 주셔서 정말 고맙습니다. 그런데 정식 시체 감정은 어떻게 할까요? 당신 이야기로는 그 시체가 부인임에 틀림없습니다만, 법률상 당신 자신의 확인이 필요하다고 생각됩니다. 런던으로 가셔서 확인해 주셨으면 하는데, 어떻겠습니까? 아직 묻지는 않은 모양입니다만."
보와라크 씨는 불안한 듯이 몸을 움직였다. 그에게 있어 그 제안은 분명히 가장 싫은 일인 것 같았다.
"될 수 있으면 정말 가고 싶지 않습니다. 그러나 꼭 필요하시다면 싫더라도 가야겠지요."

"정말 죄송합니다만, 꼭 필요한 절차입니다. 신원 확인의 증거로서 본인의 직접 검사가 요구되고 있지요. 그리고 미리 말씀드리겠습니다만, 런던으로 가시는 것은 되도록이면 하루라도 빠른 편이 좋을 듯합니다."

보와라크 씨는 어깨를 움츠렸다.

"기왕 가야 한다면 나도 빠른 편이 좋습니다. 오늘 밤 배로 떠나면 내일 아침 11시에는 스코틀랜드 야드(런던 경시청)에 닿겠지요. 본청으로 가면 되지요?"

"네, 그렇게 해주시면 고맙겠습니다. 당신이 가신다는 것을 저쪽에 전화로 연락해 두겠습니다."

총감은 일어서서 악수했다. 보와라크 씨는 돌아갔다. 그의 모습이 보이지 않게 되자 쇼베 총감은 벌떡 일어서서 칸막이 뒤로 갔다.

"이때까지 진술과 질의 응답을 6장씩 타이핑해 주시오. 다른 두 여경감의 도움을 받아도 좋소."

그리고 그는 두 탐정 쪽으로 돌아섰다.

"그런데 자네들도 이 재미있는 이야기를 들었지? 우리들의 의견은 일단 제쳐놓고 먼저 해야 할 일은, 지금의 이야기를 될 수 있는 한 사실과 대조해 보는 걸세. 지금 곧 아르마 거리로 가서 프랑소아를 만나 주게. 되도록 보와라크가 돌아가기 전이 좋아. 가택 수색을 해서 하인의 행방도 확인하게. 그동안 나는 다른 일을 조사해 두지. 오늘 밤 9시쯤 진행 상황을 보고하러 오게."

아르마 거리의 집

번리와 르빠르쥬는 강변로의 전차를 타고 아르마 다리에서 내려, 가로수가 늘어선 길을 걸어갔다. 그 집은 큰길을 향해 모퉁이에 있었으나 입구는 골목에 있었다. 건물은 길에서 몇 피트 들어간 곳에 있었다. 빨간 사암으로 만든 도려 낸 것 같은 모양의 처마 끝과 장식이 붙은 회색의 거친 돌로 만들어진 르네상스식 건물로, 지붕은 사드 식으로 되어 있었다.

두 사람은 고상한 취향이 넘치는 현관으로 통하는 돌층계를 올라갔다. 오른쪽에 두 갈래의 큰길을 향해 있는 큰 방의 창문이 가지런히 있었다.

번리가 입을 열었다.

"방 안이 조금 들여다보여서 내 취향에는 안 맞는데. 가구로 미루어 보아 응접실 같군. 그렇다면 현관으로 가는 동안에 방문객이 누군지 곧 알게 되겠는데."

"하지만 그 반대의 경우도 말할 수 있지 않겠나. 안주인은 누가 찾아왔는지 곧 알 테니 준비를 빨리 할 수 있는 셈이지."

현관문을 연 사람은 번지르르한 얼굴의 털구멍이란 털구멍에서는 품격과 예절이 스며나올 것 같은 전형적인 노집사였다. 르빠르쥬가 명함을 보이자 집사는 공손하게 말했다.

"보와라크 씨는 지금 집에 안 계십니다만. 아마 상피오네 거리의 공장에 계실 줄 압니다."

"고맙소."

르빠르쥬는 대답을 하고 용건을 말했다.

"보와라크 씨는 조금 전에 만났습니다. 우리는 당신을 만나려고 왔습니다."

집사는 현관 안쪽 홀의 뒤편에 있는 작은 방으로 두 사람을 안내했다.

"무슨 일로 오셨습니까?"

집사가 물었다.

"오늘 아침 신문에서 어떤 부인의 시체 신원 확인을 찾는 광고를 보셨습니까?"

"네, 보았습니다."

"가엾게도 그것은 이 댁 부인이었습니다."

프랑소아는 슬픈 듯이 머리를 끄덕였다.

"저도 역시 그렇지 않을까 하고 걱정하고 있었습니다."

그는 나직한 목소리로 말했다.

"보와라크 씨도 그 광고를 보고 조금 전에 경시청으로 오셔서, 유품은 부인 것이 틀림없다고 확인하셨습니다. 정말 비통한 사건입니다. 게다가 가엾게도 부인은 상당히 잔인한 방법으로 살해되었습니다. 그래서 보와라크 씨의 양해를 얻어 조사하러 온 것입니다."

노집사의 얼굴은 파랗게 질렸다.

"살해되었다고요?"

그는 겁에 질린 듯이 속삭였다.

"설마 그럴 수가……마님을 알고 있는 사람이라면 그런 짓을 할 리가 없습니다. 누구나 다 마님을 따르고 있었으니까요. 마님은 천사같이 상냥하신 분이었습니다."

노집사는 진실에 넘친 목소리로 말했으며 감정을 누르지 못하는 표정이었다.

"알겠습니다."

그는 한참 동안 잠자코 있다가 말을 이었다.

"범인을 잡는 데 도움이 된다면 어떠한 일이라도 기꺼이 협조하겠습니다. 하루 빨리 체포해 주십시오."

"우리도 빨리 그렇게 할 작정입니다, 프랑소아 씨. 아무튼 온 힘을 다 기울여 보겠습니다. 그러니까 물음에 대답해 주시기 바랍니다. 만찬회가 열렸던 3월 27일 토요일 밤, 보와라크 씨가 전화로 공장에 불려간 것을 당신은 기억하고 있겠지요? 아마도 9시 15분 전쯤이었을 텐데, 그 시간이 맞습니까?"

"네, 그렇습니다."

"보와라크 씨는 전화를 받고 바로 가셨습니까?"

"네, 곧 가셨습니다."

"그런 다음, 10시 반쯤 늦게 돌아가겠다는 전화를 걸었다는데, 그 시간은 어떻습니까?"

"좀더 빨랐던 것 같습니다만, 기억이 확실치 않습니다. 10시를 지났다 해도 얼마 되지 않았을 겁니다."

"대략 10시쯤이었다고 생각하시는군요. 그 전화로 보와라크 씨는 무슨 말을 하셨지요?"

"중대한 사고여서 집에 돌아갈 시간이 늦어질 것 같다, 어쩌면 아침까지 못 돌아갈지도 모른다고 말씀하셨습니다."

"그 말을 부인한테 전했겠지요? 그리고 손님들도 들었을까요?"

"예, 마님께서는 그 말을 큰소리로 되풀이하셨지요."

"그래서 모두 어떻게 했습니까?"

"그러고 나서 얼마 뒤, 11시인가 11시 반쯤에 손님들은 돌아가셨습니다."

"모두 말입니까?"

집사는 조금 망설였다.

"한 분, 훼릭스라는 분이 모두들 돌아가신 뒤에도 남아 있었지요. 그분은 가족같이 친하게 지내는 분이어서 다른 분들과는 입장이 달랐습니다. 다른 분들은 그냥 아는 정도였으니까요."

"그 사람은 손님들이 가신 뒤 언제까지 남아 있었지요?"

프랑소아는 딱한 듯한 표정을 보일 뿐 얼른 대답하지 않았다.

"그걸 저는 모르겠습니다."

그는 천천히 말을 해나갔다.

"그날 밤 저는 때마침 심하게 머리가 아파서 마님께서 병이 아니냐고 물으실 정도였습니다——그런 데에는 정말 눈치가 빠른 분이었지요——마님은 빨리 가서 쉬는 게 좋겠다면서, 나리가 돌아오시기를 기다릴 필요는 없다고 말씀하셨습니다. 그리고 또 마님은 훼릭스 씨가 책을 찾느라고 남아 계시지만, 혼자서 가실 거라고도 말씀하셨습니다."
"그래서 당신은 잤나요?"
"네, 그렇습니다. 마님께 고맙다는 말씀을 여쭙고 곧 잠자리로 들어갔지요."
"몇 시쯤이었소?"
"아마 30분쯤 뒤였다고 생각합니다."
"그때 훼릭스 씨는 돌아가셨던가요?"
"아닙니다. 아직 계셨습니다."
"그 뒤 어떻게 되었지요?"
"저는 잠이 들었는데, 1시간쯤 지나서 별안간 눈이 떠졌습니다. 조금 기분이 좋아졌으므로 저는 나리가 돌아오셨는지 문단속은 잘 되었는지 살펴보려고 생각했습니다. 제가 일어나서 현관 홀로 나가려고 계단까지 왔을 때, 현관문이 세게 닫히는 소리가 들렸습니다. 저는 나리가 돌아오셨나 보다고 생각했지요. 그런데 현관 홀에 발소리가 들리지 않는 거예요. 나는 이상스러워 곧 계단을 내려갔습니다."
"그러고는?"
"그런데 아무도 없었습니다. 저는 이방저방을 들여다보았습니다. 전등은 켜져 있는데 방마다 텅 비어 있었습니다. 저는 몹시 수상쩍게 여겨졌습니다. 그래서 마님의 잔심부름을 하고 있는 하녀 수잔느를 찾아갔더니, 그녀는 그때까지도 자지 않고 마님의 심부름을 하고 있었습니다. 제가 마님은 벌써 주무시느냐고 물었더니 아직 안 주무신다고 말하더군요. '하지만,' 하고 저는 말했습니다. '아래층에는 안 계시니 방에 계시는지 빨리 가서 보고 오너라' 하고 말했습니다.

그러나 그녀는 곧 몹시 놀란 표정으로 되돌아와서는 방은 텅 비어 있으며 마님의 털가죽 코트와 산책용 구두가 한 켤레 없어졌다고 말했습니다. 그날 밤 신으셨던 야회용 구두가 바닥 위에 벗겨져 있는데, 마님이 산책용 구두와 갈아신은 것 같다는 것이었습니다. 저도 위층으로 올라가 둘이서 여기저기를 찾고 있는데, 현관문의 쇠고리 소리가 들려왔습니다. 저는 아래로 내려갔습니다. 나리가 마침 들어오시는 참으로, 저는 외투와 모자를 받으면서 조금 전에 문 닫히는 소리가 들렸다고 이야기했습니다. 마님은 어디 계시느냐고 물으시기에 저는 모른다고 말씀드렸지요. 나리는 직접 찾으시는 모양이었는데, 서재에서 마님이 쓰신 것 같은 편지를 발견하셨습니다. 그 편지를 보고 나서 나리는 아무 말도 묻지 않으시고, 스위스에 있는 마님의 친정 어머니가 편찮으셔서 거기 가셨다고 말씀하셨지요. 그러나 이틀 뒤 수잔느를 해고했을 때, 저는 마님이 이젠 안 돌아오신다는 것을 알았습니다."

"보와라크 씨가 돌아온 것은 몇 시쯤이었소?"

"1시쯤이었습니다. 조금 지났을는지도 모릅니다만."

"그의 모자와 외투는 젖었던가요?"

"그렇게 많이 젖지는 않았었지만 빗속을 걸어오신 것만은 확실했습니다."

"그밖에 뭔가 없어진 것이 있는지 찾아보지 않았소?"

"네, 찾아보았습니다. 수잔느와 둘이서 일요일에도 온 집 안을 다 찾아보았지요."

"뭔가 발견되었소?"

"아니오."

"집 안 어딘가에 시체를 숨겨 둘 만한 곳은 없을까요?"

집사는 이 뜻밖의 질문에 놀라서 눈을 휘둥그렇게 떴다.

"천만의 말씀입니다. 그런 것은 절대로 불가능합니다. 제가 직접 여러 곳을 찾아보았으며, 그런 것이 들어갈 만큼 넓은 곳은 모두 열어 보았으니까요."

"정말 고맙소. 내가 알고 싶었던 것은 대략 이것으로 끝입니다. 수잔느에게는 어떻게 연락할 방법이 없을까요?"

"친했던 하녀한테 물어 보면 수잔느의 주소를 알 수 있을 테지요."

"부탁드립니다. 그동안 우리는 잠깐 집 안을 돌아보겠소."

"저는 이제 가도 되겠습니까?"

"네, 좋습니다."

아래층 방의 구조는 간단했다. 길쭉한 홀이 성 장 거리를 향한 입구에서부터 계단까지 아르마 거리와 나란히 쭉 뻗어 있었다. 두 갈래의 큰길 사이에 끼어져 있는 커다란 응접실은, 두 갈래의 큰길을 내려다볼 수 있도록 창문이 달려 있었다. 홀을 가로지르자 응접실 문을 향해 서재 입구가 있었다. 이것도 성 장 거리 쪽을 향한 훌륭한 서재였다. 피살된 보와라크 부인이 쓰고 있던 작은 거실과 그리고 식당은 이 서재와 객실의 뒤쪽에 있었다. 이러한 방의 문 안쪽에 계단과 하인 방이 있었다.

그들은 이 방들을 하나하나 세밀히 조사했다. 가구는 모두가 사치스럽고 고상했다. 응접실의 가구와 조각품은 루이 14세 시대의 것으로 오비손 직물인 융단이 깔려 있었으며, 몇 개의 장식장과 금속을 박은 테이블이 놓여져 있었다. 고급 도자기와 진기한 물건이 여러 가지 있었는데, 그 선택에서부터 진열해 놓은 솜씨까지 수집가의 고상한 취미를 보여 주고 있었다. 또한 식당과 부인의 거실도 역시 재산과 교양의 높이를 짐작케 했다. 차례차례로 방을 돌아보고 다니던 형사들은 어느 방에서나 우아한 취미가 배어 있는 것에 감탄했다. 구석구석까지 살펴보았으나 유감스럽게도 어떤 단서도 눈에 띄지 않았다.

서재는 꼭 한 가지 점을 빼고는 전형적인 남자의 방이었다. 바닥에는 보통 융단을 깔았으며 벽에는 책꽂이가 늘어서 있고, 창가에는 금속을 박은 책상과 인조가죽을 씌운 큰 안락의자가 놓여 있었다. 그런데 그 방에는 대리석과 청동으로 만든 입상과 군상, 그리고 프리즈와 브라크(장식판)와 릴리프(浮彫) 등 조각 수집품이 진열되어 있었다. 훌륭하고 값진 물건들이 방 안 가득히 진열되어 있어, 웬만한 작은 도시의 미술관은 미처 따라오지 못할 정도였다. 보와라크 씨가 그의 취미를 마음껏 즐길 만한 지식과 방법을 가지고 있다는 것은 이것으로 분명했다.

번리는 문 안쪽에 서서 방 안을 천천히 둘러보았다. 뭔가 단서가 될 만한 것은 없을까 하는 실낱 같은 기대를 품고 구석에서 구석까지 살펴보았으나 아무것도 없었다. 그는 눈앞에 있는 여러 가지 물건을 이때까지 훈련해 온 면밀하고 조직적인 방법으로 두 번 되풀이하여 관찰하고는, 그 하나하나를 머릿속에 넣어 세밀하게 확인하면서 다음 것으로 옮겨갔다. 그러다가 그의 눈길은 장 위에 얹혀 있는 하나의 물건에 못박혔다.

그것은 높이가 60cm쯤 되는 흰 대리석 군상으로, 화환을 쓴 세 여자 가운데 두 사람은 서 있고 한 사람은 앉아 있는 모습이었다.

"여보게."

번리가 조금 으스대는 말투로 르빠르쥬에게 말을 걸었다.

"최근에 저것과 비슷한 물건에 대해 뭔가 들은 기억은 없나?"

대답이 없었다. 그때까지 동료를 보지 않고 있던 번리는 사방을 두리번거렸다. 르빠르쥬는 무릎을 꿇고 융단의 털 속에 숨겨진 뭔가를 확대경으로 조사하고 있는 참이었다. 그는 그것에 열중하여 번리의 말이 귀에 들어오지 않았는지, 번리가 다가가자 뽐내듯이 빙그레 웃으며 일어섰다.

"보게나."

르빠르쥬가 소리쳤다.

"이걸 보란 말일세."

르빠르쥬는 문 쪽의 옆벽으로 뒷걸음질쳐서, 몸을 굽혀 머리를 바닥에 가까이 하고 자기와 창문 사이의 융단의 한 곳을 뚫어지게 보았다.

"뭔가 보이나?"

르빠르쥬가 물었다.

번리는 르빠르쥬처럼 똑같이 몸을 굽혀 융단을 들여다보았다.

"아니, 아무것도 보이지 않는데."

"거긴 너무 가까워. 여기 와서, 자, 이걸 보게."

"앗!"

흥분한 말투로 번리가 소리쳤다.

"이건 통이다!"

융단 위 햇빛이 비치는 곳에 희미하게 지름 70cm 정도의 자국이 남아 있었다. 융단의 털은 다른 표면에 비해서 조금 아래로 눌려져, 무거운 물건을 놓았던 흔적이 뚜렷했다.

르빠르쥬가 말했다.

"나도 그렇게 생각하네. 이것으로 보면 똑똑하게 알 수가 있지."

그는 확대경을 내밀며 자기가 아까부터 조사했던 바닥을 가리켰다.

번리는 무릎을 꿇고 그 확대경으로 털 사이를 헤쳤다. 거기에는 이상한 먼지가 잔뜩 끼어 있었다. 그는 그것을 조금 집어 손바닥에 놓고 살펴보더니 큰소리로 말했다.

"톱밥이다!"

"맞았네, 톱밥이야."

르빠르쥬가 기쁜 듯이 자랑스러운 말투로 대답했다.

"보게나."

르빠르쥬는 바닥 위에 원을 그려 놓고 계속 말을 이어 나갔다.

"이 언저리에 톱밥이 흩어져 있고 그 옆에 통이 놓였던 자국이 있네. 이보게, 번리. 겨우 알았네. 훼릭스와 보와라크 두 사람이 공모했는지는 모르겠지만, 그 시체를 넣을 때 통을 세워 둔 장소는 바로 여기야."

"제기랄."

번리는 또다시 소리쳤다. 그러고는 이 생각을 머릿속에서 정리하며 말했다.

"자네 말이 맞을지도 몰라!"

"물론, 그게 틀림없네. 사태는 이제 명확해졌어. 한 부인이 행방불명되어 그 시체가 톱밥과 함께 통에 담겨져 발견되었다. 그런데 하녀가 자취를 감춘 그 집에 그것과 똑같은 통——아주 별난 모양이지만——의 자국과 톱밥까지 남아 있다."

"음, 수긍할 수 있는 이야기군. 하지만 나는 왠지 아직 납득이 가지 않는 점이 있네. 비록 훼릭스가 한 짓이라 할지라도 어떻게 그는 통을 이리로 가지고 왔으며, 또 운반해 갔을까?"

"보와라크라고는 생각되지 않나?"

"하지만 알리바이는? 보와라크의 알리바이는 완전하거든."

"그가 말한 대로라면 완벽하겠지. 하지만 어떻게 그것을 진실이라고 믿을 수 있겠나? 우리는 아직 그것이 절대로 틀림없다는 확증을 가지고 있지는 않네."

"프랑소아의 증언 외에는 확실히 그렇군. 만일 훼릭스나 보와라크 그 어느 쪽이 했다고 하면, 프랑소아도 거기에 끼어든 것이 틀림없겠지. 그러나 나는 어쩐지 그렇게는 생각되지 않네."
"물론이지. 나도 그 노인이 거짓말을 했다고는 생각지 않아. 하지만 그들이 한 짓이 아니라면, 통이 여기 있었다는 것을 어떻게 설명하겠나?"
"저것과 뭔가 관계가 있는지도 모르겠네."
번리가 대리석의 군상을 가리키자 르빠르쥬가 깜짝 놀란 표정을 지었다.
"저건 훼릭스한테 발송된 물건이 아닌가?"
"비슷하기는 하지만, 잠깐 기다리게. 프랑소아가 왔으니 그에게 물어 보세."
늙은 집사는 한 장의 종이쪽지를 가지고 방으로 들어와서 그것을 르빠르쥬에게 건네 주었다.
"수잔느의 주소입니다."
르빠르쥬가 그것을 읽었다.

디죤, 14B 포포 거리
마드모아젤 수잔느 도데

"이봐요, 프랑소아 씨."
르빠르쥬가 대리석 군상을 가리키면서 물었다.
"저건 언제 여기로 왔지요?"
"아주 최근입니다. 아시다시피 나리는 저런 물건을 모으는 수집가이시지요. 저건 아마도 새로 구하신 물건일 겁니다."
"저것이 도착한 날을 정확하게 기억하고 있소?"

"아마 만찬회가 있었던 날이 아닌가 생각됩니다. 아니, 방금 똑똑하게 생각이 났습니다. 바로 그날이었습니다."
"어떤 포장으로?"
"통에 들어 있었습니다. 나리께서 직접 여시게끔 제가 통의 윗뚜껑만 떼어내어 그 토요일 아침에 이 방으로 옮겨왔습니다. 언제나 통은 손수 여시고 다른 사람에게는 맡기지 않으셨거든요."
"그런 통은 자주 옵니까?"
"네, 조각품은 대개 통에 넣어져서 옵니다."
"과연, 그런데 그 통을 연 것은 언제였소?"
"이틀 뒤인 월요일 밤이었습니다.
"그리고 그 통은 어떻게 했소?"
"가게에 돌려주었습니다. 그 가게의 짐마차가 2, 3일 뒤 가지러 왔었지요."
"며칠인지 뚜렷이 기억하고 있소?"
집사는 잠깐 생각하고 있었다.
"생각이 나지 않습니다. 수요일이나 목요일이었다고 생각되지만 자신이 없습니다."
"고맙소, 프랑소아 씨. 또 하나 특별한 부탁이 있는데, 부인의 필적 견본을 얻을 수 없겠소?"
프랑소아는 머리를 저었다.
"저는 그런 것은 안 가지고 있습니다. 하지만 마님의 책상을 보여드리겠으니 웬만하면 직접 찾아보시지요."
세 사람은 부인의 거실로 들어갔다. 프랑소아가 자그마한 책상을 가리켰다. 책상은 우아하게 조각한 금속이 박힌 미끈한 널빤지로 만들어져 훌륭한 목공예 작품이라고 해도 좋을 만큼 훌륭했다. 르빠르쥬는 그 책상 앞에 앉아서 그 속의 서류를 찾기 시작했다.

"우리보다 먼저 서랍을 연 사람이 있군. 거의 아무것도 남아 있지 않아."

르빠르쥬는 오래된 영수증과 팜플렛 따위와 그다지 도움이 되지 않는 편지와 인쇄물을 꺼냈는데, 부인의 필적 같은 것은 하나도 눈에 띄지 않았다.

"잠깐 기다려 주십시오. 바라시는 물건을 드리게 될지도 모르겠습니다."

느닷없이 프랑소아가 소리쳤다.

"이겁니다."

그는 잠시 뒤에 되돌아와서 말했다.

"이건 도움이 될 것 같습니다. 하인들 방에다 액자에 넣어서 걸어 두었던 거지요."

그것은 하인들이 저마다 해야 될 일과 근무 시간표 등 주의 사항을 쓴 것으로, 형사들의 기억에 의하면 그것은 예의 보와라크 씨 앞으로 쓴 작별 편지와 같은 필적으로 씌어져 있었다. 르빠르쥬는 조심스럽게 그것을 수첩 사이에 끼웠다.

"이번에는 부인의 침실로 가 보세."

그들은 부인의 침실을 조사하고 특히 오래된 편지 같은 것을 찾았으나 눈에 띄지 않았다. 그런 다음 경관들은 다른 하인들을 만나 보았지만, 이것도 결과는 헛일이었다.

"다음으로 가르쳐 주어야 할 일은,"

르빠르쥬가 늙은 집사에게 말했다.

"그 만찬회 때의 손님들 이름인데, 적어도 그 가운데 몇 사람의 이름을 말해 주어야겠소."

"모두 가르쳐 드릴 수 있습니다."

프랑소아가 대답하자 르빠르쥬는 수첩에 이름을 적었다.

"보와라크 씨는 몇 시쯤 돌아오시나?"

르빠르쥬의 물음이 끝나자 번리가 물었다.

"여느 때에는 지금쯤이면 돌아오십니다. 대개 6시 반까지는 돌아오시니까요."

거의 7시가 가까워져 두 사람이 기다리고 있는데 현관의 문고리 소리가 들렸다.

"아아, 여러분."

그는 인사를 했다.

"벌써 오셨군요. 어땠습니까?"

"전혀 알아낸 게 없습니다, 보와라크 씨."

르빠르쥬는 대답하고 나서 잠시 뒤에 말했다.

"한 가지 묻고 싶은 일이 있습니다만, 이 군상 말입니다."

"무슨 말씀이신지?"

"이걸 사셨을 때 상황과 여기에 도착한 날에 대해서 말씀해 주시지 않겠습니까?"

"알겠습니다. 이미 알고 계실 줄 압니다만, 나는 이러한 미술품을 모으고 있습니다. 며칠 전의 일인데 카피슈느 거리의 듀피엘 상회 앞을 지나가다가 저 군상이 눈에 띄어 몹시 감탄했습니다. 잠깐 망설이다가 결국 그것을 주문했더니, 집으로 보내왔더군요. 그 날이 만찬회 날이었는지 아니면 그 전날이었는지——아무튼 뚜렷이 기억하고 있지는 않습니다만, 나는 군상 조각이 들어 있는 통을 서재로 나르게 하여 직접 열 작정이었습니다. 나는 언제나 새로 산 물건의 짐을 푸는 것을 취미로 삼고 있습니다. 그러나 그 사건이 일어난 뒤 나는 마음이 뒤숭숭해서 통을 열어 보고 싶지 않았습니다. 그런데 다음 월요일 밤, 기분 전환을 하려고 통 뚜껑을 열었습니다. 그 결과가 저기 있는 조각입니다."

"묻겠습니다만,"

번리가 입을 열었다.

"훼릭스 씨도 이런 것에 대해 흥미를 가지고 있었습니까?"

"네, 그렇습니다. 그는 화가여서 그림이 전문이었으나, 조각에 대해서도 일가견을 가지고 있었습니다."

"그는 특히 저 군상에 흥미를 가지고 있지는 않았습니까?"

"글쎄요, 그건 나로서는 뭐라고 말할 수 없군요. 나는 이 조각에 대해 그에게 여러 가지로 설명을 했지만, 내가 알고 있는 한 그는 아직 실물을 보지 못했을 겁니다."

"가격을 이야기했습니까?"

"네, 천 4백 프랑이라고 말했습니다. 그것을 특별히 그가 물었기 때문이지요. 그리고 산 가게의 이름도 말했습니다. 그때 그는 지금은 여유가 없지만 머지않아 어떻게든 다른 것을 사고 싶다고 말했습니다."

"이제, 묻고 싶은 것은 더 이상 없습니다. 고맙습니다, 보와라크 씨."

"안녕히 주무십시오."

그들은 인사를 하고 밖으로 나왔다. 그리고 거리 끝까지 걸어가서 지하철로 콩코르드까지 갔다. 거기서 카스티리오느 거리를 지나 그란 거리에서 식사를 했다. 그곳에서 두 형사는 본청으로 돌아갈 시간이 될 때까지 이야기를 주고받았다.

어려움에 맞닥뜨린 번리 경감

그날 밤 9시부터 여느 때처럼 회합이 본청 총감실에서 열렸다. 번리와 르빠르쥬로부터 각각 보고를 듣고 난 쇼베 총감은 말했다.

"이쪽에도 뉴스가 조금 들어와 있네. 그 펌프 공장으로 사람을 보내 조사해 보았더니, 보와라크 씨가 사고가 있었던 날 밤 공장에 도착한 시간이나 거기를 떠난 시간도 정확히 그의 진술과 일치한다는 것이 밝혀졌네. 그리고 런던 경시청에서도 전보가 와 있네. 번리 경감의 전보를 받자 그쪽에서도 당장 아불을 거쳐 사우댐프턴으로 보내진 통에 대해 조사를 한 모양인데, 그 통은 여기서 발송된 이튿날 아침에 틀림없이 워타르 역에 도착했다네.

그건 자네들도 알고 있듯이 터튼엄 코트 로드 근처의 어느 곳으로 되어 있어서, 철도 쪽에서는 여느 때처럼 트럭으로 그것을 배달할 예정이었지. 그런데 그 통을 화물 열차에서 내리고 있을 때 한 사나이가 와서 자기가 이 통의 수취인이라며, 사실은 다른 곳으로 나르기 위해 짐마차를 여기에 갖고 왔으니 통을 건네 달라고 우겼다는 걸세. 그 사나이는 보통 키에 검은 머리와 턱수염을 길렀는데, 담당 직원은 외국인으로 아마 프랑스 사람인 것 같다고 하네.

그는 훼릭스라는 이름을 대고, 그 증명으로 터튼엄 코트 로드의 자기 이름으로 된 봉투를 몇 개인가 꺼내어 보였다는군. 그리고는 영수증에 서명하고 통을 인수하여 곧 운반해 갔다지 뭔가. 그 뒤의 그의 행동은 전혀 알 수 없고 행적도 짐작할 수 없는 모양이야. 훼릭스의 사진을 워타르 역 사람들에게 보였더니 틀림없이 그 사나이를 닮기는 했으나, 꼭 그라고 단정한 사람은 없었다네.

훼릭스에 대한 조사도 했지. 거기에 따르면 그는 프리트 거리의 광고 포스터 회사인 그리아 앤드 훗드 상사의 화가인가 도안가인 것으로 밝혀졌다네. 그는 아직 결혼하지 않았으며 중년의 가정부 겸 하녀를 두고 있는데, 그녀는 3월 25일부터 이달 8일까지 2주일의 휴가를 얻었다는군. 런던으로부터 정보는 이것뿐이네."

쇼베 총감은 다시 계속했다.

"그런데 이제부터 우리가 해야 할 일이 무엇인가를 생각해 보세.

우선 디종에 있는 부인의 하녀를 만나는 일이 첫 번째이겠지? 이건 르빠르쥬 자네가 좋겠어. 내일은 일요일이지만 내일 가는 것이 어떨까. 내일 밤은 디종에서 머물고, 월요일 아침 되도록 빨리 돌아와 주게. 그리고 번리, 자네는 보와라크 씨에게 보내진 조각품에 대해서 조사해 주게. 일요일 아침 듀피엘 상회에서 조사해 보면 충분할 테니, 결과를 나한테 전화로 알려 주게. 나는 그동안 다른 문제점을 검토해 두겠네. 그럼 자네들과는 월요일 밤 같은 시간에 여기서 만나기로 하세."

두 사람은 샤트레에서 지하철을 탔다. 번리는 카스티리요느 거리의 호텔로 가기 위해 서쪽으로, 르빠르쥬는 리용 역으로 가기 때문에 동쪽으로 향했다.

월요일 아침, 번리는 토마 씨를 만나기 위해 카피슈느 거리에 있는 쇼룸을 방문했다.

"또 실례합니다, 토마 씨."

인사를 나눈 다음 그는 산 라잘 역에서 조사한 결과 알게 된 두 개의 통 이야기를 하고 나서 계속했다.

"그런 까닭으로 통은 두 개가 발송된 것이 틀림없습니다. 그래서 이번에는 두 번째 통의 발송에 대해서 가르쳐 주셨으면 합니다만."

"그런 일은 절대로 없었습니다."

사건의 새로운 전개에 깜짝 놀란 토마 씨는 말했다.

"우리들은 한 개밖에 보내지 않았습니다. 이건 확실합니다."

"훼릭스 씨의 주문을 실수로 이쪽과 본점 두 군데에서 다루지는 않았을까요?"

"그렇게는 생각되지 않습니다. 왜냐하면 본점에는 일체 그러한 고급품은 놓아 두지 않거든요. 관리도 판매도 모두 이쪽에서 하고 있습니다. 하지만 뭣하면 본점에 전화를 걸어서 확인해 볼까요?"

잠시 뒤 본점의 테브네 씨로부터 회답이 있었다. 지정된 그 날을 앞뒤로 해서 어떤 종류의 통도 프로방스의 본점에서는 발송된 사실이 없으며, 또한 훼릭스라는 사람 앞으로 물건을 보낸 일은 한 번도 없다는 것이었다.

"하지만 토마 씨, 댁의 통 하나가 이달 1일에 루앙 항구를 거쳐 발송된 것은 사실입니다. 그날 댁의 안뜰에서 발송된 같은 모양의 통의 일람표를 보여 주지 않겠습니까? 그 가운데 하나가 틀림없습니다."

"네, 저도 그렇게 생각합니다. 보여 드리겠습니다만, 조금 시간이 걸릴 겁니다."

"수고를 끼쳐 드려 죄송하지만 그밖에는 별도리가 없군요. 통을 하나하나 조사해 가다 보면 그 통이 발견될 것이 틀림없습니다."

토마 씨는 곧 조사시킬 것을 약속했다. 번리는 또 계속 이야기했다.

"또 하나 묻겠는데, 아르마 거리의 보와라크 씨와 댁의 관계에 대해서——특히 최근 그분에게 판 물건에 대해서 이야기해 주시지 않겠습니까?"

"보와라크 씨 말입니까? 알겠습니다. 그분은 저희들의 아주 좋은 단골이며 대단한 미술 애호가이십니다. 제가 이 가게 지배인으로 지낸 6년 동안 3, 4만 프랑어치는 사셨을 겁니다. 한 달이나 두 달에 한 번씩은 꼭 들러서 한 바퀴 돌아보시고는 참으로 좋은 작품을 고르십니다. 저희들은 뭔가 새 작품이 들어오면 언제나 안내를 해 드리는데, 대부분 사십니다. 최근에 판 물건은……."

토마 씨는 서류를 뒤졌다.

"정말 신기한 일입니다만, 훼릭스 씨가 주문하신 작품의 자매품이었습니다. 그것은 여자 셋이 있는 대리석 군상인데, 두 여자는 서 있고 한 여자는 앉아 있는 작품이었습니다. 3월 25일에 주문해서 27일에 배달되었습니다."

"통에 넣어서 보냈습니까?"

"그렇습니다. 저희들은 언제나 똑같은 포장을 하지요."

"그 통은 이곳으로 돌아왔습니까?"

토마 씨는 사무원을 불러 다른 서류를 가져오라고 말했다.

"돌아와 있습니다."

그 서류를 보고 그는 말을 이었다.

"지난달 27일에 보와라크 씨에게 보낸 통은 이달 1일에 돌아와 있습니다."

"또 하나 묻겠는데요, 토마 씨. 훼릭스 씨에게 보낸 군상과 보와라크 씨에게 보낸 자매품의 구별은 어떻게 합니까?"

"아주 간단합니다. 양쪽 다 세 사람의 여성상으로, 훼릭스 씨의 것은 두 사람이 앉아 있고 한 사람이 서 있는데, 보와라크 씨의 것은 두 사람이 서 있고 한 사람이 앉아 있습니다."

"여러 가지로 고맙습니다. 그것만으로 충분합니다."

"천만에요. 통의 일람표는 어디로 보내면 되겠습니까?"

"경시청으로 보내 주십시오."

그리고 인사를 나눈 뒤 두 사람은 헤어졌다.

토마 씨한테서 들은 정보는 번리의 머리를 헷갈리게 함과 동시에 조금 실망시켰다. 보와라크 씨의 서재에서 최근에 톱밥이 들어 있는 통이 열렸다고 하는 르빠르쥬의 발견은 그때는 그의 생각에 수긍할 수 없었으나, 사실 번리는 강한 영향을 받고 있었다.

훼릭스냐 보와라크냐, 아니면 두 사람이 공모하여 시체를 통에 넣었다는 친구의 의견은 생각하면 생각할수록 사실인 것처럼 여겨졌다. 그러나 그 이론에도 어느 정도 무리스러운 점이 있었다.

첫째, 그가 르빠르쥬에게 지적했듯이 프랑소아라는 인물이 있다. 프랑소아의 결백은 자기의 얼굴을 내걸고 단언해도 좋다고 번리는 생각하고 있는데, 이 프랑소아의 협력없이 그 살인이 이루어질 수 있다고는 도저히 생각할 수 없었다. 그렇다면 부인의 죽음을 바라는 동기는 그 두 사나이 가운데 어느 쪽에 있을 수 있을까? 이러한 여러 가지 어려운 점을 그는 예상하고는 있었으나, 그것을 해결할 방법이 없다고는 생각하지 않았었다. 이러한 어려움이 있기는 해도 우리들의 수사 방침에 어긋남은 없으리라고 그는 생각했다.

그런데 이제 그러한 희망은 모두 꺾이고 말았다. 통의 존재에 대한 보와라크 씨의 설명은 완전할 뿐만 아니라, 더욱이 그것은 프랑소아에 의해 사실로 확인된 것이다. 또한 결정적인 것은 아니지만 토마 씨도 그 사실을 뒷받침하고 있다. 이제 그것이 사실이라는 증거는 압도적이라고 번리는 생각했다.

이렇게 생각해 본다면 그 시체는 보와라크의 통에 넣어진 것이 아니었다. 왜냐하면 통은 보와라크 씨 집에서 직접 쇼룸으로 반송되었기 때문이다. 유감스럽지만 르빠르쥬의 추리는 원점으로 돌아갈 수밖에 없다고 번리는 생각했다. 게다가 더욱 곤란한 것은 그것을 대신할 만한 가설이 없다는 일이었다.

이때 다른 생각이 문득 번리의 머리에 떠올랐다. 만일 훼릭스가 그 운명적인 밤에 호텔로 돌아온 시간이나 그때의 상황을 알 수만 있다면, 이때까지 들은 그의 진실의 어떤 부분을 확인하거나 논박할 수 있을지도 모른다. 번리는 경시청으로 전화를 걸어 볼일이 없는가를 확인한 다음 다시 콘티넨탈 호텔로 찾아가 지배인을 만났다.

"또 수고를 끼치러 왔습니다."

번리는 지배인을 만나자 말을 꺼냈다.

"잠깐 물어 볼 일이 있어서……."

"저로서 할 수 있는 일이라면 기꺼이 도와 드리겠습니다."

"2주일 전 토요일, 즉 3월 27일 밤 훼릭스 씨가 몇 시쯤 호텔로 돌아왔는지, 그리고 그때 모습이 어땠는지, 그런 점에 대해서 묻고 싶은데요."

"알아보겠습니다. 잠깐 실례……."

지배인은 한참 동안 다른 곳으로 갔다가 30분 뒤에 돌아오더니 머리를 흔들었다.

"아무래도 확실하지가 않습니다. 알 만한 사람에겐 모두 물어 보았습니다만 아무도 모르겠다고 하는군요. 그날 밤 12시까지 당번으로 있었던 종업원 한 사람은 12시 전에는 훼릭스 씨가 돌아오지 않았다고 합니다. 그 종업원은 믿을 만한 사람이니까 그의 말은 정확하다고 생각해도 됩니다. 그와 교대한 종업원은 지금 비번이고, 또 그날 밤에 근무했던 야간 엘리베이터 보이도, 훼릭스 씨의 방을 담당했던 메이드도 공교롭게 지금 모두 비번이어서 나중에 물어 보아 그 결과를 알려 드리겠습니다. 그래도 되겠습니까?"

"좋습니다."

인사를 하고 번리는 호텔을 나왔다.

그는 르빠르쥬가 없는 것을 몹시 서운하게 생각하면서 혼자 점심 식사를 했다. 그런 뒤 다시 경시청으로 전화를 걸어 보았다. 그러자 쇼베 총감이 그에게 할 이야기가 있어 기다리고 있다면서 곧 총감실로 전화를 연결해 주었다. 목소리가 멀리서 들려왔다.

"런던에서 또 전보가 왔는데 말이네. 통이 한 개 지난 주 목요일 4월 1일에 채링 크로스 역에서 도버~칼레 경유의 화물 열차편으로 파리로 발송되어 와 있다는 걸세. 발송한 사람은 레이몬드 루메털, 수취인은 작크 도 베르빌이라는군. 자네가 곧 북 정거장으로 가서 조사해 주게."

'도대체 몇 개의 통과 부딪치게 되는 건가?' 납득이 가지 않는 기분으로 번리는 역 쪽으로 차를 몰았다. 택시가 붐비는 큰길을 누비듯 빠져나가는 동안 그는 자기가 지금, 완전히 막다른 골목에 몰려 있다는 것을 깨달았다. 이제까지 손에 넣은 정보는——분명 많기는 했으나——관련성이 아주 적으며, 새로운 증거도 서로 엇갈리지는 않았지만 더욱 혼란을 일으켜 한층 더 해결을 곤란케 하고 있다는 생각을 했다. 영국에 있을 때 훼릭스는 결백하다고 믿었었는데, 지금 그는 그 결론에 의문을 품기 시작했다.

수하물계에 보일 르빠르쥬의 명함을 가지고 있지 않았는데도 다행히 상대방이 지난번 프랑스 형사와 같이 왔던 그를 기억해 주었다.

"네."

번리가 서투른 프랑스 말로 이야기하자 담당 직원은 말했다.

"그 통이라면 기억하고 있습니다."

그는 몇 가지 서류를 살펴보더니 입을 열었다.

"이것입니다. 그 통은 이달 1일, 즉 지난 주 목요일 오후 5시 45분 칼레 출발의 임시 열차로 도착했습니다. 체링 크로스에서 작크 도 베르빌 씨 앞으로 왔는데, 인수해 갈 때까지 역에 두기로 되어 있었습니다. 그런데 곧 본인이 와서 갖고 온 짐마차에 실어 가지고 갔습니다."

"도 베르빌 씨란 어떤 사람이었나요?"

"검은 턱수염을 기른 중키의 거무스름한 사람이었습니다. 특별히 관심을 가지고 보지는 않았습니다."

번리는 런던에서 보내온 훼릭스의 사진을 꺼냈다.

"이 사나이가 아니었던가요?"

그는 사진을 건네 주면서 물었다.

담당 직원은 찬찬히 그 사진을 살펴보더니 망설이면서 대답했다.

"뭐라고 말할 수 없군요. 분명히 닮은 것 같기는 합니다만, 확실하지는 않습니다. 아무튼 꼭 한 번 보았을 뿐이며, 그것도 10일 전의 일이니……."
"그렇겠지요. 당신이 똑똑하게 기억하지 못하는 것도 무리는 아닐 거요. 또 하나 묻겠는데, 그 사나이가 통을 가지고 간 것은 몇 시쯤이었지요?"
"그건 기억하고 있습니다. 왜냐하면 저는 5시 15분부터 비번이 시작되는데, 그 통을 건네 주느라고 5분을 기다렸기 때문입니다. 그 사나이가 돌아간 것은 꼭 5시 20분이었습니다."
"그 통에 대해 특별히 관심이 끌린 것은 없었나요? 다른 통에 비해서 다르다든가 어떤……."
"사실은 두 가지가 있었습니다. 하나는 그 통이 아주 고급으로 단단하게 만들어져 있었으며, 이때까지 보지 못한 두툼한 쇠테가 둘러져 있었습니다. 둘째는 몹시 무거웠습니다. 여기서 도 베르빌 씨가 가지고 온 짐마차까지 나르는 데 인부가 두 사람이나 필요했으니까요."
"꼬리표 말고 뭔가 글자가 눈에 띄지 않았나요?"
"있었습니다. '반송을 바람'이라고 프랑스, 영국, 독일 3개 국어로 씌어져 있었고 그밖에도 파리의 회사 이름이 씌어져 있었습니다."
"그 이름을 생각해 낼 수 있소?"
담당 직원은 한참 동안 생각하고 있었다.
"생각나지 않습니다. 유감스럽습니다만 전혀 기억이 나지 않는군요."
"그 이름을 들어도 생각이 나지 않겠소? 가령 구르네르 조각 제조업, 듀피엘 상회라는 이름은 아니었던가요?"
담당 직원은 또 망설였다.

"그런 것 같기도 합니다만, 확실하게 그렇다는 자신은 할 수 없습니다."

"아무튼 여러 가지 대답해 주어서 고맙소. 또 하나만 더 묻겠는데, 그 통에는 무엇이 들어 있었지요?"

"운송장에는 '조각품'이라고 쐬어져 있었습니다. 물론 여는 것을 보지 않았으니 쐬어진 대로인지 어떤지는 모르겠습니다."

번리는 그 젊은이에게 고맙다는 말을 하고 정거장을 나왔다. 분명히 이 통은 그가 런던 경시청으로 가지고 간 통과 같은 것은 아니었다 치더라도 모양만은 같은 통인 듯했다. 물론 그것이 듀피엘 상회의 통 가운데 하나라고 하더라도——아직 그것은 확인되지 않았지만———이런 통은 어디에나 흔히 있는 것이므로, 그 통이 그가 찾고 있는 통이라고 잘라 말할 수는 없을 것이다. 여러 가지 상황으로 판단해 보건대, 이 새로운 사실의 전개가 그의 어려움을 풀어 줄 것 같지는 않았다.

그는 라파이에트 거리를 천천히 걸어 호텔로 돌아오면서 지금까지 알아낸 여러 가지 사실을 전체적으로 관련성 있게 종합하려고 애썼다. 그는 튈르리 공원으로 발길을 돌려 조용한 나무 그늘을 찾아 이 문제를 생각하기 위해서 앉았다.

먼저 통의 괴상한 운반 경로에 대해서이다. 그는 이 세 개의 통에 대해서 생각해 보았다. 첫째는 그 만찬회가 있은 뒤인 화요일 밤, 듀피엘 상회에서 발송된 통이다. 이것은 아불~사우댐프턴 경유로 런던에 반송되어 이튿날 아침 워타르 역에서 훼릭스와 비슷한 검은 수염의 사나이가 받아 갔다. 그 통은 훼릭스 앞으로 되어 있으며 내용물은 조각품이었다. 둘째는 그 이틀 뒤, 즉 목요일 밤 파리에서 발송되어 루앙 항로 경유로 운송된 통으로, 그것을 센트 캐더린 부두에서 훼릭스 씨가 받아 간 것은 의심할 나위가 없다. 이 제2호 통에 아네트 보와라크 부인의 시체가 들어 있었다. 그리고 끝으로 그가 제3호라고 부르는 통인데, 이것은 같은 목요일에 런던에서 파리로 발송되어 북 정거장에 도착하자 자크 도 베르빌이라는 사나이에게 인도되었다. 이 통도 다른 두 개의 통과 마찬가지로 '조각품'이라는 꼬리표가 붙어 있었지만 내용물이 과연 그것이었는지는 물론 모른다.

경감은 그 독한 여송연에 불을 붙여 천천히 그것을 피우면서 이러한 세 개의 통이 운반된 경로에 대해 여러 모로 생각해 보았다. 이 세 개의 통 사이에는 어떤 관계가 있을 것으로만 생각되었다. 하기야 맨처음에는 그러한 관련성을 생각하지도 않았지만. 그때 문득 그의 머리를 스친 생각은 만약 이 통들을 발견된 순서가 아니라, 발송된 날짜와 시간의 순서를 더듬어 가면 해결의 광명을 얻게 되지 않을까 하는 것이었다.

그는 원점으로 되돌아가서 다시 생각해 보았다. 처음에 운반된 것은 화요일 밤 파리를 떠나 아불~사우댐프턴 경유로 런던에 도착한 통으로, 수요일 아침 워타르에 닿았다. 둘째는 목요일 아침, 런던을 떠나 도버~칼레 경유로 그날 오후 파리에 도착한 통이다. 셋째는 같은 목요일 밤 파리를 떠나 루앙을 거쳐 런던으로 간 통인데, 이것은 다음 월요일에 센트 캐더린 부두에 도착했다. 즉 파리에서 런던으로, 런던에서 파리로 되돌아갔다가 다시 파리에서 런던으로 되돌아왔다.

이것은 뭔가 사연이 있을 것 같다. 그 다음 순간, 이러한 것이 하나의 있을 듯한 관련성을 가지고 번리 경감의 머리를 스쳤다. 통은 세 개가 있었던 것이 아니라, 사실은 하나가 아니었을까? 같은 통이 왔다갔다한 것이 아니었을까?

번리는 생각하면 할수록 그렇게만 여겨졌다. 이것은 토마 씨가 통은 한 개밖에 발송하지 않았다는 진술과도 들어맞는다. 또 시체를 넣은 통을 어떻게 해서 손에 넣었는가 하는 것도 분명히 해준다. 그리고 또 이처럼 진기한 종류의 통이 세 개나 거의 동시에 움직였다는 놀라운 우연의 일치를 설명해 주기도 한다.

그렇다. 아무래도 그런 것 같다. 만약 그렇다면 이 세 개의 경로 가운데 어느 곳에서, 통이 열려 조각품이 꺼내진 다음 시체가 넣어졌음이 틀림없다. 카피슈트 거리의 안뜰을 나왔을 때 그 통에 조각품이 들어 있었다는 증거와, 그 통이 오후 7시 47분에 산 라잘 역 출발인 아불 행 열차의 수하물용 객차에 실어질 때까지는 아무도 그것에 손을 대지 않았다는 증거는 의심할 수 없는 사실이라고 보아도 된다. 더욱이 센트 캐더린 부두에 다다랐을 때는 통 속에 시체가 들어 있었지만, 이 또한 블루핀치호의 배 창고에서 통이 열려질 가능성은 없었다는 증거가 있다. 따라서 산 라잘—아불—사우댐프턴—워타르—체링 크로스—도버—칼레—북 정거장—카르디네 화물역—루앙을 잇는 경로의 모든 부분을 되도록 면밀하게 조사해야겠다고 결심했다.

그는 한 걸음 더 나아가 생각해 보았다. 이 세 통의 움직임의 어느 경우에나 맨 마지막에는 검은 수염을 기른 보통 키의 프랑스 사람 같은 사나이가 등장하고 있다. 제3의 경우에는 그 사나이는 훼릭스였다. 앞의 두 경우는 그 사나이의 신원이 확실하지는 않으나, 훼릭스인 듯한 인물이었다. 어느 경우에도 훼릭스였다고 가정한다면? 이것은 또 통은 하나뿐이었다는 것과 훼릭스가 어떤 특정한 뜻을 가지고 그 통을 돌려 가며 발송했다는 것을 증명하는 게 되지 않을까? 여기까지 자신의 추리는 틀림없다고 번리 경감은 확신했다.

그러나 만약 훼릭스가 이렇게 행동했다고 가정한다면, 그가 살해자로서 시체를 없앨 목적으로 통을 자기 집으로 나르려 했든가, 아니면 그에게는 죄가 없고 진범인이 따로 있어 그 사나이가 그에게 시체를 떠맡기려는 것이든가, 그 어느 편이라고 생각되기도 했다.

이 나중의 생각은 오래 전부터 경감의 머릿속에서 무르익고 있었다. 그것은 훼릭스가 센트 캐더린 부두로 통을 인수하러 왔을 때, 그가 통의 진짜 내용물을 알고 있었는가 하는 문제와 중대한 관계가 있는 것으로 생각되었다.

번리는 런던 경시청에서 그 통이 열렸을 때의 광경을 돌이켜보았다. 훼릭스는 천재적인 명배우였거나 아니면 전혀 몰랐던가 그 어느쪽이었다. 번리는 어떤 명배우라도 그때의 훼릭스처럼 실감이 넘치는 연기는 못했을 것이라고 생각했다. 경감은 또 그 충격으로 생긴 그의 병이 꾀병이라고 믿어지지 않음을 생각했다. 아니다, 훼릭스는 시체를 전혀 모르고 있었을 것이다. 만약 그렇다면 그는 결백한 것이 틀림없다. 그러나 이 점에 대해서는 자기 혼자 결정할 수는 없다고 번리는 생각했다. 의학상의 증명을 필요로 하는 일이다.

그러나 훼릭스가 결백하다고 한다면 범인은 대체 누구일까? 그 부인을 살해할 동기를 조금이라도 가지고 있는 사람은 누구일까? 살인 행위라는 그 자체야 어쨌든, 동기는 도대체 무엇일까? 번리 경감으로서는 알 수가 없었다. 그 동기를 뚜렷이 할 만한 것은 지금으로서는 아무것도 없었다.

번리 경감의 사색은 동기에 대한 문제에서 살해 방법으로 옮겨갔다. 교살은 괴상한 방법이다. 더구나 무섭고도 잔인한 방법으로 목적을 달성하기까지는 비교적 성가신 방법이다. 아무리 잔인한 사람이라도 일부러 이러한 방법을 택해서 냉철하게 이것을 해낼 수 없을 것이라고 번리는 생각했다.

아니다, 이것은 격정으로 인한 범죄였는지도 모른다. 사랑이라든가 미움이라든가 하는 인간의 본능적인 힘이 얽혀 있다. 요컨대 가능성이 있는 것은 질투일 것이다. 그는 여느 때의 그다운 꼼꼼함과 질서 정연한 논리적인 방법으로 생각해 보았다. 그렇다. 질투가 가장 가능성이 있는 동기 같다.

거기서 또 다른 생각이 머리를 스쳤다. 비록 격정에 사로잡혔다하더라도 교살이라는 방법은 다른 방법이 없을 때에만 취해졌을 것이 틀림없다. 사람을 죽이려는 사람이 무기를 가지고 있었다면, 그것을 쓰는 것이 당연하지 않을까. 그렇다면 이 경우 그 살해자는 무기를 가지지 않았음이 틀림없다고 번리는 생각했다. 무기를 가지고 있지 않았다는 것은 어떤 뜻일까? 즉 이 범죄는 미리 계획된 것은 아니었다. 만약 계획적인 살인이었다면 마땅히 무기가 준비되었을 것이 틀림없기 때문이다.

그렇다면 이 범죄는 전부터 계획된 냉혹한 것은 아니라고 보아도 되지 않을까? 누군가가 그 부인과 단둘이 있을 때, 갑자기 생각지도 못했던 광포한 격정에 휘말렸던 것이다. 격심한 질투 말고는 이러한 격정을 불러일으키는 것이 또 무엇이 있을까?

번리 경감은 새 여송연에 불을 붙여 물고 사색을 계속했다. 만약 살해 동기가 자기가 생각하고 있는 것과 같다면, 그 부인에게 질투를 일으킬 만한 사람은 누구일까? 옛날 애인일까 하고 그는 생각했다. 지금으로서는 아무도 그런 것에 대해서는 알지 못했으므로, 그런 사람이 있는지 없는지를 조사해 보아야겠다고 번리는 생각했다. 그러나 옛날 애인이 아니라면 마땅히 그 남편이 머리에 떠오른다. 이 경우는 더욱 확실한 근거가 있을 것 같았다.

만약 부인이 훼릭스와 몰래 어떤 약속을 한 일이 있었는데 그것을 보와라크 씨가 알았다면, 곧 그것은 동기가 될 수 있을 것이다. 그러한 형편에서 보와라크가 질투를 일으킨다는 것은 당연한 일일 것이다. 그것이 사실인지 어떤지는 아직 확실치 않더라도, 의심할 여지없이 보와라크가 그런 죄를 저지를 가능성을 가지고 있다는 것은 빼놓을 수 없는 일이었다.

그리고 나서 경감은 이 사건 전체의 개요를 검토해 보려고 생각했다. 그는 모든 일을 무엇이건 곧잘 종이에 적어 두었다. 그는 편지를 꺼내어 지금까지 알게 된 사실을 하나하나 표로 만들어 보려고, 그것을 발견된 날짜에 관계없이 발생한 순서에 따라 적어갔다.

우선 첫째, 3월 27일 토요일 밤에 열린 보와라크 씨의 만찬회이다. 여기에 훼릭스가 왔다. 그리고 보와라크가 공장으로 불리어 나간 뒤에도 또 다른 손님이 돌아간 뒤에도 그는 남아서 보와라크 부인과 단둘이 있었다. 그가 11시부터 적어도 11시 반까지 부인과 단둘이 있었다는 것은 프랑소아가 증언하고 있다.

오전 1시쯤 프랑소아는 현관문이 닫히는 소리를 듣고 나가 보았는데, 훼릭스도 부인도 자취를 감추었다. 부인은 구두를 바꿔 신고 코트와 모자를 가지고 갔다. 몇 분 뒤 보와라크가 돌아와서 훼릭스와 함께 집을 나간다는 부인의 편지를 발견했다. 그 다음날 훼릭스는 런던으로 돌아온 것으로 믿어진다. 이것은 콘티넨탈 호텔의 지배인이 증언했으며, 워커 순경이 그 좁은 길에서 훼릭스가 현관에서 친구인 마틴에게 이야기하는 것을 듣기도 했다.

그 다음의 일요일인지 월요일에 분명히 훼릭스가 쓴 것으로 생각되는 한 통의 편지가 런던에서 부쳐졌다. 어떤 군상을 런던으로 보내 달라는 듀피엘 상회 앞으로 된 주문서가 그 속에 들어 있었다. 이 편지는 화요일, 듀피엘 상회로 배달되었다. 그날, 즉 화요일에 그 군상은 통에 넣어져 아불~사우댐프턴 경유로 런던에 보내졌다. 그것은 이튿날 아침 워타르에 도착, 스스로 훼릭스라고 말하는 사나이——아마도 훼릭스인 모양인데——에 의해 운반되어 갔다. 다음날 아침, 즉 목요일에 똑같은 통이 런던의 채링 크로스 역에서 파리의 북 정거장으로 발송되어 자크 도 베르빌이라는 사나이가 이것을 받아 갔는데, 이 사나이도 훼릭스라고 생각된다. 같은 날 저녁때, 50분쯤 뒤에 이 또한 똑같은 모양의 통이 카르디네 거리의 국철 화물역에서 접수

되어 루앙 항로 경유로 런던을 향해 발송되었다.

그 이튿날인 금요일에 훼릭스는 르 고티에로부터라고 하는 타이핑된 한 통의 편지를 받았다고 말했다. 거기에는 복권과 내기에 대한 것이 씌어져 있었으며, 통을 루앙 항로 경유로 보내니 자택으로 가져가기 바란다고 적혀 있었다. 다음날 아침, 즉 토요일에 같은 발송인으로부터 통은 이미 발송됐다는 엽서가 훼릭스에게 왔으므로 그는 월요일, 즉 4월 5일 센트 캐더린 부두에 정박중인 블루핀치호에서 그 통을 인수하여 자기 집으로 가지고 갔다.

번리가 만든 표는 다음과 같다.

    3월 27일 토요일——보와라크 집의 만찬회, 부인 실종.
    3월 28일 일요일——훼릭스, 런던으로 갔다고 믿어진다.
    3월 29일 월요일——훼릭스, 듀피엘 상회에 조각품 주문서를 발송.
    3월 30일 화요일——듀피엘, 주문서를 받고 조각품을 아불~사우댐프턴 경유로 발송.
    3월 31일 수요일——워타르 역에 훼릭스와 비슷한 남자가 나타나 통을 인수.
    4월 1일 목요일——통, 체링 크로스에서 발송되어 북 정거장에서 받아 갔다. 런던으로 보내는 통이 카르디네 화물역에 도착.
    4월 2일 금요일——훼릭스, 르 고티에의 편지를 받았다.
    4월 3일 토요일——훼릭스, 르 고티에의 엽서를 받았다.
    4월 5일 월요일——훼릭스, 부두에서 통을 받아 갔다.

다음으로 그는 이 발생 순서에 따른 일람표와 다르지만, 그밖의 두 가지 요점을 덧붙였다.

1. 르 고티에한테서 왔다고 훼릭스가 제출한 복권과 내기와 통의 시험에 대해 타이핑된 편지와, 50파운드의 부채 반환에 대한 통 속에서 발견된 종이 쪽지는 둘 다 똑같은 종이에 타이핑된 것이다.
2. '훼릭스'가 듀피엘 상회에 조각품을 주문한 편지도 위와 같은 종이에 씌어졌으며, 이는 곧 세 통의 편지가 같은 곳에서 보내졌다는 것을 가리키고 있다.

번리는 이러한 수사 진행에 만족하여 나무 그늘의 벤치에서 일어나, 런던 경시청으로 보내는 그 날의 보고서를 쓰기 위해 카스티리오느 거리의 호텔로 천천히 발길을 옮겼다.

작전회의

그날 밤 9시, 번리 경감은 경시청의 총감실 문을 두드렸다. 르빠르쥬가 먼저 와 있어서, 번리가 의자에 앉자마자 쇼베 씨는 말을 꺼냈다.

"방금 르빠르쥬 군이 그의 모험담을 이야기하려는 참이었네. 자, 르빠르쥬 군, 이야기하게."

형사는 말을 시작했다.

"토요일에 얘기했던 대로 나는 어제 디죵에 가서 포포 거리로 도데양을 찾아갔습니다. 그녀는 얌전하고 믿을 만한 아가씨로 정직한 인상이었습니다. 그녀는 보와라크 씨와 집사의 진술을 모든 점에 걸쳐서 사실이라고 말했는데, 그들이 이야기하지 않은 세 가지 사실을 덧붙였습니다.

그 첫째가 보와라크 부인은 차양이 넓은 모자를 가지고 갔는데, 모자에 꽂는 핀을 하나도 안 가지고 갔다는 것입니다. 이건 조금 이상하다고 그 아가씨가 말하기에 왜냐고 물었더니, 그 모자는 핀이 없으면 쓸 수가 없을 것이라고 했습니다. 부인이 너무 바빠서 잊었겠지 하고 내가 말하자 그 아가씨는 그런 일은 생각할 수 없다고 대답했습니다. 핀은 언제나 부인 곁의 쿠션에 꽂혀져 있으므로 그것을 뽑는 데 시간이 걸리는 것도 아니며, 게다가 여자가 모자를 쓸 때는 자동적으로 모자에 핀을 꽂게 된다는 것입니다. 정말 잊었더라도 모자의 허전한 느낌은 계단을 내려갈 때 공기의 움직임에서도 곧 핀이 없다는 것을 깨달았을 것이라고 말했습니다. 그러한 것이 아무래도 납득이 가지 않는 모양이었습니다.

둘째는 부인이 소지품을 하나도——그날 밤부터 당장 필요한 핸드백마저도——안 가지고 갔다는 것입니다.

셋째는 훨씬 중요한 것으로 생각되는데, 만찬회가 있던 날 아침 부인은 콘티넨탈 호텔의 훼릭스에게 수잔느를 시켜 편지를 보냈다는 것입니다. 훼릭스는 나와서 편지를 읽고 꼭 가겠다는, 부인에게 보내는 전갈을 그녀에게 부탁했다고 합니다."

"그 핀 이야기는 조금 이상하군."

총감이 말하고는 한참 동안 잠자코 있더니 번리 쪽을 향해 그의 보고를 요청했다. 번리가 보고를 하고 토론이 있은 뒤 총감은 다시 말을 이었다.

"이쪽에서도 뉴스가 조금 있네. 콘티넨탈 호텔의 지배인으로부터 전화가 걸려 왔는데, 훼릭스가 일요일 밤 1시 30분에 호텔로 돌아온 것이 틀림없음을 알았다는 거야. 포터도 엘리베이터 보이도 방을 담당한 메이드도 모두 그의 모습을 보았으며, 시간도 일치된다는군. 세 사람이 다같이 훼릭스는 여느 때와 같았는데 다만 그날 밤은 특히 기분이 좋았으며, 뭔가 기뻐하는 것 같았다는 걸세. 하기야 지배인의 말로는 그는 여느 때에도 늘 기분이 좋은 편이어서 그날 밤만 특히 달랐던 것은 아닌 것으로 여겨진다더군."

쇼베 씨는 서랍에서 여송연을 꺼내어 자기 것을 하나 집고는 담뱃갑을 두 사람에게 권했다.

"피우게나. 그런데 이젠 우리도 여기서 현재의 상황을 생각해 볼 필요가 있을 것 같아. 무엇을 알아 냈나, 이치가 닿는 가설에 이르렀는가, 또 앞으로 해야 할 일이 무엇인가 하는 것 등을 말일세. 이건 우리가 이때까지 저마다 해 온 일이지만, 세 사람이 모이면 더 좋은 지혜가 나오는 법이야. 어떤가, 번리 군?"

"좋은 의견이라고 생각합니다."

번리 경감은 대답하면서 자기도 그날 일찍부터 같은 생각을 했던 것을 마음 속으로 기뻐했다.

"그럼 자네가 이 문제에 대해서 어떤 견해를 가지고 있는지 말해 주게. 자네 이야기를 들으면서 우리들의 생각도 덧붙여 가기로 하세."

"총감님, 저는 이 사건 전체의 중심적 요인은 살인이라는 가정 아래 출발했습니다. 그밖의 여러 가지 사건은 시체를 처리하여 혐의를 남에게 돌리려는 계획의 일부분에 지나지 않는다고 해석하고 있습니다."

"우리도 그 점에서는 자네 의견과 일치된 것으로 생각하네만, 어떤가, 르빠르쥬 군?"

르빠르쥬가 동의했으므로 번리는 계속했다.

"그리고 저는 살해 방법에 대해서 생각해 보았습니다. 교살은 잔인한 살해 방법이므로, 이건 미친 사람이나 아니면 격정으로 이성을 잃은 사나이의 소행이라고 저는 생각했습니다. 그 경우에 다른 살해 방법이 있었다면 틀림없이 그런 수단을 취하지는 않았을 것입니다. 그러한 점에서 저는 이 범죄가 계획적인 것이 아님이 틀림없다고 판단했습니다. 만약 전부터 계획되었던 것이라면 뭔가 무기가 준비되어 있었을 것입니다."

"좋은 착안이군, 번리 군. 나도 같은 결론을 가졌었네. 어서 계속해 주게."

"만약 그렇다면 어떤 사람이 보와라크 부인과 단둘이 있을 때 별안간 걷잡을 수 없는 맹목적인 격정의 포로가 된 것입니다. 무슨 원인으로 그런 결과를 낳게 되었을까 하고 저는 자문해 보았습니다.

증오와 질투를 불러일으키는 연애 사건이 곧 머리에 떠올랐으나, 이러한 경우 그럴 만한 일은 없었습니다. 도대체 누가 그런 격정에 사로잡혔을까?

우선 훼릭스를 생각해 보았는데, 자기와 사랑의 도피행을 한 여자에 대해서 증오와 질투를 느끼리라고는 도저히 생각되지 않습니다. 물론 연인들이 사랑 싸움을 한 끝에 일시적인 증오 비슷한 감정에 휘말리기는 하겠지만, 이토록 파국으로 이끌 만큼 심하게 되리라고는 생각되지 않습니다. 질투──그것도 이런 경우에는 전혀 생각할 수 없습니다. 따라서 훼릭스는 이 범죄에서 가장 먼 곳에 있는 사람이라는 생각이 듭니다.

다음으로 증오와 질투라면 보와라크에게 가장 그 가능성이 있지 않을까 하는 생각을 했습니다. 만약 그가 범인이라면 그 동기는 뚜렷합니다. 그러므로 그저께 르빠르쥬 군이 시체가 들어 있던 통과 똑같은 통이 보와라크의 서재에서 열린 것을 발견했을 때, 저는 이것으로 문제가 해결되었다고 생각했습니다. 그러나 그 통이 그 서재에 있었던 까닭을 듣고 나서 저는 다시 자신을 잃고 말았습니다."

"나도 전적으로 자네의 생각에 동의하네, 번리 군. 다만 우리가 잊어서는 안 될 일은 증오라든가 질투의 격정이 보와라크의 마음에 일어나는 것은 어떤 특정한 사정——즉 그의 아내가 훼릭스와 놀아났다든가, 그렇게 하려는 것을 그가 알았을 때에만 생각할 수 있는 일이야. 그가 모른다면 그런 감정에 휩쓸릴 까닭이 없다고 나는 생각하네."
"그건 그렇습니다. 분명히 그가 알았을 때만 그러리라고 생각합니다."
"그러나 그것도 그가 진정으로 그녀를 사랑하고 있을 경우이지. 그렇지 않다면 그는 몹시 난처하게 되어 흥분할지는 몰라도, 우리가 말하는 것 같은 맹목적인 격정으로 그녀의 목을 졸라 죽이기까지는 안 했을 거야. 만약 두 사람의 관계가 좋지 않았거나 보와라크에게 다른 여자가 있었을 경우라면, 그는 오히려 잘 됐다고 좋아하며 그녀의 행동을 눈감아 주었을 걸세. 더욱이 이들 부부 사이에는 이혼 문제를 복잡하게 할 자식도 없거든."
총감은 두 사람의 얼굴을 살피듯이 보았다.
"그 생각에는 저도 동감입니다."
번리는 쇼베 총감의 얼굴을 보며 대답했다.
"저도 같습니다."
르빠르쥬도 덧붙였다.
"그렇다면 우리는 이런 점에 이르게 된 셈이네. 만약 보와라크가 아내를 사랑하고 있는데 그녀가 사랑의 도피행을 했다거나 또는 하려는 것을 알았다면, 그는 이 범죄에 동기를 가졌다고 말할 수 있네. 그렇지 않다면, 그에게서뿐만 아니라 훼릭스나 그밖에 누구에게서도 전혀 동기를 찾아낼 수가 없어."
"총감님이 방금 하신 말씀에서 여러 가지 가능성이 전개될 것 같습니다."

르빠르쥬가 생각에 잠긴 듯하더니 이내 말을 이었다.

"이건 전혀 다른 사람이 한 짓이 아닐까요? 구태여 훼릭스나 보와라크로 범인을 한정할 필요는 없다고 생각합니다. 이를테면 르 고티에라든가, 우리가 아직 이름도 모르는 사람일지도 모릅니다."

"그렇군, 르빠르쥬, 분명히 그것도 하나의 가능성이네. 그밖에도 예를 들면 집사인 프랑소아가 있네. 그의 행동도 조사해 보아야 하네. 부인에게 누군가 옛 애인이 있었는지도 모르니, 그것도 잊어서는 안 될 거야. 그러나 그 전에 먼저 보와라크와 훼릭스 두 사람에 대한 의견을 통일해 두어야겠어."

"또 하나 문제가 있습니다만."

번리가 다시 이야기하기 시작했다.

"의사의 검시에 의하면, 부인이 집을 나가서 살해되기까지 시간이 아주 짧았다는 것입니다. 호텔 지배인의 증언대로 훼릭스는 만찬회 이튿날 아침, 런던을 향해서 출발했다고 가정합시다. 만약 그렇다면 부인은 그와 함께 갔을까요? 만일 함께 갔다면 훼릭스가 수상하고, 반대의 경우에는 보와라크가 수상하다고 저는 생각합니다만."

"그건 이치를 따져 보면 알 것 같은데."

르빠르쥬가 말을 꺼냈다.

"어떻게?"

"말하자면 범인이 누군가 하는 것은 제쳐놓고, 그가 어떻게 해서 시체를 통에 넣었을까를 생각해 보세. 이 통의 움직임에 대해서는 꽤 상세히 조사했지. 그건 카피슈느 거리의 쇼룸에서 꾸려졌으며, 그 속에는 조각품이 들어 있었네. 그리고 그 통은 워타르까지 운반된 것인데, 그 도중에 아무도 손을 대지 않았다는 확증은 절대적일세. 따라서 워타르에 도착했을 때는 그 통에 시체는 안 들어 있었어. 그 뒤 23시간 동안 행방불명되었다가 다시 체링 크로스에 모습을 나타냈네. 말하자면 문제의 통이 실제로 두 개 있었다고는 도저히 생각되지 않네. 그리고 그 통은 파리로 발송되었는데, 이때에도 도중에서 어떤 조작을 한다는 것은 전혀 불가능하다는 것이 분명하네.

파리에서는 통은 북 정거장을 5시 20분에 떠나 그 뒤 다시 사라졌다가 같은 날 저녁 6시 10분에 국철 화물역에 나타나 긴 뱃길을 거쳐 런던으로 발송되었는데, 런던에 닿았을 때 시체가 들어 있었던 거야. 그러나 그 내용품의 바꿔치기는 세 번의 수송 과정에서는 결코 일어나지 않았음이 확실하므로, 런던에서나 파리에서 행방불명된 사이에 있었던 것이 틀림없네.

통이 없어졌던 동안, 우선 파리의 경우를 생각해 보세. 시간으로 치면 50분 동안인데, 그 사이에 통은 북 정거장에서 카르디네 거리의 화물역까지 짐마차로 옮겨졌어. 그 운반에 얼마만한 시간이 걸렸다고 생각하나?"

"50분쯤이겠지."

총감이 대답했다.

"저도 그렇게 생각했습니다. 즉 행방불명되었던 시간은 그것으로 모두 설명되는 셈입니다. 게다가 통을 열어 속에 든 물건을 꺼내고 다시 바꿔넣는 데는 상당한 시간이 필요한데, 그 시간으로는 도저히 불가능하다고 저는 생각했습니다. 그러므로 그 통은 옮겨지기는 했으나 열리지는 않았습니다. 따라서 시체는 런던에서 넣은 것이 틀림없습니다."

"훌륭하네, 르빠르쥬 군. 나도 자네가 말하는 그대로라고 생각하네."

"더욱 이치를 따져 나가면 총감님, 만약 저의 추리가 정확하다면 보와라크 부인은 살아서 런던으로 건너간 것이 됩니다. 시체가 되어 있었다면 런던으로 그것을 운반하는 것은 불가능하다고 생각되기 때문입니다. 이 점을 번리 군이 말한 의사의 의학적 증언과 관련해서 생각해 보면, 부인은 일요일에 훼릭스와 함께 바다를 건넜다는 결론을 내리지 않을 수 없습니다."
"그렇게 되겠군."
"만약 부인이 훼릭스와 함께 런던으로 갔다면, 그가 범인이라는 것은 거의 결정적이라고 생각됩니다. 게다가 훼릭스의 범행을 암시하는 점은 아직 그밖에도 많이 있습니다. 일단 훼릭스가 범인이라고 가정하여, 시체 처리 문제에 직면한 그를 생각해 봅시다. 그는 시체를 운반할 도구가 필요했을 것입니다. 별안간 그의 머릿속에 몇 시간 전에 아주 알맞은 물건을 보았던 생각이 떠올랐습니다. 조각품을 넣는 통입니다. 그리고 다행하게도 그는 그것을 알고 있을 뿐만 아니라, 그러한 통을 어디서 손에 넣을 수 있는가 하는 것까지도 알고 있었습니다. 그래서 그는 어떻게 했는가? 그는 그것과 똑같은 통을 손에 넣기로 했습니다. 그는 그 통을 사용하고 있는 상점에 편지를 내서 필요한 통을 틀림없이 손에 넣기 위해 그 통의 크기에 알맞은 조각품을 주문했습니다."
"거짓 주소를 쓴 이유는?"
"그건 저로서는 설명할 수 없습니다만, 범행을 숨기기 위한 하나의 공작이 아니었을까요?"
"이야기를 계속하게."
"그리고는 통이 런던에 닿자 그는 곧 그것을 인수하여 산 마로 저택으로 운반한 다음, 통을 열어 아마도 조각품은 파괴하고 그 대신 시체를 넣어 체링 크로스 역으로 가지고 가서 파리로 부친 뒤, 자기도 그 열차를 타고 파리로 간 것으로 생각합니다. 파리에 도착하자 그는 짐마차를 빌려 통을 북 정거장에서 카르디네 거리의 화물역으로 운반하여 그것을 런던으로 되돌려보내는 한편, 그 자신도 런던으로 돌아가서 다음날 월요일에 센트 캐더린 부두에 나타나 그 통을 받아 간 것입니다."

"그러나 그토록 몇 번이나 통을 왕복시킨 목적은 무엇일까? 시체의 처분이 그의 목적이었다면, 왜 한 번 발송했던 통을 다시 되돌려 받는 복잡한 계획을 세웠을까?"

"그 점이 저에게도 잘 이해되지 않습니다."

르빠르쥬가 고개를 끄덕이며 말을 이었다.

"그리고 지금 설명은 못하겠습니다만, 그것은 주소를 속인 것과 마찬가지로 혐의를 다른 데로 돌리기 위한 목적이 아닐까요? 그러나 그것보다도 훨씬 확실한 증거는 이 통이 몇 차례씩 이동될 때마다 반드시 나타나는 검은 턱수염의 사나이가 아무래도 훼릭스 같다는 것입니다. 더욱이 지금까지 그밖에는 검은 턱수염을 기른 사나이는 한 사람도 눈에 띄지 않습니다. 그러므로 그 사나이를 훼릭스라고 봐도 틀림없다고 생각됩니다."

"르빠르쥬의 의견이 옳다고 한다면,"

번리가 참견했다.

"내기에 대한 그 편지는 훼릭스 자신이 썼다는 것이 되겠군요. 그런 경우 편지와 통의 이동은 르 고티에게 혐의를 돌리려는 목적으로 꾸며진 것이 아닐까요?"

"또는 보와라크에게도 말이야."

총감도 말했다.

"보와라크!"

르빠르쥬가 느닷없이 자신에 넘친 얼굴로 소리쳤다.

"물론, 그렇고말고요! 겨우 알았습니다. 편지도 통도 모두 보와라크에게 혐의를 돌리기 위해 훼릭스가 꾸민 계획이었습니다. 총감님은 어떻게 생각하십니까?"

"정말 이치에 맞는 이야기로군."

갑자기 번리가 질문을 했다.

"하지만 왜 르 고티에의 이름을 꺼냈을까? 보와라크의 이름을 쓰지 않고 말이야."

"그건 너무 분명하기 때문이네."

르빠르쥬는 자신이 내세운 의견의 급진적인 진전을 기뻐하며 대답했다.

"너무 단순하지 않나? 보와라크가 그 편지를 썼더라도 그것에 그가 서명할 리 없다는 것은 훼릭스 역시 생각했겠지. 르 고티에의 이름을 쓴 건 잔꾀를 부린 거야."

번리가 계속 말을 이었다.

"만약 훼릭스가 그것을 했다고 하면 그 편지를 쓴 사람에 대한 어려운 문제는 분명히 해결되는 셈이겠지요. 지금까지로는 그 편지를 쓰는 데 필요한 지식을 가지고 있는 사람은 훼릭스 한 사람뿐이니까. 그는 카페 토와슨 돌에 함께 앉아서 르 고티에와 함께 복권을 사기로 상의를 했으니, 그 일에 대해서 알고 있는 셈입니다. 르 고티에와 듀마르세 사이에 있었던, 경찰의 눈을 속여서 운운하는 상의와 내기 이야기——양쪽 다 실제로 있었던 일이라고는 믿어지지 않지만——는 그가 통을 인수하기 위해서 생각해 낸 일인지도 모릅니다. 그러므로 끝까지 그가 모든 일을 꾸민 이상, 그 통의 마지막 운반에 대해서 상세하게 알고 있는 것은 당연한 이치가 아니겠습니까?"

"정말 그렇군."

르빠르쥬가 힘주어 소리치고 나서 말을 이었다.

"모든 것이 딱 들어맞아 어쩐지 광명이 보이기 시작한 것 같네. 그리고 그 부인의 편지에 관한 수잔느의 증언도 잊어서는 안 될 것으로 생각합니다. 부인과 훼릭스 사이에, 그날 밤의 일로 뭔가 미리 양해가 있었던 것은 확실합니다. 적어도 두 사람 사이에 전갈이 오갔으며, 훼릭스의 회답이 밀회의 약속이었던 것은 틀림없습니다."

총감이 다른 의견을 내세웠다.

"중대한 점이네, 분명히. 그러나 조금 어려운 점이 있는 것 같군. 즉 그 모자의 핀에 대한 이상한 이야기이네. 자네는 그것을 어떻게 해석하나, 르빠르쥬 군?"

"흥분했기 때문이라고 생각합니다, 총감님. 부인은 막상 자기가 결행하려는 행동에 흥분해서 무슨 짓을 하고 있는지조차 자신도 몰랐을 것입니다."

총감은 머리를 흔들며 말했다.

"아무래도 그건 납득이 안 돼. 소지품을 하나도 안 가지고 갔다는 점에서, 부인은 전혀 그 집을 나가지 않았다고 생각할 수는 없을까? 부인은 만찬회 밤에 살해되었으며, 모자와 코트는 범인이 가짜 단서로 그것을 이용하기 위해 어딘가에 치운 것이 아닐까? 자네들도 그렇게 생각해 보았는지 모르겠네만."

번리가 곧 대답했다.

"저도 맨 먼저 그것을 생각했었지만, 다음과 같은 이유에서 불가능하기에 아니라고 생각했습니다. 첫째로, 부인이 토요일 밤에 살해되었다면, 시체는 어떻게 했을까요? 저는 곧 서재에 있었던 통을 생각했습니다만, 그 통에는 조각품이 들어 있어서 넣을 수가 없습니다. 통은 이틀 뒤인 월요일 밤까지 뚜껑을 열지 않았습니다. 시체를 그 통에 넣지 않았다는 것은, 듀피엘 상회로 직접 발송되었을 때에 텅 비어 있었으니까 확실하다고 보아도 좋을 것입니다. 둘째로, 그 집 안에는 아무 데도 시체를 숨겨 둘 만한 장소는 없었습니다. 왜냐하면 프랑소아와 수잔느가 일요일에 온 집 안을 뒤졌는데 시체 같은 크기의 물건을 못 볼 리가 없습니다. 더구나 부인이 그 집에서 살해되었다고 하면, 범행은 훼릭스나 보와라크 또는 제3의 인물이 단독범이거나 공범이라는 것이 되는데, 훼릭스가 범인이라고는 도저히 생각되지 않습니다. 왜냐하면 공범자 없이 그 혼자서 시체를 운반한다는 것은 생각할 수도 없으며, 그런 공범자 같은 것도 발견되지 않기 때문입니다. 보와라크 쪽이 오히려 시체를 처치할 기회가——그가 어떤 방법을 취했는지는 분명치 않지만——있었을 것인데, 그에게는 완전한 알리바이가 있습니다. 끝으로 집사인 프랑소아는 믿어도 된다고 저는 확신하고 있습니다. 그가 살인의 공범이라고는 도저히 저로서는 생각할 수 없으며 또 그가 모르는 사이에, 총감님이 말씀하신 시간에 범행이 저질러졌다고는 생각되지 않습니다."

"아마 그렇게 생각해도 좋을 것 같군. 실제로 자네 의견과, 시체는 런던에서 통에 넣은 것이 틀림없다는 르빠르쥬 군의 설을 종합해서 생각하면, 뭔가 결론이 나올 것같은 생각이 드는군."

"저도 그때 살해되지 않았나 믿고 있습니다. 그러나 보와라크의 알리바이가 성립된다는 번리 군의 의견에는 동의할 수가 없습니다." 르빠르쥬가 말했다.

"흐음, 그래? 나는 그의 알리바이는 인정해도 되지 않을까 하고 생각했었는데. 어떤 점이 수상하다는 말인가, 르빠르쥬 군?"

"보와라크가 공장을 나온 뒤부터 전부입니다. 그 미국 사람이 정말 있었는가 하는 것도 확인되지 않았습니다. 제 생각으로는 그 이야기 모두가 그의 창작인지도 모른다는 겁니다."

"그건 자네 말이 맞아."

총감도 찬성을 하며 말을 계속 이었다.

"그러나 나는 그것이 그다지 중요하다고는 생각지 않네. 결정적인 점은 내 생각으로는 보와라크 자신이 말하고 있는 귀가 시간——1시 조금 지나서 일이라고 생각하네. 그것은 프랑소아와 수잔느가 확인했고, 그 두 사람의 진술은 믿어도 좋다고 생각해. 게다가 더욱 유력한 뒷받침이 있네. 자네들도 그가 그날 밤 도르세 강변 역에서 집으로 돌아오는 도중 비가 내렸다고 말한 것을 기억하고 있겠지? 자네들은 역시 관심을 가지고 프랑소아에게 주인의 외투가 비에 젖었었는지 물었는데, 그의 대답은 보와라크의 말과 같았어. 그런데 내가 조사한 바로는 그날 밤은 갠 날씨였으나 1시쯤에 별안간 집중호우가 내렸어. 따라서 보와라크가 그 시간까지 밖에 있었다는 것은 확실하다고 해도 좋으며, 또한 1시 15분 전에 범행을 저지른다는 것은 불가능했다는 것이 되네. 또 그 시간 이후의 범행 역시 불가능했다고 말할 수 있네. 왜냐하면 그 시간에 이미 부인은 집을 나갔었고 집사와 하녀가 그의 곁에 있었으니까. 때문에 만약 보와라크가 살해했다고 하면, 그날 밤 이후의 범행이라고 생각하지 않을 수 없는 셈이야."

총감의 말에 르빠르쥬가 입을 열었다.

"그 점은 의심할 나위가 없을 것 같습니다. 그리고 지금으로서는 우리가 보와라크와 그 편지와 통을 결부시킬 수 없다는 것, 더구나 부인이 런던으로 갔다는 것이 확실하게 된다는 것, 이 두 가지의 사실을 총감님의 조금 전 의견과 종합하면, 그는 거의 이 수사에서 제외되어도 좋을 것 같습니다. 어떻게 생각하나, 번리 군?"

"글쎄, 나는 누구든 조사에서 제외하는 것은 아직 이르다고 생각하는데, 오히려 내 의견으로는 동기에 있어서는 보와라크가 가장 강하다고 생각되네."

"그러나 그것이 또 보와라크가 그날 밤에 범행하지 않았다는 의미도 되는 걸세."

총감이 계속했다.

"자네의 이론은 아내가 훼릭스와 사랑의 도피행을 했으므로 그녀를 죽였다는 점에 있네. 그러나 그가 집에 돌아와서 그녀와 만났다면, 그녀는 분명히 가출하지 않았다는 것이 되는 셈이야. 그렇다면 적어도 그날 밤에 대해서만은 동기가 성립되지 않는 것이 아닐까?"

세 사람은 소리내어 웃었다. 그러고는 쇼베 씨가 다시 계속해서 말했다.

"그럼 우리들의 지금의 입장을 요약해 보세. 우리는 보와라크 부인이 살해된 것은, 만찬회가 있었던 토요일 밤 11시 30분부터 훼릭스라는 사람이 조각품을 주문하는 편지를 쓴 다음 주 월요일 밤까지의 사이라고 알고 있네. 범인은 분명히 훼릭스인지 보와라크인지 또는 어떤 제3자로 좁혀졌어. 지금으로서는 제3자가 관련되었다고 생각되는 증거는 전혀 없으니까, 범인은 우선 이 두 사람 가운데 하나라고 생각해도 되겠지. 먼저 보와라크의 경우를 생각해 보면 그는 어떤 상황 아래서는 이 범죄에 대한 동기를 가지고 있다고 생각되네. 하지만 그런 상황이 존재하고 있었다는 증거를 지금 우리는 파악하지 못하고 있지. 이 점을 빼놓고 볼 때 그에게서 용의점을 찾을 수는 없어. 오히려 지금까지 우리가 조사한 바로는 이 범죄가 일어났다고 생각되는 그 시간에 대해서 강력한 알리바이를 가지고 있지 않은가."

"그런데 훼릭스에게는 아주 수상쩍은 점이 몇 가지 있거든. 첫째, 그는 부인으로부터 밀회를 약속한 것 같은 편지를 받은 증거가 있네. 그리고 만찬회가 있었던 밤, 남편이 없는 틈을 타서 부인과 단둘이 만났지. 그것은 11시부터 11시 30분까지이며, 증거는 없지만 1시까지 같이 있었다고 믿을 만한 이유가 있네. 그런 다음 부인은 훼릭스와 함께 갔거나, 아니면 같은 시간에 따로따로 런던으로 향했다고 생각되네. 우리는 다음 세 가지 이유에서 그렇게 결론내릴 수 있을 걸세. 첫째로, 그녀는 자신이 그러한 행동을 취한다는 내용의 편지를 남편에게 남겼네. 이 증거품의 가치에 대해서는 물론 감식과 전문가들의 의견을 듣지 않고는 결정할 수 없겠지만, 아직은 이 편지의 진실성이 의심스럽다는 보고는 없네. 둘째로, 그녀는 생사(生死)와는 관계없이, 그 집에 있지 않았다는 사실이지. 그것은 하인들이 집 안을 샅샅이 찾았는데도 불구하고 그녀가 없었다는 것으로 보아 분명하네. 그녀의 시체가 통 속에 들어 있지 않았다는 것은 확실해. 왜냐하면 그 통에는 조각품이 들어 있었으며, 다음 주 월요일 밤까지 열리지 않았기 때문이지. 셋째로, 시체가 통에 넣어진 곳은 통의 움직임으로 보아 런던이라는 것이 확실하네. 그 이유는 간단하지. 런던 말고 다른 곳에서는 넣을 수가 없었거든. 따라서 부인은 런던으로 여행한 것이 틀림없네.

다음에 르 고티에로부터 훼릭스 앞으로 보내졌다는 그 편지는 통에 대한 행동이 발각되었을 경우에 댈 핑계로서 훼릭스 자신이 직접 쓴 것이라고 하면, 분명히 이치에 들어맞는군. 그 편지의 절반——내기와 테스트에 대해서 씌어진 부분——이 전혀 거짓이며 통의 도착을 설명하기 위해 꾸며낸 것임이 분명할 경우, 그 편지가 그러한 목적으로 씌어졌다는 것은 틀림없네. 따라서 그 편지를 쓴 것은 르 고티에가 아니라고 생각해도 좋을 걸세. 반대로 훼릭스는 우리가 이때까지 조사한 바로는 그 편지를 쓰는 데 필요한 지식을 충분히 가지고 있는 오직 한 사람이라고 말할 수 있지.

또한 통의 이동을 수배한 것이 훼릭스 비슷한 검은 턱수염의 사나이였다지 않은가. 지금까지 훼릭스 말고 검은 턱수염의 사나이는 발견되지 않았네. 그러나 한편, 훼릭스의 입장을 지지하는 유력한 점이 두 가지 있네. 첫째는 우리가 그 동기를 입증할 수 없다는 것, 둘째는 시체가 통 속에서 발견되었을 때 그의 놀라움이 너무나도 진실 같았다는 점이지. 훼릭스에게 불리한 증거가 많이 있는 것은 틀림없지만 그 증거가 모두 상황 증거에 지나지 않는다는 것, 그리고 그에게 유리한 증거도 있다는 점을 우리는 잊어서는 안 되네.

 그러므로 지금 단계로서는 아직 이 사건의 결론을 내리기에는 정보가 충분치 않으며, 따라서 좀더 노력해야 한다는 게 나의 의견일세. 우선 그 복권과 내기에 대한 편지가 어디서 나왔는지를 밝혀내어 증명해야 할 걸세. 그러기 위해서는 그 타이프라이터를 찾아내는 것이 무엇보다 필요하다고 생각하네. 편지를 쓴 사람이 그 타이프라이터를 사용한 게 틀림없으니, 이 일은 그다지 어렵다고 생각되지 않아. 편지를 쓴 사람이 사용할 수 있다고 생각되는 기계만 조사하면 되는 것이니까. 나는 내일 누군가 사람을 보내 보와라크가 사용할 가능성이 있는 기계들의 견본을 모두 수집해 오도록 하겠네. 그런데도 아무런 단서가 잡히지 않으면 르 고티에, 듀마르세, 그밖에 이름을 아는 사람 모두에 대해서 조사해 보세. 번리 군, 런던 경시청에서도 훼릭스에 대해 같은 식의 조사를 해주었으면 좋겠는데."
"이미 조사가 끝난 것으로 생각합니다만, 오늘 밤 편지로 확인해 보겠습니다."
"그것은 아주 중요한 일이라고 나는 생각하네만, 또 이 점도 그에 못지않게 중요하다고 생각하네. 즉 토요일 밤부터 시체가 들어 있는 통이 파리에서 발송된 목요일 밤까지 훼릭스의 행동을 꼭 알아내는 일일세. 그리고 부인이 정말 그와 함께 런던으로 건너갔는지, 그 점을 명백한 증거에 의해서 확인할 필요가 있네.

그리고 그와 같은 시간에 보와라크의 행적도 알아보아야 하겠지. 그러한 조사가 전혀 도움이 되지 않을 때에는 훼릭스와 보와라크를, 통을 인도할 때에 그 검은 턱수염의 사나이와 만난 적이 있는 각 수화물계 직원과 만나 보게 할 수밖에는 없을 걸세. 그 가운데 누군가가 그 사나이를 똑똑하게 기억하고 있다가 입증해 줄지도 모르니까. 그리고 통을 여기저기 역으로 운반했던 마부를 찾아내면 그 짐을 부탁한 사람이 누구라는 것도 어쩌면 밝혀질지 모르네. 또 보와라크 부인과 그밖에 의심스러운 사람들 모두의 과거 생활에 대해서 철저하게 조사할 필요가 있어. 이밖에도 조사를 해 나갈 방향은 여러 가지로 생각할 수 있겠지만, 대략 지금 말한 대로 해 나가면 우리에게 필요한 것은 얻게 될 것으로 생각되네."

토의는 한참 동안 계속되어 여러 가지 점에 대해 더욱 면밀한 검토가 있었다. 그리고 끝으로 내일 아침부터 번리와 르빠르쥬는 만찬회 밤부터 프랑스를 떠날 때까지의 훼릭스의 발자취를 수사하기로 하고, 그 뒤는 번리가 혼자서 그 수사를 계속하며, 르빠르쥬는 이 결정적인 기간 동안에 보와라크의 발자취를 조사하는 데 몰두하기로 결정했다.

르빠르쥬의 단독 조사

이튿날 아침 9시, 두 형사는 카스티리요느 거리의 호텔에서 만났다. 전날 밤 헤어지기 전에 그 날 활동 계획에 대해서는 이미 얘기가 되었으므로 두 사람은 곧 일에 착수했다. 택시를 불러 두 사람은 다시 콘티넨탈 호텔로 차를 달려 매우 가까워진 지배인에게 면회를 청했다. 잠시 뒤 두 사람은 정다운 미소를 띤 지배인에게 안내되었는데, 그는 조금 귀찮은 듯한 표정이었다.

"또 수고를 끼치게 되어 죄송합니다."
르빠르쥬는 양해를 구하며 말을 이었다.
"사실은 최근에 이곳에서 묵은 훼릭스 씨에 대해서 좀더 묻고 싶은 일이 있습니다. 계속 협력해 주시면 고맙겠습니다만."
지배인은 머리를 숙였다.
"제가 할 수 있는 일이라면 기꺼이 말씀드리겠습니다만, 무슨 일이 듣고 싶으신지?"
"이곳을 떠난 뒤의 훼릭스 씨의 행동에 대해서 알고 싶습니다. 지난번 당신은 그가 북 정거장을 8시 20분에 떠나는 영국행 임시 열차를 타기 위해 이곳을 떠났다고 말씀하셨지요. 그가 정말 그 차를 탔는지 어쩐지가 문제입니다. 그 점을 확인할 방법은 없을까요?"
"저희들의 버스는 상행 임시 열차에는 모두 연락하고 있습니다만, 하행 열차에는 타실 손님이 있을 때에만 운행합니다. 잠깐, 그날 버스가 나갔는지 확인해 보겠습니다. 그 날이 일요일이었지요?"
"3월 28일, 일요일입니다."
지배인은 자리를 떠났다가 조금 뒤 운전 제복을 입은 키가 큰 젊은이를 한 사람 데리고 왔다.
"물으신 그 날에 버스가 나갔다고 합니다. 이 칼이 버스를 타고 갔으니까 질문에 대답할 수 있을 겁니다."
"이거 감사합니다."
르빠르쥬는 그 운전 기사 쪽으로 고개를 돌렸다.
"자네는 3월 28일 일요일, 8시 20분발 영국행 임시 열차에 타는 손님과 함께 북 정거장으로 갔었나?"
"네, 갔었습니다."
"손님은 몇 분이나 있었지?"
운전 기사는 한참 생각했다.

"세 분이었습니다."
"누구 누군지 기억하고 있나?"
"두 분만은 알고 있습니다. 한 분은 루부랑 씨로, 한 달이 넘게 묵은 분입니다. 또 한 분은 훼릭스 씨라는 오랜 단골 손님입니다. 세 번째 분은 영국 신사였는데, 이름은 모릅니다."
"그 사람들은 버스 안에서 서로 이야기하던가?"
"버스에서 내릴 때 훼릭스 씨가 영국 신사와 이야기하는 것을 보았습니다만, 그밖에는 모르겠습니다."
"세 사람이 모두 8시 20분 열차에 탔나?"
"네, 그렇습니다. 제가 그분들의 짐을 객차까지 날랐는데 열차가 떠날 때도 세 분 다 타고 계셨습니다."
"훼릭스 씨는 혼자였나?"
"혼자였습니다."
"역에서 부인을 만났다든가 혹 다른 사람들과 이야기하지 않았나?"
"그런 일은 없었던 것 같습니다. 틀림없이 여자분은 안 계셨습니다."
"뭔가 불안해보이거나, 얼떨떨해 보이지는 않았나?"
"전혀 그런 기색은 없었습니다. 여느 때와 같았습니다."
"고맙네, 수고했어."
몇 닢의 은돈을 받고 칼은 물러갔다.
"굉장히 유익한 정보를 듣게 되어 도움이 되었습니다. 지배인님, 끝으로 한 가지만 더 묻고 싶은데, 그 버스를 탄 다른 두 사람의 주소와 이름을 가르쳐 주십시오."
이것은 비교적 간단하게 확인되었다. 마르세이유 시 베르트 거리의 교옴 루부랑 씨와 글래스고 시 소치홀 거리 앙가스 327번지의 헨리

고든 씨 두 사람이었다. 그런 다음 경관들은 여러 가지로 감사의 뜻을 나타내고 호텔을 나왔다.

"운이 좋았어."

북 정거장으로 차를 달리면서 르빠르쥬가 말을 꺼냈다.

"그 두 사람은 여행중 다른 역에서도 훼릭스와 만날 기회가 있었을 테니 그의 발자취를 모두 알아낼 수 있을지도 몰라."

형사들은 오전 내내 이 정거장에서 보내면서 개찰 직원과 그밖의 역원을 만나서 물었으나 얻은 것은 없었다. 누구 하나 그의 모습을 본 사람은 없었다.

"배 쪽이 가망이 있을 것 같은데. 그가 단골 손님이라면 종업원 가운데 그를 알고 있는 사람이 꼭 있을 걸세."

번리가 말했다.

오후 4시에 출발하는 기차를 타고 형사들은 저녁놀이 깔리는 블로뉴에 도착해, 잔교에서 조사를 시작했다. 두 사람이 관심을 가지고 있는 항해를 했던 파 드 카레호는 이튿날 정오까지 출범하지 않는다는 것을 알았으므로 그들은 그 지방의 경찰서로 갔다. 거기서 문제의 일요일에 그 배가 출범했을 때 당직이었던 사람들을 만났지만 아무런 정보를 얻지는 못했다. 그래서 두 사람은 배로 가서 급사장을 만났다.

"이분이라면 알고 있습니다."

두 사람은 자기 소개를 하고 나서 르빠르쥬가 훼릭스의 사진을 보이자 급사장이 말했다.

"이분은 자주 한 달에 한두 번은 바다를 건너는 것 같습니다. 훼릭스 씨라는 분인데, 어디에 살고 계시는지 물론 그 이상은 전혀 모릅니다."

"우리가 알고 싶은 것은 그가 맨 마지막으로 해협을 건넌 것이 언제가 하는 것입니다. 그걸 가르쳐 주시면 매우 고맙겠습니다."
급사장은 한참 동안 생각했다.
"아무래도 기억이 확실하지 않습니다. 아주 최근인 것은 틀림없습니다. 10일인가 2주일 전이었다고 생각됩니다만. 확실한 날짜는 기억이 나지 않습니다."
"우리는 3월 28일 일요일이었다고 여겨지는데, 과연 그 날이었는지 확인할 방법은 없을까요?"
"아니, 그런 건 없습니다. 아시다시피 아무런 기록이 남아 있지 않기 때문에 이제 와서 그분의 배표를 조사할 수도 없고 신원을 확인할 방법도 없습니다. 기억을 더듬어서 말씀드린다면 당신이 말씀하신 날인 것 같기도 합니다만, 틀림없이 그렇다고는 말씀드릴 수 없습니다."
"누군가 선원 가운데 우리들에게 협력해 줄 만한 사람은 없을까요?"
"도움이 되지 못해 정말 죄송합니다만 없는 것 같습니다. 선장이나 고급선원 가운데 누군가가 그분을 기억하고 있을지도 모르지만, 기대할 수는 없다고 생각됩니다."
"그럼 또 하나 묻겠는데, 그는 혼자서 여행했던가요?"
"그렇다고 생각됩니다. 아니, 잠깐 기다려 주세요. 듣고 보니 그때는 여자분과 동행이었던 것 같습니다. 아무튼 일로 머리가 꽉차 있어 특별히 관심을 가지고 본 것은 아닙니다만, 산책 갑판에서 그분이 부인에게 말을 건네고 있는 것을 본 것 같은——그것도 꿈같이 희미합니다만——그런 생각이 납니다."
"어떤 여자였나요?"
"기억은 없습니다. 정말 여자분이 있었는지 어쩐지도 자신이 없을 정도인데."

이 이상 더 들어 낼 수 없음을 깨닫고 두 사람은 급사장에게 정중하게 감사의 뜻을 나타냈다. 그리고는 더 배에 남아서 정보를 제공해 줄 만한 선원을 닥치는 대로 붙잡고 물었다. 꼭 한 사람 어떤 종업원이 훼릭스를 알고 있긴 했으나, 문제의 그 날은 훼릭스를 보지 못했다는 것이었다.

"아무래도 제대로 되지 않는군."

두 사람이 호텔로 돌아가는 길에 번리가 말했다.

"그 급사장은 틀림없이 여자를 본 것 같지만 증인으로서는 쓸모가 없을 거네."

"무리지. 포크스톤으로 가더라도 별로 수확은 없을지 모르네."

"그럴지도 모르지만 아무튼 가서 조사는 해보세. 그리고 글래스고까지 발을 뻗어 그와 버스를 함께 탔던 고든이라는 남자도 만나 보겠네. 그 사나이가 뭔가 알고 있을지도 모를 테니."

"만약 자네 쪽이 헛일이 될 경우 나는 또 한 사나이——마르세이유에 살고 있는 남자를 만나겠네."

다음날 정오 조금 전, 두 형사는 영국행 선박이 정박해 있는 잔교 위를 서성거리고 있었다.

르빠르쥬가 말을 꺼냈다.

"여기서 헤어지세. 나는 포크스톤에 가더라도 별 성과가 없을 테니, 2시 12분 기차로 파리로 돌아가겠네. 덕분에 수사는 기분좋게 했지만 좀더 확실한 결정적인 단서를 못 잡은 것이 정말 유감스럽네."

"그러나 이것으로 수사를 끝낸 것은 아니니까. 손을 들기까지는 뭔가 매듭을 짓게 될 것 같네. 여기서 헤어지는 것은 섭섭하지만 머지않아 또 함께 일할 날이 오기를 빌겠네."

번리가 대답했다.

두 사람은 아쉬워하며 헤어졌다. 번리는 파리에서 받은 친절한 대접에 감사하고, 르빠르쥬는 다음 휴가를 꼭 꽃의 파리에서 보내라고 번리에게 권했다.

여기서 우리는 르빠르쥬와 함께 파리로 돌아가서 그의 수사 활동의 자취를 쫓아 보기로 하자. 그는 만찬회 토요일 밤부터 시체가 든 통이 카르디네 거리 화물역에서 런던으로 보내진 다음 주 목요일 밤까지의 보와라크의 발자취를 철저하게 조사해 보려는 것이었다.

그는 저녁 5시 45분에 북 정거장에 도착하자, 그대로 경시청으로 차를 달렸다. 쇼베 총감이 방에 있었으므로 르빠르쥬는 출발하고 난 뒤의 자기 행동에 대해서 보고했다.

총감이 입을 열었다.

"어제 런던 경시청에서 전화가 왔는데. 보와라크 씨는 예정대로 11시에 출두한 모양이네. 그래서 시체는 아내라고 확인했다니 그 점은 해결됐네."

"파리로 돌아왔는지 확실히 아십니까?"

"아직 아무 말도 못 들었는데, 왜 그러나?"

"아직 안 돌아왔다면 이 기회에 살인 사건 이후의 그의 행동에 대해 프랑소아한테서 알아낼까 합니다."

"좋은 생각이야, 곧 알 수 있네."

쇼베 총감은 전화부를 뒤져 번호를 찾더니 전화를 걸라고 명령했다.

"여보세요, 보와라크 씨 댁입니까? 보와라크 씨, 계십니까? 7시쯤? 아니, 감사합니다. 나중에 다시 걸겠습니다. 아니, 괜찮습니다. 별 볼일은 아니니까요."

총감은 수화기를 놓았다.

"그는 체링 크로스를 11시에 떠나서 지금 돌아오는 도중이라네. 집에는 7시쯤이면 온다는군. 자네가 그의 집을 방문하려면 6시 반쯤에 가는 것이 좋겠지. 그 무렵은 언제나 그가 집으로 돌아오는 시간이니 그다지 수상쩍게 여기지도 않을 것이고, 프랑소아하고도 쉽게 이야기할 수 있을 테니까."

"그렇게 하겠습니다."

고개를 끄덕인 뒤 형사는 총감실을 나왔다.

시계가 막 6시 반을 알렸을 때, 르빠르쥬는 아르마 거리의 집에 들어갔다. 프랑소아가 문을 열었다.

"안녕하시오, 프랑소아. 보와라크 씨는 계십니까?"

"아니, 아직 안 돌아오셨습니다. 앞으로 반시간쯤 후에 돌아오실 겁니다. 들어오셔서 기다리시겠습니까?"

르빠르쥬는 생각하는 척했다가 이윽고 말했다.

"고맙소. 그렇게 할까요?"

집사는 두 형사가 맨 처음 찾아왔을 때 안내한 작은 방으로 그를 안내했다.

"보와라크 씨가 시체를 감정하기 위해 런던으로 가셨다고 경시청에서 들었는데, 감정이 끝났는지 당신은 아직 모르겠지요?"

"아닙니다. 저는 나리가 런던으로 가신 것은 알고 있습니다만, 무슨 볼일로 가셨는지는 모릅니다."

형사는 폭신한 의자에 앉아 담뱃갑을 꺼냈다.

"한 대 어떻습니까, 특제 브라질 담배입니다. 여기서 피워도 괜찮겠지요?"

"네, 좋습니다. 저도 한 대 얻겠습니다."

"런던으로부터라면 긴 여행이군요. 더구나 이번 여행은 괴로운 여행일 텐데. 당신은 런던에 가 본 적이 있나요?"

"네, 두 번 있습니다."

"구경삼아 처음 한 번쯤은 좋지만 그 이상은 정말 질색입니다. 하기야 보와라크 씨는 늘 여행을 하시는 분이니까 무슨 일이건 익숙하시겠지요."

"그러신 것 같습니다. 자주 여행을 하시니까요. 런던, 브뤼셀, 베를린, 빈——이 2년 동안에 제가 알고 있는 것만도 이렇게 여행하셨습니다."

"내가 아니라서 다행이로군. 하지만 불행한 이번 사건으로 보와라크 씨의 여행열도 식었겠지요. 아마도 집에 조용히 들어앉아 아무도 만나고 싶지 않을 거요. 당신 같으면 어떨까요, 프랑소아?"

"글쎄요. 나리는 그런 심정이 아니신지 아니면 가만히 있는 것이 괴로우신지, 이번 여행은 그 일이 있은 뒤 두 번째입니다."

"이거 놀랍군. 아니, 오히려 놀라는 편이 무리일까? 우리들과 상관없는 일을 이야기하는 것도 뭣하지만, 나는 그 첫 번째 여행의 행선지와 목적을 알아맞출 수 있소. 내기를 하겠다면 나폴레옹 금화(20프랑)를 걸어도 좋소. 그건 윌슨 시험을 보러 간 거요. 어때요, 틀렸소?"

"윌슨 시험이라니오? 그게 뭡니까?"

"윌슨 시험이라는 것을 들은 적이 없소? 윌슨이라는 사람은 영국의 큰 펌프 제조 회사 사장인데, 자기 회사의 펌프보다 훨씬 더 많은 물을 뽑아올리는 펌프를 만든 사람에게 해마다 1만 프랑의 상금을 주고 있어요. 해마다 그 시험이 시행되는데, 올해엔 지난 수요일에 그 시험이 있었소. 보와라크 씨는 펌프 제조 회사를 하고 있으니 관심을 가지는 게 당연하지. 따라서 그 시험을 보러 갔을 거라는 얘기요."

"그렇다면 죄송하지만 나폴레옹 금화를 받아야겠습니다. 나리가 수요일에 떠나신 것은 사실입니다만, 그 목적지는 벨기에였으니까요."

"아니, 이건. 정말 내기를 걸지 않아서 다행이었군. 하지만 말이오."

르빠르쥬가 웃다가 말투를 바꾸며 덧붙였다.

"결국은 내가 이겼는지도 몰라요. 벨기에서 런던으로 갔는지, 아니면 그 반대인지도 모르거든. 오랜 여행이었소?"

"그리 오랜 여행은 아니었습니다. 수요일과 목요일 이틀 동안이었습니다."

"이건 나한테는 좋은 약이 되었군. 나는 아무도 지지하지 않는 의견에 내기를 거는 버릇이 있단 말이야."

그러고 나서 르빠르쥬는 이야기를 자기가 내기에 이기고 진 일들로 끌고 갔다. 잠시 뒤 프랑소아는 주인을 맞이할 준비를 해야겠다면서 자리를 떠났다.

7시 좀 지났을 무렵, 보와라크 씨가 돌아왔다. 그는 곧 르빠르쥬와 만났다.

르빠르쥬는 말을 꺼냈다.

"여행에서 돌아오시자마자, 이거 죄송합니다. 실은 이번 불행에 대해 새로운 문제가 두세 가지 생겨서 전무님이 괜찮으실 때에 한 번 뵈었으면 하고……."

"지금이라도 좋습니다. 옷을 갈아입고 식사를 끝낼 때까지 1시간쯤 기다려 주신다면 이야기를 듣겠습니다만, 식사는 하셨습니까?"

"네, 했습니다. 그럼 여기서 기다리겠습니다."

"아니, 서재로 오십시오. 책장에 뭔가 읽을 만한 책이 있을 겁니다."

"고맙습니다."

서재의 난로 위에 있는 시계가 8시 반을 가리켰을 때 보와라크 씨가 들어왔다. 안락의자에 앉자 그는 말했다.

"자, 이제 말씀하시지요."

"저로서는 좀 말씀드리기 거북한 문제입니다만. 우리가 당신에게 혐의를 두고 있다고 생각진진 말아 주십시오. 그러나 이번과 같은 불행한 사건이 생겼을 경우, 우리는 그 남편의 입장을 분명히 해두지 않을 수 없습니다. 양식을 가지신 분이니까 충분히 이해해 주실 것으로 생각합니다. 이것은 단순히 사무상 필요한 절차에 지나지 않습니다. 그래서 저로서는 정말 형식적인, 그리고 대단히 불쾌한 역할입니다만 쇼베 총감님의 명령으로, 불행한 사건이 일어난 뒤 당신이 한 행동에 대해 두세 가지 물어 볼까 합니다."

"몹시 빙 돌려서 말씀하시는 것 같군요. 분명히 말한다면 내가 아내를 죽였다고 말하고 싶으신 겁니까?"

"결코 그런 뜻으로 말씀드린 것은 아닙니다. 이런 사건의 경우, 누구를 막론하고 일단 모든 관계자의 행동을 조사할 필요가 있습니다. 그것은 우리가 할 당연한 직무로서, 우리의 뜻은 그렇지 않습니다만, 하지 않을 수 없습니다."

"그럼 말씀하십시오. 직무라고 하니 어쩔 수 없지 않습니까?"

"총감님은 그 만찬회 밤부터 그 다음 주 목요일 저녁때까지 당신이 어떻게 지내셨는지 당신에게 직접 듣고 오라는 말씀이었습니다."

보와라크 씨는 침통한 표정을 지어 보였다. 그는 입을 다문 채 얼른 대답을 하지 않았으나, 잠시 뒤 새삼스러운 말투로 대답했다.

"그때 일을 나는 생각하고 싶지 않습니다. 정말 가혹한 꼴을 당한 것입니다. 한때는 미치지 않을까 하고 생각했습니다."

"몹시 괴로우셨겠지요. 그럼에도 불구하고 부탁드리는 바입니다."

"네, 이야기하지요. 일종의 착란이랄까, 그런 것도 가라앉고 이제는 본래의 자신을 되찾았으니까요. 실은 이렇습니다.

아내가 집을 나간 것을 안 토요일 밤, 아니 그보다 일요일 새벽부터 나는 몽유병자같이 되었습니다. 머리가 멍해지고, 자기 자신이 아닌 것 같은 묘한 기분이었습니다. 월요일은 여느 날과 같이 회사에 나갔다가 늘 돌아오던 그 시간에 돌아왔습니다. 저녁 식사 뒤 기운을 차리려고 그 통을 열어 보았으나 흥미도 없고 어두운 기분을 가눌 길이 없었습니다. 다음날, 즉 화요일 아침에도 나는 여느 때와 다름없이 회사에 나갔습니다. 한 시간쯤 애를 써보았지만, 아무래도 일이 손에 잡히지 않았습니다. 아무 일도 없었던 것처럼 긴장을 풀기 위해서는 어떻게든 고독해질 필요가 있다고 절실히 느꼈습니다. 마치 몽유병자처럼, 나는 회사를 나와 한길을 서성거리다가 지하철로 들어갔습니다. 그러자 벽에 걸린 '봔산느 행'이라는 게시판이 문득 눈에 띄었습니다. 그 순간, 봔산느 숲이야말로 지금 나에게는 가장 좋은 장소라고 여겨져 지금 곧 가보자는 생각이 들었습니다.

거기라면 아무도 아는 사람을 만나지 않고 산책할 수 있겠지 하는 생각이 들었습니다. 나는 곧장 그 역에서 지하철을 탔습니다. 그리하여 되도록 사람이 없는 오솔길을 골라 거닐면서 오전을 보냈습니다. 육체적인 운동은 확실히 효과가 있었지만, 지치자 또 기분이 바뀌었습니다. 따뜻한 인정에 매달리고 싶은 생각이 자꾸만 들어 누군가에게 이 괴로움을 털어놓지 않으면 미칠지도 모른다는 생각이 들었습니다. 그때 문득 동생 아르만드가 머리에 떠올랐습니다. 그렇다, 그러면 지금의 내 기분을 이해해 줄 것이 틀림없다고 나는 생각했습니다. 동생은 벨기에의 마리느 근처에 살고 있었기에 곧 만나러 가기로 결심했습니다.

나는 샤랑톤의 작은 카페에서 점심 식사를 하고 나서 회사와 집에 전화를 걸어, 이틀쯤 벨기에에 가기로 했다고 말했습니다. 그리고 프랑소아에게 손가방에다 당분간 필요할 물건을 챙겨넣어 곧 북 정거장으로 가지고 가서 휴대품 임시 보관소에 맡겨 두면 나중에 내가 찾으러 가겠다고 시켰습니다. 식사를 하는 동안에 만약 4시 5분에 떠나는 기차로 가면——그것이 가장 빠른 열차입니다만——목적지에 닿는 시간이 밤중이 된다는 것을 알았습니다. 그래서 차라리 밤차를 타서 내일 아침 동생한테 가는 것이 좋겠다고 생각되어 그렇게 하기로 했습니다. 거기서 센 강을 거슬러 올라가며 멀리까지 산책을 하고, 역마다 서는 로컬 선을 타고 리용으로 돌아왔습니다. 바스티유 광장에 있는 카페에서 저녁 식사를 한 다음, 북 정거장으로 가서 손가방을 찾아 11시 20분에 떠나는 브뤼셀 행 열차에 올랐습니다.

 차 안에서는 푹 자고 브뤼셀에 닿자, 북 광장 끝에 있는 카페에서 아침 식사를 했습니다. 그리고 11시쯤, 마리느를 향해서 떠났습니다. 동생의 집까지는 4마일쯤 되는 거리였으나, 나는 건강에 좋도록 걸어갔습니다. 그런데 동생 집에 가 보니 집 안은 텅 비어 있었습니다. 그제야 겨우 생각이 났는데, 동생이 사업관계로 스톡홀름으로 아내를 데리고 간 것을 까마득하게 잊고 있었던 것입니다. 자신의 건망증을 스스로 비웃었습니다만, 그러면서도 나는 아직 시간과 돈을 낭비한 것을 깨달을 만큼 정신을 차리지는 못했습니다. 천천히 마리느를 향해서 걸으며 나는 그날 밤 파리로 돌아갈까말까 하고 생각했는데, 그러고 보니 하루를 꼬박 여행한 셈이었습니다. 브뤼셀에 닿은 것은 6시 무렵이었습니다.

 나는 안파슈 거리에 있는 카페에서 저녁 식사를 한 다음, 기분전환으로 두 시간쯤 극장에 가 보기로 했습니다. 거기서 맥시미리안이라는 단골 호텔에 전화를 걸어 방을 예약하고, 모네 극장으로 가서 베를리오즈의 '트로이 사람'을 보았습니다. 호텔로 간 것은 11

시쯤이었습니다. 그날 밤은 잘 잤기 때문에 이튿날은 기분도 거의 정상적이었습니다. 나는 미디 역에서 12시 50분 기차를 타고 브뤼셀을 출발, 5시쯤 파리에 도착했습니다. 헛수고로 끝난 이 여행을 생각하면 마치 악몽을 꾼 것 같지만, 한편으로는 고독과 운동은 확실히 나에게 좋은 효과가 있었다고 생각합니다."

보와라크 씨의 이야기가 끝나자, 한참 동안 침묵이 계속되었다. 그동안 르빠르쥬는 변리가 하듯 면밀하게, 방금 들은 이야기를 머릿속에서 되풀이하며 검토하고 있었다. 그는 더 이상 보와라크 씨를 추궁하는 것은 그만두려고 생각했다. 이 신사의 유죄를 입증하는 것은 지금으로서는 곤란한 것 같았다. 그에게 경계심을 갖게 해서는 도리어 좋지 않은 결과를 가져오게 된다. 그러나 그의 진술은 한 마디도 빼놓을 수는 없다고 생각했다. 그렇지 않으면 뒷날 제3자의 증언과 그의 진술을 대조하는 것이 어렵게 될 염려가 있다. 모든 점으로 보아 그의 이야기는 일단 이치에 맞으므로, 지금으로서는 그것을 의심할 만한 본질적인 이유는 발견되지 않았다. 거기서 르빠르쥬는 두세 가지 세부적인 점을 물어 보고는 물러가려고 생각했다.

"감사합니다, 보와라크 씨. 끝으로 보충이 되는 질문을 두세 가지 하겠습니다만, 당신이 화요일에 사무소를 나간 것은 몇 시였습니까?"

"9시 반쯤이었습니다."

"샤랑톤의 어느 카페에서 점심 식사를 하셨습니까?"

"기억하고 있지 않습니다. 정거장과 증기선 사이의 거리에 있는 카페로, 정면이 불쑥 길가로 나온 아담한 목조 건물이었습니다."

"그때가 몇 시였지요?"

"아마도 1시 반쯤인 것 같으나 확실하지 않습니다."

"그런데 어디서 댁과 사무소에 전화를 걸었습니까?"

"그 카페에서입니다."

"몇 시쯤이었지요?"

"1시간쯤 뒤였으니까 2시 반쯤이었겠지요."

"그리고 바스티유 광장에 있는 카페 말씀인데, 어느 가게입니까?"

"그다지 확실하지 않습니다. 산 앙트와느 거리 모퉁이였다고 생각됩니다. 리용 거리를 향해 있는 가게인 것은 확실합니다만."

"몇 시쯤 그 가게에 계셨습니까?"

"8시 반쯤이었을까요."

"가방을 북 정거장에서 받았습니까?"

"받았습니다. 왼쪽 수하물 보관소에 있었습니다.

"기차는 침대칸을 타셨습니까?"

"아니오. 보통의 1등 콤파트먼트(칸막이 된 객실)였습니다."

"누군가 다른 승객이 있었습니까?"

"세 사람 있었습니다. 모두 모르는 사람이었습니다."

"그런데 그 화요일에, 당신을 아는 분이나 당신의 진술을 증명할 만한 분을 만나지는 않았습니까?"

"생각이 나지 않습니다. 카페 종업원이 기억하고 있을지도 모르겠지만······."

"다음날인 수요일에 맥시미리안으로 전화를 건 것은 어디서였습니까?"

"저녁 식사를 한 카페에서 걸었습니다. 안파슈 거리에 있는 가게로 브루켈 광장으로 나가는 바로 앞에 있는데, 이름은 잊었습니다."

"전화를 건 것은 몇 시쯤이었습니까?"

"막 식사를 하려던 참이었으니, 7시 전후였겠지요."

형사는 일어서서 인사를 했다.

"그럼 보와라크 씨, 여러 가지로 감사합니다. 묻고 싶은 것은 이것으로 모두 끝났습니다. 그럼, 안녕히 주무십시오."
그날 밤은 좋은 날씨였으므로 르빠르쥬는 바스티유 광장 가까이에 있는 자기 집을 향해서 천천히 걸어갔다. 그는 걸어가면서 방금 들은 보와라크의 진술에 대해 골똘히 생각했다. 만약 그 이야기가 사실이라면, 그의 혐의는 일단 벗어졌다고 해도 좋을 것이다. 그가 월요일에 틀림없이 파리에 있었다면, 듀피엘 상회로 조각품을 주문하는 편지를 보낼 수는 없다. 왜냐하면 그 편지는 화요일 아침에 배달되었기 때문에, 그 전날 런던에서 우체통에 넣어졌어야 한다. 만약 그가 브뤼셀과 마리느로 갔다면, 그가 런던에서 통을 넘겨받는 일은 틀림없이 불가능한 일이다. 먼저 그 진술을 제3자를 조사함으로써 검증해 보는 것이 선결 문제인 것 같았다. 그는 다시 한 번 그 진술을 면밀히 검토하여 확인이 필요한 모든 요점을 머릿속에 새겨넣었다.

그가 화요일 밤까지 파리에 있었는가를 확인하는 것은 가장 손쉬운 일일 것이다. 일요일과 그날 밤, 그리고 월요일 밤에 대해서는 프랑소아와 다른 하인들이 이야기해 줄 것이며, 월요일과 화요일 아침에 대해서는 펌프 공장의 사원이 증언해 줄 것이다. 그리고 화요일에 그가 사무소를 나온 시간이 문제인데, 이것도 쉽게 확인할 수 있을 것이다.

샤랑토의 음식점에 대해서는, 보와라크와 같은 훌륭한 옷차림의 손님은 그런 가게에서라면 틀림없이 눈길을 끌었을 타이므로 누군가가 기억하고 있을 것이다. 따라서 그가 정말 그 가게에서 식사를 했다면 확증을 손에 넣는 것은 쉬운 일이며, 게다가 전화를 걸었다면 더욱 손님의 주의를 끌었을 것이 틀림없다. 전화를 걸었는지 안 걸었는지도 조사하면 곧 알게 될 것이고, 북 정거장에서 가방을 보관했는가를 확인하는 것도 간단한 일일 것이다. 그러나 북 정거장의 수화물 임시 보관소 사무원이나 바스티유 광장에 있는 음식점 종업원의 증언을 기대하는 것은 그들이 많은 손님을 대하고 있기 때문에 조금 어려울지는 모르겠지만, 어쨌든 양쪽 다 부딪쳐 볼 가치는 있을 것이다. 마리느에서 조사해 보면 보와라크의 방문이 사실인지 밝혀질 것이며, 그의 동생이 그곳에 살고 있는지, 또 문제의 날에 그 집이 닫혀 있었는지에 대해서도 뚜렷해질 것이 틀림없다. 브뤼셀의 맥시미리안 호텔 종업원은 그가 수요일 밤에 묵었는지 틀림없이 알고 있을 것이며, 방의 예약 전화에 대한 것도 말해 줄 것이다. 그리고 끝으로, 그날 밤 모네 극장에서 베를리오즈의 '트로이 사람'이 상연되었는지도 조사할 가치가 있을 것이다.

르빠르쥬는 문제를 깊이 생각해 감에 따라 이 진술은 꽤 여러 각도에서 검증할 필요가 있다고 여겨졌다. 그리고 지금 늘어놓은 문제점에 통과된다면, 그의 진술은 모두 인정해도 좋으리라는 생각이 들었다.

알리바이 조사

다음날 아침, 르빠르쥬가 루브르 뒤의 예술교(橋)에서 동쪽으로 도는 증기선에 올랐을 때, 센의 경치는 한결 멋있었다. 봄의 싱그러움이 남아 있는 대기 속에는 벌써부터 다가온 여름의 따뜻함과 색채가 느껴져 저절로 마음이 들뜨는 날이었다. 배가 천천히 흔들리면서 물결 가운데로 나아갔을 때, 최근에 이 잔교에서 배를 탔던 기억이 났다. 그때는 번리와 함께 조각 공장으로 테브네 씨를 방문하기 위하여 구르네르까지 강을 내려갔었다.

그때도 역시 이번과 같은 수사인데, 지금과는 반대쪽으로 갔던 것이었다. 배는 라틴 구(區)의 헌 책가게가 늘어서 있는 강변을 따라 시테 섬을 돌아서 노트르담 사원의 웅장한 쌍탑을 지나 오스텔리츠 역 맞은편에 있는 지하철 다리 밑을 지나는 넓은 강줄기를 거슬러 올라갈수록 그러한 훌륭한 건물의 모습도 뜸해지고, 마르느 강이 센으로 합류하는 샤랑톤 교외까지의 4마일 물길을 거슬러 오르기 전에 푸른 숲과 밭이 보이기 시작했다.

증기선의 종점인 샤랑톤에서 내리자, 르빠르쥬는 길가로 불쑥 튀어나온 목조 건물의 레스토랑을 찾으며 정거장 쪽으로 천천히 걸어갔다. 찾는 데 오래 걸리지는 않았다. 거리에서 가장 규모가 크고 겉모습이 어마어마한 카페가 보와라크의 설명과 들어맞는데다 또 전화줄이 연결되어 있는 것이 보였으므로, 이것이 바로 자기가 찾고 있는 레스토랑이 틀림없다고 르빠르쥬는 생각했다. 안으로 들어간 그는 대리석으로 겉을 꾸민 테이블에 앉아 복크(독한 흑맥주)를 주문했다.

그곳은 꽤 넓었으며, 구석에 바가 있고 입구 정면에는 작은 무용 무대가 있었다. 르빠르쥬 외에 손님은 한 명도 없었다. 흰 수염을 기른 중년의 종업원이 그의 뒤쪽 방을 드나들고 있었다.

"좋은 날씨로군."

그 종업원이 그의 테이블로 복크를 날라왔을 때 르빠르쥬가 말했다.

"아직 시간이 일러서 바쁘지 않은 모양이구려."

종업원은 그렇다고 대답했다.

"그런데 자네 가게의 런치는 아주 맛이 있다더군."

르빠르쥬가 계속 말했다.

"최근에 내 친구가 이 가게에서 점심 식사를 했는데, 아주 마음에 들었다는 걸세. 그 친구는 그렇게 쉽사리 만족하는 편이 아닌데 말이야."

종업원은 싱글벙글 웃으며 인사했다.

"되도록 손님들의 입에 맞도록 애쓰고 있습니다. 친구분께서 만족하셨다니 정말 기쁩니다."

"그 친구는 자네한테 그런 말을 안 했던가? 생각한 일은 곧 말하는 사람인데."

"어떤 분인지 똑똑히 알 수 없습니다만, 언제 오셨을까요?"

"얼굴을 보면 곧 생각날 거야. 이 친구일세."

르빠르쥬는 주머니 속에서 보와라크의 사진을 꺼내어 그 사나이에게 주었다.

"친구분은 이 사람이었습니까. 이분이라면 잘 기억하고 있지요. 하지만……."

그는 잠깐 망설이더니 말했다.

"손님이 말씀하시는 것처럼 마음에 든 것 같지는 않던데요. 오히려 이런 시골 레스토랑의 요리가……하는 듯한 얼굴이셨습니다."

그는 어깨를 으쓱했다.

"그는 몸이 편치 않았어. 하지만 나한테는 몹시 마음에 들었다고 말했다네. 그가 여기에 온 것은 지난 주 목요일이었던가?"

"지난 주 목요일이었을까요? 아니, 훨씬 더 빨랐던 것 같습니다만…… 네, 분명히 월요일이었다고 생각합니다."

"내 기억이 틀렸었군. 목요일이 아닐세. 그가 화요일이라고 말한 것이 지금 생각났네. 화요일이 아니었나?"

"그런 것 같기도 합니다만, 확실하게 기억이 나지는 않습니다. 저는 아무래도 월요일이 아니었나 싶은 생각이 듭니다만……."

"그날 그는 샤랑톤에서 나한테 전화를 걸었지──이 가게에서 걸었다고 그가 말한 것 같은데, 여기서 전화를 걸었었소?"

"네, 두 번 걸었습니다. 저기 전화가 있는데, 손님들께서 자유로이 쓰시게 되어 있습니다."

"아주 잘 되어 있군, 참 편리하겠는걸. 그런데 그때 그 친구의 전화에 운 나쁘게도 착오가 생겨서 말일세. 만날 약속을 했는데 그가 오질 않는군. 내가 아무래도 잘못 들은 것 같네. 자네는 그때 통화하는 소리를 못 들었나? 혹시 들었다면 지난 주 화요일의 약속에 대해 그가 무슨 이야기를 했는지 가르쳐 주지 않겠나?"

그때까지 싱글벙글 웃으며 기분이 좋던 종업원은, 갑자기 수상쩍은 눈길을 형사의 얼굴에 던졌다. 여전히 공손한 태도로 미소를 띠고 있기는 했으나, 르빠르쥬는 그가 껍질 속으로 기어든 소라처럼 경계하고 있는 것을 느꼈다.

"저한테는 들리지 않았습니다. 일이 바빴기 때문에……"

그가 말했을 때, 르빠르쥬는 거짓말을 하고 있구나 하고 생각했다. 그는 어쩔 수 없이 위협적인 방법을 쓰기로 결심했다. 그리고 태도와 말을 별안간 위압적으로 고쳐서, 그러나 목소리는 나직하게 말했다.

"이봐, 나는 경찰이야. 그 전화 내용을 조사할 필요가 있어 왔는데, 자네를 구태여 경시청까지 끌고 가서 이야기를 듣는 복잡한 짓은 하고 싶지 않아."

그는 5프랑짜리 은화를 꺼냈다.

"그 사나이가 무슨 말을 했는지 가르쳐 주면 이걸 자네한테 주겠네."

종업원의 눈에 놀라는 빛이 나타났다.

"그런 말씀을 하셔도……"

그는 말을 하려다가 그만두었다.

"이봐, 자네가 알고 있는 일은 나도 알고 있어. 이야기하게. 지금 이야기하고 5프랑을 받는 것이 나중에 경시청으로 끌려가서 아무 소득 없는 것보다 더 나을 걸세. 어느 편을 택하겠나?"

종업원은 잠자코 있었다. 그가 마음 속으로 어느 편을 택할까 망설이고 있는 것을 르빠르쥬는 눈치챘다. 그가 대답을 망설이고 있는 것은 분명 그 전화의 내용을 알고 있는 증거라고 르빠르쥬는 믿었다. 그래서 그는 좀더 위협하기로 마음먹었다.

"아마 자네는 내가 정말로 경찰인지 아닌지를 의심하고 있는 모양이군. 이걸 보게."

르빠르쥬가 신분증을 꺼내 보이자 종업원은 얼른 결심을 한 것 같았다.

"말씀드리겠습니다. 처음에는 누군가 하인 같은 사람을 불러, 갑자기 벨기에로 가게 되었으니 뭔가를 북 정거장까지——그것이 무엇인지는 잘 듣지 못했습니다만——가져오라고 말했습니다. 그리고는 어딘가 다른 곳을 불러서 이틀 동안 벨기에로 가게 되었다고만 말했습니다. 그것뿐이었습니다."

"그것으로 됐어. 자, 이 5프랑을 받아 두게나."

'전망이 밝군' 하고 르빠르쥬는 그 카페를 나오면서 생각했다. 그리고 강을 등지고서 큰길을 올라갔다. 보와라크가 자신이 말한 대로 샤랑톤에서 점심 식사를 했다는 것은 의심할 나위가 없었다. 보와라크는 화요일에 왔다고 말했는데, 종업원은 월요일에 그가 왔다고 생각하고 있다. 그러나 종업원은 그 점에 대해서는 자신이 없는 것 같았고, 어쨌든 이런 착각은 있을 수 있다고 보겠다. 더구나 이 문제는 조사하면 곧 알게 될 일이다. 보와라크의 사무소 주임과 집사 프랑소아에게 전화가 있었던 날이 언제냐고 물어 보면 밝혀지리라.

그는 샤랑톤 역으로 걸어가 리용 역까지 기차를 탔다. 거기서 택시를 잡아 보와라크 씨가 전무로 있는 상피오네 거리 변두리의 펌프 공장으로 갔다. 택시에서 내려 길을 걷기 시작했을 때, 시계가 11시 반을 치는 것이 들렸다.

펌프 공장은 큰길을 향하고 있으며 면적은 그다지 넓지 않았으나, 열려져 있는 입구의 문으로 안을 얼른 본 바로는 너비가 꽤 길다는

것을 알았다. 문 한쪽에 4층 건물이 있는데, 입구에 '사무소는 3층'이
라는 팻말이 걸려 있었다. 형사는 다른 곳을 보는 척하며 지나갔다가
재빨리 사방을 두리번거리고는, 공장에는 이것밖에 출입구가 없다는
것을 확인했다.

공장에서 45m쯤 떨어진 한길 건너편에 카페 한 채가 있었다. 선뜻
안으로 들어간 르빠르쥬는 창가에 있는, 겉을 약간의 대리석으로 꾸
민 테이블에 앉았다. 거기서는 사무소 입구와 공장 안뜰의 출입구가
환히 보였다. 그는 복크를 주문하고는 주머니에서 신문을 꺼내어 의
자에 등을 기대고 읽기 시작했다. 그는 신문으로 얼굴을 가리고 그
위로 공장 입구를 바라볼 수 있게 하고 있었다. 이렇게 있다가 언제
라도 신문을 조금 자연스럽게 치켜들기만 하면 바깥에서 자기 얼굴을
볼 걱정이 없다고 생각했다. 이리하여 그는 복크를 조금씩 마시면서
꽤 오랜 시간을 보냈다.

여러 사람들이 공장을 드나들었으나, 형사가 기다렸던 사람의 모습
을 본 것은 그럭저럭 한 시간을 거기에 앉아서 복크를 두 잔이나 더
마신 뒤였다. 보와라크 씨가 사무소 문을 열고 밖으로 나온 것이다.
그는 형사가 있는 곳과는 반대편인 시내의 중심가 쪽으로 걸어갔다.
르빠르쥬는 한 5분쯤 기다렸다가 천천히 신문을 접고 담배에 불을 붙
인 다음 그 카페를 나왔다.

형사는 공장에서 다시 백 야드쯤 멀리까지 걸어갔다가 큰길을 가로
질러 되돌아와서는, 조금 전에 전무가 나왔던 문을 밀고 사무소로 들
어갔다. 그는 개인용 명함을 내놓고, 보와라크 씨의 면회를 신청했
다.

"죄송합니다만,"

맞이하는 사무원이 말을 꺼냈다.

"조금 전에 외출하셨습니다. 만나지 못하셨습니까?"

"아니오. 내가 무심히 지나쳤는지도 모르겠군요. 그럼 비서라도 만나 뵙고 싶은데, 지금 계십니까?"

"계실 줄 압니다, 앉으세요. 물어 보고 오겠습니다."

조금 뒤 그 사무원이 돌아와서 듀프레느 씨는 있다고 말하고, 르빠르쥬를 중년의 자그마한 사나이에게 안내했다. 그 사나이는 마침 점심 식사를 하러 나가려던 참인 것 같았다.

"되도록이면 보와라크 씨를 직접 뵙고 싶었습니다만."

르빠르쥬가 형식적인 인사를 하고 나서 말을 꺼냈다.

"사실은 개인적인 문제에 대해 묻고 싶은 일이지만, 보와라크 씨가 돌아오시기를 기다릴 것 없이 당신한테서라도 들을 수 있지 않을까 해서요. 나는 경시청의 형사입니다만……."

여기서 그는 공용 명함을 내놓았다.

"오늘 방문한 것은 보와라크 씨와 연락을 하며 진행하고 있는 어떤 용건에 관계된 일입니다. 자세하게 이야기할 수 없는 것을 양해해 주시기 바랍니다. 용건은 지난번 보와라크 씨가 경시청에 출두해서 진술하신 것과 관련이 있습니다. 그런데 그분이 빠뜨린 문제가 두 가지 있다는 것을 나중에 깨달았습니다. 사실 우리도 그때는 당장 중요한 일이라고는 생각하지 않았기 때문에 지나쳐 버렸지요. 그것은 그분이 최근에 하신 벨기에 여행과 관계된 것으로, 두 가지 문제 가운데 하나는 화요일에 이 사무실을 나간 시간이며, 또 하나는 샤랑톤에서 여행을 하겠다는 전화를 여기로 걸어 온 시간에 대해서입니다. 말씀해 주시겠습니까? 아니면 보와라크 씨를 기다렸다가 직접 물어 볼까요?"

주임은 곧 대답하지 않았다. 르빠르쥬는 그가 어떻게 대답해야 할까 하고 망설이고 있는 것을 알았다. 그래서 경관은 다시 말을 이었다.

"마음이 내키지 않으시다면 억지로 대답하지 않아도 좋습니다. 뭐, 기다려도 되니까요."
이렇게 말하자 기대했던 대로 효과가 나타나 주임은 대답했다.
"아닙니다, 천만에요. 당신이 기다리고 싶지 않으시다면 그렇게 할 필요는 없습니다. 적어도 한 가지 질문에는 대답할 수 있다고 생각합니다. 그러나 다른 하나는 그다지 정확하지 않습니다. 제가 샤랑톤에서 보와라크 씨의 전화를 받은 것은 3시 15분 전쯤이었습니다. 특별히 그때 시계를 보았기 때문에 틀림없지요. 하지만 다른 한 가지, 보와라크 씨가 아침 몇 시에 사무실을 나가셨나 하는 점은 그다지 확실치 않습니다. 9시에 저는 전무님으로부터 아주 복잡한 서신 회답의 초안을 만들어 가지고 오라는 지시를 받았습니다. 어떤 사정을 분명히 설명하기 위해 여러 가지 숫자를 알아볼 필요가 있어서, 그것을 쓰는 데 반 시간이나 걸렸습니다. 9시 반에 그것을 가지고 갔더니, 그때는 이미 전무님은 나가신 뒤였습니다."
"그건 화요일이었지요?"
"네, 화요일이었습니다."
"그리고 보와라크 씨가 돌아오신 것은 금요일 아침이었지요?"
"네, 그렇습니다."
르빠르쥬는 일어섰다.
"정말 고맙습니다. 덕분에 오래 기다리지 않게 되어 다행입니다."
사무소를 나온 르빠르쥬는 산푸롱 지하철 역까지 걸어가서 시내로 가는 전차를 탔다. 그는 수사가 점점 진척되어 가는 것을 기쁘게 여겼다. 수사가 시작되던 때와 마찬가지로 정보는 줄곧 들어오고 있다. 처음에 그는 보와라크의 진술 첫부분은 이것으로 충분히 확인되었다고 생각했으나 '잠깐' 하고 여느 때의 훈련이 그 생각을 억눌렀다. 그는 아르마 거리에 있는 보와라크의 집까지 가서 되도록이면 프랑소아를 만나 증언을 얻어 두기로 했다. 그래서 그는 샤트레에서 전차를 내려 마이요 행 전차로 갈아타고 아르마까지 가서는, 거기서부터 큰 길을 걸어갔다.

"여어, 프랑소아."

집사가 현관문을 열자 그는 말을 건넸다.

"또 수고를 끼치러 왔는데, 2, 3분 동안만 시간을 내주지 않겠소?"

"네, 어서 들어오십시오."

두 사람은 그 작은 방으로 갔다. 르빠르쥬는 얼른 그 브라질 담배를 권했다.

"어떻소, 마음에 드오?"

집사가 한 대 집자 그가 물었다.

"너무 독하다는 사람도 있지만 나는 몹시 마음에 든다오. 여송연 같은 맛은 없지만, 꽤 독한 소형 여송연 비슷하지요? 그런데 그다지 시간을 오래 끌지는 않겠소. 이야기는 지난 주 화요일에 당신이 북 정거장으로 가지고 간 보와라크 씨의 가방에 대해서 인데, 그때 당신은 정거장까지 누군가에게 미행당하지 않았소?"

"미행당하다니요, 제가 말입니까? 천만에요, 그런 일은 없었습니다. 나는 잘 모르긴 해도……."

"그럼 왼쪽 수하물 보관소에서 키가 크고 회색 옷을 입은 빨간 턱수염의 사나이를 보지 못했소?"

"못봤습니다. 그런 인상의 사나이는 한 명도 보지 못했는데요."

"당신이 그 가방을 맡긴 것은 몇 시였소?"

"3시 30분쯤이었습니다."

르빠르쥬는 잠시 생각하는 듯해 보였다.

"내가 잘못 알았던가?"

조금 뒤 르빠르쥬는 다시 물었다.

"그건 화요일이었지요?"

"네, 화요일이었습니다."

"그리고 보와라크 씨가 전화를 건 것은 2시쯤이었지요? 보와라크 씨는 2시쯤이라고 말하던데."

"좀더 늦었다고 생각됩니다. 아마 3시 가까웠을 것입니다. 하지만 이상하군요. 실례입니다만, 제가 나리의 가방을 역까지 가지고 간 것을 어떻게 아십니까?"

"어젯밤 보와라크 씨로부터 직접 들었소. 갑자기 벨기에로 가게 된 것과, 당신이 왼쪽 수하물 보관소에 그의 가방을 맡기러 갔다는 이야기를 말이오."

"빨간 턱수염의 사나이란 누굽니까?"

르빠르쥬는 듣고 싶은 정보를 모두 들었으므로 그가 부리는 이 조그마한 꾀에 대해 설명하는 것은 그다지 힘들지 않았다.

"빨간 턱수염의 남자란 우리 형사 가운데 한 사람이오. 그 친구는 귀중품이 들어 있는 가방 도난 사건을 조사하러 갔었는데, 혹시 당신이 그를 만났나 해서요. 그런데 보와라크 씨는 그 가방을 가지고 왔던가요? 도난당하지는 않았겠지요?"

르빠르쥬가 미소지으면서 말하자, 집사도 그것이 농담임을 안 듯 엄숙한 얼굴에 미소를 띠었다.

"도난당하시지 않았습니다. 고스란히 가지고 오셨지요."

여기까지는 이것으로 되겠다고 르빠르쥬는 생각했다. 보와라크는 그의 진술대로, 화요일 2시 45분쯤 집사에게 전화를 걸어 북 정거장으로 가방을 가져오라고 시킨 것은 이미 의심할 나위가 없었다. 더구나 그는 몸소 거기로 가서 가방을 받았다. 여기까지는 확실하다. 그러나 일요일과 월요일의 행동이며 월요일 밤 통을 연 일에 대한 그의 진술은 아직 증명되지 않았다. 르빠르쥬는 다시 말했다.

"덧붙여서 부탁하겠는데, 프랑소아. 내가 쓸 보고서를 위해서 한두 가지 날짜를 맞춰주지 않겠소?"

그는 수첩을 꺼냈다.

"읽을 테니 정확한지 어떤지 말해 주시오. 3월 27일 토요일 만찬회 날."

"맞습니다."

"28일 일요일, 별다른 일은 없음. 밤에 보와라크 씨가 통을 열었음."

"그건 맞지 않습니다, 통을 연 것은 월요일이었지요."

"아, 월요일?"

르빠르쥬는 수첩을 고치는 척했다.

"월요일 밤이었다. 그랬었군. 보와라크 씨는 일요일 밤에는 집에 있었지만, 통은 월요일까지 열지 않았다, 맞지요?"

"그렇습니다."

"화요일에 벨기에로 가서 목요일에 집으로 돌아온 셈이군요?"

"틀림없습니다."

"대단히 고맙소. 틀린 데를 고쳐 주어서 도움이 되었소. 이제 정확한 것 같군."

그는 한참 동안 이 늙은 집사와 이야기를 나누었다. 그는 되도록 다정스럽게 대하려고 애쓰면서 이제까지 겪은 모험담을 그 노인에게 들려 주었다. 르빠르쥬는 이 집사를 만날 때마다 점점 그를 존경하는 마음을 갖게 되었는데, 이 노인의 말은 믿을 수 있으며 또 결코 옳지 못한 일에 힘을 빌려 줄 사람이 아니라고 더욱더 믿게 되었다.

오전 동안의 성공에 맞서기라도 하듯이, 오후의 르빠르쥬는 마치 빈 제비만 뽑는 격이었다. 아르마 거리의 집을 나온 그는 북 정거장의 왼쪽 수하물 보관소로 가서, 사무원들에게 물어 보았으나, 아무런 정보도 얻지 못했다. 가방을 맡겼다는 프랑소아도 그것을 받아 간 보와라크도 누구 하나 기억하고 있는 사람이 없었으며, 가방을 맡겼다는 기록마저도 눈에 띄지 않았다. 그리고 바스티유 광장으로 간 그는 몇 시간 동안 광장과 근처 방사로(放射路)에 있는 레스토랑을 차례차례 들러 종업원들에게 알아보았으나, 그 노력도 헛수고였다. 보와라크가 식사를 했다는 흔적은 어느 레스토랑에서도 발견하지 못했다.

그러나 역시 그는 그 날의 일을 돌이켜보고 만족했다. 손에 들어온 정보는 정확하고 귀중했으며, 적어도 화요일에 대해서만은 보와라크의 진술의 진실성이 결정적으로 증명된 것으로 그는 생각했다. 수요일과 목요일에 대해서도 이것과 마찬가지로 증명되면, 보와라크의 알리바이는 이루어지게 된다. 따라서 그때는 그의 결백을 인정하지 않을 수 없을 것이다.

그 조사를 하기 위해서는 브뤼셀로 가야겠다고 그는 생각했다. 그래서 북 정거장에 전화를 걸어, 그날 밤 11시 20분에 떠나는 열차의 침대칸을 예약했다. 그리고 경시청에 연락한 다음, 식사와 발차 시간까지 휴식을 취하기 위해 집으로 돌아갔다.

상쾌한 밤 여행을 하여 브뤼셀에 도착한 그는 북 광장에 있는 카페에서 아침 식사를 한 뒤 급행을 타고 마리느로 향했다. 닿자마자 그는 우체국을 찾아가서 아르만드 보와라크 씨의 집이 어디냐고 물었다. 사무원은 이름은 알고 있었으나 주소는 몰랐다. 그러나 몇 군데 큰 상점을 두세 곳을 찾아가서 물었더니, 그 가운데 한 집이 보와라크 씨와 거래하고 있음이 밝혀졌다.

"보와라크 씨 댁은 루벤 거리에서 4마일쯤 간 곳입니다. 네거리를 건너면 곧 오른쪽으로 보이는 숲 속에 서 있는 붉은 지붕의 하얀 집입니다. 하지만 지금 보와라크 씨는 안 계실 텐데요."

"만나고 싶었는데……그럼, 그 대신 부인을 만나지요."
"부인도 안 계실 겁니다. 제가 알기로는 2주일쯤 전이었을까. 아니 분명히 2주일 전의 오늘이었습니다. 부인이 저의 가게에 오셔서 '이봐요, 라로슈. 내가 다시 알릴 때까지 2, 3주일 동안은 아무것도 보내지 말아요. 우린 여행을 하게 되어 집은 열쇠로 잠가 놓고 갈 테니까요' 하고 말씀하셨습니다. 그러니 가셔도 두 분 다 댁에는 안 계실 것입니다."
"고맙습니다. 도와 주신 김에 보와라크 씨의 사무소를 좀 가르쳐 주지 않겠습니까. 거기에 가면 그분의 연락처를 알 수 있을 테니까요. 보와라크 씨는 어떤 사업을 하고 계시지요?"
"그분은 은행가입니다. 브뤼셀에는 자주 가시는 모양인데, 어떤 은행에 관계하고 있는지는 모릅니다. 이 길을 건너서 변호사 루부랑 씨에게 가시면 틀림없이 가르쳐 줄 것입니다."

르빠르쥬는 친절한 가게 주인에게 인사를 하고, 그가 말해 준 대로 변호사를 찾아갔다. 여기서 그는 아르만드 보와라크 씨가 브뤼셀 시의 산느 광장에 있는 마젤이라는 큰 민간 은행의 중역 가운데 한 사람이라는 것을 알아냈다.

그는 곧 브뤼셀로 가려고 생각했으나, 오랜 경험에서 어떠한 진술이라도 뒷받침없이 무조건 인정하는 것이 얼마나 어리석은 일인지 그는 잘 알고 있었다. 그는 틀림이 없도록 하기 위해 보와라크 씨 집까지 가서 정말 비어 있는지 자기 눈으로 확인하려고 생각했다. 그래서 그는 소형 자동차를 세내어 루벤 거리로 갔다.

공기는 몹시 차가웠으나 맑게 갠 날씨여서 해가 쨍쨍 내리쬐었으므로, 르빠르쥬는 벨기에의 전원을 상쾌한 마음으로 드라이브했다. 그는 어떻게든지 이 일을 오전 안에 무사히 끝내고 싶었다. 그렇게 되면 밤 열차로 파리에 돌아갈 수 있을 것이다.

15분쯤 뒤 목적한 집에 이르렀다. 가게 주인의 이야기를 들었었기 때문에 곧 찾을 수 있었다. 얼른 봐도 빈집이라는 것을 알 수 있었다. 한길로 향한 문은 자물쇠와 쇠사슬로 굳게 닫혀져 있으며, 주위 숲 사이로 창문의 셔터가 내려져 있는 것이 보였다. 형사는 사방을 두리번거렸다. 문 옆으로 난 길을 따라 작은 집 세 채가 있는데, 농군이나 소작인이 살고 있는 것 같았다. 르빠르쥬는 그 첫째 집으로 가서 문을 두드렸다.

"안녕하십니까?"

르빠르쥬는 문 앞에 모습을 나타낸 조금 뚱뚱한 중년 여자에게 말했다.

"나는 보와라크 씨를 만나려고 브뤼셀에서 왔는데, 집 문이 잠겨 있군요. 누군가 집을 봐 주는 사람이나 그가 간 곳을 알고 있는 사람은 없을까요?"

"제가 봐 주고 있는데, 보와라크 씨가 가신 곳은 모르겠습니다. 떠나실 때 편지가 오면 브뤼셀의 마젤 은행으로 보내 달라고는 하였습니다만······."

"떠나신 지가 그렇게 오래 되지는 않았군요?"

"오늘로 꼭 2주일이 됩니다. 3주일 동안 집을 비우겠다고 하셨으니, 앞으로 1주일 뒤에 오시면 만날 수 있겠지요."

"그런데 지난 주일 내 친구 하나가 보와라크 씨를 찾아 여기에 왔던 모양인데, 그 친구도 못 만난 것 같군요. 당신은 그 사람을 보지 못했습니까?"

르빠르쥬는 그 여자에게 보와라크의 사진을 보여 주었다.

"아니오, 뵙지 못했습니다."

르빠르쥬는 그 여자에게 고맙다는 말을 하고 다시 근처의 집을 두세 집 돌아다니면서 같은 말로 되풀이하여 물어 보았으나 소득이 없었다. 거기서 또 차를 타고 마리느로 되돌아와, 가장 빠른 기차편으로 브뤼셀로 향했다.

보와라크 씨가 중역으로 있는 마젤 은행의 화려한 현관에 르빠르쥬가 들어선 것은 2시가 가까워서였다. 굉장히 호화로운 건물로, 돈을 아끼지 않고 겉치레를 해 놓은 곳이었다. 웅대한 은행 안의 벽은 고르고 고른 가장 좋은 질의 대리석으로 둘러싸였으며, 우아한 녹색 널빤지를 새하얀 기둥과 중방(中枋)이 칸막이하고 있었다. 유리로 된 높은 둥근 천장에서는 온 건물 속에 부드럽고 상쾌한 햇빛을 내리쏟고 있었다.

'여기는 돈이 아쉽지 않은 곳이구나.'

르빠르쥬는 그렇게 생각하면서 카운터로 다가가 명함을 꺼내 보이며 지배인에게 면회를 요청했다.

한참 기다리게 하더니 한 사무원이 사무실과 같은 양식으로 꾸며진 복도를 지나 키가 큰 중년 신사 앞으로 데리고 갔다. 조립식으로 뚜껑이 달린 큰 책상 앞에, 얼굴을 말끔하게 면도한 윤기있는 검은 머리의 신사가 앉아 있었다.

인사가 끝나자, 곧 르빠르쥬가 말을 시작했다.

"이상한 말을 묻겠습니다만, 이 은행의 중역으로 계시는 아르만드 보와라크 씨와 파리의 아브로트 펌프 제조회사 전무인 라울 보와라크 씨는 형제입니까? 사실은 오늘 아침 저는 아르만드 씨를 찾아 마리느로 갔었는데, 계시지 않았습니다. 하지만 그분이 제가 찾고 있는 사람이 아니라면, 여행하신 곳을 묻거나 연락을 취하는 시간을 소비할 필요가 없다고 생각해서입니다.

"우리 은행의 중역은……,"

지배인은 대답했다.

"라울 씨의 형제입니다. 저는 라울 씨에 대해서 개인적으로는 모릅니다만, 우리 은행의 보와라크 씨가 그분의 이야기를 하는 것을 들은 적이 있습니다. 원하신다면, 보와라크 씨가 묵고 계시는 곳을 가르쳐 드릴 수도 있습니다만."
"고맙습니다. 그럼 가르쳐 주십시오."
"스톡홀름의 리트벨히 호텔입니다."
르빠르쥬는 그것을 수첩에 적고는 거듭 고맙다고 말하고 그 은행을 나왔다.
'이번에는 모네 극장인데…….'
그는 생각했다.
'틀림없이 이 모퉁이를 돌면 있을 거야.'
그는 브루켈 광장을 가로질러 모네 광장 쪽으로 돌아갔다. 극장의 매표소가 열려 있었으므로 사무원을 만나 물어 보니, 보와라크 씨가 말한 대로 문제의 수요일 밤에 베를리오즈의 '트로이 사람'이 상연되었음을 알 수 있었다. 그러나 그날 밤의 좌석 예약표를 뒤져 보았으나 그 신사의 이름은 눈에 띄지 않았다. 그렇다고 해서 그가 오지 않았다고는 할 수 없을 것이다. 사무원 말대로 그는 좌석을 예약하지 않았는지도 모른다.
다음으로 르빠르쥬는 맥시미리안 호텔을 찾아갔다. 그 호텔은 폴트루이즈 근처에 있는 워털루 거리의 한 구획을 모두 차지한 근대적인 커다란 건물이었다. 태도가 공손한 종업원이 사무실 창구에 나타나서 그를 맞았다.
르빠르쥬가 말을 꺼냈다.
"보와라크 씨라는 분과 여기서 만나기로 되어 있는데 여기에 묵고 계시는지 알아봐 주지 않겠소?"
"보와라크 씨라고요?"
종업원은 수상쩍은 듯이 되물었다.

"지금 그런 성함의 분은 묵고 계시지 않은데……."
그는 책상 위의 명단을 뒤지면서 말했다.
"아직 오시지 않았습니다."
르빠르쥬는 사진을 꺼냈다.
"이분인데 파리의 라울 보와라크 씨."
"아아, 그분이었습니까. 잘 알고 있습니다. 여러 번 여기서 묵으신 일이 있지만 지금은 안 계십니다."
형사는 무엇을 찾는 듯 수첩을 뒤지기 시작했다.
"날짜를 잘못 알았는지도 모르겠군. 혹시 요즘에 오신 일은 없었소?"
"오셨습니다. 바로 얼마 전——아마 지난 주일이었을 겁니다. 하룻밤 묵으셨지요."
르빠르쥬는 딱한 얼굴을 했다.
"길이 어긋났군!"
그는 소리쳤다.
"역시 그게 틀림없어. 그런데 그가 여기에 묵은 날이 언젠지 아십니까?"
"네, 그것이라면."
종업원은 뭔가 장부를 뒤지더니 대답했다.
"3월 31일, 수요일 밤에 묵으셨습니다."
"길이 어긋났구먼. 미안하게 됐는걸. 날짜를 잘못 안 것이 틀림없어."
형사는 골똘히 생각하는 얼굴로 서 있었다.
"내 이름을 말하지 않았소? 파스칼 쥘 파스칼이라고 하는데."
종업원은 머리를 흔들었다.
"저한테는 말씀하시지 않았습니다만……."

르빠르쥬는 혼잣말처럼 계속해서 말했다.

"그날 밤 파리에서 이리로 곧장 왔음이 틀림없군."

그리고는 종업원을 향해 물었다.

"몇 시쯤 도착했는지 기억하고 있습니까?"

"네, 기억하고 있습니다. 그날 밤 늦게, 아마 11시쯤이었다고 생각합니다."

"그런 시간에 오다니, 좀 경솔하지 않나. 방이 없을 때 일도 생각해야 할 텐데."

"아닙니다. 그분은 방을 예약하셨습니다. 저녁때 일찌감치 안파슈 거리 레스토랑에서 우리 호텔에 묵으시겠다는 전화를 걸어 왔었습니다."

"그건 5시 전이었소? 나는 5시쯤 만나기로 되어 있었는데요."

"그렇게 빠르지는 않았습니다. 7시 반이나 8시쯤이었다고 저는 기억하고 있습니다."

"아니, 뭐가 뭔지 전혀 모르겠군. 계속 당신에게 방해를 드리면 안 되겠지. 편지를 써 놓고 갈 테니 혹시 그가 또 오거든 전해 주시오. 여러 가지로 고마웠소."

르빠르쥬는 자신의 직업에 있어서는 일종의 예술가였다. 한번 그 역할을 하게 되면 하찮은 연기의 세부적인 면까지 철저하게 해내야만 직성이 풀렸다. 그래서 그는 그럴 듯한 필적으로, 길이 어긋나서 유감스럽다는 말과 전혀 터무니없는 용건을 자세하게 설명한 내용의 편지를 보와라크 씨 앞으로 썼다. 그리고는 맵시있는 글씨체로 '쥴 파스칼'이라고 서명한 뒤 그 편지를 종업원에게 맡기고 호텔을 나왔다.

그가 구(舊)시가 쪽을 향해 되돌아오면서 워털루 거리 끝까지 걸어왔을 때 시계가 6시를 쳤다. 그럭저럭 목적을 이루었다고 생각하니, 만족감과 더불어 피로가 그를 덮쳤다. 영화관에라도 들어가서 한

두 시간 쉬었다가 천천히 저녁 식사를 한 다음, 파리 행 밤 열차를 타야겠다고 그는 생각했다.

북 정거장 근처의 한길에 있는 큰 레스토랑으로 들어간 그는, 조용한 한구석에 앉아 커피를 마시며 보와라크의 진술을 한 번 검토해 보았다. 그가 직접 알아보고 얻은 여러 가지 문제점을 하나하나 머릿속에서 대조해 보았다. 토요일 밤, 부인이 행방불명되었다. 일요일과 그날 밤, 보와라크는 집에 있었다. 월요일, 그는 회사에서 보냈고 그날 밤에도 집으로 돌아왔다. 그 월요일 밤, 그는 통을 열어 조각품을 꺼냈다. 화요일 아침, 그는 여느 때의 시간에 출근했다가 9시에서 9시 반 사이에 회사를 나왔다.

같은 날 오후 1시 30분쯤에 그는 샤랑톤에서 점심 식사를 하고, 2시 30분이 조금 지나 프랑소아와 회사 사무소에 전화를 걸었다. 프랑소아는 그의 가방을 3시 30분쯤 북 정거장으로 가져갔고, 보와라크는 거기서 가방을 받았음이 틀림없다. 왜냐하면 그는 그 가방을 벨기에에서 가지고 돌아왔기 때문이다. 수요일 7시 반이나 8시쯤, 그는 맥시미리안 호텔로 전화를 걸어 방을 예약하고 그날 밤은 거기서 묵었다. 이튿날 그는 파리로 돌아와서 저녁때 집에 들어왔다. 게다가 그의 동생이 마리느에 살고 있다는 것도 그 집이 문제의 수요일에 잠겨 있었던 것도, 또 베를리오즈의 '트로이 사람'이 그의 말대로 상연된 것도 모두가 사실이었다.

여기까지는 절대로 움직일 수 없는 사실로서 어떠한 의혹도 가질 수 없는 확증이 있다. 거기서 르빠르쥬는 보와라크의 진술과 그가 아직도 밝혀 내지 못하고 있는 부분에 대해서 생각해 보았다.

보와라크가 샤랑톤에서 점심 식사를 하기 전에 봔산느 숲을 산책했는지 어떤지, 또 그 뒤 센 강을 따라 상류까지 걸어갔는지에 대해서는 아직 확인된 게 아니다. 그가 바스티유 광장의 어느 카페에서 저녁 식사를 했는지도 확인되지 않았다. 그가 정말 마리느의 동생네 집을 찾아갔는지에 대해서도 증거가 없으며, 그가 브뤼셀에서 오페라를 보았는지 어떤지도 마찬가지로 밝혀진 것은 아니다.

여러 모로 생각한 끝에 르빠르쥬는, 이러한 점을 확인하는 것은 여러 가지 사정으로 보아 거의 어려우리라는 결론에 이르렀다. 게다가 이런 점은 보와라크가 한 진술의 본질적인 요소도 아닐 것이라고 그는 생각했다. 가장 중요한 것은——보와라크가 샤랑톤과 브뤼셀——특히 브뤼셀에 있었다는 점인데, 여기에 대해서는 빈틈없이 조사한 결과 증거가 파악되었다. 거기서 그는 생각에 생각을 거듭한 끝에 펌프 제조업자의 진술은 진실이라는 결론을 내렸다. 그리고 만약 그것이 진실이라면 보와라크 씨는 이 살인 사건에 결백하다는 것이 된다. 그리고 만약 그가 결백하다면——훼릭스가……

다음날 그는 경시청에 가서 쇼베 총감에게 보고했다.

움직일 수 없는 증거

블로뉴 부두에서 르빠르쥬와 헤어진 번리 경감은 믿음직한 친구를 하나 잃어버린 것 같은 기분이었다. 친절하고 명랑한 우정에 넘치는 이 프랑스 친구 덕분에 번리의 파리 체류는 정말 즐거웠으며, 그의 능숙한 판단력은 실제로 이번 수사에 얼마나 큰 도움이 되었는지 모른다.

그리고 수사가 얼마나 순조롭게 진행되었던가! 이때까지 이토록 짧은 시간에 여러 가지 정보가 모아진 경험은 번리에겐 없었다. 물론 아직도 그의 일이 끝난 것은 아니지만, 마지막 목적을 이루는 유력한 범위 안에 들어가 있는 것만은 틀림없었다.

무사히 바다를 건너 포크스톤에 도착한 그는 곧장 그곳 경찰서로 갔다. 거기서 그는 파드 카레호가 머물러 있었던 문제의 일요일에 당직이었던 경찰관들을 만나 보았으나 아무것도 얻어내지 못했다. 누구 하나 훼릭스와 보와라크 부인 비슷한 사람을 본 이는 없었다.

그는 그런 다음 세관 직원이며 배에서 수하물을 나르는 짐꾼이며 부두역의 직원 등을 차례차례로 만나 보았으나, 그곳에서도 새로운 정보는 얻어 내지 못했다.

'흠, 글래스고로 가 보라는 말인가.'

그는 그렇게 생각하고 플랫폼의 전신국으로 가서 전보를 쳤다.

글래스고 소치홀 거리, 앙가스 327, 헨리 고든 귀하.
내일 아침 10시에 방문하겠음. 사정이 어떤지 회답 바람.
경시청 번리

그리고 나서 그는 런던으로 가는 다음 기차를 타기 위해 타운 정거장으로 걸어갔다.

런던 경시청으로 돌아온 번리 경감은 총감을 만나, 파리 경시청과 협의한 결과와 이틀 동안 그가 한 일에 대해 차근차근 순서에 따라 자세히 설명하고, 만일 내일 아침 고든 씨와 다행히 만나게 될 수 있다면 오늘 밤 글래스고로 가야겠다는 것도 설명했다. 그런 다음 그는 한 시간쯤 쉬기 위해 집으로 갔다. 10시에 경시청으로 돌아와 보니 고든 씨로부터 온 전보가 그를 기다리고 있었다.

내일 지정한 시간에 기다리겠음.

'지금까지는 잘 되어 가는 편이야'라고 그는 생각하면서, 택시를 불러 유스튼 역으로 달려갔다. 그리고 11시 50분에 떠나는 북부행 급행 열차를 탔다. 그는 언제나 기차 안에서 잠을 잘 자는 편이지만,

이번에는 유달리 잘 잤는지 글래스고에 닿기 30분 전 차장이 돌아왔을 때에 겨우 잠에서 깨어났다.

센트럴 호텔에서 목욕을 하고 아침 식사를 한 뒤에야 기운을 차린 그는 약속을 지키기 위해 소치홀 거리의 앙가스로 갔다. '홍차 도매상 헨리 고든'이라는 간판이 걸려 있는 327번지의 사무실 문을 밀고 들어간 것은, 시계탑이 10시 종을 울리고 있을 때였다. 고든 씨는 그의 방문을 기다리고 있었는지 곧 그의 방으로 안내되었다.

"안녕하십니까."

잔잔한 금발의 구레나룻을 기른, 날카로운 파란 눈을 한 큰 키의 고든 씨가 그를 맞이하려고 일어섰을 때 번리가 말했다.

"나는 런던 경시청의 경감입니다만, 지금 내가 맡고 있는 조사에 협력을 얻기 위해 실례를 무릅쓰고 만나 뵈러 왔습니다."

고든 씨는 고개를 끄덕였다.

"알겠습니다. 그럼 내가 어떻게 해주길 바라십니까?"

"지장이 없으시다면 두세 가지 저의 물음에 대답해 주셨으면 합니다."

"내가 할 수 있는 일이라면 기꺼이 대답해 드리지요."

"죄송합니다. 당신은 최근에 파리에 가셨지요?"

"갔습니다."

"콘티넨탈 호텔에 묵으셨지요?"

"그렇습니다."

"영국으로 돌아오기 위해 그 호텔을 떠난 것은 며칠이었습니까?"

"3월 28일 일요일이었습니다."

"호텔에서 북 정거장까지는 버스로 가셨다고 들었습니다만."

"버스를 타고 갔습니다."

"그런데 고든 씨, 그 버스에 함께 탔던 손님을 기억하십니까?"

홍차 상회 주인은 얼른 대답하지 않았다.

"눈여겨보지 않았기 때문에…… 경감님, 그 점에 대해서는 말씀드릴 만한 확실한 기억이 없습니다."

"내가 들은 바로는, 그 버스에 세 신사가 탔다고 합니다. 당신도 그 가운데 한 사람이지만, 내가 관심을 가지고 있는 것은 다른 사람입니다. 그 사나이는 당신하고 이야기를 했든지, 아니면 적어도 역에서 버스를 내릴 때 잠깐 당신한테 말을 건넸다고 들었습니다. 이렇게 말하면 그때의 상황을 생각해 내실 줄 압니다만……."

고든 씨는 몸짓으로 동의를 나타냈다.

"말씀하신 대로입니다. 그때 일과 함께 탔던 사람들이 지금 생각났습니다. 한 사람은 자그마한 키에 조금 뚱뚱하고 얼굴을 말끔하게 면도한 중년 사나이이며, 또 한 사람은 뾰족한 검은 턱수염을 기른, 조금 멋진 옷차림을 한 젊은이였습니다. 나는 둘 다 프랑스 사람으로 보았는데, 검은 턱수염 남자는 영어를 매우 유창하게 했습니다. 그는 말이 많았으나, 다른 한 사람은 전혀 말이 없었습니다. 당신이 말하는 것은 그 턱수염의 사나이겠지요?"

대답 대신 번리는 훼릭스의 사진을 한 장 꺼내 보였다.

"이 남자입니까?"

"네, 틀림없이 이 사나이입니다. 뚜렷하게 생각납니다."

"그는 당신하고 같이 갔습니까?"

"함께 가지는 않았지만 그가 런던까지 간 것은 틀림없습니다. 왜냐하면 나는 그 사나이의 모습을 두 번 보았거든요. 한 번은 배 위에서, 그 다음은 체링 크로스 역에서 내가 나가려고 할 때였습니다."

어쨌든 이것도 확실한 증거가 될 것이다. 번리는 고든 씨를 곧 찾아보길 잘 했다고 자신의 행운을 기뻐했다.

"그는 혼자였습니까?"

"내가 아는 바로는 그랬습니다. 호텔을 나올 때 혼자였던 것은 틀림없습니다."

"도중에 누군가와 만나는 것을 보지 못했습니까?"

"배 위에서 그를 보았을 때는 한 부인과 이야기하고 있었습니다. 하지만 두 사람이 여행을 함께 했는지, 아니면 다만 여행길에서 알게 된 사이인지 나로서는 알 수 없었습니다."

"그 부인은 런던까지 그와 함께 왔습니까?"

"그렇지는 않았다고 생각합니다. 내가 기차에서 내릴 때, 그는 플랫폼에서 한 사나이와 이야기를 하고 있었습니다. 키가 큰 젊은 사나이로, 살빛이 거무스름하고 말쑥한 사나이였습니다."

"한 번 더 그 사나이를 만나면 알아보겠습니까?"

"네. 알 것 같습니다. 얼굴을 자세히 보았었으니까요."

"좀더 자세하게 그 사나이의 인상을 말해 주시지 않겠습니까?"

"키가 180이나 183cm쯤 되는 야윈 스포츠맨 같은 타입의 사나이였습니다. 핼쑥한 얼굴빛을 하고 있었는데, 조그마한 까만 콧수염을 남겨 놓고 말끔하게 면도한, 얼른 보기에 프랑스 사람 같은 얼굴의 남자였지요. 나는 그 젊은이가 당신의 친구를 마중나온 것으로 생각했습니다. 그다지 이렇다 할 뚜렷한 까닭이 있었던 것은 아닙니다만……."

"그런데 그 부인 말입니다만, 고든 씨, 그녀의 특징에 대해서 이야기해 주시지 않겠습니까?"

"그건 좀 어렵군요. 그 부인은 그의 옆에 앉아 있었는데, 얼굴은 잘 보지 않았습니다."

"어떤 옷차림이었습니까?"

"불그스름한 갈색 털가죽 코트를 입고 있었습니다. 구두는 샌들이었다고 생각됩니다만, 이건 확실하지 않습니다."

"그리고 모자는 어땠습니까? 뭔가 특별히 눈에 띈 것은 없었습니까?"
"아니, 없었습니다."
"말하자면 차양이 넓은 모자라든가……."
"차양이 넓은? 잘 모르겠습니다. 어쩌면 그랬는지도 모르지만."
"두 사람이 앉아 있던 곳은 바람이 많이 불었습니까?"
"그 날은 어디를 가나 바람이 심했습니다. 지긋지긋한 항해였지요."
"차양이 넓은 모자였다면 쓰고 있기가 꽤 어려웠겠군요?"
"그랬겠지요."
고든 씨는 조금 무관심한 듯이 대답했다.
"하지만 그런 것은 내가 말할 필요도 없이 잘 아실 것 아닙니까."
번리는 빙그레 웃었다.
"우리들 경시청에 있는 사람은 꼬치꼬치 묻는 버릇이 있어서요. 고든 씨, 여러 가지로 친절하게 가르쳐 주셔서 고맙습니다."
"천만에요, 이런 질문을 하시는 까닭을 묻는 것은 경솔한 짓일까요?"
"아닙니다. 그렇지는 않습니다만, 지금은 자세하게 사정을 이야기할 수가 없습니다. 그 뾰족한 턱수염의 사나이가 어떤 프랑스 부인을 꾀어 내어 살해했다는 혐의를 받고 있지요. 그러나 지금으로서는 그런 혐의가 있다는 것뿐이니, 그 점은 잘 이해해 주십시오."
"알겠습니다. 그러나 어떤 결과가 되는지 알고 싶군요."
"알려 드리게 되리라고 생각합니다. 이 사나이가 재판에 넘겨질 경우에는 당신의 증언이 필요하게 될 것으로 생각되니까요."
"그렇다면 우리 두 사람을 위해서는 이 사건이 진전되지 않기를 빌어야 할까요. 살펴가십시오. 번리 씨, 뵙게 되어 반갑습니다."

더 이상 글래스고에 있을 필요가 없었으므로, 번리 경감은 센트럴 호텔로 되돌아가서 정오의 런던 행 기차를 탔다. 햇빛이 내려비치는 밝은 전원 지대를 남쪽을 향해 달리는 열차 안에서, 그는 조금 전 고든 씨와 나눈 대화를 다시 떠올려 보았다. 이번 수사를 시작한 뒤로 자기의 노력에 따르는 행운에 대해 그는 다시금 놀라움을 누를 수가 없었다. 이때까지 만난 사람들 거의 모두로부터 꼭 그가 바라는 대로는 되지 않았다 할지라도, 적어도 뭔가 정보를 얻어 낼 수는 있었다.

매주 그 해협을 몇천 명이나 건너고 있을까. 그 사람들의 행동을 낱낱이 알아 낸다는 것은 도저히 불가능한 일이라고 그는 생각했었다. 그러나 이번 조사에 관계되는 일에 있어서만은 자기가 바라고 있는 정보를 가진 사람을 쉽게 찾아 낼 수가 있었다. 만약 훼릭스가 그 버스를 타고 가지 않았다면, 만약 고든이 그만한 관찰력을 가지고 있지 않았다면, 또한 상황이 그렇지 않았더라면 그 날의 훼릭스의 행동을 이토록 정확하게는 알 수 없었을 것이 틀림없다. 수사를 시작한 뒤로 줄곧 같은 말을 할 수 있다. 실제로 이쯤 되어서도 사건의 진상을 밝혀 내지 못한다면 책임은 자기 자신에게 있다 해도 어쩔 수 없을 것이다.

그러나 아직 증거가 충분하지 않으므로 결정적이라고 할 수는 없다. 모두가 그 어떤 일정한 방향을 암시하고 있긴 하지만, 바로 한 걸음 앞 '확실'에서 멈추어 버린다. 이번에도 보와라크 부인이 훼릭스와 함께 해협을 건넜다는 추정이 짙은데도 불구하고, 그것을 입증하는 데까지는 이르지 못하고 있다. 그런 일은 없으리라고 생각되지만, 어쩌면 그것은 다른 사람이었는지도 모른다. 이때까지 파악한 증거는 거의 상황적인 것들뿐이다. 이렇다할 결정적인 증거가 있어야겠다고 그는 생각했다.

번리는 사건 그 자체에 대해서 생각해 보았다. 훼릭스의 유죄 가능성은 점점 굳어져 가고 있다. 또한 고든 씨의 진술은 이러한 가정과 완전히 들어맞고 있다. 두 사람의 여행이 그런 식으로 행해졌으리라는 것은 누구나 자연스럽게 상상할 수 있으리라. 파리에서는 두 연인이 함께 있는 것을 남의 눈에 띄지 않도록 했을 것이 틀림없다. 더구나 두 사람을 아는 사람이 있을 만한 북 정거장 같은 역에서는 서로 시치미를 떼고 남과 같은 태도를 취했을 것이 뻔하다. 배에 오르고부터는 날씨 때문에 갑판에 사람의 모습이 뜸했을 것이므로 이야기를 나누는 위험을 무릅썼는지도 모른다. 그러나 런던에서 누군가가 훼릭스를 마중 나오리라는 것을 미리부터 알고 있었다면, 더욱더 두 사람은 파리를 떠날 때 생각했던 계획대로 저마다 따로따로 역을 나왔을 것이다. 그렇다, 그렇게 생각하면 분명히 이치에 닿지 않는가.

경감은 독한 여송연에 불을 붙여 물고 나는 듯이 뒤로 물러가는 경치를 우두커니 바라보면서 묵묵히 생각에 잠겼다. 런던에 닿은 뒤, 두 사람은 어떤 행동을 취했을까? 훼릭스는 먼저 그 친구를 따돌렸을 것이다. 그리고는 어딘가 약속해 두었던 곳에서 부인과 만나 그녀를 산 마로 저택으로 데리고 갔을 확률이 크지만, 어쩌면 가정부가 휴가 중임을 생각하고 집으로 돌아가더라도 아무것도 없이 텅 비어서 음산할 것이라고 여겨 호텔로 갔는지도 모른다. 그런 일도 있을 수 있다고 생각한 그는 두 사람이 갈 만한 호텔을 샅샅이 뒤지기로 계획을 세웠다. 그러나 어느 호텔에서부터 시작할까 하고 생각하는 동안, 훼릭스가 살해의 진범이었다면 범행은 산 마로 저택에서 저질러졌다고 보아도 될 것이라는 생각이 그의 머리를 스쳤다. 호텔에서는 도저히 할 수 없는 일이었다. 따라서 두 사람은 산 마로 저택으로 갔다고 보는 것이 마땅할 것 같았다.

그는 더욱 생각을 한 걸음 더 앞으로 내딛었다. 만약 살해 현장이 산 마로 저택이었다면 그 통은 거기서 채워졌음이 틀림없다. 그는 이 작업이 보와라크의 서재에서 행해졌을 경우를 생각하다가 바다 위에 나 있던 흔적이 머리에 떠올랐다. 반드시 산 마로 저택에도 그와 똑같은 자국이 남았을 것이 틀림없다. 만약 통이 놓여졌다면 융단이나, 아니 리놀륨인지도 모르지만, 그 위에 둥근 모양의 자국이 발견될 것이다. 비록 그것이 남아 있지 않더라도 톱밥이 있을 것이다. 티끌만큼의 톱밥도 남기지 않고 모두 없앤다는 것은 믿을 수가 없기 때문이다.

어쨌든 그는 그 집을 뒤져 보기로 마음먹었다. 특별히 조심하며 그런 흔적을 찾아내는 일이 중요하다고 생각했다. 이 수색이 자기에게 주어진 다음의 임무라고 그는 마음 속으로 정했다.

그리하여 다음날 아침, 그는 조수 켈빈 경사를 데리고 산 마로 저택으로 갔다. 차 안에서 그는 통을 연 것에 대한 자기의 생각을 부하에게 들려 주고, 만약 그런 사실이 있었을 경우 어떠한 것이 발견될 것인가를 가르쳐 주면서 주의를 시켰다.

훼릭스는 아직도 입원 중이었으며 가정부도 아직 돌아오지 않았으므로 집은 텅 비어 있었다. 번리는 훼릭스의 열쇠 뭉치 가운데 하나로 문을 열고 두 사람은 집으로 들어갔다.

이윽고 면밀하고 빈틈없는 수색이 시작되었다. 번리는 먼저 안뜰에서 시작하여 헛간을 하나하나 차례로 조사했다. 헛간 바닥은 모두 콘크리트로 되어 있어 통 모양의 흔적은 발견할 수 없었으나, 바닥 위를 솔로 쓸어모아 혹시나 그 속에 톱밥이 있지나 않을까 하고 확대경으로 조사했다. 헛간 안에 있는 물건도 남김없이 검사했다. 마구간에 넣어져 있는 훼릭스의 2인승 자동차는 특히 면밀하게 검사했다. 그런 다음 두 사람은 안채의 수사로 옮겨 방을 하나씩 샅샅이 조사해 갔는데, 마침내 훼릭스의 거실에서 번리는 첫 발견을 했다.

양복장 안에 훼릭스의 옷이 여러 벌 걸려 있었다. 그 가운데 웃옷

──감색 양복──오른쪽 주머니에 한 통의 편지가 들어 있었다. 그것은 아무렇게나 주머니에 집어넣은 듯 구겨져 있었다. 번리는 그 편지를 처음 보았을 때는 아무런 흥미도 느끼지 않았으며 그리 중요한 것이라고 생각하지도 않았다. 그러나 두 번 거듭해서 읽었을 때 이것이야말로 그가 찾고 있던 중요한 증거의 하나──이때까지 발견하지 못했던 훼릭스에게 불리한 증거의 하나임에 틀림없다는 생각이 머릿속을 스쳤다.

몹시 질이 나쁜 한 장의 편지지에 써 있는 그 편지는 교양없는 여자가 쓴 것 같은 느낌을 들게 했는데, 글씨체와 글투에서 그것을 짐작할 수 있었다. 얼른 보기에는 술집 여자이거나 레스토랑의 여급이거나 점원 같은 여자가 쓴 것 같았다. 그 편지지에는 아무 무늬도 들어 있지 않았으며, 이렇다 할 특징도 없었다. 주소도 쓰지 않고, 밑도끝도없이 다음과 같은 글귀가 씌어져 있었다.

월요일.
그리운 레온 씨. 편지를 드리려고 펜을 들었으나 너무나 쓸쓸해서 가슴이 죄어드는 것 같습니다. 어떻게 되었나요, 당신? 편찮으신가요? 만약 그렇다면 무슨 일이 있더라도 당신한테 뛰어가겠어요. 당신 없이 나는 살아갈 수 없어요. 어제는 꼭 와 주실 줄 알고 하루 종일 기다리고 있었어요. 지난번 일요일도, 그리고 이번 일주일 동안 줄곧 밤마다 기다렸는데도 당신은 오시지 않았어요. 게다가 돈이 얼마 없는데, 홉킨즈 부인이 다음 주일에 방값을 치러 주지 않으면 나가 달라고 해요. 나는 가끔 생각하지만, 당신은 이제 나 같은 건 싫증이 나서 와 주시지 않는 게 아닌가 하는 생각이 듭니다. 하지만 또 당신은 그런 무정한 분은 아니야, 틀림없이 편찮으시거나 여행을 가셨을 거라고 생각을 바꾸어 자신을 달래고 있습니다. 답장을 주시든지 아니면 곧 와 주세요. 저는 당신 없이는 이제 살아갈 수 없어요.

슬픈 당신의 애미로부터

번리는 이 우울한 편지를 맨 처음 보았을 때 훼릭스도 보기와는 달리 행실이 좋지 못하구나 하는 정도로밖에는 생각하지 않았는데, 다시 읽어 보고는 비로소 그 뜻의 중대함을 깨달았다. 어쩌면 이 편지가 살인의 동기라도 되지 않았을까? 만일 이 편지가 보와라크 부인이 모르는, 물론 훼릭스로서는 알리고 싶지 않은 숨겨진 자신의 생활의 일면을 부인에게 눈치채이게 된 결과를 낳았다면 어떻게 될까? 번리는 그렇게 생각하는 동안 어렴풋이나마 그때의 정경이 재현되는 것같이 여겨졌다.

훼릭스와 보와라크 부인이 산 마로 저택에 이르렀다. 그런데 얼마 뒤 어찌 된 까닭인지는 모르나 훼릭스로서는 엄청난 부주의로 부인이 그 편지를 발견한다. 치정 싸움이 일어나는 것은 당연하다. 훼릭스는 어떻게 했을까? 아마 그는 부인에게서 그 편지를 빼앗아 주머니에 집어넣고는 그녀가 못 보도록 했을 것이다. 그리고는 아마도 성을 낸 부인을 달래려 했을 것이다. 그러나 그것이 불가능하다는 것을 알자 싸움은 더욱 심해지고 드디어는 격정의 발작으로 그녀를 목 졸라 죽였을 것이다. 살인을 저지른 그는 완전히 이성을 잃어, 아마도 편지 같은 것은 전혀 잊어 버린 게 틀림없다. 범죄자의 실수란 세상에서 흔히 말하는 일이다.

이 문제를 깊이 생각하면 할수록 경감은 자신의 추리가 옳다고 여겨졌다. 그러나 여기서 또 그는 이 생각이 전혀 억측에 지나지 않는다는 것을 인정하지 않을 수 없었다. 이런 일이 실제로 일어났었다는 증거는 하나도 없었다. 이것 역시 그가 기차 안에서 독백한 '여기까지는 확실하지만 그 앞은 모르겠다'라고 한 증거의 한 예였다. 그러나 어쨌든 이 편지는 수사의 새로운 방향을 암시하고 있다. 이 여자를 찾아 내어 훼릭스와의 관계를 조사해 볼 필요가 있다. 번리는 눈 앞에 더욱 곤란한 일이 가로놓여 있는 것을 예측했다.

그는 그 편지를 수첩 사이에 끼우고는 다시 수사를 계속했다. 저녁놀이 깔릴 무렵에야 겨우 대부분 방의 수색이 끝나고 서재만 남았다. 그 서재는 지난번에 훼릭스와 경감이 밤늦게까지 이야기를 했던 곳이었다.

"내일 다시 오기로 하지."

번리가 말했다.

"램프 불빛으로 찾아봐야 별수없으니까."

이래서 그들은 다음날 아침부터 또 수사를 계속했다. 두 사람은 바닥 위를 기어다니며 창문으로 들어오는 햇빛을 통해 양탄자를 샅샅이 조사했으나 통의 흔적 같은 것은 눈에 띄지 않았다. 확대경으로 양탄자의 털 사이를 들여다보고, 가죽으로 덮은 의자 속도 샅샅이 뒤졌으나 목적은 이루지 못했다. 그러나 얼마 뒤 번리는 두 번째 발견을 했다.

서재와 그 옆의 식당 사이에 문이 있었는데, 분명 여느 때에는 쓰지 않는 듯 자물쇠로 잠겨 있었다. 그 문의 서재 쪽은 짙은 녹색의 두터운 비로드 커튼으로 가리워져 있었다. 그 앞에 작은 의자가 커튼을 등지고 놓여 있는데, 가죽으로 덮어 씌운 나직한 등은 팔걸이와 마찬가지로 반원형이었다. 양탄자를 구석구석까지 뒤지지 않고서는 직성이 안 풀리는 번리는 이 의자를 옆으로 밀어 놓았다.

의자가 놓여져 있던 곳에 몸을 굽혔을 때, 반짝 빛나는 물건이 커튼에 꽂혀 있는 것이 그의 눈에 띄었다. 그가 눈을 가까이 대고 보니 자그마한 다이아몬드가 한 줄로 박힌 작고 조금 굽은, 금으로 된 장식핀이 커튼 가장자리에 걸려 있었다. 핀 끝이 깊이 꽂히지 않았으므로 번리가 커튼을 건드리자 핀은 곧 바닥에 떨어졌다.

그는 그것을 주웠다.

"멋쟁이인 훼릭스에겐 너무 사치스러운 것 같은데."

그는 켈빈에게 핀을 보이며 말했다. 그때 문득 어떤 생각이 머리를 스치자 그는 그 자리에 멈춰섰다. 어쩌면 이것은 훼릭스에 대해서 만들어져 가고 있는 쇠사슬의 또 하나의 고리——이제까지의 어느 것보다도 중대한 고리인지도 모른다고 그는 생각했다. 이것이 훼릭스의 물건이 아니라면 어떻게 될까? 이 핀은 남자용으로서는 너무도 아름답고 사치스럽다. 만일 부인용이라면 어떨까? 그리고 더욱 중대한 의문은 만일 그 부인이 보와라크 부인이라면 어떨까? 이 사실이 입증되기만 하면 이 사건은 완전히 끝을 맺게 되는 셈이다.

훼릭스와 밤늦게까지 이야기할 때 앉아 있었던 의자에 깊숙이 앉은 경감은 이 새로운 발견에서 펼쳐질 가능성에 대해 생각해 보았다. 죽은 부인의 핀과 브로치가 어떻게 이곳에 떨어져 있을까? 그는 여기서 하나의 가설을 끌어내기 위해 골똘히 생각했다. 그러는 동안 아마도 이러했을 것이라고 짐작되는 하나의 광경이 그의 머릿속에 떠올랐다. 먼저 야회복을 입은 부인이 이런 핀을 꽂았으리라는 것은 생각할 수 있는 일이며, 그것도 목이나 어깨 쪽에 꽂는 게 보통이다.

그런데 만일 그녀가 저 의자에 커튼을 등지고 앉아 있었다고 하고 누군가 그녀의 목을 잡아 머리를 뒤로 밀어 댔다면, 다투는 동안에 핀이 떨어지는 것은 충분히 가능한 일이다. 그리고 또 핀이 떨어졌다면 그가 발견한 장소나 그 근처에 떨어졌으리라고 생각해도 틀림없을 것이다.

경감은 이런 생각이 역시 추측의 한계를 벗어나지 못한다는 것을 인정하기는 했으나, 그 핀이 저절로 떨어진 것이 아니라 무엇에 의해 억지로 뽑힌 것처럼 뚜렷하게 굽어진 사실로써 그의 추측은 더욱 굳어졌다. 깊이 생각하면 할수록 그는 자기의 가설이 정확한 것으로 여겨졌다. 아무튼 이것을 조사해 보는 일은 간단하다. 그것을 결정적으로 해결해 줄 두 가지 점이 그의 마음에 떠올랐다. 먼저 만일 이 핀이 부인의 물건이라면 하녀 수잔느가 확인해 줄 것이다. 다이아몬드의 배열이 특징이 있기 때문이다. 그리고 또 수잔느는 부인이 만찬회 날 밤에 그 핀을 꽂고 있었는지 어떤지도 기억하고 있을 것이다. 둘째로 만일 핀이 부인의 드레스에서 빠진 것이라면, 아마도 드레스가 찢어졌거나 적어도 그 흔적이 남아 있을 게 틀림없다. 이 두 가지 점은 양쪽 다 쉽게 확인될 수 있을 것이다. 그는 그날 밤 이 일을 파리에 편지로 알릴 것을 결심했다.

그 브로치를 작은 상자에 넣은 번리는 일어서서 다시 서재를 수색하기 시작했다. 한참 동안은 이렇다 할 결과를 얻지 못한 채 수색을 계속하고 있었는데, 얼마 안 되어 핀보다 훨씬 더 중대하다고 여겨지는 새로운 발견을 했다. 가구류의 검사를 모두 끝낸 그는 훼릭스의 책상 앞에 앉아서, 1시간 이상이나 여기저기 서랍을 열어 보며 헌 편지를 읽거나 종이 무늬와 타이핑한 서류의 글자 배열 같은 것을 조사하고 있었다.

훼릭스는 확실히 예술가 기질의 결점을 여러 가지 지니고 있었다. 왜냐하면 서류가 전혀 정리되지 않고 아무렇게나 쑤셔 넣은 그대로였기 때문이다. 계산서며 영수증이며 초대장, 계약서, 상거래의 편지──이러한 것들이 모두 뒤섞여서 가장 가까운 서랍 속에 무질서하게 들어 있었다. 번리는 그것을 하나하나 정리하면서 조사해 보았으나 이렇다할 만한 흥미로운 것은 발견되지 않았다.

듀피엘 상회에 조각품을 주문한 편지와 같은 무늬가 들어 있는 용지는 한 장도 나타나지 않았으며, 일단 르 고티에로부터 훼릭스에게 온 것으로 되어 있는 편지에서 본 것 같은 낡은 타이프 활자의 서류도 눈에 띄지 않았다. 그리하여 경감이 앞으로 여섯 가지쯤 책꽂이를 조사하면 그 일도 거의 끝날 것으로 생각했을 때, 세 번째 발견을 하게 된 것이다.

책상 위에 여러 장의 압지가 팜플렛처럼 겹쳐져 있었는데, 이것은 분명히 두 장의 압지 사이에 잉크가 마르지 않은 종이를 끼워 빨아당기게 하는 것이 훼릭스의 습관임을 말해 주고 있었다. 경감은 언제나 쓰는 수법이지만, 욕실에서 거울을 가지고 와 압지를 끝에서부터 차례로 비춰 가며 면밀히 조사했다. 네 장째를 조사하고 있을 때, 그는 갑자기 승리의 몸짓과 함께 손을 멈추었다. 왜냐하면 거울 속에 그가 전에 본 기억이 있는 말이 선명하게 비쳤기 때문이다.

　그……원……의……쪽……
　　……와……가……급……송……이.
　　　정……치……알고……새……아마도 1천 5백 프랑
　　　　……존……지폐를 동봉……보내오니

이것은 듀피엘 상회로 조각품을 주문한 편지의 첫장 마지막 몇 줄이다. 이건 증거가 된다. 드디어 가장 완전한 증거를 쥐게 된 것이다! 훼릭스는 조각품을 주문하는 편지를 썼었는데, 경솔하게도 그 편지를 압지로 잉크를 빨아들이게 한 다음 찢어 없애는 걸 잊은 것이다!

경감은 이 발견에 저도 모르게 만족스러운 웃음을 터뜨렸다. 훼릭스는 조각품을 주문했다. 이제야말로 확실하다. 만일 통의 첫 번째 수송은 그가 한 일이며, 따라서 제2, 제3의 운반도 그가 한 일이라고 생각해도 틀림없는 것이다. 사실 그가 이러한 통의 이동을 조작한 것은 명백하며, 만일 그렇다면 시체를 통에 넣은 것은 의심할 나위 없이 그 훼릭스가 되고, 또 그가 시체를 넣었다고 치면 그야말로 살인범이어야 한다.

그리고 이 종이에 대해서는 더욱 문제점이 포함되어 있다. 이 편지가 씌어진 종이는 복권과 내기에 대해서 타이핑된 편지와 같은 질의 것이다. 훼릭스는 이 편지를 받은 것이라고 말했지만, 쇼베 총감실에서 있었던 토론의 결과로는 훼릭스 자신이 이 편지를 썼을지도 모른다는 확률이 일단 인정되고 있다. 이 확실성의 정도는 그 편지에 사용한 것과 같은 특수한 프랑스 제품의 종이를 훼릭스가 가지고 있다는 것이 밝혀진 이상 더욱 커졌다고 말할 수 있을 것이다.

'슬픈 당신의 애미로부터'라고 서명한 편지, 커튼에 꽂혔던 굽은 핀, 압지에 남은 틀림없는 필적의 자국, 경감은 이러한 세 가지 발견으로 훼릭스의 유죄를 결정지을 수 있다고 생각했다.

이와는 반대로 통을 열었던 흔적에 대해서는 끝내 아무런 단서도 얻지 못했는데, 번리로서는 이토록 철저한 수사를 한 이상 통을 연 것은 여기가 아니라는 결론을 내릴 수밖에 없었다. 그때 하나의 가능한 해석이 그의 머리에 떠올랐다. 어쩌면 훼릭스는 다음날 아침, 통을 어딘가로 옮길 생각으로 짐마차를 빌려 통을 산 마로 저택으로 가지고 왔던 것이 아닐까? 그날 밤 그는 통을 어디에 두었을까? 그 혼자서는 통이 몹시 무거워서 움직이지 못했을 것이며, 물론 남의 손을 빌릴 생각도 안 했을 것이다. 그렇다면 어떻게 했을까? 그렇다, 통은 짐마차 위에 그대로 두었던 것이다! 그의 계획은 먼저 말을 매어 놓은 다음 통을 짐마차에 실어 둔 채 열려고 한 것이 틀림없다. 작업하는 도중에 톱밥이 조금 흘렀다 할지라도 바람이 날려 줄 테니, 지금에 와서는 이미 털끝만큼도 남아 있지 않을 것이다.

번리는 자기의 수사가 바야흐로 정확한 궤도로 나아가고 있다는 자신을 얻어 더욱 그러한 생각으로 밀고 나갔다. 산 마로 저택에 말을 하룻밤 매어 놓았다면 뭔가 뚜렷한 흔적이 남아 있을 게 틀림없다. 그렇게 생각한 그는 다시 안뜰로 나가서 수사를 되풀이했으나, 이번에는 행운을 잡지 못했다. 그는 말을 여기에 매어 놓지 않았다는 결론을 내릴 수밖에 없었다.

어쩌면 마부가 짐마차는 그대로 남겨 두고 말만 그날 밤에 끌고 갔으리라고 생각해 보기도 했으나, 그것은 좀처럼 있을 수 없는 일이라고 여겨져, 결국 이 문제는 당분간 덮어 두기로 했다.

경시청으로 돌아오자 총감은 그의 보고를 열심히 귀 기울여 듣고는 그의 발견에 적잖이 감동을 보였다. 총감은 길게 그의 견해를 이야기한 뒤, 이렇게 말했다.

"그 핀을 곧 파리로 보내어 하녀에게 감정을 시켜 보세. 과연 그것이 부인의 물건인지 아닌지 결과야 어찌 되든, 훼릭스를 법정으로 송치할 만한 충분한 사실을 우리는 쥐고 있는 셈일세. 그런데 자네에게는 아직 이야기하지 않았지만, 훼릭스가 일하고 있는 포스터 회사로 사람을 보내어 조사해 보았더니, 그 통이 파리와 런던을 들락거리는 동안 그는 휴가를 얻었다는 것이 밝혀졌네. 물론 이것이 그의 범행의 증거는 안 되지만, 우리들의 가설과는 맞아들어가는 셈일세."

그리고 이틀 뒤 쇼베 씨로부터 전보로 회답이 왔다.

   수잔느 도데, 핀을 부인 물건으로 확인했음.

"이것으로 결정되었네."
총감이 말했다. 그리고 훼릭스가 퇴원할 수 있을 만큼 회복하는 대로 곧 체포할 수 있게끔 정식 체포영장을 만들었다.

제3부 런던과 파리

새로운 관점

앞 장에서 말한 사건으로부터 며칠 뒤 아침, 신문을 펼친 몇 백만 독자들 중 '수수께끼의 통 사건, 레온 훼릭스를 체포'라는 제목을 보았을 때 흥분에 휩싸이지 않은 사람은 거의 없었다. 경찰 당국이 발견한 사실 모두가 공표되지는 않았으나, 이미 세상에 새어나간 사실만으로도 여느 시민의 흥미를 불러일으키기에는 충분했다.

사건의 비극적인 사정과 그 뒷면에 숨어 있는 불가사의한 수수께끼는 독자의 상상을 충동질했다. 경찰 당국에서는 이미 필요한 단서를 잡고 있어 범인 체포는 이제 시간 문제라는 소문이 떠돌았으나, 경찰의 수뇌부 말고는 과연 어떤 방향으로 혐의가 돌려졌는지 그 진상은 아무도 몰랐다.

그러나 이러한 몇 백만의 독자 중에서 이 뉴스를 보고 윌리엄 마틴처럼 개인적인 충격과 모욕을 느낀 사람은 없었을 것이다. 그는 이미 독자 여러분도 잘 알고 있다시피 그레이트 노드 로드의 브렌트 마을에 가까운 엘머 저택에 살고 있는 의사로, 워커 순경이 산 마로 저택에 숨어들어 나무 뒤에서 감시하고 있었던 날 밤 그곳을 찾아와 훼릭스를 브리지에 초대한 사람이다.

두 사람은 다정한 친구였다. 근처의 송어가 낚이는 강변에서 오후를 함께 보낸 적도 여러 번 있었으며, 의사의 집 당구대에서 밤이 깊어 가는 것을 잊은 적도 곧잘 있었다. 더욱이 훼릭스는 마틴의 가족들에게도 인기가 있었다. 가족들은 모두 다 이 프랑스 사람이 찾아오는 것을 환영했으며, 또 서로 진심으로 믿고 있었다. 이 무서운 제목을 처음 보았을 때, 마틴 의사는 자신의 눈을 믿을 수가 없었다.

다정한 친구로, 또한 굳게 믿고 있는 훼릭스가 체포되다니! 더욱이 살인범으로! 도저히 믿어지지 않는 무서운 일이었다. 그는 도저히 이해할 수가 없었다. 그래서 악몽이라고 생각해 보려고 했으나, 악몽과는 달리 그 인식은 결코 사라지지 않았다. 그는 여러 가지로 생각을 해보았다. 하지만 결국 생각 끝에는, 엄연히 의심할 나위가 없는 결정적인 그 인식으로 되돌아오는 것이었다.

의사는 친구의 환경을 생각해 보았다. 훼릭스는 여느 때 자기의 생활에 대해서는 그다지 말하지 않았다. 의사에게는 그가 고독한 사람 같이 보였다. 그는 혼자 살고 있으며, 마틴은 이제까지 그의 집에 손님이 와 있는 것을 본 적이 없었다. 또 친척에 대해서도 이 프랑스 사람이 이야기하는 것을 들은 기억이 없었다.

'누가 지금의 그에게 힘이 되어 줄까?' 그는 생각했다. 그러나 마틴처럼 친절하고 인정 많은 사람이 이러한 대답에 언제까지나 허우적거리고 있을 리는 없다.

'당장 가서 그를 만나야지' 하고 그는 생각했다. '누가 그의 변호를 맡게 되었는지 물어 보자. 만일 아무도 없다면 내가 할 수 있는 데까지는 돌봐 줘야지.'

그러나 막상 일을 행동에 옮기려 하자 곤란한 일이 생겼다. 미결수를 면회하는 데는 어떤 수속이 필요한지? 그만큼의 나이와 지위있는 사람치고는 이상하리만큼 그는 법률 문제에 대해서 너무도 모르고 있었다. 이럴 때면 그는 언제나 꼭 간단한 방법을 취했다. 그는 '크리포드를 만났던' 것이다. 이번의 어려운 문제에 대해서도 같은 방법── 즉 '크리포드를 만나자'고 그는 생각했다.

'크리포드', 정식으로는 그레이스에 있는 크리포드 앤드 루이샴 법률사무소 소장, 존 웨이크필드 크리포드는 마틴 의사에게 있어 영업상의 법률고문이자 친구였으며, 또 골프 상대이기도 했다. 우연히 1주일에 한 번의 반휴일이 같았으므로, 두 사람은 언제나 골프장에서 함께 골프를 치게 되었다. 그후로 둘은 가끔 서로의 집을 방문할 만큼 친한 사이가 되었다. 크리포드 씨는 쾌활한 마틴 의사에 비해 모든 점에서 매우 대조적인 편이었다. 자그마한 몸집에 나이도 꽤 위이고 몹시 말라 보였으며, 머리칼도 콧수염도 하얗다. 옷차림 하나하나에 섬세한 신경을 써서, 보수적인 영국 신사의 예절을 그대로 몸에 지니고 있는 것 같은 사람이었다. 그의 태도는 엄격하고 무뚝뚝했으나, 타고난 유머 센스로 지루한 사람이라는 말은 듣지 않았다.

그는 뛰어난 법률가였다. 수많은 그의 찬미자들은 그의 의견은 곧 재판관 의견과 다름이 없다고 여겼으며, 또 일단 적으로 돌렸을 때의 무섭게 예리한 그 속에도 인간미가 넘치는 너그러움이 숨어 있다는 것을 잘 알고 있었다.

부득이한 일 때문에 오후가 될 때까지 마틴은 일에서 손을 뗄 수가 없었는데, 3시에는 크리포드 앤드 루이샴 법률사무소의 계단을 올라갔다.

소장이 반가워하며 입을 열었다.
"여어, 마틴. 어서 오게나. 뜻밖에 만나게 되어 기쁘네."
"고마워."

변호사가 권하는 담배를 받으면서 마틴이 말했다. 그리고는 가죽으로 덮은 안락의자에 깊숙이 몸을 파묻었다.

"오늘 찾아온 건 그다지 유쾌한 일이 아닐세. 용건이 있는데, 그것도 조금 성가신 용건이라네. 시간 좀 내줄 수 있겠나?"

자그마한 신사는 엄숙하게 머리를 끄덕였다.

"좋고말고. 자네 용건을 이야기해 보게나."

"사실은 내 친구 레온 훼릭스의 일인데."

의사는 서두를 빼고 느닷없이 본론으로 들어갔다.

"그가 통 속에서 시체로 발견된 부인의 살해 용의자로 어젯밤에 체포된 것은 자네도 알고 있겠지?"

"오늘 아침 신문에서 읽었네. 그런데 훼릭스라는 사람은 자네 집 가까이에서 살고 있나?"

"그렇다네. 그것도 아주 친한 친구이지. 우리 집에 가족과 다름없이 드나드는 사람이야."

"그랬었군. 그것 참 안됐네그려."

"나는 그 친구의 인간성을 믿고 있기 때문에 몹시 당황했지. 나의 가족들도 마찬가지라네. 그래서 그를 위해 무엇을 해야 할지, 자네 의견을 듣고 싶어서 찾아온 걸세."

"그의 변호에 대해서 말인가?"

"그렇다네."

"체포된 뒤 그를 만났나?"

"아니, 아직 못 만났네. 그것도 자네에게 물어 보고 싶은 것 가운데 하나일세. 면회허가를 받으려면 어떻게 해야 하는지 전혀 모르고 있거든."

"신청서에 그만한 까닭이 있다고 인정되면 면회를 허가해 주네. 그럼, 자네는 그가 자신의 변호에 대해 어떤 생각을 하고 있는지 모르는구먼."

"그렇다네. 내 생각으로는 그를 만나 이야기를 듣고, 만일 그 쪽에서 변호 수속을 못하고 있다면 자네한테 변호를 의뢰했으면 하네."

변호사는 천천히 머리를 끄덕였다. 마틴의 제안에 대해 그로서는 이의가 없었다. 수임료가 많고 적음은 그만두고라도, 극적인 성격을 띤 이 이상한 사건이 적어도 올해의 가장 유명한 사건 가운데 하나가 될 것은 틀림없다고 그는 생각했다. 그래서 그는 만일 용의자로부터 의뢰가 있으면 이 사건의 변호를 맡아도 좋으며, 무죄를 입증하기 위해 온 힘을 다해 보겠다고 마음먹었다.

"만일 자네가 이 사건을 우리한테 맡겨 준다면,"

변호사는 천천히 대답했다.

"우리들의 우정과는 상관없이 자네 친구를 구하기 위해, 우리 사무소로서는 있는 힘을 다해 애쓸 것을 약속하겠네. 그런데 경비가 꽤 들 것으로 생각되네. 변호사도 둘이나 셋으로 늘려야 하므로, 그 보수도 꽤 많을 테니 말일세. 그리고 이건 알아 줄거라고 생각하지만……."

크리포드 씨는 서글픈 듯이 미소지었다.

"우리도 생활을 해야 하거든. 어쨌든 그것이 문제가 되는 셈이네. 증인을 내놓는 데도 으레 돈이 들고, 사립 탐정을 쓸 필요도 생길 걸세. 이를테면 큰 사건의 변호에는 많은 돈이 드는 셈이지. 그런데 자네 친구는 그것을 지불할 수 있을까? 그의 재산 상태는 어떤가?"

"걱정없다고 생각되네."

마틴이 대답했다.

"어쨌든 경비 문제는 내가 책임지겠네. 훼릭스도 온 힘을 다하겠지만, 모자라는 돈은 내가 대지."

크리포드는 마틴의 얼굴을 가만히 바라보았다.

"훌륭하군, 자네는, 마틴."

그는 이 문제에 대해 더 계속하려는 듯 잠깐 머뭇거리더니, 이윽고 태도를 고치고 말했다.

"그럼, 자네가 훼릭스를 만나 그의 계획을 알아보는 것이 좋겠군. 만일 자네만 좋다면 이제부터 자네와 함께 보 거리로 가서 곧 면회 허가를 얻어 주지. 그와 이야기를 나눈 결과 우리들의 도움이 필요하다면 기꺼이 이 사건을 맡겠네. 만일 그렇지 않을 경우에는 어디로 상의를 하러 가든, 그건 자네들 마음대로 하게. 그렇게 하는 것이 어떨까, 마틴?"

"고맙네, 크리포드, 좋고말고, 더 이상 바랄 것이 없네."

보 거리에 있는 유명한 경찰서의 담당관에게 훼릭스와 면회하기를 바라는 마틴을 소개한 크리포드는, 다른 약속이 있다면서 마틴의 양해를 얻고 가 버렸다. 뒤에 남은 그는 의자에 앉아 허가가 내리기를 기다렸다. 허가를 받기까지에는 꽤 많은 시간이 걸렸으므로, 훼릭스가 혼자 있는 감옥 안으로 마틴이 들어간 것은 거의 5시가 가까워서였다.

"마틴!"

훼릭스는 크게 소리치며 달려와서 두 손으로 그의 손을 힘껏 잡았다.

"정말 고맙네! 자네가 와 주리라고는 생각도 못했어."

훼릭스가 너무도 기쁘게 그를 맞이하므로 순간 감동했으나 마틴은 무뚝뚝한 말투로 대답했다.

"그런 고약한 짓을 하다니 자네도 딱한 사람이군. 이렇게 소란을 피우고, 대체 자네는 무슨 짓을 저질렀나?"

훼릭스는 기진맥진한 듯 손으로 이마를 쓰다듬었다.

"아아, 마틴."
그는 신음했다.
"모르겠어. 나는 뭐가 뭔지 도무지 모르겠네. 어째서 내가 이런 처량한 신세가 되었는지…… 오늘의 취조는 완전히 형식적인 것으로, 나한테 대한 증거——그것이 무엇인지는 모르지만 ——를 전혀 제시해 주지 않네. 도대체 무슨 근거로 내가 수상쩍다는 것인지 상상도 할 수 없다네."
"나는 사건에 대해서는 아직 아무것도 못 들었네. 다만 자네가 이렇게 된 것을 알았기 때문에 우선 자네를 만나 이야기를 들어 보려고 온 걸세."
"마틴, 고마운 마음은 이루 말할 수가 없네! 평생 은혜를 잊지 않겠어! 사실은 자네의 힘을 빌릴까 해서 오늘 편지를 쓰려다가, 내일 하는 게 좋을 것 같아 쓰지 않았네. 그런데 부탁하지도 않았는데 자네가 와 주었군. 이것이 나한테 어떤 뜻을 갖게 하는지 자네는 모를 걸세. 그것은 한 마디로 말해서, 이런 파렴치한 죄를 뒤집어쓴 것을 자네는 믿지 않는다는 뜻이라고 생각하고 싶네. 그렇지 않은가?"
"물론 그렇지. 당황할 건 없네. 힘을 내게. 자네한테는 아직 친구가 남아 있지 않나. 우리 가족들 역시 깜짝 놀라서, 아내는 물론 아이들까지도 충격을 받았어. 모두 자네한테 힘을 내라고 전해 달라는 거야. 오해는 꼭 풀리기 마련이라네."
"고맙네!"
훼릭스는 일어서서 감동을 누를 수 없다는 듯이 감방 안을 왔다갔다하며 소리쳤다.
"모두에게 전해 주게. 내가 얼마나 고마워하고 있는지, 그리고 모두의 친절이 지금의 나에게 얼마나 기쁜 일인가를."

"바보같이!"
의사는 재빨리 말했다.
"무슨 소리를 하고 있나. 하지만 지금은 1, 2분밖에 면회 시간이 남지 않았으니 묻겠는데, 변호사는 어떻게 할 작정인가?"
"변호? 전혀 생각해 보지 않았네. 그런 일은 생각할 수도 없었어. 첫째, 누구한테 부탁해야 할지 도무지 짐작이 안 가네. 어떻게 해야 하지?"
"크리포드가 있네."
"뭐, 뭐라고? 무슨 이야기인지 나는 모르겠는데."
"크리포드 앤드 루이샴 법률사무소의 크리포드에게 부탁하게. 무뚝뚝한 사나이지만, 머리가 아주 예리하고 인품도 좋아. 틀림없이 자네의 힘이 되어 줄 만한 사람이라고 생각하네."
"나는 그 사람을 모르는데, 이 사건을 맡아 줄까?"
"걱정할 것 없네. 사실은 자네를 면회하기 위해 어떻게 하면 허가를 얻을 수 있는지 물어 보려고 그 친구한테 갔었네. 나는 그와 꽤 친하거든. 그때 그의 뜻을 물어보았지. 부탁만 하면 사무소에서 맡아 줄 뿐만 아니라, 그 자신이 담당해 주겠다고 했네. 그보다 더 뛰어난 변호사는 별로 없을걸."
"마틴, 그 말을 들으니 살아난 것 같네! 뭐라고 고맙다는 말을 해야 할지…… 그 사람과 상의해 주겠나? 하지만 잠깐, 나한테 그만한 경비를 치를 힘이 있을까? 수임료가 꽤 비싸겠지?"
"자네는 얼마나 낼 수 있겠나?"
"글쎄, 얼마만큼 낼 수 있을지…… 1천 파운드쯤이라면 걱정없지만……."
"그 정도면 충분하네. 곧 그와 상의하도록 하지."
두 친구는 2, 3분 동안 더 이야기했는데, 얼마 뒤 간수가 와서 감

방문을 열었다. 면회 시간이 끝난 것이다. 그는 다시 오겠다고 약속하여 훼릭스를 격려한 다음, 감사의 눈물을 흘리고 있는 그를 남겨 두고 감방을 나왔다.

때를 놓치지 않고 재빨리 변호사의 선정을 결정지으려고 마음먹은 의사 마틴은, 그 길로 곧장 크리포드 앤드 루이샴 법률사무소로 갔다. 그러나 사무소는 하루 일을 끝내고 젊은 사무원이 한두 사람 남아 있을 뿐이었다. 그래서 의사는 다음날 다시 방문하기로 약속하고, 옳은 일을 했다는 자기 만족감에 취하여 자신이 한 일을 가족들에게 이야기해 주기 위해 집으로 돌아갔다.

다음날 오후, 그는 다시 법률사무소에 나타났다.

크리포드 씨는 그의 사무소에서 이 사건을 맡기로 결정한 뒤 말을 꺼냈다.

"그런데 미리 말해 두지만, 이 소송은 꽤 오래 걸릴 것으로 생각해 주게. 우선 검사가 기소장을 작성하고——증인의 선서증서를 맡거나 그밖의 여러 가지 일로 시간이 많이 걸릴걸세. 우리는 당장 일에 착수하지만, 우리들에 대한 불리한 증거를 모두 알게 될 때까지는 그다지 일의 진전을 기대할 수 없다고 생각하네. 변론 준비를 하기까지는 더욱 더 시간이 필요할걸세. 만일 훼릭스가 공판에 회부되면——내가 들은 바로는 아마도 그런 모양인데——쌍방의 준비가 다 끝날 때까지는 몇 주일, 또는 몇 달이 걸릴지도 모르네. 그러므로 자네나 나나 끈기있게 버틸 필요가 있지."

"그렇겠군."

의사가 중얼거렸다.

"자네들 법률가는 모든 일을 철저히 해야만 될 테니까."

"자네 일과 마찬가지로 한번 실패하면 되돌릴 수가 없거든. 그래서 신중히 하지 않을 수 없는 걸세."

변호사는 허탈한 듯이 웃으며 대답했다.
마틴은 무릎을 쳤다.
"하하하!"
그도 따라 웃었다.
"멋있는 말을 하는군. 한 대 얻어맞았네. 그런데 너무 자네의 시간을 빼앗아 미안하지만, 그밖에 무슨 할 말은 없나?"
"있네."
크리포드가 말하기 시작했다.
"두 가지인데, 하나는 해푼스톨을 선정하도록 권하고 싶네——자네도 알고 있겠지만, 국선 변호사 루샤스 해푼스톨이네. 그는 젊은 변호사를 한두 사람 붙여 달라고 말할지도 모르지만, 그건 괜찮겠지?"
"물론이지, 자네가 좋을 대로 하게."
"또 하나는 훼릭스에 대해서 자네가 알고 있는 것을 숨김없이 이야기해 주기 바라네."
마틴이 대답했다.
"사실은 별로 할 이야기가 없네. 그 친구에 대해서 얼마만큼이나 알고 있나 하고 방금 생각해 보았는데, 거의 아는 것이 없음에 나 자신도 놀라고 있네. 우리가 그를 안 것은 4년쯤 전일세. 훼릭스가 우리 집에서 180m쯤 떨어진 곳에 있는 산 마로 저택을 갓 샀을 때로, 그는 이사해 오자마자 폐렴에 걸려 내가 왕진을 갔었는데, 몹시 중태여서 한때는 생사가 염려스러울 정도였다네.

그러나 겨우 위기를 면하고 회복기에 들어선 뒤부터 우리는 친해졌던 걸세. 그가 퇴원했을 때, 나는 한두 주일 동안 그를 우리 집에 초대했었지. 산 마로 저택에는 그가 그다지 마음에 들어하지 않는 가정부가 한 사람 있었을 뿐이었기 때문이네. 그런데 가족들은 그가 마음에 들어 그때부터 그는 가족이나 다름없게 되었지.

 그 뒤 그는 귀여운 강아지처럼 우리 집을 드나들었네. 곧잘 우리 집에서 식사를 했고, 그는 또 그 사례로 아이들과 아내까지도 극장에 데려가 주었네."
"그렇다면 오직 혼자 산다는 말인가?"
"그렇다네. 가정부 말고는."
"그럼 그의 가족들은 아무도 못 만나 봤겠군?"
"맞네. 가족 이야기를 들은 적도 없고 말일세. 가족이 하나도 없는 게 아닐까. 있더라도 그는 한 번도 이야기한 적이 없어."
마틴은 조금 망설이다가 말했다.
"이건 내 상상이지만, 그는 왠지 여자를 피하는 듯한 데가 있네. 그는 꼭 한번 비꼬듯이, '여자는 돈이 많이 들어서' 하고 말한 적이 있었네. 그래서 나는 과거에 실연당한 일이 있었나 하고 늘 생각했지만, 그가 그런 말을 한 적은 없네."
"직업은?"
"화가야. 도심지에 있는 어느 포스터 회사에서 디자인 일을 하고 있으며, 그밖에도 몇몇 고급 잡지에 삽화를 그리고 있네. 재산이 있는지 없는지는 잘 모르지만, 꽤 넉넉한 생활을 하고 있지."
"자네는 이 괴상한 사건에 대해서 뭔가 알고 있는 게 없나?"
"모르겠는걸. 하지만 딱 한 가지 이런 일이 있었네. 잠깐만, 그게 어느 날 밤이었더라? 틀림없이 월요일이었다고 여겨지는데……맞았어, 4월 5일 월요일이었는데, 두 친구가 우리 집에 와서 브리지의 3판 승부를 겨루게 되었지.

 나는 훼릭스도 한무리에 끼워 넷이서 브리지를 할까 생각하고 그에게 권하러 산 마로 저택으로 갔었네. 8시 반쯤이었지. 그는 처음에는 망설였으나 끝내는 가기로 해서, 나는 그가 집으로 들어가 옷을 갈아입는 동안 기다리고 있었네. 서재의 난로는 지금 막 불을 피워서인지 방 안이, 아니 집 전체가 싸늘하고 음산했지.

 우리 네 사람은 1시 가까이까지 브리지를 했었네. 그 다음에 그에 대해서 들은 것이라면, 그가 뭔가 정신적인 충격을 받아 센트 토머스 병원에 입원중이라는 것일세. 나는 의사로서가 아니라 친구로서 그를 문병 갔었는데, 그때 그는 통에 대한 이야기를 나에게 해주었지."

"무슨 이야기를 하던가?"

"그의 말로는 돈을 넣은 통을 보냈다는 편지를 받았기에——상세한 것은 그가 직접 말하겠지만——그는 배에서 그 통을 인수해서 바로 내가 그를 찾아갔던 월요일 밤에 통을 산 마로 저택으로 싣고 왔다는 이야기였네. 그가 그날 밤 외출하기를 꺼렸던 까닭은 그 통을 빨리 열어 보고 싶었기 때문이었다는군."

"어째서 그는 그 까닭을 자네에게 말하지 않았을까?"

"내가 그것을 묻자, 그는 그 통을 넘겨 받는 데 있어 해운회사와 말썽이 있었으므로, 그 통이 있는 곳을 아무에게도 알리고 싶지 않았다고 말하더군. 그러나 그 일에 대해서는 직접 그에게서 이야기를 듣는 것이 좋을 듯하네."

"나도 물어 볼 생각이지만, 자네가 개인적으로 알고 있는 일이 있으면 모두 들려 주게나."

"아니, 더 이상은 아는 게 없네."

"그의 친구 관계에 대해서는 뭔가 아는 일이 없나?"

"모르겠는데. 그와 알게 된 뒤 그의 친구를 만난 것은 꼭 두 번뿐인데, 두 번 다 그의 아틀리에로 그림을 보러 온 화가였으며, 두 번 다 밤늦게까지는 있지 않았네. 그가 낮에 만나는 사람에 대해서는 나는 전혀 모르네."

변호사는 한참 동안 잠자코 앉아 있다가 입을 열었다.
"그럼 오늘은 이쯤으로 대략 이야기가 끝난 것 같군. 진행 상황에 대해서는 그때그때 연락하겠지만, 앞서 말한 바와 같이 이 일은 꽤 오래 걸린다는 것을 알고 있어야 하네."
굳은 악수를 나눈 다음 고맙다는 말을 남기고 의사는 돌아갔으며, 한편 크리포드는 책상 앞에 앉아 국선 변호사 해푼스톨에게 이 사건을 맡아 주지 않겠느냐는 문의 편지를 쓰기 시작했다.

훼릭스가 말하는 새로운 사실

그 이튿날, 크리포드 씨는 여러 가지 기술적(記述的)인 수속과 지금까지 파악된 이 사건의 정보를 당국으로부터 입수하기 위해 하루 종일 걸렸기 때문에, 그가 자기의 변호의뢰인을 만나러 간 것은 그로부터 이틀 뒤인 아침이 되어서였다. 그는 두 손으로 머리를 감싸고 침통한 얼굴로 독방에 앉아 있는 그의 의뢰인을 발견했다. 두 사람은 한참 동안 잡담을 하고 나서 변호사는 일을 시작했다.
변호사가 말을 꺼냈다.
"그런데 훼릭스 씨. 이 불행한 사건에 대해서 당신이 알고 있는 일을 숨김없이 이야기해 주십시오——아무리 하찮은 일이라도, 또 중요하지 않은 일이라도 남김없이 말해 주시오. 알겠습니까? 이 점은 특히 강조해 두겠지만, 당신 같은 입장에 있는 사람이 숨긴다는 것은 자살 행위나 다름없습니다. 모든 것을 숨김없이 말해 주십시오. 어떤 고백을 하시더라도 그 비밀은 지켜 드리겠습니다.
만일 실수로 저지른 일이나 어리석었던 일, 또는 범죄적인 행위를 한 일이 있다면, 그리고 이건 더욱 실례입니다만, 지금 당신이 혐의를 받고 있는 범죄를 저질렀더라도 사실 그대로 이야기해 주시오. 그렇지 않으면 장님이 장님을 끌고 가는 격이 되어 우리는 다

같이 쓰러지고 맙니다."

훼릭스는 일어섰다.

"말씀드리겠습니다. 크리포드 씨. 숨기지는 않겠습니다. 우선 상세한 이야기를 하기 전에 한 가지 분명히 해 두어야 할 일이 있습니다."

그는 손을 들었다.

"내가 믿고 있는 전능하신 하느님 앞에 맹세하고 말씀드립니다만, 나는 절대로 결백합니다."

그런 다음 그는 앉아서 이야기를 계속했다.

"당신이 나를 믿고 있는지 어떤지는 묻지 않겠습니다. 언젠가는 알게 될 테니까요. 지금으로서는 그러한 것보다도 이 이야기를 하는 데 있어, 이 사실만은 분명히 해 두고 싶습니다. 나는 절대로, 또한 무조건 이 끔찍스럽고도 무서운 범죄에 대해서 전혀 아는 게 없음을 단언하겠습니다. 그럼, 이야기를 계속하겠습니다."

"당신이 이 진술을 그렇게 시작하신 것을 나는 기쁘게 생각합니다, 훼릭스 씨."

변호사는 의뢰자의 태도와 열의에 감탄해서 말했다.

"그럼 부디 처음부터 말씀해 주시오. 되도록 자세하게, 당신이 알고 있는 사실을 모두 들려 주십시오."

훼릭스는 본디 화술이 능란했으므로 크리포드의 직업적 본능에 호소할 뿐만 아니라, 괴상한 그의 경험담을 이야기해 감에 따라 변호사의 마음을 사로잡고 말았다.

"어디서부터 시작해야 좋을지 잘 모르겠습니다만,"

그는 말을 시작했다.

"이 사건과 직접 관계가 있는 것으로 맨 처음 일어난 일은 파리의 카페 토와슨 돌에서 몇 사람의 친구들과 만났을 때인데, 먼저 이야기를 하기 전에 나의 신원과 프랑스 사람인 내가 왜 런던에서 살게 되었는지를 이야기할 필요가 있다고 생각합니다.

그렇게 되면 내가 그 가엾은 아네트 보와라크를 전부터 알고 있었던 것도 자연히 언급하게 될 것입니다. 어떻습니까, 크리포드 씨?"

'이야기할 필요가 있겠소?'

변호사는 생각했다. 그에게는 훼릭스가 살해된 여성을 오래 전부터 알고 있었다는 사실이 불길한 예감처럼 여겨졌다.

'물론 이 사건 전체로 보아 그다지 중요한 일은 아니지 않는가.'

그러나 입 밖으로 내어서 한 말은 이러했다.

"네, 그것은 꼭 들어야겠다고 생각합니다."

"알겠습니다. 그럼, 이야기하겠습니다. 조금 전에도 말했듯이 나는 프랑스 사람으로, 1884년 아비뇽에서 태어났습니다. 어려서부터 그림 그리는 것을 좋아했고 선생님도 장래성이 있다고 하여 일찍이 파리로 나가 도판 씨의 아틀리에에 들어갔습니다. 거기서 여러 해 동안 공부를 했는데, 그 동안은 불 미슈의 변두리에 있는 어느 자그마한 호텔에서 살았습니다. 부모는 이미 돌아가시고 나는 적으나마 유산을 물려받았습니다. 많은 액수는 아니지만 생활하기에는 넉넉했습니다.

그 아틀리에에서 공부하고 있는 친구 가운데 한 사람으로 피엘 본쇼즈라는 젊은이가 있었습니다. 그는 나보다 4살 아래였으나 꽤 매력적이고 멋진 젊은이였지요. 우리는 친하게 되어 끝내는 한 방에서 살게 되었습니다. 그러나 그는 그림은 별로 잘 그리는 편이 아니었습니다. 그는 모든 일에 끈기가 없고, 만찬회나 트럼프 놀이를 좋아해서 차분하게 그림을 그리지 못했습니다. 그래서 어느 날, 그가 그림 공부에는 흥미를 잃었으나 사업 방면으로 나가고 싶다고 나한테 말했을 때 그다지 놀라지 않았습니다. 그는 아버지의 오랜 친구로 나르본느의 포도주 수출 업체인 로제 상회 사장에게 취직을 부탁했던지, 그 상회에 일자리를 얻어 근무하기로 결정되었습니다.

파리를 떠나기 한 달인가 두 달 전의 일인데, 그는 사촌 여동생인 아네트 앙벨 양을 신입생으로 아틀리에에 데리고 왔습니다. 두 사람은 사촌이라기보다는 오히려 친남매처럼 보였습니다. 본쇼즈의 말로는 두 사람은 어렸을 때부터 함께 자랐기 때문에, 영국 사람이 흔히 말하는 '짝자꿍'이라는 것이었습니다. 이 여성이 크리포드 씨, 바로 뒷날에 보와라크의 아내가 된 그 불행한 젊은 부인입니다.

그녀는 아주 아름다운 소녀였습니다. 나는 그녀와 처음 만난 순간부터 난생 처음이라 해도 좋을 만큼 깊은 찬미의 감정을 느꼈습니다. 피치 못할 운명이라고나 할까. 우리 두 사람은 다같이 파스텔 그림 공부를 하게 되어 자연히 만날 기회도 많았으며 서로의 그림에 흥미를 가지게 되었습니다. 당연한 결과로서 나는 진심으로 그녀를 사랑하게 되었습니다. 그녀 역시 나를 실망케 하는 태도는 취하지 않았으나, 그녀는 누구에게나 친절하고 상냥했기 때문에 나는 굳이 그녀가 나에게만 특별한 태도를 취하도록 하지는 않았습니다. 그러나 간단하게 말씀드리자면, 이윽고 나는 용기를 내어 그녀에게 프로포즈를 했습니다. 그리고 그녀가 응해 주었을 때 나는 자신의 행운이 믿어지지 않을 만큼 기뻤습니다.

그 뒤 나는 그녀의 아버지와 이야기하게 되었는데, 앙벨 씨는 전통적인 명문 출신으로 자기의 가문에 대해서 커다란 긍지를 가지고 있었습니다. 큰 부자는 아니었지만 생활은 넉넉했으며, 라로슈의 오랜 저택에서 인습적인 생활을 하며 그 지방 사교계의 지도자적 위치에 있었습니다. 이러한 이야기를 그에게 하는 것은 누구나 힘드는 시련임에 틀림없었지만, 나처럼 사회적 지위도 아무것도 없는 사람으로서는 정말 악몽처럼 무서운 일이었습니다. 나의 예감은 어긋나지 않았습니다. 그는 정중하게 나를 맞이해 주기는 했으나, 나의 결혼 신청은 가차없이 거절했습니다. 앙벨 양은 나이가 어린데다 세상이나 자기 자신에 대해서도 잘 알지 못한다. 아버지로서는 딸의 앞날에 대해서 생각하고 있는 일이 있다는 것이 그의 대답이었습니다. 또한 비유해서 말했는데, 나 같은 사회적 지위도 재산도 없는 사람이 그처럼 오랜 혈통과 전통이 있는 집안과 결혼을 하겠다는 생각이 처음부터 잘못되었다는 겁니다.

이 결정이 우리 두 사람에게 준 영향에 대해서는 더 말할 필요도 없겠으나 결론만 말씀드린다면, 아네트는 처음에는 아버지에게 반항했지만 결국은 권위에 굴복하여 아틀리에를 그만두고 남 프랑스의 큰어머니 집으로 가서 당분간 있게 되었습니다. 정든 파리도 그녀를 잃어 버린 나에게는 견딜 수가 없었으므로, 나는 런던으로 건너와 프리트 거리에 있는 광고 포스터 회사 그리아 앤드 훗드 상회에서 화가로 일하게 되었습니다. 이 회사에서 받는 급료와 틈틈이 〈펀치〉지와 그밖의 잡지에 삽화를 그림으로써, 얼마 안 되어 나는 1천 파운드 이상의 연수입을 올리게 되었습니다. 거기서 오랜 희망을 실현하고자 교외에 자그마한 별장식 집을 샀으며, 이사하면서 출퇴근에 쓰기 위해 2인승 자동차도 구입했습니다. 그 집이 지금 살고 있는 산 마로 저택으로, 그레이트 노드 로드의 브레트 마을 가까이에 있습니다. 여기에 머무르게 되고부터 나는 늙은 가정부를 고용하여 혼자서 살기 시작했습니다. 나는 다락을 아틀리에로 고쳐서 오래 전부터 그리고 싶었던 그림을 시작했습니다.

그러나 새 집으로 옮겨온 지 한 달도 안 되어서 나는 심한 폐렴에 걸리고 말았습니다. 곧 근처에 사는 마틴이라는 의사를 불러 진찰을 받은 것이 인연이 되어서, 우리 두 사람은 친하게 지내게 되었습니다. 이렇게 오늘 당신이 오시게 된 것도 이러한 인연이 있었기 때문입니다.

나는 이렇게 평범한 생활을 하면서 2년쯤 보냈는데, 뜻밖에도 어느 날 아침 피엘 본쇼즈가 찾아와서 나를 기쁘게 했습니다. 그의 말로는 열심히 일한 보람이 있어, 이번에 런던 지점장으로 부임해 왔다는 것이었습니다. 그리고 그는 사촌 여동생인 아네트 이야기를 했는데, 그의 말을 빌리면 그녀는 그 뒤 1년쯤 뾰로통하게 지내다가 끝내는 아버지의 강요로 돈 많은 공장주인 보와라크라는 사나이와 결혼했다는 것이었습니다. 그는 부임하는 도중 파리에 들러 그녀를 만났는데, 매우 행복한 것 같았다고 이야기했습니다.

본쇼즈와 나는 옛정을 되살려서 다음 해 여름——즉 2년 전 일인데——콘월로 도보 여행을 했습니다. 그 일을 이야기하는 까닭은 이 여행을 하던 도중 벤잔스 근처에서 어떤 일이 일어났는데, 그때문에 우리 두 사람의 사이가 더욱 두터워졌기 때문입니다. 바위투성이 바닷가의 아무도 없는 곳에서 헤엄을 치고 있었는데, 나는 갑작스러운 물결에 휩쓸려서 아무리 발버둥쳐도 점점 바다 한가운데로 떠내려가고 있었습니다. 본쇼즈는 나의 고함 소리를 듣고 내 뒤를 쫓아 헤엄쳐 와서는 자신의 위험도 돌보지 않고 나를 구해내어 물결이 잠잠한 곳까지 되돌아와 주었습니다. 그는 그 일을 대수롭지 않게 말했지만, 나로서는 그가 위험을 무릅쓰고 나의 목숨을 구해 준 것을 잊을 수가 없었으므로, 언젠가 기회를 보아 그 은혜에 보답할 생각이었습니다.

그러나 조금 전에도 말씀드린 것처럼 나는 런던에서 살게 되었지만, 결코 파리를 잊은 것은 아니었습니다. 처음에는 가끔 생각날 때마다 다녀오곤 했지만, 나중에는 자주 옛 친구를 만나러 가서 프랑스의 예술가들과 줄곧 접촉하게 되었습니다. 8개월쯤 전의 일입니다만, 역시 파리를 방문했을 때 나는 우연히 어느 유명한 조각가의 작품전을 보러 갔으며, 거기서 뜻밖에도 이야기를 재미있게 잘하는 어떤 사람을 만났습니다. 조각품 수집에 흥미를 가진 사나이로, 그 방면에선 대단한 전문가였습니다. 그는 자기의 콜렉션이 온 세계의 개인적 콜렉션 중에서 가장 많을 것이라고 나한테 이야기했는데, 이야기가 무르익어 가자 그는 오늘 밤 자기 집에서 함께 저녁 식사를 하고 자기의 콜렉션을 봐 주지 않겠느냐고 권했습니다. 그래서 나는 그와 함께 갔는데, 집에 도착하자 그는 곧 부인을 소개해 주었습니다.

크리포드 씨, 그때의 나의 기분을 생각해 주십시오. 그의 부인이야말로 다름 아닌 아네트였던 겁니다. 얼떨결에 우리는 처음 만난 사람처럼 행동했지만, 만일 보와라크 씨가 자기의 콜렉션에 열중하지 않았다면 틀림없이 우리들의 당황하는 모습을 눈치챘을 것입니다. 그러나 식탁에 앉고부터는 처음 그녀를 보았을 때의 놀라움에 비해 그녀가 눈앞에 있음에도 그다지 마음이 설레이지 않았습니다. 그녀를 진심으로 찬미하는 마음에는 변함이 없었으나, 열병은 이미 지나가고 전에 내가 그녀에게 품고 있었던 열렬한 사랑은 이미 사라져 버렸던 것입니다. 그녀의 태도로 보아 나에 대한 그녀의 감정에도 나와 같은 변화가 생긴 것이 뚜렷했습니다.

보와라크 씨와 나는 그의 콜렉션을 통해서 아주 친해져, 그 뒤로는 파리에 갈 때마다 그로부터 초대가 있었으며 나는 여러 차례 그의 집을 방문했습니다.

크리포드 씨, 미리 설명해 둘 만한 것으로는 이것이 전부라고 생각합니다. 너무 두서없이 이야기했는지는 모르겠습니다만, 나로서는 되도록 조리있게 말한 셈입니다."

변호사는 긴장한 얼굴로 머리를 끄덕였다.

"이야기는 잘 들었습니다. 계속해 주십시오."

"그럼 다음으로,"

훼릭스는 계속했다.

"통에 관계된 사건, 따라서 그 비극과도 중요한 관계가 있는 사건에 대해서 말씀드리겠습니다. 일이 일어난 차례대로 이야기하는 게 좋을 것 같습니다. 하긴 그렇게 하면 이야기가 얼마쯤 단편적으로 될지도 모르겠지만."

크리포드 씨는 다시 머리를 끄덕였다. 훼릭스는 이야기를 계속했다.

"3월 13일 토요일, 나는 파리로 건너가서 주말을 보내고, 다음날 월요일 아침에 런던으로 돌아왔습니다. 그 일요일 오후, 로와이얄 거리에 있는 카페 토와슨 돌에 우연히 들렀던 나는 거기서 거의 다 잘 아는 친구들을 만났습니다. 그들은 프랑스 정부의 복권에 대해서 이야기하고 있었습니다. 이야기를 하는 도중 한 친구 알폰스 르고티에가 나한데 '나와 짝지어서 한 번 걸어 보지 않겠나'라고 말했습니다. 처음에 나는 그의 제안을 웃어 넘기고 말았는데, 나중에는 마음이 달라져 그와 짝지어서 1천 프랑의 복권을 사기로 했습니다. 수속은 모두 그 친구가 하기로 하고 만일 당첨이 되면 이익은 반씩 나누기로 상의가 되었는데, 나는 내가 부담하기로 한 5백 프랑을 그에게 주었습니다. 나는 기껏해야 이 이야기도 이것으로 끝나려니 하고 생각했으므로 그럭저럭 잊어 버리고 말았습니다.

영국으로 돌아와서 1주일쯤 지난 어느 날, 본쇼즈가 찾아왔습니다. 처음 보았을 때부터 나는 그에게 뭔가 걱정이 있나 보다고 여겼었는데, 얼마 뒤 그 까닭을 모두 알았습니다. 그는 트럼프놀이에 크게 져서 그 빚을 갚기 위하여 고리 대금 업자에게 돈을 빌려 썼는데, 이번에는 그 빚 독촉으로 큰일이 났다는 것이었습니다. 얼마나 되느냐고 물었더니, 그는 거의 갚았는데 아직 6백 파운드쯤 남았다고 대답했습니다. 이 금액은 지금의 그로서는 도저히 마련할 수가 없어 31일까지, 즉 앞으로 1주일 안에 갚지 않으면 파산하고 만다는 것이었습니다. 정말 몹시 딱했습니다. 왜냐하면 이때까지 벌써 두 번이나 같은 일로 궁지에 몰린 그를 구해 준 일이 있고, 그때마다 두 번 다시 노름을 하지 않겠다고 나한테 약속했었습니다. 나는 소중한 돈을 이런 시시한 일에 도와 주고 싶지는 않았지만, 우리들의 우정과 또 나의 생명을 구해 준 은혜를 생각할 때 궁지에 빠진 그를 그대로 모르는 척할 수는 없었습니다.

나의 마음을 알았는지 그는 오늘 찾아온 것은 나에게 돈을 빌리러 온 것이 아니며, 또한 나에게는 이미 친구로서 분에 넘치는 폐를 끼쳤으니 이제는 더 부탁할 염치가 없다고 분명히 말했습니다. 더욱이 그는 아네트에게 자기의 딱한 사정을 호소하는 편지를 써서, 그냥 도와주는 것이 아니라 4부 이자를 치른다는 조건으로 융자를 부탁했다고 말했습니다. 나는 진지하게 그와 이야기를 나누고, 비록 돈은 못 빌려 주지만 사태의 진전만은 자주 연락해 달라고 그에게 부탁했습니다. 그러나 그에게 말은 하지 않았으나, 나는 그가 파산하는 것을 보느니 차라리 6백 파운드를 빌려 주려고 마음먹었습니다.

'나는 이번 금요일 파리에 갈 예정이네' 하고 끝으로 그에게 말했습니다. '그리고 토요일 밤, 보와라크 씨 집 만찬회에 참석할 생각인데, 아네트가 그 문제를 꺼내면, 자네가 몹시 곤란하다는 것을 전해 주지.'

'나를 돕는 것은 그만두라고 그녀에게 말하지는 말게' 하고 그는 애원했습니다. 나는 그런 말은 절대로 하지 않겠다고 말했습니다.

그러자 그는 언제 돌아오는지 가르쳐 달라며 그때는 마중나가서 아네트의 이야기를 듣고 싶다고 말했습니다. 나는 블로뉴를 거쳐 일요일에 돌아올 예정이라고 말했습니다.

그 주말, 카페 토와슨 돌의 회합이 있은 2주일 뒤 나는 다시 파리로 갔습니다, 토요일 아침, 콘티넨탈 호텔에서 도판 씨의 아틀리에라도 가 볼까 하고 생각하며 앉아 있는데, 편지 한 통이 왔습니다. 그것은 아네트로부터 온 편지였는데, 비밀히 만나서 이야기하고 싶은 일이 있으니 만찬회가 시작되는 7시 45분이 아니라 7시 반에 와 달라, 회답은 심부름을 간 사람에게 전해 달라는 내용이었습니다. 거기서 나는 심부름 온 사람에게 꼭 그 시간에 가겠다고 대답했습니다. 그때 심부름 온 사람은 아네트의 하녀 수잔느였습니다.

나는 정해진 시간에 보와라크 씨 집에 닿았는데, 아네트의 모습은 보이지 않았습니다. 집으로 들어가자 보와라크 씨가 현관 홀을 지나다가 나를 보더니, 마침 견본으로 보내온 판화가 있는데 서재로 보러 오지 않겠느냐고 권했습니다. 물론 거절할 수 없었으므로 나는 그를 따라 서재로 가서 그 그림을 보았습니다. 그런데 그 서재에 나의 주의를 끄는 다른 물건이 있어 나는 그것에 대해서 물었습니다. 큰 통이 양탄자 위에 세워져 있었습니다. 크리포드 씨, 그 통이야말로 가엾은 아네트의 시체를 넣어서 나에게 보내온 통과 똑같은 물건이거나, 아니면 구별할 수 없을 만큼 너무도 닮은 통이라고 해도 당신은 믿어 주시겠습니까?"

훼릭스는 그러한 뜻깊은 진술을 변호사의 머리에 새겨넣으려고 말을 끊었다. 그러나 변호사는 조금 머리를 끄덕였을 뿐 이렇게 말했다.

"훼릭스 씨, 어서 이야기를 계속해 주십시오."

"서재에 통이 놓여져 있는 것이 조금 이상스럽게 여겨졌으므로 나는 흥미를 느꼈습니다. 보와라크 씨에게 물어 보니, 그는 최근에 조각품을 한 쌍 샀는데, 그 통은 조각품 운반용으로 특별히 만들어진 것이며 그 조각품도 그 통에 넣어져 배달되어 왔다는 설명이었습니다."
"그 조각품에 대해서는 이야기하지 않았습니까?"
변호사는 이야기하는 도중에 처음으로 질문을 했다.
"아니오, 그저 잘된 군상이라고만 말했습니다. 다음에 오면 보여 주겠다고 그는 약속했습니다."
"어디서 그 조각품을 샀으며, 어느 정도의 가격이라는 것도 말하지 않았습니까?"
"듣지 못했습니다. 통 이야기는 서재를 나올 때 무심코 한 것이라서……"
"고맙습니다, 계속하시오."
"그리고 우리는 응접실로 갔습니다. 여러 명의 손님이 와 있었기 때문에 그때도 아네트와 비밀 이야기를 할 기회가 없었습니다."
"그날 밤의 만찬회는 스페인 대사를 주빈으로 한 꽤 중요한 사교적인 모임이었습니다. 보와라크 씨는 식사가 채 끝나기도 전에 공장에 사고가 나서 급히 외출하게 되었습니다. 그는 자리를 뜨게 되어 미안하다는 사과를 하며 곧 돌아오겠다고 약속하고 떠났는데, 얼마 뒤 그로부터 전화가 걸려 와 사고가 생각보다 커서 오늘 밤은 아주 늦어지거나 어쩌면 밤을 새워야 될지도 모른다고 알려 왔습니다. 손님들은 11시쯤 돌아가기 시작했는데, 나는 아네트의 눈짓으로 모두가 돌아가고 난 뒤까지 남아 있었습니다.

이윽고 그녀는 본쇼즈의 편지를 받았는데 몹시 딱하다고 말했습니다. 그가 어떤 곤경에 빠지든 자기로서는 상관없는 일이지만—

—사실은 얼마쯤 혼을 내주는 것이 그에게는 약이 된다고 생각하며, 이대로 가다가는 상습 도박꾼이 되지 않을까 정말 걱정스럽다고 말했습니다. 그녀는 나한테 본쇼즈에 대해 솔직한 의견을 말해 달라고 부탁했습니다.

나는 내가 생각하고 있는 것을 그대로 그녀에게 이야기했습니다. 그 자신에게는 조금도 죄가 없으며, 나쁜 친구들과 어울리기 때문이니 그들과 손을 끊는 수밖에 없다고 말입니다. 그녀도 나와 똑같은 의견으로, 그가 정말 불량배들과 손을 끊을 때까지는 그를 도와주지 않는 게 좋겠다고 말했습니다. 그리고 우리는 6백 파운드의 빚은 어떻게 할 것인가에 대해 서로 의견을 나누었습니다. 그녀는 자기가 갖고 있는 돈은 3백 파운드밖에 없는데, 모자라는 액수를 남편에게 말해 봐야 거절당할 것이 뻔하므로 그에게는 부탁하고 싶지 않다고 말했습니다.

그래서 그녀는 자기의 사유 재산인 보석을 두 개 팔면 어떻겠느냐고 하며 그 처분을 나에게 부탁했습니다. 그러나 나는 도저히 이 제안에 찬성할 수 없었으므로 만일 그녀가 3백 파운드를 낸다면, 나머지는 내가 맡겠다고 말했습니다. 처음에는 그녀가 내 말을 받아들이지 않아서 우리는 꽤 심하게 말다툼을 했습니다. 그러나 끝내는 나의 의견이 받아들여지고 그녀는 2층으로 올라가서 돈을 가지고 왔습니다. 그래서 얼른 나는 작별 인사를 하고 결과를 그녀에게 알리기로 약속한 다음 그 집을 나왔습니다. 그녀는 내가 본쇼즈를 진심으로 걱정하고 있으므로 몹시 감동한 것 같았습니다. 다음 날인 일요일에 나는 런던으로 돌아왔습니다."

"훼릭스 씨, 당신은 조금 전에."

크리포드 씨가 말했다.

"마지막 손님이 돌아간 것은 11시였다고 말했지요?"

"네, 그때쯤이었습니다."
"당신은 몇 시에 돌아왔습니까?"
"12시 15분전 쯤이었습니다."
"그렇다면 두 분이 45분쯤 이야기한 셈이로군요. 당신이 돌아가는 것을 누군가 본 사람이 있습니까?"
"아네트 말고는 아무도 못 본 것으로 생각합니다. 그녀는 현관문까지 나를 바래다 주었습니다."
"그리고 당신은 호텔로 돌아오셨군요?"
"그렇습니다."
"호텔에 도착한 것은 몇 시였습니까?"
"1시 반쯤이었을 겁니다."
"부인의 집에서 콘티넨탈 호텔까지는 걸어서 15분 정도의 거리지요? 그동안 당신은 뭘 하셨습니까?"
"정신이 맑아서 좀처럼 잠이 올 것 같지 않기에 산책이라도 해서 기분을 새롭게 해보려고 했습니다. 나는 리보리 거리를 빠져서 바스티유 광장까지 걸어갔다가, 거기서 되돌아서서 큰길을 지나 호텔로 돌아왔습니다. 바로 파리의 중심부를 걸어서 가로지른 셈입니다."
"산책하는 길에 누군가 아는 사람을 만나지 않았습니까?"
"아니오, 별로 기억이 없습니다만……."
"훼릭스 씨, 이건 중요한 일입니다. 한 번 더 생각해 보십시오. 산책 도중, 당신을 만났다고 증언해 줄 만한 사람이 아무도 없습니까? 이를테면 종업원이라든가, 다른 회사 사람이라든가?"
"없습니다."
훼릭스는 한참 동안 생각해 보고 나서 말했다.
"아무한테도 말을 건넨 일이 없으며, 카페에도 분명히 들어가지 않앉다고 생각합니다."

"이튿날 런던으로 돌아오셨다고 하셨지요? 여행하는 동안 누군가 아는 사람을 만나지 않았습니까?"

"만났지만, 아무 소용이 없을 겁니다. 포크스톤으로 가는 배 안에서 그라디스 디바인 양을 만났습니다. 하지만 그녀는 증언을 하지 못합니다. 아시다시피 1주일 뒤에 갑자기 죽었기 때문에……."

"그라디스 디바인 양이라면 그 유명한 여배우 디바인 양 말입니까?"

"그렇습니다. 파리의 만찬회에서 자주 만나서 알고 있습니다."

"그러나 그 여배우라면 어떻게 확인할 수 있을 것입니다. 그런 유명한 여성은 어디를 가나 남의 눈을 끌 테니까. 당신이 그녀의 선실을 찾아갔습니까?"

"아니오, 갑판에서 만났습니다. 그녀는 굴뚝 뒤에 앉아 있었습니다. 나는 거기서 그녀와 30분쯤 함께 있었습니다."

"누군가 당신을 본 사람이 있겠지요?"

"있을지도 모르겠지만, 아마 없었을 겁니다. 왜냐하면 그 날은 파도가 거칠어서 손님들은 거의 다 뱃멀미를 하여 밖에 나온 사람이 없었으니까요."

"그녀의 하녀가 있었겠지요?"

"하나도 보지 못했습니다."

"그렇다면 훼릭스 씨, 내가 돌아간 뒤에 잘 생각해 보셔야겠는데, 첫째 토요일 밤 11시부터 1시 반까지 사이에 당신이 무엇을 했는지 증명할 수 있는 게 없을까 하는 것, 둘째로는 포크스톤으로 가는 배 안에서 당신이 디바인 양과 함께 있는 것을 본 사람이 없을까 하는 것입니다. 그럼 조금 전의 이야기를 계속하십시오."

"본쇼즈가 채링 크로스 역에 마중 나와 있었습니다. 그는 아네트와의 결과가 어떻게 되었는지 몹시 궁금한 것 같았습니다. 우리는 차를 타고 그의 아파트까지 간 다음 거기서 나는 아네트와 나눈 이야기를 남김없이 들려 주었습니다. 그리고 그가 이것을 마지막으로 노름 친구들과 손을 끊는다면 6백 파운드를 주겠다고 말했습니다. 그는 그 무리들과는 이미 깨끗이 손을 끊었다고 잘라 말했기 때문에 나는 돈을 주었습니다. 그리고 우리는 사보이 호텔로 가서 조금 이른 저녁 식사를 하고는 그와 헤어져 집으로 돌아왔습니다."

"몇 시였습니까?"

"8시 반쯤이었습니다."

"어떻게 가셨습니까?"

"택시를 탔습니다."

"어디서?"

"사보이 호텔 종업원이 불러 주었습니다."

"그리고?"

"다음에 나는 놀랄 만한 편지를 한 통 받았습니다."

훼릭스는 '르 고티에'라는 발신인으로부터 온 타이프 편지 건을 변호사에게 이야기하고는, 통을 인수할 준비를 하고 센트 캐더린 부두로 갔다는 것, 거기서 해운회사 사무원인 부로턴과 부두 사무소의 지배인을 만났다는 것, I&C의 편지지를 속여서 손에 넣었다는 것, 하크네스에게 가짜 편지를 주었다는 것, 산 마로 저택으로 통을 운반해 왔다는 것, 마틴 의사의 집에서 저녁 식사를 했다는 것, 번리 경감과의 한밤중의 만남, 그리고 통이 행방불명되었다가 겨우 발견되었다는 것, 통을 열었더니 그 안에 시체가 들어 있었다는 것 등을 순서에 따라 이야기했다.

"이것으로 크리포드 씨. 좋든 나쁘든 내가 이 사건에 대해서 알고 있는 것은 하나도 숨김없이 말씀드렸습니다."

"명확한 설명을 해주셔서 기쁘게 생각합니다. 그런데, 잠깐 기다려 주십시오. 그밖에 또 물어 볼 일이 있는지 없는지 생각해 보겠습니다."

변호사는 이제까지 기록한 두툼한 노트를 천천히 뒤졌다.

"우선 첫째로 묻고 싶은 것은,"

한참 있다가 변호사가 말을 이었다.

"당신과 보와라크 부인이 어느 정도 친밀한가 하는 문제입니다. 그녀가 결혼한 뒤 이제까지 몇 번쯤 만났습니까?"

훼릭스는 생각하고 있었다.

"여섯 번쯤일까요. 아니면 여덟 번 내지 아홉 번쯤 만났는지도 모릅니다. 그러나 아홉 번보다 더 많지 않은 것만은 확실합니다."

"만찬회 밤 말고는 당신이 부인을 만날 때 언제나 보와라크 씨도 같이 있었습니까?"

"반드시 그렇지는 않았습니다. 적어도 두 번은 오후에 찾아가서 그녀와 단둘이서 만난 일이 있습니다."

"특히 부탁할 것까지는 없지만 나에게는 숨김없이 대답하셔야 하는데, 이제까지 당신과 부인 사이에 뭔가 특수한 사연의 애정 같은 것이 있었습니까?"

"절대로 그런 것은 없습니다. 보와라크 씨가 보거나 듣더라도 거북스러운 일을 한 적은 한번도 없었다는 걸 단언합니다."

크리포드 씨는 거기서 또 생각에 잠겼다.

"이번에는 되도록 상세하게 이야기해 주셨으면 하는데, 당신이 파리에서 돌아온 일요일 밤 저녁 식사 뒤 본쇼즈와 헤어진 다음, 그 이튿날인 월요일에 센트 캐더린 부두로 통을 인수하러 갈 때까지 당신은 어떻게 지냈습니까?"

"그 설명은 아주 간단합니다. 조금 전에 이야기했듯이 본쇼즈와 헤어진 다음 나는 차로 산 마로 저택에 9시 반쯤 도착했습니다. 가정부가 휴가중이었으므로 나는 그 길로 브렌트 마을에 가서 하녀를 한 사람 부탁하여 내일 아침부터 와서 아침 식사를 해달라고 했습니다. 그 여자는 전에도 그러한 일을 해준 적이 있었습니다. 나 자신도 1주일의 휴가를 얻어 날마다 똑같은 생활을 되풀이했습니다. 7시 반쯤 일어나서 아침 식사를 하고는 아틀리에로 올라가서 그림을 그렸습니다. 하녀는 아침 식사가 끝나면 자기 집으로 돌아갔기 때문에 점심 식사는 내가 만들어 먹었습니다. 그리고 오후에는 또 그림을 그리고, 밤이 되면 거리로 나가서, 매일 밤은 아니었지만 대개 극장에 갔습니다. 집으로 돌아오는 것은 대개 11시에서 12시 사이였습니다. 토요일에는 그림을 그리지 않고 거리로 나가서 그 통을 인수하는 준비로 하루 종일을 보냈습니다."

"그럼 수요일 10시에 당신은 아틀리에에서 그림을 그리고 있었습니까?"

"그렇습니다만, 왜 그 날과 시간을 물어 보십니까?"

"그건 나중에 말하겠습니다. 그런데 당신은 그것을 증명할 수 있습니까? 누군가가 아틀리에로 찾아왔다든가, 아니면 거기에 당신이 있는 것을 보았다든가……."

"아무도 보지 못했습니다."

"하녀는 어떻습니까? 그런데 그 여자의 이름은?"

"브리지드 마퀴 부인이라고 합니다. 하지만 그녀는 내가 어디에 있었는지 몰랐을 겁니다. 사실 나는 그녀와 만난 일이 거의 없었으니까요. 내가 아래층으로 내려갔을 때는 아침 식사가 준비되어 있었고, 식사가 끝나면 나는 그대로 아틀리에로 돌아갔기 때문입니다. 언제 그녀가 자기 집으로 돌아가는지도 몰랐지만 비교적 빨리 돌아가는 모양이었습니다."

"아침 식사는 몇 시쯤 하십니까?"
"대개 8시였는데, 언제나 꼭 그 시간일 수는 없었습니다."
"수요일은 몇 시에 아침 식사를 하셨는지 기억하고 있습니까? 그리고 또 그것을 증명할 방법은 없습니까?"
훼릭스는 이 물음에 대해 골똘히 생각하고 있었다.
"없습니다. 없는 것 같습니다. 그날 아침은 특별히 내세울 만한 일도 없었던 듯합니다."
"그 점이 중요합니다. 마퓌 부인이 뭔가 기억하고 있지는 않을까요?"
"기억하고 있을지는 모르겠으나 기대할 수는 없습니다."
"그밖에 누군가 증명해 줄 사람은 없습니까? 찾아온 사람은 하나도 없었나요? 가게의 점원도 오지 않았습니까?"
"없었습니다. 한두 사람 초인종을 누르기는 했으나 나가 보지 않았습니다. 아무와도 약속한 일이 없었기 때문에 내버려 두었습니다."
"그건 아주 잘못하셨군요. 그럼 다음으로 묻겠는데, 저녁 식사는 어디서 했으며 그 뒤에 어디로 갔습니까?"
"밤마다 다른 레스토랑에서 식사를 했고, 따라서 극장도 여기저기 바꾸어 다녔습니다."
좀더 많은 질문을 한 끝에, 크리포드는 그의 의뢰인이 그 1주일 동안 돌아다닌 모든 장소의 일람표를 만들었다. 그의 의도는 그러한 장소를 한 집 한 집 찾아가서 그의 알리바이를 만들 자료를 모으는 데 있었다. 그러나 그가 이때까지 들은 이야기는 모두가 그를 실망시키는 것뿐이었다. 사건 해결에 대한 난관은 더욱더 커져 가는 것만 같았다. 그는 다시 질문을 계속했다.
"다음으로 르 고티에라는 발신인으로 타이핑 된 편지인데, 당신은 이것을 진짜라고 믿었습니까?"

"믿었습니다. 정말 어처구니없이 성가신 일이라고는 생각했으나 전혀 의심하지는 않았습니다. 아시다시피 내가 르 고티에와 짝지어서 복권을 산 것은 사실이므로, 운이 좋으면 5만 프랑이라는 상금이 우리 손에 들어올 예정이었습니다. 나는 처음에는 르 고티에의 장난으로 생각했는데, 다시 곰곰이 생각해 보니 그런 짓을 할 사람이 아니었으므로 역시 사실이라고 결론지었습니다."

"르 고티에에게 편지를 쓰거나 전보를 치기라도 했습니까?"

"아니오. 그 날은 밤늦게 돌아와서 그 편지를 읽었습니다. 그러므로 그때부터 무슨 일을 하려 해도 너무 늦기 때문에 다음날 아침 전보로 통을 보내지 말라, 이쪽에서 가지러 가겠다고 알리려고 생각하고 있었습니다. 그런데 다음날 아침에 엽서가 와서——이 엽서도 타이프로 '르 고티에로부터'라고 쳐져 있었습니다——통은 이미 보냈다는 걸 알게 되었습니다. 이 일은 조금 전의 이야기 속에서는 잊어 버리고 말하지 않았습니다만."

크리포드는 고개를 끄덕이고 다시 그의 노트를 뒤적거렸다.

"당신은 파리에 있는 듀피엘 상회로 편지를 보내어 서 자브 거리의 당신 앞으로 조각품을 보내 달라고 주문했습니까?"

"아니오."

"산 마로 저택의 당신 서재 책상 위에 있는 압지가 생각납니까?"

"네!"

훼릭스는 놀란 듯이 대답했다.

"그것이 없어졌던 일은 없습니까?"

"아니오. 그런 것은 몰랐습니다."

"그것을 프랑스로 가지고 간 일이 있습니까?"

"그럴 필요가 없습니다."

"그렇다면 훼릭스 씨."

변호사는 천천히 물었다.

"그 잉크를 빨아들이는 압지에 당신 필적으로 조금 전에 말한 주문 편지의 자국이 남아 있었는데, 이 사실을 당신은 어떻게 해석하십니까?"

훼릭스는 깜짝 놀랐다.

"뭐라고요?"

그는 외쳤다.

"무슨 말씀이십니까? 내가 쓴 편지의 필적이라니오? 믿을 수 없습니다. 불가능한 일입니다!"

"나는 그것을 보았습니다."

"당신이 보셨다고요?"

훼릭스는 흥분하여 손발을 마구 움직이며 독방 안을 걸어다녔다.

"정말이지 크리포드 씨, 이건 너무합니다. 나는 절대로 그런 편지를 쓴 기억이 없습니다. 당신의 착각입니다."

"맹세코 말하지만 훼릭스 씨, 나는 착각하지 않았습니다. 압지에서 잉크 자국만을 본 게 아니라, 듀피엘 상회에서 받은 그 주문 편지도 보았으니까요."

훼릭스는 앉아서 어이없다는 듯이 이마를 손으로 쓰다듬었다.

"모르겠소. 내 편지를 당신이 보았을 리가 없어요. 그런 것은 존재하지 않으니까. 만일 보았다면 그것은 가짜임이 틀림없습니다."

"그렇다면 압지에 남은 자국은?"

"아아, 그걸 내가 어떻게 알겠습니까? 나는 그런 것은 전혀 모릅니다."

그리고는 어조를 바꾸어서 그는 말했다.

"여기에는 아무래도 계략이 있는 것 같습니다. 당신이 보셨다고 하니 당신은 믿을 수밖에 없겠지만, 뭔가 계략이 있음에 틀림없습니

다."
"그럼,"
크리포드가 말을 꺼냈다.
"만일 그렇다면 나도 당신한테 동의하겠는데, 누가 그런 계략을 꾸몄을까요. 누군가 당신의 서재에 들어가 거기서 편지를 썼거나, 압지를 모두 또는 한 장을 가지고 나왔다가 나중에 다시 되돌려 놓을 수 있는 사람이 있었던 게 틀림없습니다. 그런 짓을 할 수 있는 사람이 도대체 누구라고 생각합니까?"
"모르겠습니다. 아무도 못할 것으로 생각됩니다만——하려고 하면 누구나 다 할 수 있을지도 모릅니다. 하지만 그런 짓을 할 만한 사람은 한 명도 짐작이 가지 않습니다. 그 편지가 씌어진 것은 언제입니까?"
"듀피엘 상회에 배달된 것은 3월 30일 화요일 아침입니다. 런던의 소인이 있으니, 일요일 밤이나 월요일 아침에 부친 것이 틀림없습니다. 당신이 만찬회가 있은 뒤 런던으로 돌아온 그 날이나 그 다음날이 되는 셈입니다."
"내가 집을 비운 사이에 누구든 들어오려고 마음만 먹으면 들어올 수 있었겠지요. 당신 이야기가 사실이라면 누군가가 집에 들어온 것이 틀림없는데, 나는 그런 흔적을 전혀 눈치채지 못했습니다."
"그런데 훼릭스 씨, 애미란 누구입니까?"
훼릭스는 놀란 눈을 했다.
"애미? 모르겠습니다. 애미가 뭡니까?"
크리포드는 상대방의 얼굴을 가만히 바라보면서 대답했다.
"슬픈 당신의 애미 말입니다."
"크리포드 씨, 당신이 무슨 말을 하고 있는지 나는 도무지 종잡을 수가 없군요. '슬픈 당신의 애미'라니오? 도대체 그건 무슨 말입니까?"

"잘 아실 텐데요, 훼릭스 씨. 최근에 당신에게 버리지 말아 달라고 편지로 호소해 온 '슬픈 당신의 애미'라고 서명한 여자는 누구입니까?"

훼릭스는 놀라서 변호사의 얼굴을 찬찬히 바라보았다.

"당신의 머리가 어떻게 되었거나, 아니면 내가 미친 모양입니다."

그는 천천히 입을 열었다.

"나를 버리지 말아 달라는 편지를 어떤 여자에게도 받은 적이 없으며, 또 어떤 용건이든 애미라는 여자로부터 편지를 받은 기억도 없습니다. 거기에 대해서 좀더 상세히 설명해 주십시오."

"그럼, 이번에는 다른 일에 대해서 묻겠는데, 훼릭스 씨. 당신은 감색 양복을 두 벌 가지고 있지요?"

그는 머리를 끄덕였으나 놀라운 표정은 조금도 사라지지 않았다.

"그 양복을 각각 마지막으로 입은 날짜를 가르쳐 주십시오."

"그건 이야기할 수 있습니다. 그 한 벌은 파리에 갔을 때도 입었었고, 다음번 토요일 통을 인수하기 위한 준비 때문에 거기에 갔을 때도, 월요일에도, 그 뒤 줄곧 내가 입원할 때까지 그 양복을 입고 있었습니다. 오늘 입고 있는 것도 그 양복입니다. 다른 한 벌은 낡아서 벌써 몇 달 동안이나 입지 않았습니다."

"그럼, 어째서 이런 말을 묻는지 그 까닭을 말씀드리겠습니다. 당신의 감색 양복 윗옷 주머니에——그건 방금 하신 당신 말에 따르면 헌 양복임이 틀림없습니다——한 통의 편지가 들어 있었습니다. 그 편지는 '그리운 레온 씨'라는 말로 시작되어 '슬픈 당신의 애미'로 끝나 있습니다. 여기 그 편지의 사본이 있으니 보십시오."

화가는 여우에 홀린 듯한 얼굴로 그 사본을 읽었다. 얼마 뒤 그는 변호사 쪽을 향했다.

"나는 단언할 수 있습니다, 크리포드 씨,"
그는 긴장해서 말했다.
"이 편지는 당신과 마찬가지로 나도 전혀 짐작이 가지 않습니다. 이건 나와 관계가 없는 편지입니다. 이때까지 본 적도 없습니다. 애미라는 이름을 들어 본 일도 없습니다. 모두 조작된 것입니다. 어째서 이 편지가 내 주머니 속에 들어 있었는지는 모르나, 나와는 전혀 관계가 없다는 것을 책임지고 말합니다."
크리포드는 고개를 끄덕였다.
"좋습니다. 묻고 싶은 것이 또 하나 있는데, 당신 서재의 비로드 커튼 앞에 있는 등이 둥글고 가죽을 씌운 안락의자를 아시지요?"
"네."
"잘 생각해서 그 의자에 마지막으로 앉았던 부인이 누구인지 말해 주십시오."
"그건 생각할 것까지도 없습니다. 내가 산 뒤로 그 의자에 앉았던 부인은 한 명도 없었으니까요. 산 마로 저택으로 이사해 온 뒤 부인 방문객은 두셋밖에 없었는데, 어느 부인이나 모두 그림에 관심을 가진 사람들뿐으로, 아틀리에 말고는 아무 데도 들어가지 않았습니다."
"그럼 한 번 더 묻겠는데요, 훼릭스 씨, 귀찮게 생각지는 마십시오. 그 의자에 보와라크 부인이 앉은 일이 있습니까?"
"내 명예를 걸고 맹세코 말하지만, 그녀는 한 번도 앉은 일이 없습니다. 그녀는 우리집을 찾아온 일도 없을뿐더러, 아마 런던에 온 적도 없다고 나는 확신합니다."
변호사는 머리를 끄덕였다.
"그런데 또 한 가지 불쾌한 이야기를 하지 않으면 안 되겠습니다. 그 의자 뒤에 있는 커튼 가장자리에서 핀이——다이아몬드가 박힌 장식핀이 발견되었습니다. 그 핀은 훼릭스 씨, 만찬회 밤에 보와라크 부인의 어깨에 꽂혀 있었던 것입니다."

훼릭스는 넋을 잃은 듯 입을 열지 못하고 변호사의 얼굴을 뚫어지게 바라보았다. 얼굴은 파랗게 질리고, 눈에는 공포의 빛이 떠올라 있었다. 이때까지 몇 번이나 비참과 고뇌에 찬 이야기를 들었을 게 틀림없는 벽으로 둘러싸인 어둡고 음산한 감방에 침묵이 흘렀다. 의뢰인을 지켜보고 있던 크리포드는, 거의 벗겨져 가던 의혹이 다시 가슴 속에 솟아남을 느꼈다. 이 사나이는 연극을 하고 있는 게 아닐까? 만일 그렇다면 이 얼마나 교묘한 연기일까? 그런데……이때 훼릭스가 몸을 움직였다.

"아아!"

그는 쉰 목소리로 속삭이듯이 말했다.

"악몽이다! 나 자신, 나를 어떻게 해야 할지 모르겠다. 나는 그물에 걸려들었어. 더욱이 그 그물은 점점 죄어 오고 있다. 이건 무슨 뜻입니까, 크리포드 씨? 누가 이런 짓을 했을까요? 누가 나를 미워하고 있는지는 짐작할 수 없지만, 누군가 있는 것이 틀림없습니다!"

그는 절망한 듯한 몸짓을 했다.

"나는 이제 끝장이 났습니다. 이제 와서 무엇이 나에게 도움이 되겠습니까? 방법이 있다면 가르쳐 주십시오, 크리포드 씨."

그러나 변호사는 어떠한 의혹을 느꼈다 할지라도 겉으로 드러내지는 않았다.

"결론을 내리기에는 아직은 빠릅니다."

그는 대수롭지 않은 말투로 말했다.

"이와 같은 곤란한 사건에서는 매우 하찮은 사실이 아주 우연히 발견되곤 하여 사건 전체가 깨끗이 해결된 예를 나는 여러 차례 겪어

왔습니다. 당신도 절망해서는 안 됩니다. 이제부터이니까요. 한두 주일만 기다려 주십시오. 그때 가서 내 의견을 들려 드리겠습니다."

"고맙습니다, 크리포드 씨. 덕분에 조금 힘을 낼 수 있겠습니다. 그러나 그 핀이 문제인데, 그것은 무엇을 뜻하는 것일까요? 뭔가 무서운 계략이 있는 것 같습니다. 그것을 밝혀 낼 수는 없을까요?"

변호사는 일어섰다.

"우리가 해야 할 일이 바로 그런 것입니다. 훼릭스 씨, 오늘은 이만 실례해야겠습니다. 다만 지금도 말씀드렸듯이 힘을 내십시오. 그리고 당신의 진술을 입증할 만한 뭔가가 생각나면 곧 알려 주십시오."

악수를 나누고 크리포드는 돌아갔다.

크리포드의 활약

그날 밤, 크리포드는 저녁 식사를 끝내자 서재로 들어갔다. 아직도 냉기가 심했으므로 큰 안락의자를 난로 앞에 끌어당겨 놓고는 여송연에 불을 붙인 다음, 새로 맡은 사건을 세밀하게 검토해 보려고 생각했다. 그가 훼릭스의 진술에 실망했다고 하면, 그의 심리 상태를 올바르게 설명했다고는 말할 수 없을 것이다. 그는 너무도 안타까웠다. 그는 의뢰인으로부터 이야기를 들으면 곧 피고측으로서 취해야 할 대책이 설 것으로 기대하고 있었는데, 결과는 그와 달리 무엇을 근거로 하여 변호해야 좋을지도 모르게 되고 말았다.

그는 생각하면 할수록 전망이 아주 좋지 않다고 여겨졌다. 그는 사실을 차례대로 머릿속으로 정리하며, 그 하나하나를 훼릭스가 무죄냐 유죄냐의 문제에 연결시켜 비교 검토해 보았다.

우선 첫째로, 만찬회의 밤 11시부터 1시 15분 사이에 아르마 거리의 집에서 무슨 일이 일어났나 하는 근본적인 문제가 있었다. 11시에 아네트는 분명히 살아 있었으나 1시 15분에 모습을 감추었다. 이때까지 알려진 바로는 훼릭스는 부인이 살아 있는 모습을 본 마지막 사람이며, 따라서 훼릭스에게서 그녀의 그 뒤의 운명에 대해 어떤 단서를 잡으려는 것은 결코 불합리한 일이 아니다. 그러나 그는 아무것도 모른다고 말하고 있다.

그가 부인과 만난 동기를 설명한 것은 확실했다. 이것이 사실인지 어떤지는 본쇼즈의 문제를 조사해 보면 곧 확인될 것이 틀림없다고 크리포드는 생각했다. 그러나 그것이 확인되었다고 해서 변호 의뢰인에게 얼마만큼의 도움이 될 것인지 그로서는 알 수 없었다. 그가 무죄라는 증명은 되지 않을 것이다. 분명히 그런 일이 있었다 하더라도 이런 이야기를 서로가 나누었다는 그것이야말로 가출의 간접적인 원인이 되었다는 의론(議論)이 나올지도 모른다. 그것은 훼릭스에게 부인과 단둘이 만날 기회를 주었다. 그렇지 않으면 그는 그러한 기회를 얻지 못했을지도 모른다. 이 밀회가 두 사람의 잠들어 있던 정열을 불러일으키지 않았다고 누가 단언할 수 있는가? 틀렸다, 이 점을 가지고는 그를 구할 수 없다.

그리고 또 훼릭스가 진술한 나머지 부분도 이와 마찬가지로 효력을 갖지 못할 것이다. 그는 11시 45분까지 부인과 이야기한 뒤 1시 반까지 파리 시내를 걸어다녔다고 하지만, 그는 집을 나올 때 누구도 본 사람이 없었으며 산책하는 동안에도 아는 사람을 만나지 않은데다, 또한 그의 얼굴을 알 만한 장소에도 들르지 않았다. 이것을 단순히 우연의 일치라고 할 수 있을까 하고 크리포드는 수상쩍게 여겼다. 그것은 훼릭스의 이야기가 거짓이었다는 뜻이 아닐까?

그리고 그는 정면 현관문이 닫혀 있었다는 것이 생각났다. 프랑소아는 그 문이 오전 1시에 닫히는 소리를 들었다. 만일 훼릭스가 11시 45분에 집을 나왔다면 누가 문을 닫았을까? 그의 생각으로는 훼릭스가 11시 45분에 나왔다는 것이 거짓말이거나, 아니면 나중에 부인이 혼자 나간 것이 틀림없다.

그러나 변호사는 그 어느 편이 사실인지 판단할 수가 없었다. 그리고 가장 곤란한 것은 그것을 확인할 방법이 없을 것처럼 여겨지는 일이었다.

이와 마찬가지로 변호인측에 있어서 이롭지 못한 일은, 포크스톤으로 가는 배에서 털가죽 코트를 입은 부인을 분명히 만났다고 한 훼릭스의 증언이다. 그 부인이 그의 말대로 디바인 양이었다 할지라도 보와라크 부인이 그 배의 승객이 아니었다는 증명은 되지 않는다. 훼릭스는 보와라크 부인과 함께 여행을 했는데 배에서 그 여배우를 만났고, 또 그 뒤 얼마 안 되어 그녀가 죽은데서 이 이야기를 꾸며 낸 것이 아닐까? 아니, 비록 그가 도버 해협을 건널 때의 이야기가 모두 사실로 입증될지라도 그것은 아무 도움도 되지 않을 것이다.

무엇보다도 훼릭스가 자신의 알리바이를 대지 못하는 것이 훨씬 더 중대한 일이었다. 크리포드는 이러한 사실에 따라 피고의 변호를 하게 될 것으로 기대하고 있었던 만큼, 그의 실망은 참으로 컸다. 그는 다시 한 번 사실에 대해 재검토해 보았다. 통이 옮겨진 것처럼 꾸민 사나이 또는 사나이들은 다음 두 차례의 시간밖에 기회가 없었음을 알았다. 워타르 역에서 수요일 오전 11시와 북 정거장에서 목요일 오후 5시 15분의 두 차례이다. 크리포드는 대륙 여행 안내서를 꺼내 조사해 보았다. 그 시간에 런던에 있는 사람이 파리에 와 있으려면 목요일 오전 9시에 런던의 체링 크로스 역을 출발하는 열차를 타야 하는데, 그것도 금요일 아침 5시 30분 전까지는 닿을 수가 없다. 따라서 훼릭스가 수요일 오전 10시의 알리바이와 목요일 오전 9시부터 금요일 오전 5시 35분까지의 알리바이만 증명할 수 있다면, 이 사건에서 그에게 불리한 점은 거의 다 해명되는 셈이다. 그런데 그에게는 이것이 불가능한 것이다.

크리포드는 화가의 진술을 기록한 노트를 검토해 보았다.

수요일 오전 10시, 훼릭스는 그의 아틀리에에서 그림을 그리고 있었다. 그러나 공교롭게도 가정부는 휴가 중이었으며, 임시로 고용한 하녀는 아침 식사만 돌본다는 특수한 조건이었기 때문에 이것을 증명할 수가 없다. 정말 어처구니없는 일이지만, 훼릭스는 현관에 사람이 찾아와 벨을 누르는 소리를 듣고도 일을 방해받는 게 싫어서 문을 열어 주지 않았던 것이다. 그때 찾아온 그 누군가가 지금 그를 구해 줄 수 있을지도 모르는 것을.

그리고 다음은 목요일과 목요일 밤인데, 채링 크로스 역을 출발하는 오전 9시 열차를 타기 위해서 훼릭스는 늦어도 오전 8시 5분에는 산 마로 저택을 떠나야 했을 것이다. 그의 진술에 따르면 아침 식사는 오전 8시에 준비된다고 했는데, 그것을 먹을 시간은 없었을 것이다. 하기야 1, 2분 사이에 접시를 더럽히면서 먹고 남은 음식을 어딘가에 버리고 식사한 것처럼 꾸밀 수도 있기는 할 것이다. 이 점에서도 하녀의 도움이 필요했다. 크리포드는 그녀를 만날 때까지 이 문제의 결론을 내릴 수 없다고 생각했다.

그는 다시 노트를 뒤적거렸다. 훼릭스의 진술에 의하면 그는 아침 식사 뒤로 저녁 6시 반까지, 낮에 코코아를 한 잔 마셨을 뿐 줄곧 그림을 그렸다는 것이었다. 그런 다음 그는 옷을 갈아입고 거리로 나가 그레샴에서 혼자 저녁 식사를 했다. 이 유명한 레스토랑에서 그는 아무도 만나지 않았다고 했지만, 어쩌면 그곳 종업원이나 도어맨이나 그밖에 사무직원 가운데 누군가가 그를 기억하고 있을지도 모른다. 그는 9시쯤 그 레스토랑을 나왔는데 피로를 느껴 곧장 집으로 돌아왔다. 그리고 다음날 아침 7시 30분에 온 마쥐 부인의 노크에 대답하기까지, 그가 있었던 곳에 대해 아는 사람은 아무도 없다. 그러나 가령 그가 북 정거장에서 통을 인수하기 위해 파리에 갔더라도 7시 반까지는 집으로 돌아올 수 있었을 것이다. 따라서 마쥐 부인의 노크에 대답한 것은 중요한 증거가 되지는 않을 것이다.

그에게 있어 가장 불행한 일은, 진술을 뒷받침할 증거가 언제나 이와 같이 그를 피하는 것이었다. 과연 훼릭스는 진실을 말한 것일까?
……

다음으로 번리가 산 마로 저택에서 발견한 세 가지 증거품——'애미'의 편지, 압지에 남은 글자 자국, 액세서리 핀——이러한 물건들은 어느 하나만으로도 훼릭스의 입장을 아주 불리하게 만든다. 이 세 가지 증거품이 있으면 벌써 결정적이다. 더구나 훼릭스는 그것에 대해 설명하지 않는다. 그는 그 세 가지에 대해 전혀 모르는 일이라고 주장하고 있다. 용의자가 이처럼 불리한 사실에 대해 설명할 수 없다면 크리포드인들 어떻게 할 것인가?

더욱이 사건 전체를 통해서 훼릭스가 보와라크 부인과 그전부터 관계가 있었다는 것을 인정한 것만큼 변호사를 실망시킨 일은 없었다. 물론 훼릭스가 전혀 처음으로 보와라크 부인에게 소개되었다 해도 부인과 사랑에 빠져 사랑의 도피행을 꾀했다는 것은 충분히 생각할 수 있다. 더구나 처음은커녕 전부터 서로가 사랑하는 깊은 사이였을 뿐만 아니라 약혼까지 맹세한 일이 있다면, 이러한 사랑의 도피행 가능성은 점점 더 커질 게 틀림없다. 현명한 변호사였다면, 이 부인의 모습을 어떻게 상상할 것인가——싫어서 견딜 수 없는 남자에게 붙들려 끝없는 슬픔 속에 살고 있던 그녀가 뜻밖에도 자기의 옛 애인을 만났다…… 그러자 그 애인은 그러한 그녀를 보고 이때까지 억눌렸던 감정이 활활 타 올랐다…… 이렇게 보면 이 사랑의 도피행은 충분히 생각할 수 있지 않을까. 만일 경찰 당국이 자기가 알고 있는 사실을 파악했다면 훼릭스의 죄는 결정적이 될 것이라고 크리포드는 생각했다. 사실 그 자신도 생각하면 생각할수록 이 화가의 무죄가 의심스럽게 여겨졌다. 그가 생각하는 한에 있어 훼릭스에게 크게 유리한 단 한 가지 점은, 통을 열었을 때의 그 놀란 모습뿐이다. 그러나 이것도 의학적 증언의 문제로서, 이에 상반되는 증거가 나올 수도 있을 것이다…… 변호사는 여기에서도 아무런 실마리를 찾아내지 못했다.

그때 그는 훼릭스를 재판하는 것이 자기의 일이 아님을 깨달았다. 무죄든 유죄든, 그를 위해 최선을 다하는 게 자기가 할 일인 것이다. 그러나 어떤 방법이 가장 좋을까?

새벽녘까지 그는 의자에 앉아 여송연을 피우며 머릿속에서 사건 전체를 돌이켜보고 여러 각도에서 검토해 보았으나, 여전히 이렇다 할 결론에 이르지 못했다. 그러나 변론 방침은 아직 세우지 못했으나, 지금 곧 취해야 할 행동은 명확했다. 우선 본쇼즈와 마뛰 부인과 그 밖에 훼릭스의 진술에 나온 사람들을 만나, 그의 이야기를 확인해 볼 뿐만 아니라 뭔가 새로운 사실을 찾아 낼 필요가 있다.

그래서 이튿날 아침, 변호사는 피엘 본쇼즈가 살고 있는 켄진튼의 아파트 계단을 올라갔다. 그런데 그는 실망했다. 본쇼즈 씨는 사업상 남 프랑스에 여행 중이어서 2, 3일 동안은 안 돌아온다는 것이었다.

"그래서 그가 체포되었는데도 면회 오지 않았었구나."

변호사는 중얼거리면서 밖으로 나와 하녀를 방문하기 위해 택시를 잡았다.

한 시간쯤 뒤 그레이트 노드 로드 쪽에 있는 브렌트 마을에 닿은 그는 길을 물으면서 가까스로 마뛰 부인 집을 찾아냈다.

문을 열고 나온 여인은 젊었을 때는 날씬하게 키도 컸을, 그러나 지금은 노쇠한 부인으로 심한 고생에 시달린 모습과 하얗게 센 머리카락은 그녀의 생활이 얼마나 고달팠던가를 말해 주었다.
"안녕하십니까?"
변호사는 모자를 벗고 공손하게 말했다.
"마퓌 부인이시지요?"
"그렇습니다만…… 들어오십시오."
"고맙습니다."
그는 부인을 따라 좁고 초라한 방으로 들어가서, 그녀가 권하는 삐걱거리는 헌 의자에 조심스럽게 앉았다.
크리포드가 말을 꺼냈다.
"아시겠지만 근처 산 마로 저택에 사는 훼릭스 씨가 터무니없는 혐의를 받고 체포되어서 말입니다."
"네, 들었습니다. 정말 안된 일입니다. 훌륭하고 좋은 분이신데……."
"그런데 마퓌 부인, 나는 크리포드라고 하는 훼릭스 씨의 변호사입니다. 그분의 변호를 위해 지금 내가 묻는 두세 가지 질문에 대답해 주시겠습니까?"
"네, 기꺼이 대답하겠습니다."
"당신은 요즈음 가정부가 휴가중인 동안 그 집을 도와 주셨지요?"
"네, 그렇습니다."
"훼릭스 씨가 그 일을 당신한테 부탁한 것은 언제입니까?"
"일요일 밤이었습니다. 내가 막 침대에 들어가려는데 그분이 오셨습니다."
"그럼 당신이 산 마로 저택에서 매일 한 일을 자세하게 이야기해 주지 않겠습니까?"
"나는 아침에 그 집에 가면 불을 피워서 아침 식사 준비를 합니다. 그리고는 방을 청소하고 빨래를 한 뒤, 점심 식사를 해 두지요. 그분은 정오쯤 혼자서 식사를 하고 저녁 식사는 런던에 나가서 하시거든요."

"알겠습니다. 아침마다 당신은 몇 시에 그 집에 갔습니까?"

"7시쯤입니다. 7시 반에 깨워서 8시에 아침 식사를 드렸습니다."

"그러고 나서 당신은 몇 시쯤 돌아오셨지요?"

"일정하지는 않았어요. 하지만 10시 반이나 11시쯤, 아니 어떤 날은 좀더 늦을 때도 있었습니다."

"그 주 수요일의 일을 기억하고 있습니까? 10시쯤에는 아직 산 마로 저택에 계셨겠지요?"

"네, 나는 언제나 10시 전에 돌아온 일은 없습니다."

"그렇습니까. 그렇다면 묻겠는데, 그 수요일 아침 훼릭스 씨는 집에 있었습니까?"

"계신 것으로 생각합니다만……."

"아아, 나는 확실한 것을 알고 싶습니다. 분명히 집에 있었다는 확신이 있습니까?"

"글쎄요, 그렇게 말씀하시면 곤란하군요."

"그럼 목요일은요, 마퓌 부인? 목요일에 훼릭스 씨를 만났습니까?"

그녀는 망설이다 겨우 말했다.

"이틀이나 사흘은 분명히 뵈었습니다만 그게 목요일이었는지는 분명하지 않습니다. 하지만 아마 목요일쯤이었을 거라고 생각됩니다."

"그날 아침에 몇 시쯤 식사를 했는지 기억하시겠습니까?"

"글쎄요, 그것은 모르겠습니다."

마퓌 부인은 영리한 여자였으나 증인으로서는 쓸모가 없다는 것을 크리포드는 알았다. 그는 꽤 오랫동안 여러 가지 질문을 해보았으나,

결과는 아무것도 얻지 못했다. 그녀의 대답은 훼릭스의 집안일에 대한 진술을 확인해 주었으나, 알리바이를 세워줄 수 있지 않을까 하는 변호사의 기대를 산산조각으로 깨뜨리고 말았다.

그가 시내로 돌아온 것은 1시쯤이었다. 그는 그레샴에서 식사를 하고 그곳 종업원에게 물어 보려고 생각했다.

지배인부터 질문을 시작했다. 그 사나이에게서는 아무것도 얻어 내지 못했으나, 그가 훼릭스의 사진을 종업원들에게 돌려 보게 한 끝에, 한 사람의 종업원이 그 화가를 보았다는 것이 밝혀졌다. 그 종업원의 이야기로 훼릭스가 5, 6주일 전 어느 날 밤, 여기서 식사했다는 것을 알았다. 이탈리아 사람인 그 종업원은 훼릭스를 처음 보았을 때, 동포가 아닌가 하여 잘 기억하고 있었다. 그러나 유감스럽게도 그 날짜는 아무래도 확실치가 않았으며, 크리포드가 조사한 바로는 다른 아무도 그 화가를 본 사람은 없었다. 크리포드는 이 종업원의 증언 역시 마뤼 부인과 마찬가지로 도움이 되지 않는다는 것을 유감스럽지만 인정하지 않을 수 없었다.

변호사의 개인적인 판단으로 훼릭스의 진술이 정당하다고 인정해 주고 싶은 심정이 커진 것은 분명했으며, 이 프랑스 사람을 믿어도 되지 않을까 하고 생각하게 되었다. 그러나 개인적인 인상과 법정에 있어서의 증거는 다른 문제였다.

법률 사무소로 돌아오자 그는 본쇼즈에게 급한 일로 만나고 싶으니 곧 런던으로 돌아와 달라는 내용의 편지를 썼다.

다음날 그는 다시 브렌트 마을을 찾아갔다. 문제의 주일 밤마다 훼릭스는 기차를 타고 시내에 나갔다고 했는데, 그럼 철도국 직원 가운데 그를 본 사람이 있을지 모른다고 변호사는 생각했다. 여기저기 알아본 끝에 겨우 정보를 제공해 주겠다는 한 사람의 개찰계 직원을 만났다. 이 직원의 말에 따르면 훼릭스는 매일 규칙적으로 아침 8시 57

분 기차를 타고 시내로 갔다가 저녁 6시 5분에 돌아온다는 것이었다. 그런데 훼릭스가 며칠 동안은 이 기차로 다니지 않고 그 대신 저녁 6시 20분이나 6시 47분에 브렌트 역을 출발하는 기차로 시내에 가는 것을 보았다고 말했다. 그러나 그는 7시에 교대를 했으므로 훼릭스가 언제 돌아왔는지에 대해서는 아는 바가 없었다. 또한 크리포드가 확인해 본 결과 그 직원 말고는 아무도 그것을 몰랐다. 더욱이 유감스럽게도 언제부터 이 화가가 여태까지의 습관을 바꾸었는지 그는 생각이 나지 않는다고 했으며, 문제의 목요일 밤에 런던으로 갔는지도 기억하고 있지 못했다.

크리포드는 산 마로 저택 근처에 살고 있는 사람들 가운데 문제의 목요일에 화가의 모습을 본 사람이 없을까 하고 걸어서 그리로 갔다. 그러나 여기서도 또 그는 실망했다. 그 집 근처에는 집이라고는 한 채도 없었던 것이다.

이제 어떻게 할까 하고 망설이다가 결국 변호사는 사무실로 되돌아 왔다. 다른 급한 일이 그를 기다리고 있었기 때문에 그 날과 그 다음 이틀 동안은 그 일에 매달려야 했으므로, 이 살인 사건을 돌볼 겨를이 없었다.

나흘째 되던 날 아침, 국선 변호사 류우샤스 해푼스톨 씨로부터 편지가 왔다. 그 편지는 코펜하겐에서 쓴 것으로, 일 관계로 덴마크에 와 있는데 일주일 뒤면 귀국하게 될 것이며, 그때는 곧 만나서 이 사건에 협력하겠다는 내용이었다.

크리포드가 이 편지를 막 읽었을 때, 한 젊은이가 찾아왔다. 그는 머리도 눈도 검으며 짧은 콧수염에 짧은 매부리코를 하고 있는데, 늘 씬하게 키가 커서 마치 매와 같은 인상을 풍기는 사람이었다.

'본쇼즈로구나' 하고 크리포드는 생각했는데 바로 맞았다.

"훼릭스 씨가 체포되었다는 것은 들었습니까?"

그는 손님에게 팔걸이의자를 권하고 담배 케이스를 내밀면서 물었다.

"전혀 모릅니다."

본쇼즈는 외국 사투리가 섞이긴 했지만 유창한 영어로 대답했다. 그의 태도는 민첩하고 늠름해 보였으나 흥분을 억누르지 못해 몹시 몸을 움직였다.

"당신 편지를 보고 내가 얼마나 큰 충격을 받았는지 도저히 말로는 표현할 수 없을 정도입니다. 정말 어처구니없는 일입니다. 말도 안 됩니다! 훼릭스를 아는 사람이라면 아무도 그가 그런 죄를 저지를 수 없다는 것을 알고 있습니다. 그것은 터무니없는 오해일 테니 곧 혐의가 풀리지 않을까요?"

"그렇게는 안 될 것 같습니다. 본쇼즈 씨. 불행하게도 당신 친구는 대단히 불리한 입장에 놓여 있습니다. 증거는 분명히 상황 증거입니다만, 그 모두가 강력한 것들입니다. 사실 솔직히 말씀드린다면 지금 나는 이렇다 할 변호의 방침도 못 세우고 있습니다."

젊은이는 몸짓으로 놀라움을 나타냈다. 그리고 소리쳤다.

"정말 놀라운 일이로군요! 너무 겁주지 마십시오, 설마 그가 유죄가 된다는 말은 아니겠지요?"

"유감스럽지만, 그렇습니다. 그 가능성이 짙습니다. 우리가 지금 알고 있는 것보다 훨씬 더 많은 사실을 알아내지 않는 한 말입니다."

"이건 너무합니다!"

그는 두 손을 불끈 쥐었다.

"너무합니다! 첫째, 아네트가 가엾고 다음은 훼릭스가 가엾습니다. 하지만 설마 당신은 이제 어쩔 수 없다는 것은 아니겠지요?"

그의 목소리에는 진지한 불안과 걱정이 깃들어 있었다.

크리포드는 흐뭇했다. 친구에 대한 이 사나이의 우정과 신뢰는 진실이었다. 이토록 우정을 불러일으키게 한 것으로 보더라도 훼릭스가 악인이라고는 생각되지 않았다. 변호사는 말투를 바꾸어서 대답했다.

"아니, 본쇼즈 씨, 나는 절대로 그렇게는 말하지 않았습니다. 내 말은 이 싸움이 쉬운 일이 아니라는 뜻입니다. 훼릭스 씨의 친구분들로부터 꼭 협력을 얻어야겠습니다. 당신에게 돌아오시는 대로 곧 와 주십사 한 것도 이 싸움을 시작하기 위해서였습니다."

"나는 오늘 아침 일찍 돌아와서 이 사무소가 문을 열기 전부터 여기에서 당신을 기다리고 있었습니다. 협력을 아끼지 않겠다는 나의 열성은 이것으로도 알아 주실 줄 믿습니다."

"잘 알겠습니다, 본쇼즈 씨. 그럼 훼릭스 씨에 대해, 또 그와 관련이 있는 당신 자신의 생활에 대해서 되도록 자세하게 이야기해 주시지 않겠습니까? 그리고 돌아가신 당신의 불행한 사촌 누이동생 보와라크 부인에 대해서도."

"이야기하겠습니다. 만약 석연치 않은 점이 있으면 주저하지 마시고 물어 주십시오."

그는 자기와 아네트의 관계——그녀는 라로슈의 돌아가신 앙드레 앙벨 씨의 딸이며, 자기는 그의 누이동생의 장남으로서 사촌이라는 것——에서부터 이야기를 시작하여 자기들의 어린 시절의 일, 어려서부터 둘이 다같이 미술을 좋아해서 파리의 도판 아틀리에에 들어갔다는 일이며, 거기서 훼릭스와 알게 되었다는 것, 훼릭스가 아네트를 사랑하게 되었다는 것을 이야기했다. 그리고 그는 나르본트의 포도주 상회에 취직한 것과 런던으로 파견된 것, 그래서 훼릭스와 다시 만나게 되어 기뻤던 것이며 도박에 말려들어 훼릭스가 도와 준 것, 또한 요즘에 그가 빠져든 심각한 채무 관계 등을 이야기했다. 또 이 문제에 대해서 아네트에게 편지를 보낸 것, 훼릭스에게 이 문제로 그녀를 만나 달라고 부탁한 것, 훼릭스가 런던으로 돌아온 일요일 저녁 무렵 체링 크로스 역에서 그를 만난 것, 그와 함께 저녁 식사를 하고 거기서 6백 파운드를 받은 것, 그리고 끝으로 훼릭스가 택시로 산 마로 저택으로 돌아간 것을 순서에 따라 이야기했다.

크리포드는 그의 이야기가 마뤄 부인이나 그레샴의 종업원이나 브렌트 역의 개찰 계원의 말과 거의 들어맞는다고 생각했다. 그리고 이 젊은이의 이야기는 훼릭스의 진술을 확인해 주고 있어 화가가 무죄라는 변호사의 신념을 더욱 굳게 하긴 했으나, 이것 역시 재판에는 거의 쓸모가 없을 거라고 크리포드는 생각했다.

크리포드가 이제야말로 훼릭스의 진술을 증명해야 할 입장에 있는 것은 사실이었으나, 가장 나쁜 일은 훼릭스의 진술이 거의 다 증명된다 해도 그게 바로 그의 결백을 증명하지는 못한다는 것이었다. 그러므로 더욱더 크리포드는 이 사건 전체가 미리 계획된 것이 아닐까 하는 의혹을 물리칠 수가 없었다.

그는 더욱 철저하게 본쇼즈 씨에게 물었으나 특별히 새로운 것은 듣지 못했다. 이 방문객은 수요일에도 목요일에도 화가를 만나지 않았기 때문에 알리바이를 증명하는 데는 도움이 되지 않았다. 더 이상 이야기를 계속해 봐야 아무 소득이 없다는 것을 안 크리포드는 사건의 진행을 알려 주겠다고 약속하고 젊은이를 돌려보냈다.

조르쥬 라 튀슈 씨

며칠 뒤 크리포드와 국선 변호사 루우샤스 해푼스톨은——두 사람은 개인적으로 친한 친구였다——크리포드의 집에서 저녁 식사를 함께 했다. 두 사람은 식사가 끝난 뒤 이 사건에 대해서 천천히 이야기하기로 했다. 해푼스톨은 예정보다 조금 빨리 귀국했으므로, 검찰 당국에서 보내온 서류도 크리포드가 지금까지 알아낸 사실을 기록해 둔 서류도 이내 검토한 뒤였다. 두 사람은 같이 훼릭스와 본쇼즈를 만나 다른 사소한 일에 대해서도 물었으나, 새로 발견된 중요한 사실이라고는 문제의 일요일에 이미 세상을 떠난 디바인 양이 칼레에서 포크스톤을 틀림없이 배로 건넜다는 것뿐으로, 그때 그녀와 같이 갔던 그녀의 하녀들은 두 사람 다 뱃멀미를 했기 때문에 그녀 혼자 갑판으로 나왔다는 것이었다. 이날 밤에 두 사람이 만난 목적은 변호인측으로서 내세울 선을 면밀하게 협의하여 정식으로 기본 방침을 세우자는 것이었다.

이 결정이 상당히 어렵다는 것은 두 사람 다 느끼고 있는 일이었다. 이때까지 그들이 다루어 온 사건들은 대체로 언제나 명확한 변호의 기본 방침이 있었다. 변호가 성립될 만한 뚜렷한 선이 두세 가지는 반드시 있었기 때문에, 그 가운데 어느 편을 택할 것인가가 문제되는 게 보통이었다. 그러나 이번 사건은 어디서부터 변호를 해야 하는가 하는 그 기본 방침이 발견되지 않는 데 어려움이 있었다.

"우선 첫째로 결정해야 할 일은,"

해푼스톨은 팔걸이 의자에 깊숙이 몸을 파묻으며 말했다.

"우리가 이 훼릭스라는 사나이를 무죄냐 유죄냐, 그 어느 편으로 가정하느냐 하는 일일세. 자네 개인적인 의견은 어떤가?"

크리포드는 한참 동안 대답하지 않다가 겨우 입을 열었다.

"어떻게 생각해야 할지 모르겠네. 훼릭스의 태도나 인품에서 받은 인상은 나쁘지 않았다고 인정하지 않을 수 없네. 그의 말에는 분명히 남을 납득시키는 것이 있어. 요즈음 우리가 만난 사람들도 그의 진술의 대부분을 확인했어. 게다가 그들은 분명히 그에게 호의와 신뢰를 가지고 있었네. 예를 들면 마틴 말일세. 그는 상당히 수다스럽기는 하지만 절대로 바보는 아니야. 그는 훼릭스를 잘 알고 있기 때문에 그를 구하기 위해 우리들의 수임료를 보증하겠다고 스스로 나설 만큼 그를 믿고 있네. 이건 쉬운 일이 아닐세. 게다가 훼릭스의 이야기에는 조금도 수상쩍은 데가 없어. 모든 일이 그의 말대로 일어났다고도 충분히 생각할 수 있는 일이거든. 그리고 또 통을 열었을 때의 그의 숨김없는 놀라움은 그에게 굉장히 유리한 것으로 생각되네."

"하지만……."

"하지만이라니? 아니, 이 사건의 다른 부분도 모두 그렇다네."

"그럼 자네 자신의 의견은 없단 말인가?"

"없다는 것은 아닐세. 내 의견은 무죄 쪽으로 기울고 있지만 아무래도 확신을 가질 수가 없어."

"나도 거의 자네와 같은 의견이네."

국선 변호사가 말했다. 그리고는 잠시 생각하더니 계속했다.

"이 문제를 여러 방향으로 생각해 보았는데, 증거로써 피고의 혐의를 풀게 할 가능성은 결코 없네. 불리한 증거가 너무도 많아. 만일 그것들이 사실이라면 우리는 꼼짝도 못해. 우리들의 오직 하나의 희망은 그 증거를 부인하는 것밖에 없다고 생각하는데."

"부인해?"

"부인하는 걸세. 훼릭스가 유죄이거나, 아니면 어떤 음모의 피해자이거나, 이 둘 가운데 어느 쪽이라는 건 자네도 인정하지 않을 수 없겠지?"

"물론이지."

"좋아. 그 생각으로 나가세. 훼릭스는 어떤 음모의 피해자이므로 그 증거는 진실이라고 할 수 없다, 이 생각은 어떤가?"

"글쎄, 나는 그것이 사실이라고 해도 놀라지 않을 걸세. 사실은 나도 여러 가지로 생각해 보았는데, 생각하면 생각할수록 산 마로 저택에서 발견된 증거품들은 수상하기만 하네. 애미의 편지, 압지의 잉크 자국, 다이아몬드가 박힌 액세서리 핀, 모든 것이 너무나도 결정적이어서 조금 부자연스러운 생각이 든단 말일세. 이 세 가지 증거품은 너무도 확실한 것들이어서 왠지 미리 골라 둔 것 같은 생각이 드네. 게다가 타이프라이터로 친 편지는 누구든지 만들 수 있으니, 자네 추리의 논리가 맞는다고 해도 나는 놀라지 않아."

"아무튼 그것이 우리 변호의 가장 큰 기본 방침이라고 생각되네."

"단 하나의 변호 방법일 걸세. 하지만 제안하기는 쉬워도 이것을 입증하기는 힘든 일이지."

"방법은 한 가지밖에 없네."

해푼스톨은 팔 옆의 병에서 위스키를 손수 따르며 또렷하게 말했다.

"진범인을 우리 쪽에서 암시하는 거야."

"진범인을 찾아내야 한다면, 이 사건은 단념하는 편이 좋을 것 같네. 런던과 파리의 두 경시청에서도 잡지 못하는 것을 우리가 어떻게 한단 말인가."

"자네는 내가 하는 말을 잘 이해하지 못하는 것 같군. 나는 범인을 찾아내야 한다고는 말하지 않았네. 그것을 암시하는 것만으로도 충분하다고 생각하네. 우리가 해야 할 일은 누군가 부인을 살해할 동기를 가진 사람이 그녀를 살해하고는 그 죄를 훼릭스에게 뒤집어씌우려고 꾸몄다는 사실을 분명히 하는 일일세. 그렇게 되면 자연히 두 사람 가운데 누가 유죄인가 하는 의문이 생기겠지. 그 의문이 강해지면 그만큼 훼릭스로서는 유리하게 되는 셈이거든."

"그러나 그렇다고 해서 이 문제가 가벼워지는 것은 아닐세. 그 다른 사람을 찾아낸다는 어려움에는 변함이 없으니 말이야."

"해보는 데까지 해보세. 뭔가 단서가 잡힐지도 몰라. 첫째 문제는, 만일 훼릭스가 무죄라면 진범은 누구일까 하는 걸세."

한참 동안 침묵이 계속되었다. 이윽고 해푼스톨이 다시 말했다.
"하긴 범인답지 않은 사람이 누구인가 라고 말하는 편이 좋을지도 모르겠군."
"거기에 대한 대답은 하나밖에 없다고 생각하네."
크리포드는 말했다.
"이 사건의 성질로 보아 보와라크에게 혐의가 돌려지는 것은 무리가 아닐 걸세. 그러나 경찰 당국은 그것을 충분히 알고 있는데도 들리는 바로는, 철저히 조사한 결과 그는 무죄라는 결론에 이르렀다는군."
"그 결론은 알리바이가 있다는 것이겠지? 그러나 자네도 알고 있듯이 알리바이는 만들어 낼 수 있거든."
"물론 그렇지. 그러나 경찰은 그 알리바이가 위조가 아니라는 결론을 내렸어. 자세한 것은 모르겠으나 그의 알리바이를 충분히 검토한 결과인 것 같아."
"왠지 지금까지 손에 넣은 정보로 생각해 보면, 만일 훼릭스가 무죄라면 보와라크가 유죄라고 추리해도 좋으리라 생각되네. 그밖에 누군가가 얽혀 있는 것 같은 기미는 전혀 없으니까. 그렇기 때문에 보와라크가 이 범죄에 대한 동기를 가지고 있다는 것, 그것을 실행할 수 있다는 것, 또 음모를 꾸밀 수 있다는 것을 암시해 주면 그것으로 충분해. 우리는 그의 범행을 입증할 필요는 없네."
"그렇겠지. 그럼 우리들의 다음 문제는 보와라크의 동기는 무엇일까 하는 거겠지?"
"그건 쉽게 찾아낼 수 있네. 만일 보와라크가 자기 아내가 부정한 짓을 하고 있는 것을 보았다면, 그녀를 죽여 버릴 동기는 설명이 되겠지."
"그렇지, 그렇게 되면 훼릭스에게 죄를 뒤집어씌우려는 그의 노력에 이중의 이유를 주게 되는 셈이군. 첫째는 혐의를 남에게 돌림으로써 자기를 방위할 수 있고, 둘째로는 그의 가정을 파괴한 사나이에 대한 복수."

"맞았네. 그럴 듯한 동기가 세워질 것 같군. 그럼, 다음 문제는 시체를 통에 넣은 것은 어디일까 하는 걸세."

"경찰에서는 런던이라고 말하고 있네. 다른 데서는 전혀 그럴 기회가 없었다는 까닭에서 말이네."

"그런가? 나 역시 그것은 올바른 추리라고 생각하네. 만일 그것이 사실이라면 이렇게도 생각할 수 있겠지. 보와라크가 그녀를 죽였다면, 그는 그 때문에 런던에 왔을 것이 틀림없다는 말이네."

"그러나 알리바이는?"

"당분간 알리바이는 덮어 두세. 우리들의 변론은 보와라크가 아내의 뒤를 쫓아 런던으로 와서 여기서 그녀를 죽인 것으로 되지 않으면 성립되지 않네. 그런데 우리들의 추리의 가능성을 암시할 수 있을 만한 상세한 자료를 파악할 수 있을까? 그는 그 일요일 새벽녘에 집으로 돌아와서 아내가 없는 것을 발견하고, 그녀가 훼릭스와 함께 집을 나가겠다는 편지를 읽었네. 그 뒤 그는 어떻게 했을까?"

크리포드는 난로의 불길을 돋우기 위해 몸을 굽혔다.

그는 좀 망설이듯이 말했다.

"나도 그것을 생각해 보았네. 그리고 그럴 듯한 가설을 세워 보았지. 물론 이건 순전히 짐작이지만, 여러 가지 사실과 들어맞기 때문일세."

"그걸 들려 주게나. 지금으로서는 우리들의 가설은 모두 짐작에 지나지 않는 것이니까."

"나는 이렇게 생각했네. 일요일 새벽녘의 발견으로 보와라크는 정신이 이상해져서 의자에 앉아 복수의 계획을 짰지. 그는 아마 그날 아침 북 정거장으로 가서 두 사람이 떠나는 것을 보았을 거야. 그는 두 사람을 몰래 뒤쫓아서 런던으로 왔네. 그렇지 않으면 적어도 훼릭스를 발견하여 그를 뒤쫓아왔을 걸세. 부인은 다른 길로 갔을지도 모르니까. 두 사람이 산 마로 저택으로 간 것을 알았을 때는 그의 계획은 실천으로 옮겨졌지. 집 안에는 두 사람밖에 아무도 없다는 것을 안 그는 두 사람이 외출하기를 지키고 있었네. 그들이 외출하고 난 뒤 그는 이를테면 열려 있는 창문으로든가 어딘가를 통해 집 안으로 들어가서, 훼릭스의 책상에 앉아 그가 이미 사들인 조각품의 자매품을 주문하는 듀피엘 상회 앞으로 보낼 편지를 위조했네. 그가 이런 짓을 하는 목적은 부인을 살해하는 데 있으며, 그 시체를 넣을 통을 손에 넣기 위해서이지. 훼릭스에게 혐의를 씌우기 위해 그는 화가의 필적을 흉내내 글씨를 쓰고 그 자국을 압지에 남겨 두었네. 같은 이유로 그는 그 편지에 훼릭스의 이름을 썼지만 통을 자기 손에 넣기 위해서 훼릭스의 주소는 쓰지 않았네."

"훌륭하네!"

해푼스톨은 감탄을 아끼지 않았다.

"그는 편지를 가지고 밖으로 나와 우체통에 넣은 다음, 파리에 전화를 걸어 언제 어떤 코스로 통이 우송되는가를 묻고는 짐마차를 빌려 통을 인수할 준비를 했지. 그러고 나서 일부러 산 마로 저택이 아닌 그 근처에 운반하도록 하여 거기서 기다리게끔 마부에게 일러두었네. 한편 편지나 전보, 그밖의 계략을 써서 훼릭스를 꾀어 밖으로 끌어내고 부인 혼자 집에 있도록 만든다. 그가 초인종을 누르자 부인이 문을 연다. 그는 억지로 밀고 들어가서 서재에 있는 등받이가 둥근 작은 의자 위에서 그녀를 목졸라 죽인다. 드레스에 꽂혔던 핀이 떨어졌으나, 그는 그것을 모른다. 그런 다음 그는 마부가 있는 곳으로 되돌아와서 통을 안뜰로 운반해 넣는다. 그는 마부를 근처의 여인숙으로 식사하러 보낸 뒤 통을 열어 조각품을 꺼내 부숴 버리고는 시체를 넣는다. 이때쯤 마부가 식사하고 돌아와서, 보와라크는 그 통을 이튿날 아침 파리로 부치라고 지시하여 통을 운반해 간다. 훼릭스의 혐의를 더욱 굳히기 위해 그는 미리 준비해 두었던 애미의 편지를 훼릭스의 양복 주머니에 넣어 둔다."
"좋아!"
해푼스톨이 또 찬사를 던졌다.
"그 자신도 파리로 가서 북 정거장에서 통을 인수하여 카르디네 거리의 화물역에서 훼릭스 앞으로 부친다. 그는 훼릭스가 그 통을 받지 않을 수 없게끔 교묘한 편지를 써서 보낸다. 훼릭스가 통을 받았다. 그 결과 경찰이 수사에 나섰다."
"놀라운데, 크리포드, 자네도 속수무책으로 있었던 것만은 아니었군. 자네의 추리가 거의 사실 그대로라고 해도 나는 놀라지 않겠네. 그러나 그러한 일이 산 마로 저택에서 있었다고 하면, 훼릭스가 거기에 대해 한 마디쯤 하지 않았을까?"
"나도 그렇게 생각하네. 아니면 훼릭스는 부인의 추억을 고이 간직하고 싶었을지도 모르지. 그렇다면 그것을 말하지 않는 게 당연할걸세."
"하녀는 어떨까?"
"글쎄, 그것도 문제지. 하지만 영리한 여자는 입을 다물거든."
"자네의 가설로 사건은 거의 모두 설명이 되네. 그럼 이것을 기본선으로 해서 조사를 진행해 나가세. 그렇게 되면 어떻게 되는 거지?"
"보와라크는 만찬회가 있은 뒤 일요일 밤이나 월요일에는 두 사람의 상황을 살피기 위해, 그리고 편지를 쓰기 위해 런던에 와 있은 것이 되고, 또 수요일에도 살인을 저지르고 통을 준비하기 위해 런던에 있은 것이 되네."

"과연 그렇겠군. 그렇다면 우리들이 맨 처음 해야 할 일은 2, 3, 4일 동안 보와라크가 어디 있었나 하는 것을 알아내는 일이로군."

"그는 파리와 벨기에에 있었다고 경찰을 납득시키고 있네."

"바로 그 점이야. 그러나 알리바이는 위조할 수 있다는 점으로 우리의 의견이 모아졌으니, 그건 다시 한 번 조사해 보는 게 좋겠지."

"탐정이 필요하군."

"물론이지. 라 튀슈는 어떨까?"

"라 튀슈라면 더 말할 나위 없겠지만, 상당히 돈이 많이 들 텐데."

해푼스톨은 어깨를 으쓱해 보이며 입을 열었다.

"할 수 없지 않나. 그 사람으로 결정하세."

"좋아. 오라고 연락하지. 내일 3시면 될까?"

"좋아."

두 사람은 시계가 12시를 칠 때까지 토론을 계속한 뒤 해푼스톨은 런던으로 돌아갔다.

조르쥬 라 튀슈 씨는 런던에서 가장 으뜸가는 민완 사립 탐정으로 알려져 있었다. 아버지가 런던에서 외국 서적의 소매점을 경영했기 때문에 12살 때 그는 영어와 영국적인 사고방식을 지니고 있었다. 그 뒤 영국 사람인 어머니가 세상을 떠났기 때문에 그들 가족은 파리로 옮겨, 조르쥬는 새로운 환경에 적응해 가야만 했다. 20살 때 여행 안내원으로 쿡크 여행사에 들어가 이탈리아 어, 독일어, 스페인 어 등을 차례차례 배움으로써, 얼마 안 가 그는 중부 유럽과 남서 유럽의 사정을 환히 알게 되었다.

10년쯤 이 직업에 몸담고 있는 동안 줄곧 여행만 하는 일에 싫증이

난 그는 런던으로 건너와 유명한 사립 탐정 사무소에서 일하게 되었다. 열심히 노력한 보람이 있어, 15년 뒤 창립자가 죽었을 때 그는 사장 자리에 앉게 되었다. 그는 얼마 안 되어 외국과 국제적인 사건을 전문으로 다루게 되었는데, 이것에는 젊었을 때의 훈련이 크게 도움이 되었다. 그러나 그는 용모가 보잘것없는 사나이였다. 자그마한 몸집에 얼굴빛이 나쁜 데다 등까지 약간 굽은, 이른바 고양이등이어서 윤곽이 또렷한 얼굴과 검게 반짝이는 지적인 눈만 없었더라면 형편없는 사람으로 보였을 것이다.

오랜 동안의 수련 끝에 그는 마음대로 표정을 바꿀 수 있어 그 힘으로 이러한 숨기기 어려운 그의 특징을 남의 눈에 띄지 않게 했을 뿐만 아니라, 이렇게 해서 만들어 낸 연약하고 얼빠져 보이는 느낌이 상대방의 의혹을 약화시키는 경험을 여러 차례 겪어 왔다.

비정상적이고 괴상한 일을 좋아하는 그는 이 통 사건의 내용을 신문에서 자세히 읽어 잘 알고 있었다. 그러므로 크리포드로부터 용의자를 위해 일해 주지 않겠느냐는 전화가 걸려 왔을 때, 그는 쾌히 승낙하고 지정된 시간에 두 변호사를 만나기 위해 두세 가지 미리 약속했던 것을 취소하고 말았다.

중요한 보수 문제가 결정되자 크리포드는 이 사건에 대해 지금까지 알고 있는 일을 모두 탐정에게 설명하고, 또 그가 해푼스톨과 이 사건의 변호 문제에 대해 협의한 끝에 짜낸 여러 가지 생각에 대해서도 이야기했다.

크리포드는 끝으로 말했다.

"당신에게 부탁할 것은 말이오, 라 튀슈 씨. 보와라크가 범인이라는 가정 아래 이 사건을 조사해 달라는 겁니다. 우리의 이러한 추리가 가능한지 어떤지 확실한 결론을 내려 달라는 말입니다. 이 가설이 그 알리바이가 진실인가 아닌가에 달려 있다는 것은 당신도 동의하리라고 생각합니다. 그러기 때문에 우선 첫째로 이 점을 테스트해 주기 바랍니다. 만일 그 알리바이를 무너뜨리지 못한다면 보와라크를 유죄로 단정할 수 없으며, 또 우리들의 변호 방침도 무너지는 셈이오. 그러므로 말할 것도 없겠지만, 정보는 빠를수록 고맙겠습니다."

"나의 성격에 맞는 일을 맡겨 주셔서 기쁩니다. 만일 이 일에 내가 성공하지 못한다 하더라도 노력이 부족했다는 변명은 절대로 하지 않겠습니다. 오늘 이야기는 이 정도로 하지요? 이 서류를 검토해 보고 사건을 정리하고 난 뒤 곧 나는 파리로 갈까 합니다. 하지만 크리포드 씨, 떠나기 전에 한 번 더 뵈러 오겠습니다."

라 튀슈의 말은 틀림이 없었다. 그는 그 날부터 3일 뒤 다시 크리포드의 방을 찾아왔다.

"도버 해협 이쪽 일은 할 수 있는 데까지 조사해 보았습니다. 크리포드 씨. 오늘 밤 파리로 건너갈까 합니다."

"좋습니다. 그런데 당신 의견은 어떻습니까?"

"글쎄요. 내 의견을 말씀드리는 것은 아직 때가 이르다고 생각합니다만, 정말 복잡한 사건에 부딪쳤군요."

"어떻게 말입니까?"

"훼릭스가 불리하다는 말입니다. 그것도 불리한 점이 너무 강하군요. 물론 나는 있는 힘을 다하겠지만, 몹시 힘들 겁니다. 알고 계시겠지만, 그에게 유리한 점은 거의 없으니까요."

"그 통을 열었을 때, 그가 받은 충격에 대해서는 어떻게 생각하시지요? 그 일로 의사를 만나 보셨나요?"

"네, 의사도 그의 충격에는 거짓이 없다고 말하더군요. 그러나 저는 당신이 생각하고 있는 만큼, 그 일이 그렇게 큰 도움은 못 되리라고 생각합니다."

"나는 강력한 증거가 된다고 생각하는데요. 이렇게 생각해 보면 어떻겠소. 그의 충격의 본질은 놀라움이다, 그 놀라움은 통의 내용물을 보고 비로소 생긴 것이 틀림없다, 따라서 훼릭스는 통의 내용물을 몰랐다, 그러니까 통에 시체를 넣은 것은 훼릭스일 수가 없다, 그러므로 그는 결백한 것이 틀림없다고 말이오."

"논리에 맞는 이야기라고 나도 생각합니다만, 영리한 변호사라면 뒤엎을 수 있지 않을까요? 쇼크에는 놀라움 말고도 다른 요소가 있거든요. 공포입니다. 통이 열렸을 때, 훼릭스는 놀라움과 공포 두 가지 감정을 똑같이 느꼈다는 반론에 맞설지도 모릅니다."

"만일 그가 통 속에 뭐가 들어 있는지 알고 있었다면 어떻게 그런 일이……."

"그건 이렇습니다. 통 속에 들어 있던 것은 그가 기대하고 있었던 물건과는 많이 달랐습니다. 그는 아직도 그녀가 살아 있는 것같이 보였을 때, 그 시체를 통에 넣었는지도 모릅니다. 그런데 통이 열렸을 때, 그녀는 상당히 날짜가 지났기 때문에 달라져 있었겠지요. 그가 이것을 보았을 때는 공포의 포로가 되었을 겁니다. 그 공포가 놀란 척해 보이려던 것과 합하여 이러한 효과를 연출하게 되었을 것입니다."

크리포드의 생각은 이러한 끔찍한 해석에까지 미치지 못했다. 그러나, 분명히 그럴 수 있다고 생각하니 그는 불안해졌다. 훼릭스의 가장 유리한 이 증거가 이처럼 간단하게 무너진다면, 변호 의뢰인의 앞길은 정말 캄캄하다고 하겠다. 그러나 그는 그 의혹을 방문객에게는 말하지 않았다.

"만약 우리가 생각하고 있는 변호의 선을 유지할 수 있는 충분한 것을 얻지 못한다면,"

크리포드는 말을 계속했다.

"그것과는 아주 다른 선을 찾아볼 수밖에 없겠군."
"기대하시는 것에는 충분히 따를 생각입니다만, 내가 말씀드리고 싶은 것은 이 조사는 그렇게 간단히 되지 않을 것이라는 겁니다. 그럼, 오늘 밤 나는 저쪽으로 건너가겠습니다. 한시라도 빨리 좋은 소식을 알려 드리고 싶습니다."
"고맙소. 좋은 소식 기다리겠습니다."
두 사람은 악수를 나누고 라 튀슈는 돌아갔다. 그날 밤, 그는 체링 크로스 역을 떠나 파리로 향했다.

실망

라 튀슈는 여행에 익숙했으므로 밤차에서는 언제나 잘 잤다. 그러나 언제나 그럴 수는 없었다. 때로는 밤의 어둠 속을 달리는 기차의 리드미컬한 굉음이 그의 머리를 쉬게 해주기는커녕 도리어 자극제가 되어, 장거리 급행 열차의 침대 위에 누워 있노라면 멋진 아이디어가 떠오르는 일이 곧잘 있었다. 오늘 밤도 그는 칼레에서 파리 사이의 급행 열차 1등실 한구석에 앉아, 보기에는 한가로웠으나 머릿속은 몹시 복잡했다. 그래서 그는 이 기회에 앞에 가로놓여 있는 일을 검토해 보려고 생각했다.

모든 것을 제쳐놓고 맨 먼저 손을 대야 할 일은 보와라크의 알리바이를 재검토하는 일이었다. 그는 이 문제에 대해 경찰 당국이 한 일을 모두 다 알고 있기 때문에, 먼저 르빠르쥬가 한 조사를 하나하나 확인해 보려고 생각했다. 당장은 이 동업자가 취한 수사 방법에서 어떤 점을 개선해야 할지 짐작되지 않으나, 수사를 해 나가는 동안 전임자가 빠뜨린 단서가 무엇이든 발견될지도 모른다는 것이 그의 한 가닥 희망이었다.

여기까지는 자기가 생각하고 있는 조치에 대해 그는 아무런 의문도 느끼지 않았다. 왜냐하면 보와라크의 알리바이 조사는 고용주로부터 직접 부탁받은 일이기 때문이다. 그러나 그 다음부터는 그가 최선이라고 생각되는 행동을 취해도 좋다는 자유가 주어져 있었다.

그는 이 사건의 핵심으로 보이는 것——통 속에서 시체가 발견된 것——에 마음을 돌려, 그 문제에 대해서 이미 확인된 사실과 가정의 사실을 머릿속에서 정리하며 생각해 보았다. 우선 통이 센트 캐더린 부두에 도착했을 때는 시체가 그 속에 들어 있었다. 그리고 카르디네 거리의 화물역에서 그 부두까지 수송 도중에는 시체를 통에 넣을 수가 없다. 여기까지는 분명했다. 그러나 그 이전의 통의 발자취는 단순한 추측에 지나지 않는다. 북 정거장에서 카르디네 거리까지 통은 짐마차로 운반된 것 같다.

이 추리는 무엇을 근거로 세워졌을까? 세 가지의 사실에 그 이유를 두고 있다. 첫째, 그것이 북 정거장에서 짐마차로 실려서 나왔다는 것, 둘째는 그것이 같은 방법으로 카르디네 거리로 운반되어 왔다는 것, 셋째로는 그러한 짐마차로 운반되었을 경우에 필요한 만큼의 시간이 걸렸다는 일이다.

이 추리는 분명히 합리적인 것처럼 생각되지만, 그러나……그는 범인이 누구이든 절대로 얕볼 수 없는 비범한 재능을 지녔음이 틀림없다고 생각하지 않을 수 없었다. 그 통은 맨 처음 짐마차로 근처의 집이나 움막으로 운반되어, 거기서 시체를 통에 넣은 다음 다시 트럭으로 화물역에 가까운 곳으로 보내졌다가 거기서 또 짐마차로 옮겨 실은 것이 아닐까? 이것은 너무나도 억지 추리로, 있을 수 없는 것으로 여겨진다. 그렇다고 해서 아직 진상이 밝혀진 것도 아니다. 좀더 조사해 볼 필요가 있다고 그는 생각했다. 우선 화물역으로 그 통을 운반한 마부를 찾아낼 필요가 있다. 그렇게 하면 어디서 시체를 통에 넣었는지 확실해질 것이며, 따라서 런던과 파리 어디에서 살인이 저질러졌는가도 알게 될 것이다.

그는 세 번째 문제점에 주의를 돌렸다. 이 사건에 등장하는 여러 가지 편지——퍽 많이 있지만 그것들은 가짜인지도 모르고 또 그렇지 않은지도 모른다. 만일 가짜라면 그것을 누가 썼을까? 물론 그는 바로 대답할 수가 없었다. 그러나 가짜일 수는 없는——적어도 어떤 의미에서 한 통의 편지가 있다. 훼릭스가 받은 르 고티에로부터 온 편지는 활자체로 곧 분간될 수 있는 타이프라이터로 친 것이었다. 그 편지를 타이핑한 사나이가 살인자라는 추리에는 그다지 무리가 없다. 그 타이프라이터를 찾자고 라 뒤슈는 생각했다. 다행히 발견되면 진범을 찾아 낼 수 있을 것이다.

또 다른 문제점이 그의 머리에 떠올랐다. 만약 보와라크가 범인이라면, 이제부터 앞으로 꼬리를 내밀게 될지도 모른다. 탐정은 과거의 경험에서 범인이 범행을 저지른 뒤 무슨 짓을 하거나 어딘가로 갔기 때문에 체포된 예를 여러 가지 생각해 보았다. 보와라크를 뒤밟아 보는 것도 뜻밖으로 한 가지 방법이 되지 않을까? 그는 이 문제를 주의깊게 생각한 끝에, 그렇게 하기 위해 두 사람의 부하를 부르기로 했다.

이것으로 조사의 방향이 4가지 정해졌다. 그 가운데 처음의 3가지는 적어도 어떤 확실한 결과가 약속되어 있었다. 파리에 가까워져 기차가 속력을 떨어뜨리기 시작했을 때, 그는 이 일이 자기에게 안성맞춤이라는 것을 느꼈다.

그 뒤로부터 지루하고 전혀 수확이 오르지 않는 조사의 나날이 계속되었다. 아주 빈틈없고 끈질기고 수완 좋은 그였으나, 그 고생의 결과는 보와라크가 한 진술의 진실성을 더욱 확인한 것으로 끝났다.

그는 먼저 샤랑톤과 종업원부터 조사하기 시작했다. 그는 교묘하게 그 이야기를 꺼내, 잘못되어 살인죄로 구속된 죄없는 한 사람의 영상을 그려 보임으로써 상대방 사나이가 차츰 동정심을 갖도록 꾸몄다. 그리고 그는 피고의 변호에 도움이 될 만한 정보를 제공해 주면 많은 사례를 하겠다고 말하여 그 마음에 호소했다. 그런 다음 끝으로 어떤 이야기를 들려 주어도 절대로 해를 끼치지 않겠다고 약속하여 그의 공포심을 없애 주었다. 얌전하고 정직해 보이는 그 종업원은 숨김없이 라 튀슈의 질문에 대답했는데, 한 가지 빼고는 전에 르빠르쥬에게 말한 것과 똑같았다. 보와라크 씨——종업원은 사진을 보자 곧 그라는 걸 알아보았다——는 1시 반쯤 이 카페에서 점심 식사를 한 다음, 두 군데에 전화를 걸었다. 그가 두 군데에 전화 번호를 신청하는 것을 들었다는 것이다. 르빠르쥬에게 이야기한 것과 마찬가지로 무슨 요일이었는지 확실치 않다면서, 자기 기억으로는 화요일이 아니라 월요일이었던 것 같으나, 그것도 착각인지 모른다고 말했다. 그의 증언에는 조금도 동요가 없었기 때문에 라 튀슈는 이 사나이가 진실을 말하고 있다고 자신 있게 판단했다.

종업원은 르빠르쥬에게 한 이야기를 되풀이해서 그에게 말했는데, 더욱 중요하다고 생각되는 한 가지 정보를 거기에 덧붙였다. 신청한 전화 번호의 어느 편이건 하나를 생각해 낼 수 없느냐고 묻자, 그는 그 한쪽 번호의 끝 두 자를 기억하고 있다고 말했다. 그것은 4와 5였다. 이 카페의 전화 번호가 샤랑톤 45였기 때문에 그것이 그의 머리에 남았던 것이다. 그러나 아무리 해도 그 번호의 앞 숫자나 국번은 생각나지 않는다는 것이었다. 그는 이 이야기를 르빠르쥬에게 하려고 생각했었으나, 느닷없는 형사의 방문에 떨려서 깜빡 잊어 버렸다가 나중에야 생각이 났다고 설명했다.

라 튀슈가 전화 번호를 조사하는 데는 몇 초도 걸리지 않았다. 아르마 거리에 있는 보와라크 집 전화 번호는 그것과 맞지 않았으나, 펌프 제조 회사 쪽을 보니 노드 745라는 것을 알았다.

이것은 새로운 확증이었다. 그 종업원이 적당하게 꾸민 이야기가 아님이 확실했으므로, 라 튀슈는 보와라크가 분명히 이 카페에서 점심 식사를 하고 전화를 걸었다는 확신을 가지게 되었다.

시내로 돌아오면서 이런 생각이 문득 그의 머리를 스쳤다——어쩌면 그 종업원의 기억은 확실한 것으로, 보와라크가 카페에 온 것은 화요일이 아니라 월요일 오후였는지도 모른다. 이것을 확인할 방법은 없을까?

그는 르빠르쥬가 이 문제를 어떻게 해결했는가 생각했다. 르빠르쥬는 보와라크가 전화로 이야기한 사람, 즉 집사와 사무 주임을 만나서 두 사람 다 그 날짜를 확인했다는 것이었다. 라 튀슈는 르빠르쥬의 예를 따를 수밖에 없다고 생각했다. 그래서 그는 아르마 거리의 집을 찾아가 집사 프랑소아를 만났다. 이 노인이 훼릭스가 붙잡혔다는 소리를 듣고 진심으로 슬퍼하는 것이 그에게는 뜻밖이었다. 이 두 사람이 만난 지는 얼마 되지 않았는데도 불구하고, 훼릭스의 인격이 다른 많은 경우와 마찬가지로 사랑과 존경의 마음을 일으키게 한 것이다. 여기서도 라 튀슈는 종업원에게 쓴 것과 같은 방법으로 자기는 그 용의자를 구하기 위해 이렇게 일하고 있다고 설명하자, 프랑소아는 자기가 할 수 있는 데까지 협조를 아끼지 않겠다고 말했다.

그러나 여기서도 라 튀슈가 얻은 것은 역시 보와라크의 진술의 확인이었다. 프랑소아는 전화에 대해 기억하고 있었으며, 보와라크가 말한 것이 틀림없다고 말했다. 그는 그 목소리가 주인의 것이었음을 분명히 인정하고, 또 그 날짜도 확실히 기억하고 있었다. 그것은 화요일이었다. 그는 그것을 명확히 증명하기 위해 다른 여러 가지 사소한 일들을 들어 그것과 결부시켰다.

'르빠르쥬는 정당했다.'

탐정은 아르마 거리를 걸으며 생각했다.

'보와라크는 화요일 2시 반에 샤랑톤에서 전화를 걸었다. 그러나 만일을 위해서 더 조사할 수 있는 데까지 해 보자.'

그는 아브로트 펌프 제조회사의 본사 쪽으로 발길을 돌렸다. 그도 르빠르쥬와 같은 방법으로 보와라크가 외출하는 것을 보고 나서야 사무실로 들어가 듀프레느 씨에게 면회를 신청했다.

"모처럼 오셨는데, 조금 전에 외출한 것 같습니다만,"

맞으러 나온 사무원이 대답했다.

"잠깐 앉아서 기다려 주시지 않겠습니까. 확인하고 오겠습니다."

라 튀슈는 하라는 대로 했다. 그리고 그는 잘 닦인 티크 재목으로 된 비품과 길이가 긴 캐비닛들이며 전화기며, 덜컥덜컥 소리를 내고 있는 타이프라이터와 부지런하고 유능해 보이는 사무원들이 일하고 있는 넓은 방 안을 감탄한 듯이 둘러보았다.

그런데 라 튀슈라고 해서 생각하는 기계일 수는 없다. 그는 그 나름대로 인간적인 면을 지니고 있었다. 범인을 쫓고 있는 중이 아닌 한, 예쁜 아가씨에게도 상당히 눈이 빠른 편이었다. 이렇게 방 안을 신기한 듯 이리저리 두리번거리고 있던 그의 눈은 곧 타이피스트의 두 번째 줄에 멈추어, 거기에 있는 22, 3살쯤 된 아가씨에게 초점이 맞추어졌다. 그녀는 자그마한 몸매에 검은 머리를 한 아주 쾌활해 보이는 매혹적인 아가씨로, 뾰족한 입에 볼우물이 귀여웠다. 그녀의 수수한 옷차림은 사무적인 방 안 분위기에 어울렸으나, 그런데도 불구하고 그녀의 몸 전체를 감싸고 있는 우아하고 고상한 취미가 풍기는 모습은 이 탐정보다 훨씬 눈이 높은 관찰자의 눈이라도 즐겁게 해줄 것이 틀림없었다. 그녀는 반짝이는 검은 눈으로 힐끗 그를 보고는 예쁘장한 코를 살짝 치켜들더니 곧 다시 일에 열중했다.

"죄송합니다만, 듀프레느 씨는 몸이 좀 불편하셔서 댁으로 가셨답니다. 이틀 뒤면 나오실 것 같은데, 편리하실 때 다시 오시지 않겠습니까?"

라 튀슈는 이 사무원의 민첩한 응대가 오히려 섭섭하게 생각되었으나, 공손히 인사하고 가까운 시일 안에 다시 오겠다고 말했다. 그리고는 저쪽을 향해 있는 풍성한 검은 머리에 아쉬운 듯 눈길을 힐끗 던진 뒤 그는 사무실을 나왔다.

비서가 자리에 없어 일이 제자리 걸음을 한 것은 정말 유감스러운 일이었다. 그 때문에 알리바이 조사는 하루 이틀 뒤로 미루어지겠지만, 파리로 오는 기차 안에서 생각했던 다른 문제점의 조사부터 시작해도 될 것이다. 예를 들면 북 정거장에서 카르디네 거리까지 통을 옮긴 마부를 찾아내는 일도 그 하나다. 탐정은 먼저 이 조사부터 시작하기로 마음먹었다.

그래서 그는 그 큰 화물역으로 가서 담당 직원에게 자기 소개를 하고 용건을 이야기했다. 담당 직원은 아주 친절한 사람으로, 잠깐 기다리자 번리와 르빠르쥬가 몇 주일 전에 만났던 두 사람의 짐꾼을 방으로 데리고 왔다. 라 튀슈는 자세하게 물어 보았으나 이렇다 할 새로운 정보는 얻지 못했다. 두 사람은 앞서 한 진술을 되풀이하고는, 통을 운반한 마부를 한 번 더 만나게 되면 알아볼 수 있겠다고만 말했을 뿐, 전보다 구체적으로 그 사나이의 인상을 설명하지는 못했다.

라 튀슈는 이어 북 정거장으로 갔다. 예의 검은 턱수염을 기른 작크 도 베르빌이라는 사나이에게 통을 내준 직원을 만난 것은 다행한 일이었으나, 그 결과는 역시 실망이었다. 그가 만나서 이야기를 들은 그 담당 직원이나 그밖의 철도원도 누구 하나 그 통을 운반해 온 마부를 기억하고 있는 사람은 없었으며, 따라서 아무도 그 사람이 화물역으로 통을 가지고 온 사나이와 닮았는지에 대해 대답하지 못했다.

이 문제로 난관에 부딪친 라 튀슈는 어떤 카페에 들어가 복크를 한 잔 주문하고는 이제부터 할 행동에 대해서 생각했다. 르빠르쥬가 광고를 낸 것은 분명히 잘 한 일이었다고 그는 생각했다. 경찰 당국의 보고로 그 광고를 실은 신문 기사에 〈르 쥬르날〉지도 들어 있었다는 것을 생각한 그는 어째서 광고가 실패했는지 그 까닭을 조사해 보려고 결심했다.

그는 그 신문사로 가서 신문철을 뒤져 보았다. 첫눈에 그는 그 광고가 성의있게 잘 만들어졌다고 인정했다. 그는 10줄이나 되는 그 광고를 하나하나 베껴 가지고 호텔로 돌아와 침대에 누워서 그 사본을 다시 보았다.

그 광고 기사는 표현과 활자의 크기와 실은 위치 같은 것은 각각 달랐으나, 내용은 모두 같았다. 모두가 4월 1일 목요일 6시쯤, 카르디네 거리의 화물역으로 통을 옮겨간 마부의 신원에 대한 정보를 얻으려는 것이었다. 또한 어느 광고에도 1천 프랑에서 5천 프랑의 현상금이 걸려 있었으며, 정보를 제공했다고 해서 그 마부에게 폐를 끼치지 않을 것을 보장한다고 씌어져 있었다. 두 시간쯤 곰곰이 생각한 끝에 라 튀슈는 이 광고에는 전혀 잘못된 점이 없다는 결론에 이르렀다. 르빠르쥬가 한 일에는 고칠 데가 하나도 없었으며, 그 문장 자체에도 실제적인 성과의 달성을 불리하게 할 만한 곳은 눈에 띄지 않았다.

잠시 쉬었다가 다시 좋은 지혜를 짜내려고 생각한 그는 그 날의 나머지 시간은 이 사건을 깨끗이 잊어 버리고 지내기로 마음먹었다. 그래서 그는 거리로 산책을 나와 느긋하게 저녁 식사를 하고는 포리 베르젤로 가서 하룻밤을 보냈다.

호텔로 돌아오는 길에 펌프 회사에서 듀프레느 씨와의 면담을 기다리고 있는 동안, 브뤼셀로 가서 보와라크의 알리바이를 확인해 볼까 하고 생각했던 일이 문득 떠올랐다. 그래서 다음날 아침, 그는 벨기에의 수도로 가는 기차를 타고 12시쯤 그곳에 도착했다. 그는 차로 맥시미리안 호텔로 가서 점심 식사를 한 뒤, 호텔 사무실에서 철저하게 조사했다. 벨기에에서는 숙박자에 대해서 일일이 경찰에 신고하기로 되어 있었는데, 그는 그 보고서의 사본을 모두 얻어 본 결과, 보와라크는 문제의 날에 역시 이 호텔에 묵었었다는 것을 인정하지 않을 수 없었다. 이 호텔의 종업원은 르빠르쥬가 전에 물어 보러 왔을 때 보와라크가 전화를 걸었던 모습을 이야기해 주었는데, 이번에도 전과 조금도 다름없는 설명을 들려 주었다. 라 튀슈는 그날 오후 기차로 파리에 돌아왔다. 그는 이번 여행의 결과에 대해 너무도 실망하지 않을 수 없었다.

사무 주임이 오늘쯤 출근했으려니 하고 그는 이튿날 다시 펌프 회사를 찾아갔다. 이번에도 보와라크가 외출하는 것을 확인한 뒤에 들어가서 듀프레느 씨에게 면회를 신청했다. 전에 그 친절했던 사무원이 나와 듀프레느 씨는 오늘 아침부터 출근했다고 말하고는 그때처럼 그에게 의자를 권한 다음 명함을 가지고 갔다. 라 튀슈는 그때 문득 매혹적인 그 아가씨를 생각했다. 지난번 방문한 뒤로 그는 그 아가씨를 잊고 있었다. 그가 방 안을 둘러보니 그 아가씨는 있었으나, 이쪽에서는 얼굴이 보이지 않았다. 훌륭한 기계의 어딘가에 고장이 났는지, 그녀는 치는 것을 그만두고——라 튀슈는 왜 '친다'라든가 '운전한다'라고 하지 않을까 하는 공연한 생각을 했다——그 위에 몸을 굽혀 나사인지 뭔지를 조절하고 있는 모양이었다. 그러나 여성미를 연구하고 있을 시간은 없었다. 조금 전의 사무원이 돌아와서 듀프레느 씨가 만나겠다고 알렸다. 그는 그 젊은이에게 안내되어 비서의 방으로 들어갔다.

듀프레느 씨는 이때까지 그가 만난 참고인들과 마찬가지로 흔쾌히 협력해 주었으나, 탐정이 모르는 것은 하나도 말해 주지 않았다. 그는 르빠르쥬에게 말한 것과 똑같은 말을 되풀이했을 뿐이었다.

분명히 화요일 2시 반쯤에 전화를 걸어 왔다. 그 목소리는 틀림없이 보와라크였으며 또 날짜도 확실하게 기억하고 있다고 말했다.

라 튀슈는 거리로 나와 천천히 걸어서 호텔로 돌아왔다. 보와라크의 알리바이를 무너뜨리는 것은 점점 곤란한 것으로 여겨졌다. 그때문에 그는 당장 취해야 할 다음 행동을 망설였다.

보와라크를 미행하기 위해 부른 마레와 파롤 두 사람 역시 노력한 보람도 없이 아무런 정보를 얻지 못하고 있었다. 지금까지 보와라크는 아주 조심스럽게 아무 데도 가지 않고 조금이라도 의심받을 만한 행동은 하지 않고 있다. 라 튀슈는 조사의 진행 상황에 대한 자세한 보고서를 크리포드 앞으로 쓰면서, 그로서는 처음으로 이 조사의 앞날에 대해 뚜렷한 불안을 느꼈다.

대망의 단서

보고서를 다 쓰고 난 라 튀슈는 모자를 쓰고 라파이에트 거리로 나갔다. 편지를 부치고 나서 센 강의 남쪽으로 건너가 누군가 친구와 함께 그 밤을 보낼 작정이었다. 그는 기분이 좋지 않았다. 그가 어쩔 수 없이 내린 결론은 크리포드를 실망시킬 것이며, 만약 보와라크가 유죄라는 가설이 뒤집어질 경우 다른 어떤 변호 방법이 남아 있는지, 변호사와 마찬가지로 그로서도 전혀 목표가 서지 않았다.

그는 천천히 거리를 걸어갔으나 마음 속에는 잠재적으로 이 사건이 도사리고 있었다. 그때 큰길 건너편에서 우체국을 발견했기 때문에 그는 길을 가로질러 가려고 했다. 길에서 발을 뗀 순간, 어떤 생각이 갑자기 머리에 떠올라 총에 맞은 듯이 자신도 모르게 발을 멈추었다. 보와라크의 사무실에서 예쁜 아가씨가 쓰고 있던 타이프라이터는 새 것이었다. 라 튀슈는 관찰력이 뛰어난 사람이어서 습관적으로 그의 눈에 띄는 것은 어떤 작은 물체라도 자세히 기억해 두는 버릇이 있었다. 그래서 그 일이 기억에 남아 있었던 것이다. 더구나 이 순간까지 그 사실에서 지극히 암시적인 가설이 꺼내지리라고는 전혀 생각지도 못했다. 르빠르쥬는 르 고티에의 편지를 친 타이프라이터를 찾기 위해 보와라크가 쓸 가능성이 있는——그가 확인할 수 있는 범위 안에서이지만——모든 타이프라이터의 견본 인쇄물을 모으고 있었다. 그러나 만일 헌 타이프라이터를 저렇게 새 것으로 바꾸어 놓았다면 어떨까? 헌 타이프라이터로 르 고티에의 편지를 치고 그 뒤에 그 기계를 없애 버렸다면, 의심 많은 탐정이 모은 견본 인쇄물은 전혀 다른 타이프라이터로 친 것이라는 가능성이 있지 않을까? 이것은 검토할 만한 가치가 있는 일이다. 이것을 입증한다면 고용주를 실망시킬 염려도 없을 것이다. 그는 이 새로운 관점에서 이 문제를 밝혀 낼 때까지 보고는 늦추기로 마음먹고 그 편지를 주머니에 넣었다.

그렇게 생각하자 그의 기분은 갑자기 바뀌었다. 사무실에서 새 타이프라이터를 살 필요가 생기는 것은 당연한 일이며, 이 경우도 보통 사무상의 필요에서 새 기계를 산 것이지 다른 이유는 생각되지 않았다. 그러나 더욱 이 생각은 그의 마음을 붙잡고 놓지않는 것이었다.

그는 보고서를 보내기 전에 이 문제를 조사해 두자고 결심했다. 그 새 기계를 언제 들여왔는지 조사하는 것은 간단한 일이므로, 만일 그 날짜에 의심이 없을 때는 이 문제는 포기해도 좋을 것이다.

그는 이 정보를 조사하기 위한 가장 좋은 방법에 대해 생각했다. 우선 첫째로 그 타이피스트를 만나 그녀에게 직접 물어 보는 것이다. 만일 그녀의 대답이 자기의 추리를 뒷받침하게 된다면 더욱 조사할 필요가 있을 것이며, 또 이 일이 보와라크의 귀에 들어갈 염려가 없지도 않다. 그러므로 여기에는 교묘한 술책을 쓸 수밖에 없다.

라 튀슈에게 있어서 외교적인 홍정은 제2의 천성이었기 때문에 계획을 세우는 데 시간은 걸리지 않았다. 그는 시계를 보았다. 5시 15

분 전이었다. 급히 되돌아가면 그 예쁜 타이피스트가 퇴근하기 전에 펌프 회사에 도착할 수 있을 것이다. 전에도 같은 경우에 몇 번 이용한 일이 있는 그 카페 창문으로 그는 사무실 직원들이 퇴근하는 것을 지켜보고 있었다. 오랜 시간이 지나도 그의 목표 인물은 나타나지 않았다. 벌써 퇴근했나 보다 하고 단념하려 할 때, 그녀의 모습이 보였다. 그녀는 어떤 두 아가씨와 함께 나오고 있었다. 세 사람은 거리를 두리번거리고 나서 가벼운 발걸음으로 거리 쪽으로 향했다.

그녀들이 상당히 멀리까지 간 것을 보고 나서야 라 튀슈는 미행을 시작했다. 아가씨들은 지하철의 산푸롱 역에서 잠깐 멈추어섰다가, 예쁜 타이피스트는 계단 아래로 사라지고 나머지 두 사람은 그대로 거리를 걸어갔다. 라 튀슈가 역 입구까지 달려갔을 때는 막 그녀의 회색 옷이 폴트 드르레앙 방면이라고 게시판이 나와 있는 통로로 사라지려는 찰나였다. 그는 차표를 사서 플랫폼으로 그녀를 쫓아갔다. 플랫폼은 몹시 복잡했으나, 아가씨의 모습을 발견하자 그는 그녀에게 들키지 않으려고 사람들 속으로 끼어들어 갔다. 잠시 뒤 전차가 오자 그녀는 그 전차에 올라탔다. 라 튀슈는 다음 칸에 탔다. 차구석에 서니 중간 유리를 통해 앞칸의 그녀를 볼 수 있었다. 그러나 아가씨 쪽에서는 자기의 모습이 보이지 않을 것이라고 그는 생각했다.

한 정거장, 두 정거장…… 다섯 정거장을 지났을 때, 그녀는 일어나 문 쪽으로 가서 내릴 준비를 했다. 라 튀슈도 그대로 했다. 차 안의 지도를 보니 다음 역은 갈아타는 곳이 아님을 알았다. 전차가 갑자기 속도를 늦추고 굉음을 내면서 멈추자 그는 얼른 뛰어내려서 거리로 나왔다. 그리고는 거리를 가로질러 신문팔이 앞에 서서 저녁 신문을 한 장 샀다. 그는 거기 카운터에 기대어 그녀가 계단을 올라와 큰길을 걸어가는 것을 보았다. 그는 반대쪽 길로 조심스럽게 뒤따랐는데, 두 구역쯤 지나자 그녀는 아담한 레스토랑으로 들어갔다.

'그녀가 혼자서 저녁 식사를 한다면,' 하고 라 튀슈는 생각했다. '좋은 기회다.'

그는 그녀가 두 번째나 세 번째의 요리를 먹기 시작했을 거라고 여겨지는 때까지 기다렸다가 안으로 들어갔다.

앞쪽 면적이 좁아서 가게의 옆폭은 좁았으나 길이는 상당히 길었으며, 막다른 곳에 전등이 켜져 있었다. 대리석을 붙인 테이블이 양쪽에 늘어서 있고 각 테이블마다 등의자가 6개씩 달려 있었으며, 손때 묻은 흰빛과 금빛 테에 끼워진 거울이 벽에 걸려 있었다. 가게의 가장 안쪽에 작은 무대가 있는데, 마침 세 소녀 악단이 연주를 하고 있었다.

의자는 반쯤 손님으로 차 있었다. 라 튀슈가 재빨리 가게 안을 둘러보니 그 아가씨가 무대에서 서너 번째 테이블에 혼자 앉아 있는 것이 눈에 띄었다. 그는 똑바로 걸어갔다.

"실례합니다."

그는 고개를 숙이며 중얼거리더니 그녀의 얼굴은 쳐다보지도 않은 채 건너편 의자를 잡아당겨서 앉았다.

그는 주문을 하고 나서 이제 됐다는 듯 천천히 주위를 두리번거렸다. 그러다가 힐끗 아가씨의 얼굴을 보고, 그제야 알아보았다는 듯이 조금 놀란 표정으로 다시 새삼스럽게 인사를 하면서 몸을 앞으로 굽혔다.

"대단히 실례입니다만, 아가씨."

아주 공손하게 말을 건넸다.

"전에 한 번 뵈었다――기보다 뵌 것 같은 생각이 듭니다만."

아가씨는 얼굴을 들었으나 대답은 하지 않았다.

"옳아, 보와라크 씨의 사무실에서……."

탐정은 계속했다.

"물론, 당신은 몰랐겠지요. 훌륭한 타이프라이터로 바쁘게 일을 하고 계셨으니까요."

그러나 아가씨는 그의 꾐에 말려들지 않았다. 그녀는 어깨를 한 번 으쓱해 보였을 뿐 역시 대답을 하지 않았다. 그때 라 튀슈는 다시 한 번 밀고 나갔다.

"느닷없이……고약한 녀석이라고 생각하시겠지만, 다른 뜻은 없습니다. 사실 나는 타이프라이터에 새로운 장치를 발명한 사람으로, 익숙한 타이피스트를 보면 그 실용성에 대해서 의견을 물어봅니다. 괜찮으시다면 지금 그림을 그려서 설명할 테니 의견을 말씀해 주시겠습니까?"

"왜 어디 대리점으로 가시지 않으세요?"

그녀는 냉담하게 대답했다.

"그게 말입니다, 아가씨."

라 튀슈는 열심히 설명했다.

"이 연구가 얼마만한 값어치가 있는지, 사실 나 자신도 잘 모르거든요. 장치하는 데 돈도 굉장히 많이 들기 때문에 실제로 타이프를 치시는 분들이 분명히 필요하다고 인정해 주시지 않으면, 어느 회사에서도 사 주지 않을 테니까요. 그 점을 꼭 알고 싶은 겁니다."

그녀는 듣고는 있었으나 시무룩해 보였다. 라 튀슈는 그녀의 대답을 기다리지 않고 메뉴의 뒷면에 그림을 그리기 시작했다.

"이 부분이 내 아이디어입니다."

그는 자기가 잘 알고 있는 최신형 타블레트(도표 작성 장치)를 그려서 설명했다. 아가씨는 경멸과 의혹이 한데 얽힌 눈으로 그를 쳐다보았다.

"당신이 그리고 있는 것은 레민톤의 타블레트군요."

그녀가 차갑게 말했다.

"뭐라고요, 아가씨? 그게 정말입니까? 이건 정말 새로운 장치라고 들었는데요."

"당신은 속았어요. 내가 더 잘 알아요. 왜냐하면 방금 말씀하신 것과 똑같은 장치의 기계를 몇 주일 전부터 내가 쓰고 있는걸요."

"농담이 아닙니다, 아가씨. 그럼, 누군가가 나를 앞질러서 내 연구가 헛일이 되었다는 말입니까?"

라 튀슈가 너무 크게 실망하자 아가씨의 태도는 그제야 조금 누그러졌다.

"레민톤의 진열 창고에 가서 최신형 기계를 보여 달라고 해보세요. 그럼 당신의 타블레트와 비교할 수 있을 거예요."

"고맙습니다, 아가씨. 내일 가 보겠습니다. 그럼 당신은 레민톤을 쓰고 계십니까?"

"네, 10형이에요."

"그건 헌 기계입니까? 실례입니다만, 오래 전부터 쓰고 계십니까?"

"언제부터 회사에서 쓰게 되었는지는 모르겠어요. 나는 거기에 근무한 지 6, 7주일밖에 안 되니까요."

6, 7주일! 살인이 일어난 것은 꼭 6주일 전이다! 이건 뭔가 사건과 관계가 있지 않을까? 아니면 단순한 우연의 일치일까?

"사업가로서는 얼마나 만족스러울까요."

라 튀슈는 손수 포도주를 따라 마시면서 이야기를 계속했다.

"새로 타이피스트를 채용할 만큼 사업이 발전했으니 말입니다. 보와라크 씨가 구인 광고를 냈을 때의 기분을 생각하니 부러워지는군요. 당신 같은 분이 응모하셨으니 말입니다."

"부러워할 건 없어요."

아가씨는 냉담하게 경멸하는 말투로 대답했다.

"왜냐하면 두 가지 다 틀리셨으니까요. 보와라크 씨의 사업이 발전한 것이 아니라, 마침 여직원 하나가 그만두었기 때문에 내가 그 대신으로 들어간 거예요. 그리고 나는 스크리브 거리의 미슈랑 스쿨에서 직접 그 회사로 들어갔기 때문에 구인 광고는 내지 않았어요."

라 튀슈는 적어도 이 아가씨로부터 들어 내려던 정보는 모두 들은 셈이었다. 그는 한참 동안 이것저것 잡담을 하고 나서 공손히 인사를 하고는 그 레스토랑을 나왔다. 이 문제를 좀더 추궁해 보리라 결심하고 그는 호텔로 돌아왔다.

그래서 이튿날 아침도 그는 어젯밤과 같은 전술을 다시 시도해 보았다. 정오가 가까올 무렵, 펌프 공장 옆에 있는 그 레스토랑에 자리를 잡고는 점심 식사를 하러 사원들이 밖으로 나가는 것을 지켜보았다. 맨 처음 나타난 것은 보와라크 씨였으며, 다음에 듀프레느 씨가, 이어서 훨씬 하급 사원들이——사무원과 타이피스트들이 나왔다. 어젯밤 그 아가씨도 어제와 같이 두 사람의 동료와 함께 나왔다. 곧 뒤따라서 예의 친절한 사무원이 나타났다. 잠시 뒤 사람의 물결이 멈추었다. 그리고 10분쯤 지난 뒤 탐정은 큰길을 가로질러 어제에 이어 다시 사무실로 들어갔다. 방 안은 텅 비어 오직 한 사람의 하급 사원이 남아 있을 뿐이었다.

"안녕하십니까?"

라 튀슈는 서글서글하게 말했다.

"물어 보고 싶은 일이 있어서 왔는데, 대답해 주시겠습니까? 대단한 일은 아닙니다만 아무래도 수고를 끼치게 될 테니 20프랑을 드리겠습니다. 힘을 빌려 주시겠습니까?"

"무슨 일을 물으시려는 겁니까?"

그 소년이——소년이라기에는 좀 나이가 들었으나——물었다.

"나는 어느 제지 회사의 지배인인데, 우리 사무실에서 타이피스트를 한 사람 구하고 있어요. 이 회사의 젊은 타이피스트가 6주일쯤 전에 그만두었다기에……."
"틀림없이 그만두었습니다. 랑 벨 양입니다."
"그렇지. 그런 이름의 아가씨였습니다."
라 뛰슈는 그 이름을 마음 속에 새기며 대답했다.
"그런데,"
그는 직선적으로 질문을 계속했다.
"그분은 왜 그만두었나요?"
"파면된 것 같은데, 그 까닭은 잘 모르겠습니다."
"파면?"
"그렇습니다. 보와라크 전무님과 다툰 모양입니다. 왜 그랬는지는 나도 모릅니다. 회사의 아무도 모르는 모양입니다."
"나도 그녀가 해고당했다고 들었거든요. 그래서 그녀에게 흥미를 가진 겁니다. 마침 우리 사업도 요즈음은 순조롭지 못해서 혹 뭔가 경력에 흠이 있는 타이피스트라면 다른 데보다 좀 적은 급료라도 기꺼이 와 주지 않을까 해서 말입니다. 그렇게 되면 그녀도 일자리를 얻게 되는 셈이니, 서로가 좋을 것으로 생각되어서요."
사무원은 아무 말도 하지 않고 고개만 끄덕였다. 라 뛰슈는 계속했다.
"내가 묻고 싶은 것은 바로 이 일입니다. 그분과 연락을 하고 싶은데, 주소를 알고 있습니까?"
그는 머리를 내저었다.
"유감스럽지만, 나는 모르겠는데요."
라 뛰슈는 생각하는 척했다.
"그럼, 어떻게 하면 그녀를 찾을 수 있을까요?"

라 튀슈가 물었지만 사무원이 아무 말도 하지 않으므로 잠깐 사이를 두었다가 다시 말을 계속했다.

"그녀가 언제 그만두었는지, 그것만이라도 가르쳐 주시면 고맙겠는데, 모르십니까?"

"6주일쯤 전이었습니다. 잠깐 기다려 주시면 옛 급료표를 조사해서 확실한 날짜를 가르쳐드릴 수 있을 겁니다. 거기 앉으시지요."

라 튀슈는 고맙다고 말하고 거기에 앉았는데, 다른 사무원들이 돌아오기 전에 빨리 알게 되었으면 좋겠다고 생각했다. 그러나 오래 기다리지는 않았다. 2, 3분쯤 지나자 사무원이 다시 돌아왔다.

"그녀가 그만둔 것은 4월 5일 월요일이었습니다."

"그런데 그녀는 오랫동안 근무했었나요?"

"2년쯤 됐습니다."

"정말 고마웠습니다. 그리고 그녀의 세례명은?"

"에로이즈입니다. 에로이즈 랑 벨."

"고맙습니다. 그런데 내가 왔었다는 것은 아무한테도 이야기하지 말아 주셨으면 합니다. 내 사업이 잘 안 된다는 것이 세상에 알려지게 되면 곤란하니까요. 그럼, 이것이 당신한테 드리는 사례금입니다."

라 튀슈는 20프랑을 내놓았다.

"이건 너무 많습니다. 사례금을 받는 것은 너무도 죄송합니다."

"하지만 약속은 약속이니까요."

탐정은 끝내 받으라고 우겼다. 그리고 젊은 사무원이 되풀이하는 고맙다는 말을 뒤로 하고 사무실을 나왔다.

'이건 재미있게 됐군.'

라 튀슈는 큰길로 나오면서 생각했다.

'보와라크는 통이 센트 캐더린 부두에 도착한 날 타이피스트를 해

고했다. 그 헌 타이프라이터도 그와 동시에 없어졌다. 랑 벨이라는 아가씨를 찾아야겠다.'

그러나 어떻게 하면 그녀를 만날 수 있을까? 그녀의 주소는 그 사무실 어딘가에 남아 있을 게 틀림없으나, 자기가 의혹을 품고 있는 것이 상대방에게 알려지면 곤란하다. 사무실은 조사하지 않는 편이 좋을 것이다. 그렇다면 그밖에 어떤 방법이 있을까? 그는 광고를 내는 수밖에 도리가 없다고 생각했다.

그래서 그는 어느 카페에 들어가 복크를 주문한 뒤 다음과 같은 광고 문안을 썼다.

속기사 겸 타이피스트인 에로이즈 랑 벨 양에게. 귀양에게 유리한 이야기가 있음. 라파이에트 거리, 스위스 호텔 조르쥬 라 튀슈 씨에게 연락 바람.

그는 그것을 다시 읽어 본 뒤 또 다른 생각이 머리에 떠올랐으므로 새로 종이를 꺼내 이렇게 고쳐썼다.

속기사 겸 타이피스트인 에로이즈 랑 벨 양에게. 귀양에게 유리한 이야기가 있음. 산 앙트와느 호텔 교옴 파누이유 씨에게 연락 바람.

'이 광고가 보와라크의 눈에 띌 염려가 있으니, 나의 본래 이름을 그대로 낼 필요는 없다'라고 라 튀슈는 생각했다. '조르쥬 라 튀슈는 집어치우고 산 앙트와느 호텔로 하자.'

그는 그 광고를 여러 신문에 의뢰하고 산 앙트와느 호텔로 가서 교옴 파누이유 씨의 이름으로 방을 잡았다.

"내일부터 사용하겠소."

그는 호텔의 종업원에게 말하고, 그 이튿날 그 호텔로 옮겼다.

오전 중에 그의 방문을 두드리는 소리가 나더니, 몸이 늘씬하고 품위가 있어 보이는 25살쯤 된 한 아가씨가 들어왔다. 특별히 미인이라고는 할 수 없으나, 상냥하고 밝은 성격의 아가씨로 보였다. 얌전하면서도 개성적인 옷차림으로 미루어 보아, 그녀는 지금 일자리를 갖고 있지 않아도 그다지 궁색하지는 않은 듯했다.

라 튀슈는 일어서서 그녀를 맞이했다.

"랑 벨 양이지요?"

미소를 띠며 그는 말했다.

"나는 파누이유입니다. 자, 앉으시오."

"'르 소아르'의 광고를 보고…… 그래서 찾아왔습니다."

"빨리 와 주셔서 고맙습니다."

라 튀슈는 의자에 앉으면서 말했다.

"오래 폐를 끼치지 않겠습니다. 이야기를 하기 전에 묻겠는데, 당신은 최근까지 아브로트 사무실에서 타이피스트로 일한 랑 벨 양이지요?"

"네, 2년 조금 못 되게 근무했습니다."

"실례입니다만, 뭔가 그것을 증명할 만한 것을 가지고 있습니까? 물론 이것은 형식적인 것으로, 나의 고용주에 대한 의무상 묻는 것입니다."

놀라운 표정이 아가씨의 얼굴을 스쳤다.

"증명이라니, 어떻게 해야 좋을지는 나는 모르겠어요."

그녀는 대답했다.

"그런 질문을 받게 되리라고는 생각지도 못했는걸요."

라 튀슈는 이렇게 생각했다——그토록 조심스럽게 했는데도 불구하고 보와라크가 자기의 계획을 꿰뚫어보고 이 아가씨에게 뭔가 공작을 꾸며 자기한테 보낸 것이 아닐까 하고. 그러나 그녀의 대답을 듣고 그는 마음을 놓았다. 만일 이 아가씨가 가짜였다면 틀림없이 여러 가지 신분 증명의 자료를 준비해 왔을 것이다.

"네, 좋습니다."

라 튀슈는 미소를 띠며 말을 이었다.

"무리하게 부탁할 필요는 없을 것 같습니다. 또 한 가지 묻겠는데, 당신이 그 사무실에 근무하고 있을 때 새 타이프라이터를 샀습니까?"

밝은 얼굴에 나타난 놀라움은 더욱 컸다.

"네, 샀습니다. 레민톤 10형이었습니다."

"그것이 언제인지 기억하고 계십니까?"

"정확하게 기억하고 있습니다. 내가 그 회사를 그만둔 것은 4월 5일 월요일인데, 새 기계를 들여온 것은 2, 3일 전이었으니까 4월 2일 금요일이었습니다."

이것은 중대 뉴스다! 라 튀슈는 이 문제를 조사하는 것에 이제는 아무런 의문도 느끼지 않았다. 이 아가씨로부터 되도록 많은 정보를 끌어 내야겠다. 그리고 비밀을 지키기 위해서는 계략도 쓰지 않을 수 없다고 그는 생각했다.

그는 미소지으며 머리를 숙였다.

"실례했습니다. 아가씨. 당신이 정말 내가 만나야 할 장본인인지 아닌지 확인하기 위해서 물어 본 것입니다. 그럼, 내가 누구이며 무슨 볼일로 뵙자고 했는가를 말하겠습니다. 그런데 그전에 한 가지 약속해 주실 일이 있는데 이제부터 내가 이야기하는 것은 모두 비밀로 지켜 주셔야겠습니다."

여자는 점점 더 모르겠다는 얼굴로 대답했다.

"약속하겠어요."

"그럼, 말씀드리겠는데, 나는 사립 탐정으로 어느 타이프라이터 회사에 고용되어 최근에 발행된 이상한——부정 수단이라고 말할 수밖에 없다고 생각합니다만——사건을 조사하고 있습니다. 어떤 수단을 쓰고 있는지 지금으로서는 밝혀 내지 못하고 있는데, 우리 회사의 기계가 차례차례로 고장이 나고 있습니다. 사용 불능까지는 아니지만 순조롭게 쓸 수가 없게 되었습니다. 타력의 조절이 이상해지거나, 활자가 조금 비뚤어져 줄이 고르지 못합니다. 우리는 경쟁 상대인 회사가 우리 회사 제품의 신용을 떨어뜨리기 위해 그런 부정 수단을 쓰고 있다고는 생각하고 싶지 않지만, 아무래도 그렇게밖에는 생각되지 않습니다. 그래서 당신에게서 뭔가 틀림없이 들을 수 있다고 생각합니다만, 그렇게 해주시면 사례금으로 1백 프랑을 드리게끔 회사의 승인을 받고 있습니다."

놀란 표정을 바꾸지 않은 채 그녀는 대답했다.

"사례금 같은 것은 받지 않아도 내가 알고 있는 일이라면 기꺼이 말씀드리겠지만, 나는 아무것도 모르기 때문에……."

"말씀해 주시면 고맙겠는데요, 아가씨. 몇 가지 물어 봐도 괜찮겠습니까?"

"네, 물어 보세요."

"우선 첫째로 새 기계를 사기 전에 당신이 썼던 타이프라이터에 대해서 설명해 주시겠습니까?"

"네, 그건 레민톤 7형이었어요."

"아니, 그런 형태에 관한 얘기가 아닙니다."

라 튀슈는 대답하면서 이 중요한 정보를 머리에 새겨넣었다.

"내가 지금 조사하고 있는 게 그 7형이기 때문에, 물론 그것은 알고 있습니다. 묻고 싶은 것은, 당신이 썼던 기계에는 다른 7형과 확실히 구별할 수 있는 뭔가 표식이나 특징이 있지 않았습니까?"
"글쎄요, 그다지 다른 데는 없었다고 생각하는데요."
그녀는 생각하면서 말했다.
"아, 있었어요. S 키에 붙어 있는 S자가 조금 오른쪽으로 비뚤어졌고 그 타이프라이터에는 세 군데의 긁힌 자국이 있었어요."
그녀는 손짓으로 타이프라이터의 사이드 플레이트를 표시해 보였다.
"그럼, 그 기계를 보시면 곧 알아볼 수 있겠군요?"
"네, 꼭 알아볼 거예요."
"다음으로 아가씨, 그밖에 뭔가 다른 데는 없었습니까? 이를테면 활자가 상했다든가 줄이 고르지 않다든가 하는 그런 것으로?"
"아니오, 그밖에는 아무 데도 나쁜 곳이 없었어요. 오래된 구식 기계이기는 했으나 훌륭하게 쓸 수 있었어요. 보와라크 씨의 생각은 나와는 전혀 달랐지만, 나는 내 의견을 주장했습니다."
"보와라크 씨는 대체 뭐라고 말했습니까?"
"내 탓이라면서 나를 나무랐어요. 하지만 그다지 불편한 데는 없었어요. 나쁜 곳이 있었더라도 그건 내 탓이 아닌걸요."
"물론이지요, 아가씨. 거기에 대해서 처음부터 이야기해 주시겠습니까?"
"이야기할 만한 것은 아니지만, 나는 큰 일거리를 하나 맡았어요. 아르헨티나로 보내는 펌프 공장의 긴 명세서였는데, 나는 그것을 모두 타이핑해서 여느 때처럼 보와라크 씨의 책상 위에 갖다놓았습니다. 얼마 뒤 나는 보와라크 씨에게 불려가서 왜 이런 형편없는 서류를 만들었느냐는 문책을 받았습니다. 보기에는 그다지 잘못된 데가 없었으므로, 어디가 마음에 안 드느냐고 나는 물었습니다. 그러자 보와라크 씨는 아주 사소한 결점을——줄이 고르지 않다는

니, 활자가 한두 개 희미하다느니——지적했습니다.

 하지만 그런 것은 거의 눈에 띄지 않을 정도였어요. 그래서 나는 말했지요. 그건 내 책임이 아니라 기계 탓이라고 말이에요. 그러자 보와라크 씨는 내가 시프트 키를 완전히 움직이지 않고 치기 때문에 이렇게 된다고 말했어요. 하지만 파누이유 씨, 나는 한 번도 그렇게 한 적이 없었어요. 내가 보와라크 씨에게 그렇게 말하자 그분은 사과를 하면서 새 기계를 사야겠다고 말했어요. 그래서 당장 그 자리에서 레민톤 회사에 전화를 걸어 그날 오후에 10형의 타이프라이터가 배달되었습니다."
"그래서 헌 7형의 기계는 어떻게 했습니까?"
"새 기계를 가지고 온 사람이 헌 것을 가지고 갔어요."
"보와라크 씨의 이야기는 그것이 전부입니까?"
"그것뿐이었습니다."
"그러나 실례입니다만, 당신이 그만둔 것은 보와라크 씨와의 사이에 뭔가 오해가 있었기 때문이라고 들었는데……."
아가씨는 머리를 흔들었다.
"아니에요, 그렇지 않아요. 그런 것이 아니었어요. 보와라크 씨는 다음 월요일, 즉 타이프라이터의 일이 있은 지 이틀 뒤의 일인데, 사무실의 기구 개편을 하기 때문에 타이피스트를 한 사람 줄이기로 했다고 말했어요. 나는 근무한 햇수가 가장 짧았기 때문에 그만둘 수밖에 없었어요. 기구 개편을 곧 해야 하니, 당장 그만두어 달라는 것이었어요. 그리고 해고의 예고 수당으로 1개월분의 급료와 여기에 가지고 온 추천서를 써 주셨어요. 우리는 좋지 않은 일 때문에 헤어진 게 아니에요."
그 추천장이라는 것은 이러했다.

에로이즈 랑 벨 양은 1910년 8월부터 1912년 4월 5일까지 당회사의 본사 사무실에서 속기사 겸 타이피스트로 근무했으며, 그동안 본인을 비롯하여 사무 주임에게 언제나 만족을 주었다는 것을 여기 증명합니다. 또한 이 사람은 부지런한 노력가이며, 기술이 우수할 뿐만 아니라 그 태도와 행동도 매우 훌륭한 여성입니다. 이번의 퇴사는 랑 벨 양 자신의 과실에 의함이 아니라, 당회사의 기구 개편에 의한 것입니다. 본인은 랑 벨 양을 잃게 된 것을 유감으로 생각하며, 랑 벨 양의 근무를 필요로 하시는 분에게 자신있게 추천하는 바입니다.

　　　　　　　　　　전무 이사 라울 보와라크(서명)

"훌륭한 추천장이로군요."
라 튀슈가 말했다.
"잠깐 실례하겠습니다."

그는 옆방 침실로 들어가서 문을 잠갔다. 그리고는 수첩에서 보와라크의 필적 견본을 꺼내어 그 서명과 추천장의 그것과 비교해 보았다. 면밀하게 조사한 끝에 그 추천장이 틀림없이 본인의 손으로 씌어졌다는 것을 확인했다. 그는 아가씨한테로 되돌아와 그 서류를 돌려주었다.

"대단히 감사합니다. 그리고 또 한 가지 생각해 내주셨으면 하는 일이 있는데, 당신의 마지막 3, 4주일 사이에 좀 이상한 편지를 타이핑한 기억은 없습니까? 정부의 복권에 당첨되어 거액의 상금이 손에 들어왔으므로, 그 돈을 통에 넣어서 영국으로 보낸다는 내용의 것인데요."

"없어요."

그녀는 잘라 말했다. 질문의 내용을 전혀 짐작할 수 없다는 얼굴이었다. 라 튀슈는 가만히 그녀의 얼굴을 바라보았는데, 자기의 목적이 이때까지 이야기와는 전혀 다른 데 있다는 것을 그녀가 수상쩍게 느끼지 않고 있음을 알고 마음을 놓았다. 그는 빈틈없는 사람이었으므로, 나중에라도 의혹을 느끼지 않게끔 더욱 만전을 기했다. 그래서 그는 그 7형의 기계에 대해 질문을 계속하여, 그 기계에 누군가가 장난을 한 것 같은 기억은 없는가 묻고는 끝으로 아무래도 이것에는 착오가 있는 모양으로, 두 사람이 문제삼고 있는 기계와 자기가 흥미를 가지고 있는 것은 서로 다른 물건인 듯하다고 말했다. 그리고 그녀의 주소를 물은 뒤 1백 프랑을 그녀에게 주었다. 처음에는 받지 않으려고 했으나 끝내 그녀는 그 돈을 받았다.

"그럼 부디 비밀로 해주시기 바랍니다, 아가씨."

라 튀슈가 거듭 당부한 다음 두 사람은 헤어졌다.

그의 발견은 앞으로 갈수록 더욱더 흥미진진했다. 만약 랑 벨 양의 이야기가 진실이라면——그는 이 아가씨를 믿는 마음이 더욱 굳어졌지만——보와라크 씨는 조금 설명이 필요한 행동을 하게 된 셈이다. 그가 타이피스트의 허물을 알게 된 것은 아무래도 그의 참뜻이 아닌 것 같다. 말하자면 라 튀슈에게는 이 이야기 모두가 그 타이프라이터를 없애 버리기 위한 핑계로서, 전부터 계획된 것같이 여겨졌다. 또한 단 하루 전에 예고하여 그 타이피스트를 해고한 것은 사무실의 기구 개편이란 이유만으로는 설명이 되지 않는다. 만약 그것이 사실이라면 그녀를 1개월의 예고 기간 동안 일을 시키면 될 것이고, 더욱이 수상한 것은 그녀의 후임을 곧 채용할 필요가 없었을 것이다. 라 튀슈는 호텔 숙박료를 치르면서, 그의 의문이 사실은 대수롭지 않는 일인지도 모르지만 좀더 깊이 조사해 볼 만한 가치가 있는 문제라고 생각했다. 그래서 그는 택시를 불러, 레민톤 타이프라이터의 진열 창고로 차를 달리게 했다.

손님을 맞는 세일즈맨에게 그는 말했다.

"중고 타이프라이터를 하나 사고 싶은데, 보여 주시겠습니까?"

"알겠습니다. 이리 오십시오."

두 사람은 건물 뒤쪽에 있는 방으로 갔다. 그 방에는 온갖 사이즈의 기계가 어느 것이나 모두 고쳐야 할 상태로 산더미처럼 쌓여 있었다. 라 튀슈는 그러한 기계의 값과 모양에 대해 물으면서, 천천히 살펴보고 다녔다. 그 사이에 그는 재빠르게 눈길을 돌리며 예의 S라는 활자가 오른쪽으로 비뚤어진 타이프라이터를 찾고 있었다. 그러나 아무리 찾아도 그가 찾고 있는 기계는 눈에 띄지 않았다. 7형은 한 대도 없었다. 이 방에 있는 것은 모두가 신형뿐이었다.

그는 어쩔 수 없이 점원 쪽을 돌아보고 말했다.

"여기 있는 물건은 모두 나한테는 가격이 조금 벅찹니다. 사실 나는 어느 상업 학교 교장인데, 초보자 연습용으로 한 대가 필요합니다. 낡은 물건이라도 상관없습니다. 값싼 것이 필요합니다. 적당한 중고품은 없을까요?"

"알겠습니다. 매우 상태가 좋은 7형도 많이 있고, 5형도 몇 대나마 재고품이 있습니다. 이리 오십시오."

두 사람은 훨씬 더 낡은 기계가 들어 있는 한 방으로 갔다. 여기서도 또 라 튀슈는 비뚤어진 S 키를 줄곧 찾았다.

이윽고 그는 그 타이프라이터를 발견했다. 그 활자가 오른쪽으로 비뚤어졌을 뿐만 아니라, 사이드 플레이트에 랑 벨 양이 말한 대로 세 군데의 긁힌 자국이 있었다.

"저 기계가 좋을 것 같습니다. 저걸 내려서 보여 주지 않겠습니까?"

라 튀슈는 꼼꼼하게 그 기계를 조사하는 척했다. 그리고 말을 꺼냈다.

"좋습니다. 제대로 쓸 수만 있다면 이것이 좋을 것 같습니다. 잠깐 시험해 볼까요."

그는 종이를 끼워 두세 글자를 쳐 보았다. 그리고는 종이를 뽑아 활자와 줄이 고른가를 살펴보았다.

그것을 보았을 때, 오랜 경험자인 그마저도 하마터면 승리의 고함을 지를 뻔했다. 왜냐하면 그가 믿는 바로는 이 기계야말로 르 고티에의 편지를 친 것이 틀림없었기 때문이다!

그는 다시 점원 쪽으로 돌아서며 말했다.

"좋습니다. 이걸 사기로 하지요."

대금을 치르고 영수증을 받은 그는 지배인을 만나고 싶다고 요청했다.

"부탁하고 싶은 일이 있습니다만……."

그는 지배인을 옆으로 끌어당기듯 하여 말했다.

"좀 이상한 용건입니다. 나는 이 기계를 조금 전에 샀는데 가지고 가기 전에 당신한테 보여 드리고 괜찮으시다면 이 기계에 대해 몇 가지 물어 보고 싶은 것이 있습니다. 왜 내가 이런 질문을 해야 하는지 그 까닭을 말씀드리지요. 나는 사립 탐정인데, 어떤 중대 범죄 혐의를 받고는 있으나 아무런 죄도 없다고 내가 믿고 있는 어느 사람에게 고용되어 있습니다. 그 사람은 어떤 편지 한 통을 썼느냐 안 썼느냐로 죄의 판결이 거의 내려지게 되었는데, 나의 판단에 틀림이 없다면 그 편지는 이 기계로 타이핑된 것입니다. 자세하게 이야기할 수 없어 죄송합니다만, 이 타이프라이터의 엄밀한 감정이 절대로 필요합니다. 그러므로 이 기계에 몰래 표를 붙여 주셨으면 합니다. 그리고 어디서 이 기계를 사셨는지 가르쳐 주시면 고맙겠습니다."

"알겠습니다. 말씀하시는 대로 해 드리겠습니다."

지배인은 대답하며 물었다.

"하지만 증인으로 불려나가지는 않겠지요?"

"그런 걱정은 없습니다. 기계의 출처까지 조사하지는 않을 테니까요. 나는 다만 만일을 위해서 그렇게 부탁하는 것뿐입니다."

지배인은 소형 철인기로 테두리에 '점'을 두세 개 찍고, 또한 그 기계의 번호를 적었다.

"이 기계를 넘겨받은 곳을 알고 싶다고 하셨지요?"

그는 라 튀슈에게 말했다.

"잠깐 기다려 주십시오."

그는 자기 방으로 사라졌다가 잠시 뒤 손에 종이 조각을 들고 되돌아왔다.

"이 기계는 아브로트 펌프 제조 회사 사무실에서 인수한 것입니다."

그는 그 종이 조각을 보면서 말했다.

"4월 2일에 인수했군요. 몇 년 전에 그 회사에 납품했던 물건인데, 방금 말씀드린 날짜에 최신식인 10형의 물건과 바꾸었습니다."

"여러 가지로 감사합니다. 되도록 당신한테 폐를 끼치지 않도록 하겠습니다."

택시를 불러, 라 튀슈는 그 기계를 라파이에트 거리의 자기 호텔로 가지고 갔다. 그리고는 한 장 더 견본을 타이핑해서 그 활자를 조사한 뒤, 르 고티에의 활자 확대 사진과 그것을 비교해 보았다. 그는 의기양양했다. 왜냐하면 그의 눈앞에 있는 기계야말로 그가 애타게 찾고 있던 물건이었기 때문이었다.

그는 목적을 이룬 기쁨에 어쩔 줄 몰라했다. 생각하면 생각할수록 보와라크가 벨 양을 꾸중한 것은 이 타이프라이터를 없애 버리기 위한 핑계에 지나지 않았다는 확신이 굳어졌다. 또 이 펌프 제조 업자가 타이피스트를 해고한 것은 랑 벨 양이 기계의 내용을 잘 알고 있기 때문일 것이었다. 사무실에 수사가 있을 경우, 그녀가 없는 편이 자신에게 안전하다고 생각했을 것이 틀림없다.

그러면 보와라크의 참뜻은 어디에 있었을까? 탐정의 생각으로는 이 문제의 해석은 오직 하나밖에 없었다. 보와라크는 르 고티에 편지가 이 기계로 타이핑된 것을 알고 있다. 따라서 만약 그가 알고 있다면, 그가 그 편지를 훼릭스에게 보낸 것이 되지 않을까? 그리고 또 그가 그 편지를 보냈다면, 그야말로 진범이 아닐까? 라 튀슈는 점점 그 생각에 확신이 갔다.

그때 다른 문제가 머리에 떠올랐다. 만약 보와라크가 범인이라면 그의 알리바이는 어떻게 될까? 그 알리바이는 거의 결정적이라고 해도 된다, 그러나 만약 그가 죄가 없다면 이 타이프라이터는 어떻게 될까? 이 딜레마에서 빠져나갈 길은 없을 것 같았다. 라 튀슈는 완전히 벽에 부딪치고 말았다.

그런데 이 문제를 다시 생각해 가는 동안, 이 타이프라이터의 발견은 용의자에게는 그다지 큰 도움이 되지 않을 것 같은 생각이 들었다. 처음에는 보와라크의 유죄가 이것으로 결정될 것같이 생각되었으나, 다시 생각해 보니 이 제조업자는 자신에게 편리한 변명을 얼마든지 만들 수 있다는 것을 알았다. 그는 랑 벨 양이 한 말을 끝까지 내세울 수 있다——즉 그 타이프라이터는 쓸모가 없다고. 그리고 타블레트가 달린 기계를 전부터 사고 싶었는데 줄이 고르지 않은 것을 보자, 갑자기 그것이 생각나 신형을 샀노라고 입으로는 무슨 말을 못하랴! 그리고 타이피스트에 대해서는 이렇게 말할지도 모른다——그 아가씨는 얌전하고 성실하게 보일지도 모르지만 사실은 어떤 성질인지 아무도 모른다.

고용주와 말다툼한 것을 그녀 자신도 시인하고 있듯이, 뜻밖으로 건방진 여자라는 것을 모른다고. 어쨌든 이 일에 대해서는 자신에게 유리한 설명을 얼마든지 할 수 있을 것이며, 그 진상은 아무도 모를 것이다. 또 추천장 문제에 대해서는 사실은 자신이 그 아가씨를 좋아하지 않았기 때문에 보내고 싶었는데, 그렇다고 한평생 그녀의 경력에 흠이 지게 할 수가 없어 어쩔 수 없이 써 주었다고 둘러 댈 수도 있을 것이다. 사무실 기구를 새로 바꾼다고 거짓말을 한 것은 그녀의 해고를 좋게 말하기 위한 것이었다고 말할지도 모른다.

르 고티에의 편지에 대해서도 보와라크는 전혀 모르는 일이라고 버틸 것이다. 라 튀슈로서는 거기에 대해 어떻게 맞서야 좋을지 몰랐다. 또 이런 반론이 있을지도 모른다. 즉 훼릭스가 보와라크에게 혐의를 씌우기 위해, 사무원을 매수하여 그 타이프라이터로 예의 편지를 치게 한 것이라고, 만약 훼릭스가 범인이라면, 그런 행동도 분명히 있을 수 있을 것이다.

드디어 라 튀슈는 보와라크를 유죄로 하건 훼릭스의 혐의를 벗기건, 아직 지금으로서는 그것을 증명할 만한 확증을 잡은 것이 아니라는 결론에 이르렀다. 좀더 노력을 해야 한다. 그의 알리바이를 무너뜨리고, 그 마부를 찾아 내야 하는 것이다.

라 튀슈의 딜레마

그날 밤, 라 튀슈는 잠을 이루지 못했다. 공기는 무겁고 숨이 막혔다. 서남쪽 하늘을 덮은 시커먼 구름은 폭풍이 올 것을 알리는 듯했다. 탐정은 침대 위를 이리저리 뒹굴었으나 몸은 전혀 편해지지 않고 시간이 지날수록 정신만 날카로워졌다. 그때 문득 어떤 생각이 머리에 떠올랐다.

그는 르빠르쥬가 그 마부를 찾기 위해 여러 신문에 낸 광고 문구를 머릿속으로 되새겨 보았다. 그 광고는 카르디네 거리의 화물역으로 통을 나른 마부의 신원에 대해 정보를 제공하면 상금을 주겠다는 내용이었다. 이러한 성질의 광고일 경우, 그것에 응하는 것은 누구일까 생각을 해보았다. 그의 생각으로는 거기에 응할 수 있는 것은 단 두 사람——마부 자신과 그를 고용한 사나이다. 그밖에는 아무도 이 일에 대해서는 모를 것이다. 두 사람 가운데 후자는 물론 이에 대해 입을 열 까닭이 없다. 마부 또한 상대로부터 충분한 사례금을 받았거나 뭔가 약점이 잡혀 있다면 역시 입을 떼지 않을 것이다. 그 광고가 쓸모없게 된 것은 여기에 문제가 있다고 라 튀슈는 생각했다.

여기까지 생각했을 때, 라 튀슈는 멋진 생각이 떠올랐다. 이 광고가 실패한 것은 대상자를 잘못 선택했기 때문이다. 직접 그 마부를 상대하지 말고 그의 동료의 호응을 받도록 하면 어떨까. 또는 그 마부의 고용주에게 호소하는 방법도 있을 것이다. 보와라크나 훼릭스가 그 마부의 고용주일 수는 없으며, 그 일을 시킬 때만 고용한 것이 틀림없다. 그는 침대에서 뛰어내려 불을 켜고는 회람장의 문안을 쓰기 시작했다.

  삼가 아뢰옵니다. 어떤 무고한 사람이 증거가 없어 살인범으로 유죄 판결을 받게 되었습니다. 이 증거를 제공할 수 있는 사람은 수염이 없고, 얼굴이 날카로운 흰 머리의 마부입니다. 만약 그러한 사나이를 고용하고 있거나(아니면 지난 3월까지 고용하셨거나), 또는 그에 대해 아시는 분이 계시면 부디 본인에게 알려 주십시오. 본인은 사립 탐정으로서 이 용의자를 위해 일하고 있는 사람입니다. 마부에게는 조금도 폐를 끼치지 않겠다는 것을 보증합니다. 그리고 오후 8시부터 10시 사이라면 언제라도 좋으니, 다음의 주소로 본인을 찾아 주십시오. 앞에 쓴 인상에 맞는 분에게는 모두 5프랑씩을, 본인이 필요로 하는 정보를 제공해 주신 분에게는 5백 프랑을 드리겠습니다.

랑 벨 양에 대한 광고의 경우와 같은 방법을 써서 라 튀슈는 그 글의 끝머리에 그의 본 이름도 주소도 쓰지 않았다. 그는 샤르르 애패라고 서명하고는, 주소는 리용 거리 아르르 여관이라고 썼다.

이튿날 아침, 그는 그 원고를 가지고 사무 대리점으로 가서 복사를 만들어 봉투에 '친전(親展)'이라고 써서 파리 시내의 모든 운송 업소 지배인에게 우편으로 부쳐 달라고 부탁했다. 그런 다음 그는 리용 거리로 가서 샤르르 애패의 이름으로 아르르 여관의 방 하나를 예약했다.

바스티유 광장에서 지하철을 타고 그는 카르디네 거리의 화물역까지 되돌아왔다. 거기서 오랫동안 기다린 끝에, 그는 두 달 전쯤 목요일에 통을 마차에서 내린 두 사람의 짐꾼을 찾았다. 그는 자기가 찾고 있는 마부가 가까운 시일 안에 자기 호텔로 찾아오게 되어 있으니, 당분간 밤마다 8시부터 10시까지 자기 방에 와서 그 사나이가 그때의 마부인지 아닌지 확인해 주면, 사례는 하룻밤에 5프랑씩 내겠다고 제의했다. 그러자 짐꾼들은 두 사람 다 기꺼이 그것을 승낙했다. 그날 밤 그들은 첫 모임을 가졌는데 목적은 이루지 못했다. 수염이 없고 얼굴이 날카롭게 생긴 흰 머리의 마부는 한 사람도 나타나지 않았다.

라 튀슈가 라파이에트 거리의 호텔로 돌아와 보니, 크리포드한테서 편지가 와 있었다. 거기에 런던의 경찰은 두 가지 사실을 발견했다고 씌어 있었다. 그 하나는 어차피 발견될 것이 틀림없다고 라 튀슈가 각오하고 있었던 일로서, 훼릭스가 그림 공부를 하고 있을 때 죽은 보와라크 부인과 연애 관계가 있었으며, 짧은 기간이기는 했으나 약혼까지 했다는 사실을 당국은 알아낸 것이다. 이러한 사실을 검찰측이 파악했다는 것은 그 처분의 자유가 당국의 손에 들어가게 되었다는 것이었다.

두 번째 소식은 번리 경감이 그 운명적인 주일의 수요일 아침에 워타르 역에서 통을 넘겨 받고, 그 이튿날 아침 체링 크로스 역으로 그것을 나른 마부를 찾아냈다는 것이었다. 이 두 가지의 일은 같은 사람이 한 것으로 생각되었었다.

크리포드의 편지에 의하면 그 주일의 화요일 밤 7시쯤, 얼굴빛이 거무스름하고 뾰족한 턱수염을 기른 외국인 같은 사나이가, 워타르 로드에 있는 큰 운송점 존슨 상회에 와서 이틀 동안 짐마차와 마부를 고용하며, 그 기간 동안 비어 있는 움막을 쓰고 싶다고 요청했다. 그는 고용한 마부에게 이튿날 아침 10시에 자기를 기다려 달라고 말했다. 그리고 사우댐프턴 출발의 임시 열차가 닿자, 그 사나이가 통을 인수하여 그 짐마차에 실었다는 것은 이미 알려진 사실이다. 짐마차가 움막까지 통을 싣고 와서 짐마차는 거기에 두고 말은 마구간으로 되돌려보냈다.

그리고 검은 수염의 사나이는 마부에게 오늘은 쉬고 내일, 즉 목요일 아침에 여기 와서 그 통을 체링 크로스로 옮겨, 파리로 부쳐 달라고 말했다. 그는 마부에게 요금 말고도 10실링을 더 주었다. 마부가 파리의 어디로 발송하느냐고 묻자, 그 사나이는 수취인은 자기가 써 놓겠으니 상관하지 말라고 말했다. 시키는 대로 마부는 그렇게 했다. 왜냐하면 다음날 아침 그 통에는 새 꼬리표가 붙어 있고 파리 북 정거장 수하물 보관소, 자크 도 베르빌 귀하라고 씌어져 있었던 것이다. 마부는 짐마차와 통을 움막에 남겨 둔 채 검은 턱수염의 사나이와 헤어졌다가 이튿날 아침 그 통을 파리로 발송했다는 것이었다.

마부에게 그 검은 턱수염의 사나이를 알아볼 수 있겠느냐고 물었더니, 그는 할 수 있다고 말했으나 실제로는 성공하지 못했다. 왜냐하면 훼릭스와 맞대면해 놓았을 때, 그 마부는 이 화가가 얼굴빛이 거무스름한 외국인 같은 사나이와 비슷하기는 하나, 같은 사람이라는 확신은 갖지 못했기 때문이다.

 이 소식은 라 튀슈의 흥미를 더욱더 부채질했다. 그는 밤늦게까지 담배를 피우면서 앉은 채로, 이러한 새로운 사실을 크리포드와 상의해서 짜 놓은 이 범죄의 이론에 어디까지 이용할 수 있겠는지 생각해 보았다. 검찰측의 의견이 정당하다고 하면, 화요일 저녁 7시 반에 운송점을 찾아간 사나이는 훼릭스였음이 틀림없다. 그렇다면 그는 수요일 오전 11시쯤부터 다음날 아침 7시까지 그 통을 혼자 가지고 있었던 셈으로, 그가 시체를 그 통에 넣는 데는 틀림없이 다음의 두 가지 방법이 있었다고 생각된다. 다른 말을 세내어 와서 통을 산 마로 저택으로 운반한 뒤 담으로 둘러싸인 안뜰에서 몰래 통에서 조각품을 꺼내고, 그 대신 시체를 넣어 같은 방법으로 통을 움막까지 옮겨다 놓았거나, 또는 시체를 그의 2인승 자동차에 실어 움막까지 날라와 거기서 바꿔치기를 했거나, 이 두 가지 가운데 어느 쪽 하나일 것이다. 불행하게도 라 튀슈가 지금 알고 있는 이러한 사실들은 훼릭스의 유죄설에 너무나도 들어맞는 것처럼 여겨졌다.

 그러나 다른 한편, 이러한 새로운 사실은 화가가 그 알리바이를 발견하게 될지도 모르는 또 하나의 시간——즉 화요일 밤 7시 30분———의 문제를 제기하고 있다. 하지만 훼릭스가 그 주일을 어떻게 지냈는가에 대해 라 튀슈와 크리포드가 이때까지 조사한 결과를 모아 보면, 이 점에서 훼릭스를 구할 희망은 거의 생각할 수 없었다.

 탐정은 그 다음에 크리포드의 보와라크 유죄설을 생각해 보았다. 그리고 이 정보가 보와라크의 알리바이 문제에 얼마나 결정적인 것이었나를 깨달았다. 이때까지 그의 알리바이는 실제로 조사한 부분이나 하지 않은 부분이나 한결같이 하나의 전체로서 총괄적으로 생각되어 왔다. 즉 다시 말해서 보와라크가 그 운명의 며칠 동안 파리와 벨기에에 있었다고 하면, 그가 런던에 있었을 리가 없다라는 사고 방식이다. 그러나 이제야말로 일정한 시간과 시간 사이의 알리바이가 논쟁의 초점이 되는 것이다. 화요일 밤 7시 반에 턱수염의 사나이가 워타르 로드의 존슨 상회에 있었다. 그날 2시 반에 보와라크는 샤랑톤에 있었다. 라 튀슈는 대륙 여행 안내서를 조사해 보았다. 7시 10분에 빅토리아 역에 닿는 기차가 있는데, 이것을 타면 파리로부터 온 기차 손님은 앞서 말한 시간에 가까스로 런던의 운송점에 도착할 수 있다. 그러나 그 열차는 파리를 정오에 출발한다. 따라서 보와라크가 그 사나이라는 것은 절대로 있을 수 없다. 그런데 그 타이프라이터의 의문은……

라 튀슈는 또다시 전과 같은 딜레마에 빠졌다. 만약 보와라크가 유죄라면 어떻게 하여 그는 그 알리바이를 조작했을까? 그가 무죄라면, 왜 그 타이프라이터를 처분하려 했을까? 그는 안타까움에 몸부림쳤다. 그러나 어떠한 고난과 장해가 있더라도 끝까지 해결해 보겠다는 그의 결심은 그 때문에 더욱더 굳어졌다.

이튿날 저녁때, 그는 리용 거리의 아르르 여관으로 가서 화물역의 짐꾼들과 함께 흰 머리에 날카로운 얼굴을 한 마부의 방문을 기다렸다.

그의 회람에 대한 답장은 꽤 많이 왔다. 어떤 것은 전혀 부정적으로, 그러한 인상에 해당되는 마부는 한 사람도 모른다고 말해 왔다. 또 다른 것에는 그러한 풍채의 사나이가 짐작이 간다면서 주소와 이름이 적혀 있었다. 라 튀슈는 이러한 회답의 리스트를 만들어 여관으로 찾아오지 않는 사람은 샅샅이 이쪽에서 조사해 보기로 결심했다.

그가 이 일에 열중하고 있는데 맨 첫 방문자가 왔다. 그 사나이는 말끔하게 면도를 했으며 흰 머리기는 했으나, 그다지 날카로운 얼굴은 아니었다. 짐꾼들은 미리 약속해 놓았던 신호로 그 사나이가 아니라는 것을 알렸으므로, 라 튀슈는 그에게 5프랑을 주어서 돌려보내고는 리스트의 그 사나이의 이름 위에 '회견했음'이라고 써넣었다.

그 사나이가 돌아간 뒤 차례차례로 방문자가 있어서 10시까지 14명이나 되었다. 이러한 사나이들은 거의 비슷한 인상이었으나, 짐꾼들은 그들 모두를 그 자리에서 부정했다. 다음날 밤은 열 한 사람이 왔고 그 다음날 밤에는 네 사람이 왔는데, 결과는 마찬가지였다.

3일째에 크리포드로부터 새 소식이 왔다. 변호사는 런던에서 통을 옮긴 마부의 재치에 몹시 감탄했다고 씌어져 있었다. 이토록 뛰어난 사람이 그런 일을 하고 있는 것에 놀라, 그는 그 사나이를 자기 집으로 데려가서 경력을 들어 본 결과 매우 중대한 발견을 했노라고 했다. 어쩌면 이것이 우리의 수사를 해결해 주는 실마리가 될지도 모른다고 그는 생각했다는 것이다. 그 마부는 존 힐이라는 이름으로, 스스로 자기 신상에 대한 이야기를 했는데, 그 줄거리는 이러했다.

4년 전까지 그는 경시청의 순경이었다. 근무 성적도 좋았으며 그 자신도 앞날에 희망을 가지고 있었다. 그런데 유감스럽게도 직속 상관과 의견이 충돌하게 되었다. 힐은 그것을 자세하게 이야기하기를 꺼렸는데, 크리포드가 보기에 그것은 개인적인 문제 같았으며, 그것도 여자 관계인 모양이었다. 더욱이 그 뒤로는 근무 시간 중에도 말다툼을 하게 되었는데 힐 자신도 그 일에 대해서는 정말 머리가 어떻게 된 것이었다고 술회하고 있다. 결국 그는 파면되어 그 뒤 오랫동안 일자리를 구하느라고 고생한 끝에, 겨우 지금의 직업을 얻게 되었다는 것이었다.

라 튀슈는 크리포드의 글을 계속 읽어갔다.

"그러나 우는 사람이 있으면 웃는 사람도 있다는 속담도 있지만, 힐의 이러한 특이한 경력이 우리들의 사건 해결에 도움이 될 것 같습니다. 그는 사물을 자세히 관찰하는 훈련을 받았었으므로, 그 통을 운반시킨 사람에 대해서도 분명히 알아볼 수 있는 확실한 특징

같은 것을 파악하고 있었습니다. 그 사나이가 그에게 돈을 치를 때, 그의 오른쪽 집게 손가락의 첫마디 안쪽에 불에 덴 듯한 작은 상처가 있는 것을 보았다는 겁니다. 그는 이 상처에는 자신이 있으므로 맹세를 해도 좋다고 말하고 있습니다. 경찰에 그것을 말했느냐고 내가 물었더니, 경찰에는 호의를 가지고 있지 않기 때문에 상대방의 물음에만 대답했을 뿐, 그 이상은 말하지 않았다고 했습니다. 그는 내가 경찰과 맞서서 일하고 있는 것을 잘 알고 있어 스스로 정보를 제공해 준 것이므로, 경찰측의 결론을 뒤집는 증인도 기꺼이 해줄 것으로 나는 생각합니다."

그런 다음 크리포드는 마땅히 해야 할 일을 했다. 즉 그는 훼릭스의 손가락을 조사하러 간 것이다. 그러나 그의 손가락의 그 자리에는 상처라고는 하나도 없었다.

처음에 라 튀슈는 이것으로 사건이 해결된 줄 알았다. 이 사나이의 증언은 훼릭스의 무죄를 결정적으로 증명하고 있다. 다음으로 그가 할 일은 보와라크의 손가락을 조사하는 일인데, 만일 그의 손가락에 상처가 있다면 사건은 결말이 나게 되는 것이다.

그러나 자세히 생각해 보면 이처럼 사실과 동떨어진 일도 없었다. 그에게는 확실한 알리바이가 있다. 이 알리바이가 성립되어 있는 한, 현명한 변호사는 보와라크의 무죄를 주장할 것이 틀림없다. 배심원에게도 알리바이는 결정적인 힘을 가질 것이다. 또 이 전직 경찰관의 증언은 신임을 받지 못할지도 모른다. 사실 자기들이 이 정보를 손에 넣게 된 진정한 뜻——이 사나이의 경찰에 대한 반감——은 증언의 가치를 줄이게 될 것이다. 그들은 힐이 경찰측의 결론을 뒤집기 위해 상처 이야기를 만들어 냈다고 맞서 올지도 모른다. 물론 그것만으로는 배심원도 이 설(說)을 받아들이지 않겠지만, 그렇게 되더라도 알리바이는 더욱더 중대한 뜻을 지니게 될 것이며, 사실상 알리바이야말로 이 문제를 결론짓는 단 하나의 방법이 될 게 틀림없다.

그러나 그것은 그만두고라도, 다음으로 취해야 할 행동은 분명했다. 라 튀슈는 보와라크의 손가락을 보아야 한다. 그리고 만일 그 손에 상처가 있다면 힐에게도 그것을 보여야 한다.

그래서 11시쯤 탐정은 머리가 영리해 보이는 운전수의 택시를 불러세웠다. 상피오네 거리의 변두리까지 온 그는 운전수에게 뭐라고 말하고는 차를 내렸다. 얼마 뒤 그는 다시 그 카페의 창가에 자리를 잡고 건너편 펌프 회사 사무실을 지켜보았다. 택시는 그의 말에 따라 언제라도 그가 탈 수 있게끔, 그 주위를 왔다갔다하고 있었다.

12시 15분 전쯤, 보와라크가 나와서 거리 쪽으로 천천히 걸어갔다. 라 튀슈는 큰길의 반대쪽을 몰래 뒤따르기 시작했다. 택시는 그의 뒤를 쫓았다. 얼마 못 가서 탐정은 자기의 선견지명을 기뻐했다. 왜냐하면 보와라크는 큰길 끝까지 오자 택시를 잡아타더니 급히 달려갔기 때문이다.

라 튀슈가 대기하고 있던 차에 뛰어올라 운전수에게 앞차를 쫓으라고 명령하는 데는 2초도 걸리지 않았다.

추적은 큰길에서 오페라 거리에 있는 베리니의 가게까지 계속되었다. 거기서 보와라크는 추적자에게 미행되며 그 가게로 들어갔다.

이 큰 요릿집은 3분의 1쯤 손님이 차 있었는데, 입구에서 라 튀슈가 보니 마침 창가의 한 테이블에 보와라크가 막 앉으려는 참이었다. 탐정은 계산대 옆에 자리를 잡고는 정식을 주문했다. 그리고 시간이 없어 식사 도중에 나가게 될지도 모른다고 말하며 먼저 식사비를 치렀다. 그리고는 보와라크 쪽을 줄곧 지켜보면서 천천히 식사를 했다.

보와라크는 서두르지 않았다. 라 튀슈가 커피를 마시면서 시간을 보내고 있자 얼마 뒤 그가 자리에서 일어섰다. 몇 사람의 손님이 가게를 나가려고 했으므로 계산대 앞에 짧은 줄이 지어졌다. 라 튀슈는 때를 맞추어 자리에서 일어나, 보와라크의 바로 뒤에 가 섰다. 그가 돈을 치를 때 라 튀슈는 그 손가락을 보았다. 상처 자국이 있었다!

'이제 겨우 확실해졌다!'

상대방의 눈길에서 몸을 피하며 탐정은 생각했다.

'역시 보와라크였었다! 이제 나의 일도 끝났군!'

그렇게 생각한 다음 순간, 그의 머리에는 예의 난관이 떠올랐다. 자기 일은 과연 이것으로 끝났을까? 보와라크의 유죄를 결정지을 만한 충분한 증거를 자기가 가지고 있을까? 알리바이의 문제는 역시 그대로이다. 언제나 그 알리바이가 등 뒤에 막아서서 그의 성공을 위협한다.

이제야말로 라 튀슈는 그 마부가 본 사나이가 보와라크임을 전혀 의심하지 않았으나, 되도록 이 두 사람을 서로 맞대 놓고 그가 분명히 그 사나이라는 직접적인 증언을 얻게 되면 그보다 더 완벽할 수는 없다고 생각했다. 1초를 다툴 때이므로 그는 크리포드를 전화로 불러내어 급히 그것을 상의했다. 그리고 되도록 그날 밤 기차로 존 힐을 파리로 출발시키라고 했다. 두 시간쯤 뒤, 변호사는 전화로 그 일을 끝냈다고 알려 왔다.

그래서 이튿날 아침, 라 튀슈는 북 정거장에서 영국에서 오는 임항(臨港) 열차를 기다렸다가, 짧게 다듬은 자그마한 콧수염이 있는 늘씬한 키의 거무스름한 얼굴빛의 사나이를 맞이했다. 아침 식사를 함께 하면서 탐정은 이제부터 그가 해야 할 일을 설명하기 시작했다.

"어려운 것은 보와라크가 눈치채지 않게끔 보아야 한다는 일입니다. 우리가 뒤쫓고 있는 것을 그에게 들키면 끝장나니까요."

"잘 알겠습니다."

힐은 대답하며 물었다.

"미리 나한테 말해 둘 일이 있습니까?"

"말해 둘 만한 일은 아니지만, 수염을 달고 안경을 끼면 당신인 줄 모를 겁니다. 옷도 바꾸는 것이 좋겠군요. 그리고 같은 레스토랑에서 점심 식사를 한 뒤, 그의 바로 뒷줄에 서서, 내가 했던 것처럼 돈을 치를 때 그 손을 보면 된다고 생각합니다."

"그렇게 하겠습니다만, 곤란한 것은 파리는 물론이고 그런 고급 레스토랑도 전혀 처음이라서요."

"프랑스 말은 전혀 못합니까?"

"한 마디도 못합니다."

"그럼 내 부하 마레를 같이 보내 드리지요. 그가 모든 일을 잘 알아서 해줄 테니, 당신은 한 마디도 말할 필요가 없습니다."

힐은 머리를 끄덕였다.

"좋은 생각입니다."

"그럼, 이제 당신의 몸차림을 갖추도록 합시다."

두 사람은 여러 가게를 차례차례 돌아다녔다. 전직 경찰관은 머리 끝에서 발끝까지 새것으로 차려 입었다. 그런 다음 두 사람은 극장의 소품(小品) 가게에 가서 검은 턱수염과 길다란 콧수염을 달았다. 도수없는 코안경을 산 것으로 쇼핑은 끝났다. 한 시간 뒤 힐이 새 옷차림으로 라 튀슈의 방에 들어섰을 때는, 그를 알고 있는 사람이라 할지라도 이 사람이 전직 경찰관이었던 런던의 마부라고는 전혀 생각조차 못할 모습이었다.

라 튀슈가 말했다.

"아주 멋진데요, 힐 씨! 당신 어머니라도 전혀 못 알아볼 것이오."

탐정은 전보로 그의 조수에게 곧 오라고 명령해 두었으므로 마레는 먼저 와 두 사람을 기다리고 있었다. 라 튀슈는 두 사람을 서로 소개시킨 다음, 그의 계획을 설명했다.

"시간이 별로 없습니다. 준비가 끝났으면 곧 떠나도록 합시다, 힐씨."

마레가 말했다.

세 시간도 채 못 되어 두 사람은 돌아왔다. 탐험은 대성공이었다. 제조 업자는 날마다 같은 곳에서 점심 식사를 안 할 수도 있었지만, 미행하는 것보다는 좋으리라고 생각하여 두 사람은 베리니의 가게로 곧장 갔다. 두 사람은 실망하지 않았다. 12시가 가까워지자 보와라크는 가게에 들어와 창가의, 아마도 언제나 앉는 듯한 테이블에 앉았다. 식사 뒤 그가 돌아가려고 일어섰을 때, 두 사람은 라 튀슈와 같은 방법으로 그의 뒷줄에 서서, 그가 돈을 치를 때 힐은 그 손가락을 보았다. 한눈에 그는 그 상처 자국을 확인했다. 사실 그 상처 자국을 보기 전부터 힐은 보와라크의 몸집과 태도에서 그가 문제의 사나이라는 자신을 가졌던 모양이었다.

그날 밤, 라 튀슈는 힐에게 호화로운 만찬을 대접하고 충분히 사례를 한 다음, 밤기차로 런던으로 돌려보냈다. 그리고 그는 호텔로 돌아와서 여송연에 불을 붙이고 알리바이 문제를 한 번 더 철저하게 연구해 보기 위해 침대에 누웠다.

그 알리바이가 조작된 것임은 이제 명백하다고 그는 생각했다. 보와라크는 의심할 나위 없이 화요일 저녁 7시 반에 런던에 있었다. 그는 2시에 샤랑톤에 있었을 리가 없다. 이 점이 언제나 되풀이되는 문제인데, 이것을 밝힐 방법이 그에게는 도저히 발견되지 않았다.

그는 종이를 집어 제조 업자가 있었던 장소가 밝혀져 있는 시간을 적어 보았다. 화요일 저녁 7시 30분 그는 런던의 워타르 로드의 존슨 운송점에 있었다. 이튿날 수요일 아침 10시부터 11시까지 그는 힐과 함께 통을 워타르에서 움막집까지 운반했다. 그동안 그가 런던을 떠날 수는 없었으니, 화요일 오후 7시 30분부터 수요일 오전 11시까지 그는 영국의 수도에 있었음이 틀림없다. 그리고 같은 수요일 밤 11시에는 그는 브뤼셀의 맥시미리안 호텔에 있었다. 여기까지는 절대로 확실하므로 의심할 나위가 없다.

이러한 시간은 이치에 맞을까? 화요일은 분명히 착오가 있다. 수요일은 어떨까? 아침 11시에 런던에 있었던 사나이가 같은 날 밤 11시에 브뤼셀에 있을 수 있었을까? 라 튀슈는 대륙 여행 안내서를 뒤져보았다. 있었다. 런던을 오후 2시 20분에 떠나면 브뤼셀에는 오후 11시 25분에 닿는다. 이것이라면 분명히 가능하다. 이 열차로 브뤼셀에 닿은 손님은 '11시쯤' 맥시미리안 호텔로 갈 수 있을 것이다. 그때 라 튀슈는 이 날을 어떻게 보냈다는 보와라크의 설명이 실제로 증명되지 않았음을 깨달았다. 그는 르빠르쥬에게 말하기를 마리느에 있는 그의 동생 집을 찾아갔었는데, 동생이 스웨덴으로 여행중이었던 것을 까맣게 잊고 있었다고 했다. 이 진술은 아직 증명되지 않았다. 그 집 문지기도 다른 누구도 보와라크의 모습을 본 사람은 하나도 없다. 라 튀슈는 보와라크가 정말 거기에 가지 않았다는 결론에 이르기까지는 그다지 오랜 시간이 걸리지 않았다. 그렇다, 그는 런던을 떠나는 2시 20분 열차로 대륙으로 건너간 것이다.

그리고 탐정은 또 전화 문제를 생각해 보았다. 보와라크는 브뤼셀의 어느 카페에서 전화를 걸어, 호텔 사무원에게 방을 예약했다고 말했다. 그 전화를 걸었던 때가 8시쯤이었다지만, 8시에 보와라크는 브뤼셀에 있었을 리가 없다. 그는 런던에서 오는 차 안에 있었을 것이다.

라 튀슈는 다시 여행 안내서를 손에 들었다. 오후 2시 30분 열차로 체링 크로스를 떠난 여객은 8시에는 어디에 있었을까? 그때 별안간 어떤 생각이 그의 머리에 스쳤다. 배는 오후 8시 30분에 오스탕드에 닿으며, 브뤼셀로 가는 열차는 8시 40분까지 떠나지 않는다. 그렇다,

그는 오스탕드에서 전화를 건 것이다!

역시 그랬었구나! 간단한 계획이지만 이 얼마나 교묘한가! 여기서 라 튀슈는 보와라크가 안파슈 거리에서 식사를 했다느니, 모네 극장에서 '트로이 사람'을 구경했다는 진술을 르빠르쥬가 끝내 확인하지 못했다는 사실을 떠올렸다. 그는 드디어 올바른 궤도에 올랐다고 생각했다.

수요일의 일은 이것으로 설명이 되겠지만 아직 화요일이라는 큰일이 남아 있다. 샤랑톤의 카페는 어떨까?

그때 라 튀슈는 다른 일이 생각났다. 그는 수요일의 전화의 계략을 이미 알아냈었다. 화요일의 일도 같은 설명을 할 수 있지 않을까?

파리를 정오에 떠나 7시 10분에 빅토리아 역에 닿는 열차의 손님이 7시 반까지 워타르 로드로 갈 수 있다는 것은 전부터 알고 있었다. 이 점에 대해서 다시 생각하는 동안 그는 그 사나이가 그런 늦은 시간에 운송점을 찾아간 이유를 불현듯 알게 되었다. 볼일이 있다면 좀더 빨리 가야 했으며 또 갈 수도 있었을 것이다. 그런데 이 사나이에게는 그것이 불가능했다. 그는 겨우 7시 10분에 런던에 도착했기 때문이다.

그는 다시 전화 문제로 되돌아왔다. 그는 차츰 흥분해서 자문자답했다. 정오에 파리를 출발한 손님은 2시 30분에는 어디에 있었을까? 여기서 그는 몹시 절망했다. 그 열차는 3시 30분이 아니면 칼레에 닿을 수 없으며, 2시 30분에는 아브빌과 블로뉴 사이의 어딘가를 전속력으로 달리고 있을 때였다. 기차 안에서는 전화를 걸 수 없다. 그러므로 그는 그 기차에는 타지 않았던 것이 아닐까?

라 튀슈는 제조 업자가 도중의 어느 역, 아마도 칼레 근처에서 날마다 같은 방법으로 전화를 건 것을 밝혀 내게 되지나 않을까 하고 기대했는데, 그렇지 않았다. 그러나 그와 동시에 탐정은 차츰 진실에

다가가고 있는 것을 느끼지 않을 수 없었다.

그는 다시 시간표를 살펴보았다. 문제의 열차는 칼레에 3시 31분에 닿으며 여객선은 3시 45분에 출범한다. 그동안 14분밖에는 없다. 이 14분 동안에 두 군데의 장거리 전화를 걸 수 있을까? 조금 무리라고 그는 생각했다. 만약 자기가 보와라크와 같은 문제에 맞닥뜨렸다면, 대체 어떻게 할 것인가 하고 그는 생각해 보았다.

그러자 불현듯 그 까닭을 알게 되었다. 급행 열차로 가서 칼레에서 여행을 멈추면 되지 않는가. 이 시간표라면 어떻게 될까?

파리 출발, 오전 9시 50분.
칼레 도착, 오후 1시 11분.
칼레 출발, 오후 3시 45분.
빅토리아 도착, 오후 7시 10분.

만약 보와라크가 이런 식으로 여행했다면 칼레에서 2시간 반 이상의 시간이 있었으니, 그가 필요로 하는 기회는 있었음이 틀림없다. 라 튀슈는 드디어 해결에 다다랐다고 생각했다.

그러나 보와라크가 샤랑톤에서 전화를 거는 것을 분명히 본 사람이 있다. 한순간 탐정은 힘이 빠졌다. 여기까지는 자기의 생각이 옳다고 생각했다. 이 어려운 문제도 머지않아 확실하게 설명하게 될 것이 틀림없다.

그런데 설명할 수 있게 되었다. 그 종업원은 보와라크가 월요일에 가게에 왔다고 믿고 있었다. 그렇다면 그는 그날 그 가게에 온 것이 틀림없다! 뭔가 손을 써서 전화를 거는 척한 것이 틀림없다. 그렇게 생각할 수밖에는 없을 것 같았다.

또 하나의 문제점이 머리에 떠올랐다. 시외 전화일 경우, 교환수는 반드시 발신국의 이름을 말할 거라고 그는 생각했다. 만약에 보와라크가 칼레에서 전화를 걸었다면 교환수는 '칼레에서 전화입니다'라고 말하지 않았을까? 만약에 그랬다면 보와라크는 어떻게 해서 집사와 사무 주임을 속일 수 있었을까?

이것은 분명히 어려운 문제였다. 그러나 그는 이 새로운 가설을 어떤 방법으로 시험해 볼까 생각하기 시작하다가, 일단 이 문제는 뒤로 미루기로 했다.

먼저 샤랑톤의 그 종업원을 만나, 보와라크가 점심 식사를 한 날짜를 확인해야 할 중요성을 자세히 이야기해 보자. 어쩌면 그 사나이는 이번에는 이 점을 명백히 할 어떤 사연을 생각해 낼지도 모른다. 그런 다음, 프랑소아와 듀프레느를 찾아가서 교환수가 '칼레에서 전화입니다'라는 말을 썼는지를 물어보자. 이 조사는 꽤 요령있게 하지 않으면 두 사람 가운데 누군가가 이야기하여 보와라크의 의혹을 살 염려가 충분히 있다고 그는 생각했다. 문제의 시간에 칼레에서 파리로 전화가 걸려 왔는지는 칼레의 전화국이나 파리의 전화국에서 조사해 보면 곧 알게 될 것이라고 그는 생각했다. 또한 보와라크 비슷한 인물이 그러한 전화를 걸었는지도 알게 될지 모른다. 마지막으로 오스탕드에 가면 브뤼셀로 전화를 걸었는지에 대해서도 뭔가 정보를 얻게 될지도 모른다.

이러한 조사 결과에 따라 그의 설이 확인되면 어느 편이 명백히 결정될 것이다.

이튿날 아침, 라 튀슈는 샤랑톤의 카페를 다시 찾아가서, 그 종업원과 이야기를 했다.

"그 신사가 어느 날 무슨 요일에 이 카페에 왔는가 하는 점이 중대한 뜻을 지니고 있는데 말일세."

그가 설명을 시작했다.

"자네가 그 점을 분명히 해준다면 20프랑을 주겠네."

그 사나이는 돈이 탐나는 모양이었다. 그는 한참 동안 열심히 생각을 했지만 도저히 그 날이 며칠이었는지 뚜렷하게 생각이 나지 않는다고 털어놓았다.

"그가 무엇을 먹었는지 기억이 안 나나? 그런 데서 뭔가 생각이 날 텐데."

탐정이 물었다.

종업원은 생각하고 있더니 머리를 흔들었다.

"아니면 테이블보나 냅킨 같은 것을 세탁하지는 않았나? 없어? 그럼, 그때 마침 누가 왔다던가, 누군가와 그 사나이에 대해서 이야기를 한 기억은 없나?"

또다시 그 사나이는 고개를 저었다. 그러나 그때 별안간 그의 얼굴에 뭔가 생각난 듯한 표정이 떠올랐다.

"아아, 그랬습니다."

그는 열심히 말했다.

"겨우 생각이 났습니다. 탐정님의 지금 그 이야기로 생각나는 일이 있습니다. 그 손님이 오셨을 때, 파스코 씨도 역시 식사하러 오셨습니다. 파스코 씨는 그 손님을 보고, 저 사람은 누구냐고 나에게 물었지요. 파스코 씨가 아마도 뭔가 기억하고 있을지도 모릅니다."

"파스코 씨?"

"약제사입니다. 이 큰길을 따라 위로 12번째 집을 지나가다 보면 그 가게가 있습니다. 부인이 파리로 물건을 사러 가면 자주 오십니다. 원하신다면 같이 가서 물어 보아도 좋습니다."

"고맙네. 꼭 부탁하네."

몇 야드를 가자 약제사의 가게에 이르렀다. 파스코 씨는 몸집이 큰 대머리에 불그스레한 얼굴의 거드름을 피우는 사나이였다.

"안녕하십니까, 파스코 씨."
종업원은 공손하게 인사했다.
"이분은 제가 잘 알고 있는 탐정이신데, 지금 매우 중요한 조사를 하고 계십니다. 지난번에 선생님이 우리 카페에 오셨을 때, 점심 식사를 하고 있던 검은 턱수염의 사나이를 기억하고 계십니까? 창가 쪽 작은 방의 테이블에 자리잡고 있었는데, 식사 뒤 전화를 걸었지요? 기억하고 계십니까? 저 사람은 누구냐고 물으셨었지요?"
"기억하고 있지!"
약제사는 나직한 목소리로 대답하고 말을 이었다.
"그래서 그 사나이가 어쨌단 말인가?"
"이분은 그 손님이 저희들 가게에 오신 것이 어느 날이었는가 확실히 아셨으면 하는데, 선생님이라면 어쩌면 기억하고 계시지 않을까 해서……."
"어떻게 내가 그런 걸 알 수 있나?"
"하지만, 파스코 씨. 선생님은 그날 저희들 가게에 오셨습니다. 그러니 그 날이 어느날이었는지 기억하실 것으로 생각됩니다. 부인께서 파리에 가신 날입니다. 선생님은 저에게 그렇게 말씀하셨습니다."
이 거드름을 피우는 사나이는 종업원이 남 앞에서 개인적인 일을 제멋대로 지껄이자, 조금 언짢은 얼굴을 했다. 라 튀슈가 그다운 싹싹한 말투로 중간에 끼어들었다.

"파스코 씨, 만일 도움을 주신다면 대단히 감사하겠습니다. 사실 나는 어떤 죄없는 사람을 위해서 일하고 있습니다."
그리고 그는 훼릭스가 말려든 불운한 사건에 대해 자못 동정을 끌 만하게 이야기를 하고는 정보를 제공해 준다면 거기에 맞는 사례를 하겠다는 뜻을 은근히 비쳤다.

파스코 씨는 갑자기 태도를 바꿨다.

"아내에게 물어보고 오겠으니 잠깐 실례합시다."

그는 머리를 숙이고 안으로 들어갔다가 곧 되돌아왔다.

"어느 날이었는지 생각이 났습니다. 마침 그날 변호사에게 볼일이 있어서 파리에 갔기 때문에 날짜를 수첩에 적어 두었었지요. 3월 29일 월요일이었습니다."

"뭐라고 감사드려야 좋을지……."

라 튀슈는 진심으로 고마워하면서, 그순간 아무도 눈치채지 못할 만큼 재빠른 솜씨로 20프랑 지폐를 그의 손에 쥐어 주었다. 라 튀슈는 기쁨에 넘쳤다. 드디어 보와라크의 알리바이를 무너뜨린 것이다.

사례금의 효험으로 굽신굽신 머리를 숙이며 아첨하는 약제사와 종업원 두 사람과 헤어진 라 튀슈는 발길을 부두 쪽으로 돌려, 거기서 아르마 다리까지 증기선을 탔다. 큰길을 걸어가서 보와라크의 집 초인종을 누르자, 늙은 집사는 곧 그를 맞이하여 자기의 작은 방으로 안내했다.

"지난번에 이야기한 전화 문제인데요, 프랑소아 씨."

라 튀슈는 한참 동안 잡담을 한 뒤에 넌지시 말을 꺼냈다.

"보와라크 씨가 어디서 전화를 걸어왔다고 당신이 말했는지 기억이 없습니다. 칼레에서였다고 말씀하신 것 같기도 하고, 샤랑톤에서라고 말씀하신 것 같기도 해서 말입니다. 나는 보고서를 내야 하기 때문에 그 점을 확실히 알아야 하거든요."

집사는 놀란 표정을 했으나 흥미를 느끼는 것 같았다.

"당신한테서 그런 질문을 받다니 참 이상한 일이군요. 나는 아직 그 일에 대해 당신한테 이야기한 기억이 없으니까요. 나도 사실은 처음에 칼레에서 온 전화라고 생각했습니다. 교환수가 '칼레에서입니다'라고 말한 것같이 들렸기에 나는 깜짝 놀랐지요. 왜냐하면 보와라크 씨가 파리를 떠났으리라고는 전혀 생각지 못했기 때문이지요. 하지만 그것은 나의 착각이었습니다. 보와라크 씨가 말을 시작하기 전에 '칼레에서 거시는 겁니까?' 하고 물었더니, '아니, 샤랑톤에서요'라고 대답했습니다. 틀림없이 나의 착각으로, 내가 칼레라고 생각한 것은 사실 샤랑톤이었습니다. 나는 조금 귀가 어두운 편이어서 전화로 들으면 무슨 이름이든지 같이 들립니다. 당신이 똑같이 착각을 하시다니 이상한 일이군요."
"참으로 이상한 일이군요."
라 튀슈도 맞장구쳤다.
"요즘 소문이 자자한 그 이상한 전심술(傳心術) 같은 것이 아닐까요? 그러나 당신한테서 샤랑톤이라고 확인하게 되어 도움이 되었습니다."
그리고는 그는 화제를 다른 쪽으로 돌렸다.

그의 다음 방문은 중앙 전화국이었다. 여기서는 처음에는 그에게 정보 제공을 꺼리는 기색이었으나, 그가 명함을 내놓고 담당 책임자에게 용건을 은밀히 전하자 그제서야 그가 바라는 정보를 제공해 주었다. 전보로 칼레에 물었더니 오랜 시간이 걸린 끝에 문제의 화요일 2시 32분과 2시 44분에 파리로 장거리 전화가 걸렸다는 회답이 있었다. 신청은 공중 전화였으며 상대방의 전화 번호는 팟시 국(局) 386과 놀 국 745였다. 라 튀슈가 전화 번호부를 조사해 본 결과 이 번호가 보와라크 씨의 집과 사무실의 번호임이 밝혀졌다. 그는 저도 모르게 큰소리로 웃고 말았다.

'도대체 어째서,' 그는 생각했다. '르빠르쥬는 샤랑톤으로부터 걸린 전화를 조회하는 정도로 그쳤을까?'

그때 시외 전화만이 기록되는지도 모른다는 생각이 머리에 떠올랐다.

그의 가설의 증명은 이것으로 완벽해졌다고 여겨졌으므로, 오스탕드에서 조사할 필요는 없을 것이라고 그는 생각했다. 사실 이것으로 겨우 자기 일은 끝났다고 그는 믿었기에 곧바로 런던으로 되돌아갈 생각을 했다.

계략의 정체

보와라크가 어떤 식으로 그의 알리바이를 조작했는가 하는 문제를 풀었을 때, 라 튀슈는 이것으로 자기의 임무는 끝났다고 처음에는 생각했다. 그러나 이때까지도 여러 번 그러했듯이 곰곰이 생각해 보니 아직 끝나지 않았음을 깨닫게 되었다. 보와라크의 유죄를 이것으로 증명하게 되었다고 그는 자못 의기양양했으나, 그것을 실제로 법정에서 증명할 수 있느냐 하는 것을 생각해 보니 자신이 없었으며, 또한 실제로 사건 전체의 해결까지는 아직도 상당한 거리가 있다고 생각했다. 카르디네 거리로 그 통을 운반한 마부를 찾아내기만 하면, 자기를 괴롭히고 있는 문제점 몇 가지는 밝혀질 것이라고 그는 생각했다. 거기서 그는 그 문제에 다시 부딪쳐 보려고 결심했다.

파리 시내의 모든 운송업의 지배인에게 문의서를 보낸 뒤 그는 수염이 없는 흰 머리의 날카로운 얼굴을 한 마부를 27명이나 만났다. 그런데도 아직 목적을 이루지 못했다. 그가 찾고 있는 사나이는 그 가운데는 없었다. 게다가 문의서에 대해서는 거의 모든 가게에서 회답이 왔으므로 그는 이 계획이 유감스럽게도 실패했다는 결론을 내리지 않을 수 없었다.

그날 밤 마레가 여느 때와 같이 보와라크의 행동에 대한 보고를 하러 왔을 때 두 사람은 이 문제에 대해서 이야기를 나누었는데, 그때 그의 조수가 한 말에서 이때까지 자기가 생각지도 못했던 한 가지 중요한 점을 깨달았다.

"어째서 당신은 그 마부가 운송점에 고용되어 있는 것으로만 생각하십니까?"

마레가 물었다. 라 튀슈는 조금 그 말이 비위에 거슬려서 운송점이 마부를 두는 것은 당연한 일이 아니냐고 대꾸하려고 생각한 순간, 그가 한 질문의 타당성을 깨달았다. 과연 그렇구나! 파리에 있는 몇 천 명의 마부들 가운데서 운송점에 고용된 것은 아주 일부분뿐이다. 그 대부분은 여러 회사에 고용되어 있다. 그 통을 화물역으로 나른 사나이도 이런 종류의 마부가 아닐까? 만약에 그렇다면 맨 처음의 광고가 실패한 까닭은 거기에 있는 것이 아닐까? 만약에 마부가 돈으로 매수되어 주인의 짐마차를 몰래 썼다면, 나중에 그러한 일을 입 밖에 낼 리가 없다. 보와라크와 같은 재치있는 인간이라면 이런 방법을 쓰는 것이 당연하다고 라 튀슈는 생각했다.

그러나 비록 이 추리가 옳다고 치더라도, 만약 그 마부가 절대로 입 밖에 낼 수 없는 어떤 특수한 사정에 놓여 있다면, 대체 어떻게 해서 그 마부를 찾아내어 진실을 알아낼 수가 있을까?

라 튀슈는 이 문제를 생각하는 동안에 여송연을 두 대나 피웠는데, 그때 문득 그의 머리에 이때까지 자기가 취한 방법은 그것을 적용한 범위 안에서는 옳았으나, 다만 그 범위가 부분적이었다는 생각이 떠올랐다.

그가 생각해낸 마부를 찾아내기 위한 단 하나 최선의 방법은 파리의 모든 짐마차 사용자에게 문의서를 내는 일인데, 그러다가는 걷잡을 수 없이 복잡해지기만 할 것이다.

그날 밤 그는 그 두 사람의 짐꾼들과 이 문제에 대해서 상의를 했는데 그들은 두 사람 다 머리가 영리한 사람들로 이 조사에 성실한 관심을 가지고 있음을 알았다. 그는 두 사람에게 통을 나른 짐마차의 종류를 물은 다음, 흥신록(興信錄)으로 그러한 짐마차를 쓸 만한 직종을 조사해 보았다. 그 결과, 그 수는 몇 천이나 되는 것을 알았으나 그는 그 숫자에 놀라지 않았다.

그는 그 문의서를 신문 광고로 낼까 어쩔까 망설였으나, 한참 동안 생각한 끝에 이윽고 광고는 내지 않기로 마음먹었다. 왜냐하면 보와라크가 그것을 보았을 경우, 그는 으레 진실이 백일하에 드러날 것을 막기 위해 온갖 예방책을 취할 것이 틀림없기 때문이었다. 거기서 라 튀슈는 사무 대리점으로 다시 찾아가서 새로 고른 몇천 대의 짐마차 고용주 앞으로 예의 문의서를 보내 달라고 말하고, 회답이 오면 그 내용을 일람표로 만들어서 알려 달라고 부탁했다. 이 방법이 제대로 성공할지 자신은 없었으나 가능성이 없는 것도 아니었다.

그날부터 사흘 밤 동안 라 튀슈와 두 사람의 인부는 몹시 바빴다. 흰 머리의 마부가 글자 그대로 몇십 명이나 아르르 여관으로 몰려왔으므로 여관측은 그들에게 나가 달라고 요구했으며, 융단을 새것으로 갈아 달라고 항의했다. 그러나 그들은 아무것도 알아내지 못했다. 그들이 찾고 있는 사나이는 끝내 나타나지 않았다.

사흘째에 사무 대리점에서 온 편지 속에 라 튀슈의 흥미를 끈 한 통이 섞여 있었다. 그것은 리보리 거리에 있는 코로 휘스 상회로부터 온 편지였다.

이달 18일에 보내신 문의서에 대한 회답을 드립니다. 우리 상회 마부 가운데 지난 3월 말엽까지는 조회하신 인상에 꼭 들어맞는 이가 있었습니다. 이름은 쟝 듀보아라고 하며 중앙 시장에 가까운 파레즈 거리 18번지 B에 살고 있습니다. 그러나 그 무렵부터 그는 면도질을 하지 않고 지금은 콧수염과 턱수염을 기르고 있습니다. 그에게 귀하를 방문하라고 말해 놓았습니다.

라 튀슈는 생각했다. 수염이 없었던 마부가 그 통을 나른 뒤부터 수염을 기르기 시작했다는 것은 우연의 일치에 지나지 않을까? 이틀 동안 기다렸다가 이 사나이가 나타나지 않으면 이쪽에서 그를 찾아가 보자고 라 튀슈는 마음먹었다.

그래서 이튿날 저녁때, 라 튀슈는 아르르 여관으로 찾아오는 마부들을 만나는 일은 마레와 한 짐꾼에게 맡기고, 그는 또 한 짐꾼을 데리고 듀보아를 찾으러 나섰다. 파레즈 거리는 음산한 고층건물이 들어차 있는 꾀죄죄하고 지저분한 거리로, 누추한 겉모습은 빈민굴이라는 표현이 알맞았다. 18번지 B를 찾아 낸 라 튀슈는 계단을 올라가서 어둠침침한 길가 쪽을 향한 허름한 문을 두드렸다. 문을 연 사람은 너절한 차림의 한 여자로, 어두컴컴한 문 앞에 선 채 아무 말도 없이 상대방이 말하기를 기다리고 있었다. 라 튀슈는 여느 때처럼 싹싹한 말투로 말했다.

"안녕하십니까, 부인. 여기가 코로 휘스 상회의 쟝 듀보아 씨 댁입니까?"

여자는 몸짓으로 그렇다고 했을 뿐, 방으로 들어오라는 말은 하지 않았다.

"주인께 잠깐 이야기할 일이 있어서 왔는데, 뵐 수 있을까요?"

"지금 집에 안 계신데요."

"참으로 섭섭한 일이로군요. 어디로 가면 만날 수 있을까요?"

여자는 어깨를 움츠렸다.

"모르겠어요."

여자는 피곤한 듯이 단조로운 말투로 대답했는데, 그것은 마치 삶에 지칠 대로 지쳐서 이젠 인생에 대해 아무런 흥미도 없다는 듯한 태도였다.

라 튀슈는 5프랑의 은돈을 꺼내어 그녀의 손에 쥐어 주며 말했다.

"주인을 찾아 줄 수 없을까요? 부탁할 일이 있습니다. 절대로 폐는 끼치지 않겠으며, 사례도 충분히 해 드리겠습니다."

여자는 잠깐 망설이더니 잠시 뒤에 입을 열었다.

"어디 있는지 가르쳐 드리는 건 좋지만, 제가 말했다고는 하지 마세요."

"네, 맹세코 말하지 않겠습니다. 우연히 찾아낸 것처럼 하겠습니다."

"그럼, 이리 오세요."

그녀는 두 사람을 안내해서 계단을 내려와 꾀죄죄한 큰길로 나왔다. 그녀는 남의 눈을 피하듯이 살짝 거기를 빠져나와 두 번 길을 돌아서 세 째번의 모퉁이에 멈춰섰다.

"저 아래예요."

여자가 손가락으로 가리켰다.

"색칠한 유리창이 있는 카페가 보이지요. 거기 있을 거예요."

말을 마친 여자는 미처 인사를 할 겨를도 없이 초저녁의 어둠 속으로 발소리도 내지 않고 사라져 갔다.

두 사람은 그 카페의 문을 밀고 안으로 들어갔다. 꽤 넓은 방에는 작은 대리석으로 만든 테이블이 여기저기 놓여져 있으며, 한쪽 구석에 바가 있고 그 안쪽에 무대가 있었다. 입구 근처의 테이블에 천연스럽게 자리를 잡은 두 사람은 술을 주문했다.

15명이나 20명쯤의 남자와 몇 명의 여자 손님이 있었는데, 신문을 읽거나 도미노를 하고 있는 사람도 있었지만, 대부분의 손님은 여기저기에 몰려앉아 이야기에 열중하고 있었다. 라 튀슈의 날카로운 눈이 손님들의 얼굴을 한 바퀴 돌아보자 찾는 사나이는 곧 눈에 띄었다.

"저 사나인가, 샤르코?"

그는 고르지 못한 짧은 콧수염과 턱수염을 기른 허약해 보이는 얼굴의 자그마한 사나이를 가리키며 말했다.

짐꾼은 찬찬히 그 사나이를 보고 나서 공손한 말투로 동의했다.

"저 사나이입니다. 틀림없습니다. 수염으로 조금 인상이 달라지기는 했지만 분명히 저 사나이라고 생각합니다."

목표의 사나이는 어떤 무리의 바깥쪽에 앉아 있었는데, 거기 있는 사람들을 향하여 뚱뚱하고 수다스러운 한 사나이가 뭔가 사회주의 문제에 대해 열변을 토하고 있었다. 라 튀슈는 방을 가로질러 가서 흰머리의 사나이 팔을 잡았다.

"쟝 듀보아 씨지요?"

사나이는 놀란 듯이 눈에 공포의 빛을 띠었다. 그러나 공손히 대답했다.

"네, 그렇습니다. 하지만 저는 나리의 얼굴을 뵌 적이 없는데요."

"나는 라 튀슈라고 하는 사람인데, 잠깐 할 이야기가 있어서요. 나와 저기 있는 나의 친구와 함께 한잔 하지 않겠습니까?"

그는 샤르코를 가리켰다. 두 사람은 그쪽으로 옮겼다. 공포는 듀보아의 눈에서 사라졌으나 아직도 조금 불안스러운 얼굴이었다. 잠자코 두 사람은 의자에 앉았다.

"자, 듀보아 씨. 뭘 마시겠소?"

마부가 주문한 술이 오자, 라 튀슈는 그쪽으로 몸을 굽혀 나직한 목소리로 이야기하기 시작했다.

"듀보아 씨, 아마 내가 찾아온 용건에 대해서는 이미 눈치챘으리라 생각합니다. 우선 이야기하기 전에 당신이 솔직하게 말해 주면 아무 걱정 없다는 것을 미리 말해 두겠소. 아니, 오히려 당신이 나의 물음에 사실 그대로를 대답해 주기만 한다면 1백 프랑을 주겠소. 그러나 당신이 협력해 주지 않는다면 나는 경찰과 관계있는 사람이니까 다시 경찰에서 만나게 될지도 모르오."
듀보아는 걱정스러운 듯이 몸을 움직이고는 머뭇거리며 말했다.
"무슨 말씀을 하시는 건지 저는 모르겠는데요, 나리."
"오해가 없도록 분명히 말하겠소. 카르디네 화물역으로 통을 나르는 일을 당신에게 부탁한 사람이 누군지, 그것을 나는 꼭 알고 싶은 거요."
듀보아의 얼굴을 가만히 지켜보고 있던 라 튀슈는 그가 자신도 모르게 놀란 표정을 지은 것을 얼른 보았다. 얼굴이 파리해지면서 공포의 빛이 다시 그 눈에 떠올랐다. 그가 한 질문의 뜻을 알아챈 것이 틀림없었다. 자신도 모르게 놀란 표정을 떠올린 것은 그의 마음 속에 비밀이 있다는 것을 말해 주고 있었다.
"거짓말은 절대 안 합니다, 나리. 나는 나리가 하시는 말을 정말 모르겠습니다. 통이라니, 무슨 통 말입니까?"
라 튀슈는 더욱더 몸을 굽혔다.
"자아, 이야기하시오. 그 통 안에 무엇이 들어 있었는지 당신은 알고 있소. 모른다고? 그럼 내가 말하지. 그 통 안에는 시체가 들어 있었소――여자의 시체가――살해된 여자의 시체요. 신문을 읽었을 때 짐작이 가지 않았던가요? 당신이 정거장까지 운반한 그 통이 모든 신문에서 대서특필한 통이라는 것을 몰랐소? 아니면, 살인 사건의 공범자로 체포되고 싶다는 말이오?"
사나이의 얼굴은 무서울 정도로 파리해지고 이마에는 식은땀이 솟았다. 떨리는 목소리로 연거푸 그런 일은 모른다고 버티자, 라 튀슈가 재빨리 말했다.
"그만해 둬요! 숨겨도 안되니까. 그 사건에서 당신이 맡은 역할은 모두 알고 있소. 아무리 모른다고 해도 어차피 당신 입으로 말하게 될 거요, 듀보아 씨. 솔직하게 말하는 게 어떻소? 내가 시키는 대로 하란 말이오. 솔직하게 털어놓으면 1백 프랑을 줄 것이며, 게다가 당신 주인과의 사이에도 문제가 생기지 않게끔 내가 할 수 있는 최선을 다해 줄 작정이오. 그러나 당신이 끝내 자백하지 않겠다면 지금 경시청으로 함께 가 줘야겠소. 어느 쪽을 택할 것인가 빨리 결정하시오."

사나이는 완전히 겁에 질려 제대로 말도 못하는 상태였다. 라 튀슈는 시계를 꺼내어 보았다.

"5분 동안 기다리겠소."

라 튀슈는 말하고 의자에 등을 기대어 여송연에 불을 붙였다.

5분도 채 못 되어 사나이는 입을 열었다.

"모든 것을 다 말하면 감옥에 넣지 않으시겠지요?"

그의 당황하는 모습은 가엾을 정도였다.

"물론, 약속하겠소. 나는 당신을 괴롭힐 생각은 없소. 나에게 말해 주기만 하면 당신은 1백 프랑을 주머니에 넣고 자유롭게 돌아갈 수 있어요. 그러나 만일 나를 속이려고 들면, 내일이라도 재판관 앞에서 당신의 입장을 설명해야 할 거요."

이 위협은 효과적이었다.

"말씀드리겠습니다, 나리. 모든 것을 사실대로 말씀드리겠습니다."

"좋소."

라 튀슈가 말을 이었다.

"그럼, 좀더 남의 눈에 띄지 않는 곳으로 가는 것이 좋겠소. 내 호텔로 갑시다. 그리고 샤르코 자네는······."

그는 짐꾼 쪽을 향해 말했다.

"리용 거리로 돌아가서 마레 군과 자네 친구한테 찾아냈다고 알려주게. 이건 약속한 사례금인데, 좀더 액수를 늘렸네."

샤르코는 머리를 숙이고 밖으로 나갔다. 라 튀슈와 마부는 큰길로 나가서 택시를 잡아 라파이에트 거리로 달렸다.

"그럼, 듀보아 씨."

호텔방에 두 사람이 마주 앉자 탐정이 말했다.

"모든 것을 낱낱이 말씀드리겠습니다."

마부는 말하기 시작했다. 진지하고 불안에 찬 태도에서 탐정은 그 사나이를 믿어도 되겠다고 생각했다.

"내가 한 일이 잘못된 일이 아니라고는 말하지 않겠습니다. 때문에 직장에서 쫓겨나도 할 말은 없습니다. 나는 그만 달콤한 말에 속았던 겁니다. 아무에게도 폐를 끼치지 않고 돈벌이가 되는 드문 일이라고 생각했기 때문에 말입니다. 이건 정말입니다, 나리. 내가 한 일은 아무한테도 손해가 없었다고 생각합니다.

그건 월요일, 3월 29일 월요일이었습니다. 나는 코로 상회의 화물을 배달하러 샤랑톤으로 갔습니다. 맥주를 한 잔 마실까 해서 그곳의 카페에 들렀습니다. 내가 맥주를 마시고 있는데, 한 사나이가 다가와서 저건 자네 짐마차냐고 물었습니다. 내가 맡고 있기는 하나 코로 상회의 것이라고 하니까, '짐마차로 운반할 것이 하나 있는데' 하고 그 사람이 말했습니다. '파리까지 가서 운송점에 부탁하는 것도 성가신 일이거든. 자네가 맡아서 해주면 수고를 덜겠는데, 사례는 충분히 하겠네.' '그렇게는 할 수 없습니다' 하고 나는 말했습니다. '회사에 알려지면 쫓겨나거든요.' '어떻게 회사에서 알겠나?' 하고 그 사람은 물었습니다. '내가 말할 까닭도 없고 자네 역시 그럴 텐데.' 그런 다음 우리는 여러 가지 이야기를 나누었는데, 처음에는 거절했습니다만, 끝내는 승낙하고 말았습니다. 그런 식으로 짐마차를 쓴 것은 나빴다고 생각합니다. 하지만 그 사람이 달콤한 말로 유혹해서……. 한 시간쯤이면 끝나는 간단한 일인데, 10프랑의 사례금을 내겠다는 말에 그만 나는 그 일을 맡게 된 겁니

다."

"어떤 사나이였나?"

"중키의 보통 몸집이었습니다, 나리. 뾰족한 검은 턱수염을 기른 사람으로, 옷차림도 훌륭했습니다."

"그래서 당신에게 어떤 일을 해 달라고 했소?"

"다음 목요일 오후 4시 반에 자기가 정해주는 곳으로 와서 통을 싣고, 그것을 북 정거장에 가까운 라파이에트 거리의 모퉁이까지 날라다 달라는 것이었습니다. 그 사람은 거기서 나를 기다리고 있다가 어디로 나르는가는 그때 지시하겠다는 것이었습니다."

"그래서 그는 기다리고 있던가?"

"네, 내가 먼저 가서 10분쯤 기다리고 있는데 그 사람이 왔습니다. 그 사람은 통에 달려 있던 헌 꼬리표를 떼고는 가지고 온 다른 꼬리표에 증(贈)을 박아 붙였습니다. 그리고는 통을 카르디네 거리의 화물역으로 싣고 가서 런던으로 부쳐 달라고 했습니다. 그리고 운임 말고 나한테 따로 10프랑을 더 주었습니다. 통이 런던에 도착하지 않았을 때는 곧 알게 될 테니까, 이상한 짓을 하거나 하면 자네가 한 짓을 코로 상회에 연락하겠다면서 위협했습니다."

이 진술은 라 튀슈가 기대했던 것과는 전혀 달라서 그는 매우 어리둥절했다.

"통을 가지러 오라는 장소는 어디였나?"

"확실한 번지수는 기억 못합니다만, 아르마 거리의 모퉁이에 있는 큰 집이었습니다."

"뭐라고?"

라 튀슈는 흥분한 나머지 펄쩍 뛰면서 소리쳤다.

"아르마 거리라고?"

그는 큰소리로 웃었다.

그랬었구나! 센트 캐더린 부두로 간 통——시체를 넣은 통——은 북 정거장에서가 아니라, 보와라크의 집에서 직접 나왔었구나! 이 점을 깨닫지 못했다니. 이 무슨 실수랴! 겨우 서광이 보이기 시작했다. 보와라크가 자기 아내를 죽인 것이다. 그녀가 살고 있던 그 집에서 죽인 것이다. 그리고 거기서 시체를 통에 넣어 훼릭스에게 직접 보낸 것이다. 마침내 라 튀슈는 애타게 바랐던 증거를 파악했다. 훼릭스의 억울한 혐의를 풀고 보와라크를 교수대로 보낼 결정적인 증거를 잡은 것이다.

그는 자신의 발견에 몸을 떨었다. 한순간 사건 전체가 명백해진 것 같이 생각되었으나, 차분하게 생각해 보니 이번에도 아직 설명이 더 필요한 문제가 여러 가지 남아 있는 것을 알았다. 그러나 이 문제에 대해서는 듀보아를 돌려보낸 뒤에 생각해 보자.

그는 철저하게 마부를 추궁해 보았으나 그 이상의 새로운 정보는 얻어 낼 수 없었다. 이 사나이가 자기를 교묘하게 이용한 사나이의 정체에 대해 아무것도 모르고 있는 것만은 확실했다. 그가 알고 있는 단 한 가지는 듀피엘이라는 이름뿐이었다. 왜냐하면 보와라크가 자기 집으로 가서 듀피엘 상회의 통을 받으러 왔다고 그에게 말하라고 시켰기 때문이다. 그가 방금 탐정에게 이야기한 정보에 대해 상금을 내겠다는 광고를 보지 않았느냐고 물었더니 분명히 보기는 했으나, 자기 입으로 말하는 것은 무서웠다고 말했다. 첫째로 이런 일이 주인의 귀에 들어가면 직장을 잃게 될 것이 두려웠으며, 게다가 그런 큰 상금이 붙어 있는 것으로 미루어 자기도 모르게 뭔가 범죄를 도운 것같이 생각되어 완전히 겁에 질렸다는 것이다.

그는 그 통이 발견된 것을 신문에서 보기 전까지는 단순한 절도 사건 정도로 느끼고 있었다. 그러나 신문으로 사건의 내용을 알게 된 순간, 그는 범인이 피해자의 시체를 처분하는 데 자기도 한몫 거들었다는 것을 깨닫고, 이 사건에서 자기가 한 역할이 드러나지나 않을까 하여 글자 그대로 악몽 속에서 나날을 보냈다는 것이다. 그 이상은 아무런 정보도 얻어 낼 수 없었기에 라 튀슈는 말할 수 없이 경멸에 찬 기분으로 1백 프랑을 그 사나이에게 건네주고는 돌려보냈다. 그런 다음 그는 미해결의 문제점을 풀어 보려고 의자에 고쳐 앉았다.

우선 첫째로 통의 움직임이 문제다. 그것은 보와라크의 집에서 시작했다. 어째서 통이 그의 집에 있었을까? 듀피엘 상회에서 배달되어 온 것은 명백하다. 그것은 보와라크가 산 군상을 넣어서 보내온 통이 틀림없다. 그 통은 만찬회가 있었던 토요일에 듀피엘 상회를 나와 같은 날 보와라크의 집에 배달되었다. 그것은 그 다음 주 목요일까지 그의 집에 있었다. 그 동안에 군상을 꺼내고 대신 시체가 넣어졌다. 그 뒤 통은 런던으로 발송되어 훼릭스가 그것을 받아 산 마로 저택으로 운반되었다가 끝으로 런던 경시청의 손에 들어갔다.

그러나 그렇다면 워타르 역에서 인수되어 런던에서 파리의 북 정거장으로 반송된 통은 어떻게 된 것일까?

이것은 다른 통이었음이 틀림없다고 라 튀슈는 생각했다. 따라서 통은 두 개가 움직였던 것으로, 자기들이 믿고 있었던 것처럼 한 개는 아니었다. 그는 이 제2의 통의 움직임을 쫓아 보기로 했다. 그것은 화요일 저녁때 듀피엘 상회를 나와서 이튿날 아침 워타르에 도착, 그 다음날, 즉 목요일에 파리로 반송되어 북 정거장에 오후 4시 45분에 도착했다. 이 통이 거기서 카르디네 거리의 화물역으로 운반되었다고 이때까지는 추리되고 있었다. 그러나 이제야 그것이 대단한 착오였음이 증명된 것이다. 그렇다면 그것은 대체 어디로 갔을까?

전광처럼 하나의 확신이 라 튀슈의 머리에 스쳤다. 그것은 북 정거장에서 듀피엘 상회로 간 것이다. 그는 사건의 진행을 간추린 일람표를 뒤져 보았다. 분명히 그 목요일 저녁때 듀피엘 상회로 통 한 개가 반송되어 왔다. 그런데 가게에서는 그것을 보와라크의 집에서 돌려보낸 것으로 생각하고 있었다. 라 튀슈가 반드시 발생했을 것이 틀림없는 어떤 장면을 머릿속에 그려 보려고 애쓰고 있을 때, 이 악마와 같은 계획의 전모가 겨우 어렴풋이나마 모습을 드러내기 시작했다.

추측해 보건대 보와라크는 그의 아내가 훼릭스와 함께 집을 나가려는 것을 발견했음이 틀림없다. 질투와 증오에 불탄 그는 아내를 죽인다. 얼마 뒤 얼마만큼 냉정을 되찾은 그는 자기 손에 시체가 있는 것을 깨닫는다. 이것을 어떻게 할까? 그는 그의 서재에 있는 통을 생각했다. 그는 시체를 집에서 운반해 내는 데 이처럼 알맞은 물건은 없으리라고 생각한다. 거기서 그는 군상을 통에서 꺼내고 대신 시체를 넣었다. 다음에 생기는 문제는 그 통을 운반하는 일이다. 어디로 운반할까? 무서운 생각이 그의 머리에 떠오른다. 훼릭스에게 이것을 보내 원한을 풀자. 그리고 제2의 생각이 떠오른다. 경찰이 이 시체가 들어 있는 통을 훼릭스에게서 발견해 내게끔 손을 쓰게 되면, 그 화가에게 혐의가 걸려 틀림없이 처형당하게 되지 않을까? 이 얼마나 무서운 복수인가! 보와라크는 그래서 르 고티에의 편지를 타이프로 쳐서 그것을 훼릭스에게 보낸다. 그의 목적은 그 결과 경찰이 훼릭스의 행동에 의심을 품고 사건의 조사에 착수, 그의 집에 시체가 있는 것을 발견하게끔 하는 데 있다.

여기까지 라 튀슈는 자기의 추측에 일관된 확률성이 있는 것을 느꼈는데, 제2의 통에 대해서는 여전히 수수께끼가 있었다. 그러나 이 문제를 생각해 나가는 동안 차츰 어렴풋이나마 짐작이 가기 시작했다.

보와라크는 듀피엘에서 군상과 함께 통을 받았다. 그러나 그것은 훼릭스에게 보냈기 때문에 조각업자에게 돌려보낼 빈 통이 없다. 그는 어떻게든 빈 통을 그 가게로 돌려보낼 필요가 있다. 그렇게 하지 않으면 당장 혐의는 자기한테 몰리게 된다. 어디서 그 통을 손에 넣어야 하나?

여기까지 생각했을 때, 라 튀슈는 제2의 통 문제는 모두가 이 난관을 처리하기 위해서 고안된 것이 틀림없다고 깨달았다. 보와라크는 훼릭스의 필적을 흉내낸 편지를 써서 조각품을 주문했음이 틀림없다. 라 튀슈는 이 주문이 르 고티에의 편지와 같은 질의 종이에 씌어졌다는 것과 양쪽 모두 같은 인물이 썼다고 추측했던 것을 생각해 냈다. 보와라크는 런던에서 그 통을 인수, 움막으로 날라서 조각품을 부숴버린 다음 통을 파리로 반송했다. 파리로 되돌아온 그는 북 정거장에서 그 통의 꼬리표를 바꿔치기한 것이 틀림없다. 그러므로 그것이 듀피엘 상회로 되돌아갔을 때는 그의 주소를 적은 꼬리표가 그 통에 붙어 있었던 것이다. 다른 한 장의 꼬리표는 위타르 경유의 것을 항로 경유로 바꿔치기했음이 틀림없다.

이것으로 듀보아가 라파이에트 거리에서 보와라크와 만났을 때, 그가 꼬리표를 바꾸었다는 듀보아의 진술 내용도 납득이 되며 런던의 해운 회사 사무원인 부로턴이 말한, 예의 괴상한 조작을 한 꼬리표에 대한 일도 설명이 되는 셈이다.

라 튀슈는 이러한 생각을 더욱 깊이 해 갈수록 겨우 진실을 밝히게 되었다는 만족감이 커져 갔다. 그러나 그런데도 역시 그로서는 도저히 알 수 없는 점이 두세 가지 있는 것을 인정하지 않을 수 없었다. 이 살인은 언제 어디서 저질러졌을까? 부인은 정말 훼릭스와 사랑의 도피를 했던 것일까? 만일 그렇다면 그녀의 남편은 살아 있는 그녀를 데리고 왔을까, 아니면 시체로서였을까? 제2의 조각품을 주문한 편지의 잉크 자국이 훼릭스의 압지에 남아 있는 것은 어째서일까? 만일 부인이 파리에서 살해되었다면 어째서 다이아몬드가 박힌 핀이 런던의 산 마로 저택에서 발견되었을까?

그러나 이러한 의문과 곤란이 있는데도 불구하고 라 튀슈는 수사의 진전에 만족을 느꼈다. 그리고 밤이 깊어서야 침실로 들어가면서 그의 추리를 완벽하게 하기 위해서는 앞으로 조금만 더 조사를 보완하면 충분할 것이라고 생각했다. 그와 더불어 의문으로 남아 있는 몇 가지 문제도 그로써 해결될 것이다.

극적인 결말

마부 듀보아를 찾아냄으로써 라 튀슈가 믿고 있었던 대로 그것이 사건 해결의 열쇠가 된다는 것을 발견한 지 사흘 뒤, 그는 흥미진진한 한 통의 편지를 받았다. 그것은 그의 호텔에 우편으로 배달되었으며, 그 내용은 다음과 같았다.

삼가 아뢰옵니다. 지난번부터 여러 차례 오셔서 조사중이시던 돌아가신 마님의 마지막에 대해 귀하에게는 더없이 도움이 될 만한 일을 우연히 발견했습니다. 그것은 기억하고 계실 줄로 압니다만, 만찬회의 밤 오전 1시쯤에 제가 들은 현관문이 닫히는 소리에 대한 설명이 될 것으로 생각합니다. 그것으로 진범이 밝혀지는 것은 아니겠으나, 당신에게 사건을 의뢰한 사람의 혐의만은 깨끗이 풀릴 것으로 확신합니다.

보와라크 씨는 오늘 밤 밖에서 식사를 하시게 되었으며, 하인들도 대부분 하녀의 결혼식에 초대받아 그곳에 가게 되었으므로 집안이 텅 비니 제가 찾아가 뵐 수는 없습니다. 그러나 만일 귀하께서 오신다면 제가 발견한 사실을 모두 말씀드리겠습니다.

앙리 프랑소아 올림

'정말 이상한 일이다'라고 라 튀슈는 생각했다.

'어떤 사건에 대해 뭔가 정보가 들어오게 되면 곧 뒤따라 다른 정보가 들어오기 마련이다. 전혀 앞으로 나가지 못한 채 오랫동안 나는 이 사건으로 무척 고생을 했는데도 프랑소아는 나를 위해 아무것도 말해 주지를 않았었다. 그런데 거의 해결이 되어 그다지 필요한 것이 없는 지금에 와서야 협력을 하겠다니, 이건 '불행은 잇달아 온다'라는 말의 반대가 아닌가.'

그는 시계를 보았다. 정각 5시였다. 보와라크 씨는 8시 전에는 집을 나가지 않겠지. 그 시간보다 몇 분 뒤에 가면 프랑소아를 만나 그의 이야기를 듣게 될 것이다.

그 집사는 대체 무엇을 발견했다는 것일까 하고 라 튀슈는 생각했다. 만일 그것이 편지 속에서 그가 자신 있게 말했듯이——현관문이 닫히는 소리의 설명이라면, 비극이 있었던 밤의 사태에 대해 아직도 의문으로 남아 있는 문제점을 반드시 풀어 줄 것이 틀림없다.

별안간 어떤 생각이 그의 머리를 스쳤다. 이 편지는 정말 프랑소아가 보낸 것일까? 그는 집사의 필적을 한 번도 본 적이 없었으므로 겉만 보고는 판단할 수가 없었다. 그러나 이 일 전체가 너무도 그럴 듯하지 않은가? 어쩌면 보와라크가 한 짓이 아닐까? 혹시 그 제조업자는 자신의 범행을 탐지하여 추적하고 있는 것을 눈치채고, 이런 함정을 만들어 꾀어 내려는 것이 아닐까? 자기를 집으로 유인해서 자기의 목숨과 자기가 파악하고 있는 정보를 그 자신의 지배 아래 두려는 계략이 아닐까?

이것은 불길한 예감이었다. 라 튀슈는 그러한 가능성에 대해 한참 동안 앉아서 골똘히 생각했다. 전체적으로 보아 이러한 가능성은 없다고 여겨도 되겠지 하고 그는 생각했다.

자기의 목숨과 자유를 빼앗으려는 계략은 보와라크로서는 아주 위험한 일일 것이다. 만일 그가 범행이 발각된 것을 알았을 경우, 그가 취해야 할 방법은 되도록 돈을 많이 모아서 수사의 손이 뻗치기 전에 자취를 감추는 일일 것이다. 어쨌든 라 뛰슈는 자신의 안전을 위해 경계에 만전을 기해야겠다고 느꼈다.

그는 전화가 있는 곳으로 가서 아르마 거리의 보와라크네 집으로 연결을 부탁했다.

"프랑소아 씨 계십니까?"

"안 계십니다. 오후에 외출했습니다. 7시 반쯤이면 돌아올 것으로 알고 있습니다."

"고맙습니다. 당신은 누구신가요?"

"쥴입니다. 하인입지요. 프랑소아 씨가 돌아오실 때까지 집을 보고 있습니다."

이것은 납득이 가지 않는 일이었다. 그러나 다시 생각해 보면 흔히 있을 수 있는 일로 이상한 것은 아니었다. 라 뛰슈는 납득은 했으나 그런데도 더욱 그의 생각과는 달리 한가닥 의혹이 남았다. 그는 동행이 있는 편이 좋겠다고 생각하여 또 한 군데에 전화를 걸었다.

"마레인가? 누가 오늘은 비번이지? 그래? 그럼 오늘 밤 자네와 잠깐 산책을 해볼까 하는데, 7시에 이리로 저녁 식사를 하러 오게. 그런 다음에 같이 나가세."

마레가 오자 라 뛰슈는 그 편지를 보여 주었다. 그의 부하도 그와 똑같은 의견이었다.

마레가 말했다.

"계략은 아니라고 생각됩니다만 상대방이 보와라크이니만큼 꽤 경계해야 할 겁니다. 나 같으면 당신의 존 코카릴이나 뭔가 늘 쓰던 권총을 가지고 가겠는데요."

"그렇게 하세."

라 뛰슈는 말한 다음 주머니에 자동권총을 넣었다.

두 사람은 8시 15분쯤 아르마 거리의 목적한 집에 도착하자 라 튀슈가 초인종을 울렸다. 뜻밖에도 문을 연 것은 다름 아닌 보와라크 자신이었기에 두 사람은 실망했다. 그는 때마침 외출하려는 참인 듯 모자를 쓰고 케이프가 달린 외투를 입고 있었는데, 외투의 앞자락이 벌어져 그 밑의 야회복이 보였다. 그는 피가 스며 있는 손수건으로 오른손을 매고 있으며, 뭔가 신경에 거슬리는 일이 있는 듯 화가 잔뜩 나 있는 상태였다. 그는 수상쩍은 듯이 탐정들을 바라보았다.
"프랑소아 씨를 만날까 하는데······."
라 튀슈는 공손하게 물었다.
"잠깐 기다려 주지 않겠습니까?"
보와라크가 대답했다.
"막 외출하려던 참에 손을 베어 피가 나는 걸 막으려고 의사를 부르러 프랑소아를 보냈습니다. 곧 돌아올 겁니다. 기다리시겠다면, 그의 방에서 기다려 주시오. 오른쪽 네 번째 방입니다."
라 튀슈는 한순간 망설였다. 혹시 이것도 계략이라면? 집 안에 보와라크가 혼자 있는 것도 분명히 수상했다. 그러나 손을 다친 것만은 사실이었다. 라 튀슈는 빨간 피의 얼룩이 점점 퍼져서 손수건을 물들이고 있는 것을 보았다.
"자, 여러분. 문을 열어 둘 수 없으니 들어와서 기다리든지 나중에 다시 오시든지 어느 편이건 결정해 주시오."
라 튀슈가 결심했다. 두 사람은 무기를 꺼낼 준비를 하며 만일에 대비했다. 그는 홀에 들어서면서 코트 주머니에 넣은 왼손으로 자동 권총 자루를 잡고는 몰래 제조 업자 쪽으로 겨냥했다.
보와라크는 두 사람의 뒤에서 현관문을 닫고는 프랑소아의 방으로 두 사람을 안내했다. 방 안은 어두웠는데, 보와라크가 먼저 들어가서 불을 켜며 말했다.

"자, 들어와서 앉으시오. 프랑소아가 돌아오기 전에 잠깐 이야기할 일도 있고 하니……."

라 튀슈는 사태가 뜻밖으로 되어감에 불안을 느꼈다. 보와라크의 움직임이 그에게는 점점 더 수상쩍게 여겨졌다. 그러나 상대방은 혼자이고 이쪽은 무장을 하고 있으니, 빈틈없이 대비하고 있으면 그다지 걱정할 필요는 없겠지 하고 그는 다시 생각했다. 게다가 보와라크가 먼저 들어왔으니 함정은 아닐 것이다.

제조 업자는 의자 세 개를 끌어당겼다.

"어서 앉으십시오. 꼭 해야 할 이야기가 있습니다."

탐정들은 의자에 앉았다. 라 튀슈는 여전히 그의 권총을 이 집주인에게 겨냥한 채였다.

"그런데,"

보와라크는 계속했다.

"당신들한테 계략을 쓴 것을 매우 죄송스럽게 생각합니다. 그러나 내가 지금 놓여져 있는 이상한 상황에 대해서 설명을 하면 당연한 일이라고 인정해 주지는 않더라도 용서해 주시리라 생각합니다. 먼저 말씀드려야 할 일은 당신들이 어떤 분이며 무슨 일로 파리에 와 있는가를 내가 알고 있다는 겁니다."

그는 잠깐 말을 멈췄다. 그러나 상대방이 두 사람 다 대답을 안 하자 다시 이야기를 이었다.

"라 튀슈 씨, 나는 우연히 신문에서 당신이 랑 벨 양을 찾고 있는 광고를 보았습니다. 그래서 나는 생각했습니다. 그리고 마레 씨, 당신과 당신의 동료가 나를 미행하고 있는 것을 알고 나는 또 생각하게 되었습니다. 생각한 끝에 나는 사립 탐정을 고용했습니다. 그래서 당신들의 신분과 무슨 일을 하고 있는가를 그 사나이에게 조사하도록 시켰습니다. 당신이 랑 벨 양을 찾아냈다는 말을 듣고 나는 곧 당신이 그 타이프라이터를 찾아내리라고 생각했었는데, 예측한 대로 당신이 레민톤 7형의 중고품을 샀다는 보고를 얼마 안 되어 그 탐정으로부터 들었습니다. 그리고 마부 듀보아를 미행시킨 결과 당신이 그 마부를 찾아냈다는 것을 알았습니다. 라 튀슈 씨, 이러한 사실을 밝혀낸 당신의 뛰어난 통찰력에 충심으로 경의를 나타내지 않을 수 없습니다."

거기서 다시 그는 이야기를 멈추고는 무언가 궁금한 듯이 얼마쯤 망설이면서 상대방의 얼굴을 살폈다.

"어서 계속하십시오, 보와라크 씨."

이윽고 라 튀슈가 말했다.

"그럼 먼저 당신들한테 이상한 연극을 한 것에 대해 사과드리겠습니다. 당신들을 오시게 한 그 편지는 내가 썼습니다. 만일 내 이름으로 드리면, 틀림없이 당신들은 나한테 무슨 계략이 있을 거라고 의심하여 안 오실 것으로 생각했습니다."

"그런 의심을 우리가 품었더라도 굳이 꺼리지는 않았을 것입니다. 솔직히 말씀드리겠는데, 우리는 무기를 가지고 있습니다."

라 튀슈는 말을 마치고 주머니에서 자동권총을 꺼내어 자기 앞 가운데 테이블 위에 놓았다.

"그러므로 우리들 가운데 누구든 조금이라도 불안을 느끼게 하는 행동을 하시면 무조건 이 권총이 불을 뿜을 겁니다."

보와라크는 씁쓸하게 웃었다.

"그러한 불안을 가지시더라도 나는 그다지 뜻밖이라고는 생각하지 않습니다. 당연한 일이지요. 하지만 정말 그건 근거가 없는 일입니다. 그러기에 당신들이 경계하시는 것을 보아도 언짢게 생각하지는 않습니다. 기탄없이 모든 것을 이야기하겠는데, 사실 이 손의 상처도 가짜입니다. 빨간 물감으로 손수건을 적셨을 뿐입니다. 두 분이

오셨을 때 내가 집에 혼자 있는 까닭을 설명하기 위해서이며, 또한 두 분이 집으로 들어오시는 것을 꺼리지 않게 하기 위해서도 꼭 그렇게 할 필요가 있다고 생각했습니다."

라 튀슈는 고개를 끄덕이며 말했다.

"이야기를 계속해 주십시오."

나이에 비해 보와라크는 이상하리만큼 늙어 보였으며 또한 몹시 피곤해 보였다. 검은 머리에는 흰 머리가 섞여 있고 얼굴은 긴장으로 굳어 처량하게 보였으며, 눈은 침통한 빛을 띠고 있었다. 매우 차분한 말투였으나 몹시 감동한 듯, 이야기를 어떻게 해야 할지 어리둥절한 모양이었다. 겨우 그는 절망적인 태도를 보이면서 말하기 시작했다.

"이것을 이야기해야 하는 것은 몹시 고통스러운 일입니다만, 아아, 그것도 인과응보입니다. 이야기를 돌려서 하지 않고 사실 그대로를 말씀드리겠습니다. 오늘 밤에 오시게 한 것은 나의 고백을 들려 드리기 위해서입니다. 그렇습니다. 당신들 앞에 있는 나야말로 가엾은 범인입니다. 내가 죽였습니다. 그 무서운 만찬회 밤의 일이었습니다. 그날 밤 이후 잠시도 마음이 편한 때가 없었습니다. 내가 얼마나 고통에 시달렸는지 이 세상 사람으로서는 도저히 나타낼 수 없을 것입니다. 그날 이후 나의 생활은 마치 지옥 같았습니다. 최근 몇 주일 동안에 나는 여느 때의 10년 이상이나 나이를 먹었습니다. 당신들의 조사가 척척 성과를 올려 나의 앞을 가로막기 시작함에 따라 양심의 가책에 시달려서 나는 끝내 견딜 수 없게 되었습니다. 이런 갈피를 잡을 수 없는 불안한 마음으로 언제까지 그대로 있을 수가 없었습니다. 그래서 생각 끝에 나는 고백하기로 마음먹은 겁니다."

이 사나이가 진지하며 그 감정에 거짓이 없다는 것을 라 튀슈도 이제는 의심하지 않았다. 그러나 여전히 의혹은 남아 있었다. 그는 물었다.

"왜 당신은 우리를 댁까지 불러서 그 이야기를 하려고 하십니까, 보와라크 씨? 경시청으로 가서 쇼베 씨를 만나는 것이 순서라고 생각하는데요."

"알고 있습니다, 그래야 되겠지요. 하지만 이렇게 하는 것이 이야기하기가 쉽습니다. 이렇게 자기 집에서 조용히 앉아 이야기하는 것만도 이토록 고통스러운데, 거기에 가서 많은 사람들의, 거의 말이 통하지 않는 경찰관이나 타이피스트들을 앞에 두고서는——도저히 나는 견딜 수 없습니다. 당신에게 부탁하고 싶은 것은 이것입니다. 나는 모든 것을 털어놓겠습니다. 어떠한 물음에도 대답하겠습니다. 그 대신 두 번 다시 이 일로 고통을 받고 싶지는 않습니다. 지금의 내 소원은 빨리 이야기를 결말짓는 것입니다. 당신의 당연한 직책을 다하십시오. 나는 법정에서 유죄를 인정하겠습니다. 그것에 다른 의견은 없겠지요?"

"당신의 이야기를 들어 봅시다."

"당신의 그 말에 겨우 마음을 놓았습니다."

그는 겉으로 보기에도 알 수 있을 만큼 자기 자신을 격려하느라고 애를 쓰면서 나직한 말투로 계속했는데, 감정적인 표현은 보이지 않았다.

"이야기가 아마 길어질 것으로 생각됩니다만 사건의 맨 처음부터 말씀드리겠으니, 어떻게 이런 무서운 일을 저지르게 되었는지 통찰해 주셨으면 합니다. 그 대부분은 이미 알고 계실 줄로 생각됩니다. 어째서 아내와 훼릭스가 도판 아틀리에에서 사랑에 빠졌는지, 어째서 그녀의 아버지가 두 사람의 결혼을 승낙하지 않았는지, 그리고 어째서 나 또한 그녀에게 사로잡혀 결혼을 신청했는지, 또 나의 구혼을 호의적으로 받아들이면서 그녀 자신이나 그 아버지까지도 아틀리에에서의 훼릭스와의 사연에 대해서는 거짓말을 했다는 것, 그리고 결국 우리가 결혼하게 된 것 등의 사연에 대해서는 새삼스럽게 말씀드릴 것이 없다고 생각합니다. 그리고 이것도 알고 계시겠지만, 우리들의 결혼은 처음부터 실패였습니다. 나는 아네트를 진심으로 사랑했으나, 그녀는 전혀 나에게 관심이 없었습니다. 이것은 이야기하지 않아도 되겠지만, 그녀가 나와 결혼한 것은 훼릭스와의 약혼을 허락받지 못한 자포자기적인 행위에 지나지 않았다는 것을 얼마 안 되어 나는 알았습니다. 그녀는 나에게 돌이킬 수 없는 죄를——그녀에게는 그럴 뜻도 의식도 없었다는 것은 나도 인정합니다만——저질렀습니다. 우리 두 사람의 마음은 하루하루 멀어져 가 드디어는 함께 사는 것마저 서로 견딜 수 없게 되었습니다. 그 즈음 나는 훼릭스와 알게 되어 그를 집으로 초대했습니다. 그가 지난날 아틀리에에서 아내와 연애 관계가 있었던 사나이라는 것을 몇 주일이 지나도록 몰랐습니다. 그러나 내가 두 사람의 명예를 훼손하기 위해서 이런 말을 하는 것으로는 오해하지 말아주시기 바랍니다. 아내가 우리들의 인생을 파괴한 것은 사실이지만, 그녀는 훼릭스와 집을 나가지는 않았습니다. 그 역시 내가 알기로는 그녀에게 가출을 권하지는 않았습니다. 두 사람은 친한 친구였으나, 내가 믿는 바로는 결코 그 이상의 것은 아니었습니다. 이것이 두 사람에 대한 최소한의 보상입니다. 이것을 솔직히 말해 두고 싶습니다.

그러나 나의 경우에는 슬프게도 그렇지가 않았습니다. 아내의 악의에 찬 소행——나는 곰곰이 생각한 끝에 그렇게 말합니다만——다른 남자를 사랑하면서 나와 결혼했다는 악의에 찬 그녀의 소행 때문에 가정의 행복을 찾는 모든 기회를 잃게 된 나는 어딘가 다른 곳에서 행복을 찾으려는 유혹에 지고 말았습니다. 우연한 기회에 함께라면 행복해질 수 있을 것 같은 어떤 여자를 알게 됐습니다. 그녀가 누군지 또 어떻게 해서 내가 의심을 받지 않고 그녀를 만날 수 있었는지는 절대로 모르실 겁니다.

그러나 이것만 말씀드리면, 충분할 것입니다——그 여성과 나는 남의 눈을 피하며 몰래 만나거나 신중히 생각한 끝에야 서로의 얼굴을 떳떳하게 내놓을 수 있는 그런 관계를 더 이상 계속할 수 없는 심정에 이르렀습니다. 이러한 상태를 견딜 수 없게 된 나는 이윽고 어느 한 쪽으로 결말을 짓기로 했습니다. 내가 그 방법을 생각한 것은 만찬회의 밤이었습니다.

그러나 여기서 그 무서운 밤의 사건을 이야기하기 전에 당신들이 이 여자를 찾아내어 그 뒤의 사건의 책임 일부를 그녀에게 넘기지 못하도록 하기 위해, 또 나는 실패를 되풀이했다는 것을 이야기해 두어야겠습니다. 이제부터 이야기하는 그 악마적인 범죄에 나의 영혼을 팔아 넘긴 그 다음 주에, 그녀는 으스스 오한이 난다고 하더니 그것이 악화하여 폐렴이 되어 4일 만에 죽어 버렸습니다. 신의 심판이 시작된 것이라고 나는 생각했습니다. 그러나 그것은 나만이 받아야 할 벌인 것입니다. 어쨌든 그녀의 이름이 세상에 알려질 걱정은 없어졌습니다. 당신들은 영원히 그녀의 이름을 알지 못할 것입니다."

보와라크의 목소리는 점점 낮아졌다. 그는 마치 기계처럼 억양이 없는 감정없는 말투로 이야기하고 있었는데, 듣는 사람에게는 그가 안간힘을 다하여 졸도 직전에서 겨우 버티고 있는 것처럼 느껴졌다.

보와라크는 계속했다.

"그 만찬회의 밤 나는 현관 홀에서 훼릭스와 마주쳤습니다. 그래서 에칭을 보이기 위해 그를 서재로 데리고 갔습니다. 거기서 훼릭스와 내가 산 군상을 넣어서 배달해 온 통에 대해 이야기를 나눈 것은 사실이지만, 똑같은 군상을 손에 넣기 위해서는 어떻게 하면 좋을까 하는 이야기는 전혀 하지 않았습니다.

그날 밤의 여러 가지 일 가운데 내가 공장을 나올 때까지에 대한 이야기는 모두 사실입니다. 처음에는 오래 걸릴 것으로 생각했는데 예정보다 빨리 돌아가게 된 일도 사실입니다. 나는 분명히 11시에 공장을 나와 샤트레에서 갈아탄 것은 전에도 말씀드린 바이나, 경찰에서 한 그 이후의 진술은 사실과 다릅니다. 그 정거장에서 내가 전차를 내렸을 때 등을 두드린 미국인 친구는 없었으며, 그런 사람은 전혀 존재하지도 않습니다. 돌채 강변을 그 친구와 산책했다는 것이며 콩코르드 광장을 거닐었다는 것이며, 그가 오를레앙으로 기차를 타고 떠났다는 것이며, 그런 다음 집으로 걸어서 돌아왔다는 것——이런 이야기는 모두 11시 15분에서 1시까지의 내 시간을 설명하기 위해 꾸민 나의 완전한 창작이었습니다. 이 사이에 실제로 생긴 일은 이러했습니다.

나는 샤트레에서 마이요 행 전차로 갈아타고 아르마에서 내려 큰 길을 걸어 집으로 돌아왔습니다. 집에 도착한 것은 12시 20분 전이거나 15분 전이 틀림없습니다.

나는 열쇠를 꺼내어 돌층계를 올라갔습니다. 그때 차를 대는 쪽을 향한 응접실 창문에 걸려 있는 판자발의 작은 판자 하나가 한쪽 끝에 걸려서 그 사이로 길다랗게 희미한 삼각형 불빛이 바깥 어둠 속을 비추고 있는 것이 보였습니다. 그것은 바로 나의 눈높이였으므로 나는 나도 모르게 안을 들여다보았습니다. 그 방 안을 보았을 때 나는 깜짝 놀라 그 자리에 멈춰선 채 한 곳만 바라보았습니다. 방 저편 끝에 있는 팔걸이 의자에 아내가 앉아 있고 그 위에 겹치듯이 등을 이쪽으로 돌리고 있는 훼릭스의 모습이 있었습니다. 그들은 단둘이었습니다. 두 사람을 지켜보고 있는 동안 문득 어떤 계획이 나의 마음을 스쳤습니다. 가슴을 두근거리며 나는 그 자리에 못박힌 것처럼 서 있었습니다. 아내와 훼릭스 사이에 뭔가 있는 것이 아닐까? 아무 일이 없다 하더라도 있다고 가정하면, 나의 목적이 이루어지는 것이 아닐까? 내가 계속 보고 있는데, 잠시 뒤 훼릭스가 일어서서 두 사람은 열심히 이야기하기 시작했습니다. 훼릭스는 여느 때의 그의 버릇인 몸짓손짓을 열심히 해 가면서 이야기하고 있었습니다. 잠시 뒤 아내가 방을 나갔다가 곧 되돌아와서 뭔가 작은 물건을 훼릭스에게 건네 주었습니다. 내가 있는 곳에서는 멀어서 그것이 무엇인지 똑똑히 보이지는 않았으나, 돈뭉치 같은 느낌이었습니다. 훼릭스는 그것을 받아서 조심스럽게 주머니에 넣고 두 사람은 홀 쪽으로 걸어갔습니다. 몇 초 뒤 문이 열리기에 나는 창 밑의 그늘에 몸을 숨겼습니다.

'오오! 레온' 하고 아내의 목소리가 들렸는데, 거기에는 깊은 감정이 어려 있는 것으로 느껴졌습니다. '오오, 레온. 당신은 너무도 친절한 분이에요! 당신이 이것을 해주시다니, 나는 정말 기뻐요!'

훼릭스의 목소리도 감동하고 있는 듯했습니다. '부인, 나 역시 이렇게 기쁜 일은 없습니다! 나는 언제나 당신을 위해 도움이 되었으면 했으니까요.'

그는 돌층계를 내려갔습니다.

'편지 주시겠어요?'

'네, 곧.' 그는 그렇게 대답하고 가 버렸습니다.

문이 닫히자 나는, 나의 인생을 파멸시킨――파멸시켰을 뿐 아니라, 내가 잡을 수 있는 모든 행복의 기회를 아직도 막고 있는――이 여자에 대해 미칠 것 같은 증오의 격정이 타올랐습니다. 그리고 또 나의 인생에 패배의 원인이 된 훼릭스——그 자신은 아무것도 모른다 할지라도——를 미칠 것만 같은 질투심으로 증오했습니다. 그때 나는 악마가 내 몸에 스며들어 나의 영혼을 사로잡은 것처럼——아니, 사로잡고 말았다고 말해야겠지요——느꼈습니다. 나는 죽은 사람같이 냉혹하고 비정해져서 거기에 있는 것은 전혀 나 자신이 아닌 누군가 다른 사람을 바라보고 있는 듯한 이상한 기분이었습니다. 나는 열쇠를 꺼내어 소리가 나지 않게 문을 열고는 아내를 뒤쫓아 응접실로 들어갔습니다. 그녀가 조용히 태연한 얼굴로 방을 가로질러 가는 것을 본 순간, 나의 분노는 더욱더 불탔습니다. 나는 그녀의 모든 움직임을 너무도 잘 알고 있었습니다. 그녀의 걸음걸이는 언제나 공장에서 돌아오는 나를 맞이할 때와 같았습니다. 차디차게 고상한 태도——그때는 전혀 사정이 달랐을지도 모르는데도……

그녀는 방 한구석의 의자 있는 데까지 가더니 앉기 위해 돌아섰습니다. 그때 그녀는 나를 보고 작은 목소리로 소리쳤습니다.

'라울, 놀랐잖아요? 방금 돌아오셨어요?'

내가 모자를 내던졌으므로 그녀는 나의 얼굴을 보았습니다.

'라울!' 그녀는 또 큰소리로 말했습니다. '무슨 일이 있었나요? 왜 그런 얼굴을 하고 계시지요?'

나는 우두커니 선 채 그녀의 얼굴을 바라보았습니다. 겉으로는 태연한 척하고 있었지만, 몸 안에서는 뜨거운 피가 불에 녹은 금속처럼 혈관 속을 맴돌았으며, 내 마음은 활활 타오르는 불과도 같았습니다.

'아니, 아무것도 아니야' 하고 말했지만, 그것은 이때까지 들어보지 못한 무섭게 쉰 목소리여서 마치 누군가 다른 사람이 말하고 있는 것 같았습니다. '정말 시시한 일이지, 남편이 돌아왔는데도

마나님은 애인을 대접하느라 정신이 없었다는 것뿐이야.'

 마치 충격이라도 받은 것처럼 그녀는 뒤로 비틀거리더니 의자에 픽 쓰러졌습니다. 그러더니 핏기없는 파리한 얼굴을 나한테로 돌려 '아아' 하고 목소리를 떨며 숨을 멈추고는 소리쳤습니다. '라울, 그런 게 아녜요! 절대로 그런 게 아녜요, 라울. 나는 맹세해요! 나를 믿어 주세요, 라울?'

 나는 그녀에게 다가갔습니다. 증오는 더욱 끓어올라 급기야 맹목적인 선악의 판단마저 할 수 없는 압도적인 격정에까지 이르렀습니다. 그것은 나의 눈 속에 나타났음이 틀림없습니다. 별안간 공포가 그녀의 눈을 스쳤습니다.

 그녀는 소리를 치려고 했으나, 마른 목에서 나온 것은 애처로운 작은 외침뿐이었습니다. 그녀의 얼굴은 유령처럼 파래지고, 이마에서 땀방울이 솟았습니다.

 그때 나는 그녀의 옆까지 와 있었습니다. 본능적으로 나의 두 손은 앞으로 뻗었습니다. 그녀의 가느다란 목이 두 손 사이에 있는 것을 나는 느꼈으며 나도 모르게 엄지손가락에 힘을 주어…… 그녀는 나의 목적을 깨달았습니다. 그녀의 눈에는 놀란 듯한 공포의 빛이 떠올랐습니다. 나는 그녀의 두 손이 내 얼굴을 할퀴려는 것을 어렴풋이 깨달았습니다만…….

 나는 손을 뗐습니다. 머릿속이 마비된 것 같았습니다. 나는 그녀로부터 멀리 떨어진 곳에 서서 그녀를 바라보고 있는 것을 깨달았습니다. 그녀는 이미 숨져 있었습니다. 그러자 나는 이때까지보다 더욱더 심한 증오를 느꼈습니다. 눈에 공포의 빛을 띤 채 죽어 있는 그녀를 보니 기뻤습니다. 그리고 그는? 얼마나 나는 그를 미워했을까——나의 사랑을 빼앗고 나의 일생을 파멸시킨 그 사나이를 이제부터 곧 뒤쫓아가자. 그 사나이를 쫓아가서 죽여 버리자. 그녀를 죽인 것처럼 그 사나이를 죽이는 거다. 나는 밖으로 나가려다 장님처럼 문에 부딪쳐 쓰러졌습니다.

 그러자 그때, 나를 사로잡고 있던 악마가 다른 계획을 암시했습니다. 그 사나이는 그녀를 탐내고 있었다. 좋다, 그 사나이에게 그녀를 주어 버리자. 살아 있는 그녀를 못 얻은 대신 그 다음가는 것을 얻게 해 주자, 그녀의 시체를 보내 주자."

보와라크는 이야기를 멈췄다. 그는 흥분한 나머지 몸짓을 섞어 가며 들뜬 목소리로 이야기하고 있었다. 그는 듣고 있는 상대방의 존재를 잊은 것 같아 보였다. 회상에 마음을 빼앗긴 그는 그 공포의 광경을 한 번 더 마음 속에서 재현하고 있는 것처럼, 또한 다시 그 무거운 광란의 한때를 겪고 있는 것처럼 여겨졌다. 한참 동안 말이 없더니 그는 마음을 가다듬어 차분한 말투로 이야기를 이었다.

"나는 그 시체를 훼릭스에게 보내기로 결심했습니다. 그렇게 함으로써 그에 대한 나의 증오를 만족시킬 뿐만 아니라, 그가 거기서 빠져나가려고 애를 쓰면 쓸수록 오히려 그에게 살인 혐의가 걸리게 될 것이라는 기대가 있었기 때문입니다. 시체를 넣어서 보낼 만한 물건을 어디서 손에 넣을까 하고 나는 여러 가지로 생각해 보았습니다. 그때 문득 나는 옆방 서재에 조각품을 넣어서 보내온 통이 생각났습니다. 큼직하고 단단한 쇠테가 감긴 통이었습니다. 그 통이라면 내 목적에 꼭 알맞을 것이라고 생각했습니다.

 나는 서재로 들어가서 통 안의 조각품을 꺼냈습니다. 그리고는 매우 냉정하게 시체를 옮겨와서 통 안에 넣었습니다. 혐의가 걸릴 만한 것은 어떻게든 피해야 한다는 생각이 내 마음 속에 굳어져 나는 아내의 야회용 구두를 벗겼습니다. 그렇게 해 두면 그녀가 집을 나갔다는 것으로 보이게 할 수 있으리라고 생각했기 때문입니다. 나는 통 안에 톱밥을 많이 넣어 빈틈이 없도록 가득차게 했습니다.

시체는 조각품보다 훨씬 컸기 때문에 톱밥이 많이 남았습니다. 그래서 나는 홀에서 양복솔을 가지고 와 톱밥을 깨끗하게 쓸어모아 손가방에 넣고는 열쇠로 잠갔습니다. 끝으로 통의 뚜껑을 본래대로 느슨하게, 그러나 통을 움직여도 벗겨지지 않도록 조금 세게 끼워 두었습니다. 일을 끝내고 나서 보니 아무도 그 통에 조작을 했다고 의심할 사람은 없을 것같이 생각되었습니다.

아내가 훼릭스와 함께 집을 나갔다는 인상을 만들어 내는 것이 나의 목적이었습니다. 그렇게 하는 데는 두 가지 일이 필요하다는 것을 곧 깨달았습니다. 첫째로 외출복이 없어져야 합니다. 그래서 나는 조각품과 그녀의 야회용 구두를 가지고 그녀의 방으로 갔습니다. 거기서 의자 앞에 아무렇게나 그 구두를 던져 두어 그녀가 다른 구두와 갈아 신은 것처럼 꾸몄습니다. 그런 다음, 그녀의 털가죽 코트와 산책용 구두를 꺼내어 조각품과 함께 내 방으로 옮겼습니다. 그런 물건을 숨길 만한 장소로는 두 개의 빈 여행용 가방밖에는 생각이 나지 않았기에 그 하나에는 조각품을, 다른 하나에는 옷 같은 것을 넣어 각각 단단하게 열쇠로 잠갔습니다.

둘째로는 아내가 내 앞으로 쓴 것같이 보이게 할 편지를 만드는 일인데, 거기에는 그녀가 훼릭스를 사랑하고 있으므로 그와 함께 집을 나간다고 써야 할 필요가 있었습니다. 그때는 그런 편지를 쓸 시간이 없었으므로, 급한 대로 나의 헌 편지를 새 봉투에 넣고는 되도록 아내의 필적을 흉내내어 겉봉을 내 앞으로 써서 그것을 내 책상 위에 놓아 두었습니다.

이 일만을 하는 데 벌써 45분이나 걸려서 1시가 가까워 왔습니다. 뭔가 잊은 것은 없나 하고 끝으로 사방을 돌아보고 나서 방을 나오려는데, 아내가 죽은 의자의 바로 뒤 양탄자 위에 반짝 빛나는 물건이 눈에 띄었습니다. 다가가 보니 그것은 격투하는 동안에 그녀의 드레스에서 떨어진 것으로 여겨지는 장식핀이었습니다. 하마터면 그것을 모르고 지나칠 뻔했구나 하고 생각하니 식은땀이 났습니다. 만일 누군가 다른 사람에게 발견되기라도 하면 나의 진술은 뒤집혀서 꼼짝없이 교수대로 보내질 것이라고 생각했습니다. 나는 그것을 숨겨야 한다는 것 말고는 이렇다 할 뾰족한 생각도 없이 그 핀을 조끼 주머니에 넣고는 모자를 쓰고 밖으로 나와 등 뒤로 문을 세게 닫았습니다. 나는 샹젤리제까지 산책하고 다시 돌아와서 열쇠로 문을 열고 집 안으로 들어갔습니다. 내가 기대하고 생각했던 대로 집사 프랑소아는 현관문이 세게 닫히는 소리를 들었으며, 또한 아내의 모습이 보이지 않아 걱정하고 있는 것을 알았습니다. 거기서 나는 그녀가 훼릭스와 함께 집을 나갔다고 생각하고 있는 집사의 의혹을 더욱 굳히게끔 꾸며댔습니다. 그 결과 아시다시피 그는 완전히 그렇게 믿게 되었습니다.

 그날 밤 나는 날이 밝을 때까지 서재에서 계획을 짰습니다. 무엇보다도 먼저 통 문제가 있었습니다. 통은 듀피엘 상회에서 보내온 물건이기에 마땅히 빈 통을 돌려보내야 합니다. 그렇게 하지 않으면 비밀이 드러납니다. 어디서 그 통을 손에 넣어야 할까?

 똑같은 통을 돌려보내야 한다는 것은 두말할 나위도 없는 일인데, 그것을 가능케 하는 단 하나의 방법은 군상을 하나 더 주문하는 일이라고 나는 생각했습니다. 그렇게 되면 통은 똑같이 만들어져 배달될 것이라고 생각했던 것입니다. 그러나 두말할 것 없이 그 통을 내 앞으로 보내게 해서는 안 되는 일입니다. 그때 문득 내 머리에 떠오른 생각은 어떤 가공 인물의 이름으로 조각품을 주문하는 편지를 써서, 정거장의 수하물 보관소 같은 곳으로 배달케 하여, 이쪽에서 받으러 갈 때까지 그곳에 보관해 두는 것이 어떨까 하는 것이었습니다. 그렇게 하면 내 신분이 밝혀지지 않고 통을 손에 넣게 되는 셈입니다.

　그러나 이 방법은 왠지 만족스럽지 않았습니다. 경찰이 눈치챌 염려가 있었기 때문입니다. 다시 생각을 한 끝에, 훼릭스의 이름을 써서 주문하면 성공할 것이 틀림없다고 생각하게 되었습니다. 그렇게 하면 내가 이제 보내려고 생각하고 있는 통을 그가 인수하는 것이 되기도 하고, 또 그가 통을 주문한 적이 없다고 부인해도 아무도 그것을 믿지 않을 것이라고 나는 생각했던 것입니다. 그러나 훼릭스의 주소와 이름을 쓸 수는 없었습니다. 만약 그런 짓을 했다가는 그는 통을 두 개나 받게 되니, 역시 나는 궁지에 몰릴 것이 틀림없습니다. 이윽고 나는 이미 알고 계시는 바와 같은 그 계획을 짰던 것입니다. 나는 훼릭스의 필적을 흉내내어 내가 산 군상의 자매품을 주문하는 편지를 위조하여 가공의 주소로 발송하게끔 한 다음 그 사본을 떼 놓고 월요일 밤 듀피엘 상회의 우편함에 넣었으며, 화요일 아침에 전화로 어느 루트와 열차로 군상을 발송하는지 그 절차를 확인하고 나서 런던으로 건너가 그 통을 인수하여 어느 움막에 숨겨 두었는데, 이러한 사연은 이미 다 알고 계시리라 생각합니다."

"잠깐만."

라 튀슈가 말을 가로막았다.

"당신의 이야기가 너무 빨라 나로서는 납득되지 않는 점이 있습니다. 당신은 군상의 자매품을 주문하는 위조 편지의 사본을 떼 놓고, 그 편지를 듀피엘 상회의 우편함에 넣었다고 아까 말씀하셨지요? 그 대목을 잘 모르겠는데요."

"네, 그 점이 아직 이해가 안 되시는군요. 그럼 설명하겠습니다. 그 편지를 위조할 때는 아시다시피 나는 아직 파리에 있었습니다. 그러나 듀피엘에게는 런던에서 보내온 것으로 여기게 해야 합니다.

그렇지 않으면 이상하게 생각할 테니까요. 나는 전에 런던에서 온 편지의 우표를 떼내어 그것을 봉투에 붙인 다음, 소인이 없는 부분은 탄소가루로 그럴 듯하게 얼버무려 놓았습니다. 그리고는 월요일 한밤중에 구르네르로 가서 듀피엘 상회의 우편함에 그 편지를 넣었던 겁니다. 이튿날 아침 그것을 보면 영국 우표가 붙어 있고 런던의 소인이 있으니, 진짜라고 생각할 것이 틀림없었습니다."

이 비정하고도 심술궂은 범죄자에게 혐오를 느끼면서도 라 튀슈와 마레는 그의 교묘한 계략에 감탄하지 않을 수 없었다. 이 사건에 관계한 모든 탐정이 조각품의 주문서가 분명히 화요일에 런던으로부터 보내온 것이므로 월요일에 런던에서 우체통에 넣어진 것이 틀림없다고 생각했으며, 더욱이 그때 훼릭스는 런던에 있었고 보와라크는 파리에 있었기 때문에 훼릭스가 그것을 부친 것이 틀림없다는 결론을 내렸던 것이다. 그런데 너무도 어처구니없이 속았던 것이 아닌가! 과연 보와라크가 성공한 것도 당연하다고, 두 탐정은 본의 아니게 감탄하지 않을 수 없었다.

"그런데 사본을 떼 놓은 것은?"

라 튀슈가 끈덕지게 물었다.

"그것은 듀피엘이 런던에서 온 것이라고 믿는 것뿐만 아니라, 훼릭스가 분명히 그 편지를 썼다는 뚜렷한 증거를 남겨 둘 필요가 있었기 때문입니다. 나는 이렇게 한 겁니다. 그 편지를 쓰고는 트레싱 페이퍼를 써서 조심스럽게 그 편지를 투사(透寫)했습니다.

아마 알고 계실 줄 압니다만, 나는 런던에 갔을 때 산 마로 저택을 찾아가 거기서 훼릭스의 펜과 잉크로 사본으로 떼놓았던 편지 위에다 그대로 한 번 더 써서 그것을 압지에 빨려들도록 했습니다. 그러므로 압지에 편지의 글씨 자국이 남아 있었던 셈입니다."

또다시 두 사람은 그의 교묘한 계략에 유감스럽지만 경탄하지 않을 수 없었다. 압지의 잉크 자국은 그토록 결정적인 증거라고 생각하고 있었는데——그것이 계략에 지나지 않다니, 더구나 이 얼마나 간단한 계략인가——내용을 알고 보면!

"잘 알았습니다. 고맙습니다."

라 튀슈가 말했다.

제조 업자는 이야기를 계속했다.

"나는 런던에서 그 통을 받아 움막으로 날랐습니다. 거기서 마부를 돌려보낸 뒤, 통 뚜껑을 열어 조각품을 꺼내어 가지고 간 여행 가방에 넣고 통의 꼬리표를 떼서 주머니에 넣은 다음, 북 정거장 자크 도 베르빌 앞으로 꼬리표를 새로 달았습니다. 아시는 바와 같이 이 자크 도 베르빌이란 바로 나 자신입니다.

마부 듀보아를 찾아내셨으니, 내가 통을 바꿔치기한 방법에 대해서는 이미 조사가 끝난 것으로 알고 있습니다. 시체가 들어 있는 통은 우리 집에서 훼릭스에게 보내고, 또 한 개의 다른 통은 런던에서 내가 빈 통으로 해서 듀피엘 상회로 되돌려보낸 것입니다.

"그건 이해가 되시겠지요?"

"잘 알겠습니다."

"훼릭스에게 시체를 보내는 것만이 목적이었다면 그것만으로 됐을 것입니다. 그러나 내가 바라는 것은, 그가 그 통을 열어 시체를 발견하여 충격을 받는 것만으로는 흡족하지 않았습니다. 나는 덧붙여서 경찰이 그에게 혐의를 걸어 그를 감시하게끔 하여 시체를 처리하려는 그의 시도가 드러나도록 꾸미고 싶었습니다. 이렇게 하면 그는 살인 용의자가 되는 동시에 나의 혐의는 깨끗하게 풀릴 것이 틀림없다고 계산했던 것입니다. 이러한 결과를 더욱 확실하게 하기 위해, 그가 아무리 발버둥치더라도 빠져나갈 수 없는 증거의 그물을 쳐야겠다고 나는 결심했습니다. 생각해 가는 동안에 차츰 계획의 세부적인 면이 간추려지게 되었습니다.

 우선 첫째, 내가 실제로 아내의 편지를 가지고 있어야 했습니다. 봉투만은 미리 준비해서 서재에 들어갔을 때 발견한 것처럼 연극을 했습니다. 나는 아내의 책상에서 필적 견본을 많이 보아 왔으므로, 프랑스 경찰에 보일 편지를 위조했습니다. 그 편지는 나중에 이용하기 위해 보관해 두고, 위조한 편지와 비교하지 못하게끔 아내의 필적 견본은 모두 태워 버렸습니다.

 다음으로 나는 내가 생각한 대로 통을 훼릭스에게 보내서 그것을 그가 받게 하고, 그 결과로 경찰의 주의가 그에게로 모이게 하는 문제에 온 힘을 기울였습니다. 골똘히 생각한 끝에 나는 아시는 바와 같은 계획을 결정했습니다. 3주일쯤 전 나는 우연히 카페 토와 슨 돌에 있었는데, 그때 심한 신경성 두통으로 되도록 혼자 있고 싶어서 홀에 딸린 작은 방으로 자리를 옮겼습니다. 거기에 있을 때 훼릭스가 들어와서 친구들과 이야기를 하고 있는 것이 눈에 띄었습니다. 나는 두통이 너무도 심해서 내가 있는 것을 알리지도 않았는데 그들의 이야기가 내 귀에 들려, 훼릭스와 그의 친구인 르 고티에가 돈을 모아 복권을 산다는 것을 알았습니다. 이것을 이용해야겠다고 결심한 나는 르 고티에로부터 온 것처럼 보이는 편지를 훼릭스에게 쓰기로 하고 진짜로 여기도록 하기 위해 이 복권 이야기를 썼던 것입니다. 또 내가 따로 통에 넣어서 보낼 예정이었던 돈에 대해서도 간단한 메모를 종이 쪽지에 썼습니다. 이 편지와 메모 내용에 대해서는 잘 알고 계시겠지요. 나는 이러한 것을 나중에 쓸 생각으로 수첩에 끼워 두었습니다.

 다음날, 즉 월요일 밤 나는 통을 연 것처럼 가장했습니다. 그리고는 지난 주 토요일에 여행 가방에 숨겨 두었던 군상을 꺼내 서재의 테이블 위에 놓았습니다. 통 둘레의 바닥 위에는 손가방에서 꺼내온 톱밥을 조금 뿌려 놓았습니다. 이렇게 함으로써, 만약 혐의를 받게 되더라도 월요일 밤까지 통은 열지 않았으니 만찬회 밤에 그 통에 시체를 넣을 리가 전혀 없다는 반박을 할 수 있다고 생각했습니다. 아시다시피 이 계략도 잘 되었습니다. 나는 이번에도 또 통의 꼬리표를 떼서 주머니에 넣었습니다.

그 뒤 한 번 더 통을 열어 메모를 쓴 종이 조각과 들어맞게끔 영국 금화로 52파운드 10실링을 넣었습니다. 경찰의 손에 이 통이 넘겨졌을 때, 경찰 당국은 훼릭스가 이 통을 그에게 보내온 까닭을 합리화시키기 위해 자기 자신이 이 통에 돈을 넣었다고 추리할 것으로 나는 생각했던 것입니다. 나는 이런 생각을 그럴 듯하게 보이기 위해 프랑스 금화 대신 소브린(영국의 1파운드 금화)을 넣었는데, 이렇게 해 두면 훼릭스가 흥분하여 꾀를 부린 나머지 통이 어느 나라에서 보내오기로 되었는가를 깜박 잊어버렸다는 식으로 논란될 것으로 생각했기 때문입니다.

나는 프랑소아를 불러 통을 열어 조각품을 꺼냈으니 듀피엘 상회에서 통을 찾으러 오면 이 통을 내주라고 그에게 지시했습니다. 그리고 이틀쯤 여행을 하겠다고 말하고는 이튿날 아침 급행 열차를 타고 런던으로 향했습니다.

월요일에 나는 가짜 수염을 사서 훼릭스와 비슷하게 변장할 준비를 해 두었습니다. 그리고 돌아올 때까지 줄곧 이 변장으로 지냈습니다. 나는 이 여행 길에 아내의 옷을 넣은 여행 가방을 가지고 가서 배에 오르자마자 아래 갑판의 사람들의 발길이 드문 곳을 골라 아무에게도 눈치채이지 않게 그 물건을 바다에 버렸습니다. 런던에 도착한 즉시 이미 아시는 바와 같이 나는 어느 운송점으로 가서 그 날부터 이틀 동안, 통을 운반할 짐꾼을 수배했습니다. 그런 다음 나는 산 마로의 훼릭스의 집으로 갔었는데, 조금 머리를 써서 찾았기 때문에 그 집은 곧 찾게 되었습니다. 조심스럽게 살펴보고는 집이 비었다는 것을 곧 알게 되었습니다. 창문을 하나하나 건드려 보았더니 용케도 한 군데 잠기지 않은 것이 발견되었습니다. 그것을 열어 나는 집 안으로 몰래 들어가서 서재로 갔습니다. 거기서 회중전등을 비춰 통을 주문한 위조 편지의 사본 위를 조심스럽게 잉크로 쓰고는 훼릭스의 압지에 빨려들게 했습니다. 이렇게 해 두면 틀림없이 누군가에게 발견되어, 훼릭스가 그 주문서를 썼다는 증거가 될 것이 뻔하다고 나는 확신했습니다.

훼릭스에게는 나의 아내를 죽일 동기가 없을 뿐만 아니라 인품으로 보아서도 절대로 그런 일을 할 사람이 아니라는 까닭으로, 그의 무죄를 내세우는 사람도 나타날 것이라고 예측했습니다. 따라서 나는 그의 동기를 만들어 둘 필요가 있었습니다. 이 때문에 훼릭스가 농락한 한 여자가 쓴 것같이 보이는 편지를 써 두었습니다. 나는 이 편지를 구겨서 훼릭스의 웃옷 옆주머니에 넣어 두었습니다. 이 편지가 발견되면 나의 아내가 이것을 손에 넣었기 때문에 치정 싸움이 벌어져, 그 결과 아내가 살해되었다는 설이 성립될 것으로 나는 기대했던 것입니다. 편지를 구긴 까닭은 훼릭스가 그것을 아내한테서 빼앗아 주머니에 집어넣은 채 잊어 버렸을 것이라고 생각케 하기 위해서였습니다.

서재에 서 있는 동안에 다른 생각이 머리에 떠올랐습니다. 아내의 드레스에서 떨어진 장식핀을 이용할 것을 생각해 낸 것입니다. 이 장식핀은 그녀가 앉았던 의자 바로 뒤에 떨어져 있었으므로, 이 방 의자 뒤의 바닥에 떨어뜨려 두면 그녀가 이 방에서 살해된 것을 암시하게 될 것이 아닌가 하고 나는 생각했습니다. 커튼 앞에 있는 등이 낮은 의자를 보자 곧 나는 이거야말로 나의 목적에 알맞은 물건이라고 생각했습니다. 내가 장식핀을 그 의자 뒤에 떨어뜨리니,

커튼의 가장자리에 걸렸습니다. 무심히 보아서는 의자에 가려 보이지 않지만, 경찰이 이것을 발견하지 못할 리가 없다고 나는 생각했습니다. 나는 아무것도 움직이지 않고 흔적도 남지 않게 세심한 주의를 하면서 집 밖으로 나와 창문을 닫고 시내로 돌아왔습니다.

나의 계획은 말하자면 이런 식이었습니다. 당신 같은 명탐정이 없었다면 틀림없이 성공했을 텐데 말입니다. 아직도 그밖에 뭔가 미심쩍은 점이 있습니까?"

"꼭 한 가지 있는데요."

라 튀슈가 말을 꺼냈다.

"당신이 월요일에 샤랑톤의 카페에서 집사와 사무 주임에게 전화를 건 것을 들은 사람이 있습니다. 그러나 이 두 사람은 화요일에 칼레에서 온 전화를 들었다고 하더군요. 도대체 이건 어떻게 된 까닭입니까?"

"간단합니다. 나는 월요일에는 전혀 전화를 걸지 않았습니다. 수화기를 들어도 신호가 걸리지 않게끔, 자그마한 나무 쐐기를 수화기에 끼웠던 것입니다. 나는 통화하고 있는 척했지만, 전화국과는 전혀 통하지 않았던 겁니다. 그밖에 또 뭐가 있습니까?"

"없습니다."

라 튀슈는 대답했으나 또 한 번 이 간악한 지혜가 뛰어난 악당에 대해 본의 아닌 찬탄에 가까운 기분을 품지 않을 수 없었다.

"당신의 진술은 완전무결합니다."

"그처럼 완전하지는 못합니다."

보와라크 씨가 다시 말했다.

"아직도 이야기하지 않은 점이 두 가지 있습니다. 이걸 보십시오."

그는 주머니에서 한 통의 편지를 꺼내어 라 튀슈에게 넘겨 주었다. 두 사람은 조금 몸을 앞으로 굽혀서 그것을 보려 했다. 그 순간, 찰각 하는 소리가 나면서 전등불이 꺼졌다. 보와라크의 의자가 쓰러지는 소리가 났다.

"문을 지켜라!"

라 튀슈는 외치면서 벌떡 일어서 자기의 회중전등을 찾았다. 마레가 문을 향해 달려갔으나, 의자에 발이 걸려 목적을 이루지 못했다. 라 튀슈가 회중전등을 비쳤을 때는 문이 막 닫히려는 찰나였다. 나직하게 비웃는 듯한 웃음 소리가 들리는 것과 함께 문은 굳게 닫히고 말았다. 열쇠 구멍에서 열쇠가 돌려지는 소리가 났다.

라 튀슈는 재빨리 널빤지 너머로 권총을 쏘았으나, 바깥에서는 아무 소리도 들리지 않았다. 그때 마레가 손잡이를 향해 몸으로 부딪쳤다. 그런데 건드린 것만으로도 손잡이는 빠지고 말았다. 나사 구멍을 미리 크게 뚫어 놓았으므로 나사가 빠져 버린 것이다.

문은 안으로 열리도록 되어 있었기 때문에, 안에 갇힌 두 사람 앞에는 편편하게 부술 수 없는 표면만 있을 뿐 당길 수 있는 것은 아무것도 없었다. 홀 쪽으로 밀어올리려 했으나 단단한 테두리에 끼어져 있어 불가능했다. 단 하나의 희망은 문을 부수는 일이었는데, 너무도 단단한 나왕으로 되어 있어 그 희망도 사라졌다.

"창문이!"

라 튀슈가 외쳤다. 두 사람은 몸을 돌렸다. 창문은 곧 열렸으나 바깥은 강철로 된 덧문이 빈틈없이 닫혀 있었다. 두 사람은 안간힘을 다해서 밀어도 보고 열어 보려고도 했다. 그러나 보와라크의 계획에 빈틈은 없었다. 그것은 꼼짝도 하지 않았다.

두 사람이 숨가쁘게 온 힘을 다하다가 문득 마레의 눈이 전등 스위치에 멈추었다. 스위치는 빠져 있었다. 그가 찰칵 스위치를 눌렀다. 그 순간 방 안이 환히 밝아져야 할 텐데도 아무런 반응이 없었다. 그러나 그때, 마레는 재미있는 물건을 발견했다.

"회중전등을, 라 튀슈 씨."

그가 소리지르자 곧 그것이 무엇인가를 알게 되었다. 스위치에는 낚시꾼들이 쓰는 낚싯줄이 묶여 있었다. 그것은 거의 알아볼 수 없게 벽을 따라 방바닥의 작은 구멍으로 들어가 있었다. 누군가가 그것을 밑에서 당기면 스위치가 끊어져 전등이 꺼지게 되어 있는 모양이었다.

라 튀슈가 말했다.

"이상한걸. 공범자가 있었을까?"

"그렇진 않습니다!"

회중전등으로 사방을 돌아보고 있던 마레가 소리쳤다.

"이걸 보십시오!"

그는 보와라크가 앉아 있었던 의자를 가리켰다. 그것은 바닥 위에 넘어져 있었다. 그 의자의 왼쪽 팔걸이에도 낚싯줄의 한쪽 끝이 매어져 있는데, 그것도 방바닥의 구멍 안에 들어가 있었다.

"이 두 줄은 연결되어 있다."

호기심이 잠시나마 두 사람의 공포를 잊게 했다. 라 튀슈가 스위치를 다시 켜고 마레가 팔걸이의 낚싯줄을 당기니, 찰칵 하는 소리를 냈을 뿐 다시 스위치는 끊어졌다.

"철저한 악당이다."

마레가 중얼거리다가 소리쳤다.

"이건 바닥 밑에서 도드래를 쓴 것이 틀림없습니다. 게다가 녀석은 벌서 계량기의 스위치를 끊어 버렸습니다."

"자, 마레! 우물거리고 있을 때가 아니다! 여기서 나가야 해!"

두 사람은 어깨에 힘을 주어 문에 부딪쳤다. 두 번 세 번 되풀이했으나 끄덕도 하지 않았다. 문은 너무도 단단했다.

"어떻게 하려는 걸까요?"

마레가 숨가쁘게 헐떡이면서 말했다.

"가스를 쓰겠지, 아마 목탄일걸."

"창문에서 소리쳐 볼까요?"

"헛수고야. 덧문이 꽉 닫혀 있어, 게다가 바깥은 안뜰이네."

그때 갑자기 두 사람은 희미하게나마 이상한 냄새를 맡았다. 두 사람의 감각은 굉장히 둔해졌는데도 불구하고 이 냄새는 두 사람을 떨게 하여 안간힘을 다해서 문에 부딪치게 했다. 그것은 아주 희미하게 나무가 타는 것 같은 냄새였다.

마레가 외쳤다.

"짐승 같은 놈! 녀석이 집에 불을 질렀어!"

어떤 문이라도 이만큼 심한 공격에는 견디지 못했을 것이라고 여겨질 정도였다. 바깥으로 열리는 문이었다면 빗장이건 자물쇠건 벌써 부서졌을 것인데, 두 사람의 육탄 공격도 전혀 효과를 나타내지 않았다. 두 사람은 이마에서 땀방울이 흘러내릴 때까지 공격을 계속했다. 그 동안에 냄새는 점점 더 독해져 갔다. 연기가 방으로 스며든 것이 틀림없었다.

"회중전등을 이리로!"

라 튀슈가 별안간 소리쳤다.

권총을 잡자 그는 열쇠구멍을 겨냥해서 몇 발이나 쏘았다.

"모두 쓰면 안 됩니다. 이제 몇 발 남았습니까?"

"앞으로 두 발일세."

"남겨 두십시오."

열쇠 구멍은 부서진 모양이었으나 문은 여전히 꼼짝하지 않았다. 두 사람이 쉬지 않고 육탄 공격을 하는 동안에 마레의 머리에 어떤 생각이 비쳤다. 방 저편 벽쪽에 묵직한 구식 소파가 놓여 있었다.

"저 소파를 지렛대 대신으로 씁시다."

방 안은 벌써 연기로 꽉 차서 두 사람은 목구멍이 따갑고 숨이 찼다. 기침과 어둠 때문에 두 사람은 재빠르게 움직일 수가 없었다. 그러나 가까스로 두 사람은 소파를 옮겨다가 그 끝을 문 쪽으로 돌렸다. 양쪽에 한 사람씩 서서 소파를 뒤로 젖혔다가 다시 안간힘을 다하여 문을 향해서 부딪쳤다. 두 번, 세 번, 네 번째에야 겨우 나무가 빠개지는 소리가 났다. 겨우 목적을 이룬 것이다.

 아니, 그렇게 두 사람은 생각했을 것이다. 곧 그들은 그것이 아니었음을 깨달았다. 오른쪽 아래 널빤지가 갈라졌을 뿐이었다.

 "왼쪽 널빤지다! 그리고 가로대야!"

 두 사람은 정신없이 움직였으나 일은 뜻대로 되지 않았다. 연기는 점점 더 새어 들었다.

 그러자 그때 갑자기 라 튀슈는 무서운 불길한 소리를 들었다. 어딘가 그다지 멀지 않은 곳에서 나뭇가지가 불에 타는 것 같은 소리가 들리기 시작했다.

 "시간이 얼마 없다, 마레!"

 라 튀슈는 숨차게 말했다. 얼굴이 흠뻑 땀에 젖어 있었다.

 온 힘을 다해 두 사람은 소파를 문의 가로대에 부딪쳤다. 그러나 역시 꼼짝도 하지 않았다. 도리어 소파가 부서지지나 않을까 하는 걱정에 두 사람은 가슴이 죄어 왔다.

 "회중전등을!"

 마레가 쉰 목소리로 외쳤다.

 "빨리, 늦으면 끝장입니다.!"

 연발권총을 꺼낸 그는 총구를 문 바로 옆까지 갖다대고는 재어 둔 7발의 탄환을 모두 가로대를 향하여 쏘았다. 라 튀슈도 재빨리 그의 목적을 알아채고 남아 있는 두 발을 같은 곳에 쏘았다. 그리하여 가로대에는 가로로 9개의 구멍이 한 줄로 뚫렸다.

귀가 울리고 가슴이 답답했으나 두 사람은 결사적으로 구멍 뚫린 가로대를 향해 무거운 소파를 부딪쳤다. 삐걱 하는 소리와 함께 가로대가 부서졌다. 겨우 탈출하게 되었다.

"됐다, 마레! 빨리!"

라 튀슈는 술 취한 사람처럼 뒤로 비틀거리면서 소리질렀다. 그러나 대답이 없었다. 방 안 가득히 찬 연기의 소용돌이 속에서 조수가 방바닥에 쓰러진 채 꼼짝하지 않는 것이 보였다. 마지막 맹공격으로 기진맥진하여 남은 힘이 모두 빠지고 만 것이다.

라 튀슈 자신도 현기증을 느끼고 있었다. 앞뒤를 알아볼 수도 없었다. 거의 무의식중에 그는 조수의 팔을 잡아 구멍 쪽으로 끌고 갔다. 그리고는 자기가 먼저 빠져나가서 동료를 끌어내려고 했다. 그러나 귓속에서 굉장한 소리가 나고 가슴의 압박감이 견딜 수 없을 만큼 커지면서 시커먼 어둠이 장막처럼 눈앞을 가로막는 것이었다. 그는 의식을 잃고 문 밖으로 윗몸을 드러낸 채 그 자리에 쓰러졌다.

그는 쓰러지는 순간, 반짝반짝 깜박이는 불빛과 바닥 위를 경쾌하게 뛰어다니는 작은 불꽃을 보았다.

종말

의식을 되찾았을 때, 라 튀슈는 집 밖에 누워 있었다. 그의 옆에 또 한 사람의 조수인 파롤이 붙어앉아서 그의 얼굴을 들여다보고 있었다. 그가 맨 먼저 생각한 것은 동료의 안부였다.

"마레는?"

그는 약하게 속삭이듯이 말했다.

"괜찮습니다."

파롤이 대답했다.

"아주 위험한 고비에서 저희들이 구출했습니다."

"그럼, 보와라크는?"

"경찰이 추적중입니다."

라 튀슈는 조용히 누워 있었다. 그는 몹시 지쳐 있었다. 그러나 신선한 공기를 마시자 빠른 속도로 기운을 되찾아 잠시 뒤에는 일어나서 앉게 되었다.

"여긴 어디지?"

한참 있다가 그가 물었다.

"보와라크의 집 모퉁이를 돌아선 곳입니다. 소방관이 지금 소화 작업 중입니다."

"대체 어떻게 되었는지 이야기해 주게나."

파롤의 이야기는 간단했다. 보와라크는 그날 오후 3시쯤 집으로 돌아온 모양이었다. 잠시 뒤 하인들이 해고되어 집에서 나가는 것을 보고 감시하던 탐정은 놀랐다. 마차와 택시가 오자 2명의 남자와 4명의 여자는 저마다 짐을 싣고 떠나갔다. 마지막으로 4시쯤 프랑소아가 역시 짐을 가지고 나왔다. 보와라크도 함께였다. 프랑소아가 문을 닫고 열쇠로 잠그고는 그 열쇠를 보와라크에게 넘겨 주었다. 두 사람은 악수를 나누고 나서 따로 따로 차를 타고는 어디론가 떠났다. 집은 꽤 오랫동안 비워 두는 것으로 알았다.

파롤은 대기시켜 둔 택시를 타고 추적했다. 그들은 산 라잘 역 안으로 가 거기서 제조 업자는 차를 내려 역 안으로 들어갔다. 그러나 차표는 사지 않고, 다만 중앙 홀을 한 바퀴 돌았을 뿐 2, 3분 뒤에는 다른 문을 통해 밖으로 나왔다. 그리고 지하철을 타고는 아르마 역까지 가서, 큰길을 걸어 사방을 재빨리 두리번거리더니 다시 자기 집으로 들어갔다. 이것에는 뭔가 꾸밈이 있구나 하고 파롤은 생각했다.

그는 조금 떨어진 곳에 숨어서 더욱 감시를 계속했다. 이러한 수상쩍은 사건의 연속에 파롤이 놀라고 있는데, 거기에 라 튀슈와 마레가

차로 달려와서 현관 벨을 울리는 데는 또 한 번 놀랐다. 그는 두 사람에게 경고하려고 막 뛰어나가려는데, 문이 열려 두 사람은 집 안으로 사라졌다.

시시각각 더해 가는 불안 속에 파롤은 감시를 계속하고 있었다. 그 뒤 꽤 오랜 시간이 지나고 나서 보와라크만 밖으로 나오는 것이 보였다. 역시 뭔가 괴변이 일어난 게 틀림없다고 판단한 파롤은 보와라크 쪽은 뒤로 미루고, 먼저 경시청으로 갖가지 미심쩍은 점을 알렸다.

때를 놓치지 않고 몇 명의 경찰관들이 탄 한 대의 자동차가 파견되어 그 차가 현관에 도착한 것과 거의 동시에, 파롤이 그곳으로 되돌아왔다. 2층 창문으로 연기가 새어 나오기 시작했으므로 한 경찰관에게 소방서에 급히 알리도록 하고, 다른 사람들은 집을 부숴서 안으로 들어가려 했다. 몹시 애를 쓴 끝에 겨우 이것에 성공했다. 연기 속에 프랑소아의 방문 앞에서 그들은 두 사람을 구해낸 것이다. 그들이 집 밖으로 미처 나오기도 전에 홀의 뒤쪽은 불바다가 되어 있었다.

"일단 경시청으로 가세."

라 튀슈가 말했다. 그는 벌써 거의 기운을 되찾고 있었다.

20분 뒤 쇼베 총감은 이와 같은 사실을 보고받았는데, 그때는 이미 보와라크 추적의 수배는 진행되어 있었다.

라 튀슈는 이 기괴한 사건에 대해 자기가 알아낸 모든 사실을 총감에게 털어놓았다. 총감은 몹시 놀라며, 그 자신과 그의 부하가 빠져든 실책을 매우 분하게 여겼다.

"용서할 수 없는 악당이다!"

총감은 소리치더니 계속 말을 이었다.

"진상을 털어놓는 것 말고는 자네를 방심케 하는 방법이 없다고 녀석은 깨달은 거로구먼. 그러나 반드시 붙잡고 말겠소, 라 튀슈 씨. 파리에서 탈출하는 것은 불가능합니다. 이미 모든 길은 막혔으니까."

총감의 예언은 생각보다 빨리 실현되었다. 한 시간 뒤에 보고가 들어왔다.

보와라크는 자기가 유죄인 증거를 쥐고 있는 이 두 사람만 죽여 버리면 안전할 거라는 자신의 생각만 믿고, 자기 집에 불을 지른 뒤 유유히 클럽으로 나갔던 것이다.

클럽으로 수사를 나간 한 사람의 경찰관은 그가 휴게실에서 천연스러운 얼굴로 담배를 피우고 있는 것을 발견했다. 그는 체포를 피하려고 결사적으로 경찰관에게 권총을 돌렸으나, 끝내 도망갈 수 없다는 걸 알고는 총구를 자기 자신에게 돌려 경찰관이 막을 겨를도 없이 스스로 머리를 쏘았다.

이렇게 해서 금세기 최대의 비정하고 냉혈한 범죄자는 죽어 없어졌다.

훼릭스는 색다른 형태로 보상을 받았다. 변호 의뢰인의 인품이 훌륭한 것을 알게 된 해푼스톨은 그의 아내의 초상화를 그려 달라고 그에게 요청했다. 이 일을 하고 있는 동안에 화가는 국선 변호사의 딸과 알게 되었다. 젊은 두 사람은 얼마 안 되어서 사랑에 빠져, 6개월 뒤에 조용히 결혼식을 올렸다. 신부가 적지 않은 지참금을 가지고 왔으므로, 훼릭스는 봉급 생활을 그만두고 지중해의 포근한 햇살이 비치는 바닷가에 세운 새 산 마로 저택으로 옮겼다. 여기서 그는 젊은 아내를 사랑하면서 오랫동안 그의 가슴 속에 이룰 수 없는 꿈으로 품고 있던 그 걸작의 창작에 온 힘을 기울였다.

리얼리즘 미스터리의 최고봉

 반 다인이 작가로 탄생하는 계기가 병상에서 2천 권의 미스터리소설을 읽은 것이 직접적인 동기였듯이 크로프츠 또한 오랜 병의 회복기의 지루함을 달래려고 미스터리소설의 펜을 잡기 시작했다.

 그는 연필과 노트를 들고 이야기를 창작하는 일에 큰 기쁨을 느꼈다. 전처럼 활동을 계속하게 되었을 때는 작품이 거의 완성되었으나, 발표할 생각은 꿈에도 없었다. 그 뒤 우연한 기회에 그 초고를 다시 읽었을 때, 그다지 나쁜 것 같지 않으므로 손을 대어 런던의 출판 중개업자에게 보냈다.

 그런데 운좋게도 범죄 클럽 총서의 명문 출판으로 유명한 코린즈사가 발행을 떠맡기로 했다. 추리 소설가 J.D. 베레스포드가 그 초고 심사를 했고, 제3부가 불충분하니 다시 쓰라고 주의를 받았으나 이 무명의 토목기사에겐 굉장한 기쁨을 주었다.

 프리먼 윌스 크로프츠는 1879년 6월 아일랜드 더블린 시에서 태어났다. 아버지는 영국 육군 소속 의사였는데 해외 근무중에 죽었다. 어머니는 그를 데리고 아일랜드의 사원(寺院) 부감독과 재혼했으므로 북부 아일랜드에서 자란 셈이다. 벨파스트의 메소지스트파 교회 소속의 캉베르 칼리지에서 배웠고, 17세에 당시 벨파스트 노던 군 철도회사의 주임 기사였던 백부 밑에서 토목기사 견습공이 되었으며, 1899년(20세)에 도네골 철도 연장 선로 부설공사의 기사로 임명되었고, 다음 해 지방 기사로서 콜레인으로 자리를 옮겼다. 그리고 1923년 벨파스트 본사의 주임 기사로 승진하기까지 그곳에 있었다.

콜레인에서 근무중, 1912년에 그 고장 은행 지배인의 딸 메리 벨라스 캐닝과 결혼했으나, 아이를 낳지 못했다. 1919년(40세)에 큰 병을 앓고 난 뒤 미스터리소설을 써낸 것도 이곳에서였다.

처녀작 《통》이 공식적으로 발간된 것은 1920년 6월이었는데 미스터리소설의 새로운 면을 개척한 것으로 주목을 받았다. 작자의 말에 의하면 "20년 뒤인 1941년 무렵에는, 이미 10만 부 이상을 팔았고 판을 더욱 거듭하는" 상태였다. 그렇게 되자 마음이 흡족해진 그는 두 권째의 장편 《폰슨 사건(The Ponson Case)》과 《프렌치 경감 최대의 사건》을 썼는데 그것도 곧 출판되어 인기를 끌었다.

그 뒤로도 철도 토목 업무를 보는 한편 창작을 계속 발표하였으며, 그 결과 몹시 건강을 해쳤으므로 1929년(50세)에 마침내 오래 해 온 기사직을 그만두고 소설에 전념하기로 하고, 아내와 함께 런던 근교의 서리 주 길드퍼드로 자리를 옮겨 창작에 온 힘을 기울여 1934년 또 하나의 걸작 《크로이튼발 12시 30분》을 발표한다.

그의 저서는 프랑스, 독일, 이탈리아, 포르투갈, 네덜란드, 덴마크, 스위스, 핀란드, 체코의 여러 나라 말로 번역되었을 뿐 아니라, 후학들 창작에도 영향을 미친, 몇 안 되는 작가 중 한 사람이 되었다.

1939년(60세)에는 The Royal Society of Arts의 회원으로 뽑혔고, 49년의 편지에 의하면 20년의 연구에 입각하여 4복음서를 현대풍 전기의 형태로 고쳐 일관된 이야기를 집필했다고 되어 있으며, 그 뒤에도 미스터리소설의 펜을 잡고 있다. 그러고 보면 70대에 접어든 뒤에도 정열은 식지 않은 셈이고, 40세의 처녀작 이후 매년 장편을 하나씩 쓰는 착실한 집필 생활을 했으며, 나아가 단편에도 손을 대는 놀라운 정력을 보이고 있다.

크로프츠의 또 다른 재주로는 음악 방면에도 있었는데, 교회의 오르간 연주가 및 지휘자로서 깊은 소양을 지니고 있었다. 그밖의 취미로는 여행, 원예, 목공 등을 들 수 있다.

《탐정작가론》의 저자 더글러스 톰슨은 크로프츠의 처녀작 《통》은 그의 가장 유명한 작품으로, 벤틀리의 《트렌트 마지막 사건》과 함께 영국에서 가장 뛰어난 2대 미스터리소설이라고 평론가들이 꼽는다고 말하고 있다.

아프리카의 평론가 헤이크라프트도 크로프츠의 대표작 《통》이 뛰어난 고전의 하나로 미스터리문학사에 남는 작품임은 누구도 부정할 수 없을 것이며, 등장 인물의 성격, 심리, 연애, 갈등 등 쓸데없이 복잡한 것을 좋아하지 않고 수수께끼 풀이의 소설을 좋아하는 독자에겐, 크로프츠의 작품은 더할 수 없는 진미일 것이라고 평가한다.

한편 어떤 작가는 '리얼리즘 미스터리소설의 최고봉'이라고도 평하고, 또 다른 어떤 이는 "프리먼 크로프츠의 《통》은 그야말로 철근 콘크리트로 세워진 높은 빌딩을 연상시킨다. 장대한 이 건축미 앞에서는 《애크로이드살인사건》이나 《노랑방의 수수께끼》 같은 작품은 윤곽이 허술한 초라한 모습만 두드러질 뿐이고, 근대 작품 중 최고의 구성미를 자랑하는 《그린살인사건》조차도 이에 비하면 규모의 복잡함과 웅대함에서 뒤떨어진다"고 격찬하기도 한다. 특이한 작풍을 이루어 내면서 국내외를 막론하고 수작이라는 꼬리표가 따라다니는 셈이다.

이 작품은 모두 3부로, 사건의 발단은 파리의 미술상이 발송한 나무통이 영국의 항구에서 양륙될 때, 기중기에서 떨어져 부서지며 그 순간 몇 개의 금화가 굴러나와 그것을 이상히 여겨 조사해 보니 죽은 사람의 손이 나타나면서부터이다. 이것만으로 보면 아주 흔해빠진 미스터리소설의 첫머리에 불과하다.

그러나 그 사건에 잇달아 통이 없어지고 가까스로 찾아낸 그 통 속에서 여자의 시체가 발견되는 것이 제1부, 영국 경시청의 경감이 피해자의 신원을 살피기 위해 프랑스로 건너가 파리 경시청의 탐정과 협력하여 피해자가 판명되고 용의자가 체포되는 것이 제2부, 마지막에 런던의 사립 탐정이 지금까지의 수사를 재음미하여 진범인을 잡고 막이 내린다.

이 큰 줄거리만을 보아도 본편에는 다른 많은 미스터리소설처럼 여러 명의 용의자가 등장하지 않는다. 독자는 절반도 읽기 전에 거의 범인에 대한 확신을 가질 수 있다. 다만 그 확고한 알리바이가 어떻게 허물어지는가에 흥미를 갖게 될 것이다. 더구나 이 소설에서는 포가 만들어낸 탐정의 원조적인 천재는 등장하지 않는다. 그 해결자가 대부분의 미스터리소설에서 볼 수 있는 천재 직관형인 탐정이 아니라 발을 쓰는, 일일이 정성껏 찾아다니는 보통 사람인 점에 독자는 친근함을 느끼게 될 것이다. 단지 그가 보통사람과는 다른 점은 탐구심과 강한 인내력일 것이다.

본격적인 미스터리소설의 순수한 계통은 수수께끼와 그것을 푸는 추리의 과정과 뜻밖의 해결의 3단계를 경유하는 것으로, 작중 탐정과 독자와는 대립적인 입장에 서서 범인을 추리한다는 지적 투쟁을 시도한다. 그러므로 으레 작자의 페어 플레이가 요구되는데 사건의 해결자인 탐정은 그의 조사에 의해 발견된 사실과 도달한 결론의 전부를 반드시 독자에게 제공하지는 않는다. 그렇게 함으로써 뜻밖의 진상을 강조하고 탐정의 명성을 높이려고 고심하는데, 그에 대한 반동이라고도 할 수 있는 작풍이 나타난 것이다. J. S. 플레처와 크로프츠 같은 사람이 바로 그러한 예이다.

그들의 작품에 등장하는 해결사는 독자를 대신해서 사건을 수사하고 발견된 사실과 귀납된 결론을 감추지 않고 독자에게 제공한다. 그러므로 이 경우는 처음부터 범죄 계획 내지 범인을 추정해서 얻은 정확한 데이터가 모두 나타나 있지는 않다. 데이터가 계속 나타나지만 데이터의 변형이 이루어지므로 작중 탐정과 독자와의 지적 투쟁은 불가능하지만, 독자는 작중 탐정과 함께 생각한다는 색다른 흥미가 솟아오르는 것이다.

본편에선, 독자는 우선 런던의 변리 경감과 파리의 르빠르쥬 탐정과 행동을 함께 할 수밖에 없다. 그리고 그들 두 사람과 파리 경시총감이 머리를 맞대고 논의를 하는 장면에선 독자도 그 자리에 참여하고 있는 것 같은 기분이 들 것이다. 쉴새없이 전개되는 사실을 근거로 생각해야만 하는 것이다. 수사가 난관에 부딪치면 독자들도 머뭇거려야 하고, 수사에 한줄기 광명이 비치면 독자 역시 기분이 들뜨는 체험을 하게 된다. 말하자면 일심동체, 함께 울고 함께 웃으니 천재 탐정들의 무지개처럼 화려한 기염의 독기를 입을 염려는 전혀 없다고 하겠다.

작자는 어디까지나 독자를 길동무로 삼지, 천재 탐정이 잘하듯 도중에서 내버려두고 가는 일은 없다. 독자는 다 읽고 나면 가슴깊이 만족감을 느낄 것이다.

이런 식으로 붓을 이끌어 나가는 데 대해, 앞서도 이름을 들었던 톰슨은 '현실적 미스터리소설'이라 명명했다. 그리고 이 파(派)의 작풍에 속하는 사람으로, 오스틴 프리맨과 크로프츠를 들고 있다.

프리맨이 창조한 탐정역 손다이크 박사는 7개의 도구를 사용하여 증거를 수집 분석하는 방법이 실제적으로 보이는데 그 결과는 박사의 과학적 지식에 입각한 것으로 독자는 내막이 밝혀지기까지는 전혀 짐작이 안 간다. 두뇌를 구사하는 추리라기보다 과학적 탐구라 할 수 있는 것으로, '발'을 써서 정성껏 조사하는 크로프츠의 방법과는 전혀 다른 것이었다.

크로프츠를 현실파 작가로서, 실제적인 지리에 근거를 두고 있다는 것을 지적한 것은 옳은 말이다. 그가 50세가 되기까지 철도 기사로서 직업을 갖고 있었다. 그때문인지 그의 작품 중 철도는 중요한 역할을 하고 있다. 무대를 반드시 정확한 지점에 두고 있기 때문에 그 지방색의 묘사가 작품의 효과를 높이고 있으며, 또한 그 지점을 알고 있는 독자에게 흥미를 더해 준다고 할 수 있다. 반면 그러한 속임수가 없는 점이 크로프츠의 결점이 되기도 한다. 그의 즉물적인 묘사 때문에 표현법이 평범해지고 너무도 세밀한 곳까지 파고들어 지루한 느낌을 갖게 하기 때문이다.

하지만 본편의 특색은 복잡한 플롯에 있고, 착잡하게 얽힌 실을 술술 풀어가는 듯한 쾌감을 주는 보기드문 작품이다. 두 개의 통에 얽히는 논리적인 착각과 알리바이의 집요한 검토는 몇 번이고 막히면서 서서히 해결의 서광을 발견해 간다.

그의 작품에서 활약하는 탐정 역으로 프렌치 경감이 알려져 있는데, 제5작 《프렌치 경감 최대의 사건》 이후로 본편의 번리 경감과 라튀슈 탐정, 《폰슨 사건》의 타나 경감, 《피츠 프로프신디케이트》의 윌스 경감, 《프로테 공원의 살인》의 반다라 및 로스 두 경감은 결국 그의 변형에 불과하다. 그들은 사건을 되풀이 생각하나 늘 막히고 있다. 그러나 한 가지 방법에 실패하면 다른 방법을 시도할 뿐 결코 하나의 결론에 다다르지 못한다. 그 참되고 끈기 있는 성격이 크로프츠의 웅대한 구상과 통하고 있으며, 그만의 독자적인 작품을 이루고 있는 것이다.